HEYNE

Christopher Huang

TOD EINES GENTLEMAN

Roman

Aus dem Englischen von
Verena Kilchling

WILHELM HEYNE VERLAG
MÜNCHEN

Die Originalausgabe A GENTLEMAN'S MURDER
erschien 2018 bei Inkshares; Inc., Oakland, California

FSC www.fsc.org
MIX
Papier aus verantwortungsvollen Quellen
FSC® C083411

Verlagsgruppe Random House FSC® N001967

Vollständige deutsche Erstausgabe 01/2019

Redaktion: Thomas Brill
Printed in Germany
Umschlaggestaltung: Anke Koopmann unter Verwendung von Motiven von
© shutterstock (LANTERIA, alaver, LoveDesignShop)
Satz: Buch-Werkstatt GmbH, Bad Aibling
Druck und Bindung: CPI books GmbH, Leck
ISBN: 978-3-453-43991-7

www.heyne.de

»Verbrechen sind äußerst aufschlussreich. Als Mörder kann man seine Methoden variieren, so viel man möchte – die eigenen Vorlieben und Gewohnheiten, die eigene Geisteshaltung und die eigene Seele scheinen trotzdem in jeder Handlung durch.«

Agatha Christie

»Wir sind die Toten. Vor wenigen Tagen noch
Lebten wir, fühlten den Morgen und sahen den leuchtenden Sonnenuntergang,
Liebten und wurden geliebt, und nun liegen wir.«

John McCrae, »Auf Flanderns Feldern«

»Es darf kein Chinese in der Geschichte vorkommen. Warum das so ist, vermag ich nicht zu sagen. Womöglich liegt der Grund hierfür in unserer westlichen Annahme, der Chinese sei übermäßig mit Intelligenz, jedoch ungenügend mit Moral ausgestattet. Ich merke hier nur als Beobachtung an, dass man ein Buch, auf dessen Seiten man auf eine Beschreibung wie ›die schlitzartigen Augen von Chin Loo‹ stößt, am besten sofort wieder weglegt; es handelt sich um ein schlechtes Buch.«

Ronald Knox, *Die besten Detektivgeschichten,* 1939

»Ich kann einen Mann wohl zum Grafen machen, aber die Schaffung eines Gentleman ist dem Allmächtigen vorbehalten.«

König Jakob I.

I

HERRSCHE, BRITANNIA

Der Britannia Club befand sich in der King Street, eine ansehnliche Kalksteinfassade inmitten anderer ansehnlicher Kalksteinfassaden. Neben dem Portal war eine Messingtafel angebracht, auf die seit Jahrzehnten niemand mehr geblickt hatte; wenn man stehen bleiben musste, um nachzusehen, ob man an der richtigen Adresse war, war man hier eindeutig am falschen Ort. Schließlich handelte es sich um St. James's, wo sich ein Gentleman-Club an den anderen reihte.

Die Männer, die hier durch die Straßen schlenderten, taten es mit jener Selbstsicherheit, die aus der Zugehörigkeit zu einem privilegierten Kreis entsteht. Im intellektuell geprägten Bloomsbury umschwebten die Londoner noch beseelt vom Nachhall der Romantik das British Museum. In den Arbeitergegenden im Osten der Stadt wie Limehouse oder Whitechapel stapften sie mit grimmiger Entschlossenheit durchs Leben und versuchten mit dem zurechtzukommen, was ihnen zur Verfügung stand. Südlich der Themse, in Battersea, wo John Archer im Jahr 1913 als erster Schwarzer zum Bezirksbürgermeister gewählt worden war, fieberten sie einer besseren Zukunft entgegen. Im reichen St. James's wussten sie hingegen schlicht und ergreifend, dass sie das Britische Weltreich *waren.*

So zum Beispiel Leutnant Eric Peterkin, ehemals Mitglied der Königlichen Füsiliere. Er hatte seinen doppelreihigen Uniformmantel gegen die kühle Oktoberluft bis oben hin zugeknöpft, und sein Homburger Hut saß gerade schief genug, um verwegen zu wirken, aber nicht anrüchig. Sein Anzug war gebügelt, sein Kragen gestärkt und sein Tempo stramm. Sein Begleiter Avery Ferrett war unkonventioneller gekleidet mit einem unförmigen Mantel und einer Baskenmütze. Obwohl er deutlich größer war, musste er sich beeilen, um mit Eric Schritt zu halten.

»Das ist die einzig vernünftige Art, jemanden umzubringen«, sagte Eric gerade. Die übrigen Passanten gaben höflich vor, nichts gehört zu haben. »Die meisten Leute würden einen Rückzieher machen, wenn sie es aus der Nähe tun müssten, mit einem Messer oder einem Knüppel oder Ähnlichem.« Er nickte wissend. »Schusswaffen oder Gift, Avery. So macht man das.«

»Also, ich finde beides grauenhaft«, erwiderte Avery. »Du liest zu viele Kriminalromane, Eric.«

»Dafür werde ich bezahlt.« Eric arbeitete als Lektor, und in letzter Zeit schien es in den meisten Manuskripten, die er zu prüfen hatte, um mysteriöse Todesfälle hinter verschlossenen Türen zu gehen.

»Deshalb musst du doch nicht derart morbides Vergnügen daran finden! Ernsthaft, Eric, du überraschst mich. Ich hätte gedacht, dass du nach dem Krieg genug vom Tod hast.«

Eric blieb stehen. Den Krieg vergaß man nie so ganz, wie sehr man es auch versuchte. »Das ist etwas vollkommen anderes. Der Tod im Krieg war … einfach der Tod, er hatte nichts Persönliches. Das hier dagegen …« Er hielt den Umschlag mit seinem nächsten Auftrag hoch. »Das hier ist Mord. Verstehst du? Das ist persönlich. Intim. Man kennt das arme Schwein, das im verschlossenen Zimmer erstochen wird. Wahrscheinlich war auch der Mörder früher einmal mit dem Opfer befreundet. Dadurch erhält der Tod eine ganz andere Bedeutung, die ihn kontrollierbar macht. Wie ein Rätsel, das es zu lösen gilt, und nicht etwas, das man einfach erduldet. Verstehst du?« Eric war sich nicht sicher, ob Avery diesen Gedankengang nachvollziehen konnte. Sein Freund hatte die gesamte Kriegszeit aus gesundheitlichen Gründen in Buenos Aires verbracht.

Avery schüttelte nur den Kopf. »Ich finde es trotzdem unmenschlich, egal, wie persönlich es ist. Als Mörder verliert man doch in jedem Fall ein Stück Menschlichkeit. Ich wäre niemals dazu fähig.«

»Ein Stück Menschlichkeit … Na ja, das macht es ja gerade so intim und bedeutsam. Die Seele des Mörders spiegelt sich in all den kleinen Details rund um sein Verbrechen wider, und das verleiht dem Tod ein menschliches Antlitz. Der Tod wird einem verständlicher, gerade weil … gerade weil der Mörder am Tatort Teile seiner Menschlichkeit zurücklässt.«

»Nein, nein. Ich meinte, dass man hinterher nie wieder ein vollständiger Mensch ist.« Avery hielt inne und fügte dann hinzu: »Manchmal frage ich mich, ob überhaupt noch irgendjemand ein vollständiger Mensch ist.«

»Das ist der Preis, den wir für die Gegenwart zahlen, Avery. Der Krieg war schrecklich, aber das Großartige ist, dass nie wieder etwas annähernd so Schlimmes passieren wird, weil keiner jemals zurück in den Schützengraben will. Das Massensterben hat die Leute zur Vernunft gebracht, wenn man so will.«

Tatsächlich zog es die Welt in jenem Jahr 1924 vor, nicht mehr der Vergangenheit nachzuhängen. Sie blickte über sich selbst hinaus, blickte in die Zukunft, was Erics Ansicht nach nicht das Schlechteste war.

Sie kamen am St. James's Theatre vorbei, auf dessen Plakaten das aktuelle Stück angekündigt wurde. In Erics Augen war es eine sehr schlechte Kopie der letztjährigen Produktion *Die grüne Göttin*, bei der die Hauptfiguren in die Gefangenschaft eines indischen Radschas geraten waren. Das diesjährige Stück enthielt sogar noch exotischere Kost, nämlich einen »bedrohlichen chinesischen Bösewicht«, der direkt einem Sax-Rohmer-Roman entstiegen schien. Wie geschmacklos Eric die derzeitige Vorliebe für fernöstliche Schurken auch fand, es ließ sich nicht leugnen, dass sie veranschaulichte, was er meinte: Die Welt wurde immer kosmopolitischer, auch wenn ihm einige Aspekte dieser neuen Weltoffenheit zuwider waren. Man blickte neuerdings über den eigenen Tellerrand hinaus.

Ein anschauliches Beispiel hierfür war die British Empire Exhibition im Wembley Park, die noch bis ins nächste Jahr das Britische Weltreich in all seiner Pracht zur Schau stellte, mit Pavillons und Darbietungen aus sämtlichen Ecken des riesigen Imperiums, über das Seine Majestät König Georg V. herrschte. Und erst vor wenigen Monaten war die ganze Welt bei den Olympischen Spielen in Paris zu Gast gewesen, jenseits des Ärmelkanals. In diesem Jahr hatten zum ersten Mal Frauen als Fechterinnen teilnehmen dürfen, und Eric war hingefahren, um sie sich anzusehen. Seine Schwester Penny hatte ihn begleitet, um einen Blick auf ihren persönlichen Helden zu erhaschen, den Reiter Philip Bowden-Smith. Und Avery war wegen der französischen Pralinen mitgekommen.

Man blickte jedoch nicht nur über den Tellerrand hinaus, man blickte vor allem nach vorn: Es war allein schon ein Grund zur Freude, am Leben zu sein, im Hier und Jetzt. Die behäbige viktorianische und georgianische Architektur, die man entlang der King Street sah – das St. James's Theatre, der Golden Lion Pub, auch der Britannia Club selbst –, wich anderswo bereits den klaren Linien des ägyptisch-inspirierten Art déco und den weiten weißen Flächen des Modernismus. Elektrisches Licht war neuerdings eher die Regel als die Ausnahme; es blinkte von den Schriftzügen der Theater und schien aus den Fenstern der Häuser, erleuchtete die Nacht, wie es Gaslampen nie vermocht hatten. Auf den Straßen hatten motorbetriebene Fahrzeuge die Pferdekutschen verdrängt und veränderten von Grund auf den Klang und den Geruch Londons: Im Guten wie im Schlechten waren Blechhupen und Abgase an die Stelle von Hufgeklapper und Pferdeschweiß getreten. Heißblütige Tanzmusik – von den Amerikanern »Jazz« genannt – machte sich in den Nachtlokalen breit, und das Aufkommen des Radios und die frisch gegründete British Broadcasting Company sorgten dafür, dass sie ihren Siegeszug bald auch in den guten Stuben und Wohnzimmern der britischen Wohnhäuser fortsetzen würde.

»Penny für unseren Guy, Sir?«

Eric und Avery blickten auf die beiden zerlumpten Gassenkinder hinab, die sie zurück in die Realität der King Street holten. Ach ja, in wenigen Wochen war Bonfire Night, und es zogen bereits geschäftstüchtige Bengel mit Bollerwagen und Schubkarren durch die Straßen. Darauf präsentierten sie kunstvolle Guy-Fawkes-Puppen, die im Gedenken an die von ihm angeführte Verschwörung am fünften November verbrannt werden würden, begleitet von einem großen Feuerwerk. Dieses Exemplar war mit Lumpen ausgestopft, hatte einen Kopf wie eine Dampfnudel und einen mit Tinte aufgemalten, langen geschwungenen Schnurrbart.

»Das nenne ich einen prächtigen Guy!«, lobte Eric und warf zwei Pence in die Schubkarre. »Und was für einen schönen Schurkenschnurrbart er hat!«

Die Gassenjungen hinter der Schubkarre starrten ihn nur an. Avery lachte in sich hinein. »Du machst den Kleinen Angst«, sagte er. Er ließ ebenfalls einen Penny in die Schubkarre fallen, und die Straßenkinder rannten davon, um ihren Guy dem nächsten Passanten anzupreisen.

Avery drehte sich zu Eric um und sagte: »Ich wette, in deinem Club gibt es einen um Längen schöneren Guy in einem um Längen schöneren Wagen, der nur auf seinen großen Auftritt wartet. Und ihr feinen Pinkel werft Goldmünzen hinein statt Pennys. Da muss ja ein beeindruckendes Feuerwerk dabei herauskommen.«

Es gehörte sich eigentlich nicht, offen über Geld zu sprechen, aber Avery schien sich nie um solche Konventionen zu scheren. Eric kannte ihn lange genug, um ihm gelegentliche Taktlosigkeiten zu verzeihen. »Wir machen uns nicht viel aus Feuerwerken«, entgegnete er, während sie die Straße überquerten, um zum Britannia Club zu gelangen. »Ich glaube, manche Mitglieder fühlen sich davon zu sehr an den Krieg erinnert. Sie bleiben lieber zu Hause, als sich auf die Straße zu wagen, der Club ist in der Bonfire Night immer wie leer gefegt.«

Die Mitgliedschaft im Britannia Club war nur an eine einzige Bedingung geknüpft – neben der Tatsache, dass man ein Gentleman sein musste: Man musste für das Britische Reich auf dem Schlachtfeld gekämpft haben. Eric hatte sich mit einem Jahr im Schützengraben qualifiziert, wohingegen Avery wegen seines verlängerten Argentinienaufenthalts nicht als Mitglied in Betracht kam.

»Ich frage mich jedes Mal, was wohl hinter dieser Tür vor sich geht«, gestand Avery und blickte zu der neoklassizistischen Fassade empor. Die Flügel der Eichenholztür waren riesig, und die großen Messingtürklopfer sahen nicht aus, als hätte sie schon einmal jemand angehoben. »Irgendwann musst du mich mal als Gast mit hineinnehmen, Eric.«

»Da sitzen nur viele Männer herum und rauchen, Avery. Nichts, was du nicht selbst jeden Tag im Arabica sehen würdest.«

Das Arabica war ein Kaffeehaus in einer Seitenstraße des Soho Square, in dem man Avery für gewöhnlich über seine Tarot-Karten gebeugt vorfand, über dem Kopf eine Wolke Nelkenzigarettenrauch.

»Und trotzdem bist du weiterhin Mitglied«, erwiderte Avery.

»Das ist bei uns Familientradition«, rechtfertigte sich Eric und straffte die Schultern. »Genau wie der Beitritt zur Armee. Es ist schon schlimm genug, dass ich nach meiner Entlassung aus dem Kriegsdienst keine militärische Laufbahn angestrebt habe. Ich weiß nicht, was mein Vater sagen würde, wenn ich jetzt auch noch meine Mitgliedschaft im Club aufgeben würde.«

»Ich könnte ihn fragen.«

»Untersteh dich! Wie auch immer … es ist einfach praktisch.«

»Das Arabica ist auch praktisch, und dort muss ich nicht mehr bezahlen als einen Shilling für meinen Kaffee.« Avery hob erneut den Blick zur Eingangstür des Clubs, bevor er sich mit einem scherzhaften Grinsen zu seinem Freund umdrehte. »Für mich ist der einzig mögliche Schluss, dass dort drinnen etwas Schändliches im Gange ist.«

»Etwas Schändliches?«

»Ja, Schändliches! Mein Freund, der Bösewicht. Raus mit der Sprache: Passiert dort jede Woche ein Mord, oder werden heimtückische Pläne geschmiedet, das Britische Reich aus dem Schatten heraus zu regieren?«

Eric lachte. »Mach, dass du wegkommst! Ich würde es dir wohl kaum verraten, wenn es so wäre!«

Avery stieß einen übertriebenen Seufzer aus. »Dann überlasse ich dich jetzt euren finsteren Machenschaften. Sorg nur bitte dafür, dass du mich vorwarnst, bevor ihr eure Pläne zur Weltherrschaft umsetzt, sonst werde ich ernsthaft sauer.«

Eric lachte wieder und winkte seinem Freund zum Abschied zu. Avery antwortete mit einem munteren Antippen seiner Baskenmütze und ging in Richtung St. James's Square davon. Eric blickte ihm hinterher und trottete dann die Stufen zum Club hinauf. Einer der Türflügel ging gerade weit genug auf, um ihn durchzulassen, bevor er sich leise wieder hinter ihm schloss.

Eric war nicht vollkommen ehrlich gewesen – nicht einmal sich selbst gegenüber –, als er gesagt hatte, der Britannia Club sei lediglich »praktisch«. Wäre er ehrlich gewesen, wäre ihm nämlich klar geworden, was Avery bereits wusste: dass die Mitgliedschaft im Britannia Club weit mehr war als nur praktisch. Der Club war auch nicht nur eine zweite Heimat für ihn. Er war die Bestätigung seiner Identität als ein Peterkin.

Erics Wohnung war ein gemütlicher, wenn auch etwas beengter Winkel von London, den Avery als »Platzangst verursachendes kleines Loch« beschrieb. In Erics Augen war sie durchaus annehmbar, aber er war nicht besonders gern allein und verbrachte deshalb einen Großteil des Tages im Club.

Stille umgab ihn, sobald sich die große Tür mit einem leisen Klicken hinter ihm geschlossen hatte. Der Vorraum war ein nüchterner Marmorsaal, ein Puffer zwischen der geschäftigen Betriebsamkeit auf Londons Straßen und dem Komfort des Clubs. Eine Wand wurde gänzlich von einer Auflistung jener tapferen Männer eingenommen, die im Weltkrieg ihr Leben gelassen hatten. So ernüchternd diese Liste auch war, es handelte sich – davon war Eric überzeugt – um den »Krieg, der allen Kriegen ein Ende machte«, und so war es immerhin ein kleiner Trost, zu wissen, dass die gegenüberliegende Wand niemals auf die gleiche Weise gefüllt werden würde. Eric blieb einen Moment stehen, um die Peterkins unter den Gefallenen auszumachen, bevor er in die Wärme des mit Walnussholz getäfelten Foyers weiterging, wo Sonnenstrahlen durch ein Oberlicht im zweiten Stock auf die diskret gemusterten, spiegelblank polierten Marmorfliesen fielen. Die Stille wurde von leisem Besteckgeklapper unterbrochen, das aus dem angrenzenden Speisesaal herüberdrang.

Der Empfangstisch war genau wie die Wandtäfelung aus glänzendem dunklem Walnussholz. Erics Absätze klopften leise auf den Marmorboden, als er sich dem Tisch näherte, um sich ins Buch einzutragen.

»Morgen, Cully«, sagte er zum Portier.

»Morgen, Leutnant Peterkin.« Der Portier hieß Ted Cully, wurde von Eric und den anderen Clubmitgliedern jedoch hinter seinem Rücken »der alte Getreue« genannt. Er war ein kleiner, stämmiger Kerl mit funkelnden blauen Augen, den man vor Kurzem davon überzeugt hatte, dass sein Alter einen kurzen grau melierten Bart erforderlich machte. Cully sprach die meisten Mitglieder nicht nur mit Namen, sondern auch mit ihrem Dienstgrad an, Ergebnis einer lebenslangen Verbundenheit mit dem Militär. Eric wusste, dass Ted Cully als Jugendlicher ein falsches Alter angegeben hatte, um Soldat zu werden, und dass ihn seine militärische Laufbahn in die ganze Welt geführt hatte, von Neuseeland bis Afrika; doch nicht einmal die jahrzehntelangen Reisen und das strenge Heeresregiment hatten seinen melodischen irischen Akzent vertreiben können.

Der alte Getreue war der Erste, den Eric im Britannia Club kennengelernt hatte. Die Begegnung erschien ihm fast wie aus einem anderen Zeitalter, einer anderen Welt. Eric war damals ein zehnjähriger Junge gewesen, ein Leutnant nur in seinen Spielen. Es war sein erstes Weihnachtsfest außerhalb Indiens gewesen, und der Mann mit den funkelnden blauen Augen hinter dem großen Walnusstisch hatte sofort seine Neugier geweckt. Der alte Getreue hatte sich seither kaum verändert, und es war unwahrscheinlich, dass er sich je verändern würde.

Das Gleiche konnte man wohl auch über den Britannia Club sagen: Er veränderte sich nicht. Die Männer waren Gentlemen, die Gespräche zivilisiert, die Bediensteten blieben unsichtbar, es sei denn, man brauchte sie, und der Toast war – leider – verbrannt. Wie eine warme Decke an einem Wintertag schützte und tröstete diese unveränderliche Gewissheit und bildete eine willkommene Flucht aus dem chaotischen Trubel der Straßen Londons.

Auf dem Treppenabsatz zum ersten Stock hing ein riesiges Ölgemälde, eine präraffaelitische Darstellung von König Artus' Tafelrunde. Im Britannia Club hatte es immer schon Peterkins gegeben: Einer von Erics Vorfahren war Gründungsmitglied gewesen und auf diesem Gemälde in Gestalt des weißbärtigen Königs Pellinore verewigt. Da waren sie, die unverwechselbaren dichten Peterkin-Augenbrauen, das einzige äußerliche Merkmal, das Eric von seinem Vater geerbt hatte. Eric verspürte mehr Familienstolz, als er zugeben wollte. Auf dem Weg nach oben in den Salon blieb er jedes Mal stehen, um dem alten Pellinore-Peterkin grüßend zuzunicken. Seine Aufmerksamkeit galt allerdings ebenso häufig einer anderen Gestalt auf dem Bild: Sir Palomides, König Artus' sarazenischem Ritter, dem einzigen dunklen, nichteuropäischen Gesicht unter den bleichen Briten, aus denen der Rest der Runde bestand.

Eric erinnerte sich, dass er einen Großteil seines ersten englischen Weihnachtsfestes damit verbracht hatte, vor dem Gemälde zu stehen und zu versuchen, jede Figur der Artus-Sage zu identifizieren. Sir Palomides war natürlich am einfachsten zu erkennen gewesen. Damals wie heute verspürte Eric ein besonderes Mitgefühl mit ihm. Allein in einer Ansammlung von Menschen. Umgeben vom grellen Prunk Camelots und dennoch einsam. Armer Kerl.

Der Rest der Ritterrunde stellte natürlich die übrigen Gründungsmitglieder des Britannia Clubs dar. Wobei diese sicher keine vorbildlichen Tugendbolde gewesen waren; sechsundzwanzig Jahre als Außenseiter und zwölf Monate in den Schützengräben von Flandern hatten Eric gelehrt, dass er das auch nicht erwarten durfte. Keiner von Artus' Rittern war der perfekte Ausbund an Tugend gewesen, außer vielleicht die drei unerreichbar vollkommenen Gralsritter. Aber alle Mitglieder des Clubs hatten sich dafür entschieden, ihr Leben in den Dienst ihres Landes zu stellen, und das allein machte sie in Erics Augen zu noblen Persönlichkeiten.

Eric ging weiter in den Salon, in dem weiche Teppiche seine Schritte dämpften und knisternde Feuer in den Kaminen loderten. Sein üblicher Sessel wartete schon auf ihn, ein Sitzmöbel mit hoher Rückenlehne und seitlichen Kopfstützen, an die man sein Haupt lehnen konnte, um ein Schläfchen zu halten. Der in der Nähe befindliche Kamin diente vortrefflich dazu, sich bei rauem Wetter die Zehen zu wärmen.

Oh ja, hier war er weit entfernt von dem Dreck, der Kälte und dem Sterben in Flandern.

An verschiedenen Stellen im Salon waren Sessel und niedrige Tische zu kleinen Grüppchen zusammengestellt, die Intimität und Abgeschiedenheit boten. Die hohen, mit Vorhängen versehenen Fenster gingen zur King Street hinaus, und es gab eine ebenfalls in Erics Nähe befindliche Bar, die ein wenig ramponiert war, weil Erics Großvater vor fünfzig Jahren den damals regierenden Clubpräsidenten bei einer Rauferei über den Tresen geworfen hatte.

Seit Eric die Stelle als Lektor bei einem kleinen Verlag erhalten hatte, machte er es sich fast jeden Tag in seinem Stammsessel bequem und war bereits mehr als einmal dankbar für die Bar gewesen, wenn er nach einem besonders schlechten Manuskript seinen Kopf mit einem guten Whiskey erfrischen musste. Er hoffte sehr, dass das neueste Werk keine derartigen Schritte erforderlich machte.

Der Jade-Schmetterling. Wieder ein Kriminalroman mit fernöstlicher Thematik. Sein Arbeitgeber schien zu glauben, dass er sich besonders leicht damit tat.

Vielleicht, dachte Eric beim Blick auf den dicht geschriebenen Text auf der ersten Seite, war ein Whiskey mit Soda als vorbeugende Maßnahme doch keine so schlechte Idee.

An der Bar stand mit einem Whiskeyglas in der Hand Edward Aldershott, wie immer mit steifem Rücken und versteinertem Gesicht. Der Britannia Club wurde von einem gewählten Vorstand aus fünf Offizieren geführt, und Aldershott war der Clubpräsident. Er war groß, frühzeitig ergraut und hatte die Angewohnheit, vollkommen stillzustehen, wie ein steinerner Löwe mit Brille. Doch sein gestärkter Kragen verbarg nur ungenügend die Narben, die er sich während des Krieges durch Senfgasverätzungen zugezogen hatte; auch er war nur ein Mensch aus Fleisch und Blut, wie sehr er auch das Gegenteil zu vermitteln versuchte.

Aldershotts Arbeit außerhalb des Clubs bestand darin, andere zu beraten, wie sie am besten ihr Vermögen anlegten – oder auch, wie sie *ihn* am besten ihr Vermögen anlegen ließen. Die meisten seiner Kunden waren Clubmitglieder. Oft führte er seine Geschäfte vom Büro des Clubpräsidenten aus, was seine Anwesenheit an einem Vormittag unter der Woche erklärte.

»Guten Morgen, Aldershott«, grüßte Eric höflich, als er zur Bar ging, um seine Bestellung aufzugeben.

Der granitgraue Kopf bewegte sich nicht, und in der gedämpften Beleuchtung des Salons funkelte Aldershotts Brille wie ein Diamant: hart, kalt und abweisend. Der Clubpräsident leerte abrupt den Rest seines Whiskeys und trat demonstrativ von Eric weg, um mit einem bärtigen Clubmitglied am anderen Ende der Bar ein Gespräch anzufangen.

Eric presste die Lippen zusammen und bestellte seinen Whiskey mit Soda ein wenig schroffer als sonst.

Es hatte immer schon Peterkins im Britannia Club gegeben, und auch in Erics Leben war der Club ein fester, nicht verhandelbarer Bestandteil. Aber es gab einen Grund dafür, dass er sich von Anfang an mit dem armen alten Sir Palomides von der Tafelrunde verbunden gefühlt hatte. Diese neueste Kränkung war leider kein Einzelfall, und Eric war mittlerweile an einem Punkt angekommen, an dem er Kränkungen wie diese nur noch als lästig empfand, nicht mehr als wirklich demütigend.

Was hätte Sir Palomides an seiner Stelle getan?

Was hätten die anderen Ritter der Tafelrunde getan? Palomides hätte natürlich zur Lanze gegriffen, um sich Gerechtigkeit zu verschaffen … Eric schüttelte den Kopf. Seine Fantasie ging mit ihm durch. Der Britannia Club war nicht Camelot. Er war … zivilisiert. Sicher. Unberührt und unberührbar. Und auch Flandern war weit weg, würde niemals wiederkehren. Was auch immer draußen in der Welt vor sich ging, der Britannia Club war davor geschützt. Ein Bollwerk. Nein, dachte Eric, während er sich wieder seinem Manuskript zuwandte. Nichts Ungehöriges konnte jemals im Britannia Club geschehen.

Er ahnte nicht, dass vierundzwanzig Stunden später alles anders sein würde.

DER FAHRENDE RITTER

Der späte Oktobernachmittag ging in die Dämmerung und schließlich in den Abend über. Das Licht vor den Fenstern des Britannia Clubs wurde immer schwächer und wich irgendwann der Dunkelheit, bevor es in Gestalt der dunstverhangenen Straßenlaternen wieder aufflackerte. Die Sonne ging nun, da der November vor der Tür stand, merklich früher unter, und in London herrschte die neblige Jahreszeit: Gelblich-graue Schlieren schlängelten sich aus den feuchten Abflussgittern empor, kletterten die eisernen Laternenpfähle hinauf und ließen steif gestärkte Kragen erschlaffen. Im Inneren des Salons vertieften sich die Schatten in den Ecken, und der Lampenschein verwandelte die Sesselgrüppchen in Inseln der Diskretion.

Eric saß immer noch in seinem Stammsessel, gewärmt von den fröhlich flackernden Flammen des nahen Kamins. Er hatte sich von Aldershotts Brüskierung am Vormittag erholt und zwischendurch eine Pause eingelegt, um im Speisesaal im Erdgeschoss einen vorzüglichen Curry-Fasan zu essen. Der Britannia Club sorgte zuverlässig dafür, dass der feuchtkalte Oktober draußen blieb, und seine Welt war wieder in Ordnung.

Wenn da nicht das Manuskript gewesen wäre, das er zu lesen hatte. Eric blickte stirnrunzelnd auf die Seiten hinab und verlagerte voller Unbehagen das Gewicht auf seinem Sessel. Das Problem war, dass er nach der Hälfte des Textes bereits die Identität des Mörders kannte und jede Spannung dahin war. Er hoffte inständig, dass ihm eine baldige Wendung der Geschichte das Gegenteil bewies, doch es sah ganz danach aus, als wären die Hinweise, die ihn zu seinem Schluss hatten gelangen lassen, unausweichlich.

Im Sessel gegenüber knarzte es. Mortimer Wolfe – gepflegt, adrett und elegant, die Haare glatt zurückgekämmt und glänzend wie Mahagoni – hatte sich mit seiner üblichen unbekümmerten Anmut hineinfallen lassen. Er war höchstens ein oder zwei Jahre jenseits der dreißig, ein Alter, das er schon seit geraumer Zeit für sich beanspruchte, was bei sorgfältiger Pflege bis in alle Ewigkeit so bleiben würde. In seiner Funktion als einer der fünf Vorstandsoffiziere konnte er unausstehlich sein.

»Füße auf den Boden, Peterkin! Sind wir sechs Jahre alt?«

Eric hatte seine in Strümpfen steckenden Füße beim Lesen unter sich gezogen. »Verzieh dich, Wolfe. Ich finde es so bequem.«

Mit einem Blick auf das Manuskript in Erics Händen fragte Wolfe: »Du meine Güte, ist es wirklich so schlecht? Dein Schnurrbart hängt furchtbar traurig herunter.«

Wolfes eigener Schnurrbart bestand aus zwei vollkommen symmetrischen Dreiecken, die wie mit einer Schablone auf seine Oberlippe gedruckt wirkten. Eric beeilte sich, seine Barthaare wieder in Form zu zupfen, und antwortete: »Eigentlich nicht. Der Kerl schreibt wunderbar. Das Problem ist nur, dass er es offenbar nicht geschafft hat, eine überzeugende Handlung zu Papier zu bringen … Ich bin mir nicht sicher, ob er wirklich weiß, was er da tut.«

»Und du weißt es besser, vermute ich? Liegt das an der unergründlichen Weisheit der alten Chinesen, die von deinen ehrenhaften Vorfahren an dich weitergegeben wurde?«

Für manche Menschen war eine chinesische Mutter einfach eine Mutter wie jede andere. Wolfe zählte nicht zu diesen Menschen. Während Aldershott es vorzog, ihn zu ignorieren, machte sich Wolfe einen Spaß daraus, Eric bei jeder Gelegenheit mit seiner Herkunft aufzuziehen. »Nein«, gab Eric zurück. »Das ist eine Sache des gesunden Menschenverstandes, weiter nichts. Im Übrigen habe ich tatsächlich eine gewisse Ahnung von den exotischen Schauplätzen, über die dieser Kerl beschlossen hat zu schreiben.«

»Wenn du so ein Experte bist«, erwiderte Wolfe, »hätte ich einen Bekannten in Churston, der dich gebrauchen könnte. Er sucht jemanden, der chinesische Antiquitäten für ihn auftreibt. Das wäre vielleicht eher etwas für dich als das Bewerten von Manuskripten.«

Das Einzige, was Eric am Krieg vermisste, war, dass es in Kriegszeiten dringlichere Sorgen gegeben hatte als die Abstammung eines Menschen. Der Respekt, den er von seinen Kameraden erfahren hatte, war nicht von Anfang an da gewesen, aber nach genügend Granaten, Fliegerbomben und Gasangriffen scherte sich niemand mehr darum, was für Großeltern man hatte – solange man seine Arbeit gut machte und die eigenen Männer am Leben erhielt. Damals war er schlicht Leutnant Peterkin gewesen.

»Ich habe versprochen, zumindest dieses Manuskript noch zu Ende zu prüfen. Wenn ich fertig bin, statte ich deinem Antiquitätensammler-Freund vielleicht mal einen Besuch ab.«

»Ganz wie du willst«, sagte Wolfe mit einem Schulterzucken. »Ich dachte nur, du könntest eine kleine Ablenkung gebrauchen. Mir ist jedenfalls gerade ein wenig langweilig. Was würdest du zu einer Partie Cribbage sagen? Wir könnten das Spiel interessanter machen, indem der Verlierer dem Gewinner einen Shilling pro Punkt zahlt.«

»Du musst verrückt sein!« Mit Wolfe Karten zu spielen war der sicherste Weg, sein letztes Hemd einzubüßen. Eric hatte noch nie erlebt, dass er verlor. Andererseits – wenn die Alternative darin bestand, das Manuskript weiterzulesen … »Sechs Pence pro Punkt, keinen Penny mehr. Ich denke, ich kann es mir leisten, ein oder zwei Kronen zu verlieren.«

Wolfe grinste. »Wenn du das denkst, Peterkin, habe ich bereits gewonnen.«

Ein Cribbage-Spielbrett erschien wie von Zauberhand zwischen ihnen auf dem Tisch. Wolfe mischte mit den gewandten Fingern eines Magiers die Karten und teilte sie aus. Als das Spiel in Gang gekommen war, sagte er: »Weißt du, Peterkin, heutzutage sind gute Männer so schwer zu finden. Vor allem solche, die für einen Gentleman geeignet wären. Die Welt braucht wirklich mehr gute Butler, Peterkin. Du machst dir keine Vorstellung.«

Eric hatte sich schon gefragt, wann Wolfe auf sein Lieblingsthema zu sprechen kommen würde. Der Mann verbrauchte Butler wie ein zwanghafter Raucher Zündhölzer: Er verheizte sie in rascher Folge und warf sie dann weg, ohne mit der Wimper zu zucken. Eric konnte sich Wolfe nie so recht in Flandern vorstellen, knietief in dem Matsch und dem Unrat, gegen den er selbst trotz der Kürze seines Fronteinsatzes eine tiefe Abscheu entwickelt hatte. Er vermutete, dass Wolfe für die Dauer des Krieges den gesamten britischen Bestand an Seife und heißem Wasser für sich abkommandiert hatte.

Doch Hauptmann Mortimer Wolfe war nicht nur der oberflächliche Dandy, der zu sein er vorgab. Er hatte zahllose Angriffe auf den Feind angeführt – nicht alle davon genehmigt – und war mindestens dreimal in feindliche Gefangenschaft geraten. Durch die zahllosen Schilderungen seiner Heldentaten war die Grenze zwischen Wahrheit und Legende ein wenig verwischt, aber alle Erzähler waren sich einig, dass ihm jedes Mal in weniger als einem Tag die Flucht gelungen war. Wolfe selbst täuschte Desinteresse an den Geschichten über sich vor, unternahm jedoch auch keine Anstrengungen, dem Fabulieren einen Riegel vorzuschieben.

Wie es ein unverbesserlicher Witzbold einmal ausgedrückt hatte, war er »mehr Fuchs als Wolf, schlüpfrig und hinterlistig mit seinen vornehmen schwarzen Söckchen«. Eric respektierte Wolfes Einfallsreichtum, hatte jedoch für dessen arrogantes Auftreten nicht viel übrig.

»Äußerst lästig«, fuhr Wolfe mit einem Seufzen fort, nachdem Eric es versäumt hatte, ihn durch einen Themenwechsel auf andere Gedanken zu bringen. »Man bekommt heute einfach kein gutes Personal mehr. Was natürlich abzusehen war, mit dem Krieg und allem.

Ich musste mich jetzt mit einem Kerl zufriedengeben, der keinerlei Referenzen vorweisen kann. Wahrscheinlich werde ich ihn selbst anlernen und meine Erwartungen herunterschrauben müssen. Genau wie bei den ungehobelten, nutzlosen Offiziersburschen, die ich in Flandern hatte. Ich leide, Peterkin. Ich leide ganz entschieden.«

Eric verbarg ein Grinsen hinter seinen Spielkarten. Wolfe war einer der wenigen Heeresoffiziere, die von ihren Offiziersburschen im Plural sprachen. Er hatte sie genauso schnell verheizt, wie er heute seine Butler verheizte. Die Position eines Offiziersburschen war normalerweise durchaus begehrt: eine vergleichsweise angenehme Arbeit, die aufgrund der Nähe zu einem Vorgesetzten gewisse Vorteile mit sich brachte. Wolfes Männer hatten dennoch aktiv Unfähigkeit vorgetäuscht, um nicht dafür angeheuert zu werden.

»Apropos Offiziersburschen, Butler und dergleichen …« Wolfe wies mit dem Kinn zur Bar. Eric drehte sich um und sah eine große, untersetzte Person, die tief in ein Gespräch mit Edward Aldershott vertieft war.

Das strohblonde Haar des Fremden hing ihm ungekämmt in die Stirn, und seine Krawatte war schief – ein krasser Kontrast zu dem überkorrekt gekleideten und zugeknöpften Aldershott und dem glatt polierten Wolfe. Das Gesicht des Fremden war ausdruckslos, und er sah sich mit stumpfsinnig wirkendem Interesse um. Eric fragte sich, wer er war. Er wandte sich wieder Wolfe zu. »Ein ehemaliger Offiziersbursche von dir?«

»Nicht ganz. Ich bin ihm in dem Hospital begegnet, in dem ich gegen Kriegsende lag. Allerdings weiß ich nicht mehr viel von dieser Zeit. Er war dort Krankenwärter. Sein Name ist … Benson, glaube ich. Ja. Albert Benson. Ein Kriegsdienstverweigerer.« Wolfe hielt inne und grinste über Erics verwunderte Miene. Der Britannia Club nahm Männer auf, die für das Britische Reich gekämpft hatten; was machte jemand, der sich geweigert hatte, zu kämpfen, in ihren Reihen? »Kurios, nicht wahr? Wir hatten vorhin eine Vorstandssitzung zu diesem Thema. Saxon hat sich sehr für ihn eingesetzt, was eine ziemliche Überraschung war. Nicht nur, weil Saxon so ein unsympathischer Kerl ist, der eigentlich keine Freunde hat, sondern auch, weil er meines Wissens der Einzige von uns ist, der nie mit Sotheby Manor in Berührung kam.«

»Sotheby Manor?« Eric warf Wolfe einen fragenden Blick zu, während er auf dem Spielbrett seine Punkte absteckte. Dann spähte er noch einmal zur Bar und hielt nach Saxon Ausschau. Dort saß er in einer dunklen Ecke, an einem Apfel kauend und ins Leere starrend. Hin und wieder kehrte er in die Gegenwart zurück und blickte böse umher, als wollte er jeden warnen, ihm bloß nicht zu nahe zu kommen.

Oliver Saxon war ein schräger Vogel, ein in sich gekehrter, unrasierter Mann, der den Club zu jeder Tageszeit mit heraushängenden Hemdschößen heimsuchte und sich Äpfel von der Tischdekoration im Speisesaal klaubte, um deren Kerngehäuse anschließend an den unmöglichsten Orten zurückzulassen. Eric erinnerte sich, dass einmal ein halb vergammeltes Exemplar hinter dem Rahmen des Tafelrunden-Gemäldes auf dem Treppenabsatz geklemmt hatte. Saxon schien es überhaupt nicht zur Kenntnis zu nehmen, jedenfalls entschuldigte er sich nie für seine Unachtsamkeit und auch für sonst nichts. Er war der Sohn des Earl of Bufferin, eines der ältesten Häuser Englands, und konnte es sich daher leisten, so zerstreut zu sein, wie er wollte. Er hätte das Recht besessen, sich Lord Saxon zu nennen, verstieß jedoch gegen jede Konvention, indem er auf den Ehrentitel verzichtete.

Außerdem arbeitete er doch tatsächlich für seinen Lebensunterhalt, als Exportdirektor für Saxon's Hard Cider, ein Familienunternehmen – was unerhört war für einen Lord Saxon … aber vielleicht ganz gut zu jemandem passte, der es vorzog, nur Mr. Saxon zu sein.

Eric war so sehr mit Saxon beschäftigt, dass ihm Wolfes Antwort beinahe entgangen wäre: »Sotheby Manor war das Kriegshospital, in dem ich lag, Peterkin. Ein herrliches Örtchen in den Sussex Downs.

Dort führte ein Angehöriger des niederen Adels das Regiment, der zudem irgendeinen Arzttitel innehatte. Versuch doch bitte, auf der Höhe des Gesprächs zu bleiben.«

Eric ignorierte die spitze Bemerkung und konzentrierte sich stattdessen auf Benson. »Aber wenn er nie gekämpft hat, warum ist er dann hier? Allein auf Saxons Empfehlung hin?«

»Na ja, heutzutage lassen wir doch jeden rein, nicht wahr? Spätestens seit wir uns dem Chinesischen Hilfsarbeiterkorps geöffnet haben, wie du besser als jeder andere weißt.«

Die legendären Peterkin-Augenbrauen stießen zusammen, so tief war Erics Stirnrunzeln. Das Chinesische Hilfsarbeiterkorps war eine nicht kämpfende Einheit, weshalb der Stolz von Leutnant Eric Peterkin, ehemals Mitglied der Königlichen Füsiliere, zutiefst verletzt war. »Ich war nicht beim Chinesischen Hilfsarbeiterkorps«, stellte er klar. »Ich war bei den …«

»Habe ich doch auch gar nicht behauptet.« Das boshafte Funkeln in Wolfes Augen verriet ihn; Eric war ihm prompt in die Falle getappt. Wolfe fuhr fort, als ob nichts gewesen wäre: »Ich habe keine Ahnung, woher Saxon Benson kennt. Mir selbst ist dieser Einfaltspinsel kaum noch im Gedächtnis. Aber man erinnert sich wohl an kein Gesicht mehr, das man lediglich im Morphiumrausch wahrgenommen hat. Und … hunderteinundzwanzig«, sagte er und bewegte seinen Stift auf dem Cribbage-Brett. »Du schuldest mir sieben Shilling und sechs Pence.«

Eric stapelte die Karten auf einer Seite des Spielbretts und kramte den Preis für das Spielvergnügen aus seiner Tasche.

An der Bar hatte Aldershott seine Brille abgenommen und zwickte sich in den Nasenrücken. Hinter ihm ließ Saxon die Überreste seines Apfels in einen leeren Bierkrug fallen und zog einen weiteren Apfel aus den Tiefen seiner Jacke hervor. Bensons stierer Blick fiel unterdessen auf Eric, den er unverhohlen anstarrte. Eric starrte zurück.

Aldershott setzte seine Brille wieder auf, folgte Bensons Blick und erspähte Eric. Seine Lippen zuckten – etwa vor Erleichterung? –, und er zupfte Benson am Ärmel, um seine Aufmerksamkeit ins Hier und Jetzt zurückzulenken.

»Peterkin!«, rief er dann und näherte sich Erics Tisch mit einem Lächeln, das so echt war wie ein künstlicher Brillant. »Und Wolfe! Darf ich euch Mr. Albert Benson vorstellen, unser neuestes Mitglied? Benson, Wolfe gehört zu den Offizieren, die unseren Clubvorstand bilden, und der Peterkin-Clan ist praktisch schon seit dem Mittelalter im Britannia Club. Ich überlasse Sie fürs Erste den kompetenten Händen dieser beiden, damit sie Ihnen alles zeigen, was ich versäumt habe.« Aldershott warf durch seine spiegelnden Brillengläser einen vielsagenden Blick zu Wolfe hinüber, der vorgab, prüfend seine Fingernägel zu betrachten. »Ich kann mich doch auf euch verlassen, Jungs?«

»Oh, absolut«, antwortete Wolfe, ohne von seinen Nägeln aufzusehen. Benson grapschte dennoch nach Wolfes Hand und schüttelte sie, wofür er einen äußerst gereizten Blick erntete, der ihm vollkommen zu entgehen schien. Anschließend drehte er sich zu Eric um und schüttelte auch ihm die Hand. Als sie mit den üblichen Begrüßungsformeln fertig waren, hatte Aldershott bereits das Feld geräumt, und Benson zog sich einen Sessel an den Kamin heran. Seine blonden Haare fielen ihm widerspenstig in die Stirn, als er sich setzte. Eric fühlte sich an einen zottigen Hütehund erinnert, der in ein Rudel geschmeidiger Windhunde geraten war.

Auch sonst machte Benson einen eher ungepflegten Eindruck. Seine Manschetten und sein Kragen waren abgewetzt, und seine Hosen schienen irgendwann einmal enger genäht worden zu sein. Nur seine Jacke war neu und teuer. Eric spähte auf Bensons linke Hand hinunter und bemerkte eine leicht grünliche Färbung der Haut um dessen Ehering herum. Der Kerl hat sich wohl eine ganze Zeit in Sparsamkeit üben müssen, dachte Eric. Offenbar war er erst in letzter Zeit zu Geld gekommen.

»Ich weiß nicht, ob Sie sich an mich erinnern, Mr. Wolfe«, sagte

Benson gerade. »Mir sind Sie jedenfalls noch gut in Erinnerung. Überhaupt gibt es hier viele bekannte Gesichter, muss ich sagen.«

»In der Tat«, erwiderte Wolfe, der immer noch in seine Fingernägel vertieft war.

»Bei Ihnen bin ich mir recht sicher, dass wir uns noch nicht begegnet sind, Mr. Peterkin«, fuhr Benson an Eric gewandt fort. »Umso mehr freut es mich, Sie jetzt kennenzulernen.« Es folgte eine kurze, unbehagliche Gesprächspause. »Äh ... Woher kommen Sie?«

»Aus Barsetshire.« Eric stand nicht der Sinn danach, in die Geschichte seiner Herkunft und seiner Vorfahren einzutauchen. Neugierige Fragen wie die von Benson erfolgten mit bedauerlicher Häufigkeit, und Eric war überzeugt, seine Quote für diesen Monat bereits erfüllt zu haben. »Wolfe hat mir erzählt, dass Sie sich im Kriegshospital Sotheby Manor begegnet sind«, fuhr er deshalb – Wolfes eisigen Blick ignorierend – eilig fort.

Benson grinste nur. »Oh ja. Wolfe kam halb tot aus Flandern an und verlangte als Erstes nach einer anständigen Rasur und einem Haarschnitt. Unser Freund hier hat wirklich eiserne Nerven – nach zwei Tagen fragte man sich, ob er überhaupt je einen Schützengraben aus der Nähe gesehen hatte.«

»Es obliegt mir nicht, zu beeinflussen, was Gott mir in seiner Großzügigkeit zuteilwerden lässt«, sagte Wolfe affektiert. »Erlauben Sie mir jedoch die Bemerkung, dass ich auch hätte zu Hause bleiben können, wenn ich gewollt hätte; was weiß Gott viele Männer getan haben.«

Benson schien diese Spitze nicht auf sich zu beziehen, sondern erklärte nur: »Flandern war wirklich ein schrecklicher Ort. Ich war ein Jahr lang dort und würde für kein Geld der Welt noch einmal zurückkehren. Ein Wunder, dass sich damals überhaupt irgendjemand freiwillig gemeldet hat.«

Ein Jahr lang dort? Hatte Wolfe nicht behauptet, Benson sei Kriegsdienstverweigerer gewesen und habe seine Pflicht stattdessen als Spitalsoldat abgeleistet? Benson ersparte Eric weitere Spekulationen und führte seine Bemerkung näher aus: »Ich war Blessiertenträger, einer der ersten, die an der Front eintrafen. Aber eine Granate machte mich bewusstlos – meine Erinnerungen sind nicht mehr allzu klar – und brachte mir einen Gips ein. Danach beschloss man, dass es wohl besser für mich wäre, meinen Dienst zu Hause in England weiter zu leisten. Glück für mich, was? Ich denke mal, nachdem ich selbst an der Front war, wusste ich besser als die meisten anderen im Hospital, was all diese Männer durchgemacht hatten.«

»Und nun sind Sie hier«, sagte Wolfe. »Erstaunlich, wozu einem ein Jahr in der Hölle verhelfen kann. Ich muss gestehen, dass es mich einigermaßen überrascht, Sie hier unter uns blutrünstigen Kriegshunden zu sehen. Ich hätte gedacht, dass Sie einen weiten Bogen um uns machen.«

Benson begann sich sichtlich zu entspannen. Er gab einem Bediensteten ein Zeichen, damit dieser ihm etwas zu trinken brachte, und erzählte dann: »Meine Umstände haben sich kürzlich geändert. Mr. Saxon hat mir nahegelegt, jetzt, da ich es mir leisten kann, über einen Clubbeitritt nachzudenken, weil es das Angemessene für einen Mann in meiner Position wäre. Und deshalb bin ich nun hier.« Eric fiel auf, dass Benson unbewusst mit dem Goldring an seiner linken Hand herumspielte. Hatte er vielleicht unlängst reich geheiratet?

»Diese Clubs sehen von außen immer so imposant aus«, fuhr Benson fort. »Ich habe keine Ahnung, was ich hier zu tun habe oder womit ich anfangen soll.«

»Nun ja«, sagte Wolfe mit kritischem Blick auf Bensons unordentlichen Krawattenknoten. »Sie könnten zum Beispiel damit anfangen, sich Ihre Krawatte ordentlich zu binden. Dazu sind Sie doch sicher in der Lage. Oder haben Sie im Hospital nichts anderes gelernt, als Betten zu machen, wenn noch jemand darin liegt?«

»Vorgeschrieben ist das aber nicht«, mischte sich Eric ein. Er hatte schon zu lange geschwiegen, und es wurde immer klarer, dass Wolfe nicht die Absicht hatte, es Benson leicht zu machen. »Sie können sie ein wenig lockern, wenn Sie wollen. Saxon zieht seine sogar ganz aus.«

»Der ist ja auch ein leuchtendes Vorbild«, knurrte Wolfe. »Ich weiß wirklich nicht, warum nicht mehr von uns in seine erlauchten Fußstapfen treten.«

Eric zwang sich, Wolfes Sarkasmus zu ignorieren. »Die meisten von uns kommen hierher, um sich nach der Arbeit zu entspannen, vielleicht eine Partie Billard zu spielen oder Karten. Kartenspiele mit Wolfe würde ich allerdings an Ihrer Stelle meiden.« Eric zeigte auf das Cribbage-Brett auf dem Tisch. »Er wird Sie ein paarmal aus Spaß gewinnen lassen und anschließend bis aufs Hemd ausziehen.«

»Oh, ich weiß.« Benson grinste unvermittelt. »Auf der Genesungsstation gab es für die Männer nicht viel zu tun, außer zu lesen und Karten zu spielen. Dort sprach es sich schnell herum. Aber das ist schon in Ordnung. Solange man die Karten unter dem Tisch mischt, hat man vielleicht sogar Chancen gegen ihn.«

Erics Blick schoss zu Wolfe, der jedoch lediglich ein wenig gereizt wirkte. Allerdings war es Wolfes Art, sich durch nichts erschüttert zu zeigen. Es hätte schon der Wiederkunft des Herrn bedurft, um eine stärkere Reaktion bei ihm hervorzurufen. Der Vorwurf der Mogelei war unter Gentlemen eine ernste Angelegenheit, doch als Benson fortfuhr, klang er zu heiter, als dass es sich um mehr als eine bewundernde Bemerkung hätte handeln können. »Er hat ein erstaunlich scharfes Auge. Angeblich kann er ein Ass durch sieben Mischvorgänge hindurch verfolgen, durch bloßes Hinsehen.« An Wolfe gewandt sagte er: »Einmal haben Sie sich aus den Händen der Deutschen befreit, indem Sie den befehlshabenden Offizier zu ein paar Runden Binokel herausgefordert haben, nicht wahr? Sie haben ihm die Uniform abgeknöpft, die er am Leib trug, und beinahe auch seine Orden. Das ist jedenfalls die Geschichte, die ich gehört habe.«

»Die Leute erzählen sich die haarsträubendsten Dinge«, wehrte Wolfe ab. Einer seiner Mundwinkel wanderte nach oben. »Es war Cribbage, nicht Binokel.«

Die Richtigstellung war natürlich als Zeichen zu werten, dass Wolfe bereit war, »widerstrebend« die Details seiner Eskapaden preiszugeben, was wiederum bedeutete, dass es keinen Sinn mehr hatte, irgendetwas lesen zu wollen. Eric klemmte sein Manuskript hinter ein Kissen und ging zur Bar, um eine Runde Getränke für das Grüppchen an seinem Tisch zu bestellen.

Saxon saß immer noch am Ende des Tresens und kaute an einem Apfel. Irgendwie tat er Eric ein wenig leid. Es war nie besonders angenehm, ausgeschlossen zu werden, und wenn Saxon tatsächlich Bensons Aufnahme in den Club befürwortet hatte, erschien es Eric ungerecht, ihn ausgerechnet aus dieser Gesprächsrunde auszuschließen. Während der Barmann die Getränke einschenkte, sagte er daher an Saxon gewandt: »Ihr Freund Benson scheint ein lustiger Bursche zu sein. Setzen Sie sich doch zu uns, Saxon. Am Kamin ist noch Platz genug für einen weiteren Sessel.«

Doch Saxon, vorübergehend aufgeschreckt und in die Gegenwart versetzt, starrte ihn nur böse an. Eric erspähte halb unter dem Rand des Tresens verborgen ein Buch, das aufgeschlagen auf Saxons Schoß lag. Es war auf Griechisch verfasst und über und über mit Kritzeleien, Unterstreichungen und Anmerkungen versehen. »Ich bin nicht hier, um mich zu unterhalten«, blaffte Saxon und wandte sich wieder seinem Buch zu. Mit gesenktem Blick entsorgte er die Überreste seines Apfels in einem nahen Bierkrug – unglücklicherweise einem, der noch benutzt wurde – und zog einen weiteren Apfel aus seiner zerknitterten Jacke.

Schulterzuckend kehrte Eric ans Kaminfeuer zurück, wo Wolfe begonnen hatte, sich wieder einmal über den Mangel an qualifizierten Butlern im England der Nachkriegszeit zu beschweren.

DER FEHDEHANDSCHUH

Der Schlüssel war klein und flach, mit dreieckigen, spitz zulaufenden Zähnen. Er war ungekennzeichnet, doch es handelte sich zweifelsohne um den Schlüssel zu einem Schließfach im Tresorraum des Clubs.

Das Gespräch hatte sich den Annehmlichkeiten zugewandt, die der Club seinen Mitgliedern bot, und Benson hatte zugegeben, bereits von einer solchen Annehmlichkeit Gebrauch gemacht zu haben, woraufhin er den Schlüssel hervorgezogen hatte.

»Sie Glückspilz«, sagte Eric. »Ich habe vorhin auch um ein Schließfach gebeten, um dieses Manuskript darin aufzubewahren – besser, als es jeden Tag mit nach Hause und wieder hierher zu schleppen –, aber es waren bereits alle Fächer im Tresorraum belegt.«

»Der alte Getreue wollte dir bloß keinen Schlüssel anvertrauen«, lautete Wolfes Kommentar.

Das hielt Eric für höchst unwahrscheinlich. Benson schien nichts von der kleinen Unstimmigkeit mitbekommen zu haben, denn er fuhr unbekümmert fort: »Mr. Aldershott hat mir gezeigt, wie es funktioniert – wie man ein Schließfach auswählt und so weiter. Ich habe trotzdem alles dem Portier übergeben, damit er sich darum kümmert. Das erschien mir unkomplizierter. Wie auch immer, Mr. Aldershott sagt, der Tresorraum sei sicherer als die Bank von England.«

Eric blickte sich um und sah, dass Aldershott an die Bar zurückgekehrt war und dort einen Platz in Hörweite eingenommen hatte.

Er vermutete, dass der Clubpräsident ihr Gespräch mit anhören wollte. So unerträglich Wolfe sein konnte, er war ein exzellenter Geschichtenerzähler – solange er nicht mitbekam, wer alles zuhörte. Das einzige andere Vorstandsmitglied im Raum war Saxon, der immer noch am Ende des Tresens in seinem griechischen Text herumkritzelte. Er hatte sich nicht bewegt, seit Eric den Fehler gemacht hatte, ihn anzusprechen, schien jedoch glücklicherweise am Ende seines Apfelvorrats angekommen zu sein.

Wolfe beäugte Benson nachdenklich. »Das glaubt Aldershott also? Ich wette fünfzig Pfund, dass ich das, was Sie dort weggeschlossen haben, morgen um diese Zeit aus dem Tresorraum geholt und hier auf diesen Tisch gelegt habe.«

»Sie wollen mich wohl auf den Arm nehmen! Ich habe den Tresorraum gesehen. Dort kommt man nicht ohne Zahlenkombination hinein, und dann sind da noch alle diese Schlüssel …«

»Die Wette gilt also?«

»Was? Nein!«

Eric nickte anerkennend. »Ich musste am eigenen Leib erfahren, dass man stets den Kürzeren zieht, wenn man sich auf Wetten mit Wolfe einlässt. Er schließt nie eine Wette ab, ohne vorher sorgfältig überlegt zu haben, wie er sie gewinnen kann.«

Wolfe hob eine Augenbraue. »Willst du damit andeuten, unser neuer Freund hier hätte keine fünfzig Pfund, die er auf den Tisch legen könnte, Peterkin?«

»Ganz und gar nicht. Ich will andeuten, dass du den armen Kerl übervorteilst.«

Damit wäre die Angelegenheit möglicherweise beendet gewesen, hätte Aldershott nicht beschlossen, sich einzumischen.

»Habe ich da etwa gehört, wie über mich gelästert wird?« Er lachte. »Ist das wieder eine deiner albernen Wetten, Wolfe? Ich glaube, diesmal hast du den Mund ein wenig zu voll genommen.«

»Du wettest also dagegen? Unser Freund hier ist zu feige dazu.«

»Natürlich wette ich dagegen! Fünfzig Pfund, dass du es nicht schaffst, in den Tresorraum einzudringen und auch nur einen Gegenstand aus einem Schließfach zu entwenden – zumal dir Benson die Nummer seines Fachs natürlich nicht verraten wird.« Aldershott zwinkerte Benson zu. »Und er wird dir auch nicht verraten, was sich darin befindet. Abgemacht?«

»Ich habe nicht gesagt, dass ich …«, setzte Benson an, wurde jedoch von Wolfes Lachen unterbrochen.

»Nur einen Gegenstand? Ein Kinderspiel! Erhöhen wir auf hundert Pfund, und ich lege euch die geheimnisvolle Beute noch vor morgen Mittag auf diesen Tisch.«

Benson zögerte, sichtlich verunsichert, doch Aldershott klopfte ihm aufmunternd auf die Schulter und sagte: »Kommen Sie, seien Sie kein Spielverderber. Es ist doch nur ein harmloser Spaß. Und außerdem eine gute Gelegenheit, unsere Sicherheitsvorkehrungen im Club zu testen.«

»Mir bleibt wohl keine andere Wahl, oder?«, fragte Benson und blickte zwischen den beiden Offizieren hin und her. Einerseits wirkte er erpicht darauf, mit seinen neuen Clubkameraden einen kleinen Jux zu teilen, andererseits schien ihm bereits der Gedanke, dass sich jemand an seinem persönlichen Hab und Gut zu schaffen machte, äußerst unangenehm zu sein. Für einen flüchtigen Moment glaubte Eric, einen lauernden, berechnenden Ausdruck in Bensons Gesicht wahrzunehmen, der jedoch rasch wieder der Sorge wich. Benson schloss die Augen, holte tief Luft und kam zu einem Entschluss. »Also gut. Ich mache mit.« Er klang nicht besonders überzeugt.

»Das ist die richtige Einstellung!« Aldershott schüttelte erst Benson und dann Wolfe die Hand. »Wir dulden selbstverständlich keine Handgreiflichkeiten, keine eingeschlagenen Fenster oder Ähnliches. Ich kenne dich, Wolfe, und weiß, dass du lieber sterben würdest, als Unordnung zu hinterlassen, möchte es aber dennoch gesagt haben. Peterkin wird bei der ganzen Sache den Schiedsrichter spielen, nicht wahr?«

War das Ganze nur ein Vorwand, um ihn bloßzustellen? Wolfe war Spezialist für solche Intrigen, was Aldershott nur allzu genau wusste. Sei nicht albern, ermahnte sich Eric. Wie hätte die Antwort deines Vaters gelautet?

»Natürlich. Ich werde morgen um zwölf hier sein, und wenn Wolfe seine Wette bis dahin nicht eingelöst hat, gewinnen Sie beide. Benson, ich sollte im Interesse der Fairness vielleicht einen Blick auf den Inhalt Ihres Schließfachs werfen – damit ich weiß, was uns Wolfe morgen zu präsentieren hat.«

»Eine kluge Entscheidung, Peterkin. Ich wollte gerade selbst etwas in dieser Art vorschlagen.« Aldershott klopfte Eric auf den Rücken, und Benson stand auf, um zum Tresorraum voranzugehen.

Eric entging nicht, dass sich Wolfe, kaum hatten sie ihm den Rücken zugedreht, in seinem Sessel zurücklehnte und voller Siegesgewissheit eine Zigarette anzündete. Er war froh, dass nicht er es war, den man zur Teilnahme an dieser Wette überredet hatte.

Auch Aldershott wirkte siegessicher und schien außergewöhnlich guter Laune zu sein. Eric fragte sich, wer von den beiden immer noch so wohlgestimmt sein würde, wenn die Uhr am nächsten Tag zwölf schlug.

Unter den Blicken der Artus-Ritter gingen sie ins Foyer hinunter und anschließend einen Flur entlang, der an den Büros des Clubpräsidenten und des Schriftführers vorbeiführte. Fast am Ende des Flurs befand sich eine unscheinbare Holztür. Auf ihre Bitte hin öffnete der alte Getreue sie und stieg ihnen voraus eine schmale Treppe hinunter. Sie mündete in eine fensterlose Vorkammer, wo er die beiden Clubmitglieder ermahnte, Abstand zu halten, während er sich am Kombinationsschloss der Stahltür zu schaffen machte. Endlich ging die Tür zum Tresorraum auf – sie öffnete sich nach innen –, woraufhin eine einzelne nackte Glühbirne über ihren Köpfen erglomm.

Eric wusste nicht, wie der Raum genutzt worden war, bevor ihn sich der Club als Tresor zu eigen gemacht hatte. Seine Wände bestanden aus weiß getünchtem Beton, der im grellen Licht der Glühbirne beinahe blendete, und auf dem Boden war ein Mosaik aus Kacheln verlegt, blau, grau und cremefarben, aufwendiger, als es für einen so selten betretenen Raum angemessen erschien. Es herrschte unnatürliche Stille, als sie über die Türschwelle traten. *Dulce et decorum est pro patria mori* – der alte lateinische Horaz-Spruch stand quer über die Mitte des Bodens geschrieben. »Es ist süß und ehrenhaft, für das Vaterland zu sterben.« Vielleicht war dieser Schriftzug einst der ganze Stolz der kriegerischen, patriotischen Clubmitglieder gewesen, doch inzwischen hatte ihn das Gedicht von Wilfred Owen, »Dulce et Decorum Est«, in einen bitteren Witz verwandelt. Ein schlichter Holztisch war darübergestellt worden, um ihn zu verdecken.

An der hinteren Wand befanden sich die Schließfächer, eine Aneinanderreihung von Stahltüren, die in stabile, ebenfalls aus Stahl bestehende Rahmen eingelassen waren. Benson umrundete den Tisch, um zu ihnen zu gelangen, und fuhr mit den Fingern an ihnen entlang, bis er das gewünschte Schließfach gefunden hatte: die Nummer 13. Er schloss es auf, zog den genau eingepassten Stahlkasten heraus und stellte ihn auf den Tisch.

Oben im Salon hatte Benson ganz den Anschein erweckt, ein wenig einfältig zu sein, aber jetzt durchlief er eine kaum merkliche Veränderung. Die runden, hängenden Schultern strafften sich, und auch der schlaffe Unterkiefer schien sich gespannt und dem Beton und Stahl der Umgebung angepasst zu haben. Der Mann, der Eric von der anderen Seite des Tisches aus ansah, war kein Dorftrottel, sondern ein fahrender Ritter, und Eric ahnte, dass es nicht Feigheit gewesen war, die Benson davon abgehalten hatte, an der Front zu kämpfen.

Eric warf einen Blick in den Kasten. Darin lag zuoberst ein Injektionsbesteck, bestehend aus einer gut gepflegten Injektionsspritze und einigen Nadeln. Auf dem Deckel des Behälters war der stilisierte Buchstabe *S* eingraviert. Daneben ruhte eine chirurgische

Schere mit langen, schmalen Griffen und spitz zulaufenden Klingen, und darunter lag eine Fotografie von einer bildhübschen dunkelhaarigen Frau in der Uniform der Freiwilligenhilfe, die sich lächelnd über eine Geburtstagstorte beugte. Um sie herum scharten sich weitere Schwestern der Freiwilligenhilfe und einige Patienten. Ganz unten im Kasten befand sich eine Aktenmappe, darin der Arztbericht über einen gewissen Horatio Parker, der offenbar eine schlimme Schnittwunde im Gesicht erlitten hatte, die genäht werden musste.

Eric hatte Wertgegenstände erwartet oder private Papiere, vielleicht sogar ein oder zwei Erinnerungsstücke aus dem Krieg. Ihm fiel nicht ein vernünftiger Grund ein, warum jemand diesen wertlosen Plunder hätte wegschließen sollen. Oder etwa doch? Ihm rauchte der Kopf vor lauter Nachgrübeln darüber, wie die vor ihm liegenden Puzzleteile zusammenpassten. Unterdessen beobachtete ihn Benson, der fahrende Ritter, mit Argusaugen. Eric fragte so beiläufig wie möglich: »Sind diese Gegenstände auf irgendeine Weise wichtig für Sie?«

»Zusammengenommen«, antwortete Benson, »erwarte ich, dass sie ein großes Unrecht aus der Vergangenheit wiedergutmachen. Es ist mir gleichgültig, wenn Wolfe sie sieht – vor ihm habe ich keine Angst. Aber es gibt hier Menschen, die dringend ein wenig wachgerüttelt werden müssen.« Flüsternd fügte er hinzu: »Allerdings fürchte ich, dass nun alles ein bisschen zu schnell geht.«

Eric warf erneut einen Blick in den Kasten und runzelte die Stirn. Hätte er raten müssen, hätte er gesagt, dass es sich um die Überbleibsel eines behelfsmäßigen Kriegshospitals handelte. Er griff nach der Fotografie und betrachtete die Krankenschwester in deren Zentrum. Ihr ovales Gesicht hatte etwas Leuchtendes, Madonnenhaftes an sich. »Kenne ich diese Frau?«, überlegte er laut. »Ich wünschte, ich würde sie kennen.«

»Das ist meine Frau Helen«, erklärte Benson und lächelte nachsichtig. »Ich bezweifle, dass Sie ihr schon einmal begegnet sind.«

»Oh.« Eric wandte seine Aufmerksamkeit den anderen Gesichtern auf der Fotografie zu. Sie waren ihm fremd, zumindest die meisten. Aber dort im Hintergrund, war das nicht …? Ja, das war Aldershott. Er zählte nicht zu den Patienten, das nicht, doch es war unverkennbar Hauptmann Edward Aldershott, der dort in seiner Uniform stand, steif wie eh und je, flankiert von zwei hübschen lachenden Schwestern.

»Hat die ganze Sache etwas mit Aldershott zu tun?«, fragte Eric.

Benson lachte nur, nahm Eric die Fotografie aus den Händen und legte sie zurück in den Kasten.

»Sie kommen mir gar nicht vor wie ein Mensch, der sich vor seiner Pflicht gegenüber dem König und dem Vaterland drückt«, merkte Eric an. »Warum sind Sie nicht wie alle anderen der Armee beigetreten?«

Bensons Lächeln gefror, und ein Muskel zuckte unter seinem Auge. Bestimmt hatte er sich schon unzählige Male für diesen Umstand rechtfertigen müssen. Er drehte sich weg und schob den Kasten in sein Fach zurück. Dann sagte er: »Es nennt sich ›Kriegsdienstverweigerung aus Gewissensgründen‹, Peterkin. Ich habe mich geweigert, zu kämpfen, weil ich den Krieg für falsch halte. Sie waren doch dort, oder? Wenn Sie an das jahrelange Gemetzel zurückdenken, können Sie dann etwa behaupten, es sei gut und gerecht gewesen? Ich habe meine Schuldigkeit getan, indem ich mich freiwillig als Blessiertenträger gemeldet und die Toten und Verwundeten eingesammelt habe. Als Blessiertenträger muss man aufs Schlachtfeld hinaus, ohne auch nur ein Messer zur Selbstverteidigung bei sich zu haben. Und damit eins klar ist, Peterkin: Die Einberufung begann erst 1916, ich war also in Flandern, lange bevor die Regierung mich dazu gezwungen hätte.«

»Und nun sind Sie hier.«

»Nun bin ich hier.« Bensons Miene wurde grimmig. »Eine große Ehre.« Er sagte es mit einem ironischen Unterton, der Eric zu denken gab. Bevor er jedoch weitere Fragen stellen konnte, fiel Benson eine strohblonde Haarsträhne in die Augen. Der grimmige Ausdruck verschwand, der leere Blick kehrte zurück, und Benson war wieder der einfältige Trampel, dem man alles besonders langsam erklären musste.

Saxon starrte Eric und Benson von seinem Ende der Bar finster entgegen, als sie zurück in den Clubsalon kamen. Der griechische Text lag hinter ihm auf dem Tresen, mit einem Bierdeckel als Lesezeichen. Offenbar hatte er inzwischen Wind von der Wette bekommen und schien nicht sonderlich erfreut darüber. »Hast du dich also in Wolfes lächerliche Spielchen verwickeln lassen«, knurrte er und bedachte Benson mit einem wütenden Blick. »Und das gleich an deinem ersten Tag. Peterkin, ich mache Sie dafür verantwortlich.«

»Mich? Ich habe ihm gleich gesagt, dass das eine schlechte Idee ist.«

»Sie hätten es ihm noch deutlicher sagen müssen!«

Benson rieb sich kleinlaut den Hinterkopf. »Tja, jetzt ist es zu spät, oder? Meinst du, ich sollte Mr. Wolfe mitteilen, dass ich die Wette zurückziehe?«

Eric spähte zum Kamin hinüber, aber Wolfe war nicht mehr dort. »Versuch es, und er macht dich fertig«, prophezeite Saxon. »Vor allem, da nun auch Aldershott involviert ist.« Er stieß einen verdrossenen Seufzer aus und erhob sich mühsam von seinem Barhocker. »Vergiss es. Lass uns einfach nach Hause gehen.«

Die beiden hatten soeben die Salontür erreicht, als diese schwungvoll von Edward Aldershotts Frau Martha aufgestoßen wurde, der die Anwesenheit im Club eigentlich untersagt war. Clubbedienstete eilten aus dem Verborgenen herbei, um sie aufzuhalten, doch sie wollte nichts davon wissen. Vor ihrer Ehe mit Aldershott war sie Lazarettschwester gewesen, und nun marschierte sie mit der gleichen forschen Bestimmtheit an den Bediensteten vorbei, mit der sie vermutlich auch ihre Arbeit an der Front verrichtet hatte. Der energische Eindruck wurde noch vom militärischen Schnitt ihres doppelreihig geknöpften Tunika-Kleides und ihren auf Hochglanz polierten Stiefeln verstärkt. Ihre Körperhaltung ließ sie größer und respekteinflößender wirken, als sie war, und ihre blonden Haare waren zu einem strengen Pagenkopf geschnitten, der mehr mit Zweckmäßigkeit als mit modischen Überlegungen zu tun zu haben schien.

»Martha!«, herrschte Saxon sie an. »Du dürftest überhaupt nicht hier sein!«

Das brachte sie ins Stocken. Mrs. Aldershott war Oliver Saxons Cousine, und die Familienbande konnten ihr Tempo immerhin verlangsamen, wenn auch nicht ganz zum Erliegen bringen. Es gab wenig Ähnlichkeit zwischen Cousin und Cousine. Mrs. Aldershott war stets tadellos und nach der neuesten Mode gekleidet und so reinlich und gepflegt wie eine desinfizierte Krankenstation, wohingegen sich Saxon nur etwa einmal die Woche rasierte – wenn er daran dachte. Eines jedoch hatten sie gemeinsam: dass sie sich offenkundig wenig um die Regeln der konventionellen Gesellschaft scherten.

»Hallo, Oliver«, sagte sie und warf sich ein Ende ihrer Fuchspelzstola über die Schulter. »Du hast hoffentlich nicht vor, einen Zirkus zu veranstalten. Ich bleibe ganz sicher nicht länger als unbedingt nötig.« Sie rümpfte die Nase. »Dass ihr Männer unbedingt diese übel riechenden Zigarren rauchen müsst, die einem jeden Appetit verderben. Ich bin nur hier, weil ich meinen Mann suche … Wo ist er? Bestimmt versteckt er sich irgendwo. Tja, irgendwann muss er aus seinem Unterschlupf kommen. Und wer sind Sie?«

»Albert Benson. Sie erinnern sich, ich …«

»Benson? Ah, Benson!« Mrs. Aldershott lächelte ihn strahlend an. »Natürlich erinnere ich mich! Emily hat oft von Ihnen geschrieben. Was für eine Freude, Sie endlich persönlich kennenzulernen! Sie müssen unbedingt einmal zu uns zum Abendessen kommen, sobald es Ihnen irgendwie möglich ist!«

Bensons Ohren waren rot angelaufen bei der Erwähnung besagter Emily, und in Eric, der ihn unauffällig von der Seite beobachtete, regte sich Neugier. Hatte Benson nicht gesagt, der Name seiner Frau sei Helen? Wer war dann diese Emily? Vielleicht eine Geliebte?

Bevor noch etwas dazu gesagt werden konnte, tauchte Aldershott aus einem lampenbeschienenen Sesselgrüppchen auf und kam herbeigeeilt. In Gegenwart seiner Frau wirkte er mehr wie ein ungezogener Schuljunge als wie der steife Zuchtmeister, als der er sich gern gab. »Martha«, setzte er an, »du weißt doch, dass die Clubregeln es nicht erlauben, dass …«

»Oliver hat mich bereits daran erinnert. Gibt es einen Grund dafür, dass du dich nicht dazu herabgelassen hast, zum Abendessen zu erscheinen?«

»Hör mal, es tut mir furchtbar leid, aber es ist noch etwas dazwischengekommen, und …«

Hinter ihnen schüttelte Saxon nur den Kopf und wandte sich zum Gehen, Benson hinter sich herziehend. Eric beschloss, sich die beiden zum Vorbild zu nehmen, und holte sein Manuskript hinter dem Polster seines Sessels hervor. So amüsant es auch war, Aldershott dabei zu beobachten, wie er von seiner Frau die Leviten gelesen bekam, die Nacht vor den Toren des Britannia Clubs würde nicht klarer werden, und Eric wollte zu Hause sein, bevor der aufsteigende Nebel den Fußmarsch allzu unangenehm machte.

DIE GEBROCHENE LANZE

Am nächsten Tag machte sich Eric ein wenig später als sonst auf den Weg in den Britannia Club. Seine Träume waren voll gewesen mit chinesischen Antiquitäten: Terrakotta-Kriegern, Porzellan-Urnen, Schriftrollen, die mit gelb gewandeten, eiserne Knüppel schwingenden Äffchen bemalt waren. Diese Traumbilder hatten sich sowohl vertraut als auch fremd angefühlt, wie ein viel geliebtes Buch in einer anderen Sprache.

Von dem leichten Nebel, der am Vorabend aufgezogen war, war keine Spur mehr zu sehen, als er die St. James's Street Richtung King Street entlangging. In London konnte sich der nächtliche Nebel bisweilen bis in den Nachmittag hinein festsetzen; er wurde dichter im Sonnenlicht, statt sich aufzulösen. Aber der heutige Tag versprach klar und windig zu werden – der perfekte Tag zum Drachensteigenlassen. Eric erhaschte tatsächlich einen Blick auf zwei oder drei farbenfrohe Rauten, die im Süden oberhalb der Dächer auf und ab flatterten. Vermutlich im St. James's Park, dachte er und reckte noch einmal den Hals, bevor er in die King Street einbog. Der Wind trieb seine Schritte an, vorbei an den Plakaten des Stücks, das im St. James's Theatre gegeben wurde.

Er frühstückte im Speisesaal des Clubs und setzte sich dann mit seiner Lektüre in den üblichen Sessel. Seine Gedanken schweiften immer wieder zum Inhalt von Bensons Schließfach ab. Was ergaben diese ungleichen Objekte zusammengenommen? Vielleicht würde sich alles klären, sobald Wolfe die Wette eingelöst hatte. Eric wusste, dass Wolfe sich niemals auf eine Wette einließ, ohne sich vorher detailliert vorbereitet zu haben. Er wusste stets im Vorfeld, dass er seiner Aufgabe gewachsen sein würde, weshalb beinahe feststand, dass er auch diesmal als Sieger hervorgehen würde. Eric ertappte sich bei dem Wunsch, dabei zu sein, wenn Wolfe ausnahmsweise einmal eine Wette nicht gewann. Falls es je dazu kam, wollte er unbedingt sein Gesicht sehen.

Um Viertel vor zwölf legte Eric sein Manuskript beiseite und überlegte, ob er sich eine Portion Lammhackfleisch mit Kartoffelbrei gönnen sollte. Oh ja, zarte Lammstückchen unter einer warmen Schicht Kartoffelpüree, die oben eine leichte Kruste hatte … Im Britannia Club wurde dieses Gericht mit geriebenem Cheddar-Käse und Petersilie bestreut. Eric fand, dass die meisten Speisen zehnmal besser schmeckten, wenn man Käse hinzufügte, und Lammhackfleisch mit Kartoffelbrei bildete keine Ausnahme.

Er hob den Kopf und sah, dass sich Jacob Bradshaw mit einer Ausgabe der *Times* unter dem Arm näherte. »Hallo, Peterkin«, sagte er und lächelte freundlich hinter seinem schneeweißen Bart hervor, während er es sich in einem nahen Sessel bequem machte. »Aldershott hat mir von Wolfes neuester Wette erzählt und vorgeschlagen, dass ich sicherheitshalber ebenfalls anwesend sein sollte.«

Bradshaw war der Schriftführer des Clubs. Er war ebenfalls Mitglied des Vorstands und von allen Offizieren am längsten dabei. Zu dem Zeitpunkt, als Eric dem Club beigetreten war, war er bereits lange Jahre Schriftführer gewesen, und es sah ganz danach aus, als würde er dieses Amt noch viele weitere Jahre bekleiden. Es war ganz einfach so, dass er seinen Aufgaben mit großer Zuverlässigkeit nachkam. Er war effizient, bemerkenswert effizient, und hatte sich im Laufe seiner Karriere ein Netzwerk aus Kontakten aufgebaut, das sich zweimal um das gesamte Britische Reich erstreckte. Es hieß, was auch immer man erledigt haben wolle, er kenne genau den richtigen Mann dafür. Eric hatte immer schon gefunden, dass Bradshaw mehr als nur ein bisschen Ähnlichkeit mit dem Weihnachtsmann aufwies, und es fiel schwer, ihn sich als Kompaniefeldwebel im Ausbildungslager Sussex vorzustellen, wo er während seiner Dienstzeit stationiert gewesen war. Kompaniefeldwebel waren Erics Erfahrung nach eine eigenartige Mischung aus väterlich – was auf Bradshaw durchaus zutraf – und albtraumhaft streng. Bradshaw jedoch schien nie auch nur die Stimme zu erheben, sondern im Gegenteil für jeden ein freundliches Wort übrigzuhaben.

»Wer, glauben Sie, wird die Wette gewinnen?«, fragte Eric ihn. »Ich habe gelernt, dass man Wolfe nicht unterschätzen darf, aber man weiß nie.«

»Er ist noch nicht hier, oder?« Bradshaw warf einen Blick auf die Uhr an der Wand. »Und Aldershott und Benson auch nicht. Zumindest Aldershott wird sich die Sache auf keinen Fall entgehen lassen wollen. Vielleicht hält ihn noch seine Arbeit auf. Was mit Benson ist, weiß ich nicht.«

»Ich hatte den Eindruck, dass er bei Saxon übernachten wollte. Deshalb muss er sich wohl Saxons Tagesplanung anpassen.«

»Ich frage mich, wie die Freundschaft zwischen ihm und Saxon zustande kam«, überlegte Bradshaw laut. »Als Saxon ihn als Mitglied vorschlug und seinen Dienst als Blessiertenträger verteidigte, war ich zugegebenermaßen überrascht. Angenehm überrascht. Ich war sofort mehr als gewillt, ihn aufzunehmen – es ist kein Geheimnis, dass ich die Aufnahmebedingungen für ein wenig zu restriktiv halte –, aber es kostete einige Mühe, Aldershott zu überzeugen. Am Ende stimmten wir ab, und Wolfe bildete die einzige Gegenstimme. Er war überaus erbost über das Ergebnis, weiß der Himmel, warum. Ich habe zumindest einige Kenntnisse darüber, was Benson im Krieg durchgemacht hat, und er verdient seinen Platz hier so sehr wie jeder andere.«

Eric nickte und dachte daran, was Benson ihm am Vorabend über die Gefahren erzählt hatte, die es mit sich brachte, in nicht kämpfender Funktion auf dem Schlachtfeld unterwegs zu sein. »Dann hat sich Wolfe diese ganze Wette vermutlich ausgedacht, um sich für seine Schlappe bei der Abstimmung zu rächen. Indem er Benson bloßstellt.«

»Daran habe ich keinerlei Zweifel.«

Aldershott kam mit großen Schritten auf sie zu, und Bradshaw und Eric warfen erneut einen Blick auf die Uhr. Es war fünf Minuten vor zwölf. »Sind bisher weder Wolfe noch Benson eingetroffen?«, fragte Aldershott und runzelte die Stirn. »Es ist fast so weit.«

»Ich erwarte, dass Wolfe fünfzehn Sekunden vor zwölf hereingerauscht kommt, den Inhalt des Schließfachs auf den Tisch legt und sich dann in aller Seelenruhe zurücklehnt und eine Zigarette anzündet, während ein Aufschrei des Staunens und der Fassungslosigkeit durch die Runde geht«, antwortete Eric.

»Das hört sich ganz nach Wolfe an«, bestätigte Bradshaw und lachte leise.

Sie drehten sich um und blickten gemeinsam zur Uhr, wobei Aldershott ungeduldig mit dem Fuß auf den Boden klopfte. Draußen rüttelte eine besonders stürmische Windböe an den Fenstern. Als der Sekundenzeiger der Wanduhr die Neun passierte, wurde die Tür zum Salon aufgestoßen, und Mortimer Wolfe trat herein. Er grinste bis über beide Ohren, und unter seinem Arm klemmte nachlässig ein kleines, in Leinen eingeschlagenes Bündel. Damit stolzierte er zu den versammelten Männern, legte das Bündel ohne Umschweife auf den Tisch und ließ sich in einen Sessel fallen. »Ist Benson noch gar nicht da?«, fragte er und zündete sich eine Zigarette an. »Das verdirbt ein wenig den Effekt«, fügte er affektiert hinzu.

Aldershott beäugte das Bündel und sagte: »Ich nehme an, ich schulde dir hundert Pfund. Es sei denn, Peterkin kann beschwören, dass es sich nicht um einen der Gegenstände aus Bensons Schließfach handelt. Peterkin?«

»Lassen Sie uns auf Benson warten.« Das gebot die Fairness, auch wenn Eric an der Form des Bündels erkannte, dass es sich um die chirurgische Schere handelte. Eine seltsame Wahl, dachte Eric. So oder so, es sah ganz danach aus, als hätte Wolfe die Wette gewonnen. Auf Benson zu warten war eine reine Formalität.

»Ach, Benson«, winkte Aldershott ab. »Es ist schon nach zwölf, und ich bin mir ziemlich sicher, dass niemand gesagt hat, alle Beteiligten müssten bei der großen Enthüllung anwesend sein. Wolfe, lass uns mal sehen, was du da hast.«

»Wie ihr wollt.« Wolfe stand auf und riss schwungvoll das Leinentuch beiseite, woraufhin eine im Licht glänzende chirurgische Schere zum Vorschein kam, genau wie Eric erwartet hatte. Alle Blicke richteten sich auf ihn.

»Das sieht aus wie einer von Bensons Wertgegenständen«, bestätigte Eric. An Wolfe gewandt sagte er: »Ich persönlich hätte die Fotografie genommen, weil sie charakteristischer und leichter herumzutragen ist als der Arztbericht, aber sofern du nicht zu Harrods gegangen bist und die Schere dort gekauft hast, sieht es aus, als hättest du die Wette gewonnen.«

Wolfe runzelte die Stirn. »Keine Ahnung, von welcher Fotografie oder von welchem Arztbericht du sprichst. In dem Kasten waren nur die Schere und ein altes Injektionsbesteck. Mir gefällt dein Ton nicht, Peterkin. Wenn du nachprüfen willst, ob ich die Schere tatsächlich aus Bensons Schließfach genommen habe, dann geh doch selbst hinunter und wirf einen Blick hinein. Du wirst dort nur noch das Injektionsbesteck finden. Ich habe mich für die Schere entschieden, weil sie leichter in eine Tasche zu stecken war, ohne dort eine unansehnliche Wölbung zu verursachen, aber vielleicht hätte ich stattdessen lieber das Injektionsbesteck nehmen sollen. Auf dem Deckel war ein sehr charakteristisches Monogramm eingraviert, wenn ich mich recht entsinne.«

»Keiner zieht deine Leistung in Zweifel«, beschwichtigte Bradshaw. Eric war unbehaglich zumute. Benson hatte gesagt, dass die vier Gegenstände in seinem Kasten ein großes Unrecht wiedergutmachen sollten, und Wolfes Behauptung, dass nur zwei der vier Dinge im Schließfach gewesen waren, verhieß nichts Gutes. Außerdem: Warum war Benson noch immer nicht hier?

Eric stand auf. »Ich denke, wir sollten das Schließfach tatsächlich inspizieren«, verkündete er und erntete einen bösen Blick von Wolfe. »Falls es einen Generalschlüssel gibt …«

»Nicht nötig«, unterbrach ihn Wolfe unwirsch und erhob sich ebenfalls. »Ich habe den Kasten praktischerweise offen auf dem Tisch stehen gelassen, damit jeder sehen kann, wie schlampig die Sicherheitsvorkehrungen hier wirklich sind.« Er warf Eric einen weiteren feindseligen Blick zu. »Dass du dich nicht schämst, Peterkin. Noch nie in meinem Leben wurde ich derart beleidigt.«

Eric ignorierte ihn und machte sich auf den Weg zur Salontür. Die anderen folgten ihm, mitgerissen von seinem Schwung. Als sie am Empfangstisch im Erdgeschoss vorbeikamen, nahmen sie den alten Getreuen mit, und dann marschierte die ganze Truppe – Eric voraus, hinter ihm der alte Getreue, Aldershott, Bradshaw und Wolfe – die Treppe hinunter.

Im Vorraum herrschte Totenstille. Die feuchte Luft vom Vorabend war eingedrungen und hatte sich festgesetzt. Eric roch einen Anflug von Schwefel und von … Kupfer? Das unbehagliche Gefühl, das ihn vorhin erfasst hatte, verstärkte sich noch, als der alte Getreue pflichtbewusst begann, am Rad der Tresortür zu drehen. Kurz darauf öffnete sich die Tür, und Schweigen senkte sich auf die Männer herab.

Albert Benson lag gekrümmt auf dem Boden des Tresorraums, halb unter dem Tisch. Er war barfuß und schien sein Hemd und seine Hose in großer Eile angezogen zu haben, denn die Hosenträger hingen lose herunter. Sein Kopf war gedreht, und er sah Eric direkt in die Augen.

Für einen flüchtigen Moment stand Leutnant Eric Peterkin nicht mehr im Tresorraum des Britannia Clubs, sondern wieder in Flandern, an seinem ersten Tag an der Front, und starrte über den Stacheldraht ins Niemandsland, direkt in das eine sichtbare Auge einer Leiche, die keine drei Meter von ihm entfernt lag. Schlamm und Verwesung hatten ihr die gleiche Farbe verliehen wie dem Acker, auf dem sie ruhte, aber das Auge war immer noch von einem bestürzenden Blau, das sich bis in Erics Seele bohrte – genau wie es nun Bensons hellblaue Augen taten.

Aus Bensons Hals ragte seitlich der verzierte Griff eines kleinen Messers. Zu hübsch für Flandern, dachte Eric unwillkürlich. Etwas an dem Griff kam ihm bekannt vor. Dann erkannte er erschrocken den Brieföffner, der normalerweise auf dem Schreibtisch von Aldershotts Büro lag.

Das Blut war weit aus Bensons Halswunde herausgespritzt, quer über den Mosaik-Sinnspruch auf dem Boden. Es war in den Fugenkitt gesickert, und die Worte *decorum est* waren nun von Bensons Blut umrahmt.

Es ist ehrenhaft …

Der grelle Schein der Glühbirne tauchte den Raum in klinisch weißes Licht. Die sauberen hellen Wände, der glänzende Stahl der Schließfächer, die schimmernden Kacheln – all dies war meilenweit entfernt von der schmutzigen, schlammigen Finsternis der Schützengräben.

Neben Eric begannen sich die anderen zu rühren.

Der alte Getreue machte einen Schritt nach vorn, aber Wolfe zog ihn zurück. »Nicht. Bemühen Sie sich nicht. Er braucht keine Hilfe mehr. Rufen Sie die Polizei.«

DER INSPEKTOR

Der alte Getreue schob sich an Wolfe und Eric vorbei, um die Treppe hinaufzueilen, und Aldershott breitete die Arme aus und schob die anderen Männer rückwärts aus dem Tresorraum. Er und Bradshaw waren sofort in ihre alten Militärrollen zurückgeschlüpft. Aldershotts Miene war noch versteinerter als sonst, und Bradshaw hatte jede Weihnachtsmannfreundlichkeit verloren. Es handelte sich hier um eine Krise, und sie hatten alle gelernt, auf kühle, sachliche Art mit Krisensituationen umzugehen.

»Das ist dein Brieföffner«, sagte Bradshaw zu Aldershott und wies mit dem Kinn auf den Griff des Mordwerkzeugs. Seine Stimme war ungewöhnlich fest. »Sieh besser in deinem Büro nach.«

»Alles zu seiner Zeit, Mr. Bradshaw«, blaffte Aldershott zurück. Eric hatte noch nie gehört, dass er Bradshaw mit »Mister« ansprach.

Unterdessen hatte Wolfe kehrtgemacht und begonnen, die Treppe zu erklimmen.

»Hauptmann Wolfe!«, bellte Aldershott. »Sie haben die Räumlichkeiten nicht zu verlassen! Kommen Sie sofort zurück!«

Wolfe blieb am oberen Ende der Treppe stehen und drehte sich halb zum Clubpräsidenten um. Sein Gesicht war bleich und seine Stimme beinahe eine Karikatur seines üblichen arroganten Tonfalls. »Sie sind nicht mein befehlshabender Offizier, *Mr.* Aldershott. Ich weiß genau, wie die Sache jetzt aussieht, und wie viel schlimmer sie aussehen würde, wenn ich die Flucht ergreifen würde. Aber ich weigere mich, die nächste Stunde in diesem schmuddeligen kleinen

Raum herumzustehen, mit einer Leiche, die keine zwei Meter entfernt vor sich hin fault. Ich bin im Salon, falls Sie mich brauchen.«

Mit diesen Worten verließ Wolfe die Bühne.

Eric sah sich nach den anderen beiden Männern um. Bradshaws Bart hatte angefangen zu zittern, ihm schienen die Komplikationen bewusst geworden zu sein, die ein ziviles Verbrechen nach sich zog. Aldershott wiederum wirkte fest entschlossen, im Tresorraum Wache zu halten, bis ihn die Polizei ablöste, wann auch immer das sein würde.

»Wolfe hat recht«, sagte Eric. »Es bringt nichts, hier unten herumzustehen und Däumchen zu drehen. Wir warten besser oben im Salon auf die Polizei. Sagen Sie den Bediensteten, dass sie niemanden aus dem Gebäude lassen sollen.«

Aldershott ging auf ihn los, als wäre Eric an allem schuld. »Maßen Sie sich nicht an, mir vorzuschreiben, wie ich meinen Club zu führen habe, Peterkin«, polterte er. Dann gab er sich mit einem unverständlichen, frustrierten Laut geschlagen und bedeutete Bradshaw mit einer schroffen Geste, dass er ihnen voraus die Treppe hochgehen sollte.

Bradshaw nickte Eric knapp zu und eilte dann hinauf, um sicherzustellen, dass niemand das Gebäude verließ. Nicht, dass das jetzt noch viel bringen wird, dachte Eric, dessen Verstand bereits die Fakten dieser sehr realen Mordgeschichte durchging. Seiner Einschätzung nach war Benson bereits vor etlichen Stunden ermordet worden, noch bevor der alte Getreue seinen Dienst begonnen hatte und der Britannia Club zum Leben erwacht war. Ansonsten hätte jemand Benson dabei sehen müssen, wie er durchs Haus nach unten gegangen war. Wer auch immer der Mörder war, er hatte vermutlich genügend Zeit gehabt, die Flucht zu ergreifen, und war längst über alle Berge.

Es sei denn, Wolfe war der Täter. Aber hätte es ihm sein übermäßiger Stolz erlaubt, ein derartiges Blutbad zu hinterlassen? Selbst wenn es ein Mord im Affekt gewesen war, hätte Wolfe mit Sicherheit eine Möglichkeit gefunden, die Tat auf saubere Weise durchzuführen.

Das Büro des Clubpräsidenten lag nur zwei Meter von der Treppe entfernt, die vom Tresorraum hinaufführte. Ohne Eric weiter zu beachten, hastete Aldershott zu seiner Bürotür, wo er einen Fluch ausstieß, als er sie unverschlossen vorfand. Nein, nicht unverschlossen, aufgebrochen: Jemand hatte sie mit einem Schürhaken bearbeitet, der Türrahmen war geborsten. Besagter Schürhaken lag achtlos weggeworfen in einer Ecke des Büros, während sämtliche Schubladen des Schreibtischs aufgezogen und durchwühlt worden waren. Boden und Schreibtischplatte waren mit Papieren übersät, die Aldershott zu ordentlichen kleinen Stapeln zu sortieren begann, nachdem er ein frustriertes Grunzen von sich gegeben hatte.

Eric verharrte auf Höhe der Tür und sagte: »Aldershott! Was tun Sie denn da? Sie dürfen nichts anfassen!«

»Halten Sie den Mund, Peterkin.«

»Aber die Polizei wird sicher einen Blick in Ihr Büro werfen wollen. Was auch immer hier passiert ist, es muss mit dem Mord im Tresorraum zusammenhängen. Ich meine, der Brieföffner war doch …«

»Wie bereits gesagt: Überlassen Sie das den Personen, die über Ihnen stehen«, fauchte Aldershott wütend und wedelte drohend mit einer Handvoll Papiere. »Vorherige Präsidenten mögen diesen Raum dazu genutzt haben, ihr Mittagsschläfchen zu halten. *Ich* erledige darin wichtige Geschäfte! Diese Dokumente sind Beteiligungen von Clubmitgliedern an den verschiedensten Geldanlagen. Nicht, dass Sie etwas von solchen Dingen verstehen würden …« Aldershott schob die Papiere in seiner Faust in eine Schublade und knallte diese zu. »Wenn die Polizei Fragen stellt: Der Schürhaken liegt dort drüben, und ich kann ihr auch genau verraten, wo ich normalerweise meinen Brieföffner aufbewahre, nämlich hier, auf meiner Schreibtischunterlage. Es ist nichts damit gewonnen, wenn ich hochsensible Unterlagen offen herumliegen lasse, Peterkin.«

Eric erwog flüchtig, Aldershott gewaltsam aus dem Zimmer zu ziehen oder jemanden zu rufen, der ihm dabei half, bis ihm aufging, dass das den Tatort nur noch mehr durcheinandergebracht hätte. Aber wenn er Aldershott schon nicht davon abhalten konnte, sein Büro aufzuräumen, dann konnte er sich zumindest dessen jetzigen Zustand einprägen, bevor jegliche Unordnung beseitigt war.

Der Raum war bis heute von ehemaligen Clubpräsidenten und ihren jeweiligen Vorlieben geprägt: An der Wand hingen billige, aus Kunstbänden entnommene Drucke, Zeitungsartikel über längst vergessene Heldentaten und eine angsteinflößende afrikanische Maske, und in der Ecke stand ein toter Farn, der noch nicht entsorgt worden war. Die Tapete war mit verblichenen Rechtecken übersät, wo Bilder aufgehängt und wieder abgenommen worden waren. Durch das Fenster sah man den schmalen Hof, der entlang des Gebäudes verlief, sowie die dahinterliegende nackte Backsteinmauer. Eric fiel auf, dass der Fensterriegel geschlossen war und der Rahmen unberührt wirkte. Eine hochgelegene, separat zu öffnende Fensterscheibe stand hingegen weit offen und ließ kalte Luft herein, doch es war wohl eher unwahrscheinlich, dass jemand durch den schmalen Spalt herein- und wieder hinausgeklettert war.

Im Papierkorb neben dem Schreibtisch türmten sich zerrissene Umschläge und braunes Papier, die Überreste der gestrigen Post. Ein Aschenbecher war vom Schreibtisch gestoßen worden, und sein Inhalt aus Zigarettenstummeln und Asche lag auf dem Boden verteilt. Auf einem Tischchen in der Ecke stand eine Karaffe mit Brandy, und Eric bemerkte leichte Fettränder an zwei von den Gläsern, die daneben aufgereiht waren.

»Es sieht aus, als wäre jemand am Brandy gewesen«, sagte er. »Sie sollten die Gläser nicht berühren. Es sind vermutlich Fingerabdrücke …«

»Natürlich ist jemand am Brandy gewesen! Das hier ist mein Büro, wer glauben Sie also, wer dieser Jemand war?«

Eric blickte sich ein letztes Mal im Zimmer um – nichts Verdächtiges am Kaminrost, keine deplatzierten Gegenstände bis auf den Schürhaken und die willkürlich aus den Schreibtischschubladen gezogenen und herumgeworfenen Papiere. Er hatte alles gesehen, was es zu sehen gab. Es war Zeit, sich zurückzuziehen, bevor Aldershott vollends aus der Haut fuhr.

Eric wandte sich zum Gehen, während Aldershott hinter ihm weiter sein Büro aufräumte und dabei unaufhörlich vor sich hin fluchte. Kaum war Eric einige Schritte den Flur entlanggegangen, kam ihm Bradshaw entgegen.

»Die Polizei muss jeden Moment hier sein«, verkündete er. »Das wird Aldershott auch interessieren.«

»Am besten sagen Sie es ihm selbst«, riet Eric. »Er ist gerade nicht besonders gut auf mich zu sprechen. Vielleicht sagen Sie ihm auch, dass er aufhören soll, sein Büro aufzuräumen. Jemand hat es letzte Nacht verwüstet, und die Polizei wird sicher einen Blick auf das Chaos werfen wollen.«

Bradshaw nickte und trat an Eric vorbei, um Aldershott über die baldige Ankunft der Polizei zu unterrichten. Aldershott schien deutlich zugänglicher für Bradshaws gute Zurede zu sein, denn das Papierrascheln und Schubladenknallen hörte auf und wurde durch ein geflüstertes Gespräch zwischen den beiden Männern ersetzt. Vielleicht liegt es daran, dass sie schon öfter zusammengearbeitet haben und sich besser kennen, redete Eric sich ein.

Im Salon hatte sich Wolfe in eine stille Ecke der Bar zurückgezogen, wo er ein Glas zwischen den Händen hielt und den Anschein völliger Normalität erweckte. Es war nicht seine Art, es sich anmerken zu lassen, wenn etwas nicht stimmte. Eric stellte mit Erleichterung fest, dass sich derzeit nur wenige Clubmitglieder im Salon aufhielten, zusätzlich zu der Handvoll Männer unten im Speisesaal. Keiner schien bisher etwas von der Krise mitbekommen zu haben, aber Eric prägte sich vorsichtshalber trotzdem ein, wer alles anwesend war.

War es wirklich erst eine halbe Stunde her, dass er sich eine leckere Portion Lammhackfleisch mit Kartoffelbrei ausgemalt hatte? Im Moment wurde ihm beim Gedanken an Essen … nicht direkt übel, denn ihm wurde fast nie übel, jedoch sicherlich unbehaglich. Das Gefühl der Beunruhigung, das mit Wolfes Enthüllung seiner Beute begonnen hatte, hatte ihn seither nicht mehr verlassen und war durch die Entdeckung von Bensons Leiche noch stärker geworden.

Leiche.

Dieses Wort gehörte nach draußen auf die Schlachtfelder von Flandern, nicht ins Innere des von dicken, beruhigenden Mauern umgebenen Britannia Clubs. Eine Leiche war etwas, das vor dem Schützengraben lag und verweste, halb im Matsch versunken, zu nah, um es zu ignorieren, und zu weit entfernt, um es zu bergen. Eine Leiche war ein schlaffer, im Chlorgas ertrunkener Körper, der nichts mehr mit dem Kameraden zu tun hatte, der er noch fünf Minuten zuvor gewesen war. Eine Leiche war nichts, was man in den auf Hochglanz polierten heiligen Hallen des Britannia Clubs fand. Wenn bei einer Rauferei jemand über den Tresen geschleudert wurde, endete es damit, dass sich die beiden Kampfhähne sturzbetrunken in den Armen lagen und schworen, für immer Waffenbrüder zu sein, und nicht damit, dass einer von ihnen mit einem Messer im Hals auf dem Boden lag und verblutete.

So etwas passte nicht in die heile Welt des Britannia Clubs.

Nachdem Eric auf dem Absatz kehrtgemacht hatte, trat er auf die Galerie hinaus, von der man ins Foyer hinunterblickte. Jenseits des Oberlichts rasten die Wolken an der Sonne vorbei und erhellten und verdunkelten den Marmorboden im Erdgeschoss in abrupten Wechseln. Eric sah, dass der alte Getreue aufgeregt hinter dem Empfangstisch auf und ab lief. Sein Verhalten musste jedem klarmachen, dass etwas nicht in Ordnung war. Er hoffte nur, dass Bradshaw Aldershott davon abhielt, für weiteren Ärger zu sorgen.

Eric runzelte nachdenklich die Stirn. So wie Benson angezogen gewesen war, als sie ihn gefunden hatten, musste er die Nacht hier im Club verbracht haben und nicht wie ursprünglich geplant bei Saxon. Er hatte ausgesehen, als wäre er in aller Eile aus seinem Zimmer heruntergekommen, ohne sich die Mühe zu machen, seine Hose anständig anzuziehen ... Ob er seine Zimmertür hinter sich unverschlossen gelassen hatte? Um wie viel Uhr begann das Reinigungspersonal, die Übernachtungsräume des Clubs zu säubern?

Eric brauchte einen Moment, bis ihm wieder einfiel, wie der alte Getreue mit echtem Namen hieß. »Cully!«, rief er. »Cully, hören Sie! Nein, warten Sie, ich komme zu Ihnen nach unten!«

Er eilte die Treppe hinunter zum Empfangstisch. »Benson hat die Nacht hier verbracht, nicht wahr? In welchem Zimmer war er untergebracht? Wir dürfen niemanden dort hineinlassen, bis die Polizei hier ist.«

Die Augen des alten Getreuen weiteten sich. »Sie haben recht! Daran habe ich gar nicht gedacht. Kommen Sie mit, Sir.«

Sie stiegen eilig die Haupttreppe in den ersten Stock hinauf und anschließend eine kleinere Treppe in den zweiten. »Da wären wir, Sir.« Der alte Getreue blieb vor einer Tür stehen und öffnete sie. »Ich hätte merken müssen, dass etwas nicht stimmt, als ich sie heute Morgen offen vorfand, aber es sah aus, als wäre er nur für einen Moment hinausgetreten, vielleicht, um zur Toilette zu gehen. Ich habe die Tür einfach wieder zugemacht, ohne sie abzuschließen. Es war bestimmt niemand sonst im Zimmer.«

Eric hütete sich davor, den Raum zu betreten, da die Polizei ihn möglicherweise durchsuchen wollte, konnte jedoch auch vom Flur aus einiges erkennen. Das offen stehende Fenster erinnerte ihn daran, wie stürmisch es heute war, denn der Wind hatte ein wenig Ruß und Abfall hereingeweht. Der schmale, neben dem Gebäude verlaufende Hof trug sämtliche Geräusche wie ein Schalltrichter herauf und warf ihr Echo an die Backsteinmauer des daneben liegenden Hauses.

Der alte Getreue trat nervös von einem Fuß auf den anderen.

»Benson hat erst in letzter Minute um dieses Zimmer gebeten, nicht wahr?«, sagte Eric zu ihm. »Ursprünglich hatte er nämlich andere Übernachtungspläne, soweit ich weiß.«

»Ja, es war schon recht spät – fast zehn Uhr –, als er nach mir klingelte und erklärte, er werde die Nacht nun doch hier verbringen. So etwas kommt durchaus auch bei anderen Gentlemen vor. Plötzlich ergibt sich etwas, und man ist gezwungen, seine Pläne zu ändern, was will man machen?« Der alte Mann verlagerte unruhig sein Gewicht und fuhr mit angsterfüllter Stimme fort: »Aber so etwas wie diesen ... diesen Mord ... Es war doch Mord, oder? Schließlich sticht sich niemand selbst ein Messer in den Hals, ob nun mit Absicht oder versehentlich. So etwas wie diesen Mord habe ich noch nie erlebt, Sir, in der ganzen Zeit nicht, die ich hier arbeite. Und ich habe weder etwas gehört noch gesehen. Bis halb zwölf habe ich unten gewartet, für den Fall, dass noch andere Gentlemen beschließen, nach dem Zapfenstreich im Wirtshaus nicht mehr in der richtigen Verfassung zu sein, um ihrer besseren Hälfte unter die Augen zu treten. Dann bin ich in meine kleine Wohnung über dem Personalraum gegangen und habe mich hingelegt. Die Bediensteten der Nachtschicht können das bezeugen, Sir.«

»Niemand wirft Ihnen irgendetwas vor, Cully.«

Der alte Getreue als Verdächtiger in einem Mordfall war eine absurde Vorstellung. Andererseits war Eric auch der Britannia Club als Tatort bisher absurd erschienen. So unangenehm ihm der Gedanke war, er musste sich widerwillig eingestehen, dass der alte Getreue sehr wohl zu den Tatverdächtigen zählte ... es sei denn, das Nachtpersonal konnte ihm tatsächlich ein glaubhaftes Alibi verschaffen. Warum um alles in der Welt hätte der alte Getreue, der hier schließlich zum Inventar zählte, einem Mitglied jenes Clubs, dem er sein Leben gewidmet hatte, etwas antun sollen?

»Ich denke, es ist nur eine Frage der Zeit, bis man mich verdächtigt, Sir«, widersprach der alte Getreue, die Stimme zu einem bangen Flüstern gesenkt. »Zumal die Polizei Indizien dafür vorfinden wird, dass ich unten im Tresorraum war – meine Fingerabdrücke sind bestimmt überall auf der Tresortür. Niemand außer mir fasst diese Tür an.« Der arme Kerl hatte keine Ahnung von der Wette.

»Es ist doch Ihre Aufgabe, das Rad zu drehen und die Tür zu öffnen«, beruhigte ihn Eric. »Und das weiß auch jeder. Ich würde mir mehr Sorgen machen, wenn Ihre Fingerabdrücke *nicht* auf der Tür wären. Glauben Sie mir, Sie haben nichts zu befürchten.«

»Meinen Sie, Sir?«

Eric nickte und spürte, wie die Anspannung aus dem Mann an seiner Seite wich. Der alte Getreue hatte ihn von Anfang an als vollwertiges Mitglied behandelt, nie als Eindringling. Mit der Zeit hatte Eric angefangen, dies als selbstverständlich zu betrachten. Nun ermahnte er sich, dem alten Mann die angemessene Dankbarkeit entgegenzubringen.

Die Übernachtungszimmer des Britannia Clubs waren spartanisch eingerichtet, sie enthielten nur je ein schmales Bett, einen Waschtisch, eine Kommode sowie einen Sessel, der vermutlich lange Jahre in den Gemeinschaftsräumen im Einsatz gewesen war, bevor er ausrangiert und in die Übernachtungsräume gestellt worden war. Der Lehnstuhl in Bensons Zimmer ähnelte den Sesseln im Salon, war jedoch deutlich abgenutzter. Bensons Jacke und Weste hingen achtlos über der Rückenlehne, seine Krawatte lag auf dem Boden daneben. Seine Kopfbedeckung, eine graue Filzmütze, die besser aufs Land gepasst hätte als in die Stadt, war vom Haken an der Tür gefallen und schmiegte sich an die untere Türkante. Auf dem Bett, das etwa einen halben Meter vom Fenster entfernt längs im Zimmer stand, herrschte ebenfalls Unordnung: Decke und Kissen türmten sich auf der vom Fenster abgewandten Bettseite und hingen fast bis auf den Boden, als wären sie schwungvoll beiseitegeworfen worden.

Erics Aufmerksamkeit wurde von einer Fotografie gefesselt, die zwischen den Hygieneartikeln auf Bensons Kommode lag. Es handelte sich um ein Studioporträt von einer jungen Dame, die nicht identisch war mit der Krankenschwester von der inzwischen verschwundenen Fotografie aus dem Tresorraum. Augenpartie, Wangenknochen und Nase ließen keinerlei Zweifel zu … Eric wollte sie gedanklich schon als Chinesin bezeichnen, wenn auch nur, weil seine Mutter Chinesin gewesen war, doch die junge Frau konnte genauso gut japanisch sein oder eine andere fernöstliche Herkunft besitzen. Wer war sie, und warum hatte Benson eine Fotografie von ihr auf seiner Kommode liegen? War er nicht mit der »Helen« auf dem anderen Bild verheiratet?

Konnte es sich um jene Emily handeln, über die Mrs. Aldershott gestern Abend gesprochen hatte?

»Peterkin!«

Ein herzlicher Schlag auf seinen Rücken hätte Eric beinahe mit dem Kopf voran in das Zimmer hineinbefördert, aus dem er die Leute eigentlich fernhalten wollte. Er fing sich gerade noch und drehte sich um. »Norris«, sagte er, als er den Mann erkannte, der ihn verschmitzt angrinste – und nichts als ein Handtuch am Leib trug. Offenbar hatte auch Patrick Norris hier übernachtet und war gerade dem Bad entstiegen.

»Leutnant Norris!«, rief der alte Getreue entsetzt. »Sie sind nicht salonfähig!«

»Ich glaube, das war ich noch nie«, gab Norris lachend zurück. »Was denn? Wir sind doch alle Männer hier. In der Kaserne haben Sie sicher noch ganz andere Sachen gesehen. Also ich auf jeden Fall.«

»Sie werden sich den Tod holen!«

»Davon ist auszugehen, wenn Sie darauf bestehen, diese Tür offen zu lassen. Es zieht ekelhaft von … Oh, jemand hat vergessen, das Fenster zuzumachen. Und das im Oktober!« Norris versuchte, das Zimmer zu betreten, wurde jedoch von Eric und dem alten Getreuen energisch zurückgehalten. Er drehte sich überrascht zu ihnen um. »Na, so was! Was ist denn in euch gefahren? Und was sollen diese finsteren Gesichter? Man sollte meinen, es wäre jemand gestorben.«

»Es ist ein Mord geschehen, Sir!«, platzte der alte Getreue heraus.

Norris' Augenbrauen schossen bis in seine von der Feuchtigkeit gekräuselten Locken hinauf, und er drehte sich mit fragendem Blick zu Eric um.

»Albert Benson«, bestätigte Eric. »Er wurde vor einer knappen halben Stunde mit einem Messer in der Kehle im Tresorraum gefunden.«

»Verstehe. Auch eine Art, uns das Wochenende zu ruinieren.« Norris sagte es leichthin, doch sein Gesichtsausdruck strafte seine Gelassenheit Lügen. »Dann beeile ich mich wohl mit dem Anziehen. Schließlich will ich den Bobbys nicht im Adamskostüm gegenübertreten.«

Eric bedeutete dem alten Getreuen, vor Bensons Zimmer Wache zu halten, und folgte Norris, als dieser den Flur entlang zu seinem Zimmer trottete. »Ich nehme an, du hast ebenfalls hier übernachtet«, sagte er, mehr als Vorwand für ein weiterführendes Gespräch denn als Bestätigung dessen, was er bereits wusste.

»Ich befinde mich derzeit zwischen zwei Wohnarrangements. Leider. Es ist wirklich kein Spaß, mitten in der Nacht von Leuten geweckt zu werden, die vor dem Fenster Mülltonnen umwerfen. Wenigstens konnte ich diesmal ein ruhigeres Zimmer ergattern.«

Patrick Norris war der fünfte Vorstandsoffizier neben Aldershott, Bradshaw, Saxon und Wolfe. Er war ein drahtiger kleiner Terrier von einem Mann, von ganz ähnlicher Statur wie Eric selbst und von ebenso dunkler Haut- und Haarfarbe. Aber Norris war zweifelsohne angelsächsischer Herkunft und besaß den lausbubenhaften, zerzausten Charme eines unbelehrbaren Taugenichts. Seine Art der Ungepflegtheit war eine ganze andere als Saxons: Während Saxon immer so wirkte, als wäre es ihm schlicht gleichgültig, was man über ihn dachte, schien sich Norris derart darüber zu freuen, einen zu sehen, dass er gar nicht mehr dazu kam, seine Krawatte fertig zu binden, bevor er mit einem die Nacht durchzechte.

»Eine verdammte Schande, das mit Benson«, murmelte Norris

nun, während er sich mit dem Handtuch energisch über die nassen Haare rubbelte und es dann achtlos beiseite warf. »Gestern Morgen haben wir noch über seine Mitgliedschaft diskutiert. Ich wollte übrigens ohnehin mit dir sprechen. Weil ich dich ein wenig darüber ausfragen möchte, wie es so ist als … Na ja, du weißt schon. Wie es so ist, zwischen zwei Welten zu leben. Für die Bühnenproduktion, an der ich derzeit mitarbeite.« Norris bestritt seinen Lebensunterhalt mit Auftragsarbeiten als Komponist und hatte es damit zu bescheidenem Erfolg gebracht. Er schrieb hauptsächlich Musik fürs Theater und interessierte sich oft ebenso sehr für das Stück an sich wie für dessen musikalische Untermalung. Der asiatische, ganz der derzeitigen Mode entsprechende Bösewicht seiner neuesten Kollaboration wies verdächtige Ähnlichkeiten mit Eric auf.

»Ich bin fast jeden Tag hier«, antwortete Eric. »Ist dies nicht ein seltsamer Zeitpunkt, das Thema anzusprechen?«

»Ich weiß, ich weiß, aber ich habe mich gestern Nachmittag mit meinem Freund, dem Theaterautor, getroffen. Das neue Stück wird eine ausgewachsene Oper, Peterkin.« Norris wies voller Stolz auf die um den Sessel herum verteilte Partitur und verlor dabei prompt seine Manschettenknöpfe. »Das mit dem Mord ist natürlich schrecklich«, fuhr er fort und rollte seine Ärmel kurzerhand bis zu den Ellbogen hoch, statt unter dem Bett nach den davongekullerten Manschettenknöpfen zu fahnden. »Weiß man schon, wer der Mörder ist? Nein? Ich habe von der Wette gehört, die der arme Benson mit Wolfe und Aldershott abgeschlossen hat … Vermutlich ist Wolfe deshalb der Hauptverdächtige. In seiner Haut möchte ich gerade wirklich nicht stecken. Meinst du, ich sollte mich rasieren?«

»Ich glaube, es ist kein heißes Wasser im Krug«, antwortete Eric mit einem Blick zum Waschtisch. »Bis du einen Bediensteten losgeschickt hast, der dir Wasser holt … oder es selbst geholt hast, ist bestimmt längst die Polizei hier.«

Norris legte mit bedauernder Miene sein Rasiermesser beiseite. »Da hast du wohl recht. An einem Samstag hat ein Mann ja sicher das Recht auf ein paar Bartstoppeln. Verrate bloß Wolfe nicht, dass ich das gesagt habe.« Er wühlte in seiner Kommode herum und zog ein silbernes Zigarettenetui hervor. »Ich denke, jetzt bin ich vorzeigbar genug. Zigarette?«

Eric akzeptierte die ihm angebotene Zigarette, zündete sie an und vergaß sie anschließend, weil ihn das Gespräch mit Norris derart fesselte. »Wolfe war dabei, als wir die Leiche gefunden haben. Er wirkte genauso überrascht wie wir anderen. Vielleicht ist er nur ein guter Schauspieler, ich weiß es nicht. Es wäre schon eine unerhörte Dreistigkeit, wenn er nach seiner Tat einfach weiter hier herumsitzen würde.«

Norris blies einen Rauchring in die Luft. »Dreist ist Wolfe in jedem Fall, das mag ich ja so an dem Kerl. Aber ich kann mir nicht vorstellen, dass er einen Mord begehen würde. Nicht, wenn er sich dabei die feinen Hemdsärmel mit Blut besudeln müsste. Glaub mir: Wahrscheinlich war es nur irgendein Einbrecher, den Benson auf frischer Tat ertappt hat. Der Gauner hat sich gewehrt, ihn umgebracht, kalte Füße bekommen und sich aus dem Staub gemacht.«

»Und wie soll er in den Tresorraum gekommen sein? Angeblich sind wir hier doch vor so etwas geschützt.«

»Wolfe hat ja auch einen Weg gefunden. Du verschwendest da übrigens gerade eine vollkommen passable Zigarette.«

Eric senkte überrascht den Blick auf den Ascheturm, der aus dem Filter zwischen seinen Fingern ragte, und entsorgte ihn rasch. Norris ging unterdessen zur Tür und öffnete sie, woraufhin das Trampeln schwerer Schritte auf der Treppe die bisherige Stille durchdrang.

»Da kommt sie ja, die Polizei«, verkündete Norris, »genau zur rechten Zeit. Und es sieht aus, als wäre uns das Glück hold. Das ist nämlich Inspektor Horatio Parker höchstpersönlich, der da heraufkommt. Bei Scotland Yard wird gemunkelt, er sei ein absolutes Genie. Aldershott versucht schon seit ewigen Zeiten, ihn zu einer Mitgliedschaft zu überreden – er ist Träger des Victoria-Kreuzes, musst du wissen, und Aldershott ist geradezu verrückt nach solcherlei Auszeichnungen. Aber vielleicht ist es ganz gut, dass Parker das Angebot nie angenommen hat ... Sonst gäbe es jetzt einen Interessenkonflikt, meinst du nicht auch? Wenn Parker die Ermittlungen leitet, ist die Sache in maximal einer Stunde aufgeklärt, das kann ich dir jedenfalls schon einmal prophezeien.«

Horatio Parker?

War das nicht der Name auf dem Arztbericht, der aus Bensons Schließfach verschwunden war?

Das Erste, was an Inspektor Horatio Parker auffiel, war die wulstige Narbe, die sich auf der linken Seite seines Gesichts vom Wangenknochen bis zur Schläfe zog und die im Licht der Treppenbeleuchtung silbrig glänzte. Zwei Zentimeter höher, und die Verletzung hätte ihn das Augenlicht gekostet. Vielleicht hatte er sich die Wunde bei einem Duell zugezogen und sie zu spät von einem Arzt behandeln lassen, mutmaßte Eric.

Parker war schmächtig, sein dürrer Körper verlor sich in den Stoffschichten seines Trenchcoats und seines Anzugs, und seine ungekämmten dunklen Haare waren von silbrig grauen Strähnen durchzogen. Eric schätzte ihn auf Mitte bis Ende dreißig, auch wenn seine hageren Wangen einem deutlich älteren Mann zu gehören schienen. Er arbeitet zu viel, dachte Eric. Das ist offensichtlich.

Auf der verschwundenen Fotografie aus Bensons Schließfach hatte er viel jünger gewirkt. Denn ja: Eric erkannte ihn im Nachhinein als einen der Patienten, die sich um die Geburtstag feiernde Schwester geschart hatten, auch wenn es die Narbe damals noch nicht gegeben hatte.

Seltsam, dass ausgerechnet die beiden Gegenstände, die einen direkten Bezug zum Inspektor herstellten, verschwunden waren. Allmählich keimte in Eric die Ahnung auf, dass Inspektor Horatio Parker der Letzte war, der diese Mordermittlungen hätte leiten dürfen.

Der Inspektor zog eine Taschenuhr hervor und blickte darauf.

Das dumpfe Messing der Uhr schimmerte mit der Narbe an seiner Wange um die Wette. »Laut Mr. Cully war es Ihre Idee, das Zimmer des Toten zu bewachen, damit es niemand betritt«, sagte er und musterte Eric von Kopf bis Fuß, bevor sich sein unnachgiebiger Blick in dessen Augen bohrte. »Gut mitgedacht«, blaffte er unvermittelt, im gleichen Tonfall, wie man jemanden zur Hölle wünscht. Eric hatte gerade den Mund öffnen wollen, um ihn darüber zu informieren, dass er möglicherweise selbst zu den Beteiligten des Falls zählte.

»Ich werde Ihre Aussage später aufnehmen«, fuhr der Inspektor fort. »Fürs Erste muss ich Sie bitten, zu warten.« Er blickte den Flur entlang zu den Türen der Übernachtungszimmer. »Allein, wenn es Ihnen nichts ausmacht. Das reduziert die Gefahr von Absprachen.«

Er verdächtigt mich, dachte Eric. Warum überrascht mich das nicht?

Es blieb ihm nichts anderes übrig, als der Aufforderung Folge zu leisten. Ohne auf eine Antwort zu warten, hatte sich der Inspektor umgedreht, um Bensons Zimmer zu betreten, und der alte Getreue zog mit entschuldigender Miene an Erics Arm, um ihn in das nächste freie Zimmer zu bringen. Norris hatte sich unterdessen wieder in sein eigenes Zimmer zurückgezogen und die Tür abgeschlossen.

Lautes Poltern von der Treppe ließ Eric und den alten Getreuen auf ihrem Weg innehalten. Es folgten Kampfgeräusche und erbittertes Fluchen. Der alte Getreue ließ Erics Arm los, um den Flur entlang zur Treppe zu eilen, und Eric drehte sich um, um das Wort an den Inspektor zu richten, erstarrte jedoch.

Inspektor Parker stand in Bensons Zimmer und hielt die Fotografie in der Hand, die auf Bensons Kommode gelegen hatte – das Porträt der asiatischen Frau. Er faltete sie zweimal und steckte sie in die Innentasche seiner Jacke.

Bevor Eric etwas dazu sagen konnte, kamen zwei Konstabler den Flur entlanggestapft. Zwischen sich hielten sie Oliver Saxon im

Klammergriff, der wie ein wildes Tier fauchte, jedoch abrupt verstummte, als Inspektor Parker aus Bensons Zimmer trat und ihn mit stechendem Blick fixierte.

»Den hier haben wir dabei erwischt, wie er sich durch den Hintereingang hereinschleichen wollte«, berichtete einer der Konstabler. »Äußerst verdächtig, meinen Sie nicht auch?«

Saxon erwiderte wütend den Blick des Inspektors und spuckte auf den Teppichboden. »Sie!«, knurrte er. »Hätte ich mir ja denken können.«

Vernehmung

Inspektor Horatio Parker stellte rasch fest, wer die Hauptakteure des Dramas waren, und die betreffenden Gentlemen wurden getrennt voneinander in leere Übernachtungszimmer eingewiesen, wo sie warten sollten, bis sie mit der Vernehmung an der Reihe waren. Nicht alle waren gleichermaßen erfreut darüber: Aldershott beschwerte sich lautstark über die demütigende Behandlung, und Saxons Stimmung wurde noch düsterer, als Eric für möglich gehalten hätte. Wolfe, den die Polizei im Salon aufspürte, griff nach einer Zeitschrift, schlenderte nach oben und erklärte, man möge ihn doch bitte nicht allzu sehr langweilen.

Eric war in einem Zimmer untergebracht, das nach vorne zur King Street und dem gegenüberliegenden St. James's Theatre hinausging. Der Wind war seit dem Morgen nicht abgeflaut, und am Himmel stürzten sich die Drachen wie gierige Hunde an langen Leinen auf die vorbeirasenden Wolken, während die Böen weiter unten an den Plakaten des Theaters rissen und mindestens einen Hut über den Gehweg fegten. Eric hätte gern den Kopf aus dem Fenster gestreckt und sein Gesicht in die frische Luft gehalten, stellte jedoch fest, dass das Fenster klemmte, weil es irgendwann einmal mit Farbe zugepinselt worden war. Ihm blieb also nichts anderes übrig, als in der erdrückenden Stille herumzustehen und das rastlose Hin und Her auf der Straße zu beobachten, durch eine uralte Glasscheibe, deren leichte Krümmungen jede Bewegung in ein trunken wirkendes Torkeln verwandelte.

Das lüsterne gelbe Gesicht auf den Theaterplakaten stieß Eric wieder einmal sauer auf. Die englische Gesellschaft stellte Chinesen gern als spitzfindig und heimtückisch dar, als intelligenter, als ihnen guttat. Normalerweise hätte Eric keinen Gedanken an diese klischeebelastete Charakterisierung verschwendet, aber jetzt erschien sie ihm auf schmerzliche Weise relevant für seine Situation. Er zweifelte keine Sekunde daran, dass er als letzter Verdächtiger befragt werden würde, und sei es nur, damit Parker alle anderen Aussagen bereits vorliegen hatte und Eric besser bei Ungereimtheiten ertappen konnte.

Ich muss mir einfach meiner Fakten sehr sicher sein, dachte er.

Er rief sich den Anblick von Albert Benson auf dem Boden hinter der Tresortür in Erinnerung und versuchte, zu ermitteln, wo alles gewesen war.

Der Tisch war leer gewesen bis auf Bensons Kasten aus dem Schließfach, das wusste er noch, und der Kasten war ebenfalls leer gewesen. Ja, dessen war er sich absolut sicher. Das Türchen mit der Nummer 13 hatte offen gestanden und den Blick auf das leere Fach freigegeben. Der Mörder musste den restlichen Inhalt des Kastens mitgenommen haben, also das Injektionsbesteck, falls man Wolfe Glauben schenken durfte. Aber welches Interesse hätte der Mörder daran haben sollen?

Es sah nicht nach einer vorsätzlich geplanten Tat aus, denn Benson hätte in der letzten Nacht eigentlich gar nicht im Club sein, sondern die Nacht als Saxons Gast bei diesem zu Hause verbringen sollen. Allerdings gab es nur wenige Anzeichen für eine Rangelei, was darauf hindeutete, dass der Mörder Benson aus dem Hinterhalt angegriffen hatte. Die Position der Wunde ließ auf eine mit der rechten Hand ausgeführte Stichbewegung schließen.

Den Blutspritzern nach zu urteilen hatte der Brieföffner mindestens eines der großen, zum Gehirn führenden Blutgefäße durchtrennt. Eric hatte genug gesehen, um sich diesbezüglich sicher zu sein. Hatte der Mörder dies einem glücklichen Zufall oder seinem

Können zu verdanken? Eric stellte sich vor, er selbst würde jemanden so erstechen, wie der Mörder Benson erstochen haben musste. Dabei hätte er mit Sicherheit ebenfalls Blutspritzer abbekommen. Doch es war Ende Oktober, er hätte also nur einen Mantel über seine blutigen Kleider ziehen müssen, und die Passanten auf der Straße hätten nichts bemerkt. Zu Hause angekommen, hätte er lediglich die Kleider verbrennen und ein Bad nehmen müssen …

Ein Schlüssel drehte sich im Schloss. Es war der alte Getreue. »Der Inspektor möchte Sie jetzt sprechen.«

So früh? »Hat er denn schon alle anderen befragt?«

Der alte Getreue schüttelte den Kopf. »Nur mich und die beiden Bediensteten, die letzte Nacht im Einsatz waren. Sie sind das erste Clubmitglied, nach dem er verlangt.«

Jacob Bradshaw war schon Schriftführer des Clubs, so lange dessen Mitglieder zurückdenken konnten, und hatte seinem Büro im Laufe der Jahre einen sehr viel persönlicheren Stempel aufgedrückt als Aldershott, der erst ein halbes Jahr Präsident war. Der Raum war komfortabel, behaglich und überladen mit Schildkröten. Sie blickten von Bildern und Drucken herab und beschwerten als Porzellanfiguren die akribisch auf Stapel geordnete Korrespondenz.

Durchs Fenster sah man den schmalen Durchgang zum seitlich verlaufenden Hof mit seiner Hintertür und seinen Mülltonnen und die Backsteinmauer des nächsten Gebäudes. Die hereindringenden Sonnenstrahlen brachten eine angeschlagene Teekanne nebst Teetasse zum Schimmern, die an die Krönung Eduards VII. im Jahr 1902 erinnerten.

Inspektor Parker saß hinter Bradshaws Schreibtisch und sah sehr unschildkrötenhaft aus. Ein Konstabler stand mit gezücktem Notizbuch in der Ecke neben dem Fenster. Hinter ihm eierte auf einem Aquarelldruck aus einem Kinderbuch eine Schildkröte auf einem zerbeulten blauen Fahrrad einen Feldweg entlang. Im Gegensatz dazu war Parkers Gesichtsausdruck grimmig und geschäftsmäßig, was noch durch die entstellende Narbe an seiner Wange unterstrichen wurde. Er warf einen Blick auf seine Taschenuhr aus Messing und bedeutete Eric, Platz zu nehmen. Ein zweiter Konstabler kam herein, um Erics Fingerabdrücke zu nehmen. Während Eric sich bemühte, die Tinte wieder von den Fingerspitzen zu bekommen, begann der Inspektor mit einigen Standardfragen zu Erics Person und wollte wissen, was Eric in den letzten vierundzwanzig Stunden getan hatte.

Eric schilderte dem Inspektor die Ereignisse des Vorabends: Wie Wolfe Benson seine Wette vorgeschlagen hatte und wie Aldershott ebenfalls eingestiegen war. Er erzählte dem Inspektor auch, was Benson über die Gegenstände in seinem Schließfach gesagt hatte – dass sie dazu beitragen sollten, ein »großes Unrecht« wiedergutzumachen –, und berichtete, er, Eric, habe diese Gegenstände mit eigenen Augen gesehen.

»Bei einem davon handelte es sich um einen Arztbericht«, sagte Eric und spähte zu dem mitschreibenden Konstabler hinüber. Er fragte sich, wie Parker und sein Untergebener das nun Folgende aufnehmen würden. »Ihr Name stand darauf.«

Parkers Gesichtsausdruck veränderte sich nicht. »Was Sie nicht sagen. Können Sie mir weitere Einzelheiten nennen?«

»Ich habe nur gesehen, dass es um eine Gesichtswunde ging, die genäht werden musste«, antwortete Eric. Er war sich nicht sicher, glaubte jedoch, Parkers Narbe kaum merklich zucken zu sehen. »In dem Schließfach war außerdem eine Fotografie von einer Geburtstag feiernden Krankenschwester. Sie waren auch darauf zu sehen.«

»Und nun glauben Sie, dass ich persönlich in diesen Fall involviert und daher voreingenommen bin.«

Parker sagte es herausfordernd, und Eric nickte. In seiner Ecke hatte der mitschreibende Konstabler den Kopf gehoben, um den Inspektor fragend anzusehen. Parker blieb weiterhin ungerührt, sein Gesicht völlig ausdruckslos. Angesichts so wenig menschlicher Emotion, wie er zeigte, hätte er auch aus Holz geschnitzt sein können.

»Kann irgendjemand Ihre Aussage bestätigen?«, fragte der Inspektor.

»Vielleicht Cully oder die anderen Bediensteten. Benson hat es ihnen überlassen, seine Wertgegenstände wegzuschließen. Wer auch immer dies letztlich übernommen hat, muss ebenfalls wissen, worum es sich dabei handelte. Wolfe sagt, er selbst hätte nur noch die chirurgische Schere und das Injektionsbesteck im Schließfach gefunden, nicht jedoch die Fotografie oder den Arztbericht.«

Der Inspektor nickte. »Wenn es stimmt, was Sie sagen, Mr. Peterkin, wird meine Arbeit an diesem Fall angenehm kurz sein.« Er blickte erneut auf seine Taschenuhr und rief dann einen Konstabler herein, um ihm aufzutragen, das Register für die Schließfächer zu holen.

Eric war gar nicht auf den Gedanken gekommen, dass es ein Schließfachregister geben könnte.

»Ihrem Portier zufolge«, erklärte der Inspektor, »wird jeder zum Wegschließen entgegengenommene Gegenstand genauestens registriert. Falls Mr. Benson seine Wertgegenstände also an einen Clubbediensteten übergeben hat, müssten sie im Register auftauchen.« Es dauerte nur eine Minute, bis der Konstabler mit dem gewünschten Schließfachregister zurückkehrte.

Der Eintrag zu Bensons Schließfach führte lediglich eine Schere und ein Injektionsbesteck auf. Keiner der beiden Gegenstände, die Inspektor Parker in den Fall verwickelten, wurde erwähnt.

»Aber das ist mit Bleistift geschrieben!«, protestierte Eric. »Jemand hat die anderen beiden Posten ausradiert. Wenn Sie sich das Papier ganz genau ansehen …«

Parkers Gesicht wurde noch finsterer, falls das überhaupt möglich war. »Es reicht jetzt wirklich, Mr. Peterkin. Ich weiß nicht, was Sie damit bezwecken, aber Falschaussagen gegenüber der Polizei – und das Fingieren von Beweismitteln – sind ernste Vergehen. Ich könnte Sie wegen Rechtsbeugung anklagen lassen.«

»Ich weiß, was ich gesehen habe!«

»Dessen bin ich mir sicher.« Inspektor Parker stand auf und ging zur offenen Tür. »Wenn das alles ist, was Sie an Mithilfe zu leisten haben, sind wir hier fertig, würde ich sagen. Sie können gehen.«

War das schon alles gewesen? Eric stand auf und sah den Inspektor an, unsicher, was er tun sollte. Er war davon ausgegangen, dass man ihm deutlich größere Schwierigkeiten machen würde, und wusste nun nicht, ob er erleichtert oder enttäuscht sein sollte.

»Was ist mit den anderen?«

»Die anderen gehen Sie nichts an«, erwiderte der Inspektor. »Wenn ich sage, dass Sie gehen können, meine ich es auch so. Gehen Sie nach Hause und stören Sie uns nicht weiter bei der Arbeit. Wenn wir Sie brauchen, wissen wir, wo wir Sie finden können.«

Eric wurde ohne viel Federlesen abserviert. Statt verdächtigt zu werden, wurde er im Gegenteil vollkommen von den Ermittlungen ausgeschlossen.

Er blieb zögernd vor der Türschwelle stehen und drehte sich dann noch einmal zum Inspektor um. »Ich habe vorhin gesehen, wie Sie etwas aus Bensons Zimmer genommen haben, als Sie sich unbeobachtet glaubten. Es war eine Fotografie von einer asiatischen Frau. Wer ist sie?«

Nur flüchtig huschte ein überraschter Ausdruck über Parkers Gesicht, bevor er sich wieder hinter halb zusammengekniffenen Augen und heruntergezogenen Augenbrauen verschanzte. Der Assistent des Inspektors stand mit verschränkten Armen in seiner Ecke und machte sich nicht die Mühe, diesen Wortwechsel mitzuschreiben. Der Inspektor trat einen Schritt nach vorn und zwang Eric, bis an den Türrahmen zurückzuweichen. Er roch nach starkem Kaffee und altem Schweiß.

»Stellen Sie keine dämlichen Fragen«, befahl der Inspektor mit eisigem Flüstern, zu leise, um für seinen Assistenten hörbar zu sein. »Und kommen Sie mir nicht in die Quere.«

Er verlagerte abrupt sein Gewicht nach vorn und schubste Eric durch die offene Tür. Eric stürzte der Länge nach auf den Flur, und zwei Konstabler streckten die Köpfe aus dem angrenzenden Büro – dem von Aldershott, wo sie mit Spezialpuder und Pinseln nach Fingerabdrücken gesucht hatten –, um nachzusehen, was los war.

»Rechtsbeugung«, sagte Parker laut genug, dass es alle hörten. »Behinderung der Justiz. Vergeudung von Ermittlungszeit. Sie können sich glücklich schätzen, dass ich Sie nicht auf der Stelle verhafte. Einen schönen Tag noch. Gehen Sie nach Hause.« Er drehte sich um und rief laut nach jemandem, der ihm Mortimer Wolfe brachte. Dann knallte er die Bürotür hinter sich zu.

Väterlicher Rat

»Dir kann man es aber auch wirklich nicht recht machen.« Penny Peterkin schüttelte verständnislos den Kopf. »Erst hast du Angst, weil du glaubst, dass dich die Polizei verdächtigen wird, und jetzt bläst du Trübsal, weil sie es nicht tut. Wie wäre es, wenn du dich für eine Sache entscheidest?«

Eric war Parkers Aufforderung gefolgt und den ganzen Weg nach Barchester gefahren, um sich in sein Elternhaus zurückzuziehen. Dabei handelte es sich um ein langes, flaches Fachwerkgebäude im Tudorstil, mit unvernünftig vielen Giebeln und Dachgauben. Efeu und Geißblatt konkurrierten um die Vorherrschaft an den Außenmauern und auf dem Dach, und eine zwei Meter hohe Hecke verbarg das Anwesen vor der Straße. Seit Eric dauerhaft in London lebte, war es ein wenig zu groß für seine Bewohner, aber Pennys Leidenschaft für Pferde machte es zum inoffiziellen Treffpunkt des örtlichen Jagdvereins, dessen Mitglieder bisweilen drohten, mit ihrem lauten Gelächter die Bleiglasfensterscheiben zum Bersten zu bringen.

Eric, der sich in einen dick gepolsterten Sessel neben dem offenen Kamin hatte fallen lassen, zuckte nur mit den Schultern. »Irgendetwas stimmt nicht mit dieser Geschichte. Ich habe das Gefühl, dass mich die Polizei nur ausgeschlossen hat, um alles unwidersprochen so hindrehen zu können, wie es ihr passt.«

»Die meisten Leute würden sich wie ein Schneekönig freuen, wenn man sie von einer Mordermittlung ausschließen würde.«

»Ich bin aber nicht die meisten Leute.«

»Nein. Du bist nervtötender.« Penny ließ sich in den gegenüberstehenden Sessel plumpsen und betrachtete Eric mit einer Mischung aus schwesterlicher Zuneigung und Überdruss. Sie war drei Jahre jünger als er, jedoch einen halben Kopf größer, hatte sie doch die kräftige Statur und auch sonst die meisten Eigenschaften von ihrem Vater geerbt. Dadurch ging sie oft als reinrassige Angelsächsin durch, wohingegen Eric Mühe hatte, die Leute davon zu überzeugen, dass er nicht adoptiert war. Er fragte sich manchmal, ob einige ihrer gemeinsamen Freunde ihn nur akzeptierten, weil sie nun einmal bereits Penny akzeptiert hatten, ohne sich ihrer Herkunft bewusst gewesen zu sein.

Penny genoss in der Gemeinde großen Respekt als ungewöhnlich kluge und vernünftige junge Frau. Sie hielt das Haus und die Finanzen der Familie gut in Schuss und führte kleinere Reparaturen am Anwesen sogar selbst durch. War jedoch ihr Bruder in der Nähe, schien sie sich zu einer jüngeren Version ihrer selbst zurückzuentwickeln. Als Eric am Abend durchs Tor hereingekommen war, hatte er sie in einer abgelegten Hose ihres Vaters auf dem Dach ertappt, wo sie die vom Sturm beschädigten Schindeln ausgewechselt hatte. Sie hatte ein wenig säuerlich reagiert, als er sie für dieses gefährliche Unterfangen getadelt hatte.

»Mal sehen, ob ich alles richtig verstanden habe«, sagte sie nun zu ihm. »Jemand ist in den Britannia Club eingedrungen, obwohl er bereits für die Nacht verriegelt war, und hat einen Mord begangen. Und du meinst, dass es vielleicht sogar der Inspektor selbst war, weil er irgendwie in die Sache verwickelt ist. Bis hierhin alles korrekt?«

Eric nickte. »Parker hat eine Fotografie aus Bensons Zimmer entfernt. Das ist Manipulation von Beweismitteln, Penny.«

»Hast du versucht, mit jemandem von Scotland Yard darüber zu sprechen?«

»Ja. Parker ist offenbar deren fleißigster Mann. Es steht mein Wort gegen seins. Und er ist Träger des Victoria-Kreuzes.«

Eric verschränkte die Arme vor der Brust und starrte finster ins Kaminfeuer. Dann fuhr er nachdenklich fort: »Der alte Getreue und die Bediensteten der Nachtschicht haben den Wahrheitsgehalt ihrer Aussagen gegenseitig bezeugt. Für Wolfe war es eine zu große Sauerei, dazu hätte er sich niemals herabgelassen. Norris hatte keine Möglichkeit, eventuelle blutbespritzte Kleidungsstücke loszuwerden – er war eingeschlossen, während alle anderen ausgeschlossen waren. Und von Saxon wäre es bemerkenswert töricht gewesen, durch die Hintertür hereinzukommen und auf diese Weise zu zeigen, dass er einen eigenen Schlüssel besitzt, wenn er es getan hätte.« Eric hielt inne. »Ich frage mich wirklich, wie Wolfe in den Tresorraum gekommen ist.«

»Eric.«

»Was ist?«

Penny starrte ihn mit an Entsetzen grenzendem Erstaunen an. »Ich kenne diesen Gesichtsausdruck. So schaust du, wenn du Weihnachtsgeschenke aufmachst. Für dich ist das alles nur ein amüsantes Spielchen.«

»Nein, ist es nicht!«

»Ich glaube dir nicht. Seit du aus dem Krieg zurückgekommen bist … Ich glaube, du hast ein Stück deiner Seele an der Front zurückgelassen, nachdem du auf all diese Deutschen schießen musstest. Du zeigst keine Gefühlsregungen mehr. Alles ist nur noch ein Rätsel zu deiner eigenen Belustigung, und behaupte jetzt nicht, das sei nicht der wahre Grund dafür, dass du in letzter Zeit nur noch Kriminalromane lektorierst! Es ist ein Mann gestorben …«

»Glaubst du, das weiß ich nicht?«, unterbrach Eric sie unwirsch.

Penny sah ihn eine lange Minute prüfend an, bevor sie den Blick von ihm abwandte. »Ich wüsste zu gern, was Vater dazu sagen würde.«

Es folgte eine weitere schweigende Minute, bevor Eric erwiderte: »Ich könnte ihn fragen.«

Eric schaltete seine Taschenlampe aus, als er durch das Friedhofstor in den Kirchhof von St. Tobias trat. Für seinen Vater hatte die Vorstellung von batteriebetriebenen Apparaten, vor allem Lampen, eine enorme Faszination besessen, doch jetzt erschien ihm Dunkelheit angemessener.

Die uralten grauen Steinmauern der Kirche schimmerten im Mondlicht. Sie hatte schon mindestens zwei Jahrhunderte vor der Reformation hier gestanden und würde wohl auch alle zukünftigen Ereignisse unverändert überdauern. Tobias, eine alttestamentarische Figur, mochte kein Heiliger im üblichen Sinne sein, und die Kirche von England mochte das Buch Tobit ins Niemandsland der Apokryphen verbannt haben, aber jedes Schulkind in der Gemeinde kannte seine Geschichte, denn sie wurde auf den Buntglasfenstern der Kirche erzählt: Tobias, Sohn des Tobit, wie er mit dem Engel Raphael auf Reisen geht, die liebreizende Sara vor einem Dämon rettet, die Blindheit seines Vaters heilt und glücklich bis ans Ende seiner Tage lebt.

Eric liebte diese Geschichte, auch wenn ihn sein Vater oft darauf hingewiesen hatte, dass das vergleichsweise langweilige erste Kapitel – in dem Tobias' Vater Tobit unermüdlich arbeitete, um mittellosen Toten ein anständiges Begräbnis zu ermöglichen, Menschen, die er zu Lebzeiten gar nicht gekannt hatte – die wahre Lehre des Buches enthalte. »Ein Gentleman tut nicht deshalb Gutes, weil er dadurch die Hand einer Prinzessin gewinnt oder weil er einen Engel Gottes auf seiner Seite hat«, hatte er gesagt, »sondern weil die Menschen Gerechtigkeit und Respekt verdienen.«

Auf dem Kirchhof herrschte wie immer eine besonders tiefe Stille. Eiben, vielerorts die beliebtesten Friedhofsbäume, schmiegten sich mit ihren gewundenen Stämmen und ihrem dichten Laub an die Friedhofsmauer und spendeten den darunter liegenden Denkmälern und Ruhestätten Schatten, schirmten sie vom Dahinfließen des Dorflebens ab. In dem Friedhofsabschnitt, der der Familie Peterkin vorbehalten war, waren viele Denkmäler im Gedenken an Männer errichtet, die ihr Leben in fernen Ländern gelassen hatten, beinahe ebenso viele wie für tatsächlich hier begrabene Peterkins.

Erics Fingerspitzen strichen über den glatten Marmor von Engelsflügeln, während er sich zu den Gräbern durchschlängelte, die er suchte. Auf Magdalen Peterkins Grabstein war statt eines Engels ein Phönix zu sehen, der einzige Hinweis darauf, dass sie in eine fernöstliche Kultur hineingeboren worden war. Sie war jung gestorben – Eric war damals zwölf gewesen und seine Schwester erst neun –, und die Leute, die sich ihr gegenüber im Tod gnädiger zeigten als im Leben, flüsterten, es sei eine Sünde gewesen, sie zu entwurzeln und aus ihrer Heimat hierher in das vergleichsweise kalte und triste England zu bringen.

Sie sagten es nicht ins Gesicht von Oberst Berkeley Peterkin. Nie in sein Gesicht.

Die Nächte auf dem Land waren anders als die Nächte in London. Man vergaß, wie sich die Lichter und Geräusche der Großstadt in das eigene Bewusstsein einbrannten, bis man sich von alldem entfernte. Hier waren die Stille und die Dunkelheit beinahe erschreckend in ihrer Intensität, und die vom Himmel leuchtenden Sternbilder brachten einen mit ihrem langsamen Tanz dazu, stehen zu bleiben und mit ehrfürchtigem Staunen zu ihnen emporzustarren. Oktober bedeutete hier Ernte und üppig gefüllte Vorratsschränke, und in der Luft lag der Geruch von verbranntem Laub. Dieser Monat bedeutete aber auch zunehmende Kälte, Atemwolken vor dem Mund und das nahende Jahresende. Eric hielt einen Moment inne, um die Stille in sich aufzunehmen, bevor er sich neben die schlichte, rechteckige Steinplatte auf dem Grab seines Vaters setzte. Das feuchte Gras durchnässte seine Hosenbeine, doch das kümmerte ihn nicht.

»Hallo, Mutter. Hallo, Vater. Ich vermisse euch.«

Es gibt eigentlich keine großen Unterschiede zwischen der chinesischen Verehrung der Ahnen und der christlichen Gemeinschaft der Heiligen, dachte Eric oft. Jedenfalls war Letztere das christliche Lieblingsmotiv seiner Mutter nach ihrer Konvertierung gewesen.

Mondlicht fiel schräg durch die Bäume und hob die in Marmor gehauenen Worte in aller Schärfe hervor. Magdalen Peterkins Grabstein trug eine Inschrift aus dem Buch Johannes 6,37: *Wer zu mir kommt, den werde ich nicht abweisen.* Auf dem Grabstein von Oberst Peterkin stand nur der Hinweis auf Kapitel und Vers: *Matthäus 10,39.*

»Im Club herrscht ein ziemliches Durcheinander«, begann Eric und fegte einige trockene Blätter von der Grabplatte seines Vaters. »Ich wollte wissen, was du davon hältst.«

Es fiel ihm leicht, mit dem Oberst zu sprechen, so wie es ihm immer schon leichtgefallen war. Der alte Mann unterbrach ihn nie und schien immer genau zu verstehen, was er meinte. Während Eric sich von der Seele redete, was in den letzten zwei Tagen passiert war, stellte er sich seinen Vater vor, wie dieser sich, beschienen von warmem Sonnenlicht, in seinem Sessel zurücklehnte, die halb geschlossenen Augen von den berühmten dichten Peterkin-Augenbrauen beschattet. Wenn Eric ans Ende seiner Geschichte kam, folgte stets eine Pause, in der er sich fragte, ob sein Vater womöglich eingeschlafen war. Dann äußerte der Oberst plötzlich etwas, das scheinbar am Thema vorbeiging und seltsamerweise dennoch neue Erkenntnisse brachte.

Was würde Oberst Peterkin diesmal sagen?

Eric verlagerte seine Position und lehnte sich an den kalten Marmor des Grabsteins. Er blickte zu den Sternen empor und ließ seine Gedanken zum Trauergottesdienst seines Vaters zurückschweifen. Dieser hatte vor zwei Jahren stattgefunden – 1922. Eric erinnerte sich an einen Tag mit zu viel Sonne und zu wenig Wärme, an den Duft von Lilien und den unterschwelligen, ekelhaft süßen Geruch der Balsamierflüssigkeit.

Es waren überraschend viele Trauergäste gekommen. Penny, die von zwei alten Schulfreundinnen gestützt wurde, hatte diskret in ein Taschentuch geweint und ihre Gefühle tapfer im Zaum gehalten. Eric selbst hatte keine einzige Träne vergossen; er hatte sich damit abgelenkt, die Beerdigung zu arrangieren, sich um die rechtlichen

Angelegenheiten zu kümmern, den Gastgeber für jene Trauergäste zu spielen, die von weit her angereist waren. Der Bestatter hatte versucht, ihnen siebzehn Pfund zu viel abzuknöpfen, und Eric hatte hinter der Kirche ein ernstes Wort mit ihm reden müssen.

Am heutigen Abend hatte ihm Penny nicht zum ersten Mal vorgeworfen, er zeige zu wenig Gefühl, aber es war damals wie heute der einzige Weg für ihn, nicht den Verstand zu verlieren.

Jacob Bradshaw, der ewige Schriftführer des Clubs, war auch da gewesen, genau wie die damaligen Vorstandsoffiziere des Britannia Clubs und ein merkwürdig emotionaler alter Getreuer. Eric war gerade hinter der Kirche hervorgekommen, als Bradshaw und er im Schatten eines sich ausbreitenden Weißdornstrauches in einer stillen Ecke des Friedhofs aufeinandergetroffen waren.

»Es freut mich, zu sehen, wie wacker du dich schlägst«, hatte Bradshaw gesagt. Ein verhaltenes Lächeln hatte sich hinter dem Weihnachtsmannbart geregt und war breiter geworden, als Eric es erwiderte.

»Das Leben geht weiter«, antwortete Eric. »Man muss nach vorn blicken.«

Bradshaw nickte und kam auf den Punkt: »Ich wollte mit dir über eine Mitgliedschaft sprechen, Peterkin.« Bradshaw hatte ihn noch nie zuvor Peterkin genannt, er war immer Eric gewesen. Eric schluckte, als ihm die Tragweite dieser Veränderung klar wurde. Bradshaw fuhr unterdessen fort: »Du weißt, es hat immer schon Peterkins im Britannia Club gegeben, und dein Vater hätte gewollt, dass du diese Tradition fortführst.«

»Bis vor Kurzem war ich in Oxford«, erklärte Eric und spähte zu den Denkmälern für jene Peterkin-Cousins hinüber, die im Krieg gefallen waren. Zum ersten Mal wurde ihm bewusst, was es bedeutete, der letzte männliche Vertreter seiner Familie zu sein. »Während ich noch mit der Nase in Büchern und Vorlesungsnotizen steckte, war eine Mitgliedschaft einfach nicht zweckmäßig. Nun, da ich mit dem Studium fertig bin, wäre ein Club in London natürlich eine feine Sache, aber … Na ja, Vater hat immer gesagt, dass er eines Tages für mich bürgen würde, damit ich aufgenommen werde. Das kommt unter den gegebenen Umständen wohl nicht mehr in Betracht.«

»Vielleicht doch.« Bradshaw zog einige gefaltete Papiere aus der Tasche. Es war das Anmeldeformular für eine Mitgliedschaft im Britannia Club. »Dein Vater hat dieses Formular kurz vor seinem Tod unterzeichnet, und der Rest des Vorstands hat selbstverständlich ebenfalls unterschrieben. Normalerweise läuft ein Antrag auf Mitgliedschaft in umgekehrter Reihenfolge, aber es war der letzte Wunsch deines Vaters.« Bradshaw hielt Eric einen Füllfederhalter hin. »Die einzige Unterschrift, die noch fehlt, ist deine.«

Eric nahm den Füllfederhalter und betrachtete ehrfürchtig das zu unterzeichnende Dokument. Wenn er sich mit seinem Vater in London getroffen hatte, waren gemeinsame Besuche im Britannia Club immer ein echter Höhepunkt gewesen, daran bestand kein Zweifel. Eric unterschrieb kurz entschlossen und reichte Bradshaw das Formular zurück. Und schon gehörte er dazu.

Bradshaw steckte die Papiere mit einem herzlichen Lächeln wieder ein. »Dein Vater wäre stolz auf dich!«

Wäre er das wirklich?

Sie waren am Rand des Peterkin-Bereichs auf dem Friedhof stehen geblieben. Die Trauergäste waren bereits weitergegangen, und zwei Totengräber hatten sich darangemacht, das Grab von Oberst Peterkin mit Erde zu füllen. Bradshaw wies auf den Grabstein eines Vorfahren von Eric und sagte: »Dort liegt der alte Fitzwilliam Peterkin. Er war ein Gründungsmitglied des Britannia Clubs und nach allem, was man hört, ein feiner Kerl. Im Club hängt ein Gemälde, für das er einst Modell saß.«

»Die Ritter der Tafelrunde. Ja, ich weiß alles darüber.«

»Ich glaube, Fitzwilliam Peterkin ist das einzige Gründungsmitglied, das heute noch Nachfahren im Club hat.«

Eric blinzelte und kehrte abrupt in die Gegenwart zurück, einen späten Abend des Jahres 1924. Feuchtes Gras durchnässte ihm den Hosenboden, und irgendwo rief einsam eine Eule.

Es hatte immer schon Peterkins im Britannia Club gegeben, und Eric war der Letzte seiner Art. Da einer seiner Vorfahren Gründungsmitglied gewesen war, war die Familie Peterkin grundsätzlich von allem betroffen, was im Club geschah. Was dem Britannia Club widerfuhr, widerfuhr den Peterkins. Warum wurde Eric also von den dortigen Ereignissen ausgeschlossen? Dass er als Schiedsrichter in Wolfes Wette mit Benson einbezogen worden war, war eine angenehme Überraschung gewesen, aber der wahre Grund lag wohl darin, dass er als Einziger nicht direkt an der Wette teilgenommen hatte, ja nicht einmal als Teilnehmer in Betracht gezogen worden war. Als Verdächtiger war er im Rekordtempo ausgeschlossen worden, und seine Bedenken wegen Parker hatte man beiseite gewischt. Es war offensichtlich, dass man ihn nicht für voll nahm.

Und von was genau hielt man ihn fern? Eric dachte daran zurück, wie Benson sich mit dem entschlossenen Blick eines Ritters vor der Schlacht über den Inhalt seines Schließfachs gebeugt hatte. Benson mochte im Krieg nicht gekämpft haben, jedoch ganz sicher nicht aus Mangel an Tapferkeit. Er war ein Gentleman gewesen und hatte es nicht verdient, einfach unter den Teppich gekehrt zu werden. Der Schlüssel zu den rätselhaften Vorfällen im Club waren die vier Gegenstände in Bensons Schließfach, davon war Eric überzeugt. Noch stellten sie für ihn ein ebenso großes Mysterium dar wie die Gegenstände, die in der Burg des Fischerkönigs an Parzival vorbeigetragen worden waren, aber das würde sich ändern. Eric konnte diese Sache nicht einfach auf sich beruhen lassen. Benson hatte versucht, eine vergangene Ungerechtigkeit zu beseitigen, und er wollte verdammt sein, wenn er dieses noble Vorhaben zusammen mit Benson sterben lassen würde.

Er war es Benson schuldig, zu Ende zu bringen, was dieser angefangen hatte, und er war es sich selbst schuldig. Er würde sofort mit seinen Nachforschungen beginnen, würde der Polizei eine so überzeugende, eindeutige Beweislage präsentieren, dass sie ihn nicht wieder wegschicken konnte.

Eric stand auf, klopfte sich die Hose ab und sagte: »Danke, Vater.«

Er warf einen Blick auf den Grabstein seiner Mutter. *Wer zu mir kommt, den werde ich nicht abweisen.* Ein seltsam passender Sinnspruch. »Danke, Mutter«, flüsterte er, bevor er sich wieder zum Grabstein seines Vaters und dessen Inschrift umdrehte. *Matthäus 10,39* … Was war das für eine Bibelstelle gewesen? Er konnte sich nicht erinnern. Irgendwann würde er sie nachschlagen. Aber jetzt hatte er erst einmal anderes zu tun.

Am nächsten Tag fuhr Eric mit dem Automobil der Familie zurück nach London, einem Vauxhall D-Type, der ursprünglich als Kommandeurswagen für das Britische Heer gebaut worden war. Der Wagen war Penny auf dem Land normalerweise nützlicher als ihm in der Stadt, aber Eric ahnte, dass er für seine bevorstehenden Ermittlungen ein flexibleres Transportmittel brauchen würde als die öffentlichen Züge.

Penny hatte nichts dagegen. Sie wollte am kommenden Wochenende einige alte Schulfreundinnen in Cambridge besuchen, konnte dorthin jedoch auch den Zug nehmen. »Jetzt bist du mir einen Gefallen schuldig«, kündigte sie an. »Du musst mich einen Abend ausführen, mindestens. Ich komme auf der Hinfahrt durch London. Versprich mir, dass wir diesmal etwas Spannenderes machen, als Avery dabei zuzusehen, wie er aus unseren Teeblättern eine düstere Zukunft vorhersagt. Es geht um den Donnerstagabend – was für ein Stück läuft diese Saison im St. James's Theatre?«

Eric hatte nicht die Absicht, sich mit seiner Schwester das Desaster anzusehen, das derzeit auf der Bühne des St. James's Theatre aufgeführt wurde. Soweit er wusste, hatten auch die anderen Londoner Theater gerade Stücke mit bedrohlichen asiatischen Schurken im Programm. »Ich werde mir etwas Passendes ausdenken«, versprach er. Irgendwann, dachte er. Irgendwann muss einmal jemand eine Geschichte mit einem chinesischen Helden schreiben, vielleicht sogar einen Kriminalroman. Seiner Ansicht nach hatte die Welt einen solchen Helden dringend nötig.

»Hör dich doch im Club um«, schlug Penny vor. »Hast du nicht erzählt, dieser Patrick Norris wäre Musiker? Musiker wissen immer, wie man sich am besten amüsiert. Wozu hat man denn einen Club, wenn man seine Clubkameraden nicht um Hilfe bitten kann?«

Tja, wozu? Schaden konnte es wohl kaum – solange Norris nicht auf die Idee kam, sich ihnen nur mit einem Handtuch bekleidet anzuschließen.

II

SOTHEBY MANOR

Wie Eric feststellte, ließ sich Avery erstaunlich leicht zum Mitkommen überreden. Da er ihm die Ausgangslage jedoch zweimal erklären und eine vollkommen sinnlose Tarot-Lesung erdulden musste, brachen sie erst am nächsten Morgen, einem Dienstag, zu ihrem Ausflug auf.

Seite an Seite fuhren sie die Landstraßen von Sussex entlang, durchquerten Bruton Wood und gelangten wieder ins freie Hügelland hinaus. Der Vauxhall wirbelte die trockenen Herbstblätter auf und hinterließ eine rotierende goldbraune Wolke. Über ihnen war der Himmel von einem klaren, kräftigen Blau, und die wogenden Hügel erinnerten an Wellen aus grünem Samt. Dies war England, wie es am schönsten war, und Eric war froh, sein Manuskript zugunsten dieser Landpartie beiseitegelegt zu haben.

Wie anders ist es doch in Flandern gewesen, dachte er und beugte sich zur Seite, um die volle Wucht der kalten, sauberen Luft im Gesicht zu spüren. Die Schlachtfelder und Schützengräben waren an Abscheulichkeit wirklich nicht zu überbieten gewesen, aber diese Landschaft – so musste sie sein, die Welt! Dafür hatte er gekämpft und jede Nacht gebetet, flehend, dass er eines Tages hierher zurückkehren durfte. Ein Schwarm Eisenten stieg vor ihnen auf, und die Felder und Hecken rasten nur so vorbei. Eric empfand die herbstliche Kälte als belebend und erfrischend.

Avery war hingegen auf dem Beifahrersitz ganz nach unten gerutscht und hatte seinen Schal eng um sich gewickelt, um der Zugluft vom offenen Verdeck zu entgehen. Eric wusste, dass sein Freund eigentlich lieber in London geblieben wäre und den Tag auf einem Sessel im Arabica verbracht hätte, wo der Kaffeenachschub gesichert war.

Avery zog sich die Baskenmütze noch tiefer in die Stirn und sagte: »Nur, damit ich es richtig verstehe: Es gibt einen Kerl, der zur Tatzeit im Club war, einen, der eine bisher unbekannte Möglichkeit gefunden hat, in den Tresorraum einzubrechen, und einen, der einen Schlüssel für den Hintereingang besitzt. Und statt dir diese drei vorzuknöpfen, beschließt du, dein Augenmerk auf den Inspektor zu richten, der in dem Fall ermittelt. Äußerst logisch, das muss ich sagen. Wann ist er denn geboren, dein Inspektor Parker?«

Avery behauptete gern, dass nichts in der Zeitung stehe, was ihm ein Blick in die Sterne nicht vorher hätte verraten können. Seit sie gemeinsam das Arabica verlassen hatten, hatte er nach den Geburtstagen sämtlicher Personen gefragt, die in Erics Schilderung des Mordfalls vorgekommen waren. Eric erwiderte auch jetzt wieder, dass er es nicht wisse, und erklärte: »Benson hatte Beweise, die etwas mit Inspektor Parker zu tun hatten, und jetzt sind diese Gegenstände aus seinem Schließfach verschwunden. Parker hat etwas aus Bensons Zimmer entwendet, und es würde mich nicht wundern, wenn er auch beim Inhalt von Bensons Schließfach seine Hände im Spiel gehabt hätte. Ich weiß zwar noch nicht, wie, aber es würde durchaus ins Bild passen.«

»Er klingt in der Tat wie ein richtig übler Bursche, der sich sein Victoria-Kreuz irgendwie erschlichen hat. Trotzdem: Soviel ich weiß, hält er sich in London auf, also erklär mir doch bitte noch mal, warum wir in die ländliche Einöde von Sussex hinausmüssen.«

Der Vauxhall tauchte in einen Straßenabschnitt ein, der auf beiden Seiten von hohen Hecken gesäumt wurde. Die darüber aufragenden Bäume ließen nur hin und wieder einen flüchtigen Blick in den blauen Himmel zu, und wenn doch einmal ein Sonnenstrahl hindurchdrang, blitzte er über ihren Köpfen auf und sprenkelte den

Asphalt mit Lichtflecken. Gelegentlich brachen die scheinbar undurchdringlichen Hecken ab und gaben den Blick auf ein Tor und dahinter ein Haus frei, das von einer überraschend gepflegten Rasenfläche umgeben war. Dann roch es plötzlich nach frisch gemähtem Gras und brennendem Laub, und es fühlte sich an, als wären sie in einem Tunnel unterwegs, der separate Miniwelten miteinander verband. Eric verlangsamte seine Fahrt, damit er keine Fußgänger übersah.

»Wir müssen nach Sussex«, antwortete er, »weil Benson hier irgendwo in einem Kriegshospital als Krankenwärter gearbeitet hat. Laut Wolfe heißt der Landsitz, in dem sich das Hospital befand, Sotheby Manor. Inzwischen ist er sicher kein Krankenhaus mehr, aber vielleicht weiß noch jemand etwas über die damalige Zeit. Inspektor Parker war in Sotheby Manor Patient, und ich vermute, dass auch die Gegenstände aus Bensons Schließfach von dort stammen. Wetten, der Schlüssel zu diesem rätselhaften Mord befindet sich in Sotheby Manor?«

»Wenn du mich fragst, verschwendest du eine ungeheure Menge Energie an einen Kerl, den du nur einen Tag kanntest.« Der Wagen schoss aus dem Baumtunnel ins helle Sonnenlicht hinaus, und Avery zog sich stöhnend seine abgewetzte alte Baskenmütze über die Augen. »Ich verstehe ernsthaft nicht, was dich das Ganze überhaupt angeht. Sind Gentlemen-Clubs nicht ohnehin als Brutstätten übler Komplotte verschrien? Solange Parker nicht beschließt, dich für den Schuldigen zu halten, braucht dich die Sache doch gar nicht zu kümmern.«

Eric warf Avery einen missbilligenden Blick zu, ohne dabei die Straße aus den Augen zu lassen. »Du könntest es noch zu Fuß nach Hause schaffen. Ich drehe ganz sicher nicht um, aber wenn du es vorziehst, mit der ganzen Sache nichts zu tun zu haben – bitte sehr. Ich halte dich nicht davon ab, aus dem Wagen zu steigen. Der Fußmarsch zurück nach London sollte nicht mehr als einen Tag dauern.«

»Mach doch, was du willst, Sir Palomides. Am Ende stellt sich wahrscheinlich heraus, dass es gar kein Rätsel um diesen Mordfall gibt, weil es nämlich der Butler war.«

»Im Britannia Club gibt es keinen Butler.« Allerdings gab es Bedienstete, und es gab den alten Getreuen, doch Eric hatte Avery bereits erklärt, dass diese sich füreinander verbürgt hatten.

»Ich könnte dir doch einfach noch mal die Karten legen und den Mörder auf diese Weise ermitteln«, sagte Avery nach einer Weile. »Ich habe sie hier in meiner Tasche.«

Eric verdrehte die Augen. »Danke, Avery, aber ich vertraue lieber meiner Logik und den harten, nüchternen Fakten.«

»Selbst schuld.«

»Ich werde den Verlust verschmerzen, da bin ich mir sicher.« Eric bremste abrupt ab. »Da wären wir übrigens schon. Wexford Crossing, so heißt das Dorf. Hier irgendwo in der Nähe muss Sotheby Manor sein.«

Avery setzte sich aufrecht hin, schob seine Baskenmütze nach oben und betrachtete die gedrungenen Steinhäuser, die sich um die Kreuzung verteilten. Es gab eine pittoreske kleine Kirche, ein Wirtshaus und ein Postamt. Efeu wuchs dicht über die Friedhofsmauern und rankte am Kirchturm empor bis zum Kreuz. Die Dorfwiese war gemäht und gepflegt; in einer Ecke beschattete eine Weide einen Ententeich, und im Zentrum der Wiese war bereits ein Kreis für das Feuer gerodet, das die Gemeinde in der Bonfire Night anzünden würde. Vor dem Postamt standen auf einem Schild die Abfahrtszeiten des Omnibusses nach Chichester, der nächstgelegenen größeren Ortschaft. Rings um die Dorfwiese lugten die reetgedeckten Dächer der Dorfhäuser hinter Gartenhecken hervor. Unempfänglich für diese Idylle nörgelte Avery: »Bist du sicher, dass dieses erbärmliche Häufchen Häuser als Dorf durchgeht? Wir könnten jemanden nach dem Weg fragen«, schlug er hoffnungsvoll vor. »Aber wie ich dich kenne, willst du das Rätsel, wo sich dieses Anwesen befindet, selbst lösen.«

»So ist es. Zumal uns der ältere Herr vor dem Wirtshaus böse Blicke zuwirft, seit du dieses Örtchen ein ›erbärmliches Häufchen Häuser‹ genannt hast. Deine Stimme ist ziemlich durchdringend, weißt du.«

Avery drehte sich auf dem Beifahrersitz um und lüftete entschuldigend seine Baskenmütze. Der fragliche ältere Herr schnaubte und wandte den Blick ab. Unterdessen hatte sich Eric orientiert und startete den Wagen neu, um den Rest des Weges nach Sotheby Manor zurückzulegen.

Das ehemalige Kriegshospital war ein lang gestreckter roter Backsteinbau im georgianischen Stil, mit weißen Ecksteinen und einigen neugriechischen Elementen. Wie viele Herrenhäuser war es symmetrisch geschnitten, und Eric erspähte hinter Pappelreihen zwei Seitentrakte, die jeweils durch einen einstöckigen Gang mit dem Hauptgebäude verbunden waren. Die Fenster beider Nebentrakte waren mit Brettern vernagelt. Der herrschaftliche Eindruck, den das Anwesen von Weitem vermittelte, wurde beim Näherkommen durch die überwucherte Zufahrt und die Baugerüste an Teilen des Hauptgebäudes ein wenig gestört. Hinter dem Haus erstreckten sich jenseits einer weiteren Baumreihe die Hügel der South Downs bis zum silbergrauen Band des Ärmelkanals.

Eric hielt vor den griechischen Säulen des Eingangsportikus, sprang aus dem Wagen und zog an der Klingelschnur. Einige Minuten später öffnete ein betagtes Dienstmädchen die Tür und würdigte Eric kaum eines Blickes, bevor sie ihre Aufmerksamkeit auf Avery richtete. Ganz offensichtlich hielt sie Eric für Averys Fahrer. Eric stellte sich eilig vor, bevor Avery ihm die Sache vermasseln konnte. Er hatte vor der Reise einen Blick auf die offizielle britische Adelsliste geworfen und wusste daher, nach wem er fragen musste. »Ist Sir Andrew Sotheby zu sprechen?«

Die steinerne Miene des Dienstmädchens wurde noch eisiger, und sie sah weiterhin Avery an, als sie antwortete: »Sir Andrew wird bis zum Tag des Jüngsten Gerichts nicht mehr zu sprechen sein.«

»Das tut mir leid.« Offenbar war Erics Adelsliste nicht mehr ganz auf dem neuesten Stand. Lady Sotheby war bereits vor dem Krieg verstorben, aber Eric erinnerte sich, dass auf der Liste eine Tochter verzeichnet gewesen war … »Könnte ich dann vielleicht mit Miss Sotheby sprechen?«

»Ja. *Miss* Sotheby ist zu Hause.« Das Dienstmädchen betonte eigenartigerweise das Wort »Miss« und fragte an Avery gewandt: »Wen darf ich melden?«

Eric gab ihr seine Karte. »Eric Peterkin. Vom Britannia Club.«

Die Frau nahm die Karte entgegen und führte Eric und Avery zügigen Schrittes durch die Eingangshalle in einen Salon, wo sie warten sollten, während sie die Dame des Hauses holte. Es handelte sich um ein elegantes Zimmer mit weiß gestrichener Täfelung und gelb-goldbraun gestreifter Tapete. Hohe Fenster blickten über wild wuchernde Sträucher hinweg auf die Kieszufahrt, und darunter standen ein Sofa, zwei Sessel und ein niedriger Tisch. Im Sommer mochte der Raum luftig und heiter wirken, aber nun, da die Fenster fest vor der kühlen Oktoberluft verschlossen waren, sah er nur groß und leer aus. Verglichen mit den beengten Wohnverhältnissen in der Stadt muteten seine Proportionen geradezu majestätisch an, und die spärliche Möblierung ließ ihn noch weitläufiger wirken. Auf dem Parkett hallten die Schritte wider, und Avery zog sich instinktiv auf den Teppich unter der Sitzgruppe zurück, während Eric zum Sims des nicht befeuerten Kamins trat, um die darauf angeordneten Fotografien zu betrachten.

»Jemand hat den Hund aufs Sofa gelassen«, bemerkte Avery und pickte naserümpfend ein Haar von einem Sofakissen. »Oder das Personal ist nachlässig geworden. Oder beides.«

»Ich denke nicht, dass dieser Raum oft genutzt wird, und ich weiß auch nicht, ob die Sothebys noch so viel Personal haben wie vor dem Krieg«, erwiderte Eric nachsichtig. »Wahrscheinlich mussten sie sich deutlich verkleinern.« Seine Aufmerksamkeit wurde nun gänzlich von den gerahmten Fotografien gefesselt. Die meisten stammten aus der Zeit, als das Gebäude als Kriegshospital gedient hatte. Sie zeigten Grüppchen verwundeter Soldaten, betreut von Krankenschwestern. Die Schwester von Bensons Fotografie war auf fast allen Bildern zu sehen, öfter als jede andere Krankenschwester. Eine Lücke im Arrangement ließ darauf schließen, dass ein Bild entfernt worden war. Eric vermutete, dass Benson seine Fotografie von hier hatte. Er musste also kürzlich da gewesen sein.

Eins der verbliebenen Bilder sprang Eric besonders ins Auge, und er nahm es herunter, um es sich genauer anzuschauen. Darauf waren mehrere Männer, einige davon mit Gipsverbänden, auf einer Rasenfläche zu sehen. Im Hintergrund ragte Sotheby Manor auf. Benson war unter den Männern und stützte sich auf eine Krücke. Die Aufnahme musste direkt nach seiner Rückkehr aus Flandern entstanden sein, bevor er seinen Posten als Krankenwärter angetreten hatte. Am interessantesten jedoch war die Frau, die neben ihm stand: Es war dieselbe asiatische Frau, deren Porträt in seinem Zimmer gelegen hatte, von wo es Inspektor Parker heimlich entfernt hatte.

Lautes Bellen riss Eric aus seinen Gedanken. Er drehte sich um und sah die Frau von der Fotografie mit der Geburtstagstorte vor sich. Jetzt trug sie ein langes Kleid aus schwarzem Krepp, das einmal ihrer Mutter gehört haben mochte. Benson hatte sie als seine Frau Helen bezeichnet, und Eric ging unter den gegebenen Umständen davon aus, dass sie außerdem die Tochter von Lord Sotheby war.

Helen Benson war seit damals sogar noch attraktiver geworden, wie Eric fand. Ihre dunklen Haare, die auf der Fotografie lang und hochgesteckt gewesen waren, trug sie nun modisch kurz, seitlich gescheitelt und mit sinnlich geschwungenen Wellen über der Stirn. Die Frisur stand im merkwürdigen Gegensatz zu dem altmodischen Kleid, aber Helen Bensons Körperhaltung strahlte eine majestätische Würde aus, die Eric auf dem Bild noch nicht aufgefallen war. Ihre leicht geröteten Augen und die frisch gepuderte Nase deuteten darauf hin, dass sie noch vor wenigen Minuten geweint hatte.

Ein weißer Bullterrier mit einem braunen Fleck über dem Auge stand dicht neben ihr, sein wedelnder Schwanz peitschte den Stoff ihres Kleides. Er bellte erneut, und Helen Benson stupste ihn mit der Wade an, bevor sie Avery die Hand entgegenstreckte. »Mr. Peterkin, nehme ich an?«

»Oh … Nein, ich bin nicht Mr. Peterkin«, widersprach Avery und machte misstrauisch einen Schritt von dem Bullterrier weg. »Ich heiße Ferrett, Avery Ferrett. Eric Peterkin ist mein Freund hier drüben. Und Sie müssen Miss Sotheby sein.«

»Mrs. Benson.« Sie beäugte Eric neugierig. »Mein Dienstmädchen sagte mir … ich meine …«

Eric lächelte schief. »Es ist nicht das erste Mal, dass jemand diesem Irrtum erliegt.«

»Ich bitte vielmals um Entschuldigung.« Mrs. Benson setzte sich auf das Sofa und wies auf die beiden Sessel gegenüber. Der Bullterrier sprang neben ihr aufs Polster und rollte sich mit der Schnauze in ihrem Schoß zusammen, wobei er die beiden Männer argwöhnisch im Auge behielt. »Ich hoffe, Sie haben nichts gegen Hunde. Glatisant ist eigentlich eher Alberts Hund, aber nun, da mein Mann …«

Eric und Glatisant starrten sich an, bis der Bullterrier beschloss, dass Eric uninteressant war, und sich enger an sein Frauchen kuschelte.

»Glatisant«, wiederholte Avery. »Was für ein ausgefallener Name!«

»Von Glatisant, dem Questentier aus der Artus-Legende«, erklärte Mrs. Benson. »Weil er ein Tier ist, das weder für Liebe noch Geld noch Suppenknochen das tut, was man von ihm verlangt.« Glatisant stieß ein lautes Seufzen aus, während sein Bauch ein noch lauteres Knurren von sich gab. »Und weil er in Gesellschaft mit Vorliebe peinliche Geräusche macht. Er tut so, als würden wir ihn verhungern lassen, dabei ist er in Wirklichkeit viel zu fett.« Sie schüttelte milde lächelnd den Kopf und wandte sich dann wieder ihren Gästen zu. »Sie sind also beide vom Britannia Club? Ach, nur Sie? Ich wusste nicht, dass ... Ich meine, waren Sie beim Chinesischen Hilfsarbeiterkorps?«

»Nein, ich ...«, wollte Eric aufbrausen, verkniff sich dann jedoch seine übliche scharfe Antwort. Es war unangemessen, sich vor dieser jungen Witwe zu echauffieren, zumal, wenn er Informationen von ihr erwartete. Also teilte er ihr ruhig sein Regiment mit, erwähnte seinen Vater und bestätigte, dass er in der Tat Mitglied des Britannia Clubs sei.

Insgeheim kam ihm der Gedanke, dass es vonseiten des Clubs eigentlich keine Einwände mehr gegen das nicht kämpfende Chinesische Hilfsarbeiterkorps geben dürfte, wenn sogar der Blessiertenträger Benson als Mitglied aufgenommen worden war.

In diesem Moment betrat das Dienstmädchen den Salon und stellte unwirsch ein Teetablett auf den niedrigen Tisch vor dem Sofa. Mrs. Benson begann mit dem Eingießen des Tees. »Ich nehme an, Mr. Bradshaw schickt Sie«, sagte sie und reichte ihren Gästen jeweils eine Tasse. »Das wäre wirklich nicht nötig gewesen. Ich dachte eigentlich, wir hätten bei unserem Treffen am Sonntag bereits alles Nötige besprochen. Albert und ich hatten in letzter Zeit geschäftlich mit Mr. Aldershott zu tun, und ich glaube, mein Mann kam deshalb auf die Idee, dem Club beizutreten.«

Aldershott hatte Geschäfte mit Benson gemacht? Davon hörte Eric zum ersten Mal. »Ich bin nicht im Auftrag des Clubs hier, sondern auf eigene Initiative«, erklärte er und überlegte, wie er das Gespräch auf seine Fragen lenken sollte. Wie er inzwischen wusste, saß er einer trauernden Witwe gegenüber. »Natürlich möchte ich Ihnen zunächst mein herzliches Beileid aussprechen.«

»Und Ihnen dann einige Fragen stellen«, mischte sich Avery ein.

»Mein geschätzter Kollege hier hält sich nämlich für einen Detektiv, müssen Sie wissen.«

Eric zuckte innerlich zusammen. Das war mal wieder typisch Avery, ohne jedes Taktgefühl voranzupreschen! Mrs. Benson runzelte prompt die Stirn, ihr Ausdruck wurde wachsam. Sie stellte ihre Teetasse ab und verschränkte die Hände sittsam auf dem Schoß. »Sie sind doch nicht von der Polizei, oder? Ich habe bereits mit dem Inspektor von Scotland Yard gesprochen und seither nichts hinzuzufügen.«

»Dem Inspektor von Scotland Yard, richtig.« Eric erkannte einen Gesprächsansatz und ergriff die Gelegenheit beim Schopf. »Sie kennen ihn doch bestimmt noch von früher. Soweit ich weiß, war er während des Krieges als Patient hier.«

»Das gilt für viele Männer. Wir waren schließlich ein Kriegshospital – der Beitrag meines Vaters zu den britischen Kriegsanstrengungen – und übernahmen den Patientenüberschuss vom Graylingwell Hospital in Chichester.« Auf Erics überraschtes Gesicht hin erklärte sie: »Graylingwell ist heute eine Heilanstalt für Geisteskranke, aber während des Krieges war es das wichtigste Militärhospital der Gegend.«

»Sie erinnern sich doch sicher trotzdem an Horatio Parker?«, sagte Eric.

Mrs. Benson nickte, wenn auch zögernd. »Ja, ich erinnere mich an ihn. Er bekam später das Victoria-Kreuz verliehen, nicht wahr? So etwas lässt einen natürlich aufhorchen. Ich habe ihn als eine Art Byron'sche Figur in Erinnerung: düster und grüblerisch.« Sie hielt gedankenversunken inne und erklärte dann energisch: »Mr. Peterkin, ich denke, aus Ihren Fragen wird ersichtlich, dass Sie keineswegs hier sind, um mir Ihr Beileid zu bekunden, wie Sie behaupten. Sollten Sie tatsächlich Amateurschnüffler sein und nur Ihre Neugier befriedigen wollen, halte ich das für mehr als geschmacklos.«

»Mrs. Benson …«

»Kannten Sie meinen Mann überhaupt?«

»Bevor er starb, hat Ihr Mann mir etwas anvertraut. Er hatte vier Gegenstände bei sich, von denen er sagte, sie seien so etwas wie Beweise in einem Verbrechensfall aus der Vergangenheit …«

»Ach, das!«, schnaubte Mrs. Benson verärgert und stand auf. Glatisant, der von ihrem Schoß gerutscht war, setzte sich verwundert auf. »Wie passend, dass er sich ausgerechnet Ihnen anvertraut hat!« Ihr Ausdruck veränderte sich, und sie fragte: »*Vier* Gegenstände? Was genau hat er Ihnen erzählt?«

Eric wiederholte, was Benson im Tresorraum zu ihm gesagt hatte. Dann beschrieb er detailliert den Inhalt von Bensons Schließfach: den Arztbericht, die Fotografie, die chirurgische Schere, das Injektionsbesteck mit dem Monogramm im Deckel. »Er sagte, diese Dinge sollten ein großes Unrecht aus der Vergangenheit wiedergutmachen. Diese Mission bleibt nun natürlich unvollendet, sofern sich niemand anders der Sache annimmt. Können Sie mir vielleicht irgendetwas darüber erzählen, was dieses ›große Unrecht‹ gewesen sein könnte?«

Mrs. Benson betrachtete Eric prüfend, bevor sie sich wieder hinsetzte und sagte: »Bevor mein Mann mich heiratete, war er besessen von einem chinesischen Dienstmädchen, das hier arbeitete, einer gewissen Emily Ang. Tja, und dann verschwand Emily eines schönen Tages, und Albert war todunglücklich. Das war vor sechs Jahren, und ich dachte, er wäre darüber hinweg. Schließlich hat er danach *mich* geheiratet. Aber dann setzte er sich plötzlich in den Kopf, er müsse ihrem Verschwinden auf den Grund gehen, als wäre die Sache nicht längst Schnee von gestern. Emily rannte damals einfach davon, ganz plötzlich, ohne jemanden zu informieren oder auch nur ihre Sachen mitzunehmen. Ich möchte keineswegs einen ganzen Menschenschlag verleumden, halte es aber dennoch für unrealistisch, wenn wir als anständige Engländerinnen und Engländer meinen, wir könnten nachvollziehen, wie jemand mit *ihrer* Herkunft denkt. Für sie selbst war ihr plötzlicher Fortgang vermutlich vollkommen logisch.« Mrs. Benson hielt inne, als Eric und Avery sie ungläubig anstarrten. »Sie wissen doch sicher, was ich meine«, fügte sie an Eric gewandt hinzu.

»Ich habe nicht die geringste Ahnung«, gestand Eric, verblüfft von dieser unvermittelten Informationsflut.

Mrs. Bensons Augen hatten sich mit Tränen gefüllt. Sie tupfte sie mit ihrem Taschentuch ab, bevor sie wieder nach ihrer Teetasse griff. »Albert sagte, es gehe um Emily«, fuhr sie fort. »Das sei etwas, was er tun müsse, sonst werde er nie wieder schlafen können. Das ist alles, was ich weiß.«

»Sie wirkten überrascht, als ich die Anzahl an Gegenständen in seinem Schließfach erwähnte.«

»Natürlich hat er mir nicht alles erzählt ... dieser sentimentale Trottel.«

Ihre Hand zitterte kaum merklich, und sie verbarg ihre Gefühlsaufwallung rasch hinter dem Rand ihrer Teetasse. Glatisant schien den Kummer seines Frauchens zu spüren und versuchte, wieder auf ihren Schoß zu klettern. Mrs. Benson verschüttete beinahe ihren Tee, als sie ihn wegschob.

»Irgendwie muss das alles zusammenhängen«, meldete sich Avery zu Wort. »Ich würde mein letztes Hemd darauf verwetten, dass die Ursache für Emily Angs Verschwinden auch der Grund für den Mord an Benson ist. Sind wir da etwa in eine Sax-Rohmer-Geschichte hineingeraten, Eric? Ich habe keine Lust, irgendwelche Opiumhöhlen in Limehouse aufzusuchen, wenn es sich irgendwie vermeiden lässt. Das sollen wirklich widerwärtige Orte sein.«

Mrs. Bensons Finger schlossen sich fester um den Henkel ihrer Tasse. Sie sah Avery an, als würde sie ihn am liebsten umbringen, was er in seiner dickfelligen Selbstvergessenheit natürlich nicht bemerkte.

»Avery, ich könnte mir vorstellen, dass auch die Dienstboten etwas zu dem Fall beitragen könnten«, sagte Eric. »Warum gehst du nicht los und unterhältst dich mit ihnen? Oder legst ihnen am besten gleich die Karten? Du sagst doch immer, dass sich dadurch so viel mehr in Erfahrung bringen lässt. Vielleicht haben sie auch einen Kaffee für dich.«

Avery verstand den Wink. »Wie Ihr wünscht, mein Herr und Gebieter.« Er trank seinen Tee aus, tippte als Gruß an Mrs. Benson seine Mütze an und verließ den Raum.

Sobald er weg war, bemerkte Mrs. Benson: »Auch wenn er offenbar Ihr Freund ist, muss ich sagen, dass ich diesen Mr. Ferrett ziemlich unausstehlich finde. Und Sie hetzen ihn auch noch meinem Personal auf den Hals! Wobei ich die Geste ansonsten durchaus zu schätzen weiß.«

»Ich gebe zu, dass man sich erst an seine Art gewöhnen muss«, räumte Eric ein. »Aber er meint es nur gut. Ich bin mir sicher, dass er in der Küche die gesamte Belegschaft mit seiner Wahrsager-Nummer unterhalten wird. Er hat da übrigens einen wichtigen Punkt angesprochen: Das erneute Interesse Ihres Mannes an dem verschwundenen Dienstmädchen könnte für seine Ermordung durchaus von Belang sein. Haben Sie Inspektor Parker davon erzählt?«

Mrs. Benson schüttelte den Kopf. »Als Frau missfällt einem der Gedanke natürlich, eine ehemalige Konkurrentin könnte immer noch Einfluss auf den eigenen Ehemann haben, Mr. Peterkin. Die meisten Frauen denken überhaupt nicht gerne an ehemalige Konkurrentinnen, es sei denn, mit Schadenfreude. Ich nehme an, bei Männern verhält es sich genauso. Warum? Hätte ich das tun sollen?«

»Ich bezweifle, dass es etwas bewirkt hätte«, sagte Eric. »Ich habe Parker dabei beobachtet, wie er ein Beweisstück aus dem Zimmer Ihres Mannes im Club entfernt hat, und bin mir daher sicher, dass er selbst irgendwie in die Sache verwickelt ist. Wenn wir uns auf ihn verlassen, hoffen wir also möglicherweise vergeblich auf Gerechtigkeit für Ihren Mann. Ich muss unbedingt in Erfahrung bringen, *wie* er in die Sache involviert ist. War er hier, als Emily Ang verschwand?«

»Das weiß ich nicht mehr«, antwortete Mrs. Benson ein wenig schockiert. »Aber … Scotland Yard! Wenn Sie etwas Derartiges beobachtet haben, warum gehen Sie damit nicht zur Polizei?«

»Dann steht mein Wort gegen seins.«

»Ja. Sie haben recht. Und er ist ein hochdekorierter Kriegsheld, Träger des Victoria-Kreuzes.« Nach kurzem Nachdenken fuhr sie fort: »Wenn Sie etwas über Parkers Aufenthalt hier in Erfahrung bringen möchten, werfen Sie am besten einen Blick in die Krankenakten. Ich zeige sie Ihnen gern. Ich nehme an, Sie wollen auch sehen, ob wir noch Unterlagen bezüglich Emily hierhaben.« Mrs. Benson stand auf, um Eric voranzugehen. Bevor sie durch die Tür trat, blieb sie stehen und drehte sich zu Eric um. »Mr. Bradshaw hat von Ihnen gesprochen, als ich nach Erhalt der traurigen Nachricht in London war. Man wollte mich Albert nicht sehen lassen – ich nehme an, man hielt seinen Anblick für zu schrecklich für meine schwachen Nerven –, aber Mr. Bradshaw erzählte mir von der Wette, die Albert mit seinen Clubkollegen abgeschlossen hatte, und dass Sie dabei als Schiedsrichter fungierten. Er sagte, Sie seien dabei gewesen, als er gefunden wurde.«

»Ja. Ja, das war ich.«

»Mir wurde gesagt, er sei erstochen worden. Wie oder wo, wollte man mir nicht verraten. Man versicherte mir nur, er habe vermutlich nicht gelitten. Ich war Krankenschwester, Mr. Peterkin, und sollte ja wohl in der Lage sein, mir selbst ein Bild darüber zu machen, ob er gelitten hat oder nicht.«

»Der Stich erfolgte in die Kehle«, berichtete Eric zögernd. Er zeigte ihr an seinem eigenen Hals, wo der Griff von Aldershotts Brieföffner aus Bensons Hals geragt hatte.

»Dort verläuft die Arteria carotis«, murmelte Mrs. Benson und berührte die Stelle an Erics Hals. »Falls er gelitten hat, dann bestimmt nicht lange.« Sie hielt inne. »Hat er Sie an die Kameraden erinnert, die Sie im Krieg verloren haben? Sind Sie deshalb so an den Umständen seiner Ermordung interessiert?« Es lag eine eigenartige

Intensität in dem Blick, den sie ihm zuwarf, eine Mischung aus Mitleid und erwartungsvoller Begierde.

Sie meint, ob mich Benson zu Lebzeiten an meine Männer erinnert hat, dachte Eric. »Ich hatte großen Respekt für seinen Mut. Als Blessiertenträger war er ebensolchen Gefahren ausgesetzt wie ein kämpfender Soldat.«

Die Intensität schwand aus Mrs. Bensons Blick. Das war nicht das, was sie gemeint hatte. Sie wandte sich ab. »Folgen Sie mir. Ich zeige Ihnen das Büro.« Nachdem Eric in die Empfangshalle hinausgetreten war, machte Mrs. Benson die Tür hinter ihnen zu und schloss das helle Licht aus, das durch die Fenster des Salons hereinströmte.

Glatisant trottete hinter ihnen her, als sie die Empfangshalle durchquerten und den Gang zum Ostflügel des Hauses passierten. Im Seitentrakt waren die Räume kahl und leer, der Großteil der Einrichtung schien irgendwo eingelagert zu sein. Die verbleibenden Möbel waren mit Tüchern verhängt, nur ein leerer Gewehrschrank in einem der Zimmer verriet noch seine frühere Verwendung. Die Vergangenheit war wie weggefegt. Bleistiftmarkierungen an den Wänden deuteten auf Planungen für eine Zukunft hin, die sich erst noch manifestieren musste.

»Entschuldigen Sie die Unordnung«, sagte Mrs. Benson. »Mein Vater ist fast direkt nach Kriegsende an der Spanischen Grippe gestorben. Es war eine schwierige Zeit, und es erschien mir sinnlos, das Hospital am Laufen zu halten. Solch ein riesiges Gebäude, und ich als alleinstehende Frau … Die Sothebys sind schon seit langer Zeit hier angesiedelt, und man fühlt sich enorm unter Druck, wenn einen die Dorfbewohner ansehen, als wäre man der örtliche Parlamentsabgeordnete. Natürlich stellte sich heraus, dass nicht genügend Geld vorhanden war, um das Hospital weiter zu betreiben. Und ich konnte ja schlecht einen wohlhabenden amerikanischen Erben heiraten, wie es die Sprösslinge anderer Adelshäuser getan haben.«

»Stattdessen haben Sie Benson geheiratet.« Eric fragte sich, was der verstorbene Sir Andrew Sotheby von dieser Verbindung gehalten hätte.

»Ja, vor knapp einem Jahr. Vater hätte es nicht gebilligt, aber ich hatte schon eine Schwäche für Albert, seit er hier mit einem gebrochenen Bein und diesem verlorenen Welpenblick eingeliefert wurde. Er sollte nach seiner Genesung eigentlich zurück nach Flandern geschickt werden, aber man merkte gleich, dass er zu sanftmütig war für den Kriegseinsatz. Außerdem machte er sich bereits sehr nützlich hier. Vater sprach mit jemandem vom Feldlager in Chichester, der die richtigen Leute kannte, und ließ Albert permanent hierher versetzen.«

Bestimmt Bradshaw, dachte Eric.

»Seit unserer Hochzeit bewohnten Albert und ich nur noch einen kleinen Teil des Hauses«, fuhr Mrs. Benson fort. »Aber letzten Monat hatten wir mit einigen Renovierungsarbeiten begonnen, und Albert übernahm den Raum, der zu Hospitalzeiten Vaters Büro war.«

Sie öffnete eine Tür, und Eric fand sich in einem Zimmer mit Aktenschränken auf der einen und Bücherregalen auf der anderen Seite wieder. Die Bretter waren vom Fenster entfernt worden, und die Sonne fiel auf einen breiten Mahagonischreibtisch. Eric hatte Staub erwartet, doch der Raum war makellos sauber. Ein Hundekörbchen mit Kissen stand in einer Ecke, und Glatisant setzte sich hinein, ohne Eric aus den Augen zu lassen.

»Als wir damals das Haus in ein Militärhospital verwandelten, mussten wir das Unterste zuoberst kehren, aber es war noch nie so viel Leben in diesen alten Mauern«, erzählte Mrs. Benson. »In allen Zimmern lagen genesende Soldaten, und überall eilten Schwestern herum. Albert und ich hatten dieselbe Idee: Wir wollten zu dieser Nutzung des Hauses zurückkehren, nicht zu dem weitgehend leer stehenden Herrenhaus, das es vor dem Krieg war.«

Eric drehte sich überrascht zu ihr um. »Sie wollten hier wieder ein Hospital einrichten?«

»Nicht unbedingt ein Hospital. Eher ein … Erholungsheim. Einen Zufluchtsort für Suchtkranke. Einen Ort für Menschen, die Hilfe brauchen, und zwar eine subtilere Art von Hilfe, als sie sie in Graylingwell bekommen. Die Luft ist wunderbar hier, und mit dem richtigen Personal …« Sie brach ab, und die Lebendigkeit verschwand wieder. »Nun, da Albert tot ist, spielt das natürlich alles keine Rolle mehr. Ich habe keine Ahnung, wie es jetzt weitergehen soll.«

Eric hatte inzwischen angefangen, sich im Zimmer umzusehen. Die Bücherregale waren voll mit den Standardwerken der medizinischen Literatur. Der Schreibtisch war leer und die Schreibtischunterlage unbefleckt; Benson mochte diesen Raum als sein Büro auserkoren haben, hatte den Großteil seiner Arbeit jedoch anscheinend an einem anderen Ort erledigt. Die Aktenschränke sahen schon vielversprechender aus. Mrs. Benson zeigte auf den Schrank, in dem ihr Vater die Personalakten des Hospitals aufbewahrt hatte. »Wenn Sie etwas über Emily erfahren wollen, finden Sie es vermutlich hier«, sagte sie.

»In den Personalakten des Hospitals?«, fragte Eric. »Sagten Sie nicht, sie sei Dienstmädchen in Ihrem Privathaushalt gewesen?« Emily Angs Akte war die erste der alphabetisch geordneten Personalunterlagen, und Eric zog sie aus dem Schrank und schlug sie auf. Einige abgerissene Notizpapierstücke waren als Lesezeichen zwischen die Seiten gesteckt, so tief, dass er sie beinahe übersah. Als er die Akte beim ersten Papierstreifen aufschlug, sah er, dass Emily Ang kein einfaches Dienstmädchen, sondern eine ausgebildete Krankenschwester gewesen war. »Ziemlich überqualifiziert für ein Dienstmädchen«, sagte er.

Die Anstellung als Dienstmädchen musste für Emily Ang ein Schlag ins Gesicht gewesen sein, und Eric fühlte sofort mit ihr. Er selbst hatte während seiner Zeit beim Militär eine Beförderung in den Geheimdienst erwartet, jedoch erkennen müssen, dass ein solcher Posten nicht zur Verfügung stand. Wenigstens hatten seine

Hoffnungen nicht auf handfesten Qualifikationen gegründet wie bei Emily Ang.

»Sie kam bereits als Dienstmädchen zu uns«, widersprach Mrs. Benson. »Sie war die Kammerzofe von Martha Saxon – wahrscheinlich kennen Sie sie als Mrs. Edward Aldershott. Vor ihrer Ehe war Martha Lazarettschwester, und als sie nach Flandern entsandt wurde, ließ sie Emily bei uns. Man nimmt schließlich keine Dienstmädchen mit aufs Schlachtfeld.«

Natürlich. Mrs. Aldershott hatte an jenem Abend im Club von Emily gesprochen. Hätte Eric gewusst, dass die erwähnte Emily im Mittelpunkt des Rätsels stand, das zu Bensons Ermordung geführt hatte, hätte er seine Ermittlungen womöglich mit einem Gespräch mit Mrs. Aldershott begonnen.

»Aber in ihren Unterlagen steht, dass sie eine voll qualifizierte Krankenschwester war, ausgebildet am Netley Hospital und registriert beim Königlichen Britischen Schwesternverband.« Das Netley Hospital war ein Militärkrankenhaus, soweit Eric wusste, die dortige Ausbildung bedeutete also, dass Emily Ang zur Lazarettschwester befähigt war und mit Mrs. Aldershott nach Flandern hätte gehen können, wenn dies ihr Wunsch gewesen wäre.

Mrs. Benson zuckte mit den Schultern. »Darüber weiß ich nichts. Vielleicht fand mein Vater, sie sei den hohen Ansprüchen an eine englische Krankenschwester nicht gewachsen. Letzten Endes verrichtete sie genauso viele Arbeiten im Krankenhaus wie alle anderen Schwestern, und sie wohnte auch in der Schwesternunterkunft.«

Vielleicht, dachte Eric, wollte Lord Sotheby nur nicht mit ansehen, wie seine geliebte Tochter Anweisungen von einem chinesischen Emporkömmling entgegennahm.

Eric wusste nicht viel über die Hierarchien innerhalb des Schwesternberufs, vermutete jedoch, dass sie ähnlich rigide waren wie die Dienstgrade beim Militär. Eine Frau, die nur inoffiziell Krankenschwester war, hatte unter den offiziellen Schwestern womöglich einen schweren Stand gehabt.

»Ich selbst war auch nur inoffizielle Krankenschwester«, machte Mrs. Benson seine Theorie zunichte. »Die Militärkrankenschwestern hielten nicht viel von uns Schwestern der Freiwilligenhilfe, zumindest nicht am Anfang. Sie sagten es einem natürlich nicht ins Gesicht, aber ich habe mehr als einmal mitbekommen, wie sie uns als ›reiche Töchterchen, die Krankenschwester spielen‹ bezeichneten. Irgendwann änderte sich ihre Meinung über uns, aber diesen Respekt mussten wir uns erst verdienen.«

Glatisant war aus seinem Körbchen gekommen und schnüffelte um Erics Schuhe herum, wobei sein wedelnder Schwanz gegen den Aktenschrank schlug. Irgendwann gab Eric es auf, ihn beiseitezuschieben, und setzte sich kurzerhand mit Emilys offener Akte auf den Schreibtisch.

Der einzige vermerkte Tadel war als »Achtlosigkeit« gelistet – offenbar hatte sie einige Tage vor ihrem Verschwinden ihr Injektionsbesteck verloren, das allerdings ihr eigenes gewesen und nicht vom Hospital zur Verfügung gestellt worden war. Eric dachte sofort an das Injektionsbesteck aus Bensons Schließfach, aber das Monogramm war ein *S* gewesen, also keine von Emilys Initialen. Von dem einen Tadel abgesehen war ihre Dienstzeit in Sotheby Manor vorbildlich verlaufen. Die Lesezeichen verwiesen auf ihre wichtigsten Leistungen und Errungenschaften, doch Eric war eher am Ende des Personalberichts interessiert.

Am zwanzigsten Juli 1918, einem Samstag, hatte Emily ihren freien Tag gehabt. Am nächsten Tag, dem Sonntag, hätte sie sich wieder zum Dienst melden sollen, war jedoch nicht erschienen. Sir Andrew war offenbar zunächst davon ausgegangen, dass sie verschlafen hatte, weshalb er eine geharnischte Bemerkung in ihre Akte geschrieben hatte. Als sie auch zum Mittag- und Abendessen nicht aufgetaucht war, hatte man das Krankenhaus und das umliegende Gelände abgesucht – ohne Erfolg. Die Polizei war am folgenden Tag, am Montag, den zweiundzwanzigsten Juli, alarmiert worden, hatte jedoch nichts zur Aufklärung beitragen können. Sir Andrew bemerkte abschließend in Emilys Akte, er habe sie eigentlich für zuverlässiger gehalten, und fügte den Satz hinzu: »Da sieht man es wieder einmal …«

Was genau man wieder einmal sah, wusste Eric nicht, aber er ahnte, dass er sich nicht besonders gut mit dem verstorbenen Sir Andrew Sotheby verstanden hätte.

Eric schüttelte den Kopf. Er war ursprünglich gekommen, um herauszufinden, welche Verbindung es zwischen Horatio Parker und Benson gegeben hatte. Vor lauter neuen Informationen hatte er dieses Ziel beinahe aus den Augen verloren. Vor ihm standen ganze Schränke voll mit Krankenakten jedes Patienten, der während des Krieges hier behandelt worden war. *Falls* es irgendeinen Hinweis auf Parkers Beteiligung an Emily Angs Verschwinden gab, dann war er vermutlich hier zu finden.

Es dauerte nicht lange, bis er Parkers Akte ausfindig gemacht hatte. Er setzte sich wieder auf den Schreibtisch und schlug sie voller Erwartung auf.

Als Erstes waren die Details seiner Aufnahme in Sotheby Manor vermerkt. Seine Kriegsverletzungen waren zunächst in Graylingwell behandelt worden, bevor Parker für den Rest seiner Gesundung nach Sotheby Manor verlegt worden war. Laut einem Vermerk litt er unter Granatenschock und brauchte Ruhe.

Was Eric als Nächstes las, konnte so nicht stimmen. »Horatio Parker ist am zwölften Juli entlassen worden? Eine ganze Woche vor Emilys Verschwinden?«

»Wenn es da steht, ist es auch so gewesen«, antwortete Mrs. Benson. »Mein Vater hat seine Aufzeichnungen immer äußerst gewissenhaft geführt. Ich glaube, er fand seine wahre Berufung, indem er sein Haus für verwundete Soldaten öffnete. Sowohl im Royal West Sussex als auch in Graylingwell genießt er bis heute hohes Ansehen.«

Tja, das war es dann wohl, dachte Eric frustriert und klappte die Krankenakte zu. Wenn Parker das Hospital vor Emilys Verschwinden verlassen hatte, bestand kaum die Möglichkeit, dass er seine Hände dabei im Spiel gehabt hatte. Dabei war sich Eric so sicher gewesen, dass diese Sache etwas mit Bensons Ermordung zu tun hatte. Schließlich hatte Parker Emilys Fotografie aus Bensons Zimmer entfernt, und Mrs. Benson hatte gesagt, die fehlenden Gegenstände aus Bensons Schließfach stünden mit ihrem Verschwinden in Verbindung. Eine oder mehrere Personen schienen darauf aus zu sein, weiterführende Ermittlungen bezüglich Emily Ang zu verhindern, und wenn Parker nicht involviert gewesen war …

Erics Blick fiel auf die Lesezeichen, die noch immer aus Emilys Personalakte ragten. Er zog sie heraus und legte sie nebeneinander auf den Schreibtisch. Zusammen ergaben sie einen Bogen Notizpapier aus einem Hotel, den jemand – vermutlich Benson – in drei lange Streifen gerissen hatte. Eine Ecke des Bogens war mit der Adresse des Butterworth Arms Hotel in Chichester bedruckt, und quer über die zusammengefügten Streifen waren drei handschriftliche Versuche zu erkennen, einen Brief zu beginnen. *Sir*, stand dort in anmutiger Schreibschrift. *Fahren Sie zur Hölle! Wenn Sie glauben, ich würde* … Die Zeile war durchgestrichen und durch eine höflichere Brieferöffnung ersetzt worden, die wiederum durchgestrichen worden war zugunsten eines dritten Versuchs: *Wie angewiesen werde ich morgen zurückkehr* … An dieser Stelle hatte der Verfasser es offenbar aufgegeben. Ihm war zweifellos aufgegangen, dass er, wenn er *morgen zurückkehrte*, seine Botschaft persönlich überbringen konnte.

Der Briefanfang war mit einem Datum versehen: 20. Juli 1918. Einen Tag bevor man Emilys Fehlen bemerkt hatte, also vermutlich der Tag, an dem sie verschwunden war.

»Haben Sie etwas gefunden?«, fragte Mrs. Benson, die Eric neugierig beobachtete.

»Ja, ich glaube schon.« Eric blickte von dem Notizblatt auf. »Hat Ihr Vater vielen Personen Zugriff auf diese Akten ermöglicht?«

Mrs. Benson schüttelte den Kopf. »Nein, diese Unterlagen waren streng vertraulich.«

»Irgendjemand war aber offensichtlich an Emilys Personalakte«, sagte Eric. Er betrachtete grübelnd die Notizpapierstreifen und überlegte dann laut: »Ich bezweifle, dass Ihr Vater diese Lesezeichen hinterlassen hat; sie verweisen auf Emilys gute Leistungen, und welches Interesse hätte er daran haben sollen? Die Tatsache, dass es sich um Hotelpapier handelt, deutet auf jemanden hin, der in diesem Hotel abgestiegen ist, was ebenfalls seltsam wäre für einen Mann, der nur einen Steinwurf entfernt wohnt. Auch Benson kommt wohl nicht infrage: Die Knicke im Papier sind platt gedrückt, weil die Zettel jahrelang zwischen den Seiten lagen, also sind sie nicht neu genug für Ihren Mann. Die wenigen Zeilen, die darauf geschrieben stehen, könnten von einer Person stammen, die am nächsten Tag zum Dienst zurückerwartet wurde – also kann es keiner der Polizeibeamten gewesen sein, die Emilys Verschwinden untersuchten. Es muss ein Fremder gewesen sein, aber keiner, der heimlich hier war, sonst hätte er darauf geachtet, keine Spuren zu hinterlassen. Es war offenbar jemand mit genügend Gewicht, um Ihren Vater zu überreden, ihn an die Akten zu lassen – jemand, den er fürchtete oder respektierte … jedoch wahrscheinlich kein Freund, sonst hätte er hier gewohnt und nicht im Hotel.«

Mrs. Benson starrte ihn an. »Mir fällt niemand ein, auf den das zutreffen würde … Und das haben Sie alles diesen Papierfetzen entnommen?«

Eric blickte nicht zu ihr auf. Er betrachtete immer noch gedankenversunken das Notizpapier. »Dies ist kein fertiger Brief, sondern ein verworfener Versuch, also Abfall«, fuhr er fort. »Warum ist er also hier? Warum wurde das Blatt nicht zerknüllt und in einen Papierkorb im Hotel geworfen? Vielleicht lag es nicht in der Natur des Verfassers, lange nach einem Ort Ausschau zu halten, an dem er seinen Müll loswerden konnte … Wir suchen also jemanden, der achtlos mit seinen persönlichen Gegenständen umgeht. Er weiß, dass es sich nicht schickt, Abfall herumliegen zu lassen, also steckt er das Blatt in das nächste verfügbare Behältnis – seine Hosentasche. Aber diese mustergültige Schönschrift … das ist jemand, der in der Schule sehr gewissenhaft war. Ein achtsamer Geist mit achtlosen Gewohnheiten. Sehr wahrscheinlich ein Mitglied der Oberschicht, jemand, der unter der Fuchtel einer strengen Gouvernante aufwuchs, jedoch Bedienstete hatte, die hinter ihm aufräumten.«

Vor Erics innerem Auge erschien Oliver Saxon, wie er ein Apfelkerngehäuse in den Rahmen eines in der Nähe befindlichen Gemäldes klemmte … oder mit einem klassischen griechischen Text auf dem Schoß an der Bar saß und konzentriert darin herumkritzelte. Eric war Saxon nie nahe genug gewesen, um auf seine Handschrift zu achten, und es gab vermutlich ohnehin Tausende andere Männer und Frauen, auf die die genannten Eigenschaften zutrafen.

»Irgendjemand hat sich damals für Emily interessiert«, sagte er nachdenklich. »Nicht für ihr Verschwinden, sonst wären die Lesezeichen weiter hinten in der Akte, sondern für ihr berufliches Renommee. Daraus lässt sich ableiten, dass der Besuch vor Bekanntwerden ihres Verschwindens stattfand. Die Datierung des Briefanfangs legt nahe, dass der geheimnisvolle Besucher vielleicht sogar am selben Tag hier war, als Emily verschwand. Ich frage mich, ob das Butterworth Arms Hotel noch seine Anmeldeformulare von vor sechs Jahren aufbewahrt.«

»Das Hotel hat sehr bald nach Kriegsende zugemacht. Die Inhaber verloren das Interesse daran, nachdem ihr Sohn und Erbe zwar von der Front zurückkehrte, jedoch kurz darauf an der Spanischen Grippe starb. Ich erinnere mich noch sehr gut daran – die Beisetzung war nur einen Tag nach der Beerdigung meines Vaters.«

Glatisant, der wieder vor Erics Schuhen herumgeschnüffelt hatte, sprang plötzlich an Eric hoch, stützte seine Pfoten auf dessen Schoß und blickte hechelnd zu ihm auf. »Huch!«, sagte Eric überrascht.

Mrs. Benson lachte. Glatisants Mätzchen und Erics Nachforschungen schienen ihren Kummer zumindest vorübergehend verdrängt zu haben. »Ich glaube, er mag Sie, Mr. Peterkin. Normalerweise ist er Fremden gegenüber misstrauisch.«

Eric schob den Hund von seinem Schoß, sprang vom Schreibtisch und beeilte sich, die Akten in den Schrank zurückzuschieben. »Vielleicht bin ich einfach nicht fremd genug«, mutmaßte er. »Hör auf, mir nachzulaufen, du verrückter Hund. Das Questentier *wird* verfolgt, es verfolgt nicht selbst!«

Glatisant bellte und saß dann mit heraushängender Zunge da. Es sah aus, als würde er verschmitzt grinsen. »Vielleicht sind Sie im Gegenteil so fremd, dass Sie eher eine Kuriosität darstellen als eine Bedrohung«, erwiderte Mrs. Benson. »Diesen Bart, den Sie da tragen … ich bezweifle, dass ich jemals so lange Schnurrbartenden bei einem Engländer gesehen habe.«

Eric strich sich beschützend über seinen Oberlippenbart. »Ich habe mehrere Schnurrbärte dieser Art gesehen, als ich in Paris bei den Olympischen Spielen war«, protestierte er.

»Das waren doch sicher Ausländer mit ausländischen Bärten! Anständige englische Männer dulden keine derart langen Schnurrbartenden. Das kann ich mir jedenfalls nicht vorstellen. Sie wissen schon, wie ich das meine.«

»Sie meinen, ich brauche dringend Hilfe, wenn ich als anständiger Engländer durchgehen will?«, fragte Eric und grinste schelmisch.

Mrs. Benson errötete. »Ich glaube, wir kennen solche Schnurrbärte sonst nur von Guy-Fawkes-Puppen, und Guy Fawkes war weder anständig noch Engländer«, erwiderte sie.

»Vielleicht.« Eric sammelte die Papierstreifen ein. »Sie haben doch nichts dagegen, wenn ich die mitnehme, oder? Ich denke, sie könnten noch wichtig sein.«

»Nur zu.«

Ihr Lächeln war aufrichtig, und Eric ertappte sich dabei, wie er strahlend zurücklächelte.

Verlegen machte er einen Schritt nach hinten und sagte: »Ich sehe wohl lieber mal nach, was Avery wieder angestellt hat.«

DAS SCHWEISSTUCH DER VERONIKA

Wenn Eric eine Schwäche hatte, dann die, dass er dazu neigte, jedem interessanten Objekt nachzuspüren, das seine Aufmerksamkeit erregte. Er war mit der ehrlichen Absicht aufgebrochen, seinen Freund ausfindig zu machen, schlenderte nun jedoch allein durch ein fremdes Haus, das durch die abrupt gestoppte Umwandlung vom Herrenhaus zum Erholungsheim noch kurioser wirkte. Auch Hinweise auf seine Geschichte als Kriegshospital waren noch zu erkennen. Während Eric von Raum zu Raum ging, fielen ihm die Flecken auf dem Boden auf, wo etwas verschüttet worden war, oder die Abdrücke der dicht wie Sardinen in die großzügigen Räume gestellten Krankenbetten.

Hier war beispielsweise der Speisesaal, der einst ein prachtvoller Raum gewesen sein musste, mit drei anmutigen Glastüren, die auf eine breite steinerne Terrasse hinausführten. Der Boden war mit edlem Parkett ausgelegt, und die Täfelung unterhalb der rostroten viktorianischen Tapete war kunstvoll gearbeitet. Zwei Kronleuchter hingen noch von der Stuckdecke, waren jedoch verstaubt und offenbar lange nicht mehr benutzt worden.

Vor dem Krieg hatte vermutlich ein langer, schneeweiß eingedeckter Tisch in der Mitte des Saals gestanden. Eric malte sich aus, wie die Hautevolee der Jahrhundertwendezeit durch die Flügeltür eintrat – Damen im Abendkleid am Arm von Gentlemen im Smoking, in der Reihenfolge ihres sozialen Rangs, wie ihn die gesellschaftliche Etikette vorgab und die Dame des Hauses interpretierte.

Diener, die so lautlos und ehrerbietig waren wie die Bediensteten des Britannia Clubs, schwebten mit Servierplatten voll duftender Fleischgerichte und Suppen um die Tische, während die Gäste höflich Konversation über das Wetter machten. Die Gästeschar blieb vermutlich über Nacht, weil man den weiten Weg aufs Land üblicherweise nicht für einen einzigen Abend antrat, sondern am nächsten Abend noch einmal gemeinsam dinierte.

So wurde es in anderen Herrenhäusern noch immer praktiziert, wie Eric wusste, und zwar nicht selten. Hier hingegen hatte der Krieg dafür gesorgt, dass man den langen Tisch ausrangiert und den Saal mit billigen Metallbetten gefüllt hatte, die den Parkettboden zerkratzten und die Wandtäfelung zerschrammten. Womöglich hatten dieselben Gentlemen in jenen Betten gelegen, die zuvor um den Tisch gesessen hatten, versorgt von denselben Damen, die nun allerdings die Uniform der Freiwilligenhilfe trugen. Der Duft von schmackhaften Kräutern und Gewürzen war vom beißenden Geruch nach Desinfektionsmittel ersetzt worden. Vielleicht hatte man dennoch über das Wetter parliert, und sei es nur, um nicht vollkommen verrückt zu werden.

Die Bensons mussten sich einen anderen Teil des Hauses zum Wohnen hergerichtet haben, beispielsweise ein Apartment im Obergeschoss. Diesen Saal hatten sie ganz sicher nicht genutzt, um ihre Mahlzeiten darin einzunehmen. Die Kronleuchter, die ein wenig zu tief hingen, als dass man bequem darunter hätte hindurchgehen können, waren der einzige noch sichtbare Hinweis darauf, dass dies einst der Speisesaal gewesen sein musste. Atmete man heute tief ein, roch man gar nichts mehr, weder Kräuter noch Desinfektionsmittel.

Avery hätte bestimmt behauptet, die Anwesenheit eines Geistes zu spüren, und verlangt, eine Séance abzuhalten. Der Gang vom Speisesaal in den Westflügel des Hauses war leer geräumt, der Boden nackt. Lediglich die Fenster, die zur Einfahrt hinausgingen, waren mit Brettern vernagelt, wohingegen die rückwärtigen Fenster gedämpftes Nordlicht hereinließen. Draußen wucherten die ungestutzten Eibenhecken und kratzten mit ihren Zweigen am Glas. Sie wirkten wie eine zusätzliche Barriere zwischen dem dunklen Gang und dem Sonnenlicht auf der offenen grünen Rasenfläche.

Die Luft war unbewegt und roch ein wenig schal, aber es lag weniger Staub herum, als Eric erwartet hatte. Der Gang wurde offenbar noch hin und wieder genutzt. Eric stellte sich Mrs. Benson dabei vor, wie sie durch den schwach beleuchteten Korridor zum Gebäudetrakt am anderen Ende schritt, eine Fremde in ihrem eigenen Familiensitz. Wenn er richtig über die Architektur von Herrenhäusern informiert war, war der Westflügel das Territorium der Dienstboten; hier waren vermutlich selbst Mrs. Bensons Eltern Außenstehende gewesen, als sie noch gelebt hatten.

Die alten Klassenschranken waren nicht unbedingt eingerissen worden, man hatte nur zugelassen, dass sie vermoderten und in sich zusammenstürzten, während andere Schranken ungebeten aus dem Boden wuchsen und sie ersetzten.

Erics Schritte hallten in der Totenstille wider, verfolgten ihn wie ein Jäger, der sich außerhalb seines Sichtfelds bewegte. Nichts von dem hellen Sonnenlicht im Garten schien in den schattigen Gang vorzudringen. Das edle Parkett des Speisesaals war hier schlichten Fliesen gewichen, und Eric ertappte sich dabei, dass er so leise wie möglich auf Zehenspitzen dahinschlich, um das beunruhigende Echo zu reduzieren. Dabei hielt er sich zwischen zwei parallel verlaufenden Kratzspuren – offenbar war hier einst etwas Schweres wiederholt zwischen den beiden Gebäudetrakten hin und her geschoben worden. Der Gedanke an das kreischende Geräusch, das dieser Gegenstand auf den Fliesen gemacht haben musste, ging Eric durch und durch.

Die Tür, hinter der Eric die Küche vermutete, war abgeschlossen, doch die nächste Tür ließ sich öffnen und führte in einen schlichten, weiß gekachelten Raum. Erics Blick fiel auf ein schmales, an die Wand geschobenes Metallbett. Darüber hing eins jener Kriegsplakate, die zum Durchhalten motivieren sollten: eine mit einem Matrosenanzug bekleidete junge Frau in einem Ruderboot, und darüber der Spruch: *Zug um Zug für den Sieg!* Ein kleiner abgenutzter Schreibtisch stand in der gegenüberliegenden Ecke, und Eric ahnte, dass sich hier seit Kriegsende kaum etwas verändert hatte. Er spähte in die einzige Schublade des Schreibtischs und fand sie leer vor. Wofür dieser Raum wohl verwendet worden war? Er sah aus wie das Krankenzimmer an seiner früheren Schule: dort der Schreibtisch der Hausmutter und hier die Pritsche, auf die man sich legen konnte, bis es einem besser ging und man in den Unterricht zurückkehren konnte. Eric ging davon aus, dass die Krankenschwestern den Raum ganz ähnlich genutzt hatten, nämlich als einen Ort, an dem sie sich für einen kurzen Moment von der anstrengenden Arbeit im Hospital erholen konnten. Das Plakat diente natürlich dazu, sie an die Rückkehr zu ihren Pflichten zu erinnern.

Möglicherweise war der kleine Raum vor dem Krieg ein Anrichtezimmer gewesen. Wo sich heute Bett und Schreibtisch befanden, hatte vermutlich ein Anrichtetisch mit Warmhalteplatten gestanden. Hier hatte das in der Küche zubereitete Essen gewartet, bis die Gäste im Speisesaal bereit für den nächsten Gang waren. Eric malte sich aus, wie das Küchenpersonal mit den Servierplatten aus der Küche kam, und wie die Diener aus dem Speisesaal herbeieilten, um sie abzuholen. Und später, während des Krieges, hatte sich vielleicht eine Schwester auf das schmale Bett gesetzt, während eine zweite aufgestanden war, um ihre Schicht anzutreten.

Eric hatte vollkommen vergessen, dass er eigentlich auf der Suche nach Avery war. Mrs. Benson hatte seinen Freund bestimmt längst im Dienstbotenzimmer aufgespürt, wo er jedem Interessierten die Zukunft vorhersagte. Aber im Moment gab es noch zu viel zu sehen, um sich auch dorthin zu begeben.

Viel zu viel.

Auf das kleine Schwesternzimmer folgte ein quadratischer Vorraum mit einer Tür, die in den Garten hinausführte, und einem offenen Durchgang zu einer Art Lagerraum. Gegenüber dem Schwesternzimmer gab es außerdem eine robuste Eichentür, durch die Eric nun einen großen, sonnendurchfluteten weiß getünchten Raum betrat, der voll war mit bemalten Leinwänden. Der Geruch nach Ölfarbe und Spiritus stieg ihm beißend in die Nase. Der Raum reichte bis zu den Dachsparren hinauf, und eine Kuppel mit einem Oberlicht ließ diffuses Sonnenlicht herein. Auf drei Seiten des Raums befanden sich außerdem breite Koppelfenster, von denen keins mit Brettern vernagelt war. Richtung Norden erkannte Eric den Rand der Rasenfläche hinter dem Haus, über die der Wind trockene Blätter jagte; jenseits des Schattens, den das Hausdach warf, wogten die sanft gewellten, grasbewachsenen Hügel bis zum angrenzenden Wald. An den übrigen beiden Wänden verhängten helle Vorhänge die Fenster und dämpften das Licht zu einem einheitlichen weißen Leuchten, das von den ebenfalls weißen Wänden und den glatten Bodenfliesen reflektiert wurde.

In der Nähe der Tür waren eine Staffelei, ein mit Farbe bespritzter Wandschrank und ein Diwan gruppiert, auf dem sich weiche Flanelldecken türmten. Erics Neugier war geweckt. Im Gegensatz zu den anderen Räumen, die er bisher gesehen hatte, wurde dieser eindeutig für persönliche Zwecke genutzt. Irgendjemand in diesem Haus war ein Künstler, so viel war offensichtlich, obgleich sich Eric nicht erinnern konnte, bei einem der Eheleute Benson verräterische Farbreste unter den Fingernägeln gesehen zu haben. Andererseits war die Staffelei leer; vielleicht war es schon eine Weile her, dass hier jemand den Pinsel geschwungen hatte.

Auf dem Diwan hatte hingegen noch vor Kurzem jemand gelegen. Die Decken verströmten ein wenig Restwärme und menschlichen Geruch und waren seitlich zurückgeschlagen, als hätte sich gerade erst jemand daraus erhoben. Die dunkle, gewellte Haarsträhne, die am Polster des Diwans hing, bestätigte Erics Verdacht: Es handelte sich um Mrs. Benson. Und um Glatisant, den Hundehaaren nach zu urteilen.

Eric verharrte nachdenklich. Warum hätte sich Mrs. Benson hier ausruhen sollen, wenn sie nicht an einem Gemälde gearbeitet hatte? Hatte sie vielleicht die ganze letzte Nacht hier verbracht?

Trauer kann einen Menschen vollkommen aus der Bahn werfen, dachte er mit zunehmendem Unbehagen. Ihm dämmerte, dass er in das private Allerheiligste von Mrs. Benson eingedrungen war und es am besten so schnell wie möglich wieder verließ.

Er konnte jedoch nicht umhin, zunächst einen Blick auf die Gemälde zu riskieren, die im Raum herumstanden. Was er sah, machte ihn sprachlos.

Auf dem ersten Bild war ein Mann zu sehen, ein Soldat, der mit hoch erhobenem Kopf von der Leinwand starrte. Eric brauchte einen Moment, bis er bemerkte, dass der rechte Ärmel des Mannes leer und dessen linke Hand nur noch ein unförmiger Stumpf war.

Auf dem nächsten Bild: wieder ein Mann, zurückgelehnt auf einer Sonnenliege, die Beinprothese auf dem Schoß haltend. Keine gnädigen Decken verbargen den Stumpf seines linken Oberschenkels, und hinter ihm waren die sommerlich grünen Wiesen der englischen Landschaft zu erkennen, durch die er nie wieder rennen würde.

Auf dem dritten Bild war erneut ein Mann zu sehen, mit bloßer Brust und hängendem Kopf auf einem Krankenbett sitzend. An seinem Oberkörper klaffte seitlich eine offenbar entzündete Wunde, aus der der Eiter lief, während die Hände unsichtbarer Pflegekräfte seinen Verband wechselten.

Auch einen Ganzkörperakt fand Eric: Der von Granatsplittern verunstaltete Oberkörper wirkte wie eine Verhöhnung der glatten, athletischen Formen der klassischen Antike, und das Gesicht des Mannes war so schwer gezeichnet, dass man nur noch seine hellgrünen Augen erkannte, die einem direkt in die Seele starrten.

Auf der nächsten Leinwand war ein Senfgasüberlebender verewigt, geschmolzenes Fleisch, rot, roh und glänzend. Das Gesicht war kaum noch menschenähnlich, und Eric musste den Blick abwenden … doch es gab kein Entrinnen. Von überall her sprangen ihn die gebrochenen Männer und verheerenden Wunden des Krieges an – gebannt in Öl- und Aquarellfarben, in verschiedenen Stadien zwischen Studie, Skizze und fertigem Bild. Impressionistische Farben, rot wie Blut und gelb wie Galle, stachen ins Auge und betonten, was im wirklichen Leben vielleicht matt und kontrastlos gewesen wäre.

Eric erinnerte sich. Er erinnerte sich an die zerfetzten Körper, die auf den Schutzwällen verwest waren, an die unzähligen Soldaten, die nicht überlebt hatten. Bensons Stichwunde am Hals war vergleichsweise sauber gewesen, und die Senfgasnarben, die Aldershott unter seinem Kragen versteckte, waren vergleichsweise harmlos.

Man wusste natürlich, dass sie existierten, die verstümmelten Überlebenden des Krieges. Man dachte an die Toten zurück und nahm an, die Überlebenden wären diejenigen, die Glück gehabt hatten. Man sah all die Männer, die unversehrt heimgekehrt waren, und konzentrierte sich stattdessen auf sie, auf jene Mehrheit, die ins Zivilleben zurückkehren konnte, ohne viel mehr vom Krieg zurückzubehalten als einige Geschichten, die sie später ihren Enkelkindern erzählen konnte. Die Verstümmelten wurden in eine Art Niemandsland jenseits des eigenen Bewusstseins verbannt, wo man sie bequemerweise vergessen konnte.

In diesem Atelier herrschte das gegenteilige Extrem vor. Hier hätte man vermuten können, dass niemand unversehrt aus dem Krieg heimgekehrt war.

»Dieser Raum ist eigentlich privat.«

Mrs. Benson stand in der Tür und bildete mit ihrem schwarzen Kleid einen starken Kontrast zu der hellen, mit grellbunten Leinwänden gefüllten Umgebung. Sie wirkte keineswegs verärgert über Erics Eindringen. Er legte hastig die Pinsel zurück, die er bei seiner Erkundung des Ateliers in die Hand genommen hatte.

»Ich war gerade dabei, diese Bilder zu bewundern«, sagte er leichthin, um seine Verlegenheit zu überspielen. »Haben Sie die alle gemalt?«

»Ja.« Mrs. Benson schloss leise die Tür hinter sich und trat in den Raum hinein. Während ihres Gesprächs mit Eric in Bensons Arbeitszimmer hatte sie sich bereits sichtlich entspannt, und hier, in Anwesenheit ihrer Werke, wirkte sie noch gelöster. Das Licht ließ die Rot- und Gelbtöne auf den Leinwänden aufleuchten und warf auch ein wenig Farbe auf ihre bleichen Wangen, während ihr Blick liebevoll von Bild zu Bild wanderte. Sie schien in zärtliche Erinnerungen versunken zu sein, und ihre Stimme wurde ganz weich. »Ich besaß immer schon Talent für die Malerei und nahm auch ein wenig Unterricht. Während des Krieges griff ich nur selten zum Pinsel, weil mir die Arbeit im Hospital kaum Zeit dafür ließ.« Sie zeigte auf einige rohe Entwürfe und eine Serie von Aquarellbildern. »Nach dem Krieg … schien es hingegen kaum noch etwas anderes zu tun zu geben.«

»Kaum noch etwas anderes? Aber …«

»Oh, ich bin mir sicher, dass *Sie* eine Menge zu tun hatten. Bei mir war das anders. Ich hatte so viel Herzblut in meine Arbeit als Hilfsschwester gesteckt, dass ich ohne diese Aufgabe völlig verloren war. Also fing ich wieder mit der Malerei an. Ich besuchte einige Männer, die hier behandelt worden waren, und klapperte die Krankenhäuser ab, in denen Vaters Freunde arbeiteten. Und malte, was ich sah.«

»Sie hätten sich doch auch erfreulichere Motive suchen können.« Die Gemälde um ihn herum besaßen eindeutig etwas Morbides, Düsteres. Eric hatte es immer schon vorgezogen, sich mit dem Leben zu befassen – dem erbaulichen Leben in einer Heimat, für die es sich zu kämpfen lohnte. Was brachte einen Menschen dazu, sich stattdessen auf diese … diese Widerwärtigkeit zu konzentrieren?

»Man darf sich nicht von einem Menschen abwenden, nur weil seine Verletzungen einen unerfreulichen Anblick bieten«, sagte Mrs. Benson sanft. Ihre Finger strichen über das Bild mit dem Senfgasopfer. »Bitte. Sehen Sie sich um, und sagen Sie mir, was Sie denken.«

Eric ließ erneut den Blick über die Armlosen, die Beinlosen, die grausam Entstellten schweifen. Im Schützengraben war es leichter gewesen, mit all dem Leid umzugehen, weil es ums unmittelbare Überleben gegangen war. Als er nun im Nachhinein diese klaffenden Wunden und Verletzungen betrachtete, stieg ihm die Galle hoch. »Dies ist der Preis, den wir bis heute für den Krieg bezahlen, nicht wahr?«, sagte er und schluckte. »Dass diese Leute immer noch so viel Schmerz ertragen müssen, obwohl nun Frieden herrscht.«

»So viel Schmerz, Mr. Peterkin? Ist das wirklich alles, was Sie sehen?«

Was erwartete sie von ihm? Eric drehte sich zu dem ersten Gemälde um, das er sich angesehen hatte, dem des armlosen Soldaten. Er schluckte erneut und starrte eine lange Minute in die gemalten Augen des Mannes. Sie wirkten traurig, jedoch nicht verzweifelt. Es war die versonnene Traurigkeit eines Helden, der auf seine Taten zurückblickte. Die Knöpfe an der Uniform des Mannes glänzten, und seine aufrechte Haltung strahlte Stolz und Würde aus. Mrs. Benson hatte das Licht, das auf das Gesicht des Soldaten fiel, dazu genutzt, die markante Kraft seines Kiefers zu betonen.

Eric ging zum nächsten Bild weiter und entdeckte einen Goldring am Finger des von Granatsplittern entstellten nackten Mannes. Die grünen Augen, die darüber zu sehen waren, blickten höhnisch, wie ihm nun auffiel, und das vorgereckte Kinn des Mannes wirkte wie eine Kampfansage. Der Gesichtsausdruck des Senfgasüberlebenden wiederum war der eines Mannes, der Tod und Verlust mit Gelächter begegnete.

Der Geist dieser gezeichneten Männer hatte überlebt, hatte sich nicht niederringen lassen.

Mrs. Benson nickte. »Man kann einem Menschen nicht befehlen, auf eine Reihe gezückter Gewehre zuzurennen, und ihn hinterher wegwerfen, weil ihm eine Kugel das halbe Gesicht weggerissen hat. Ich wollte, dass die Betrachter meiner Bilder das sehen. Und ich wollte diesen Männern zeigen, dass sie immer noch wertvoll sind. Manche von ihnen mussten erst daran erinnert werden. Die schwierigen chirurgischen Fälle kamen nicht direkt zu uns, Mr. Peterkin, sondern wurden zunächst in Graylingwell operiert und behandelt. Die Männer, die hierherverlegt wurden, kamen, um sich zu erholen, nachdem man sie erfolgreich wieder zusammengeflickt hatte. Sie waren sich einigermaßen sicher, dass sie nicht am nächsten Tag sterben würden. Sobald man die größte Todesangst hinter sich gelassen hat, sobald man weiß, dass man weiterleben wird, fängt man an, sich zu fragen, was das eigene Leben noch wert ist ohne Arme, ohne Beine … ohne Gesicht. Die Leute schauen dich an und sehen nichts anderes mehr als deine Verletzungen. Das erschien mir ungerecht.«

Eric betrachtete die Gemälde nun mit einer Wissbegierde, die über seine übliche Neugier hinausging. Er sah immer noch Schmerz und Leid, aber dahinter verbarg sich auch noch etwas anderes, ein heldenhafter Kampfgeist, der ihm imponierte.

Er ließ den Blick weiterschweifen und entdeckte plötzlich ein bekanntes Gesicht: Patrick Norris grinste ihm von einer Leinwand entgegen, die an der Wand lehnte. Norris' Zähne waren weißer als in Wirklichkeit, und die Wiesen im Hintergrund leuchteten frühlingshaft grün. Mrs. Benson hatte die Essenz seines Lachens und seiner Lebenslust genau getroffen.

»Hier ist jemand ohne Narben«, sagte Eric und hob das Gemälde vom Boden auf. Laut Datierung war es im Frühjahr dieses Jahres entstanden, im Mai.

Mrs. Benson lachte leise. »Manche Narben sind äußerlich unsichtbar, Mr. Peterkin.« Sie blieb einen halben Meter von Eric entfernt stehen. Ihre Blicke begegneten sich. »Das wissen Sie doch sicher selbst«, flüsterte sie. »Niemand kehrt unverändert aus dem Krieg zurück.«

»Ich bin noch genauso wie vorher.«

»Sind Sie das wirklich?«

»Natürlich.« Noch während er es sagte, erschien vor seinem inneren Auge das Niemandsland zwischen den Fronten – die Gemälde um ihn herum verschwammen und wichen der Realität sterbender

Männer, auseinandergesprengt von einer explodierenden Mine. Er blinzelte, um die Vision loszuwerden.

Mrs. Benson legte eine Hand an seine Wange, und Eric sollte sich hinterher fragen, warum er nicht zurückgewichen war vor dieser allzu intimen Geste.

»Ich glaube, ich würde Sie gerne malen. Sie sind … nicht direkt gut aussehend, aber außergewöhnlich. Ich habe beobachtet, wie Sie sich die Fotografien im Salon angesehen haben, und auch die Gemälde hier. Es lag eine derart entrückte Faszination auf Ihrem Gesicht … Ich weiß nicht, wie diese faszinierte Neugier auf die Welt Flandern überleben konnte, doch dass sie überlebt hat, ist offensichtlich. Daher … ja. Ich würde Sie gerne malen.«

»Mrs. Benson …«

»Helen.«

»Ich weiß nicht, ob das schicklich wäre.«

Mrs. Benson – Helen – schien ihm überhaupt nicht zuzuhören. »Ich habe mich immer gefragt, was Albert an Emily fand«, murmelte sie. »Vermutlich war es der Reiz des Exotischen.« Ihre Miene verfinsterte sich. »Albert hatte nicht das Recht, einfach davonzulaufen, um den Helden zu spielen und ihr Andenken zu retten. Ich hatte geglaubt, er hätte sie inzwischen vergessen. Das war ungerecht mir gegenüber.« Tränen stiegen ihr in die Augen, und Eric ahnte, dass sie ebenso sehr von Wut wie von Kummer gespeist waren.

Sie standen jetzt so dicht voreinander, dass er den gleichen warmen, menschlichen Geruch wahrnahm wie an den Decken des Diwans. Helens Hand war an seinem Hals heruntergerutscht und lag nun heiß an seiner pochenden Halsschlagader. Das Porträt von Norris, das Eric immer noch in den Händen hielt, war alles, was sie noch voneinander trennte. Eric stellte es vorsichtig auf den Boden und griff dann nach Helens Hand, um sie von seiner Kehle zu lösen. Sie drehte die Hand, packte seine und zog sie zu sich heran. Eric befreite sich widerstrebend aus ihrem Griff. Er hätte es als falsch empfunden, ihre derzeitige Schwäche auszunutzen. Sie war gerade Witwe geworden, und er durfte Bensons Andenken nicht außer Acht lassen. Eric verstand sehr gut, dass einen die Trauer über einen Verlust dazu verleiten konnte, Trost in Handlungen zu suchen, die man hinterher bereute.

Der Kreppstoff von Helens schwarzem Kleid stieß raschelnd gegen die steife, gestärkte Brust seines Hemds. Sie verlagerte das Gewicht und legte ihren Kopf auf seine Schulter.

Eric wusste nicht, was er getan hätte, wenn Avery nicht genau in diesem Moment hereingeplatzt wäre.

»Ach, da bist du!«, rief er. »Ich hatte mich schon gewundert, wohin du verschwunden bist. Das Dienstmädchen hat mich gerade herumgeführt. Draußen im Garten gibt es ein Häuschen, in dem angeblich der Hausmeister wohnte, bevor das alles hier ein Kriegshospital wurde.«

Der Bann war gebrochen. Helen war wieder Mrs. Benson. Sie trat von Eric weg und sagte ein wenig zu heiter: »Ja, dort war das Pflegepersonal untergebracht, darunter auch Emily. Natürlich nur Frauen. Zur Arbeit sind die Schwestern den Gartenweg entlanggekommen und durch den Seiteneingang des Westflügels ins Haus gelangt. Dieser Raum hier war die Quarantänestation, für Patienten mit ansteckenden Krankheiten. Vor dem Krieg war er die Molkerei. Heute stellen wir natürlich nicht mehr unsere eigene Butter und unseren eigenen Käse her.«

Sie führte Eric und Avery in den Flur hinaus und zeigte ihnen die vom Vorraum abzweigende ehemalige Arzneiausgabe, eine weiß getünchte Kammer mit Terrakottafliesen auf dem Boden und kleinen, unerreichbar hohen Fenstern. Der Geruch nach Desinfektionsmitteln hing immer noch in den Ecken der jetzt leeren Kammer.

Gemeinsam gingen sie durch den kleinen Raum mit dem Schreibtisch und dem Bett, der, wie Eric vermutet hatte, das Schwesternzimmer gewesen war, und kehrten durch den Gang ins Hauptgebäude zurück. Alle drei taten sie so, als wäre im Atelier – der ehemaligen

Quarantänestation – nichts Bemerkenswertes passiert und als hätte Mrs. Benson Eric lediglich im Westflügel herumgeführt.

Eric warf seinem Freund über die Schulter hinweg einen prüfenden Blick zu. Er war sich sicher, dass Avery trotz seiner unbekümmerten Selbstvergessenheit sehr genau mitbekommen hatte, was zwischen ihm und Mrs. Benson vorgefallen war.

RÜCKKEHR NACH LONDON

Während Wexford Crossing hinter ihnen kleiner wurde und schließlich verschwand, machte es sich Avery bequem, indem er auf seinem Sitz nach unten rutschte und die Knie gegen das Armaturenbrett stützte. Die Luft war nun nicht mehr belebend, sondern eindeutig kalt, und er wickelte seinen Schal noch ein wenig fester um den Hals. Unterdessen genoss Eric den kühlen Luftzug um seinen Kopf, der überkochte vor neuen Informationen und Gedanken. Mrs. Bensons – Helens – Hand brannte immer noch an seiner Wange, und er wünschte sich sehnlich, dass der Wind dieses Gefühl mit sich davontrug.

»Ich hoffe, du bist zufrieden mit unserem Ausflug«, sagte Avery. »Für mich war er nicht besonders vergnüglich, aber ich nehme an, du hast inzwischen das ganze Rätsel mithilfe dessen gelöst, was Mrs. Benson dir anvertraut hat.«

»Und dessen, was ich im ehemaligen Büro ihres Vaters gefunden habe. Ja, Avery, die Gegenstände in Bensons Schließfach stammen vermutlich alle von dort. Der Arztbericht ist Parkers Krankenakte entnommen, die Fotografie stand auf Mrs. Bensons Kaminsims, und die Schere und das Injektionsbesteck sind wahrscheinlich Überreste des Hospitals. Allerdings habe ich keine Ahnung, was mit ihnen passiert ist. Das ist nach wie vor ein großes Rätsel.«

»Und was bedeutet das für uns?«, fragte Avery.

»Wir müssen uns auf das Verschwinden von Emily Ang konzentrieren«, antwortete Eric. »Benson hat davon gesprochen, dass er ein großes Unrecht wiedergutmachen wollte, und Mrs. Benson hat mir erzählt, dass er vor seinem Tod geradezu besessen war von ihrem damaligen Schicksal. Wenn wir herausfinden, was Miss Ang zugestoßen ist, werden wir auch erfahren, wer Bensons Mörder ist.« Er hielt nachdenklich inne. »Weit kann sie eigentlich nicht gekommen sein, zumindest nicht allein. Eine Chinesin fällt hier draußen auf dem Land doch auf wie ein bunter Hund.«

»Du glaubst also nicht, dass sie einfach so davongelaufen ist.«

Eric schüttelte den Kopf. »Nein. Bei ihrem Verschwinden muss Fremdeinwirkung im Spiel gewesen sein. Sie wurde also entweder entführt oder ermordet.«

»Vielleicht ein Mädchenhändler?«

»Wenn ein Mädchenhändler dahintersteckt, kann sie nicht das einzige Opfer gewesen sein«, erwiderte Eric. »Dann müssten Meldungen über andere verschwundene Frauen in der Gegend zu finden sein. Und wenn es Mord war, hat vielleicht jemand die Leiche gefunden, was ebenfalls in den Nachrichten aufgetaucht sein müsste. Avery, gleich morgen früh müssen wir ins British Museum und dort das Zeitungsarchiv durchforsten. Wir suchen nach Meldungen über vermisste Personen und nicht identifizierte Leichen im Süden Englands. Für den Anfang sollte das als Anhaltspunkt genügen.«

»Oh, Recherche«, sagte Avery angewidert. »Meine Lieblingsbeschäftigung. Keine Ahnung, warum du dir so viel Mühe machst. Du kanntest diese Frau doch noch weniger, als du Benson kanntest. Apropos Benson: Ehrlich gesagt glaube ich, dass er sein Schicksal herausgefordert hat.«

»Wie meinst du das?« Seltsamerweise kam Eric plötzlich der Gedanke, dass Helen – Mrs. Benson – etwas mit seinem Tod zu tun gehabt haben könnte.

»Sein Schließfach, Eric! Die Nummer 13! Eine altbekannte Unglückszahl, bei der man sich nicht zu wundern braucht, wenn so etwas dabei herauskommt. Ich an seiner Stelle hätte sofort ein anderes Schließfach verlangt, und dann wäre nichts von alldem passiert.«

»Er hatte keine andere Wahl, es waren alle Schließfächer belegt …« Eric brach ab. Wolfe hatte gewusst, dass die Schließfächer belegt waren.

»Was?«

»Vielleicht hat Wolfe Benson gezwungen, das von ihm gewünschte Schließfach zu nehmen, indem er es selbst belegte und im letzten Moment freimachte. Nein, das ist unlogisch, schließlich konnte er nicht wissen, dass Benson an diesem Abend ein Schließfach brauchen würde.«

Die nächste Meile verbrachten sie mit nachdenklichem Schweigen. Dann rief Eric: »Jetzt habe ich es! Benson sagte mir, dass ihm Aldershott gezeigt habe, wie das Wegschließen von Wertgegenständen ablaufe. Vielleicht war das Schließfach mit der Nummer 13 ursprünglich Aldershotts Schließfach, und er hat es Benson überlassen, weil … ach, nennen wir es einfach ein freundliches Entgegenkommen. Eine Gefälligkeit für das neue Clubmitglied. Wie auch immer, Wolfe dachte sich: Der Einzige, der Benson ein Fach freigemacht haben kann, ist derjenige, der ihm die Schließfächer gezeigt hat. Und wenn Wolfe wusste, welches Schließfach Aldershotts war, konnte er daraus ableiten, in welchem Fach sich nun Bensons Wertgegenstände befanden.« Eric war sehr zufrieden mit sich.

»Damit wäre zumindest *ein* Rätsel gelöst«, stellte Avery fest. »Und sag nie wieder, ich wäre dir keine Hilfe. Aber wie, glaubst du, ist Inspektor Parker in den Tresorraum gelangt? Oder hat Wolfe ihn vielleicht nach seiner eigenen kleinen Diebestour hineingelassen?«

»Mrs. Benson hat meine bisherigen Überlegungen zu Inspektor Parker zunichte gemacht«, erwiderte Eric und runzelte angestrengt die Stirn. Parkers frühe Entlassung aus dem Hospital bedeutete, dass er nichts mit Emily Angs Verschwinden zu tun gehabt haben konnte; dass er ihr Porträt an sich genommen hatte, hieß jedoch, dass er doch irgendwie in die Sache involviert war. Es wurde immer verzwickter. Immerhin hatte Eric inzwischen eine konkrete Spur vorzuweisen: die Notizpapierstreifen aus dem Butterworth Arms

Hotel in Chichester. Am einfachsten würde es wohl sein, die Schrift auf dem Notizpapier mit den Einträgen im Anwesenheitsbuch des Britannia Clubs zu vergleichen. Alles andere hing davon ab, was Avery und er im Zeitungsarchiv über Emily Angs Verschwinden fanden.

»Ich glaube, ich mag sie nicht besonders«, unterbrach Avery Erics Gedankengang.

»Du bist Emily Ang doch nie begegnet, Avery!«

»Nicht Emily. Mrs. Benson.«

Eric verstummte. »Der Krieg verändert die Menschen, Avery.«

»Das ist keine Entschuldigung! Wenn der Krieg ihre morbiden Anwandlungen hervorkitzeln konnte, heißt das, dass sie schon immer da waren. Diese ganzen Verstümmelten in ihrem Atelier! Einfach nur schrecklich. Und du gehst ihr natürlich auf den Leim. Wahrscheinlich hat sie dir irgendeinen romantischen Blödsinn über nobles Heldentum aufgetischt, und du hast ihr geglaubt.«

Es ist wirklich heldenhaft, wenn man bei all dem Schmerz sein Lächeln nicht verliert, dachte Eric. Aber Averys Laune schien sich verfinstert zu haben, und nichts, was Eric sagte, konnte sie wieder aufheitern.

Eric setzte einen vor sich hin brütenden Avery Ferrett im Arabica ab, bevor er zum Britannia Club weiterfuhr. Das letzte Mal war er am Samstag im Club gewesen, nachdem sie Bensons Leiche im Tresorraum gefunden hatten. Die von Inspektor Parker geleiteten polizeilichen Ermittlungen hatten begonnen, und eine allgemeine Verunsicherung hatte in der Luft gelegen. Eric erinnerte sich, dass er den Speisesaal nach seiner Vernehmung leer und leblos vorgefunden hatte. Die Bediensteten, die sich sonst stumm im Hintergrund hielten, hatten sich in einer Ecke sorgenvoll flüsternd über die aktuellen Ereignisse unterhalten. Wer den Club hatte verlassen dürfen, war geflüchtet, und wer zum Bleiben gezwungen war, wusste nicht recht, was er mit sich anfangen sollte.

Diese Atmosphäre der Anspannung schien seither nicht gewichen zu sein.

Noch immer war kein leises Besteckgeklapper aus dem Speisesaal zu hören. Es waren keine Clubmitglieder zum Abendessen erschienen, und statt des Dufts nach Fleisch und Bratensoße lag der Geruch von Seifenlauge und Desinfektionsmittel in der Luft. Offenbar hatte jemand beschlossen, dass das Haus durch den Mord beschmutzt worden war, und daher eine gründliche Reinigung der Gemeinschaftsräume angeordnet – und sei es nur, um irgendetwas tun zu können. Die Kellner standen auch heute wieder tatenlos herum.

Eric spähte in den Flur, der zur Tresortreppe führte, und sah, dass das Reinigungspersonal des Clubs – Personen, die man normalerweise nie zu Gesicht bekam – dabei war, die Täfelung in Aldershotts Büro zu schrubben. Hässliche schwarze Flecken bedeckten sämtliche Oberflächen, und Eric fragte sich im ersten Moment, ob der Kamin explodiert war und überall Ruß verschleudert hatte. Dann ging ihm auf, dass es sich um Spezialpuder zur Abnahme von Fingerabdrücken handeln musste. Die Polizei schien mit dem Puder jeden Zentimeter von Aldershotts Büro abgesucht zu haben, und auch auf dem Flur bot sich ein ähnliches Bild. Wenn man in der Zeitung oder in Kriminalromanen von diesem Fingerabdruckpuder las, wurde nie erwähnt, wie schwierig und langwierig es war, es hinterher wieder zu entfernen. Eric malte sich lieber nicht aus, wie es im Tresorraum oder oben in Bensons Zimmer aussah.

Sogar der alte Getreue, der wie immer hinter dem Empfangstisch saß, wirkte nervöser als sonst. »Wie schön, dass wenigstens Sie da sind, Sir«, begrüßte er Eric, als dieser herantrat, um sich ins Buch einzutragen. »Ich bezweifle, dass heute schon mehr als eine Handvoll Gentlemen im Club waren. Niemand weiß so recht, was er tun soll, nachdem hier ein Mord geschehen ist.«

»Irgendwann wird schon wieder alles zur Normalität zurückkehren, Cully.«

»Hoffentlich haben Sie recht, Sir.« Der alte Getreue stieß einen Seufzer aus, bevor sich seine Miene aufheiterte. »Ach, hier wartet übrigens ein Brief für Sie, Sir! Von Hauptmann Aldershott persönlich.«

Eric nahm überrascht einen cremefarbenen Umschlag entgegen. Das dicke, glatte Papier fühlte sich luxuriös an unter seinen Fingerspitzen – ein zu edles Papier, um es für gewöhnliche Mitteilungen zu verschwenden. Eric vermutete, dass irgendein hochoffizieller gesellschaftlicher Termin bevorstand, und riss den Brief auf, um nachzusehen.

Mr. und Mrs. Edward Aldershott
erbitten freundlich die Anwesenheit von
Mr. Eric Peterkin
zum Dinner am
Freitag, den 31. Oktober,
um 20 Uhr.

Die Adresse war in Mayfair, nicht weit von Marble Arch und Hyde Park entfernt. Eric fiel auf, dass sein Name sowie Datum und Uhrzeit des Dinners von Hand geschrieben, Namen und Adresse der Aldershotts genau wie der Einladungstext hingegen vorgedruckt waren. Anscheinend luden die Aldershotts häufig genug zu Abendgesellschaften, um personalisierte Einladungskarten vorrätig zu halten.

Aber warum reichte Aldershott ihm plötzlich freundschaftlich die Hand? Zweifelsohne handelte es sich um eine Reaktion auf die aktuellen Turbulenzen im Club. Vielleicht war die Einladung sogar so etwas wie eine Entschuldigung für Worte, die im Eifer des Gefechts gefallen waren. Aldershott war inzwischen sicher selbst klar geworden, wie recht Eric damit gehabt hatte, ihn vom Aufräumen seines durchwühlten Büros abzuhalten.

Was auch immer der Grund für die Einladung war, Eric nahm sie gerne an.

Er blickte zum Gemälde der Tafelrunde auf dem Treppenabsatz hinauf. Die Beleuchtung war gedämpft, und er konnte seine üblichen Fluchtpunkte – König Pellinore und Sir Palomides – nicht erkennen. Es geht doch nichts über eine Krisensituation, um den Kameradschaftsgeist zu entfachen, dachte er. Wenn das Granatfeuer beginnt, ist es egal, wer oder was der Nebenmann ist, Hauptsache, er gibt einem Deckung.

Eric wandte seine Aufmerksamkeit wieder dem Anwesenheitsbuch zu und wollte sich gerade eintragen, als er einen zerrissenen Umschlag zwischen den Seiten entdeckte. Er sah genauso aus wie der, den Eric gerade erhalten hatte, und war an Oliver Saxon adressiert.

»Entschuldigen Sie, Sir, den wollte ich längst wegwerfen.« Der alte Getreue nahm Eric beide aufgerissenen Umschläge aus der Hand und entsorgte sie in einem Papierkorb unter seinem Tisch. »Leutnant Saxon neigt manchmal dazu, seine Sachen herumliegen zu lassen. Die Bücher im Lesesaal sind voll mit den Zetteln, die er als Lesezeichen benutzt.«

Eric blätterte hastig zur vorherigen Seite und betrachtete den Eintrag ganz unten rechts. *Mr. Oliver Saxon* stand dort in schulbuchmäßiger, gleichmäßiger Handschrift. Nur der Kleinbuchstabe *r* in *Oliver* war seltsam geformt. Eigenartig, dass ein derart nachlässiger Mensch eine so schöne Handschrift besaß. Jedenfalls passte diese Schrift genau zu der Schrift auf dem Notizpapier, das Eric im Büro von Sotheby Manor gefunden hatte. Er zog die Papierstreifen aus der Tasche und legte sie auf das Anwesenheitsbuch, um ganz sicherzugehen. Ja, die Handschrift war identisch.

Saxon, der angeblich keinerlei persönliche Verbindungen zu Sotheby Manor hatte, war irgendwann um den zwanzigsten Juli 1918 herum dort gewesen und hatte sich besonders für Emily Ang interessiert.

Eric erinnerte sich, wie grob Saxon von den Konstablern auf der Treppe behandelt worden war, und wie viel Anspannung in der Luft gelegen hatte, als Parker und er sich in die Augen gesehen hatten. Saxon besaß einen Schlüssel zur Hintertür des Clubs und konnte kommen und gehen, wie es ihm beliebte. Bei ihm stellte sich nicht die Frage, wie er ins Gebäude gelangt war oder wie er sich eventueller blutiger Kleidung entledigt hatte. Außerdem war Saxon vermutlich der Einzige, der mit Sicherheit gewusst hatte, dass Benson in jener Nacht im Club zu finden war. Aber warum hatte Benson so kurzfristig beschlossen, die Nacht lieber im Club zu verbringen als bei Saxon? Eric hatte vermutet, dass er es aus Angst vor Wolfes geplantem Diebstahl getan hatte. Was, wenn er in Wirklichkeit Angst vor Saxon gehabt hatte?

Vielleicht, dachte Eric, habe ich das Ganze bisher von der falschen Seite her betrachtet. Vielleicht war Parker ein heimlicher Verbündeter Bensons gewesen, und die beiden hatten eine Spur verfolgt, die zu Saxon führte. Schließlich konnte man sich für Nachforschungen in einem Kriminalfall keine bessere Unterstützung wünschen als einen Polizeiinspektor.

DIE LONDONER ZEITUNGEN

Der prachtvolle Eingang des British Museum zog sich von der Bloomsbury Street im Westen bis zur Montague Street im Osten die Great Russell Street entlang. Ein ionischer Säulengang umschloss von einer zentralen neugriechischen Säulenhalle ausgehend von drei Seiten einen zentralen, großzügigen Vorplatz, und der Ziergiebel über dem Portikus mit seinen gemeißelten Figuren, die den Fortschritt der Zivilisation symbolisierten, machte den Rang des Museums als Tempel der Gelehrsamkeit weithin sichtbar. Es war früh am Morgen, und gehetzte Wissenschaftler – nachlässig gekleidet, ungelenk und allem Anschein nach gerade erst aus dem Bett gefallen – eilten die Eingangstreppe hinauf, um einen Tisch im großen runden Lesesaal in der Mitte des Museums zu ergattern. Einige frühe Touristen mit robusten Schnürschuhen schlenderten herein, um sich die Elgin-Marmorstatuen, die ägyptischen Ausstellungsstücke oder eines der unzähligen anderen Relikte des Altertums anzusehen – oder auch nur das Gebäude selbst. Sie alle wirkten ein wenig verloren und unbedeutend zwischen den hoch aufragenden Säulen.

Eric und Avery blieben nur einen Moment stehen, um die allmählich erwachende Betriebsamkeit vor dem Museum zu beobachten, bevor sie zur Montague Street weitergingen. Ihr Ziel war der Zeitungslesesaal im äußersten Osten des Gebäudes, das sich deutlich von den übrigen Häusern der Montague Street abhob – glatter Stein neben braunen Ziegeln –, jedoch weit bescheidener war als die Säulenhalle und der Vorplatz an der Great Russell Street. Wäre man nicht gerade um die Ecke gebogen, wäre man nie darauf gekommen, dass es sich um ein und dasselbe Gebäude handelte. Wenn man hier die Treppe zum Seiteneingang erklomm, fühlte man sich weniger wie ein Bittsteller in einem Tempel der Gelehrsamkeit als wie ein gewöhnlicher Bürokrat auf dem Weg zur Arbeit.

Vielleicht lag es nur an den weniger gewaltigen Ausmaßen dieses Gebäudeteils. Jedenfalls nahm Eric hier eine entspanntere Atmosphäre wahr: Die Wissenschaftler wirkten weniger gehetzt, und Touristen verirrten sich überhaupt keine hierher. Der Lesesaal war lang, besaß eine ebenso hohe Decke wie der Rest des Museums und war vollgestopft mit Büchern, Zeitungen und Dokumenten. Drei der hohen Fenster gingen nach Nordosten auf die Montague Street hinaus, und das klare graue Morgenlicht, das hereinströmte, erhellte die Schreibtische und Leseständer. In der Luft lagen das gedämpfte Rascheln von großformatigen Zeitungsseiten, die umgeblättert wurden, und der modrige Geruch nach altem Papier. Ältere, exzentrische Herren in fadenscheinigen Jacken und mit widerspenstigen grauen Bärten blickten kaum von ihrer Lektüre der neuesten Zeitungen auf, die sie lieber hier lasen, als sie sich selbst zu kaufen. Die übrigen Anwesenden waren schwieriger einzuordnen: Geschichtsstudenten vielleicht, die sich mit den letzten Epochen beschäftigten, oder Romanautoren, die darauf bedacht waren, Anachronismen zu vermeiden. Der eine oder andere Zeitungsleser mochte auch ein Amateurdetektiv sein, der ein in Vergessenheit geratenes Verbrechen recherchierte und nach Verbindungen zur Gegenwart suchte.

Es war schlicht und ergreifend eine Tatsache, dass man – wenn man irgendetwas in Erfahrung bringen wollte, das in den vergangenen hundert Jahren auf der Welt passiert war – zunächst mit den Zeitungsmeldungen begann, und im British Museum wurde ein Exemplar jeder seit den Zwanzigerjahren des neunzehnten Jahrhunderts erschienenen Londoner Zeitung archiviert.

Eric beauftragte Avery damit, sich vom heutigen Tag an in die Vergangenheit vorzuarbeiten, während er selbst mit dem Tag von

Emily Angs Verschwinden begann. »Denk dran: Wir suchen Meldungen über nicht identifizierte Leichen und Ähnliches«, sagte er. »Außerdem interessiert uns jeder Bericht über vermisste Personen, ob Mann oder Frau. Schließlich könnte es sein, dass eine der nicht identifizierten Leichen zur Beschreibung einer vermissten Person passt, und dann wissen wir, dass es sich nicht um Emily Ang handelt. Die Vermisstenanzeigen brauchen wir aber noch aus einem anderen Grund: Eine Serie verschwundener Frauen könnte auf eine Bande von Frauenhändlern hinweisen, von denen Emily entführt wurde.« Eric runzelte sorgenvoll die Stirn. »Ich hoffe nur, dass das alles auch wirklich in einer Londoner Zeitung steht.«

Avery hob abrupt den Kopf. »Ach?«

»Der Vorfall hat sich in Sussex ereignet, Avery. Deshalb wird er natürlich in einer dortigen Zeitung erschienen sein. Die Frage ist, ob er es auch in eine Londoner Zeitung geschafft hat. Nicht alle Meldungen der Sussexer Zeitungen tauchen auch in Londoner Zeitungen auf. Falls wir hier nichts finden, müssen wir die Zeitungen von Sussex aus dem Archiv in Colindale anfordern. Ich glaube, die nächste Lieferung ist heute in drei Tagen.«

»Und das sagst du jetzt?« Avery schnaubte verärgert. »Warum tust du das dann nicht, und wir kommen danach wieder? Statt mich zu dieser unchristlichen Stunde in den Lesesaal zu schleifen, um nach etwas zu suchen, was vielleicht gar nicht hier ist?«

»Weil wir nicht die Zeitungen der letzten sechs Jahre aus dem Archiv bestellen können, deshalb. Selbst wenn wir hier nicht genau das finden, was wir suchen, bekommen wir vielleicht eine Ahnung, wo wir weitersuchen können. Wir bestellen nämlich besser gleich die richtigen Ausgaben aus Colindale, weil die Lieferung nur einmal pro Woche erfolgt. Wenn wir falschliegen, müssten wir also eine ganze Woche warten. Kopf hoch, Avery: Vielleicht finden wir schon heute alles, was wir brauchen. Dann sparen wir uns den Aufwand.«

Noch immer nörgelnd steckte Avery die Nase in die erste Zeitung. Er war ganz und gar kein Morgenmensch.

Mit fortschreitender Tageszeit intensivierte sich das Licht, das durch die Fenster hereinfiel. Am frühen Nachmittag verwandelte es sich in ein indirektes Leuchten, das weniger Kontraste, aber mehr Helligkeit zur Folge hatte. Die exzentrischen älteren Herren schlurften auf der Suche nach einer anderen Beschäftigung davon, woraufhin neue Leser ihren Platz einnahmen. Die Wissenschaftler und recherchierenden Schriftsteller kamen und gingen, aber Eric und Avery ackerten weiter. Als der Abend dämmerte, ersetzte der grelle Schein der elektrischen Deckenbeleuchtung das Tageslicht von den Fenstern. Erics und Averys Notizen häuften sich neben ihren Ellbogen, und immer wieder strichen sie ganze Passagen durch, weil sich eine vielversprechende Spur als Sackgasse erwies. Schließlich trafen sie bei der *Times* vom zweiten Februar 1921 zusammen.

Inzwischen war es vollkommen dunkel draußen. Nur noch ein weiterer Zeitungsleser war anwesend, und der schien fest entschlossen, sein Notizbuch vollzubekommen, bevor er hinausgeworfen wurde. Der Museumsangestellte, der die Aufgabe hatte, den Zeitungslesesaal für die Nacht abzuschließen, trieb sich in einer Ecke herum und warf ihnen böse Blicke zu. Obwohl ihnen noch eine Viertelstunde bis zur offiziellen Schließzeit blieb, hatte der Mann bereits die meisten Lichter ausgeschaltet und einen Teil der Lesetische ins Dunkel getaucht. Das gedämpfte Rascheln und Murmeln des Tages war völliger Stille gewichen.

»Aus deiner fehlenden Begeisterung schließe ich, dass du nichts Relevantes gefunden hast«, sagte Eric zu seinem Freund.

»Das war ein ganz übler Trick von dir, mich von vorne nach hinten suchen zu lassen. Alles, was mit Emily Ang zu tun hat, stand doch mit ziemlicher Sicherheit viel früher in der Zeitung.«

»Das ist nicht gesagt. Außerdem habe ich genauso wenig gefunden wie du. Ich glaube, wir müssen doch noch die Zeitungen aus Sussex anfordern.«

Avery gab ein leidgeprüftes Stöhnen von sich. Der Museumsangestellte räusperte sich in seiner Ecke und sah vielsagend auf die Uhr.

Eric zog seinen Notizblock und die vier Zeitungen, auf die er im Laufe seiner Suche gestoßen war, zu sich heran. »Soll ich anfangen?«

»Bitte.« Avery zündete sich eine Nelkenzigarette an, und der Qualm waberte wie Weihrauch um sie herum und schirmte sie vom feindseligen Blick des Angestellten und der wachsenden Verzweiflung des letzten Rechercheurs ab. Die Stille im Saal vertiefte sich noch.

26. November 1918: Miss Jane Harris, 27, wurde gestern von der St. Catherine's School, einem Mädcheninternat in der Nähe von Petersfield, als vermisst gemeldet. Dort unterrichtete sie Mathematik und Geschichte. Miss Harris, eine ehemalige Schülerin des Internats, wurde zuletzt am Freitag, den 22.11., beim Verlassen des Geländes gesehen. Angeblich wollte sie übers Wochenende ihre Tante besuchen, Miss Gladys Atkinson aus Ashford in Kent. Miss Atkinson war von einem geplanten Besuch jedoch nichts bekannt.

»Jane verhielt sich ein wenig seltsam, seit ihr Liebster bei den Gefechten in Frankreich ums Leben kam«, berichtet Miss Atkinson. »Sie gestand mir einmal, sie gebe sich die Schuld an seinem Tod, da er sich ohne ihr Drängen nie als Soldat gemeldet hätte. Ich hoffe, sie hat keine Dummheit begangen.«

»Klingt doch vielversprechend«, sagte Avery, und Eric nickte.

»Von der Befürchtung abgesehen, sie habe vielleicht ›eine Dummheit begangen‹, klingen die Umstände sehr ähnlich wie das, was mir Mrs. Benson über Emilys Verschwinden erzählt hat.«

10. April 1919: Gestern Abend wurde Miss Angelica Truelove, 23, vor dem Monkey's Paw in Southampton von einem Unbekannten entführt. Sie hatte in dem Wirtshaus als Bardame gearbeitet. Zeugen beschreiben einen schwarzen Vauxhall, der von einem zwielichtig aussehenden Fremden mit teuflischem Bart gesteuert wurde …

»Es ist immer ein zwielichtig aussehender Fremder mit teuflischem Bart«, merkte Eric an, »es sei denn, es ist ein teuflisch aussehender Fremder mit zwielichtigem Bart. Ich bezweifle, dass die Beschreibung korrekt ist, aber wenigstens haben wir hier eine echte Entführung, sogar mit Zeugen.«

»Angelica Truelove – was für ein Name!«, sagte Avery. »Warte mal … Ist das nicht Lady Feltons Mädchenname? Ja, jetzt fällt es mir wieder ein: Lord Felton brannte mit ihr nach Amerika durch, und es gab ein großes Trara, weil sie nur eine Revuetänzerin war … so zumindest die gängige Version. Manchmal heißt es aber auch, sie sei Ladenverkäuferin oder Bardame gewesen. Alle, die nicht direkt mit der Familie Felton in Verbindung standen, fanden die Geschichte wahnsinnig romantisch, nur die Feltons wollten sie natürlich möglichst schnell unter den Teppich kehren.«

Eric seufzte und strich Angelica Trueloves Namen wieder durch.

3. September 1920: An einem Strand nahe Bognor Regis wurde heute Vormittag die Leiche einer jungen Frau angeschwemmt. Die Polizei bittet die Bevölkerung um Mithilfe bei der Identifizierung. Die Frau war zwischen 1,55 m und 1,65 m groß und hatte schwarze Haare. Als Todesursache wird ein Badeunfall mit anschließendem Ertrinken vermutet …

»Oha!«, sagte Avery. »Das klingt doch genau passend! Hättest du mir nicht gleich sagen können, dass du sie gefunden hast? Dann hätte ich mich nicht den ganzen Tag durch diesen Zeitungsberg kämpfen müssen.«

»Ich wollte keine voreiligen Schlüsse ziehen, Avery. Das könnte genauso gut jemand ganz anderes gewesen sein.«

»Glaube ich nicht. Bognor Regis ist nur einen Katzensprung von Chichester und diesem schrecklichen Kaff entfernt, in dem wir gestern waren, und die Wasserleiche wurde nur zwei Jahre nach Emily Angs Verschwinden gefunden …«

Eric hob ruckartig den Kopf. »Zwei Jahre! Hoppla, das war mir entgangen. Wie sollte nach zwei Jahren im Wasser noch so viel von ihr übrig gewesen sein, dass man sie ohne Weiteres als Frau mit schwarzen Haaren erkennen konnte? Nein, diese Leiche muss viel später im Wasser gelandet sein, lange nach Emilys Verschwinden.«

»Oh.« Avery war sichtlich enttäuscht. »Vielleicht wurde Emily ja erst später umgebracht?«

»Möglich«, antwortete Eric zögernd. »Aber das ist wohl eher unwahrscheinlich. Wenn sie nicht sofort umgebracht wurde, stellt sich nämlich wieder die Frage, ob es nicht anfänglich doch eine Entführung war, und sofern wir nicht noch mehr Meldungen über vermisste Frauen in den Sussexer Zeitungen finden, erscheint es mir immer abwegiger, dass sie Frauenhändlern zum Opfer gefallen ist.«

25. Januar 1921: Polizeilich gesucht wird Mr. Robert Unwin, 32, der zuletzt an einem Sonntag dabei gesehen wurde, wie er sein Haus in Petworth, Sussex, verließ, um spazieren zu gehen. Er ist knapp 1,70 m groß und wiegt etwa siebzig Kilo. Außerdem leidet er aufgrund eines während des Krieges erlittenen Lungenschadens an hartnäckigem Husten. Er hat gerade eine Umschulung zum Buchhalter absolviert, da er wegen seines Lungenschadens nicht mehr wie vor dem Krieg als Landarbeiter arbeiten konnte. In einer Woche hätte er seine Stelle bei der Walton-Gale-Reederei in London antreten sollen.

Freunde und Nachbarn beschreiben Mr. Unwin als eine ruhige, unaufdringliche Person mit einer tiefen Liebe zur Natur. »Ihm behagte die Vorstellung nicht, nach London zu ziehen«, berichtet ein Freund, »aber ihm war klar, dass er großes Glück hatte. Nicht jeder bekommt eine solche zweite Chance, zumal er in der Reederei einen viel höheren Lohn erhalten sollte als vorher. Wir dachten eigentlich alle, dass es wieder bergauf ging mit dem guten alten Robbie.«

»Die Antwort auf dieses Rätsel kenne ich«, verkündete Avery und förderte die letzte Seite seiner Notizen zutage.

4. April 1921: Die Leiche von Mr. Robert Unwin, 32, aus Petworth, Sussex, wurde am Samstagnachmittag von Pfadfindern aus dem Fluss Rother gezogen. Unwin, ein ehemaliger Soldat mit unbescholtenem Ruf, erschoss sich vermutlich selbst mit einer Pistole, die er als Andenken aus dem Krieg mitgebracht hatte.

Mr. Unwin liebte lange Spaziergänge entlang der Rother, und seine Freunde beschreiben ihn als großen Naturliebhaber. Gegen die Theorie eines Selbstmords spricht, dass Mr. Unwin sich auf eine neue Anstellung bei einer Reederei in London freute. »Er hatte vieles, wofür es sich zu leben lohnt«, berichten Freunde. »Er wusste, was für ein Glück er hatte.«

Zur näheren Untersuchung der Umstände wurde eine gerichtsmedizinische Leichenbeschau angeordnet.

»Der Kerl hat sich selbst eine Kugel verpasst«, lautete Averys Kommentar. »Wenigstens wusste er, was er tat – falls es wirklich stimmt, dass er sich erschossen hat. Mir sind beim Lesen jede Menge Meldungen über ehemalige Soldaten untergekommen, die sich versehentlich beim Reinigen ihrer Waffen erschossen haben. Man sollte meinen, ein Soldat wüsste, wie man mit einer Schusswaffe umgeht.«

Eric nickte gedankenversunken. Ihm selbst waren in den vergangenen Stunden auch ein paar ähnliche Fälle begegnet. Er wusste genug über den Krieg, um zu ahnen, dass die meisten als Unfälle getarnte Selbstmorde waren. Es beunruhigte ihn, wie häufig diese

Vorfälle vorzukommen schienen. Er musste an die ihm unterstellten Soldaten denken. Fünf Jahre nach dem Krieg hatte er die meisten von ihnen aus den Augen verloren, zumal viele ohnehin keine begeisterten Briefeschreiber gewesen waren. Dennoch … er hatte einmal die Verantwortung für diese Männer getragen.

Sie hatten das Ende von Erics Ausbeute erreicht und wandten sich Averys Notizen zu.

> **15. Februar 1924:** Die Polizei sucht die Identität einer jungen Frau, deren Leiche am Mittwoch in einem verlassenen Häuschen in der Nähe von Basingstoke gefunden wurde. Ihr Alter wird auf 18 bis 30 Jahre geschätzt, und es wird vermutet, dass sie einem Mord zum Opfer fiel. Hände und Füße der Frau waren mit einem groben Seil gefesselt, und ihr Gesicht war von einem scharfen, schweren Gegenstand entstellt, möglicherweise einer Machete …

»Ich vermute mal, wir können diese Meldung aus den gleichen Gründen verwerfen wie bei der Frau aus Bognor Regis?«, fragte Avery. »Ich will nämlich lieber nicht noch mehr darüber lesen. Nicht schon wieder. Mir schwant, dass die arme Frau nicht nur einfach ermordet wurde.«

Eric nickte. »Das erinnert mich an eine andere Geschichte. Genau dasselbe ist letzten Mai einer Frau in Reading zugestoßen. Der Mörder wurde kurz darauf gefasst, und ich frage mich, ob er vielleicht auch diesen Mord auf dem Gewissen hat. Wenn ich richtig informiert bin, war er bis vor zwei Jahren Patient in einer geschlossenen Klinik, wo er wegen Granatenschock behandelt wurde.« Die Gentlemen des Britannia Clubs hatten ein merkwürdiges Interesse an der Sache gezeigt, aber keiner von ihnen hatte darüber reden wollen.

»Glaubst du, er könnte auch Emily Ang auf diese Weise ermordet haben?«, fragte Avery.

»Ich werde den Artikel sicherheitshalber noch mal heraussuchen, aber ich glaube, er war damals weggeschlossen in besagter Einrichtung.« Ein Blick auf die Wanduhr verriet, dass sie den Lesesaal eigentlich schon vor fünf Minuten hätten verlassen müssen. Der Angestellte, der sie nach wie vor finster anstarrte, hatte nur so lange stillgehalten, weil ihn der andere recherchierende Zeitungsleser mit einer großzügigen Summe bestochen hatte. Dennoch, die Geduld des Museumswärters war eindeutig am Ende, er würde ihnen bestimmt nicht erlauben, noch eine weitere Zeitung aus dem Archiv zu holen, um Erics Erinnerung auf die Sprünge zu helfen.

»Lass uns weitermachen«, drängte Eric. »Was hast du sonst noch?«

> **10. August 1923:** In einem flachen Teich nahe Wilmington, unweit der Hügelfigur Long Man, wurden Knochenreste gefunden, die vermutlich von einer Frau stammen. Die Polizei bittet um Mithilfe bei der Identifizierung der menschlichen Überreste. Fast alle Kleidungsstücke der Leiche waren vollständig verrottet, aber sie trug einen Ring mit einem ungewöhnlichen Wappen am Finger …

»Hier ist auch eine Abbildung von dem Ring«, sagte Avery. »Kommt er dir irgendwie bekannt vor?«

Eric betrachtete das Bild und nickte. »Ja, das Wappen kenne ich. Es ist das Schulwappen von St. Catherine's, der Mädchenschule, aus der Jane Harris 1918 verschwand. Das Wappen war neben dem Zeitungsartikel abgebildet.« Er nahm sich noch einmal seine eigenen Notizen vor und strich Jane Harris' Namen durch. »Wieder ein Rätsel gelöst, wenn auch leider nicht unseres.«

Inzwischen schien Emily Ang die einzige im Jahr 1918 verschwundene Frau zu sein, die nicht auf irgendeine Weise wiederaufgetaucht war.

6. Februar 1923: Mr. Joseph Davis, 39, aus Horsham, Sussex, wurde gestern Morgen als vermisst gemeldet, nachdem er nicht zur Arbeit in der Anwaltskanzlei erschien, in der er gerade zum Partner ernannt worden war. Es wird Fremdeinwirkung vermutet.

Mr. Davis wurde zuletzt dabei gesehen, wie er in seinem Londoner Club seine Beförderung feierte und dabei kräftig dem Alkohol zusprach. Die Polizei geht davon aus, dass er sich danach in ein Übernachtungszimmer des Clubs zurückzog, auch wenn dort am nächsten Morgen keine Spur mehr von ihm blieb. Vermutlich ist Mr. Davis früh am Morgen aufgebrochen, bevor das Personal seinen Dienst antrat. Laut Aussagen des Portiers war dies nicht ungewöhnlich für Mr. Davis, man hätte sich vielmehr gewundert, wenn er es nicht so gehandhabt hätte.

»Moment«, sagte Eric. »Die Geschichte kenne ich. Davis war Mitglied im Britannia Club, ich erinnere mich an seine Todesanzeige. Bist du sicher, dass du nicht noch weitere Meldungen über ihn gefunden hast? Über das Auftauchen seiner Leiche vielleicht?«

»Wenn ja, hätte ich es notiert, schon allein für den Fall, dass du auf die dazugehörige Vermisstenmeldung stößt. Wie bei Robert Unwin, du weißt schon. Aber da war nichts. Weißt du denn, was ihm letztlich zugestoßen ist?«

»Angeblich ist er bei einem Tagesausflug nach Eastbourne vom Landungssteg gefallen«, antwortete Eric. »Ein Unfall.« Oder doch nicht?

»Ich habe noch einen letzten grausigen Fund zu bieten«, unterbrach Avery Erics Gedanken.

17. Mai 1922: Aus einem oberflächlich ausgehobenen Grab in Bruton Wood wurde am Nachmittag des 15. Mai ein Skelett zutage gefördert. Vermutlich handelt es sich um eine junge Frau zwischen 16 und 28 Jahren. Die Polizei ermittelt.

»Ist das alles?«, fragte Eric und blätterte durch die *Times*, in der Avery den Artikel gefunden hatte.

»Ja, ich habe auch nachgesehen, aber nichts mehr entdeckt«, sagte Avery. »Und selbst diese Meldung hätte ich fast übersehen, weil sie so klein ist.«

Freu dich lieber nicht zu früh, ermahnte sich Eric zur Zurückhaltung. Ihm war flau im Magen, weil er den ganzen Tag Artikel über gewaltsame Todesfälle gelesen hatte. Alles in allem hatten sie mehr nicht identifizierte Leichen als vermisste Personen aufgestöbert: Einige Todesopfer waren offenbar nie als vermisst gemeldet worden. Das Skelett von Bruton Wood stammte vielleicht ebenfalls von einer nicht der Polizei gemeldeten verschwundenen Person. Er musste mehr darüber herausfinden, und das bedeutete, dass er die Sussexer Zeitungen vom 15. bis 17. Mai 1922 bestellen musste.

Die vorgerückte Stunde ließ sich nicht länger ignorieren. Eric und Avery traten in die Dunkelheit der Montague Street hinaus, nachdem sie vom Museumsangestellten förmlich aus dem Saal gescheucht worden waren. Sie hatten den ganzen Tag mit ihrer Recherche verbracht, und Eric wurde sich plötzlich bewusst, wie hungrig er war. »Ich denke, wir haben einiges geschafft heute«, sagte er. Sein Atem bildete Wölkchen in der plötzlichen Kälte. »Weißt du was, Avery? Ich lade dich zum Abendessen ein. Als kleines Dankeschön.«

»Zum Abendessen … in den Britannia Club?«

Eric zögerte. »Ich hatte eigentlich eher an das Shafi gedacht. Was meinst du?«

Das Shafi auf der Gerrard Street servierte indisches Essen und war Erics Lieblingsrestaurant. Es war Avery gewesen, der ihm das Lokal vor vier Jahren nach dessen Eröffnung gezeigt hatte, aber sein Freund war an diesem Abend nicht in der richtigen Stimmung. »Ich versuche immer noch, die gelben Flecken von unserem letzten Besuch aus meinem Taschentuch zu waschen«, wehrte er ab.

»Tja, Kurkuma geht leider nie wieder raus.«

»Dann schuldest du mir jetzt nicht nur ein Abendessen, sondern auch noch ein neues Taschentuch.«

Die beiden Männer bogen um die Ecke in die Great Russell Street. Der Vorplatz des British Museum war leer und der Säulengang dunkel. Hier und da wies ein beleuchtetes Fenster darauf hin, dass ein Kurator Überstunden machte, aber die gehetzten Wissenschaftler und die staunenden Touristen vom Vormittag waren verschwunden, zweifellos, um ebenfalls zu Abend zu essen. Licht und Leben waren auf die andere Straßenseite hinübergewandert, wo es sich die Bewohner der altehrwürdigen Reihenhäuser für den Abend gemütlich machten. Wenn man die Ohren spitzte, hörte man von irgendwoher moderne Tanzmusik: Jemand veranstaltete eine Feier und machte sich mit jeder Minute unbeliebter bei seinen Nachbarn. Auf der Straße selbst und auf dem Museumsvorplatz herrschte hingegen Stille.

Die Zeitungsartikel hatten Eric ins Grübeln gebracht, der Gedanke an seine Männer ließ ihm keine Ruhe. Soweit er wusste, war Collins ebenfalls von seiner Freundin überredet worden, zur Armee zu gehen, genau wie es bei Jane Harris und ihrem Liebsten der Fall gewesen war. Er hoffte inständig, dass die Sache bei Collins weniger tragisch geendet hatte. Jenks war nach Kanada ausgewandert, und Forrester … Eric runzelte die Stirn. Der Briefwechsel mit Forrester hatte allzu abrupt geendet. Er musste herausfinden, was passiert war.

»Das ist ja alles schön und gut, Eric«, sagte Avery unvermittelt. »Aber hätten wir nicht damit anfangen sollen, direkt nach Emily Angs Verschwinden zu suchen? Unter ihrem Namen, meine ich. Ich hoffe, das hast du getan!«

Eric kehrte ins Hier und Jetzt zurück. »Habe ich. Natürlich. Das ist ja das Komische, Avery: In den Londoner Zeitungen war nichts darüber zu finden. Nicht ein einziges Wort.«

»Das ist in der Tat komisch. Übrigens konnte ich auch kaum ein Wort über den Mord finden, der neulich bei euch im Club passiert ist. Ich habe die Zeitungen der letzten Tage schon gestern nach unserer Rückkehr aus Sussex durchforstet, und alles, was ich darüber gefunden habe, war ein kleiner Absatz in der *Times*. Darin stand, ein gewisser Mr. Benson sei tot in seinem Londoner Club aufgefunden worden, und die Polizei habe routinemäßige Ermittlungen aufgenommen. Wenn du mir nicht davon erzählt hättest, hätte ich weder erfahren, dass es um den Britannia Club ging, noch, dass es Mord war. Meinst du, dass irgendjemand den Fall geheim zu halten versucht?«

DASS DIESE ERDE REICHEN STAUB ENTHÄLT

Donnerstagmorgen. Die kleine Kirche in Wexford Crossing hieß St. Julian's, nach Julian, dem Gastfreundlichen – Schutzpatron der Gastwirte und reuigen Mörder. Die Fassade war aus Flint und Kalkstein und bildete ein gezacktes Muster aus Schwarz und Elfenbeinweiß, das an zerbrochene, in Mörtel gedrückte Muscheln erinnerte. Im Inneren der Kirche waren die Wände glatt verputzt. Buntglasfenster über dem Altarraum, die die Kreuzigung Jesu, seine Auferstehung und das Jüngste Gericht darstellten, warfen ihr farbiges Licht auf den schlichten Sarg von Albert Kenneth Benson, bis vor Kurzem Mitglied des Britannia Clubs. Der Rest der Fenster waren hohe, aus Rautenglas bestehende Spitzbögen, durch die man die Wipfel der Friedhofsbäume im Wind wogen sah. Darüber jagten weiße Schäfchenwolken über einen strahlend blauen Himmel.

Es war eine bescheidene Landkirche, in der vielleicht zwanzig alte, durch Generationen von Gottesdienstbesuchern blank polierte Kirchenbänke Platz fanden. Dennoch war sie kaum zu einem Viertel gefüllt. Benson hatte nur noch wenig Familie gehabt. Es existierte offenbar eine Schwester in Amerika, die die lange Reise nach England nicht rechtzeitig zur Beerdigung hätte zurücklegen können. Also hatte sie stattdessen per Telegraf die Bestellung eines besonders prächtigen Trauerkranzes veranlasst. Eine andere Möglichkeit, ihrer Trauer Ausdruck zu verleihen, blieb ihr schließlich nicht.

Der Britannia Club wurde von Wolfe, Saxon und Eric repräsentiert.

Außerdem waren einige Dorfbewohner erschienen, mehr seiner Witwe zuliebe als Benson selbst. Eric hatte den Eindruck, dass sie Benson als Eindringling im »großen Haus« betrachtet hatten, auch wenn niemand so unhöflich war, schlecht über einen Toten zu sprechen. Mrs. Benson stand, bleich wie Alabaster im schwarzen Kleid ihrer Mutter, während des gesamten Trauergottesdienstes mit kerzengeradem Rücken allein in der ersten Reihe. Alle übrigen Trauergäste hielten respektvoll Abstand. Niemand erwartete von ihr, dass sie nach vorn an die Kanzel trat, und sie tat es auch nicht. Es gab keine Trauerrede.

Der Trauergottesdienst war in ein Requiem integriert worden. Mrs. Benson hatte darauf bestanden, obwohl Benson selbst anscheinend Quäker gewesen war. Es wurde also das Abendmahl gefeiert, und Eric ging pflichtschuldig nach vorn, um es zu empfangen. Wolfe und Saxon folgten, Ersterer mit betont ausdruckslosem Gesicht und Letzterer mit tief geneigtem Kopf. Als Eric sich umdrehte, um zu seiner Bank zurückzugehen, erhaschte er einen Blick auf eine halb hinter einer Säule versteckte Gestalt, die ganz hinten in der Kirche kniete: Inspektor Parker, der das Geschehen mit wachsamem Blick beobachtete. Im Licht des Spitzbogenfensters über seinem Kopf leuchtete seine Narbe wie ein weiß glühender Blitz. Er ging nicht nach vorn zum Abendmahl. Vielleicht, weil er rein dienstlich hier war? Aber warum kniete er dann, wenn er auch hätte sitzen können?

Eric fiel auf, dass auch Saxon bis zum Ende des Gottesdienstes in seiner Bank kniete und erst aufstand, als sich alle zur Beisetzung erhoben.

Licht und Wind drangen herein, als man die Türen zum Kirchhof öffnete und den Sarg aus der Kirche trug. Der Wind hatte deutlich aufgefrischt seit Beginn des Gottesdienstes. Er riss an den Gewändern des Pastors und wirbelte trockenes Laub zwischen den Trauergästen hindurch. Der Himmel war immer noch strahlend blau, aber eine schiefergraue Wolkenwand näherte sich rasant vom Ärmelkanal und wurde immer schwärzer, je näher sie rückte.

Nach der Beisetzung gesellte sich Eric zu Saxon und Wolfe, die halb verdeckt vom Kirchturm neben der Kirchentür standen. Efeu wuchs hinter ihnen an der steinernen Mauer empor und zitterte im aufziehenden Sturm. Die meisten Trauergäste waren bereits zum Wirtshaus auf der anderen Seite der Dorfwiese aufgebrochen.

»Mich überrascht, dass Bradshaw nicht gekommen ist«, sagte Eric. Ihn überraschte genauso, dass ausgerechnet Wolfe und Saxon erschienen waren, doch er behielt seine Verwunderung darüber für sich.

»Bradshaw ist ein viel beschäftigter Mann, Peterkin.« Wolfe zündete sich eine Zigarette an und blies einen Rauchring in die Luft. Er zerstob sofort im Wind. »Er kann wirklich nicht die Beerdigung jedes Clubmitglieds besuchen, das die Geschmacklosigkeit besitzt, während seiner Amtszeit zu sterben.«

»Zur Beerdigung meines Vaters ist er erschienen.«

»Na ja, damit ging schließlich auch eine Ära zu Ende: Dein Vater war der letzte Peterkin im Britannia Club.«

Eric kämpfte gegen den Drang an, Wolfes selbstzufriedenes Gesicht gegen die raue Steinmauer der Kirche zu schlagen. Wolfe grinste nur und nahm einen langen Zug von seiner Zigarette.

Saxon konzentrierte sich ganz auf das Vertilgen seines Apfels und schien nichts von dem Wortwechsel mitbekommen zu haben.

»Und was ist mit Aldershott?«, fragte Eric mit mühsam beherrschter Stimme. »Man sollte doch meinen, dass es seine Pflicht als Clubpräsident wäre, an der Beerdigung teilzunehmen.«

»Aldershott fühlt sich den Lebenden verpflichtet«, murmelte Saxon. Er kaute immer noch geräuschvoll seinen Apfel und ließ mit keiner Geste erkennen, dass er an dem Gespräch teilnahm. Eric war sich nicht sicher, ob seine Bemerkung entschuldigend gemeint war – dass Aldershott zu sehr mit den noch lebenden Mitgliedern des Clubs beschäftigt sei –, oder als Kritik – dass Aldershott tatsächlich hätte erscheinen müssen, um Mrs. Benson in ihrer Trauer eine Stütze zu sein. Hatte Helen Benson nicht erwähnt, dass ihr

Mann und sie geschäftliche Beziehungen zu Aldershott gepflegt hatten?

»Und dann wäre da noch Norris.«

An dieser Stelle lachte Wolfe bellend auf, und Saxon sah sich erstaunt nach ihm um. »Der würde sich doch niemals so etwas Unerfreuliches antun wie den Tod«, sagte Wolfe abfällig. »Keine Ahnung, wie dieser Halunke den Schützengraben überlebt hat. Wahrscheinlich, indem er den Clown spielte. Norris weiß doch überhaupt nicht, wie man Pflichtgefühl buchstabiert.«

»Da tust du ihm unrecht«, widersprach Saxon stirnrunzelnd.

»Ach ja? Lieber Saxon, du hast wohl vergessen, dass er sich nach unserer Wahl in den Vorstand erst einmal aus dem Staub machte … nach Italien, soweit ich weiß. ›Für seine Muse.‹ Wohl eher ›für sein Amüsement‹! Bradshaw musste während der nächsten drei Monate seine Aufgaben mit übernehmen.«

»Was sind denn die genauen Aufgaben eines Vorstandsmitglieds?«, fragte Eric neugierig.

Saxon steckte die Überreste seines Apfels in den dichten Efeu der Kirchenmauer. »Ich denke, wir sind hier fertig«, sagte er. »Bleibt ihr beide noch länger?«

»Ich möchte noch kurz mit Mrs. Benson sprechen«, antwortete Eric.

»Ganz der respektvolle Gentleman«, stichelte Wolfe. »Wie du willst. Ich sehe da vorn schon den Omnibus nach Chichester stehen, aber wenn du es vorziehst, auf den nächsten zu warten, nur zu.«

»Ich kann dich nach Chichester mitnehmen«, bot Saxon an und zeigte auf den grünen Crossley, mit dem er gekommen war. »Den Rest der Strecke musst du allerdings im Zug zurücklegen. Ich habe noch etwas in Southampton zu erledigen.«

»Zwischen deinen halb vergammelten Apfelgehäusen auf einem mit Limonade bekleckerten Beifahrersitz? Danke, da ertrage ich lieber den Gestank des Provinzbusses.« Wolfe eilte zum wartenden Bus davon und war eine Minute später verschwunden.

Saxon zuckte mit den Schultern und stapfte zu seinem Automobil. Nachdem stotternd und samt einer Fehlzündung der Motor angesprungen war, fuhr er unvernünftig schnell auf der Landstraße davon.

Mrs. Benson stand allein auf dem Friedhof und sah den Totengräbern aus einiger Entfernung dabei zu, wie sie das Grab ihres verstorbenen Mannes mit Erde füllten. Auch wenn Schwarz die angemessene Farbe für eine trauernde Witwe war, wirkte sie deplatziert, eine dunkle Gestalt im hellen Sonnenlicht, mit einem Teppich goldener Herbstblätter unter den Füßen. Der schwarze Stoff ihres Kleides flatterte, als eine Windböe noch mehr rote und goldene Blätter von den Bäumen wehte und in der Luft tanzen ließ. Als Eric sich näherte, blickte Helen Benson auf. Ein kaum merkliches Lächeln huschte über ihr bleiches Gesicht.

»Mr. Peterkin. Ich hoffe, hier bietet sich nicht wieder ein zu unerfreuliches Bild für Sie.«

»Keineswegs. Mein herzliches Beileid.«

»Alle drücken *mir* ihr Beileid aus. Dabei weiß ich gar nicht, ob Albert je wirklich mir gehört hat.«

Eric fühlte sich unbehaglich und wechselte schnell das Thema. »Ich hatte eigentlich Aldershott hier erwartet«, sagte er. »Hatten Sie nicht außerhalb des Clubs geschäftlich mit ihm zu tun?«

»Ja. Er hatte das alte Hausmeisterhäuschen von uns gemietet und … na ja. Unwichtig.«

Mit anderen Worten: *Keine weiteren Fragen.*

»Ich selbst habe nicht mit ihm gerechnet«, fuhr sie fort. »Diesbezüglich kann ich Sie beruhigen. Unsere Beziehung war rein geschäftlich: unpersönlich und gewinnorientiert. Aber es war Aldershott, der uns auf die Idee brachte, aus dem Haus ein Erholungsheim zu machen. Wozu auch immer es jetzt noch gut sein mag. Ich überlege, ob ich überhaupt weitermachen soll. Für eine alleinstehende Frau wird es bestimmt nicht leicht.«

Eric ging auf, dass sich die Bensons nur durch Aldershotts finanzielle Unterstützung eine Renovierung hatten leisten können. »Diese Idee mit dem Erholungsheim … Ist das auch Ihr Wunsch?«

Sie musste nicht antworten. In ihrer Körperhaltung lag eine Entschlossenheit, die vor zwei Tagen noch nicht da gewesen war.

Sie drehten sich um und schlenderten gemeinsam zum Friedhofstor. Die anderen Trauergäste waren allesamt verschwunden: die Dorfbewohner ins Gasthaus oder zurück zu ihrer täglichen Arbeit, und die wenigen Auswärtigen wie Saxon oder Wolfe nach Hause, mit welchem Fortbewegungsmittel auch immer.

»Sie werden dann nicht mehr viel Zeit für Ihre Malerei haben«, merkte Eric an.

»Wenn ich wieder an der Welt teilhaben und Gutes tun kann, ist mir das jedes Opfer wert. Ich weiß, dass mir Albert diesbezüglich zugestimmt hätte.« Sie schwieg einen Moment und fuhr dann fort: »Ich habe nachgedacht. Sie wissen schon, über unser letztes Gespräch. Ich war der Meinung, dass Albert nicht einfach hätte abhauen dürfen, um dieser alten Sache mit Emily hinterherzujagen. Aber er hielt es nun mal für das Richtige, und … vielleicht war es das auch. Und nun haben Sie es sich zur Aufgabe gemacht, seine Mission zu Ende zu führen, nicht wahr?«

»Ich habe damit begonnen, einige Nachforschungen anzustellen, ja.«

»Ich hoffe, Sie finden die Wahrheit heraus, Mr. Peterkin. Über Albert … und auch über Emily. Mr. Bradshaw hat nach Alberts Tod dafür gesorgt, dass Diskretion und Anstand gewahrt bleiben, aber ich bin mir gar nicht mehr sicher, ob ich das will. Wir dürfen nicht die Augen vor unerfreulichen Dingen verschließen, wenn dies bedeutet, mit einer Lüge zu leben. Außerdem gebe ich offen zu, dass ein weniger großmütiger Teil von mir miterleben möchte, dass der oder die Täter ihrer gerechten Strafe zugeführt werden.«

Der Himmel im Süden und Südosten war eine finstere, wogende Masse, doch der Friedhof war immer noch in helles Sonnenlicht getaucht. Sie umrundeten die Kirche, und über ihren Köpfen ragte eins der Buntglasfenster des Altarraums auf: das Fenster mit der Kreuzigung. Eric kam in den Sinn, dass die blutige Hinrichtung Jesu eigentlich noch viel schrecklicher war als alles, was Mrs. Benson je auf Leinwand gebannt hatte. Über die Jahrhunderte war dieses Bild jedoch so vertraut geworden, dass die Menschen ihm gegenüber abgestumpft waren.

»In dieser Hinsicht ähneln wir uns, glaube ich«, sagte Mrs. Benson. »Wir wollen beide etwas zu Ende bringen, was Albert begonnen hat. Ich will fortführen, was er hier im Haus angefangen hat, und Sie, was er sich im Club vorgenommen hat. Ich weiß nicht, warum ausgerechnet Sie sich dazu berufen fühlen, aber ich bin heilfroh, dass überhaupt jemand die Initiative ergreift.«

»Diese Sache mit dem Erholungsheim … Ich hoffe, Sie tun das nicht nur, weil Ihr Mann es so wollte.«

Mrs. Benson schüttelte den Kopf.

Sie gingen schweigend weiter, bis sie das überdachte Friedhofstor erreicht hatten. Es bot ein wenig Schutz vor dem Wind, und Mrs. Benson blieb abrupt stehen und drehte sich zu Eric um. Das helle Tageslicht zu beiden Seiten ließ die Dunkelheit unterhalb des kleinen Dachs noch intensiver wirken. Mrs. Bensons schwarzes Kleid und ihre gewellten Haare verschmolzen mit dem Hintergrund, und ihr bleiches Gesicht schien im Halbdunkel regelrecht zu leuchten.

Eric dachte an das Rascheln ihres Kreppkleides an seiner Hemdbrust und machte unwillkürlich einen Schritt nach hinten.

»Sie waren sehr liebenswürdig zu mir, Mr. Peterkin«, sagte sie. »Und eines Tages würde ich Sie wirklich gerne malen. Versprechen Sie mir, dass Sie mich besuchen kommen … vielleicht nicht unbedingt heute. Ich …« Sie blickte suchend über Erics Schulter zur Dorfwiese hinüber und sah dann wieder ihn an. »Bald. Warten Sie nicht zu lange.«

Ihre Fingerspitzen, die kalt waren vom Oktoberwind, strichen leicht an Erics Kiefer entlang und berührten seinen Hals. Dann machte Mrs. Benson kehrt und eilte davon.

Das Tageslicht wurde mit Herannahen der dunklen Gewitterwolken immer schwächer. Ein Regentropfen traf Eric, als er aus dem Torbogen trat, dann noch einer. Er beeilte sich besser, das Verdeck des Vauxhall anzubringen, sonst würde die Rückfahrt nach London eine feuchte Angelegenheit werden.

Als er sich umwandte, entdeckte er Inspektor Parker, der ihn aus dem Schatten eines nahen Baumes heraus beobachtete. Sein Gesichtsausdruck war nicht zu erkennen. Bevor Eric ihm grüßend zunicken konnte, hatte der Inspektor schon den Blick auf seine Taschenuhr gesenkt. Dann ging er mit großen Schritten zu seinem eigenen wartenden Automobil davon.

BROLLY'S

Eric hatte nicht wirklich Lust, den Donnerstagabend mit seiner Schwester in der Stadt zu verbringen. Mrs. Bensons Wunsch, ihn zu malen, und die Dringlichkeit, mit der sie diesen Wunsch geäußert hatte, hatten ihn verunsichert. Dass Parker sie bei ihrem Gespräch beobachtet hatte, verunsicherte ihn noch viel mehr. Von Parkers Beweggründen und Erics eigenen Absichten einmal ganz abgesehen, konnte jeder Anschein von Intimität mit der frisch gebackenen Witwe als Mordmotiv gewertet werden. Außerdem war es unendlich irritierend, auf die Lieferung der Sussexer Zeitungen warten zu müssen, nachdem die Londoner Zeitungen sein Interesse geweckt hatten. Eric hatte das Gefühl, keine Muße für einen vergnüglichen Abend in der Stadt zu haben.

Er wandte sich an Patrick Norris, um ein geeignetes Programm aufzustellen, und als Norris hörte, dass Penny mit von der Partie sein würde, war er umso lieber bereit, Erics Bitte nachzukommen. »Ich sorge gern dafür, dass sich alle einen hübschen Rausch antrinken«, sagte Norris. »Wie ihr mit dem Kater am nächsten Morgen umgeht, ist euer Problem. Ich kenne genau den richtigen Ort für euch: das Brolly's. Das ist ein Varietétheater, und ich verspreche dir, besser amüsieren könnt ihr euch nirgendwo. Bradshaw ist auch ständig dort – der Laden erinnert ihn an seine Jugend. Man kann über das moderne Zeitalter sagen, was man möchte – die ältere Generation wusste eindeutig auch, wie man das Leben genießt.«

Das klang vielversprechend. Norris bestand darauf, sich ihnen anzuschließen, und Eric war erleichtert. Er hoffte, dass Norris Penny ein wenig ablenken würde, damit er ungestört über seine bisherigen Erkenntnisse bezüglich Bensons Ermordung und Emily Angs Verschwinden nachgrübeln konnte.

Das Brolly's besaß einen unscheinbaren Eingang in einem stillen Sträßchen, das nicht unbedingt Vertrauen einflößte. Das Foyer entsprach dagegen schon eher den Erwartungen: üppige Teppiche, samtbezogene Wände und hübsch aufgemachte Plakate, die Lust auf die bevorstehenden Varietenummern machten. Das Theater selbst erreichte man über einen Treppenaufgang. Es handelte sich um einen hohen Raum mit einer niedrigen, ringsum verlaufenden Galerie, die man über eine zweite Treppe erreichte. Der Zuschauerbereich war vollgestellt mit kleinen Tischen und Bistrostühlen, was eine Neuheit zu sein schien. Das letzte Mal, als Eric ein Varietétheater besucht hatte, hatte er dort noch Sitzreihen wie in einem normalen Theater vorgefunden. Norris versicherte ihm, so wie im Brolly's habe es in der »guten alten Zeit« in allen Varietétheatern ausgesehen.

»Ich weiß schon genau, welchen Tisch ich will!«, verkündete Penny und zeigte auf einen Tisch direkt links vor der Bühne. »Der ist für uns bestimmt, das spüre ich!«

»Du wirst die Zielscheibe sämtlicher Komiker sein«, warnte Eric, »und jeder Zauberkünstler wird dich als Assistentin auf die Bühne holen.«

»Geht man nicht genau deshalb in ein Varietétheater?«

Norris lachte und stupste Eric mit dem Ellbogen an. »Das ist die richtige Einstellung! Peterkin, deine Schwester ist eine Wucht! Leihst du sie mir für heute Abend?«

»Aber gerne doch«, erwiderte Eric, der noch ganz in die Betrachtung seiner Umgebung versunken war. »Sie ist ein unseliger kleiner Quälgeist.«

Im Schatten der Galerie entdeckte er eine doppelte Schwingtür. Ein Kellner im schwarzen Frack war gerade durch sie verschwunden, und ein zweiter, ähnlich gekleideter Mann kam mit einem

Tablett voller Gläser heraus. Die Tür führte offensichtlich zu einem Raum, in dem Alkohol gelagert und ausgeschenkt wurde. Alkohol war in den Zuschauerräumen der Londoner Varietétheater offiziell verboten, und dieses Wissen verlieh der ganzen Erfahrung einen besonderen Reiz.

»Was trinkst du, Peterkin?«

»Was?« Eric löste seinen Blick von der Schwingtür und sah, dass ihn Norris erwartungsvoll anlächelte. Ein Kellner im Frack stand unmittelbar neben ihm.

»Ich habe einen Gin Tonic bestellt«, sagte Penny. »Ich nehme an, du trinkst dasselbe?«

»Du kennst mich zu gut«, lachte Eric. Die Polizei kann mir den Buckel runterrutschen, dachte er. Falls sie vorhatte, diesem Etablissement am heutigen Abend einen Besuch abzustatten, wollte er sich vorher anständig gestärkt haben.

Norris bestellte ein Bier, und der Kellner ging zum nächsten Tisch weiter.

»Wie aufregend!«, jauchzte Penny und starrte dem Kellner hinterher. »Ich fühle mich wie in einer amerikanischen Flüsterstube, in der jeden Moment eine Bande Verbrecher hereinstürmen und mit Maschinenpistolen um sich ballern kann!«

»Glaube mir: Wenn man so etwas selbst erlebt, ist jede Romantik dahin«, sagte Eric, um nicht zugeben zu müssen, dass er gerade genau das Gleiche gedacht hatte. »Deine Verbrecherbande wird sich hier wohl eher als Polizeitrupp herausstellen.«

»Keine Bange«, beruhigte ihn Norris. »Bradshaw ist mit dem Geschäftsführer befreundet, und Bradshaw kümmert sich um seine Freunde.«

Bradshaws gute Beziehungen ebneten im Britannia Club vielen Dingen den Weg, da war es nicht weiter verwunderlich, dass er sie auch außerhalb des Clubs einsetzte.

Ihre Getränke wurden serviert. Norris nahm einen großen Schluck von seinem Bier und wandte sich an Penny: »Welch ein Vergnügen, Sie endlich kennenzulernen, Miss Peterkin! Ihr Bruder, der alte Griesgram, erzählt oft von Ihnen. Freut mich, dass wenigstens ein Mitglied der Familie Peterkin Sinn für Humor besitzt.«

»Nur Belanglosigkeiten«, versicherte Eric seiner Schwester. »Nichts, was wirklich der Wahrheit entspräche.«

Norris wechselte in einen scherzhaften, weniger formellen Tonfall. »Dann können wir ja jetzt die Wahrheit übereinander herausfinden. Das wird ein Spaß! Hat Peterkin Sie schon vor mir gewarnt?«

Penny lächelte. »Er berichtete mir, Sie seien ein unverbesserlicher Schwindler.«

»Tja, das stimmt leider. Kreative Menschen sind meistens Schwindler. Davon kann Ihr Bruder sicher ein Lied singen, schließlich ist er einer jener mächtigen, bösen Männer, die auf ihrem hohen Ross thronen und rücksichtslos unser Lebenswerk verreißen. Sie sollten ihn hören, wenn er wieder einmal über ein Manuskript herzieht, Penny. ›Hinfort mit diesem Schund! Vollkommen wertlos!‹«

Penny lachte. Sie schien gar nicht bemerkt zu haben, dass Norris sie bereits vertraulich beim Vornamen nannte. Oder es machte ihr nichts aus.

»Seit Neuestem ist Eric nur noch mit diesem Mord im Club beschäftigt«, berichtete sie Norris. »Stimmt's, Eric? Ich wette, du hast vor lauter Nachforschungen seit Tagen keinen Blick mehr in dein aktuelles Manuskript geworfen.«

»Nachforschungen?«, fragte Norris und sah Eric an. »Spielst du etwa Amateurdetektiv? Ein zweiter Lord Peter Wimsey, sozusagen?«

»Sie sollten mal sehen, wie akribisch er Rätsel in ihre Einzelteile zerlegt, Mr. Norris! Er hätte zum Militärgeheimdienst gehen sollen, aber natürlich vertraut man Mischlingen wie uns keine streng geheimen Informationen an.«

»Penny!«, rügte Eric sie. »Das weißt du doch gar nicht!«

»Geh doch hin und finde es heraus«, schlug Norris vor. »Sobald du mit deinen jetzigen Nachforschungen fertig bist.«

»Genau«, sagte Penny. »Wie läuft es denn, Eric?«

»Ach, bisher bin ich nur viel herumgefahren und habe Fragen gestellt. Am Dienstag war ich in Sotheby Manor – dort war Benson während des Krieges Krankenwärter. Wie sich herausstellte, war er inzwischen außerdem mit der Dame des Hauses verheiratet.«

»Lass mich raten: Du und sie, ihr habt euch auf Anhieb verstanden. Ist sie hübsch?«

»Miss Sotheby«, sagte Norris. »Ich erinnere mich noch gut an sie. Ja, sie ist sogar sehr hübsch.«

Norris und Penny sahen Eric grinsend an.

»Was ihr wieder denkt!«, wehrte er empört ab. »Die arme Frau ist noch keine Woche Witwe! Nein, sie war nur … sie war mir nur sehr behilflich, das ist alles. Sie hat mir Bensons Büro gezeigt und die Unterlagen aus der Zeit, als das Anwesen noch ein Kriegshospital war. Sollte ich noch einmal nach Sotheby Manor fahren, dann nur, um in diesen Akten zu stöbern. Ich bin mir nämlich ziemlich sicher, dass ich noch nicht alles gefunden habe. Mrs. Benson hilft mir nur, weil sie sich Gerechtigkeit für ihren Mann erhofft – das hat sie heute Vormittag bei der Beerdigung gesagt. Nicht etwa, weil sie sich für mich interessiert. Sie macht gerade die Hölle durch, deshalb will ich sie vorerst nicht weiter bedrängen, auch wenn ich zu gerne wissen würde, was Benson ihr noch alles über sein Vorhaben erzählt hat.«

»Willst du mir etwa weismachen, dass sie keinerlei Interesse an dir gezeigt hat?«, fragte Penny.

»Na ja, sie scheint darauf versessen zu sein, mich zu malen«, gab Eric zu. »Keine Ahnung, wie ich damit umgehen soll.«

Norris zwinkerte. »Schließe einfach die Augen und denke an England, Peterkin.«

Das Erscheinen des Conférenciers machte ihrem Geplauder ein Ende. Erleichtert darüber, dass Penny und Norris ihre Aufmerksamkeit der Bühne zuwandten, lehnte sich Eric auf seinem Stuhl zurück. Die Vorstellung wurde von einer hübschen Sängerin mit einem alten, oft adaptierten Lied eröffnet.

»Nur Mut, Männer, steht es auch eins zu zehn,
wir kehren stets heim als Gentlemen.
Unsere Flagge hissend ziehen wir fort
über die Hügel an einen fernen Ort!«

Während das Publikum den Refrain mitsang, weilte Eric selbst an einem fernen Ort und dachte darüber nach, was er bisher in Erfahrung gebracht hatte.

Es war in der Tat seltsam, dass in den Londoner Zeitungen nichts über Emily Angs Verschwinden gestanden hatte. Eine Chinesin, die von einem englischen Landsitz verschwand … man hätte meinen sollen, dass ein gewisses makaberes Interesse an dieser Geschichte bestanden hätte, und sei es nur wegen ihres »exotischen« Beigeschmacks. Eric fragte sich, ob jemand die Sache vertuscht und dafür gesorgt hatte, dass sie über Sussex hinaus nicht bekannt wurde. Oder verschwiegen etwa auch die dortigen Zeitungen die Geschichte? Er würde es morgen herausfinden.

Am Nachmittag war er noch einmal ins British Museum zurückgekehrt, um sich seiner Fakten ganz sicher zu sein. Bei dieser Gelegenheit hatte er sich auch noch einmal die Artikel bezüglich Joseph Davis angesehen, des Clubmitglieds, das angeblich in Eastbourne von einem Landungssteg gestürzt war. Wenn er für eine kleine Auszeit nach Eastbourne gefahren war, hätte es doch viel länger dauern müssen, bis ihn jemand als vermisst gemeldet hätte, dachte Eric. Von dieser kleinen Ungereimtheit abgesehen, war alles, was seinen Tod betraf, klar und deutlich in der Zeitung nachzulesen. Die Todesanzeige war dort abgedruckt, also hatte es vermutlich auch eine öffentliche Beisetzung gegeben. Die Polizei schien überzeugt zu sein von der Unfalltheorie, Eric hingegen immer weniger. Er hatte das ungute Gefühl, dass eventuelle nachfolgende Meldungen auf irgendeine Weise unterdrückt worden waren.

Die Umstände von Bensons Ermordung waren natürlich ebenfalls zurückgehalten worden, aber das war angesichts des Tatorts zu erwarten gewesen. Eine Einrichtung wie der Britannia Club sicherte ihren Mitgliedern eine gewisse Diskretion zu, und Bradshaw gewährleistete, dass sie sie auch tatsächlich erhielten.

Auf der Bühne begann sich gerade ein Trio junger Damen, das die drei wichtigsten politischen Parteien des Landes verkörperte, gegenseitig in einem simulierten Streit die Kleider vom Leib zu reißen. Eric hätte sicher herzlich gelacht, hätte ihn nicht die plötzliche Erkenntnis getroffen, dass dies nicht die Art von Unterhaltung war, die man seiner unschuldigen kleinen Schwester zumuten sollte.

Er warf einen verstohlenen Blick zu Penny hinüber und stellte fest, dass sie keineswegs schockiert war, sondern die Darbietung als großen Spaß zu betrachten schien. Norris und sie fügten der Satire sogar noch ihre eigenen spöttischen Kommentare hinzu. Eric dankte dem Himmel dafür, dass Penny so ein vernünftiges, unkompliziertes Mädchen war. Er fragte sich, was Helen von dieser Art der Unterhaltung gehalten hätte. Sie machte einen ernsten, melancholischen Eindruck, aber das lag womöglich nur an dem schmerzlichen Verlust, den sie gerade erlitten hatte. Er sah wieder ihr Gesicht vor sich, das im Schatten des Friedhofstors weiß geleuchtet hatte.

Mrs. Benson, ermahnte sich Eric. Nicht Helen.

Über Pennys Schulter hinweg sah Eric plötzlich eine vertraut wirkende, weißbärtige Gestalt zur Schwingtür gehen. Es war Bradshaw, und er blickte sich um, als halte er nach Zeugen Ausschau. Norris hatte erwähnt, dass Bradshaw Verbindungen zu diesem Theater unterhielt.

Eric runzelte die Stirn. Bradshaw?

Davis war ebenfalls Mitglied des Britannia Clubs gewesen, Bradshaw musste ihn also gekannt haben. Wenn Bradshaw Meldungen bezüglich Bensons Ableben zurückgehalten hatte, hatte er womöglich dasselbe bei Davis getan. Bei wem sonst noch? Offensichtlich nicht bei dem armen Robert Unwin, den die Pfadfinder drei Monate nach seinem Selbstmord aus einem Fluss gezogen hatten.

Um Eric herum brandete Applaus auf, und die drei politischen

Parteien, die mittlerweile deutlich weniger am Leib trugen, als schicklich war, bedankten sich mit einem artigen Knicks. Eric erhob sich wie alle anderen von seinem Stuhl und klatschte. Er tat es halbherzig, denn er begann, sich zu fragen, wie weit Bradshaws Einfluss tatsächlich reichte, und was er mit diesem Einfluss alles anstellte.

»Das waren mal politische Machtkämpfe nach meinem Geschmack«, witzelte Norris.

»Ich glaube, ich habe vorhin Bradshaw dort hinten gesehen«, sagte Eric betont beiläufig. »Er schien nicht wegen der Vorstellung hier zu sein. Ich frage mich, was er sonst hier will.«

»Der alte Bursche schaut sich nie die Vorstellung an. Er kommt, um sich mit Breuleux, dem Geschäftsführer, über Politik zu unterhalten. Furchtbar langweiliges Gerede. Ich verstehe wirklich nicht, warum sich jemand, der von hübschen Tänzerinnen umringt ist, mit Politik aufhält …«

»Vielleicht will er eine politisch interessierte Tänzerin beeindrucken«, mutmaßte Penny.

»Dann wäre er ein Idiot. Ich selbst überlasse die Politik liebend gerne anderen. Wenn der Britannia Club keinen Gentleman aus mir gemacht hätte, müsste ich noch nicht einmal wählen gehen.« Das entsprach nicht ganz der Realität. Seit 1918 besaßen alle Engländer über einundzwanzig Jahren das Wahlrecht. Aber Norris war jemand, der sich für eine gute Pointe auch mal die Wahrheit zurechtbog.

Eric beobachtete die Schwingtür noch eine Weile und beugte sich dann zu Penny hinüber, um ihr zuzuflüstern: »Kannst du Norris eine Weile beschäftigen? Ich werde mal nachsehen, was Bradshaw so treibt.«

Eric entschuldigte sich und schlängelte sich so unauffällig wie möglich zwischen den Tischen hindurch zur Schwingtür. Ein Blick über die Schulter verriet ihm, dass seine Schwester dabei war, Norris in ein angeregtes Gespräch zu verwickeln. Penny hatte weit mehr Witz und Verstand zu bieten, als sie anfänglich preisgab. Norris würde Mühe haben, mit ihr Schritt zu halten.

Jenseits der Schwingtür befand sich ein Flur. Von einem offenen Durchgang am einen Ende hörte Eric das Klirren von Flaschen und Gläsern herüberschallen; am anderen Ende des Flurs führte eine Treppe nach oben. Wenige Schritte von Eric entfernt war eine schlichte Holztür mit der Aufschrift »Geschäftsführer«, zu der er lautlos schlich. Dahinter hörte er Stimmen, und er bemühte sich um den Anschein unbekümmerter Untätigkeit, während er sich neben der Tür an die Wand lehnte und lauschte. Er hoffte, dass er auf vorbeikommende Mitarbeiter wie jemand wirkte, der mit Mr. Breuleux sprechen wollte und darauf wartete, dass dieser Zeit für ihn hatte.

»Das ist wirklich eine große Erleichterung«, sagte eine Stimme mit leichtem Akzent, die, wie Eric vermutete, ebenjenem Mr. Breuleux gehörte. »Ich weiß nicht, was ich ohne dich tun würde, Jacob.«

Sie kennen sich gut genug, um sich beim Vornamen zu nennen, dachte Eric.

»Gern geschehen, Johnny.« Nun sprach zweifelsohne Bradshaw: freundlich, herzlich, väterlich. »Dass dein Laden von einem übereifrigen Polizeibeamten stillgelegt wird, ist das Letzte, was ich will, das weißt du. Der Kerl schuldet mir noch was. Er wird sich nicht in deine Angelegenheiten einmischen, wenn er weiß, was gut für ihn ist.«

»He!« Eine gewaltige Pranke landete auf Erics Schulter und zog ihn herum. Eine zweite Hand schloss sich fest um seinen Hals, stieß ihn heftig gegen die Wand und erschreckte ihn zu Tode. Die Erkenntnis, dass ihm akute körperliche Gefahr drohte, sorgte dafür, dass sich sein Instinkt einschaltete. Eric zog unwillkürlich ein Knie an und rammte es in die Bauchgegend seines Angreifers.

Niemandsland. Kriechender Nebel von der Farbe einer verschimmelten Tapete umschloss ihn und schnitt ihn von seinen Kameraden ab, wo auch immer sich diese befanden. Die Isolation löste Beklemmung in Leutnant Peterkin aus, mehr noch als die Tatsache, dass ein Deutscher – ein gesichtsloser, heimtückischer Deutscher – versuchte, ihn zu Boden zu ringen. Sein Herz raste. Er wollte verdammt sein, wenn er sich so einfach überwältigen ließ. Also stieß er seine Stirn so fest er konnte gegen die Nase des Deutschen und spürte, wie warmes Blut über seine Schläfe spritzte.

Eric knallte schmerzhaft auf den harten Holzboden, während der Kraftprotz, der ihn herumgezogen hatte, nach hinten taumelte. Verwirrt sah sich Eric um. Aus irgendeinem Grund hatte er erwartet, im Schlamm zu landen. Stattdessen sah er eine verschimmelte Tapete von der Farbe kriechenden Nebels und abgenutzte Holzdielen. Er schüttelte den Kopf, um zu sich zu kommen, woraufhin der Muskelprotz erneut einen Satz auf ihn zumachte. Wieder übernahm Erics Instinkt die Kontrolle. Leutnant Peterkin packte seinen Angreifer und nutzte dessen Schwung, um sich und ihn auf den Boden zu rollen. Sobald er die Oberhand hatte, setzte er sich rittlings auf die Brust des Deutschen …

»Peterkin!«

Zwei energische Hände umschlossen Erics Schultern und zogen ihn auf die Beine. Er schüttelte die Hände ab und blinzelte, um die ungebetenen Erinnerungen zu vertreiben. Dann nestelte er nach einem Taschentuch, um sich die Stirn abzuwischen.

Bradshaw starrte ihn mit sorgenvollem Gesicht an. Hinter ihm stand ein dunkelhaariger Mann mit rosa Fliege und einem Schnurrbart, wie man ihn sonst nur von schlechten Karikaturen chinesischer Schurken kannte, dabei war der Mann eindeutig Europäer. Erics Gegner, ein Bär von einem Mann, der fast doppelt so groß war wie er, rappelte sich mit blutiger Nase und missmutigem Gesicht vom Boden auf.

»Dieser Mistkerl hat mich angefallen, als hätte er vollkommen den Verstand verloren«, knurrte der Kraftprotz und hielt sich ein schmutziges Taschentuch an seine blutende Nase. Neugierige Kellner hatten sich vor dem Durchgang am Ende des Flurs versammelt, und der Mann mit der rosa Fliege bedeutete ihnen mit einem Winken, dass sie verschwinden sollten. Er musste Breuleux sein, der Geschäftsführer des Brolly's. Und das Brolly's war ein Varietétheater in

London, England, im Jahr 1924. Ja. Eric wusste genau, wo er war. Oder etwa nicht?

»Hab ihn beim Lauschen an der Tür erwischt«, teilte der Kraftprotz Breuleux mit. »Warum fragen Sie ihn nicht, was er dort wollte?«

Aber Breuleux beäugte Eric mit wachsender Begeisterung. »Sie sind hier, um, äh … für den Raum im ersten Stock vorzusprechen, ja? Jetzt ist ein sehr schlechter Zeitpunkt.«

Bradshaw gab ein scheinbar belustigtes Lachen von sich, doch der Blick, mit dem er Eric fixierte, war ernst. »Ich glaube nicht, dass Peterkin hier ist, um für irgendetwas vorzusprechen. Er ist Mitglied meines Clubs in St. James's und vermutlich gekommen, um mit mir zu reden. Habe ich recht, Leutnant?«

Breuleux war sichtlich enttäuscht. Eric starrte den Kraftprotz an, der immer wieder die Hände zu Fäusten ballte und ihn ebenfalls misstrauisch im Blick behielt. »Ja, so ist es. Ich sah Sie durch die Tür verschwinden und folgte Ihnen, um Sie zu begrüßen. Dabei hat mich der Kerl hier überrascht«, antwortete Eric und hoffte, dass er die qualvollen Erinnerungen, die ihn überwältigt und ungeahnte Kräfte in ihm freigesetzt hatten, nicht erklären musste. »Und da habe ich … die Nerven verloren.«

»Die Nerven verloren, sagt er!« Breuleux' Aufpasser stieß ein schroffes, bellendes Lachen aus. »Wohl eher den Verstand!«

»Das genügt, Frye«, sagte Breuleux. »Die Hintertreppe bewacht sich nicht von selbst.«

Frye murmelte noch eine unhöfliche Bemerkung vor sich hin und stapfte den Flur entlang. Breuleux blickte ihm nach und drehte sich dann zu Bradshaw um. »Das ist schon das zweite Mal diese Woche, dass einer deiner feinen Clubschnösel hier auftaucht, weil er zu dir will. Können diese Leute nicht im Club mit dir sprechen? Oder hast du dein Amt inzwischen aufgegeben?«

»Ich glaube nicht, dass der erste auch ein Clubmitglied war«, widersprach Bradshaw.

»Wer war es denn?«, fragte Eric. »Vielleicht erkenne ich ihn anhand des Namens oder der Beschreibung.«

Breuleux machte ein zweifelndes Gesicht, sagte jedoch: »Ein großer blonder Mann mit rötlichem Gesicht. Sah dämlich aus, wie ein fettes Schwein. Vorgestellt hat er sich als Rex Pellinore.«

Die äußere Beschreibung traf auf mehrere Gentlemen des Clubs zu, doch der Nachname war ungewöhnlich. Pellinore … wie König Pellinore, der Artus-Ritter, der sein Leben der Verfolgung des Questentiers gewidmet hatte – Glatisant. Eric dachte an Glatisant, Bensons Bullterrier in Sotheby Manor, und war sich ziemlich sicher, dass er wusste, wer dieser Rex Pellinore gewesen war.

Bradshaw zuckte hingegen nur ratlos mit den Schultern. »Ich mache mich weiß Gott nicht rar im Club, Breuleux. Wahrscheinlich war es nichts Wichtiges.«

Eric hätte zu gern gewusst, welche Information sich Benson – falls es wirklich Benson gewesen war – von Breuleux erhofft hatte, aber Breuleux war ganz offensichtlich nicht in der Stimmung, zu wiederholen, was er bereits Bradshaw erzählt hatte, schon gar nicht für einen Mann, der gerade einen seiner Mitarbeiter verletzt hatte. Er zog sich mit einem finalen Dankeschön an Bradshaw für nicht näher beschriebene Dienste in sein Büro zurück und schloss die Tür hinter sich.

Es war sinnlos, sich auf dem Weg durch den Zuschauerraum unterhalten zu wollen, wo selbst die Darsteller Mühe hatten, sich über den Tumult der alkoholisierten Zuschauer hinweg Gehör zu verschaffen. Also ging Eric einfach schweigend neben Bradshaw her, bis sie das Foyer im Erdgeschoss erreicht hatten.

Vielleicht hatte Benson wissen wollen, wie Bradshaw die Polizei dazu brachte wegzuschauen. Eric selbst interessierte das im Übrigen auch. Er war daran gewöhnt, Bradshaw als gütige Vaterfigur zu betrachten, aber dieser Mann besaß ganz eindeutig noch andere Gesichter. Zum einen war da der knallharte Militärausbilder, von dem jeder gehört, den jedoch nur wenige selbst erlebt hatten. Und zum anderen? Gab es noch eine weitere Facette von Bradshaw? Eric betrachtete den weißbärtigen Mann mit den sanften Augen und den rosigen Wangen prüfend und versuchte ihn sich als strengen Befehlshaber oder ausgefuchsten Strippenzieher vorzustellen. Sobald man einmal erkannt hatte, dass Bradshaw mehr als nur ein Gesicht besaß, kam man nicht mehr aus dem Grübeln heraus.

»Habe ich etwas an der Nase, Peterkin?«

»Was? Oh … Nein. Ich dachte nur gerade an etwas anderes.« Eric blinzelte, löste den Blick von Bradshaws Gesicht und sagte: »Ich bin neulich über eine alte Vermisstenmeldung in der Zeitung gestolpert, es ging um ein ehemaliges Clubmitglied namens Joseph Davis. Wenn ich mich recht erinnere, stand später in der Zeitung, es gebe eine plausible Erklärung für sein Verschwinden, weshalb die Polizei keine weiteren Nachforschungen anstelle. Das fand ich, offen gestanden, ein wenig verwunderlich, und wollte deshalb nachfragen, ob Sie vielleicht etwas darüber wissen.«

»Joseph Davis?« Bradshaw überlegte einen Moment. »Ach ja, jetzt erinnere ich mich: Er ertrank in Eastbourne, und das Ganze wurde als Unfall deklariert, nicht wahr? Tja, ich fürchte, Unfall trifft es nicht ganz. Seine Witwe fand den Abschiedsbrief erst zwei Tage später, da war die Vermisstenmeldung bereits in der Zeitung erschienen. Ich habe ihr geholfen, den Mantel des Schweigens über die Sache zu breiten und verlauten zu lassen, es sei ein Unfall gewesen. Sie wollte keinen Skandal, musst du wissen.«

»Es war nicht das erste Mal, dass Sie geholfen haben, einen Selbstmord in der Presse als Unfall darzustellen, oder?«

»Nein. Es war nicht das erste Mal. Bei einigen von uns wütet der Krieg in der Seele weiter.« Er schüttelte traurig den Kopf und warf einen Blick auf seine Uhr. »Ich muss heute Abend noch einiges im Club erledigen. Es hat länger gedauert als erwartet, bis sämtliche sichtbaren Spuren der polizeilichen Ermittlungen beseitigt waren. Ich möchte, dass ab morgen wieder alles seinen gewohnten Gang gehen kann. Wie ich gehört habe, hast du eine Einladung zu den Aldershotts erhalten?«

»Ja. Werden Sie auch dort sein?«

Bradshaw schüttelte den Kopf. »Aldershott und ich arbeiten gut zusammen, Peterkin, und auf seine ganz eigene Art ist er ein feiner Kerl. Privat passen wir leider überhaupt nicht zusammen. Aber seine Frau ist ein Schatz. Ich hoffe, du überbringst ihr meine besten Wünsche, wenn du sie siehst.«

»Das werde ich tun, keine Bange.«

»Dann gute Nacht, Leutnant Peterkin.« Bradshaw betonte die förmliche Anrede auf eine Weise, die Eric zu denken gab. Sie gaben sich die Hand, und der ältere Mann verließ das Gebäude.

Im Theater präsentierte gerade ein Zauberkünstler einem empfänglichen Publikum seine aus Staunen, Illusion und überflüssigen Ausrufezeichen bestehende Nummer. Der wie ein Äffchen grinsende Norris hatte sich als freiwilliger Assistent auf die Bühne holen lassen und nutzte die Aufmerksamkeit dazu, den Clown zu spielen. Penny bekam es kaum mit, als Eric neben ihr auf seinen Stuhl schlüpfte.

Nach der Vorstellung begleiteten die beiden Männer Penny noch zu der Freundin, bei der sie übernachtete. Sobald sich Norris verabschiedet hatte, erzählte Eric seiner Schwester, was sich im rückwärtigen Flur des Brolly's abgespielt hatte. Ihr Kommentar lautete, dass sie sich offenbar einen sehr schlechten Zeitpunkt für ihren Besuch in London ausgesucht hatte. »Du warst fast die gesamte Vorstellung verschwunden. Wenn Patch nicht gewesen wäre …«

»Patch?«

»Patrick.«

»Nicht mal seine engsten Freunde nennen ihn so!«

»Tja, dann scheine ich wohl wirklich etwas Besonderes zu sein. Was denn? Man hat einen Heidenspaß mit ihm! Und erzähl mir nicht, du hättest plötzlich etwas dagegen, dass ich mich mit ihm amüsiere. Du schienst ganz zufrieden darüber zu sein, dass er mich abgelenkt hat, während du deinen eigenen Gedanken nachhingst.

Wenn du es genau wissen willst, sind wir morgen Nachmittag für den Londoner Zoo verabredet. Ich verschiebe meine Weiterreise nach Cambridge auf Samstagfrüh.«

»Was? Du änderst deine Wochenendpläne für Norris?«

»Wenn du vorhin im Theater besser zugehört hättest, wüsstest du das bereits. Meine Güte, Eric, du siehst aus, als wolltest du einen Mord begehen! Ich kann sehr gut auf mich selbst aufpassen.«

»Dein Wort in Gottes Ohr, Penny.«

Penny gab ihm einen schwesterlichen Kuss auf die Wange und bedachte ihn mit einem nachsichtigen Lächeln. »Mach du dir mal keine Sorgen um mich, Eric. Setz dich in deinen Stammsessel im Club und lies dein Manuskript zu Ende ... Oder schmiede meinetwegen Mordpläne, solange der arme Patch nicht das Opfer ist. Ich komme schon zurecht.«

Eric erzählte ihr lieber nichts von der kurzen, intensiven Erinnerung, die ihn überkommen hatte, dem qualvollen Moment, als er wieder im Niemandsland gewesen war, verloren im Nebel. Man las manchmal von ehemaligen Soldaten, die von solcherlei Erinnerungen überwältigt wurden und unter ihrem Einfluss die schrecklichsten Dinge taten, ohne sich ihrer bewusst zu sein. Eric war nur ein Jahr an der Front gewesen; andere, beispielsweise Wolfe oder Aldershott, hatten ganze vier Jahre dort verbracht und schienen bei voller geistiger Gesundheit zu sein. Dass er selbst offenbar nicht so unbeschadet geblieben war, verletzte Erics Stolz mehr als jede von Wolfes Beleidigungen. Während er langsam nach Hause weiterging, traf er einen Entschluss: Dieses Aufblitzen der Vergangenheit war ein einmaliger Ausrutscher gewesen. Es würde nicht noch einmal vorkommen.

DIE SUSSEXER ZEITUNGEN

Aus dem Chichester Observer
vom 23. Juli 1918:

FRAU AUS KRIEGSHOSPITAL VERSCHWUNDEN

Die Polizei von Chichester sucht nach dem Verbleib einer gewissen Emily Siew Pin Ang, 26 Jahre alt, die am Sonntag, den 20. Juli, im Laufe des Nachmittags aus Chichester verschwand. Miss Ang, gebürtig aus der Provinz Fujian in China, war als Zimmermädchen auf dem Landsitz Sotheby Manor angestellt. Sie wird von allen als hart arbeitende, unbescholtene junge Frau mit aufgewecktem, fröhlichem Charakter beschrieben.

Sotheby Manor, das sich nahe der Ortschaft Wexford Crossing befindet, fungiert derzeit als Kriegshospital unter der Leitung von Sir Andrew Sotheby. Miss Ang musste häufig bei der Arbeit der Pflegekräfte mitwirken, eine Erweiterung ihrer Pflichten, die sie klaglos auf sich nahm.

»Man hätte sich keine bessere Angestellte wünschen können«, sagt Sir Andrew Sotheby über Miss Ang. »Sie war außergewöhnlich zuverlässig und vertrauenswürdig. Alle Hausangestellten mochten sie. Es war untypisch für sie, zu spät zur Arbeit zu erscheinen, geschweige denn, überhaupt nicht aufzutauchen. Als uns klar wurde, dass sie nicht von ihrem freien

Tag zurückgekehrt war, wussten wir, dass etwas Schreckliches passiert sein musste.«

Man weiß, dass Miss Ang Sotheby Manor am Morgen des 20. Juli verließ und den Omnibus von Wexford Crossing nach Chichester nahm, was sie an allen ihren freien Tagen tat. Der Vorstand des dortigen Bahnhofs, Mr. Reginald Stokes, erinnert sich, sie auch an jenem Tag gesehen zu haben.

»Sie war die einzige Chinesin weit und breit, deshalb ist sie mir immer aufgefallen«, berichtet Mr. Stokes.

Miss Ang wurde zuletzt in Begleitung eines finster wirkenden Mannes gesehen, der einen grünen Crossley fuhr. Die beiden tranken Tee im Hammer and Anvil, einer Gaststätte in der Nähe des Bahnhofs, wo Zeugen Miss Angs Begleiter als zunehmend erregt und an der Schwelle zur Aggression beschrieben. Nach einem kurzen Streit, bei dem Miss Ang ihrem Widerstreben Ausdruck verlieh, mit ihm das Lokal zu verlassen, fuhren beide im Wagen des Mannes davon.

Besagter Mann wird als durchschnittlich groß beschrieben, zwischen 25 und 35 Jahre alt, mit dunklen Haaren und einem ungepflegten Bart. Den Augenzeugen zufolge war er sehr nachlässig gekleidet. Laut Mr. Stokes, dem Bahnhofsvorstand, wirkte er nicht wie jemand, der ein eigenes Automobil besitzt, was nahelegt, dass das Fahrzeug gestohlen war.

Eine weiße Feder blieb auf dem Tisch zurück, nachdem Miss Ang und ihr Begleiter das Hammer and Anvil verlassen hatten. Weiße Federn werden oft von patriotischen Frauen an junge, gesunde Männer verteilt, die ihrer Pflicht gegenüber der englischen Krone nicht nachkommen und sich nicht für den Kriegseinsatz melden. Es wird angenommen, dass der Mann bei seiner Ankunft in Chichester eine solche Feder überreicht bekam.

Miss Angs Körpergröße wird auf etwa 1,60 m und ihr Gewicht auf gut fünfzig Kilo geschätzt. Sie hat schwarze Haare, dunkle Augen und bis auf ihre Rassezugehörigkeit keinerlei besondere Merkmale. Als sie zuletzt gesehen wurde, trug sie ein dunkelbraunes Kleid mit weißem Kragen und weißen Bündchen, einen hellbraunen Mantel, ein braunes Hütchen mit breiter Krempe und weißem Zierband sowie schwarze Lederschuhe mit niedrigem Absatz.

Weiterführende Informationen, die dazu beitragen könnten, Miss Emily Ang ausfindig zu machen, mögen bitte der Polizei in Chichester gemeldet werden.

Aus dem Chichester Observer
vom 16. Mai 1922:

NICHT IDENTIFIZIERTES SKELETT IN BRUTON WOOD GEFUNDEN

Zwei Spaziergängerinnen machten gestern eine schaurige Entdeckung in Bruton Wood, als sie mehrere Meter von einem Waldweg entfernt ein menschliches Skelett in einem ungekennzeichneten flachen Grab fanden.

Mrs. Winifred Jones, 34, und ihre Tochter Clara, 9, aus Singleton, Sussex, waren im nahe gelegenen Bruton Wood spazieren gegangen und hatten gerade eine Pause eingelegt, um zu picknicken. Es war Clara, die zuerst entdeckte, was sich als menschlicher Schädel herausstellte. Er lag halb vergraben im Dreck, vermutlich ausgebuddelt von einem Tier. Mutter und Tochter ließen sofort ihr Picknick liegen und eilten zurück nach Singleton, um ihre Entdeckung der Polizei zu melden.

»Clara ist ein tapferes Mädchen«, sagt Mrs. Jones über ihre Tochter, »aber ich mache mir trotzdem Sorgen, welche Auswirkungen diese entsetzliche Erfahrung auf sie haben könnte.«

Miss Clara Jones hingegen hat uns gegenüber den Wunsch geäußert, eines Tages Archäologie zu studieren.

In der Nähe des Schädels wurde anschließend auch der Rest des Skeletts ausgegraben. Es wies keine äußeren Merkmale auf, die die Identifizierung erleichtern könnten, und es wurden auch keine erkennungsdienlichen Gegenstände im Grab gefunden. Vermutlich stammt das Skelett von einer Frau zwischen zwanzig und dreißig, die nicht größer als 1,62 m war. Der Fall wurde der Polizei von Chichester übergeben, die aufgrund der Art der Bestattung von Fremdeinwirkung ausgeht.

Dr. Timothy Grey, der zuständige Gerichtsmediziner, wurde mit der Ermittlung der Todesursache beauftragt und davon ausgehend mit der Entscheidung, ob weiterführende Ermittlungen aufzunehmen sind.

»Es ist noch zu früh für ein abschließendes Urteil, aber ich gehe mit einiger Sicherheit davon aus, dass es sich um einen Mordfall handelt«, sagt Dr. Grey. »Die Tatsache, dass das Skelett überhaupt vergraben war, weist auf eine involvierte zweite Person hin, und das Fehlen persönlicher Gegenstände legt nahe, dass die Verstorbene dieser entledigt wurde, bevor sie verscharrt wurde. Für beides kann ich beim besten Willen keine harmlose Erklärung erkennen.«

Dr. Grey versichert, dass das Skelett aus Bruton Wood schon längere Zeit in der Erde gelegen habe und daher nicht von einem in der Gegend frei herumlaufenden Mörder auszugehen sei.

Wir werden natürlich trotzdem von jeder weiteren Entwicklung berichten.

Doch es tauchten keine weiteren Meldungen mehr über den Fall auf. Sowohl der Bericht über Emily Angs Verschwinden als auch der Artikel über das gefundene Skelett verhallten einfach im Nichts, ohne Anzeichen dafür, dass sie irgendjemand miteinander in Verbindung gebracht haben könnte.

Eric legte die beiden Zeitungen offen vor sich hin und lehnte sich nachdenklich zurück. Das Licht des späten Vormittags strömte von der Montague Street in den Zeitungslesesaal, und der Geruch nach starkem Kaffee schien sich in der abgewetzten Jacke des älteren Exzentrikers am Nebentisch festgesetzt zu haben.

Eric ahnte, dass es sich bei dem Mann im grünen Crossley um Saxon gehandelt haben könnte. Nachdem er Saxons Handschrift mit den aus Emily Angs Personalakte entnommenen Notizpapierfetzen abgeglichen hatte, wusste er bereits, dass Saxon an jenem Tag in Sotheby Manor gewesen war. Und er hatte bei Bensons Beerdigung gesehen, dass Saxon einen grünen Crossley fuhr. Als Mitglied des Britannia Clubs musste Saxon als Soldat gedient haben, aber die im Artikel erwähnte Feder war vermutlich ohnehin nicht aussagekräftig. Es gab zahllose Soldaten, die in Zivilkleidung – beispielsweise während eines Heimaturlaubs – weiße Federn überreicht bekommen hatten, in der irrtümlichen Annahme, sie trügen nichts zu den britischen Kriegsanstrengungen bei. Eric selbst hatte nie dieses Problem gehabt, da er zu fremdländisch aussah, um zur Zielscheibe der Federbrigade zu werden.

Wenn der Mann im grünen Crossley tatsächlich Saxon gewesen war, war es verdächtig, dass er sich nach Emily Angs Vermisstenanzeige nicht bei der Polizei gemeldet hatte.

Das Skelett von Bruton Wood wiederum war mindestens so sehr wegen der im Artikel unerwähnten Aspekte interessant wie wegen der erwähnten. Wie konnte es in Anbetracht des Verdachts des Gerichtsmediziners keine weiteren Entwicklungen gegeben haben? Vielleicht hatte die Polizei nicht zugeben wollen, dass sie vom Schlimmsten ausging, um die Bevölkerung nicht weiter zu verängstigen. Dennoch: Eric spürte auch hier jenes Muster aus Geheimhaltung und unterdrückten Meldungen, das er schon von der Joseph-Davis-Geschichte kannte und von den anderen vermeintlichen »Unfällen«, über die Bradshaw – wie er ja offen zugegeben hatte – den Mantel des Schweigens gebreitet hatte. Er fragte sich, welches

Interesse jemand damals gehabt haben konnte, weiterführende Entwicklungen bezüglich des Bruton-Wood-Skeletts geheim zu halten.

Was war nach der gerichtsmedizinischen Untersuchung mit dem Skelett geschehen? Eric ahnte, dass er um einen Besuch bei dem genannten Dr. Timothy Grey nicht herumkommen würde. Aber vorher stand die Abendeinladung bei den Aldershotts an. Eric wusste bereits, dass Bradshaw nicht daran teilnehmen würde, doch wie stand es mit Saxon? Möglicherweise lohnte es sich, herauszufinden, was der über die ganze Sache dachte.

III

DINNER

Martha Aldershott stand zwischen Zimmerfarnen im Salon ihres Hauses, in einem ägyptisch inspirierten seidenen Futteralkleid, das subtil schmeichelnd ihre Kurven umspielte. Mehrere Mohnblumen waren an einem Träger ihres Kleides befestigt – echte Blüten, wie Eric nach näherer Betrachtung feststellte, obwohl er geglaubt hatte, dass es um diese Jahreszeit keine Mohnblumen mehr gäbe. Die Dame des Hauses bildete den einzigen Farbklecks in einem Wald aus schwarzen Krawatten und Jacketts. Die Gästeliste für das heutige Dinner umfasste nur die übrigen Clubvorstände und Eric selbst. Von Bradshaw wusste Eric bereits, dass er die Einladung ausgeschlagen hatte.

»Mein lieber Mr. Peterkin!«, rief Mrs. Aldershott und eilte ihm entgegen, um ihn willkommen zu heißen. »Was für eine Freude! Wie ich sehe, haben Sie sich eine Mohnblume der Haig-Stiftung für Ihr Revers besorgt!«

Hinter ihr gab Edward Aldershott seine stocksteife Haltung für einen Moment auf, um ihm anerkennend zuzunicken. Eric sandte ein stummes Dankesgebet zum Himmel. Zum Glück hatte er sich die Mühe gemacht, sich über die Gepflogenheiten seiner Gastgeber zu informieren. Er hatte erfahren, dass die Aldershotts engagierte Unterstützer der Haig-Stiftung zugunsten ehemaliger Soldaten waren und sogar einmal Lord Haig persönlich dazu bewogen hatten, bei einem ähnlichen Dinner für seine wohltätige Arbeit zu werben. Da sich bald der Tag des Waffenstillstands jährte, war es Eric klug erschienen, sich für den heutigen Anlass eine Mohnblume anzustecken.

Während Mrs. Aldershott ihm einen Gin Tonic einschenkte, sah sich Eric im Salon um. Er war viktorianisch eingerichtet, mit einer grün-goldenen Tapete, die gut zu den dunklen, schweren Polstermöbeln passte. Die Vorhänge, auch sie dunkel und schwer, waren zugezogen und sperrten die Nacht aus, die feuchtkalt und neblig zu werden drohte. Vor dem dichten Nebel dieser Jahreszeit war man selbst im wohlhabenden Mayfair nicht gefeit. Alles in allem erzeugte die Einrichtung ein beengendes Gefühl. In einer Ecke stand ein glänzendes Klavier, und dahinter lugte ein Radioempfänger der British Broadcasting Company hervor. Ein Grammophon erfüllte den Raum mit den Klängen von Gershwins »Rhapsody in Blue«, einem modernen Stück, das erst vor wenigen Monaten aufgenommen worden war und nicht recht zu der ansonsten biederen, erdrückenden Umgebung passen wollte. Für Eric kam die Musik einem frischen Atemzug gleich, genau wie Mrs. Aldershotts anmutiger Anblick inmitten all der Männer in dunklen, steifen Anzügen.

Wolfe und Saxon waren bereits da und hielten so viel Abstand voneinander wie möglich. Wolfe nippte hin und wieder an seinem Getränk und war so tadellos gekleidet wie immer. Auch Saxons Anzug war unverkennbar teuer gewesen, aber er hatte es geschafft, geistesabwesend seine Fliege vom Hals zu lösen und sein Revers mit einem Spritzer Limonade aus dem Glas in seiner Hand zu bekleckern.

Norris traf direkt nach Eric ein. Er sah sich mit wachsender Enttäuschung im Salon um, vergeblich nach weiblichen Gästen Ausschau haltend. »Ich glaube, der Abend wird deutlich langweiliger als erwartet«, flüsterte er Eric zu. Nachdem er den Nachmittag mit Penny Peterkin verbracht hatte, dachte Norris offenbar, Eric sei nun sein bester Freund.

»Das Ganze muss irgendetwas mit Bensons Ermordung zu tun haben«, flüsterte Eric zurück. »Ein anderer Grund, uns alle außerhalb des Clubs zu versammeln, fällt mir beim besten Willen nicht ein. Ich frage mich nur, was Aldershott damit bezweckt.«

»Wahrscheinlich will er die Sache ohne Beteiligung der Behörden regeln. Bradshaw färbt offenbar mehr auf ihn ab, als ich dachte.«

Bradshaw schien tatsächlich Experte darin zu sein, gewisse Dinge unter Verschluss zu halten. Das machte ihn zum perfekten Komplizen, wie Eric nicht zum ersten Mal dachte.

»Wir sollten wirklich öfter hier zusammenkommen, um unsere Clubangelegenheiten zu besprechen«, sagte Aldershott, als er Norris seinen Aperitif brachte. »Dann könnte ich mir die Mühe sparen, aus dem Haus zu gehen, und euch alle einfach hinauswerfen, wenn etwas nicht so läuft, wie ich es mir vorstelle.«

»Und ich hätte keine ruhige Minute mehr«, wehrte Mrs. Aldershott lachend ab.

»Unsere Sitzungen würden nur noch fünf Minuten dauern, und wir wissen alle, wie unglücklich dich das machen würde, Edward«, witzelte Norris.

Bevor Aldershott etwas entgegnen konnte, warf Saxon ein: »Du planst doch irgendetwas, Aldershott. Hat es mit Bradshaw zu tun?«

»Nein, Bradshaw war auch eingeladen, wollte aber nicht kommen.« Aldershott zwickte sich verärgert in die Nasenwurzel. »Ich hatte gehofft, alle zusammenzutrommeln, die in diese schreckliche Geschichte involviert waren – diesen Mord, meine ich. Das Beste, was wir jetzt tun können, ist doch, uns zusammenzuschließen, nicht wahr?«

Hatte Aldershott gerade einen Kreis um die möglichen Verdächtigen gezogen? Wollte er etwa andeuten, der Mörder befände sich höchstwahrscheinlich hier und jetzt in diesem Raum?

»Wenn du alle versammeln willst, die von der Sache betroffen sind, fehlt außer Bradshaw noch der alte Getreue«, merkte Norris an. »Genau wie die beiden Bediensteten der Nachtschicht und Inspektor Parker.«

»Ach, die brauchen wir doch nicht, vor allem nicht Parker. Das wird kein Polizeiverhör. Nichts, was hier gesagt wird, verlässt diesen Raum.« An dieser Stelle bedachte Aldershott alle Anwesenden mit einem strengen Blick, der besonders lange auf Eric verweilte.

Mrs. Aldershott verdrehte die Augen. »Ihr Männer und eure Spielchen«, murmelte sie.

Eric fragte sich, ob ihr die Tragweite dessen, was ihr Mann gerade gesagt hatte, bewusst war. Saxon hatte aufgehört, an seiner Limonade zu nippen, und sah sich argwöhnisch nach allen Seiten um, und selbst Norris wirkte ernster als sonst.

Nur Wolfe schien die Sache als Witz aufzufassen. »Bilden wir also eine Art Miniatur-Völkerbund mit allen möglichen albernen Regeln, die uns davon abhalten sollen, aufeinander loszugehen?«, fragte er. »Ich reserviere schon mal Großbritannien für mich, und ich vermute mal, unser lieber Peterkin wird Japan darstellen. Also los, wir sollten einen Eid schwören.« Er hob sein Glas. »Ich schwöre bei diesem Gin, dass ich das arme Schwein nicht um die Ecke gebracht habe. Natürlich habe ich kein Alibi, weshalb ihr einfach auf mein Wort als Gentleman vertrauen müsst.«

»Als Gentleman!«, rief Norris, ermutigt von Wolfes Heiterkeit. »Und worauf soll sich ein armer Gauner wie ich berufen?«

»Darauf, dass er als Verdächtiger zu offensichtlich ist, um es tatsächlich getan zu haben.« Wolfe drehte sich unvermittelt zu Mrs. Aldershott um. »Wo waren Sie eigentlich am Abend des vierundzwanzigsten Oktober, Mrs. Aldershott?«

»Wolfe!«, herrschte Aldershott ihn an, aber seine Frau lachte nur.

»Ich habe darauf gewartet, dass mein lieber Mann nach Hause kommt«, antwortete sie. »All die Unterlagen, die er unter der Woche im Club braucht, müssen irgendwann wieder in sein eigentliches Büro zurückbefördert werden. Behauptet er zumindest. Sollte er ein besseres Alibi haben, kratze ich ihr die Augen aus.«

»Ich war allein zu Hause«, sagte Eric schnell, bevor Aldershott protestieren konnte und der Alibi-Runde damit womöglich ein Ende bereitete. »Was ist mit Ihnen, Saxon?«

»Auch allein zu Hause«, knurrte Saxon. Sein Blick schoss zu Aldershott. »Du hast das heutige Treffen am nötigsten, nicht wahr? Schlüssel für den Club, Zahlenkombination zum Tresorraum … dein Brieföffner in Bensons Kehle. Sieht ganz danach aus, als hättest du am meisten davon, wenn die Sache einfach unter den Teppich gekehrt wird.«

Aldershotts Augen verengten sich zu wütenden Schlitzen, und für einen Moment glaubte Eric, er werde Saxon sein Glas an den Kopf werfen. Doch Aldershott trank es nur leer und sagte: »Das beweist gar nichts. Falls doch, dann höchstens das Gegenteil: Als ob ich mein persönliches Eigentum dazu verwenden würde, einen Mord zu begehen! Sollte ich jemals etwas Derartiges versuchen, wäre ich ganz sicher schlau genug, eine Mordwaffe auszuwählen, die sich nicht zu mir zurückverfolgen lässt.«

»Es gibt so etwas wie einen doppelten Bluff«, wandte Norris mit einem schelmischen Grinsen ein. »In dem Fall würde ich sagen, dass Wolfe unser Mann ist. Erinnerst du dich? Auge in Auge mit einem deutschen Spähtrupp, in der Unterzahl und einen halb toten Kameraden zwischen uns schleppend? Und du behauptest rotzfrech, wir wären deutsche Blessiertenträger und würden nur deshalb britische Uniformen tragen, weil wir sie englischen Toten ausgezogen hätten, um nahe genug an die britische Frontlinie zu gelangen, um unsere deutschen Toten zu bergen. Wie hast du es noch mal ausgedrückt? ›Wenn ich wirklich Engländer wäre, würde ich dann in einer britischen Uniform auf dich zumarschieren, du Trottel? Nein, ich wäre ein Spion und würde eine deutsche Uniform tragen, ist doch klar!‹« Norris lachte. »Mich wundert bis heute, dass sie dir geglaubt haben!«

»Natürlich haben sie mir geglaubt«, erwiderte Wolfe. »Mein Deutsch ist astrein, wohingegen dein Akzent zum Heulen ist und dein Vokabular nicht einmal an das eines Kleinkindes heranreicht. Hättest du damals den Mund aufgemacht, wären wir auf der Stelle erschossen worden.«

Es wurde reihum gelacht, und die Anspannung legte sich ein

wenig. Aldershott nutzte die Gelegenheit und erklärte: »Es geht mir nicht darum, irgendjemanden zu beschuldigen. Jede Wette, dass der Täter ein Einbrecher war, den Benson auf frischer Tat ertappte – mein Büro war schließlich auch aufgebrochen und durchwühlt. Nein, ich will darauf hinaus, dass schwere Zeiten auf uns zukommen, die wir gemeinsam durchstehen müssen. Keiner von uns hat ein wasserdichtes Alibi. Man wird uns nacheinander verdächtigen, und wenn das passiert, müssen wir wissen, auf wen wir zählen können. Versteht ihr?«

Als die anderen zögerten, klatschte Mrs. Aldershott in die Hände. »Das hast du schön gesagt. Und jetzt, Gentlemen, begeben wir uns besser zu Tisch, bevor mir mein Koch den Kopf abreißt, weil das Essen kalt wird.«

Sie tranken ihre Aperitifs aus, und Eric fiel auf, dass Saxon die anderen immer noch argwöhnisch beobachtete. Aldershotts Behauptung, er halte einen Einbrecher für den Täter, mochte einige Anwesende zufriedengestellt haben, aber zumindest eine Person im Raum wusste nur zu gut, dass das Thema damit noch nicht erledigt war.

Das Speisezimmer war ein gleichermaßen viktorianisch anmutender Raum, in dem sogar noch mehr Farne in Töpfen herumstanden. Auch hier schlossen schwere grün-goldene Vorhänge die Außenwelt aus. Das einzige Zugeständnis an die Moderne war der elektrisch betriebene Kronleuchter. Aldershott nahm am Kopfende des Tisches Platz und sah durch und durch wie der Vorsitzende einer Vorstandssitzung aus, während sich seine Frau ans gegenüberliegende Ende setzte. Saxon saß zur Linken von Mrs. Aldershott und Wolfe zu ihrer Rechten. Eric war neben Wolfe platziert worden, direkt gegenüber von Norris, was bedeutete, dass Saxon schräg gegenüber von ihm saß und gerade noch erkennbar war über der üppig mit Mohnblumen bestückten Vase, die die Tischdekoration darstellte.

Während die Suppe serviert wurde, blickte Norris zwischen Mrs. Aldershott und der Vase hin und her. »Mohnblumen!«, rief er. »Ich hatte keine Ahnung, dass Sie so gerne Mohnblumen mögen! Unser guter Peterkin scheint den richtigen Riecher gehabt zu haben. Hätte ich das gewusst, hätte ich auch eine Mohnblume der Haig-Stiftung mitgebracht.«

»Künstliche Blumen.« Wolfe rümpfte die Nase. »Wohl kaum das Niveau eines Gentleman.« Er sah Eric an und fügte hinzu: »Allerdings ist die Farbe Rot in einigen Kulturen äußerst glückverheißend, soweit ich weiß.«

»Ich hoffe, du trägst wenigstens am Tag des Waffenstillstands eine Mohnblume am Revers, Wolfe«, ergriff Aldershott unverhofft Partei für Eric.

Eric analysierte unterdessen unauffällig seine Suppe, eine sämige, mild gewürzte Pilzsuppe. Wäre sie vergiftet gewesen, hätte der Koch sie sicher stärker gewürzt, um den Geschmack des Gifts zu überdecken.

»Ich finde, die Mohnblume ist wirklich ein bemerkenswertes Symbol«, schwärmte Mrs. Aldershott. »Es begann alles mit einem kanadischen Gedicht, von dem sich eine Amerikanerin inspiriert fühlte, die wiederum eine Französin inspirierte, was damit endete, dass Lord Haig die Mohnblume für seine Stiftung übernahm. Die ganze Welt, vereint hinter der Mohnblume als Symbol des Gedenkens.«

»Das ist ja alles schön und gut«, knurrte Wolfe, »aber manche von uns würden den Krieg lieber vergessen.«

Dieser Kommentar brachte ihm einen strengen Blick von Aldershott und einen bestürzten Aufschrei von dessen Gattin ein. Norris schien hin- und hergerissen zu sein. Eric fragte sich, ob auch er es vorzog, den Krieg für immer zu vergessen. Saxon schlürfte unterdessen selbstvergessen seine Suppe.

»Ich behaupte nicht, dass die Erinnerung an den Krieg angenehm ist«, stellte Mrs. Aldershott klar und straffte die Schultern. Als Lazarettschwester, die jeden Tag zahlreiche Krisensituationen zu meistern hatte, war sie eine ernst zu nehmende Autorität gewesen, da war sich Eric sicher. »Aber das Gedenken hilft uns, zu erkennen, was wir falsch gemacht haben, und unsere Fehler nicht zu wiederholen. Natürlich will auch ich keine einzige Minute des Krieges noch einmal erleben! Allein, wenn ich daran zurückdenke … diese ganzen Verwundeten, diese vielen Reihen mit Feldbetten, auf denen Männer mit Gasvergiftungen lagen …«

»Martha!« Aldershott schien das Gedenken lediglich als theoretischen Begriff gutzuheißen, jedoch nichts davon zu halten, die grausamen Einzelheiten wiederaufleben zu lassen.

»*Du* weißt doch am allerbesten, wie schrecklich das alles war«, sagte Mrs. Aldershott. Ihr Mann starrte sie finster an.

»Wir wussten alle, worauf wir uns einließen«, sagte Wolfe im Tonfall beiläufiger Gelassenheit, aber Eric fiel auf, dass er es sorgsam vermied, irgendjemandem in die Augen zu sehen. »Niemand meldet sich für den Kriegseinsatz, ohne sich der Gefahren bewusst zu sein.«

»Das mag auf dich zutreffen, Wolfe«, erwiderte Norris grinsend. »Ich wurde eingezogen, und alles, was ich vom Krieg wusste, stammte von Kipling.«

Konnten eingezogene Soldaten zum Offizier aufsteigen, oder nahm es Norris erneut nicht so genau mit der Wahrheit?

»Tja, zum Glück ist das alles vorbei«, seufzte Mrs. Aldershott. »Ich verstehe wirklich nicht, warum man ihn ›den Großen Krieg‹ nennt. Er war so schrecklich, dass niemand auch nur den Gedanken an einen weiteren Krieg erträgt. Wir haben einen hohen Preis für unseren Frieden bezahlt, und wir werden alle zusammen dafür sorgen, dass er fortbesteht.«

»Ach ja, der Völkerbund, Präsident Wilsons Vierzehn-Punkte-Programm und dieser ganze Blödsinn«, sagte Wolfe verächtlich. »Ich meine mich zu entsinnen, dass es in den Jahren seither mehrere baltische Aufstände und eine Rebellion in Jordanien gab, funktioniert also prima, das Programm. Ansonsten werden wir lieb und nett zueinander sein, bis eins unserer Länder vor lauter Bolschewiken von innen heraus explodiert.«

»Wolfe!«, blaffte Aldershott und runzelte die Stirn. »Ich hoffe, du willst damit nicht andeuten, dass du zukünftige Generationen lieber dem aussetzen würdest, was wir durchmachen mussten.«

»Ich habe keine zukünftigen Generationen, denen ich Märchen erzählen müsste! Im Übrigen: Überleg doch mal, wie die Zusammensetzung des Clubs nach einigen Jahrzehnten weltweiten Friedens aussehen würde. Bist du etwa erpicht darauf, unsere Aufnahmeregeln zu ändern?«

»Was spielt denn das für eine Rolle?«, rief Norris und sah sich fassungslos am Tisch um. »Wir sind glücklich. Reicht das nicht? Ich habe noch nie verstanden, warum überhaupt irgendjemand in den Krieg ziehen muss. Dieses ganze nationalistische Gerede ödet mich an.«

»Und trotzdem singst du ›Herrsche, Britannia‹ lauter als jeder andere, den ich kenne«, wandte Wolfe ein.

Saxon hatte bisher kein Wort gesagt und schien voll und ganz mit seinem Essen beschäftigt zu sein. Im Moment war er Erics Hauptverdächtiger, weshalb er ihm gern direkt gegenübergesessen hätte, um ihn besser im Blick zu haben.

Erst als der vorletzte Gang abgeräumt war und alle auf den Nachtisch warteten, stand Aldershott auf und verkündete: »Ich würde gern noch einmal auf unser Gesprächsthema von vorhin zurückkommen: das unglückliche Ableben unseres Clubkameraden Benson. Keiner von uns möchte ins Visier der Polizei geraten, da bin ich mir sicher.«

»Oh, es war dir also ernst damit«, murmelte Wolfe. Lauter sagte er: »Absolut richtig.«

»Ich wage zu behaupten, dass sich einige von uns schon auf verschiedenste Weise selbst belastet haben«, fuhr Aldershott fort. »Und wir haben alle zugegeben, dass wir kein anständiges Alibi für den besagten Abend haben. Das muss aufhören. Ich glaube nicht eine Minute daran, dass einer der hier Anwesenden zu einem Mord imstande wäre, und ich werde nicht zulassen, dass die Boulevardpresse überall hinausposaunt, wir seien verrückt geworden und würden uns wie ein Haufen Wilder gegenseitig abschlachten. Wir müssen uns darüber abstimmen, was an jenem Abend passiert ist und wie jeder von uns auf seine Weise dazu beitragen kann, diese Version zu stützen. Ich weiß, dass wir Parker vertrauen können. Er ist einer von uns. Aber wir müssen ihm trotzdem eine plausible Geschichte liefern.«

Uns darüber abstimmen, was passiert ist. Das klang zunächst gut, und Eric hätte sicher applaudiert, wäre nicht schmerzhaft offensichtlich gewesen, dass Aldershott damit nicht »die Wahrheit feststellen« meinte, sondern »uns auf eine Geschichte festlegen«. Was dachten die anderen? Wolfe wirkte gelangweilt, Norris fasziniert. Und Saxon hatte erneut nach seiner Gabel gegriffen und spielte so verbissen daran herum, dass man Angst bekam, sie könnte zwischen seinen Fingern zerbrechen.

Mrs. Aldershott quittierte die Ansprache ihres Mannes mit einem gelassenen Nicken. Sie schien keinerlei Einwände zu haben.

»Der Mörder war ein Außenstehender«, wiederholte Aldershott. »Ein Einbrecher. Keiner von uns. Benson hörte ein Geräusch, ging nachsehen und wurde umgebracht, als er den Verbrecher zur Rede stellen wollte. Ich denke, das ist der wahrscheinlichste Tathergang. Sind wir uns darüber einig?«

»Versuchst du etwa, meine Rolle bei der ganzen Geschichte kleinzureden?«, fragte Wolfe und wirkte regelrecht beleidigt.

»Möchtest du lieber wegen Mordes auf der Anklagebank sitzen, Wolfe?«

»Ist das eine Drohung, Aldershott?«

»Niemand versucht, irgendetwas kleinzureden«, beschwichtigte Mrs. Aldershott. »Seien Sie doch vernünftig, Mr. Wolfe.«

»Wir tun das alles für den Britannia Club«, erklärte Aldershott und sah sich mit ernstem Gesicht in der Runde um. Seine Brille blitzte im Licht des elektrischen Kronleuchters auf, und sein Blick verharrte auf Eric, als er sagte: »Was auch immer dem Britannia

Club widerfährt, fällt auch auf uns zurück. Wir wollen doch nicht dem Ruf des Clubs schaden, oder, meine Freunde?«

»Wenn Benson einen Einbrecher in flagranti erwischt hätte, wäre er doch so etwas wie ein Held!«, meldete sich Norris zu Wort. Er machte ein Gesicht, als würde er gerade an einer Kreativsitzung mit seinem Freund, dem Bühnenautor, teilnehmen.

»So ist es.« Aldershott warf Norris einen dankbaren Blick zu. »Wir sind es Benson schuldig, dass seine Tat entsprechend gewürdigt wird!«

Eric glaubte an Saxons Blick zu erkennen, dass dieser gerade überall lieber gewesen wäre als hier.

Aldershott hob schwungvoll sein Weinglas. »Nun denn, Gentlemen. Sind wir uns alle einig darüber, was zu tun ist? Dann würde ich sagen, wir trinken auf unseren gefallenen Kameraden. Auf Benson und den Britannia Club!«

Norris und Mrs. Aldershott erhoben ohne zu zögern ihre Gläser. »Auf Benson und den Britannia Club!« Saxon schien sich zu einer Entscheidung durchgerungen zu haben und hielt ebenfalls sein Glas hoch, sagte jedoch nichts.

»Ja, doch.« Wolfe verdrehte die Augen und schloss sich widerwillig an. »Auf das, was sich zu feiern lohnt: auf den Britannia Club.«

Das schien Aldershott zufriedenzustellen. Norris, der bereits das halbe Glas in sich hineingeschüttet hatte, leerte nun auch noch den Rest, bevor ihm aufging, dass außer ihm bisher noch niemand an seinem Glas genippt hatte. Alle Blicke richteten sich auf Eric.

Eric hob sein Glas. »Ja, auf den Britannia Club. Aber sind wir uns denn wirklich sicher, dass sich die Geschichte mit dem Einbrecher so zugetragen hat?«

»Was spielt das für eine Rolle?«, fragte Aldershott ungehalten. »Diese Geschichte ist genauso wahrscheinlich wie jede andere.«

»Was ich meine, ist: Wir würden unser Ehrenwort als Gentlemen geben, dass es so passiert ist, nicht wahr? Was bedeutet das für uns, wenn sich später herausstellt, dass es doch nicht die Wahrheit ist?«

»Um Himmels willen, es weiß doch niemand irgendetwas mit absoluter Sicherheit!«, rief Mrs. Aldershott. »Wichtig ist nur, dass man es für wahr genug hält, um dahinterstehen zu können.«

Saxon stellte leise sein Glas ab. Eric hob seins erneut. »Also, auf Benson. Er war einer von uns. Andererseits: Wenn er wirklich einer von uns war, sind wir es ihm dann nicht wenigstens schuldig, Ordnung in seine mit dem Club zusammenhängenden Angelegenheiten zu bringen?«

»Selbstverständlich!«, fuhr ihn Aldershott an. »Was meinen Sie, was Bradshaw die ganze Woche getan hat?«

»Die Gegenstände aus seinem Schließfach, Aldershott. Sie hatten mit irgendeiner den Club betreffenden Angelegenheit zu tun.«

»Wenn wir wüssten, worum es bei diesem ganzen Mist ging, würden wir vielleicht etwas diesbezüglich unternehmen!«

»Du schlachtest diese Sache wirklich bis zum Letzten aus, was, Eric?«, meldete sich Wolfe affektiert zu Wort.

Mrs. Aldershott seufzte und drängte dann: »Beeilen Sie sich doch bitte, Mr. Peterkin. Ich kann mein Glas nicht ewig hochhalten.«

Norris, der sein Glas inzwischen zum zweiten Mal geleert hatte, füllte es wieder auf.

Eric war sich sicher, dass er inmitten all der ungeduldigen Gesichter ein kaum merkliches Kopfnicken von Saxon wahrnahm, der noch nicht wieder nach seinem Glas gegriffen hatte. Interessant.

»Also gut«, sagte Eric und hob abermals sein Glas. »Auf den Britannia Club. Auf Benson.« Er überlegte einen langen Moment und fügte dann hinzu: »Und auf Emily Ang.«

Eric und Wolfe waren die Einzigen, die tranken. Saxon starrte Eric nur an, Norris verschluckte sich an seinem Wein, und Mrs. Aldershott war in der Bewegung erstarrt und so bleich geworden wie ihr Kleid. Aldershott knallte sein Glas so heftig auf den Tisch, dass der Wein auf die Tischdecke schwappte, und brüllte: »Zum Teufel noch mal, Peterkin!«

Es gibt Momente, in denen man sich unzivilisiert benehmen und hemmungslos mit Kraftausdrücken um sich werfen möchte – jedoch nicht kann. Einen solchen Moment durchlebte offenbar Aldershott, der hochrot angelaufen war vor ohnmächtiger Wut.

»Emily war meine Schwester«, sagte Mrs. Aldershott in die aufgeladene Stille hinein. Eric starrte sie überrascht an. Ihre *Schwester*? Das machte aus dem einfachen Dienstmädchen, für das er Emily bisher gehalten hatte, im Handumdrehen eine Angehörige der englischen Oberschicht. »Was hat das zu bedeuten, Mr. Peterkin?«, unterbrach Mrs. Aldershott seine Gedanken. »Woher wissen Sie von Emily? Ich verstehe das alles nicht.«

Nachdem sich Eric wieder einigermaßen gefangen hatte, erklärte er: »Benson war auf der Suche nach ihr, und Parker …«

»Unsinn!«, schimpfte Aldershott. »Benson war nichts dergleichen, und Sie, Peterkin, regen meine Frau unnötig auf!«

»Ausgerechnet jetzt wirst du plötzlich ritterlich, oder wie?«, schnauzte ihn Mrs. Aldershott an, bevor sie sich wieder Eric zuwandte. »Ja, Emily war meine Adoptivschwester. Wir sind zusammen aufgewachsen und haben gemeinsam die Schwesternausbildung in Netley absolviert. Während des Krieges ist sie verschwunden, und niemand weiß, was mit ihr passiert ist. Dass Benson sie damals sehr mochte, wusste ich – mehr als sie ihn –, aber ich dachte, er hätte sie inzwischen vergessen. Wenn er wirklich nach ihr gesucht hat, möchte ich zu gerne wissen, warum mir niemand davon erzählt hat!«

Eric hörte ihr nur noch mit halbem Ohr zu. Die Anspannung im Raum wurde immer greifbarer. Aldershott war jetzt fuchsteufelswild, das war nicht zu übersehen. Eric konzentrierte sich trotzdem ganz auf Saxon. »Saxon«, sagte er, »kannten Sie Emily Ang?«

Saxons Antwort war schlicht und direkt: »Ja.«

»Natürlich kannte Oliver Emily«, sagte Mrs. Aldershott. »Wir haben ja alle unsere Kindheit zusammen verbracht.«

Eric hielt den Blick weiter auf Saxon gerichtet. »Haben Sie sie je in Sotheby Manor besucht?«

»Ja.«

Eric hatte erwartet, dass Saxon den Besuch leugnete. Die Notizpapierstreifen aus Emilys Personalakte waren in seiner Tasche, und er war bereit gewesen, sie angesichts der erwarteten Lüge auf den Tisch zu werfen. Saxons freimütiges Ja nahm ihm den Wind aus den Segeln.

»Das reicht jetzt!«, bellte Aldershott, bevor Eric weitere Fragen stellen konnte. »Peterkin, Sie sind kein Polizeibeamter, also benehmen Sie sich nicht so! Es ist nicht Ihre Aufgabe, diesen Mordfall aufzuklären.«

»Sie sagten, wir sollten uns darüber abstimmen, was an jenem Abend vorgefallen ist«, erinnerte ihn Eric. »Und dass wir es Benson schuldig seien, seine mit dem Club zusammenhängenden Angelegenheiten zu regeln.«

»Wir sprechen uns später noch«, fauchte Aldershott. »Jetzt halten Sie erst einmal Ihren erbärmlichen Mischlingsmund …«

»Edward!« Mrs. Aldershott brachte ihn mit einem bösen Blick zum Schweigen und wandte sich dann an Eric. »Ich bitte um Entschuldigung, Mr. Peterkin. Wir haben alle eine anstrengende Woche hinter uns.«

»Dilettant«, murmelte Wolfe und lachte leise. Aldershott starrte ihn grimmig an.

Eric versicherte Mrs. Aldershott, dass er es ihrem Mann nicht übelnehme. Er hatte wichtigere Dinge, über die er nachdenken musste. Jedenfalls hatte Aldershotts kleine Entgleisung dafür gesorgt, dass die Anspannung ein wenig gelockert wurde, und so blieb es allen erspart, das Dessert in peinlich berührtem Schweigen einzunehmen.

PORTWEIN, ABER KEINE ZIGARRE

Aldershott schob Eric in sein Arbeitszimmer und dort auf einen Stuhl. Er knallte die Tür zu, schloss sie ab und steckte den Schlüssel in seine Tasche. Von allen Seiten starrten die Glasaugen ausgestopfter Tierköpfe auf Eric herunter. Über der Tür spreizte ein Kondor die Flügel und warf gezackte Schatten an die Wand. In einer Ecke erspähte Eric einen Gewehrschrank mit Glasfront, in dem drei gut geölte Gewehre und eine deutsche Pistole ausgestellt waren – eine Mauser C96, die sogenannte »Rote Neun« mit der typischen roten 9 im Griff, zweifelsohne ein Souvenir aus dem Krieg. Aldershott wirkte auf Eric eigentlich nicht wie jemand, der Großwild jagte oder Waffen sammelte, aber man wusste nie.

Auf Aldershotts Schreibtisch lag ein Brieföffner, der genauso aussah wie jener, der in Bensons Kehle gesteckt hatte: ein stählerner Dolch mit schmaler Klinge und verziertem Messinggriff. Eric hätte gern danach gegriffen, um ihn sich näher anzusehen, aber Aldershott kam mit großen Schritten auf ihn zu, bevor er aufstehen konnte.

»Also, raus mit der Sprache«, forderte Aldershott und baute sich drohend vor Eric auf. »Was soll diese Sache mit Emily Ang? Sie hat nichts mit Bensons Ermordung zu tun.«

»Woher kannten Sie sie dann?«

»Sie hat für Sir Andrew Sotheby gearbeitet, der ein enger Freund von mir war. Natürlich wusste ich, wer sie war.« Aldershott zupfte mit sichtlichem Unbehagen an seinem Kragen und riss sich dann mit einem frustrierten Knurren die Fliege vom Hals. Der oberste Knopf seines Hemds flog ab, und der gestärkte Kragen klappte auf. Das Ganze wäre womöglich komisch gewesen, wären nicht auf diese Weise die Senfgasnarben an Aldershotts Hals zum Vorschein gekommen, die sonst immer unter seinen hohen Hemdkragen verborgen waren. Jetzt trat das wie geschmolzen wirkende Fleisch offen zutage.

»Nun ja, Benson war auf der Suche nach ihr«, sagte Eric und versuchte, seinen Blick von den Narben loszureißen, die sich Aldershotts Hals hinunterzogen und in dessen Hemd verschwanden. »Und jetzt ist Benson tot. Deshalb sieht es momentan ganz danach aus, als gäbe es eine gewisse Verbindung.«

»Hat Benson Ihnen das so gesagt – dass er auf der Suche nach ihr war?«

»Nicht in diesem Wortlaut, nein.« Eric überlegte, wie viel er von seinen bisherigen Erkenntnissen preisgeben sollte. Er war in dem Glauben hergekommen, dass Aldershott höchstens oberflächlich mit Emily Angs Verschwinden oder Bensons Ermordung zu tun hatte, aber Aldershotts wütende Reaktion schien auf etwas anderes hinzudeuten. »Benson besaß eine Fotografie von Emily«, sagte er vorsichtig. »Und die ist jetzt verschwunden. Meiner Ansicht nach muss es daher eine Verbindung geben.«

Aldershott zündete sich mit zitternden Fingern eine Zigarette an und warf das Streichholz beiseite. »Das ist doch alles ewig her, verdammt noch mal! Schnee von gestern. Es gefällt mir gar nicht, dass diese Sache jetzt wieder aufgewärmt wird. Martha gibt sich stärker, als sie ist. Sie hat sich immer schon verantwortlich gefühlt für diese Ang und wird das alles nicht gut verkraften.«

»Vor einigen Jahren wurde ein Skelett in Bruton Wood gefunden …«

»Das hat überhaupt nichts mit Emily Ang zu tun!« Aldershott beugte sich vor und stützte die Hände auf die Armlehnen von Erics Stuhl, sodass dieser darin gefangen war. Die zwischen seinen

Zähnen steckende Zigarette befand sich nur wenige Zentimeter von Erics Gesicht entfernt, und Eric musste sich zur Seite lehnen, damit sie ihm nicht die Nase verbrannte. Unterhalb von Aldershotts Kinn machte das vernarbte Gewebe jede Bewegung seines Kehlkopfes mit. »Ist Ihnen noch nie der Gedanke gekommen, dass sie freiwillig fortgegangen sein könnte und einfach nicht gefunden werden möchte? Sir Andrew hat mir erzählt, dass sie schwanger war.«

»Was?«

»Ja. Eine unverheiratete Frau.« Aldershott schien jedes Wort zu genießen. »Er hat es nicht in ihrer Personalakte vermerkt, aus Rücksicht auf den armen Trottel, der sie später vielleicht zur rechtschaffenen Frau machen würde. Aber er hat mir von ihrer Schwangerschaft erzählt. Wenn sie weglief, dann vermutlich, um ihre Schande zu verbergen.«

Konnte Benson der Vater des Kindes gewesen sein? Eric wollte seinen Verdacht nicht äußern, aus Respekt vor der Frau, die später Mrs. Benson geworden war. Dennoch … wenn es stimmte, was Aldershott gerade erzählt hatte, konnte die Identität des Kindsvaters für die Suche nach dem Mörder von großer Bedeutung sein.

Aldershott richtete sich auf und lehnte sich an seinen Schreibtisch. Erics Überraschung schien seine Selbstsicherheit zumindest teilweise wiederhergestellt zu haben. »Dutzende schneidige junge Soldaten waren als Patienten in Sotheby Manor. Ich bin mir sicher, dass Miss Ang mehr als einen von ihnen ›getröstet‹ hat. Wissen Sie, als der Royal Pavilion in Brighton als Hospital für indische Soldaten genutzt wurde, gab es strenge Regeln, was den Umgang zwischen indischen Patienten und ihren englischen Krankenschwestern anging. Vielleicht hätten wir ähnliche Regeln im Umgang zwischen englischen Patienten und ausländischen Schwestern einführen sollen.«

Eric sprang empört auf die Füße, doch Aldershott schnappte sich den Brieföffner und richtete ihn auf Eric. »Hinsetzen, Peterkin!«, blaffte er.

Eric ließ sich zurück auf den Stuhl sinken und beäugte argwöhnisch die Spitze von Aldershotts Brieföffner. War auch Benson aufgebraust, um Emily zu verteidigen, und hatte deshalb einen Dolch in den Hals gerammt bekommen?

»Sie war so ausländisch, wie ich es bin«, murmelte Eric.

»Ja«, bestätigte Aldershott und senkte den Blick auf seinen Brieföffner. »Das war sie in der Tat.«

Eric lief rot an.

»Für Martha ist sie immer noch ein Unschuldsengel, strahlend und arglos«, fuhr Aldershott fort und unterstrich jedes Wort mit einer Bewegung seines Brieföffners. »Sie weiß nichts von Emilys Schwangerschaft. Ich verbiete Ihnen, weiter in der Sache herumzuwühlen, und ich verbiete Ihnen auch, meiner Frau die Wahrheit über ihre Adoptivschwester zu erzählen. Ist das klar?«

»Aber …«

»Ich warne Sie, Peterkin!«

»Wie ist dann …«

»Lassen Sie es sein!«

Eric holte tief Luft. »Horatio Parker. Was hat er mit alldem zu tun?«

»Gar nichts!« Aldershott erhob sich von der Schreibtischkante und funkelte Eric an.

Es klopfte an der Tür. Ohne Eric aus den Augen zu lassen schob sich Aldershott an dessen Stuhl vorbei, um die Tür aufzuschließen und einen Spaltbreit zu öffnen. Mrs. Aldershott stieß sie auf und kam herein.

»Ich bin gerade fertig mit Peterkin, Martha«, sagte Aldershott und bedeutete Eric, dass er gehen konnte. »Was gibt es denn?«

»Ich würde gern selbst ein paar Worte mit Mr. Peterkin wechseln, Edward. Unter vier Augen, wenn ich bitten darf.«

Aldershott schnaubte entrüstet, warf den Brieföffner auf seinen Schreibtisch und rauschte hinaus, wobei er die Tür hinter sich zuknallte. Der Brieföffner rutschte über den Tisch und landete auf dem Boden.

Mrs. Aldershott seufzte und bückte sich, um den Brieföffner und den abgesprungenen Hemdknopf aufzuheben. »Mein Mann ist leicht erregbar. Ich werde wohl alle meine Überredungskünste aufbieten müssen, damit Sie uns wieder als Gast beehren, Mr. Peterkin.«

»Halb so schlimm.« Aldershott hatte vor irgendetwas panische Angst, und dieser Gedanke verschaffte Eric eine gewisse Genugtuung. Gleichzeitig wusste er, dass wilde Tiere am gefährlichsten waren, wenn sie Angst hatten.

»Sie scheinen sich recht sicher zu sein, dass Emilys Verschwinden etwas mit Bensons Tod zu tun hat«, kam Mrs. Aldershott auf ihr Anliegen zu sprechen. »Ich wünschte, ich hätte früher von seinem Vorhaben erfahren. Dann hätte ich ihm gern geholfen. Andererseits bin ich ihm bis zum Abend vor seiner Ermordung nie persönlich begegnet, und da ist er so schnell mit Oliver verschwunden. Wenn Sie sein Anliegen für ihn weiterführen wollen, wünsche ich Ihnen viel Glück!«

Sie ging zum Fenster und zog die Vorhänge auf. Gelblich-grauer Nebel verhüllte die Straße, und sie rümpfte angewidert die Nase, bevor sie die Vorhänge wieder schloss. Ihre Geste schien die Atmosphäre trotzdem ein wenig aufgehellt zu haben. Eric spürte, wie er sich innerlich entspannte.

»Sie erzählten vorhin, Emily sei Ihre Schwester gewesen«, sagte er. »Wie kam es dazu?«

Mrs. Aldershott schwieg eine Minute. Sie setzte sich auf den Stuhl, von dem Eric aufgestanden war, und antwortete schließlich: »Meine Eltern waren Missionare in China, Mr. Peterkin. Ich verbrachte einen Großteil meiner Kindheit in einem Dorf im ländlichen Fujian, als einziges europäisches Kind weit und breit.« Sie spähte zu ihm nach oben. »Ich könnte mir vorstellen, dass Sie selbst ganz gut wissen, wie das ist.«

»Meine Mutter war zwar Chinesin, aber ich bin in Indien aufgewachsen.«

»Wie es ist, nicht dazuzugehören, meinte ich. Wie auch immer, ich sollte keine Mutmaßungen anstellen.« Sie kehrte zum Thema Emily Ang zurück: »Wir waren natürlich ein wenig wohlhabender als die übrigen Dorfbewohner. Als Emilys Eltern starben, nahmen meine Eltern sie auf und zogen sie an meiner Seite groß. Ich glaube, sie war nur als Spielkameradin für ein sehr einsames englisches Mädchen gedacht, doch mit der Zeit wurden wir wie richtige Schwestern. Als wir nach England zurückkehrten, kam Emily mit uns; und als ich von zu Hause fortging, um Krankenschwester zu werden, begleitete mich Emily. Der einzige Unterschied zwischen uns bestand darin, dass ich Lazarettschwester werden und sie in zivilen Hospitälern arbeiten wollte. Dann begann der Krieg. Ich wurde nach Flandern versetzt, und Emily ging nach Sotheby Manor.«

Mrs. Aldershott hielt mit wehmütigem Blick inne. Wenn jenseits der Tür weiter getrunken und gefeiert wurde, war jedenfalls nichts davon zu hören; Eric vernahm nur das Ticken der Uhr hinter Aldershotts Schreibtisch. Mit leiser Stimme fuhr Mrs. Aldershott fort: »Es kamen so viele meiner männlichen Verwandten im Kriegseinsatz ums Leben, aber bei Emily dachte ich, sie wäre in Sicherheit. Ihr Verschwinden war … eine von vielen Tragödien. Ich weiß nicht, ob ich je Gelegenheit hatte, richtig darüber nachzudenken. Das ist das Grausame, wenn Menschen verschwinden, Mr. Peterkin: Man betrachtet sie nicht wirklich als tot und trauert deshalb auch nicht anständig um sie. Und dann, Jahre später, wird einem klar, dass man sie doch von Anfang an als tot empfunden hat. Zum Trauern ist es dann zu spät. Wenn ich heute zurückblicke, frage ich mich, ob ich nicht mit aller Kraft hätte versuchen müssen, ihrem Verschwinden auf den Grund zu gehen.«

Eric nickte mitfühlend. Martha Aldershott schien die Tragödien in ihrem Leben nur deshalb so gut verkraftet zu haben, weil sie schlicht und ergreifend keine Zeit gehabt hatte, ihnen lange nachzuhängen. »Ich war am Dienstag in Sotheby Manor«, erzählte er, »und dort herrschte Unklarheit darüber, ob Emily damals Dienstmädchen oder Krankenschwester war …«

»Ach, diese Sache.« Mrs. Aldershott verzog das Gesicht und stand auf. »Sir Andrew Sotheby hatte nicht das Recht, sie so herabzuwürdigen. Ich war furchtbar wütend, als ich davon erfuhr. Allerdings musste ich es zwischen den Zeilen lesen, weil sie immer alles geschluckt hat und sich mir gegenüber niemals über ihre Situation beschwert hätte. In ihren Briefen gab sie sich tapfer, aber ich entdeckte dennoch Hinweise auf ihren Kummer … Von Flandern aus konnte ich nichts dagegen unternehmen, deshalb schrieb ich meinem Cousin Oliver und bat ihn nachzuforschen. Er hat Emily immer sehr gemocht, auf seine eigene, verschlossene Art. Er fuhr also hin, um sich umzuhören, und schrieb mir zurück, dass es genauso sei, wie ich vermutet hätte. Aber als ich endlich Heimaturlaub bekam, war es zu spät. Da war sie bereits verschwunden.« Sie seufzte schwer.

»Ihr Cousin war also auf Ihre Initiative dort?« Das erklärte, warum er Emilys Personalakte so genau unter die Lupe genommen hatte. Er hatte herausfinden wollen, ob es ihr gut ging, und zu diesem Zweck auch eruiert, wie Sir Andrew Sotheby sie behandelte. Doch dessen Missachtung ihrer Schwesternausbildung war offenbar nicht der einzige Grund für Emilys Kummer gewesen. Wenn Aldershott vorhin die Wahrheit gesagt hatte, hatte sie ein uneheliches Kind unter dem Herzen getragen.

»Ja. Und es klang, als hätte er Sir Andrew gehörig den Marsch geblasen. Wenn Oliver wütend wird, achtet er nicht mehr darauf, was er sagt. Wobei es Sir Andrew Sotheby vermutlich verdient hatte.«

»Wenn Ihr Cousin Emily gernhatte«, sagte Eric nachdenklich, »will er doch wahrscheinlich auch wissen, was damals mit ihr passiert ist.« Konnte es etwa sein, dass sich sein Hauptverdächtiger als Verbündeter herausstellte?

Doch Mrs. Aldershott schüttelte den Kopf. »Ich habe immer mehr den Eindruck, dass Oliver die Mordermittlungen und damit auch das Wiederaufrollen von Emilys Verschwinden am liebsten noch im Keim ersticken möchte. Dabei sieht ihm das gar nicht ähnlich. Er hat sich noch nie Gedanken darum gemacht, welche Konsequenzen etwas für ihn haben könnte. Ihm ist nur wichtig, dass er tut, was er für richtig hält. Norris machte vorhin übrigens auch den Anschein, als wäre er Olivers Meinung. Aber Norris war schon immer ein Mensch, der sich keinen Deut um das Gewitter von gestern schert, solange heute die Sonne scheint. Mr. Peterkin, Oliver ist trotz all seiner Fehler immer noch mein Cousin, und ich sehe uns drei noch als Kinder vor mir – Oliver, Emily und mich: wie wir durch den Garten flitzten, uns Geheimnisse erzählten, über unsere Zukunftspläne sprachen. Der Gedanke, dass Oliver irgendwie … beteiligt sein könnte an Emilys damaligem Schicksal, schmerzt mich zutiefst. Tja, irgendwann wird die Wahrheit ans Licht kommen, wie man so schön sagt.«

Mrs. Aldershott eilte mit gesenktem Kopf aus dem Arbeitszimmer und ließ Eric grübelnd zurück.

Es gab also eine harmlose Erklärung für Saxons Anwesenheit in Sotheby Manor. Eric war sich beinahe sicher gewesen, dass Saxon Emily auf dem Gewissen hatte. Mrs. Aldershotts Schilderung hatte alles geändert, genau wie Aldershotts merkwürdiges Verhalten. Seine wütende Reaktion hatte Eric vollkommen überrascht und in ihm die Überzeugung geweckt, dass der Clubpräsident etwas verbarg, was mit Emily Ang und später mit Bensons Ermordung zu tun hatte. Erics bisherige Erkenntnisse waren vollkommen auf den Kopf gestellt worden.

Die Neuigkeit, dass Emily schwanger gewesen war, gab ihm am meisten zu denken. Wer konnte der Vater ihres ungeborenen Kindes gewesen sein?

Er wartete noch ein oder zwei Minuten in Aldershotts Arbeitszimmer, halb damit rechnend, dass entweder Norris oder Saxon oder beide zusammen hereinkamen und ihm die Meinung sagten. Als keiner der beiden auftauchte, wagte sich Eric in den Salon zurück.

Aldershott, der sein Hemd wieder zugeknöpft hatte, beäugte ihn finster aus einer Ecke. Er stand vollkommen reglos da, eine graue Statue, die das Geschehen überwachte, sich jedoch abseits hielt.

Norris versuchte unterdessen tapfer, die Runde mit einem fröhlichen Klavierstück aufzuheitern, hatte jedoch nur bedingt Erfolg damit.

Wolfe, der mit seinen Gedanken ganz bei der Musik und nicht bei irgendwelchen ungelösten Rätseln aus der Vergangenheit war, sagte: »Eine faszinierende Komposition. Ich weiß, dass ich sie schon einmal gehört habe. Erst heute Morgen. Sie kann also nicht von dir stammen.«

»Oh doch«, widersprach Norris und hörte abrupt auf, zu spielen. »Ich habe sie erst gestern fertig geschrieben. Hier siehst du es!« Er hielt die zerknitterte Partitur mitsamt Tintenflecken und gekritzelten Anmerkungen hoch.

»Ich finde das Stück entzückend«, schwärmte Mrs. Aldershott nachdrücklich. »Und ich kann es kaum erwarten, es im Theater zu hören!«

Das schien Norris zu besänftigen. Eric hatte ihn noch nie aufgebracht oder verärgert erlebt. Wolfe besaß wirklich eine Begabung dafür, Menschen in Rage zu versetzen. Hinter seiner unbekümmerten Fassade war Norris eben immer noch ein sensibler Künstler, dessen Stolz leicht zu verletzen war.

»Das kann ich ebenfalls kaum erwarten«, murmelte Wolfe. »Hoffentlich lerne ich dann auch den wahren Komponisten kennen.«

Nach diesem Kommentar ließ sich Norris durch kein Flehen mehr dazu bewegen, weiterzuspielen. Er stopfte die Partitur in seine Aktentasche, brachte gerade noch eine höfliche Verabschiedung an die Aldershotts zustande und stapfte hinaus.

Nun konnte selbst Mortimer Wolfes weltgewandter Charme den Abend nicht mehr retten – zumal er nicht gewillt schien, diesen einzusetzen. Angesichts seiner Spitzzüngigkeit gegenüber Norris war wohl ohnehin anzunehmen, dass ihm an einer Rettung des Abends nicht gelegen war. Und tatsächlich entschuldigte sich Wolfe einige

Minuten nach Norris' überstürztem Aufbruch, und Eric folgte seinem Beispiel und verabschiedete sich höflich, aber eilig.

London war in einen undurchdringlichen, grünlich-gelben Nebel gehüllt, als Eric aus dem Haus der Aldershotts trat. Mayfair war ein wohlhabendes Viertel, und als Eric am frühen Abend eingetroffen war, hatten die imposanten Backsteinfassaden um ihn herum aufgeragt wie die Wände einer Schlucht. Jetzt war nichts mehr davon zu sehen. Die Häuser waren kaum noch erkennbar, dunkle Konturen jenseits der Nebelschleier, und in der Luft hing der penetrante Geruch nach Schwefel. »Erbsensuppen-Nebel«, sagten die Londoner zu diesem beklemmenden Phänomen, bei dem man kaum noch die Hand vor Augen sah.

Wolfe stand einige Häuser entfernt neben einem Laternenpfahl, an der Ecke zu einer etwas stärker frequentierten Straße. Er winkte Eric zur Lichtinsel der Laterne hinüber. Die Frontscheinwerfer eines vorbeifahrenden Motorrades tauchten die beiden Männer vorübergehend in grelles weißes Licht, bevor die Maschine wieder in der nebligen Dunkelheit verschwand.

»Hast es auch nicht mehr länger ausgehalten, was? Natürlich nicht. Keine Ahnung, was Aldershott sich dabei gedacht hat, uns sogenannte ›Verdächtige‹ bei sich zu Hause zu versammeln. Gegenseitige Unterstützung, von wegen! Wahrscheinlich saß der Mörder mit am Tisch.«

»Oder er steht hier unter dem Laternenpfahl.«

Wolfe warf ihm einen verächtlichen Blick zu und knurrte: »Sag du es mir, Peterkin. Überraschenderweise bist du doch derjenige, der die ganzen schlauen Fragen stellt. Also: Erzähl mir, was du denkst.«

»Wenn Emily Ang, wie Mrs. Aldershott sagt, ihre Adoptivschwester war, gibt es eine Verbindung zwischen Emily und Aldershott. Und eine Verbindung zwischen Emily und Saxon. Wie sieht es mit dir und Norris aus? Kanntest du sie?«

»Ich war im ständigen Morphiumrausch. Als die Ärzte das Zeug endlich absetzten, war sie bereits verschwunden.«

»Du warst also vor Ort, als es passierte. Und Norris?«

»Hat sich kränker gestellt, als er war, damit sich die hübschen Schwestern um ihn scharten. Der Mann ist eine echte Landplage, Peterkin. Ich hoffe, du hast ihn nicht in die Nähe deiner Schwester gelassen.«

Eric hatte den Verdacht, dass Wolfe längst von ihrem Besuch im Brolly's wusste. Die beiläufige Bemerkung über Norris' Beliebtheit bei den Schwestern brachte Eric ins Grübeln. Er begann, sich zu fragen, ob Norris der Vater von Emily Angs ungeborenem Kind gewesen sein könnte. Um Pennys willen hoffte er inständig, dass dem nicht so war.

Ein gedrungener Beardmore mit kurzer Front kam langsam aus dem Nebel gerollt. Sein stotternder Motor und seine der stark eingeschränkten Sicht geschuldete Langsamkeit ließen ihn noch gespenstischer wirken. Eric hielt das Automobil irrtümlich für ein Taxi und hob die Hand, doch es fuhr unbeirrt weiter. Dann ertönte plötzlich ein lauter, explosionsartiger Knall – offenbar eine Fehlzündung. Im selben Moment wurde Eric bäuchlings zu Boden geworfen und spürte Wolfes volles Gewicht auf seinem Rücken.

Ihm blieb keine Zeit, erschrocken zu sein. Er reagierte instinktiv und bäumte sich auf, schüttelte den Angreifer ab und rollte über den schmutzigen Boden, um sich in Abwehrhaltung hinzukauern. Sein Kontrahent nahm eine ähnlich defensive Haltung ein, richtete seine Aufmerksamkeit jedoch nicht auf Eric, sondern suchte den Nebel nach der Ursache für den Knall ab. Die Ursache war die Fehlzündung eines vorbeifahrenden Automobils, das lag klar auf der Hand. Der Angreifer – Wolfe, natürlich war es Wolfe, wer hätte es sonst sein sollen? – hatte mit dem Rücken zur Straße gestanden und es deshalb übersehen. Wolfes Gesicht war hart und sein Blick wild, sein üblicher gleichgültiger, arroganter Ausdruck und das spöttische Grinsen waren verschwunden. Eric glaubte sogar kurzzeitig, panische Angst in seinen Zügen aufflackern zu sehen.

Eric stand langsam vom Boden auf. »Wolfe«, sagte er beruhigend.

»Wolfe! Das war nur eine Fehlzündung. Ich habe ein Auto vorbeifahren sehen.«

Wolfe blinzelte und starrte Eric an, als würde er ihn zum ersten Mal sehen. Langsam rappelte er sich auf und klopfte sich ab. Eric entging nicht, dass ihn jede Bewegung große Mühe zu kosten schien. Wolfe holte tief Luft, kniff die Augen zu, riss sie wieder auf und holte erneut Luft. Dann warf er einen missbilligenden Blick auf Erics Mantel, der zerknittert war von ihrem kurzen Handgemenge. »Also wirklich, Peterkin«, sagte er abfällig. »Mit dir kann man sich nirgendwo blicken lassen.«

Eric ließ zu, dass Wolfe seinen Mantel wieder in Form brachte. Er hatte gewusst, dass einige Mitglieder des Britannia Clubs schreckhaft waren und laute Geräusche nicht ertrugen, doch es war das erste Mal, dass er eine Panikreaktion buchstäblich hautnah mitbekommen hatte.

Auf Wolfes Winken hin kam ein Taxi angefahren und hielt neben ihnen am Straßenrand. »Gute Nacht, Peterkin«, sagte Wolfe und stieg ein, als wäre nicht das Geringste passiert. »Ich würde dir ja Glück dabei wünschen, herauszufinden, wie ich in den Tresorraum eingebrochen bin, aber es läge wohl mehr in meinem Interesse, dir das Gegenteil zu wünschen.« Die Taxitür schloss sich hinter ihm, und er war fort.

Eric sah das Taxi im Nebel verschwinden und lehnte sich gegen den Laternenpfahl, um noch einmal Revue passieren zu lassen, was er an diesem Abend erfahren hatte. Ihm schwirrte der Kopf. Er musste sich unbedingt bei nächster Gelegenheit alles aufschreiben.

Eigenartig, dachte er und betrachtete den Laternenpfahl genauer. An der Seite war eine Schramme, von der er sicher war, dass sie vor einigen Minuten noch nicht da gewesen war.

Es war also doch keine Fehlzündung gewesen.

Während erneut ein Knall von den umliegenden Gebäuden widerhallte, warf sich Eric der Länge nach auf den Gehweg.

Jemand schoss auf ihn.

Sein Instinkt übernahm die Kontrolle. Er befand sich wieder im Krieg, steckte allein im Niemandsland fest, während Kugeln über seinen Kopf zischten und der Schlamm an seinem bäuchlings hingestreckten Körper zerrte. Sein Instinkt hatte ihn damals gerettet, und er rettete ihn auch jetzt wieder. Ohne sich dieses Gedankengangs bewusst zu sein, begriff er, dass der Schuss aus Richtung des Hauses der Aldershotts gekommen war, und unterdrückte daher jeden Impuls, dorthin zurückzurennen. Stattdessen sprang er auf und lief so schnell er konnte um die Straßenecke. Er glaubte, irgendwo hinter seinem Rücken zwei weitere Schüsse und eine Stimme zu hören, die etwas in die Dunkelheit brüllte. Das Wichtigste war jetzt, von hier wegzukommen.

Die Mohnblume der Haig-Stiftung, die sich durch die ganze Aufregung von Erics Revers gelöst hatte, segelte in den Rinnstein und verschwand.

MAYFAIR BEI NACHT

Im Zuge seiner Arbeit las Eric häufig romantische Beschreibungen des Londoner Nebels – wie er sich sanft um die Laternen rankte und ihr Licht wie einen weichen Glorienschein erstrahlen ließ, wie man sich in seiner Mitte allein fühlte, aber behütet, isoliert von der Welt und gleichzeitig von einem schützenden Kokon umhüllt.

So zumindest die verklärte Sicht einiger Schriftsteller. Seit dem Krieg konnte Eric den Nebel nicht mehr auf diese Weise betrachten, und wenn man in London auf offener Straße beschossen wurde, verlor er gänzlich seine Romantik.

Hastig umrundete Eric die Ecke eines Gebäudes, das sich etwa zwei Straßen vom Haus der Aldershotts entfernt befand, und drückte sich flach gegen die Hauswand. Der Nebel war noch dichter geworden. Eric konnte nicht weiter als zwei Meter in jede Richtung blicken und fühlte sich alles andere als beschützt vor den Gefahren der Welt. Er fühlte sich wie auf dem Präsentierteller – entblößt, mutterseelenallein und den Bedrohungen hilflos ausgeliefert, die dort irgendwo im Nebel lauerten.

Auch in Flandern war es morgens oft neblig gewesen. Dann waren Dunstschwaden übers Niemandsland gezogen und hatten den Feind unsichtbar gemacht, hatten die eigene Welt auf den Schützengraben reduziert, in dem man kauerte, auf einen Streifen aufgewühlten Schlamms jenseits des Stacheldrahts. Einer von Erics Unteroffizieren hatte angemerkt, dass Londoner, die daran gewöhnt seien, im Nebel zu agieren, hier doch im Vorteil sein müssten. Blödsinn.

Der Nebel hatte damals keine Vorteile gebracht, und er brachte auch jetzt keine.

Eric atmete tief ein und unterdrückte ein Husten. Wer den Londoner Nebel verklärte, vergaß üblicherweise, dass es sich nicht nur um von der Themse heraufziehende Feuchtigkeit handelte, sondern um verunreinigte Luft von Millionen Kohlefeuern in der ganzen Stadt. Die Rußpartikel und der übrige Schmutz verliehen dem Nebel seine gelbliche Färbung und seinen manchmal beißenden Geruch. Wenn man gierig Luft holte, weil man gerade auf der Flucht vor gezielten Schüssen eine Straße entlanggerannt war, konnte das unangenehme Folgen haben.

Befand er sich immer noch in der Schusslinie? Roch er neben Ruß und Schwefel etwa auch Schießpulver?

Eric spähte um die Gebäudeecke in die wabernde Nebelsuppe. Ein Schatten zeichnete sich im gelblich-grünen Dunst ab – die Umrisse eines Mannes? Ja, dort bewegte sich eindeutig jemand auf ihn zu, eine dunkle Gestalt mit schnellem, geräuschlosem Schritt.

Eric musste an die Spähtrupps im Niemandsland zurückdenken, an Fremde in der nebligen Dunkelheit, von denen man nicht wusste, ob sie Freund oder Feind waren. Norris' Geschichte von Wolfes Bluff mit den Uniformen erschien ihm plötzlich viel glaubwürdiger. Auch Eric hatte Mühe, zu erkennen, ob die auf ihn zukommende Gestalt ein harmloser Passant war oder ein Attentäter, der es auf ihn abgesehen hatte.

Leise und vorsichtig zog er sich rückwärts von der Hausecke zurück, bis er sie gerade noch im Nebel erkennen konnte. Er kauerte sich hinter einen Briefkasten und wartete.

Die Gestalt ging gebeugt, wie ein Jagdhund, der eine Fährte aufgenommen hatte. Sie erreichte die Gebäudeecke und spähte in alle Richtungen. Dies war nicht nur ein achtsamer Passant, dies war jemand, der aktiv nach etwas – oder jemandem – suchte. Eric schob eine Hand in die Hosentasche, und seine Finger schlossen sich um eine Münze. Er zog sie heraus und warf sie in die entgegengesetzte

Richtung. Sie gab ein leises Klimpern von sich, als sie auf dem Gehweg aufkam, und die Gestalt wirbelte erschrocken herum. Eric zog sich so weit er konnte in den Schatten des Briefkastens zurück. Normalerweise hätte der ihn nur ungenügend vor Blicken geschützt, aber die Dunkelheit und der Nebel waren nun doch noch zu seinen Verbündeten geworden.

Die Gestalt ging nur einen halben Meter vom Briefkasten entfernt vorbei. Eric hatte gerade genug Zeit, den Mann zu identifizieren – Saxon! –, bevor er den Arm ausstreckte, ihn am Schlafittchen packte und nach unten zog. Dankbar für seine Infanterieausbildung griff er mit der freien Hand nach Saxons rechter Hand, in der er die Schusswaffe vermutete.

Saxon stieß einen entrüsteten Schrei aus und warf sich herum, sodass Eric gegen die nahe Hauswand geschleudert wurde. Der Aufprall nahm ihm die Luft. Saxon entzog sich seinem Griff, und Eric wich gerade noch rechtzeitig zur Seite aus, um nicht von einem Schnappmesser aufgespießt zu werden.

Ein Messer. Keine Schusswaffe.

Eric erwischte Saxon beim Handgelenk, bevor dieser erneut zustechen konnte. Die beiden Männer rangen eine angespannte Minute miteinander, dann schaffte es Eric endlich, Saxons Hand gegen die Wand zu schlagen. Das Schnappmesser fiel aus Saxons Fingern und landete klappernd auf dem Gehweg. Eric stellte den Absatz seines Schuhs auf die Klinge und stieß Saxon heftig von sich weg. Nachdem dieser der Länge nach zu Boden gestürzt war, hob er abwehrend den Arm und rief: »Nicht schießen!«

Eric stand keuchend da und sog den unangenehmen, nach Schwefel stinkenden Nebel in seine Lunge. Die vor ihm liegende Gestalt legte nichts von dem Benehmen an den Tag, das man von einem feindlichen Angreifer erwarten würde. Wer auch immer der gescheiterte Attentäter war, es war nicht Saxon.

Eric entspannte sich ein wenig und streckte die Hand aus. »Keine Angst, ich werde Sie nicht erschießen, Saxon. Stehen Sie auf.«

Saxon stand mit misstrauischem Blick vom Boden auf, ohne Erics Hilfe in Anspruch zu nehmen. Sein ohnehin schon zerknittertes Äußeres hatte durch die Konfrontation noch weiter gelitten. Er wirkte eher wie ein Hafenarbeiter, den man in einen Smoking gesteckt hatte, als wie ein Angehöriger des niederen Adels. Ohne Saxon aus den Augen zu lassen, hob Eric das Schnappmesser vom Boden auf und schob die schmale, zweischneidige Klinge in den Griff zurück.

»Sie sind mir gefolgt«, stellte er nüchtern fest.

»Das ist meins«, sagte Saxon und streckte Eric die Hand hin. »Geben Sie es mir zurück!«

Eric hielt das Messer von ihm weg. Das eingravierte Monogramm, der stilisierte Anfangsbuchstabe von Saxons Familiennamen, schimmerte dumpf im Licht der Laterne. »Warum sind Sie mir gefolgt?«

»Ich habe Schüsse gehört.« Saxon schien diese Erklärung für ausreichend zu halten. Erst als ihm Eric dennoch nicht das Messer zurückgab, fügte er hinzu: »Ich dachte, ich hätte den Schützen verscheucht, wer auch immer es war, aber ich war mir nicht sicher. Dieser verfluchte Nebel … Ich hörte jemanden davonrennen und lief hinterher.« Er verstummte erneut. »Sie waren derjenige, auf den geschossen wurde, oder?«

Eric hielt ihm das Schnappmesser hin. »Möglicherweise haben Sie mir vorhin das Leben gerettet, Saxon. Ich muss mich dafür entschuldigen, dass ich Sie angegriffen habe. Zu meiner Verteidigung kann ich nur vorbringen, dass ich Sie für den Schützen gehalten habe.«

Saxon schob das Schnappmesser in seine Tasche und zuckte mit den Schultern. »Lassen Sie es nicht zur Gewohnheit werden, Peterkin.«

Die schlammbespritzten Erinnerungen ans Niemandsland waren verblasst, und auch der reale Nebel begann, sich ein wenig zu lichten und weniger unheilvoll zu wirken. Was allerdings nicht bedeutete, dass die Gefahr vorüber war. Eric sah sich um und verkündete mit einer Ungezwungenheit, die er nicht empfand: »Ich muss zum Piccadilly.«

Saxon nickte und schloss sich ihm an. Sie gingen zügig nebeneinander her und beschleunigten ihre Schritte noch, nachdem sie um die nächste Ecke gebogen waren. Ohne miteinander darüber gesprochen zu haben, war ihnen klar, dass sie eventuelle Verfolger abhängen mussten.

»Mir ist aufgefallen, dass Sie gar nicht gefragt haben, warum auf mich geschossen wurde«, sagte Eric, als sie kurz vor dem Berkeley Square für einen Moment stehen blieben.

»Ich weiß ganz genau, warum auf Sie geschossen wurde, Peterkin. Weil Sie Fragen nach Emily Ang gestellt haben. Deshalb.«

Man konnte über Saxon sagen, was man wollte, seine Direktheit war entwaffnend. Eric drehte sich neugierig zu ihm um. »Sie wissen etwas darüber?«

»Ich weiß, dass Benson Nachforschungen zu Emilys Tod angestellt hat, und jetzt ist er selbst tot. Sie sind während des heutigen Abendessens auf Emily zu sprechen gekommen, und jetzt versucht jemand, Sie umzubringen. Was glauben Sie, was das bedeutet, Peterkin?«

»Irgendjemand, der dort mit uns im Speisezimmer saß, will mich auf die schlimmstmögliche Weise zum Schweigen bringen.« Eric war schon bei den Aldershotts der Gedanke gekommen, dass er möglicherweise mit einem Mörder am Tisch saß, aber er hatte geglaubt, dieser Mörder sei Saxon. Seither hatte sich das Feld der infrage kommenden Kandidaten vergrößert.

Wolfe war bei ihm gewesen, als der erste Schuss abgefeuert worden war, was ihn vermutlich ausschloss. Bradshaw war bei dem Abendessen nicht zugegen gewesen, konnte jedoch trotzdem von Erics Plänen erfahren haben, weshalb er beschlossen hatte, ihn auszuschalten.

Saxon hatte längst die Führung übernommen, weil er sich in

diesem Viertel besser auskannte. Sie waren in versteckte Gassen abgetaucht, hatten einen privaten Innenhof durchquert, waren im Kreis gegangen und hatten ungefähr die doppelte Distanz zurückgelegt, wie wenn sie den direkten Weg genommen hätten. Falls ihnen anfangs noch jemand gefolgt war, hatten sie denjenigen inzwischen mit Sicherheit abgehängt. Schwer atmend verlangsamten sie ihre Schritte.

Dass Saxon sich jetzt sicherer fühlte, war ihm anzusehen. Er schob die Hände in die Taschen und trottete mit hängenden Schultern neben Eric her. Sein Kopf war gebeugt und seine Stirn so tief gerunzelt, dass man Kartoffeln in den Furchen hätte pflanzen können. »Ich wusste genau, was Benson vorhatte. Ich selbst wollte auch schon seit damals wissen, was wirklich mit Emily passiert ist. Ich … ich hatte sie sehr gern. Wenn mein Cousin Ambrose nicht im ersten Kriegsjahr gefallen wäre, wäre mein Vater nie der Earl of Bufferin geworden, und es hätte sich kein Mensch darum geschert, wen ich heirate …«

Eric sah Saxon überrascht an. Sein Begleiter schien in tiefe Melancholie versunken zu sein. Es war offensichtlich, dass er sich am Donnerstagmorgen vor Bensons Beerdigung das letzte Mal rasiert hatte, die dunklen Bartstoppeln waren nicht mehr zu übersehen. Alle hatten sich so an seine Verschrobenheit gewöhnt, dass niemand mehr nach seinen Beweggründen fragte. Ob Freud oder Leid, er behielt alles für sich, verbarg es hinter der aufbrausenden Art, mit der er seine Zerstreutheit und seine befremdlichen Gewohnheiten verteidigte. Mit seinem Geständnis, er habe Gefühle für Emily gehegt, hatte er diese Fassade eingerissen und sich selbst verletzlich gemacht.

»Ich hätte gedacht, dass Ihnen egal wäre, was die Leute über Sie denken«, sagte Eric. Er war immer noch dabei, die Enthüllung, dass Saxon Emily »sehr gerngehabt« hatte, zu verdauen.

»Haben Sie eine Ahnung, Peterkin, was ich Emily angetan hätte, wenn ich sie der feinen Gesellschaft als Lady Saxon präsentiert hätte?«

»Das wäre Emilys Kampf gewesen, nicht Ihrer. Sie hätte sich dafür oder dagegen entscheiden können, wenn Sie um ihre Hand angehalten hätten.«

Saxon stieß einen halb frustrierten, halb resignierten Seufzer aus. »Tja, dafür ist es jetzt zu spät, nicht wahr?«

»Saxon.« Eric zögerte, beschloss dann jedoch, dass Saxon ein Mensch war, der Direktheit zu schätzen wusste. »Ihr Besuch in Sotheby Manor fand an dem Tag statt, als Emily verschwand, habe ich recht? Sie wurde zuletzt in Begleitung eines Mannes gesehen, der einen grünen Crossley fuhr.«

»Na und? Ich habe sie zurück nach Sotheby Manor gebracht und dort zurückgelassen. Mehr weiß ich nicht. Von ihrem Verschwinden habe ich erst erfahren, als es zu spät war, etwas zu unternehmen.«

»Die Geschichte stand im *Chichester Observer*. Es wurde erwähnt, Sie und Emily hätten miteinander diskutiert oder vielmehr gestritten.«

»Ich lese den *Chichester Observer* nicht«, erwiderte Saxon schroff. Er tastete seine Jacke auf der Suche nach einem Apfel ab, fand keinen und schob seine Hände wieder in die Taschen. »Emily wollte nicht, dass ich mir die Umstände mache, sie nach Sotheby Manor zurückzufahren, aber ich musste ohnehin noch eine Aktentasche holen, die ich dort vergessen hatte, es war also überhaupt kein Aufwand.«

Hinter dem Streit steckt bestimmt noch mehr, dachte Eric. »Mrs. Aldershott erzählte, Sie hätten sich vergewissern wollen, dass es Emily gut ging, und von Aldershott habe ich erfahren, dass sie schwanger war …«

»Woher weiß Aldershott das?«, fauchte Saxon und fuhr wütend zu Eric herum. »War er dafür verantwortlich?«

»Er sagt, Sir Andrew Sotheby hätte es ihm erzählt«, antwortete Eric und machte vorsichtshalber einen Schritt nach hinten.

Saxon akzeptierte diese Erklärung nur widerwillig. »Das wäre möglich«, murmelte er. »Emily wollte nicht, dass ich einen großen Wirbel darum veranstalte, schließlich hatte ich schon für genug

Wirbel gesorgt, indem ich Sir Andrew wegen der unverzeihlichen Art und Weise, wie er sie behandelte, zur Rede stellte. Damals war ich mir sicher, dass Benson derjenige war, der sie in Schwierigkeiten gebracht hatte, und ich hatte vor, ihm eine gründliche Abreibung zu verpassen, aber sie wollte nichts davon hören. Er sei nicht der Vater, behauptete sie, und ich wusste nicht, ob ich ihr glauben sollte. Das Letzte, was ich zu ihr sagte, war, dass ich alles in meiner Macht Stehende tun würde, um den Übeltäter dazu zu bringen, sich ihr gegenüber anständig zu verhalten. Oder um zumindest zu erreichen, dass angemessen für sie und ihr Kind gesorgt würde, sollte er sich weigern, sie zu heiraten. Das habe ich ihr bei meiner Ehre geschworen.« Er spuckte aufgebracht in den Rinnstein. »Ich hätte ihr stattdessen einfach anbieten sollen, meine Frau zu werden. Zum Teufel mit der feinen englischen Gesellschaft.«

Sie hatten inzwischen den Piccadilly erreicht, und der Nebel wurde wieder dichter. Man ahnte, dass die Bäume des Green Park sich direkt gegenüber befanden, konnte sie jedoch nicht sehen. Hier, am südlichen Ende von Mayfair, begann St. James's – Clubgebiet. Fast jedes zweite Gebäude beherbergte einen namhaften Gentlemen's Club. Die Fenster dieser Gebäude leuchteten oberhalb des Dunstes, und die dicken Mauern schienen für den schleichenden Pesthauch des Nebels undurchdringlich zu sein. Eric fröstelte und zog seinen Mantel enger. Er war sich schon seit einer ganzen Weile sicher, dass die Gefahr vorüber war, doch die beunruhigenden Erinnerungen blieben.

Saxon hatte offenbar vergessen, dass er schon einmal vergeblich seine Taschen durchforstet hatte, und durchwühlte sie erneut auf der Suche nach einem Apfel. Diesmal beförderte er einen Papierfetzen zutage, der voll war mit Diagrammen und gekritzelten Notizen.

»Wenn Sie Benson für den Vater von Emilys Kind hielten«, sagte Eric, »warum haben Sie dann für ihn gebürgt, damit er Clubmitglied werden konnte? Die meisten Leute dachten, Sie beide würden sich nicht einmal kennen.«

»Norris hat uns einander vorgestellt. Benson und er kamen etwa eine Woche, bevor … bevor das alles passiert ist, zu mir. Benson sagte, er wisse etwas darüber, was Emily damals zugestoßen sei, und brauche meine Hilfe, um hinter die ganze Wahrheit zu kommen. Ich habe nicht näher nachgefragt. Es schien ihm ohnehin schon unangenehm genug zu sein, sich an mich wenden zu müssen. Ich nahm an, dass er ein schlechtes Gewissen hatte.«

»Norris hat Benson ebenfalls geholfen?«

Saxon winkte ab. »Geholfen würde ich es nicht nennen. Benson und er waren befreundet, aber Benson erzählte mir später, Norris sei ihm überhaupt keine Hilfe gewesen. Er wusste gar nichts über die Sache mit Emily – wusste nicht, was passiert war, konnte keine Informationen beisteuern und auch sonst nichts tun, um Benson zu unterstützen.«

Eric war enttäuscht. »Benson hat Ihnen also keinerlei Einzelheiten verraten? Und Sie waren nicht neugierig?«

»Ich musste am eigenen Leib erfahren, dass es manchmal besser ist, nur das Nötigste zu wissen, Peterkin.« Nachdem Saxon sich vergewissert hatte, dass der Fetzen aus seiner Tasche tatsächlich Abfall war, ließ er ihn in einen Pflanzkübel vor einem Haus fallen. »Am Abend bevor er starb, erzählte mir Benson allerdings noch, dass er etwas Wichtiges herausgefunden habe. Er machte sich Sorgen wegen der Wette mit Wolfe und Aldershott. Keine Ahnung, warum er sich überhaupt auf diese unselige Sache eingelassen hat. Seine Sorge wuchs mit jeder Minute, sodass ich ihm schließlich riet, zum Club zurückzukehren und sich ein Übernachtungszimmer zu nehmen. Auf diese Weise war er vor Ort, wenn jemand irgendetwas versuchen sollte.« Saxon brach ab und starrte über die Straße zu der Stelle, an der sie den Green Park gesehen hätten, wenn der gelblich-graue Dunst ihn nicht verhüllt hätte. Nachdem er noch einmal misstrauisch in beide Richtungen die Straße entlanggespäht hatte, schien er zu dem Schluss zu gelangen, dass sie keine Zuhörer hatten. »Ich habe ihn in den Tod geschickt, Peterkin. Hätte ich ihm nicht geraten, im Club zu übernachten, würde er heute noch leben.«

»Es war nicht Ihre Schuld, Saxon.«

»Ach nein?« Saxon setzte sich auf die Eingangstreppe eines imposanten Prachtbaus und blickte zu Eric nach oben. »Wissen Sie, was ich während des Krieges getan habe, Peterkin? Ich habe Codes fürs britische Militär geknackt. Ich war beim MI1b und habe verschlüsselte deutsche Nachrichten dechiffriert. Dadurch konnte ich hier in London bleiben, fernab der Gefechte. Es war eine grandiose Zeit, Peterkin: Wir haben das deutsche Nachrichtennetz auseinandergenommen, eine Chiffre nach der anderen – manche von uns haben sich dafür nicht einmal den Pyjama ausgezogen. Aber wir haben nie wirklich jemanden sterben sehen.«

Saxon verstummte, und Eric wartete, bis er seine Gedanken geordnet hatte.

»Trotzdem war mir immer bewusst, was dort draußen an der Front passierte«, fuhr Saxon leise fort. »Manchmal erreichten uns Meldungen über gescheiterte Operationen, oder wir erfuhren, wie viele Tote es wieder bei welcher vergeblichen Kampfhandlung gegeben hatte. Dann mimten alle die Gleichgültigen und nannten es einfach verdammtes Pech. Nur ich blickte auf die Nachricht hinunter, die ich gerade entschlüsselte, und erkannte den Zusammenhang zwischen der soeben gehörten Hiobsbotschaft und meiner Arbeit. Wenn ich doch nur schneller gewesen wäre … oder genauer. Alle machen die militärischen Befehlshaber dafür verantwortlich, wenn Soldaten sterben, aber was sollen Leute wie Generalfeldmarschall Haig denn tun, wenn Menschen wie ich ihnen nicht die nötigen Informationen liefern? Inzwischen bin ich wieder ganz im Zivilleben angekommen und verhökere Apfelmost wie ein gewöhnlicher Geschäftsmann … Ich dachte, ich müsste nie wieder jemanden in den Tod schicken.«

Eric warf einen Blick zurück zu dem Pflanzkübel, in dem Saxon geistesabwesend den Müll aus seinen Taschen entsorgt hatte.

Ihm kam der Gedanke, dass Saxon eigentlich ein wandelndes Sicherheitsrisiko darstellte. Wenn ihn das MI1b trotzdem weiter beschäftigt hatte, musste er verdammt brillant gewesen sein.

»Mich wundert, dass Sie das Rätsel um Emilys Verschwinden nicht längst selbst gelöst haben«, gestand Eric. »Oder das um Bensons Ermordung.«

»Das sind beides keine verschlüsselten Nachrichten. Ich kann nicht einfach Buchstaben verdrehen, bis etwas Sinnvolles dabei herauskommt. Nein, Peterkin. Meine Aufgabe bestand darin, Daten zu analysieren, nicht darin, hinterher zu entscheiden, was damit anzufangen war. So war es zumindest während des Krieges: Man erledigte seinen Teil und ließ die Männer auf dem Schlachtfeld ihren machen. Man kam nicht in Berührung mit der Gewalt ... man war für sie verantwortlich, bekam sie jedoch nicht zu sehen. Als Benson sich an mich wandte, war es auf einmal umgekehrt: Er hatte die Informationen, und ich war auf dem Schlachtfeld. Dieser Logik folgend hätte eigentlich ich derjenige sein müssen, der stirbt.«

Eric hatte diese Reaktion schon häufiger bei Männern erlebt, die von verheerenden Kriegseinsätzen zurückkehrten, bei denen sie Freunde und Kameraden verloren hatten. »Es hätte mich erwischen sollen«, sagten sie, und man musste intensive Überzeugungsarbeit leisten, um sie von dieser Meinung abzubringen. Manchmal half nicht einmal das. Manchmal war es besser, denjenigen einfach in eine andere Richtung zu lenken.

»Benson hat Sie also gebeten, ihm den Weg in den Britannia Club zu ebnen. Hat er Sie sonst noch um irgendetwas gebeten?«

»Ja, er ...« Saxon brach ab und schüttelte den Kopf. »Das ist unwichtig.«

Eric stand auf dem Gehweg und betrachtete den vor ihm sitzenden Saxon. Trotz seines Smokings sah er ungepflegt aus, beinahe wie ein Landstreicher, wie er da auf der untersten Treppenstufe des Hauseingangs lümmelte. Sie waren immer noch von Nebel eingeschlossen, und Saxon wirkte verloren ohne seinen üblichen Apfel in der Hand. Warum hatte sich Benson an Saxon um Hilfe gewandt und nicht an Aldershott, mit dem ihn immerhin schon eine geschäftliche Beziehung verband? Lag der Grund darin, dass Saxon und er die gleichen Gefühle für Emily gehegt hatten? Hatte Benson geglaubt, Saxon könne irgendetwas tun, was er selbst nicht tun konnte?

Saxon besaß Geld und gesellschaftlichen Einfluss. Er hatte die nötigen Referenzen, um Eindruck zu machen, und das konnte einiges dazu beitragen, gewisse bürokratische Hürden zu umschiffen.

Es war nur eine Vermutung, aber … »Hat es mit dem Skelett von Bruton Wood zu tun?«

Saxon hob überrascht den Kopf, und Eric hatte seine Antwort.

»Ja«, sagte Saxon nach kurzem Zögern. »Benson behauptete, dieses Skelett sei Emily. Ich habe ihn nicht gefragt, woher er das wusste. Er wollte, dass ich still und heimlich die Herausgabe der Leiche veranlasse, damit sie ein anständiges christliches Begräbnis bekommt, aber so leicht ist das leider nicht. Man kann nicht einfach zum Gerichtsmediziner marschieren und erwarten, dass er einem eine Leiche aushändigt, ohne irgendwelche Fragen zu stellen, vor allem nicht eine, die vor zwei Jahren gefunden wurde und bereits ein Armenbegräbnis erhalten hat. Ich könnte mir vorstellen, dass nicht einmal Bradshaw das hinbekommen würde, aber Benson wollte ihn ohnehin nicht ins Boot holen.«

Das klang, als hätte Benson Grund gehabt, Bradshaw zu misstrauen. Seit der gestrigen Begegnung mit ihm im Varietétheater war Eric nicht mehr ganz so geneigt, dieses Misstrauen für verfehlt zu halten.

Saxon stand von der Treppe auf und blickte die Straße entlang. Der Nebel erschwerte die Sicht, aber der Piccadilly war eine große Verkehrsader, weshalb selbst in derart dichtem Nebel einiger Verkehr herrschte. »Ich werde Sie bitten müssen, keine Fragen mehr bezüglich Emily zu stellen«, sagte Saxon. Er klang jetzt ruhiger, als hätte er für sich einen endgültigen Entschluss getroffen. Die Frontscheinwerfer eines herannahenden Taxis tauchten auf, und Saxon winkte es an den Straßenrand. »Wir wissen beide, was es Benson eingebracht hat, Fragen zu stellen, und ich möchte lieber nicht, dass sich die Geschichte wiederholt. Steigen Sie ein, Peterkin.«

Eric blieb in der offenen Tür des Taxis stehen und sagte: »Ich kann diese Sache nicht einfach aufgeben. Nicht jetzt. Benson war vielleicht nicht Ihr Freund, aber er hat sich an Sie um Hilfe gewandt und Ihnen vertraut. Sie wollen doch sicher nicht, dass seine Mühe umsonst war?«

Ein verärgerter Ausdruck trat in Saxons Gesicht. »Was spielt das für eine Rolle? Durch Bensons Tod ist die Polizei auf die Angelegenheit aufmerksam geworden, die Ermittlungen laufen. Überlassen Sie dieses elende Durcheinander doch den Experten.«

»Ich glaube nicht, dass Inspektor Parker diesbezüglich zu trauen ist. Ich habe gesehen, wie er ein Beweisstück aus Bensons Zimmer entfernt hat. Selbst wenn er Benson nicht selbst umgebracht haben sollte, steckt er bis zum Hals in der Sache drin.«

»Benson hat gesagt, dass Parker sich keines Verbrechens schuldig gemacht hat.«

Hatte er das? Warum hatte er Parker dann überhaupt erwähnt? »Vielleicht hat er sich geirrt«, mutmaßte Eric.

»He!«, rief der Taxifahrer. »Wären die beiden Herren dann endlich abfahrbereit? Wenn Sie reden wollen, machen Sie die Tür zu und reden Sie drinnen, statt mir den Nebel ins Auto zu lassen.«

Saxon machte eine beschwichtigende Handbewegung in Richtung des Taxifahrers und wandte sich dann wieder Eric zu. »Lassen Sie die Sache fallen, Peterkin, sonst … sonst …«

»Sonst was?«

»Sonst sorge ich dafür, dass Sie aus dem Club geworfen werden.« Saxon nickte entschlossen. »Und glauben Sie nicht, das wäre nur eine leere Drohung.«

Eric glaubte im Gegenteil nicht eine Sekunde, dass Saxon seine Drohung wirklich wahrmachen würde. Falls er es doch tat, gehörte er offensichtlich zu jenen, die versuchten, die Ermittlungen zu unterdrücken, was nicht gerade für seine Unschuld gesprochen hätte. »Ich werde das tun, was richtig ist«, verkündete er, stieg ins Taxi und rutschte zur Seite, um Platz für Saxon zu machen.

Doch der beugte sich nur hinein, um dem Fahrer ein halbes Pfund zuzustecken. »Fahren Sie meinen Freund, wohin er möchte«, sagte er und fügte an Eric gewandt hinzu: »Nein, ich fahre nicht mit. Ich gehe lieber zu Fuß. Vergessen Sie nicht, dass Sie derjenige waren, auf den noch vor einer knappen halben Stunde geschossen wurde.«

»Geschossen?«, krächzte der Taxifahrer und drehte sich auf seinem Sitz nach hinten, um Eric und Saxon anzustarren. »Was meinen Sie damit?«

»Je schneller Sie ihn an seinem Ziel absetzen, desto wahrscheinlicher kommen Sie ungeschoren davon«, unterbrach Saxon schroff Erics Versuch, die Situation zu erklären. »Gute Nacht, Peterkin. Denken Sie daran, was ich gesagt habe.« Er schloss mit Nachdruck die Tür, bevor Eric noch etwas entgegnen konnte, und verschwand im Nebel.

»Also, wohin soll's gehen, Chef?«, fragte der Taxifahrer.

Eric verwarf den Gedanken, nach Hause zu fahren, sofort wieder. Er musste mit jemandem über den Abend reden, und es war anzunehmen, dass Avery immer noch im Arabica anzutreffen war. »Soho Square«, sagte er, und das Taxi brauste in die neblige Nacht davon.

KARTEN AUF DEN TISCH

Es war noch nicht ganz elf Uhr abends, als das Taxi Eric vor dem Kaffeehaus Arabica absetzte, das nur einen Steinwurf vom Soho Square entfernt in einer Seitenstraße lag. Der Nebel war hier genauso dicht und die Nacht genauso dunkel, aber Mayfair fühlte sich dennoch an wie eine völlig andere Welt.

Von der Straße aus ging man einige Treppenstufen hinab, um das Arabica zu betreten, einen langen Schlauch von einem Kaffeehaus, dessen Sitznischen den Gästen den Eindruck von Abgeschiedenheit und Intimität vermittelten. Die Einrichtung war orientalisch inspiriert und erinnerte an Indien, Arabien oder die Türkei. Farbenfrohe geometrische Muster bedeckten die Wände, an denen außerdem Illustrationen aus dem Buch *Tausendundeine Nacht* hingen. Geschnitzte Elefanten rundeten die Dekoration ab. Es war warm, verraucht und schummerig. Schon beim Eintreten empfing einen der Geruch von Zimt und Nelken, der stärker wurde, je tiefer man ins Kaffeehaus vordrang.

Inhaber und Geschäftsführer war ein Chinese namens Chiang, der während des Boxeraufstands als Übersetzer für die Briten in deren Pachtgebiet Weihaiwei gearbeitet hatte. Er saß mit einer Zeitung in der Hand und einem Fez auf dem Kopf hinter der Theke im Eingangsbereich, unter einem riesigen Bild von Scheherazade, die dramatisch gestikulierend zu Füßen des im Bett liegenden Sultans stand. Eric hatte jedes Mal den Eindruck, dass Chiang ihn nicht mochte und seine Anwesenheit nur duldete, weil er viel Trinkgeld gab und mit Avery befreundet war, dem besten Kunden des Arabica.

Mit seinem unförmigen wadenlangen Mantel und einem Strickschal, der für drei gereicht hätte, passte Avery perfekt zum unkonventionellen Publikum des Kaffeehauses. Oft saß dieses noch bis spät in die Nacht in Grüppchen zusammen, trank Kaffee und unterhielt sich tuschelnd, auf der Sinnsuche in Realität und Fiktion. Hier waren Seidenschals mit Troddeln und aufsehenerregender Stickerei an der Tagesordnung, in Farben, die die Allgemeinheit nicht als seriös und ehrbar erachtete. Die gedämpfte Beleuchtung brachte Glasperlen zum Glitzern und verbarg gnädig die schlimmsten ausgefransten Säume.

Eric mit seinem Smoking und seiner stocksteifen Soldatenhaltung fiel auf wie ein Fuchs im Hühnerhof.

Averys Lieblingsnische – ein ähnlich behagliches Plätzchen wie Erics Lieblingssessel im Club – befand sich ganz hinten, wo der Rauch am dichtesten war. Wie erwartet saß er dort und war gerade dabei, einem Kaffeebesucher die Karten zu legen. Erst als Eric bei ihm angekommen war, sah er, dass die Person, die Avery um einen Blick in die Zukunft gebeten hatte, keine andere war als seine Schwester Penny.

»Eric!«, rief Penny und sprang aus der Nische, um ihm einen Kuss auf die Wange zu drücken. »Wie schön! Andererseits: Wenn du jetzt schon hier draußen herumläufst, war das Dinner, zu dem du eingeladen warst, wohl ein ziemliches Desaster.«

»Das könnte man so sagen.« Wenn es die Situation erforderte, konnte Penny sehr vernünftig sein. Eric beschloss trotzdem, ihr nichts von dem versuchten Attentat zu erzählen. Sie hätte sich nur unnötig Sorgen gemacht. Besser, er hielt den Mund und wartete, bis sie außer Hörweite war, bevor er Avery Bericht erstattete. »Es gibt ein paar neue Entwicklungen«, verkündete er und fasste für die beiden die Ereignisse während und nach dem Abendessen zusammen, wobei er die Schüsse Penny zuliebe ausließ. »Wie ihr seht, muss ich so gut wie alle bisherigen Theorien verwerfen.«

»Mir schwirrt der Kopf«, gestand Penny. »Wie sieht es bei dir aus, Avery?«

»Ich denke, dass es nur darum geht, den richtigen Personen die richtigen Fragen zu stellen«, antwortete Avery. »Euer Vater wüsste sicher genau, wie …«

»Nein!«, riefen die Peterkin-Geschwister im Chor. Das Stimmengewirr um sie herum verstummte, und aus den umliegenden Sitznischen spähten Kaffeehausgäste um die Ecke, um zu sehen, wo die Aufregung herrührte.

»Wir halten keine Séance ab«, sagte Eric bestimmt. »Weder jetzt noch irgendwann anders.«

»Ganz wie du willst.« Avery zog einen Schmollmund, drückte seine Nelkenzigarette aus und sammelte seine Tarot-Karten zusammen. »Wie wäre es dann, wenn ich dir die Karten lege? Ich habe gerade schon Penny prophezeit, wie wunderbar ihre gemeinsame Zukunft mit diesem Patrick Norris aussehen könnte. Bestimmt könnte ich auch dir alles vorhersagen, was du wissen musst, um diese Mordermittlungen erfolgreich weiterzuführen.«

»Nein, auf keinen Fall«, protestierte Eric, aber Avery hatte bereits den Ritter der Schwerter aus dem Kartenstapel gezogen und ihn mitten auf den Tisch gelegt. Eric verdrehte die Augen. »Soll ich das sein, oder wie? Warum bin ich immer der Ritter der Schwerter?«

»Weil er so ein reizendes Pferd hat«, sagte Penny. »Avery, welche Karten würdest du für die anderen Beteiligten auswählen? Ich kenne Patch, und ich erinnere mich, dass Mr. Bradshaw bei Vaters Beerdigung war. Alle anderen sind mir völlig unbekannt, deshalb verliere ich immer wieder den Überblick. Ich will Bilder, die ich mit den Namen in Verbindung bringen kann; vielleicht können wir so besser entscheiden, wer unser Hauptverdächtiger ist.«

Avery warf Eric einen auffordernden Blick zu. Der seufzte und begann mit der Aufzählung: »Da wäre zunächst Edward Aldershott, der Clubpräsident. Auf den ersten Blick wirkt er völlig humorlos und steif, aber er ist eigenartig darauf bedacht, dass ich keine Fragen nach Emily Ang stelle. Von ihm weiß ich, dass Emily schwanger war. Seltsamerweise war er derjenige, der Benson zu der Wette mit Wolfe gedrängt hat. Rückblickend könnte man also durchaus auf die Idee kommen, er hätte bei dem ganzen Schlamassel die Strippen gezogen. Seine Frau Martha ist die Cousine von Oliver Saxon. Offenbar sind sie und Emily wie Schwestern zusammen aufgewachsen. Auch die Krankenschwesternausbildung haben sie gemeinsam absolviert, nur dass Mrs. Aldershott – beziehungsweise Martha Saxon, wie sie damals noch hieß – als Lazarettschwester nach Flandern ging, während Emily in England blieb, um in Sotheby Manor zu arbeiten. Ich glaube, Mrs. Aldershott kann ein ganz schöner Drache sein, wenn man ihren Unmut erregt. Falls sie Benson die Schuld an Emilys Schicksal gab, möchte ich nicht wissen, wozu sie fähig wäre. Die Clubregeln sind ihr im Übrigen auch völlig egal.«

»Eine skrupellose Frau«, murmelte Avery und legte die Königin und den König der Stäbe nebeneinander auf den Tisch. »Und ein Ehemann, der etwas zu verbergen hat.«

»Als Nächstes ist da Jacob Bradshaw«, fuhr Eric fort. Averys Hand verharrte zögernd über den Königen und griff dann nach dem weißbärtigen Herrscher. »Er ist der Schriftführer des Clubs, ein Amt, das er sozusagen schon seit Anbeginn der Zeiten innehat. Weil er so gute Beziehungen hat und alles irgendwie regeln kann, ist er in sämtliche Vorgänge innerhalb und außerhalb des Clubs verwickelt. Benson war im Varietétheater, um dem Geschäftsführer Fragen über Bradshaw zu stellen, und ich vermute, dass es dabei um Bradshaws potenziellen Einfluss auf die Polizei ging. Benson wollte ihn jedenfalls nicht mit im Boot haben, als er Saxon bat, die Herausgabe des Skeletts von Bruton Wood zu erwirken, um Emily begraben zu können. Es scheint, als hätte Bradshaw hinter den Kulissen die eine oder andere unmoralische Tat begangen, damit an der Oberfläche alles glatt lief für seine Schützlinge, und das scheint Benson herausgefunden zu haben.«

»Ich erinnere mich, dass Vater manchmal über Bradshaw gesprochen hat«, sagte Penny. »Es fällt mir schwer, ihn mir als Bösewicht vorzustellen.«

»Als Nächstes hätten wir Oliver Saxon – eigentlich *Lord* Saxon, aber er verwendet den Titel nicht. Von ihm weiß ich, dass er Emily sehr gernhatte und sie womöglich geheiratet hätte, wäre er nicht Erbe einer Grafschaft gewesen und sie nicht … nun ja, ich vermute, ihre chinesische Herkunft war der Haupthinderungsgrund.«

»Das gibt es doch gar nicht!« Penny war empört. »Was für ein Unfug!«

»Er hat mir bestätigt, was ich schon von Aldershott wusste: dass Emily schwanger war. Angeblich hat er Benson bei seiner Mission unterstützt und war entsprechend entsetzt über dessen Ermordung. Er will, dass ich meine Ermittlungen einstelle, bevor mir das Gleiche passiert.«

Avery blickte von dem ernsten, missmutig dreinblickenden König der Münzen auf und fragte: »Glaubst du ihm?«

»Ich denke schon.« Eric runzelte unsicher die Stirn. »Ganz sicher bin ich mir allerdings nicht. Falls er lügt …« Die Art von Intelligenz, die Codes für den MI1b knackte, war in anderen Bereichen vielleicht überraschend einfach gestrickt. Oder sie kannte auch im Privaten nur Verschlagenheit. »Im Grunde hat er zugegeben, dass er Benson für Emilys Liebhaber hielt. Vielleicht wollte er sich an ihm rächen. Oder er war in Wahrheit selbst ihr Liebhaber und wollte, dass das geheim blieb.«

»Also gut. Weiter geht's.« Avery hielt den lächelnden Ritter der Kelche hoch. »Der Nächste ist Patrick Norris, oder?«

»Patch!«, sagte Penny. »Ich halte es für unmöglich, dass er der Mörder ist. Niemand könnte so fröhlich sein wie er heute Nachmittag, nachdem er einen kaltblütigen Mord begangen hat.«

»Wir dürfen ihn trotzdem nicht außer Acht lassen, Penny. Norris war im Clubgebäude, als der Mord an Benson stattfand. Soweit ich weiß, wurden nie Blutspuren an seiner Kleidung gefunden, aber er könnte früh am Morgen aus dem Haus geschlüpft sein, sie weggeworfen haben und unbemerkt wieder hereingekommen sein.«

»Das glaube ich nicht«, widersprach Penny entschieden. »Der alte Getreue sieht doch genau, wer alles kommt und geht – das habt ihr, du und Vater, oft genug betont.«

»Außerdem ist der Ritter der Kelche so eine romantische Figur«, fügte Avery hinzu.

Eric warf seiner Schwester einen besorgten Blick zu. »Mag sein, dass Norris ein fröhlicher Bursche ist, aber er scheint das Wort ›Wahrheit‹ nicht einmal buchstabieren zu können, Penny. Ich bin ernsthaft der Meinung, dass du dich von ihm fernhalten solltest.«

»Aha, darum geht es dir also!« Penny setzte sich auf ihrer Sitzbank auf und funkelte ihren Bruder herausfordernd an. »Du vertraust mir kein bisschen, stimmt's, Eric?«

»Nächster Verdächtiger!«, rief Avery und wedelte mit einer Karte – der des Magiers – zwischen den Peterkin-Geschwistern herum. »Mortimer Wolfe! Er ist der selbstgefällige, arrogante Kerl, der eine Möglichkeit gefunden hat, in den Tresorraum des Clubs einzubrechen, nicht wahr?«

Eric warf Penny noch einen missbilligenden Blick zu und wandte sich dann der neuesten Karte auf dem Tisch zu. »Ja. Mortimer Wolfe. Ein unsympathischer Bursche, aber einer mit vielen Talenten. Andererseits, diese Sache mit der … mit der Fehlzündung zeigt, dass er keineswegs so gelassen und souverän ist, wie er vorgibt. Keine Ahnung, ob es für unseren Fall relevant ist, aber …«

»Aber man weiß nie«, sagte Penny. »Hinter ihm scheint jedenfalls mehr zu stecken, als man auf den ersten Blick denkt. Meinst du, er könnte der Vater von Emilys ungeborenem Kind gewesen sein?«

»Möglich wäre es.« Eric dachte über den peniblen Wolfe nach, der lieber gestorben wäre, als einen Fehler einzugestehen. Wie hätte er reagiert, wenn er erfahren hätte, dass er ein uneheliches Mischlingskind gezeugt hatte? »Emilys Zustand könnte für jeden der Männer ein Motiv gewesen sein.«

Penny nickte. »Das scheint wirklich das alles beherrschende Thema zu sein. Es sieht ganz danach aus, als wäre das wahrscheinlichste Tatmotiv eine wie auch immer geartete Reaktion auf die Tatsache, dass sie schwanger war. Meine Güte, wir haben das Jahr 1924, da werde ich ja wohl das Wort ›schwanger‹ in Anwesenheit von Männern aussprechen dürfen! Was ich sagen will, ist, dass derjenige, der Benson ermordet hat, vermutlich auch Emily *geschwängert* hat. Es sei denn, Benson war es selbst. In diesem Fall hätte ihn Mrs. Aldershott umgebracht. Wen haben wir noch?«

»Nur Inspektor Parker«, antwortete Avery mit hochrotem Kopf und legte den ernsten, fleißigen Ritter der Münzen zu den anderen Karten auf den Tisch. »Ich denke, über ihn haben wir bereits genug gehört. Ich zumindest. Er ist der heimtückische Bösewicht, der eigentlich für die Mordermittlungen zuständig ist, sie jedoch zu seinen Gunsten manipuliert.«

»Ganz so würde ich es nicht ausdrücken«, widersprach Eric. »Dem Einvernehmen nach ist er ein sehr gewissenhafter Ermittler. Deshalb verstehe ich ja auch nicht, warum er es nötig haben sollte, Beweise zu unterschlagen. Es sei denn, Bradshaw hätte ihn irgendwie in der Hand. Außerdem ist er Träger des Victoria-Kreuzes.«

»Was ihn natürlich automatisch zu einem Ausbund an Tugend macht, einem Helden, der niemals etwas Falsches tun würde. Ich glaube, du solltest mal deine Moralvorstellungen überdenken, Eric.«

»Man bekommt das Kreuz wieder aberkannt, wenn man Diebstahl oder Fahnenflucht oder solche Dinge begeht, vergesst das nicht«, wandte Penny ein.

Der Letzte, der sein Victoria-Kreuz hatte zurückgeben müssen, war vor drei Jahren bitterarm gestorben. Beim Gedanken daran, dass jemanden, der einmal ein Held gewesen war, ein solches Schicksal ereilte – welche Fehler er auch begangen haben mochte –, lief Eric ein Schauder über den Rücken.

»Jetzt haben wir die ganze Bande beisammen«, sagte Avery und lehnte sich zurück. Eric schüttelte den Kopf.

»Wenn wir ganz genau sein wollen, müssen wir jeden in Erwägung ziehen, der mit Benson in Verbindung stand. Also auch Helen Benson.«

»Helen Benson? Die war doch weit draußen in der Walachei, als Benson ermordet wurde.« Avery legte trotzdem bereitwillig die Hohepriesterin für Helen Benson auf den Tisch und sagte: »Eine schreckliche Frau, Penny. Und dein Bruder ist ihr auf schändliche Weise verfallen.«

Penny sah mit hochgezogenen Augenbrauen zu Eric hinüber, dem plötzlich unangenehm warm wurde unter seinem bis obenhin zugeknöpften Hemd. »Sie ist vor nicht einmal einer Woche Witwe geworden!«, protestierte er. »So etwas Unschickliches würde ich niemals tun!«

»Sie hat jedenfalls ein ganzes Atelier voll mit schaurigen Gemälden …«, setzte Avery an, aber Eric brachte ihn mit einem lauten Räuspern zum Schweigen.

»Mrs. Benson«, erklärte Eric betont nüchtern und sachlich, »hieß früher Helen Sotheby und war sozusagen Emily Angs Konkurrentin im Kampf um Bensons Gunst. Vielleicht wollte sie Emily aus diesem Grund aus dem Weg schaffen. Es machte sie jedenfalls wütend, dass Benson nach all den Jahren immer noch an Emily dachte.«

»Gut, damit hätten wir alle Verdächtigen auf einem Tisch«, sagte Avery. »Apropos Verdächtige …« Er begann, in seiner Umhängetasche zu wühlen.

Eric zählte unterdessen die Karten auf dem Tisch. Edward und Martha Aldershott, Jacob Bradshaw, Lord Oliver Saxon, Mortimer Wolfe, Patrick Norris, Inspektor Horatio Parker und Helen Benson. Ihre acht Karten – der König und die Königin der Stäbe, der Herrscher, der König der Münzen, der Magier, der Ritter der Kelche, der Ritter der Münzen und die Hohepriesterin – lagen aufgefächert um Erics Karte, den Ritter der Schwerter, herum und umgaben ihn wie unterwürfige Höflinge. Eric wusste es besser. »Eine dieser Personen hat Albert Benson umgebracht«, murmelte er. »Ich muss nur herausfinden, welche.«

»Na ja«, sagte Penny. »Ein paar können wir schon aussortieren, denke ich. Ich weiß, dass die Tore des Britannia Clubs um neun Uhr abends zugesperrt werden, wir können also jeden ausschließen, der keinen Schlüssel und auch sonst keine andere Möglichkeit hatte hineinzukommen.« Sie nahm Mrs. Aldershotts, Inspektor Parkers und Mrs. Bensons Karte vom Tisch. Dann entfernte sie kurzerhand auch Norris' Karte. »Das ist keine Albernheit meinerseits, Eric. Ich finde wirklich, dass du erst einmal beweisen musst, wie er seine blutbespritzte Kleidung losgeworden sein soll – mit anderen Worten, wie er ohne Schlüssel hinaus- und wieder hineinkam. Wenn du das getan hast, kannst du mich immer noch vor ihm warnen. Nach derzeitigem Stand der Dinge ist er unschuldig.«

Blieben Aldershott, Saxon, Wolfe und Bradshaw.

»Hier ist es!« Avery hatte endlich gefunden, wonach er in seiner Umhängetasche gesucht hatte, und legte einen Stapel Papiere auf die Tarot-Karten auf dem Tisch. »Ich war beim Meldeamt und habe im Personenstandsbuch nachgesehen«, verkündete er. »Die sind dort ganz verrückt nach mir. Jedes Mal, wenn sie mich hereinkommen sehen, sagen sie: ›O Gott, nicht schon wieder dieser Ferrett‹, und nehmen einen Schluck aus ihren Flachmännern.« Er kicherte. »Ich hoffe, zumindest du weißt zu schätzen, was ich alles für dich tue, Eric. Diese Urkundsbeamten wissen es nämlich eindeutig nicht.«

Averys Papiere waren sauber mit der Schreibmaschine getippt und sahen aus wie ernst zu nehmende Geheimdienstinformationen. In Wirklichkeit handelte es sich um astrologische Gutachten: Avery hatte die Geburtsdaten sämtlicher in den Mordfall verwickelter Personen herausgesucht, auch das von Benson selbst, und zu jeder Person eine ausführliche Analyse auf der Basis ihres Horoskops erstellt.

Eric und Penny tauschten vielsagende Blicke. Sie wussten nie so recht, wie sie reagieren sollten, wenn Avery wieder einmal die Sterne bemühte. Eric griff pflichtschuldig nach dem ersten Gutachten – über Aldershott – und blätterte es durch.

»›Aldershott ist insgeheim eine zarte, intuitive Seele, die alles verzeiht‹?« Eric legte das Gutachten zurück und warf Avery einen zweifelnden Blick zu. »Ich sollte ihn dir vielleicht mal persönlich vorstellen.«

»Hier ist das Gutachten über Mrs. Benson«, sagte Penny. »Ganz schön umfangreich. Du scheinst mehr Zeit auf sie verwandt zu haben als auf alle anderen, Avery.«

»Musste ich. Der zwanzigste Juli ist an der Schwelle von Löwe zu Krebs, was bedeutet, dass sie Eigenschaften von beiden Sternzeichen hat …«

»Entschuldigung, wie war das?« Eric riss Penny das Dokument aus der Hand und starrte auf die Überschrift. »Zwanzigster Juli? Mrs. Bensons Geburtstag ist am zwanzigsten Juli?«

»Du bist ein bisschen spät dran, wenn du ihr ein Geburtstagsgeschenk kaufen willst, Eric«, witzelte Penny.

»Die Fotografie mit der Geburtstagstorte«, flüsterte Eric, ohne ihr zuzuhören. »Das ist es! Das ist der Grund, warum diese Fotografie so wichtig war und warum Benson sie in sein Schließfach gelegt hat. Sie zeigt, dass Parker an Helen Bensons Geburtstagsfeier teilgenommen hat, als Patient des Hospitals, am zwanzigsten Juli. Das ist der Tag, an dem Emily Ang verschwand!«

»Was?«, fragte Avery. »Hattest du nicht gesagt, dass …«

»Dass Parker zu dem Zeitpunkt längst weg war? Ja. Weil es so in seiner Krankenakte steht. Aber eine Akte kann man fälschen. Diese Fotografie beweist, dass jemand sie gefälscht haben *muss*. Parker war am zwanzigsten Juli noch immer in Sotheby Manor, an ebenjenem Tag, als Helen ihren Geburtstag feierte und Emily verschwand.«

Avery schüttelte den Kopf. »Das will mir nicht einleuchten. In der Zeitung stand doch, Emily hätte den Tag in Chichester verbracht. Warum hätte sie das tun sollen, während die anderen Schwestern eine Geburtstagsparty feierten?«

»Vielleicht war sie nicht eingeladen«, mutmaßte Penny. »Oder ihr hatte niemand etwas davon gesagt, in der Hoffnung, dass sie nicht teilnimmt.« Beide Peterkins wussten aus eigener Erfahrung, dass so etwas gang und gäbe war. »Aber erinnere dich an meinen Einwand von vorhin, Eric: Das alles hat nichts zu bedeuten, wenn Parker keine Möglichkeit hatte, ins Clubgebäude zu kommen.«

»Stimmt schon«, murmelte Eric gedankenverloren. »Andererseits: Wenn Wolfe hineingelangt ist, kann auch Parker eine Möglichkeit gefunden haben. Ich muss nur herausfinden, welche.«

Avery bestand darauf, dass Eric die Nacht bei ihm verbrachte, nachdem dieser ihm in einem ungestörten Moment von den Schüssen im Nebel erzählt hatte. Zusammen begleiteten sie Penny noch zur Wohnung ihrer Freundin. Eric befürchtete, dass Avery auf dem Weg alles ausplaudern würde, aber es gelang seinem Freund, seine Zunge im Zaum zu halten, wofür Eric sehr dankbar war.

Wenn er ganz ehrlich war, begann er mittlerweile, an sich selbst zu zweifeln. Dass er im zivilisierten London, noch dazu in einer sicheren Wohngegend, zur Zielscheibe von Schüssen geworden war, erschien ihm wie etwas aus einem Kriminalroman, und er fragte sich, ob er sich die ganze Sache womöglich nur eingebildet hatte.

Im Licht des nächsten Tages erschien sie ihm vollends absurd. Penny wollte an diesem Morgen nach Cambridge weiterfahren, und Eric brachte sie zum Zug. Er entschuldigte sich aufrichtig dafür, nicht der perfekte Gastgeber gewesen zu sein, doch Penny versicherte, sie habe sich trotzdem prächtig amüsiert. Eric wusste nicht genau, ob ihn diese Antwort beruhigen sollte, war er doch sicher, dass sie sich auf Pennys Nachmittag mit Norris im Londoner Zoo bezog.

»Also wirklich, Eric! Wenn du bei jedem Junggesellen so reagierst, der Zeit mit mir verbringen möchte, frage ich mich, warum du mir überhaupt noch jemanden vorstellst.«

»Brüder sind nur selten rational, wenn es um ihre Schwestern geht«, räumte Eric ein und rieb sich verschämt den Kopf. »Ich möchte nur nicht mit ansehen müssen, dass dich jemand verletzt. Und ich möchte vor allem nicht, dass dir passiert, was Emily Ang passiert ist.«

Penny starrte nachdenklich ins Leere. Dann sagte sie: »Weißt du, manchmal ist es ein Fluch, als exotisch zu gelten. Für uns Frauen ist es noch schlimmer, weil sich selbst die scheinbar anständigsten Gentlemen in heillose Flegel verwandeln. Sie denken, sie könnten uns ausnutzen und ungeschoren davonkommen, weil … weil wir keine ›richtigen‹ Engländerinnen sind. Man weiß von Anfang an, dass sie keine ehrenhaften Absichten hegen, weil sie auf keinen Fall ein Kind in die Welt setzen wollen, das so ist wie wir. Hast du je darüber nachgedacht, welches Opfer Mutter und Vater für uns gebracht haben, Eric?«

»Natürlich, aber … Penny! Du sprichst doch nicht aus Erfahrung, hoffe ich?«

»Nein, mir ist zum Glück noch nichts dergleichen passiert. Ich sehe ja nicht halb so exotisch aus wie du. Trotzdem: Auch ich habe gelernt, das plötzlich aufflammende Interesse von Männern zu erkennen, wenn sie erfahren, dass man nur zur Hälfte englisch ist. Dann streiche ich sie sofort von meiner Tanzkarte, ohne jede Rücksicht. Nein, mir geht es darum, dass du nicht schlecht von dieser Emily Ang denken darfst, nur weil ihr so etwas passiert ist. Manchmal wird einer Frau einfach keine Wahl gelassen.«

Eric brauchte eine Minute, bis er verstanden hatte, was Penny damit meinte. »Penny, ein Gentleman zwingt sich einer Dame nicht auf …«

»Ein Gentleman übernimmt ja auch hinterher die Verantwortung für sein Handeln. Aber manche Gentlemen sind eben keine echten Gentlemen, Eric.« Auf einmal funkelten ihre Augen verschmitzt auf. Sie gab ihrem Bruder einen Kuss auf die Wange und sagte: »Apropos nicht ganz perfekter Gentleman: Richte Patch doch bitte liebe Grüße von mir aus und sage ihm, dass wir uns bei meinem nächsten London-Besuch wiedersehen.«

Eric blieb nichts anderes übrig, als wirkungslos vor sich hin zu schimpfen, während Penny – lachend über sein gequältes Gesicht – im Waggon verschwand, um sich ein freies Abteil zu suchen.

Während der Zug aus dem Bahnhof rollte, drehte sich Eric um und dachte über seine nächsten Schritte nach. Die Diskussion vom Vorabend hatte lediglich ein wenig Klarheit gebracht, was das Tatmotiv anging: Benson war wegen Emily ermordet worden, und Emily war wegen ihrer Schwangerschaft ermordet worden. Damit war der Täterkreis jedoch noch lange nicht auf eine konkrete Person eingegrenzt. Es war Zeit, nicht mehr zu überlegen, wer Grund gehabt haben könnte, Benson umzubringen, sondern sich darauf zu konzentrieren, wer überhaupt die *Möglichkeit* dazu gehabt hatte. Es war Zeit, das Augenmerk auf das *Wie* zu richten.

IV

DER TRESORRAUM

Das letzte Mal, als sich Eric im Britannia Club umgesehen hatte, war das Reinigungspersonal noch dabei gewesen, die Überreste des Fingerabdruckpuders zu beseitigen, und die meisten Mitglieder hatten es vorgezogen, über die Straße zum Golden Lion hinüberzugehen, statt mit Blick auf die polizeilichen Aktivitäten zu speisen. Inzwischen war der Puder restlos verschwunden, und ein paar Mutige waren in den Speisesaal zurückgekehrt, obwohl die Atmosphäre dort noch immer etwas Angespanntes hatte, als wären die Anwesenden sich ihres Schweigens allzu bewusst und die Lampen allzu begierig darauf, die Schatten zu vertreiben.

Im Clubgebäude hatte sich ein schwacher, unangenehmer Geruch festgesetzt. Der Nebel war über Nacht hereingekrochen und hatte seinen giftigen Atem zurückgelassen.

Wolfe hatte es geschafft, in den Club einzubrechen, ohne Spuren zu hinterlassen – das war das Einzige, was Eric über die Nacht von Bensons Ermordung mit Sicherheit wusste. Dort musste er also anfangen. Sobald ihm klar war, wie Wolfe dieses Kunststück fertiggebracht hatte, würde er vielleicht auch verstehen, wie einem anderen dasselbe gelungen sein konnte.

Eric begann mit seiner Untersuchung von außen. Er stellte sich auf die gegenüberliegende Straßenseite und betrachtete mit kritischem Blick das Clubgebäude.

Es hatte eine neoklassizistische Kalksteinfassade, ähnlich wie das St. James's Theatre und die meisten anderen Gebäude an der King

Street. Hohe Fenster mit dreieckigen Ziergiebeln flankierten den Eingang. Das Eingangstor war sehr exponiert, trotz des überdachten Portikus. Die Türflügel wurden nach einundzwanzig Uhr abgeschlossen, aber wenn man klingelte, wurde man auch danach noch von einem Bediensteten eingelassen.

Die beiden hohen Fenster gehörten auf einer Seite zum Speisesaal und auf der anderen zu einem öffentlichen Empfangszimmer. Diese Fenster waren jetzt, in der kalten Jahreszeit, fest von innen verriegelt. In den Sommermonaten konnte je eine hoch gelegene Fensterscheibe zur Durchlüftung geöffnet werden. Selbst wenn diese schmalen Fensterchen zum Zeitpunkt des Mordes offen gestanden hätten, hätte es großer Beweglichkeit bedurft, um durch sie ins Gebäude zu gelangen. Das Gleiche galt für die Fenster im ersten Stock. Was die Fenster der Übernachtungszimmer im zweiten Stock anging, wusste Eric aus eigener Erfahrung, dass die meisten davon klemmten, weil sie mit Farbe zugepinselt worden waren.

Ganz unten befanden sich die Kellerfenster: Milchglasscheiben, die durch eiserne Gitter geschützt waren. Eric hatte keine Ahnung, was sich hinter ihnen verbarg, doch es war offensichtlich, dass man nicht durch diese Fenster klettern konnte, ohne vorher die Gitterstäbe zu entfernen, und es war nirgendwo eine Beschädigung zu erkennen.

Von der King Street zweigten etliche schmale Passagen und Einfahrten ab, und eine solche Passage verlief auch entlang des Britannia Clubs und mündete in einem engen Hof. Irgendwann einmal war die Remise am rückwärtigen Teil des Gebäudes mit dem Hof und der Passage verbunden gewesen. Inzwischen war diese Remise längst zur Turnhalle des Clubs umfunktioniert und die Verbindung zum Hof zugemauert worden. Eine von Mülltonnen umgebene, vor der Straße durch einen Gebäudevorsprung verborgene Tür bildete heute den einzigen Zugang vom Hof ins Gebäude. Ein junger Bediensteter mit dunkelblonden Haaren, der neben den Mülltonnen mit einer Zigarette herumlungerte, wurde durch Erics Näherkommen aufgeschreckt. Er drückte rasch seine Zigarette aus und verschwand durch die Tür. Eric hörte keinen Schlüssel, der im Schloss herumgedreht wurde, fand die Tür jedoch verschlossen vor, als er sie zu öffnen versuchte.

Dies war also der berühmte Hintereingang des Britannia Clubs, der Eingang, den Saxon zu bevorzugen schien. Etwa einen halben Meter darüber befand sich eine Reihe viereckiger Fenster, die vermutlich Licht für die Personalräume spendeten. Der Mörtel bröckelte um die Backsteine herum, die die Fensterreihe umgaben. Entlang der seitlichen Passage waren größere Fenster, die wie die Kellerfenster durch Eisengitter gesichert waren. Eric reichte mühelos mit den Fingern bis zum Fenstersims und konnte sich anschließend weit genug hinaufziehen, um durch die Scheiben ins Gebäude zu spähen. Eins der Fenster gehörte zu Aldershotts Büro, das andere zu Bradshaws.

Eric kehrte zu den Mülltonnen zurück und blickte nach oben. Er erkannte zwei zugemauerte Fenster im Stockwerk über der Hintertür und noch ein Stockwerk darüber das einzelne Fenster von Bensons Übernachtungszimmer.

Die Hintertür selbst wirkte recht stabil und war mit einem Bramahschloss ausgestattet. Dieses Schloss war dafür berühmt, dass es jahrzehntelang als nicht zu knacken gegolten hatte, bis zur Industrieausstellung von 1851, als ein amerikanischer Schlosser namens Hobbs die Herausforderung angenommen und es schließlich aufbekommen hatte – nach einundfünfzig Stunden. Wer auch immer dieses Schloss aufbrechen wollte, brauchte jede Menge Übung und hätte sich zweifellos schon vorher einen Namen als Meistereinbrecher gemacht. Lediglich Wolfe besaß einen Ruf, der an so etwas heranreichte.

Eric klopfte an die Tür und wartete. Sie wurde augenblicklich von dem dunkelblonden Bediensteten geöffnet, den er vorhin im Hof gesehen hatte.

»Sie kenn ich doch«, sagte der Bedienstete. »Sie sind Clubmitglied und wollen sicher durch den Vordereingang.«

Eric hielt ihm einen Shilling hin, der zusammen mit der Reserviertheit des Bediensteten verschwand.

»Andererseits kann es mir ja egal sein«, sagte er und ließ Eric passieren. Die Tür fiel hinter ihnen zu und verschloss sich selbst mit einem Klicken.

»Die Mülltonnen dort draußen«, begann Eric. »Erinnern Sie sich, ob sie am Morgen, als Mr. Benson gefunden wurde, geleert wurden?« Er hatte Norris im Sinn, dessen Alibi mit der Frage stand und fiel, ob er seine blutbespritzten Kleider hatte loswerden können. Ihm war eingefallen, dass die einfachste Art und Weise, dies zu tun, darin bestand, sie einfach in die Mülltonnen zu werfen und die Müllmänner den Rest erledigen zu lassen. Die Hintertür schien sich von innen auch ohne Schlüssel öffnen zu lassen, verriegelte sich jedoch selbst, sobald sie ins Schloss fiel. Aber die Mülltonnen standen nah genug, dass man die Tür nur für ein paar Sekunden verkeilen musste und keine Gefahr bestand, dass das Nachtpersonal auf die offene Tür stieß und sie schloss, während man draußen war.

»Die Mülltonnen?«, wiederholte der Bedienstete und hob ungläubig eine Augenbraue. »Was interessieren *Sie* denn die Mülltonnen?«

Eric hielt ihm noch einen Shilling hin. Er verschwand genau wie der erste und löste dem Bediensteten sofort die Zunge.

»Stets zu Diensten, sage ich immer. Das war ein Samstag, oder? Samstags kommen keine Müllmänner. Die kommen montags, mittwochs und freitags um fünf Uhr morgens und keine Minute früher.«

»Keine Minute früher? Weshalb denn das?«

Diesmal war es echte Sorge, die den Redefluss des Bediensteten ins Stocken brachte, und es war eine halbe Krone nötig, damit er wieder sprudelte.

»Weil sie glauben, dass es im Hof spukt, deshalb. Aber es ist nicht der Hof, sondern das Zimmer im zweiten Stock. Bei den

Gentlemen ist es unbeliebt, weil die Betrunkenen hinten in der Gasse so viel Radau machen, also lässt der alte Cully manchmal Nichtmitglieder dort übernachten. Hauptsächlich Landstreicher – schmutzige Gesellen, die keine Bleibe haben, was auch kein Wunder ist. Manche von denen brüllen im Schlaf wie die Irren. Bei dem Zeug, das aus ihren Mündern kommt, wenn sie im Tiefschlaf sind, drehen sich die Toten in ihren Gräbern um. Drinnen sind die Türen und Wände dick genug, dass man sie nicht hört, aber im Sommer, wenn sie bei offenem Fenster schlafen, hört man sie draußen. Selbst mich schüttelt es dann, obwohl ich weiß, wo das Gebrüll herkommt. Deshalb traut sich keiner mehr nachts im Dunkeln in den Hof.«

Eric hatte immer geglaubt, der alte Getreue sei ohne jeden Fehl und Tadel. Dementsprechend überrascht war er darüber, dass der lang gediente, unbescholtene Portier etwas getan haben sollte, womit er den Unmut der Mitglieder riskierte.

»Sie verraten aber nicht, dass ich Ihnen das erzählt habe, oder? Vor allem nicht dem alten Cully. Der Kerl häutet mich sonst bei lebendigem Leib.«

»Ich würde nicht im Traum Geschwätz verbreiten.« Eric dankte dem Bediensteten mit einem weiteren Shilling, woraufhin dieser eine halbe Treppe bis zum Treppenabsatz hinaufhüpfte und durch eine Tür verschwand.

Dahinter musste sich das Personalzimmer befinden. Bevor die Tür zufiel, erhaschte Eric einen Blick auf nackte, weiß verputzte Wände, ein Anschlagbrett, an dem offenbar Dienstpläne hingen, und einen weiteren Bediensteten, der sich mit offenem Hemdkragen ausruhte. Eric wusste, dass man durch dieses Personalzimmer musste, um den Rest des Erdgeschosses zu erreichen, und dass eine schmale Stiege vom Personalzimmer zu der kleinen Wohnung führte, in die der alte Getreue sich nachts zurückzog. Es war wohl eher unwahrscheinlich, dass sich in der fraglichen Nacht jemand auf diesem Weg in den Club geschlichen hatte, vorbei am Nachtpersonal, das sich hier die Zeit vertrieb. Aber die Treppe, die der Bedienstete genommen hatte, führte auch nach unten in den Keller, und von dort erreichte Eric der Geruch von … Speck?

Ja, Speck. Speck und Würstchen und Röstbrot. Natürlich! Im Keller war die Küche des Clubs untergebracht, und von der Küche aus führte eine weitere Treppe in den Speisesaal hinauf. Eric folgte seiner Nase nach unten und gelangte als Erstes in die Spülküche, wo die Gerüche weniger angenehm waren. Von hier ging es weiter durch die eigentliche Küche, begleitet vom argwöhnischen Blick des einzigen Kochs, der gerade Dienst hatte. Im Speisesaal schien erneut außergewöhnlich wenig los zu sein. Der Toast war trotzdem mal wieder verbrannt.

Ein wenig orientierungslos versuchte Eric, die nächstbeste Tür zu öffnen, doch die führte zum Heizungskeller und war verriegelt. Der Koch zeigte ihm mit einer schroffen Handbewegung den Zugang zu einer Treppe, die Eric hinauf ins Anrichtezimmer brachte. Neben dem Schrank mit dem Tafelsilber blieb er stehen und sah sich um. Dem Blick der Kellner nach zu urteilen war er auch hier nicht willkommen, aber der Speisesaal lag direkt hinter einem offenen Durchgang, und es war bestimmt nicht das erste Mal, dass sich ein Clubmitglied ins Anrichtezimmer verirrte.

Eric war sich inzwischen sicher, dass Wolfe durch die Hintertür ins Gebäude gelangt und den Bediensteten ausgewichen war, indem er den Umweg durch Küche, Anrichtezimmer und Speisesaal genommen hatte. Dort war zu nächtlicher Stunde bestimmt niemand mehr gewesen. Beweisen ließ sich Erics Theorie natürlich nicht mehr: Diese Räume wurden so intensiv und häufig genutzt, dass jede potenzielle Spur längst vernichtet war.

Es befanden sich nur zwei Gäste im Speisesaal: junge, alleinstehende Männer, die getrennt voneinander ihr Katerfrühstück einnahmen. Sie kommentierten Erics Eintreffen durch das Anrichtezimmer mit keinem Wort, schließlich trugen beide noch die Kleidung vom Vorabend und wollten keinen Gegenkommentar riskieren. Die meisten Mitglieder waren noch immer nicht in den Club zurückgekehrt, was die reduzierte Belegschaft in der Küche erklärte – der Rest des Küchenpersonals war offenbar überzählig gewesen und hatte sich verdrückt, um eine Zigarette zu rauchen oder ein Gläschen zu trinken.

Die weiß eingedeckten, unbenutzten Tische verliehen dem Speisesaal das Aussehen einer am Altar stehen gelassenen Braut.

Eric durchquerte den Saal und betrat das leere Foyer des Clubs, in dem seine Schritte lauter zu hallen schienen als je zuvor. Auch hier würden sich keine Spuren mehr finden lassen, zumal es womöglich nie welche gegeben hatte. Sobald Wolfe und Bensons Mörder es einmal bis hierher geschafft hatten, war es ein Leichtes für sie gewesen, ungesehen in dem Flur zu verschwinden, der zum Tresorraum führte.

Eric fiel ein, dass auch in Aldershotts Büro eingebrochen worden war. Die Tür war mit einem Schürhaken aufgebrochen worden, der angeblich aus dem öffentlichen Empfangszimmer entwendet worden war. Als er nun einen Blick in ebendieses Zimmer warf, entdeckte er neben dem Kamin ein nagelneues Ofenbesteck aus glänzendem Messing, ein hervorstechendes Art-déco-Element in einem ansonsten viktorianischen Raum.

Im Speisesaal stand einer der beiden jungen Männer auf, um zu gehen, und der andere wirkte ebenfalls nicht versessen darauf, lange zu bleiben. Eric überlegte, ob oben im Salon wohl mehr los war.

»Kann ich Ihnen bei irgendetwas helfen, Sir?«

Eric sah sich um. Der alte Getreue war hinter seinem Empfangstisch hervorgekommen und schien begierig darauf, sich nützlich zu machen.

»Cully«, sagte Eric mit gesenkter Stimme. »Mir ist gerade ein völlig absurdes Gerücht zu Ohren gekommen: dass Sie Männer von der Straße hereinlassen, damit sie in den Übernachtungszimmern des Clubs nächtigen könn …«

»Pst!«, unterbrach ihn der alte Getreue aufgebracht. »Das waren einmal unsere Männer, oder etwa nicht? Sie haben für unser Land im Krieg gekämpft, und jetzt hat sie das Glück verlassen, während bei uns ein Zimmer leersteht. Ein oder zwei arme Seelen pro Nacht, das schadet doch niemandem! Diese Männer verdienen etwas Besseres als das, was das Schicksal ihnen zugeteilt hat, meinen Sie nicht auch?«

Eric konnte ihm nicht wirklich widersprechen. Die Schreie aus dem Zimmer stammten also von ehemaligen Soldaten, die von Albträumen geplagt wurden und die »das Glück verlassen hatte« – eine nette Umschreibung dafür, dass sie es nicht geschafft hatten, sich wieder ins Zivilleben einzufügen. Es war doch hoffentlich keiner seiner eigenen Männer so geendet?

»Weiß Aldershott davon?«, fragte er.

»So hat es ja angefangen, Sir. Einige Männer aus Hauptmann Aldershotts ehemaligem Regiment brauchten ein Dach über dem Kopf, und er brachte sie als Gäste mit hierher. Das war vor drei Jahren, und seither ging es immer so weiter.«

Aldershott war also tatsächlich nicht der steife, unnachgiebige Zuchtmeister, den er nach außen hin darstellte. Man musste sein Mitgefühl für diese Männer anerkennen. Erneut dachte Eric an seine eigenen Männer, vor allem diejenigen, zu denen der Kontakt abgebrochen war. Thompson und Clark hatten von Anfang an den Anschein gemacht, als hätten sie keinen Grund, nach Hause zurückzukehren. Einmal, in der Stille zwischen zwei Salven, hatte Clark sogar den Wunsch geäußert, die Kämpfe sollten für immer weitergehen. Seinem Gesichtsausdruck nach zu urteilen war es nicht Blutdurst gewesen, der ihn zu dieser Äußerung veranlasst hatte. Eric fragte sich, ob er Angst vor dem gehabt hatte, was er zu Hause vorfinden würde.

Er schüttelte den Kopf. Besser, er kehrte schnell zu seiner aktuellen Mission zurück. Wenn er herausfinden wollte, wie Wolfe und der Mörder in den Tresorraum eingebrochen waren, musste er zunächst genau wissen, wie dieser Tresorraum und das dazugehörige

Prozedere funktionierten. Und zu diesem Zweck war es am einfachsten, wenn er selbst um ein Schließfach bat.

Der alte Getreue wirkte erleichtert darüber, dass Eric nicht vorzuhaben schien, weiter über das Thema des leer stehenden Übernachtungszimmers zu sprechen. »Natürlich«, sagte er. »Seit letzter Woche sind viele Schließfächer frei geworden …«

»Könnte ich Schließfach Nummer 13 bekommen?«

Der alte Getreue sah ihn überrascht an. »Nun ja … ja und nein. Das Schließfach ist eigentlich den … den Vorstandsoffizieren vorbehalten. Andererseits hat Hauptmann Aldershott es auch Mr. Benson überlassen, und …«

»War es also ursprünglich Aldershotts Schließfach?«

Der alte Getreue räumte widerstrebend ein, dass dies zutraf und dass der Schlüssel seit dem Mord wieder im Schlüsselkasten hing und theoretisch für jeden verfügbar war. Aldershott wolle ihn jedenfalls nicht mehr haben.

Eric hingegen schon, und so füllte der alte Getreue die entsprechenden Papiere aus.

Sie gingen in den Tresorraum hinunter, wo der alte Getreue das Rad an der Tresortür drehte, um sie zu entriegeln und Eric einzulassen.

Seit dem Mord war eine Woche vergangen. Bensons Leiche war selbstverständlich verschwunden, und die Mosaikkacheln auf dem Boden schimmerten noch sauberer, als Eric sie in Erinnerung hatte. Sie waren geputzt und gescheuert worden, und es lag ein strenger Geruch nach Desinfektionsmittel in der Luft, wie man ihn normalerweise von Krankenhäusern kannte. Aber unter dem Tisch schienen sich die Worte *decorum est* vom Rest des Sinnspruchs abzuheben – der Fugenkitt um sie herum war dunkler als an den übrigen Stellen.

»Es hat ganz schön gedauert, bis wir das Blut beseitigt hatten«, erzählte der alte Getreue.

Eric nahm seinen Schlüssel, ging damit zu der Schrankreihe mit den Schließfächern und schloss das Fach mit der Nummer 13 auf. Er zog den Stahlkasten heraus und stellte ihn auf den Tisch – genau wie es Benson vor einer Woche getan hatte. Fast sah Eric wieder die Gegenstände vor sich, die in Bensons Fach gelegen hatten: Parkers Arztbericht, die chirurgische Schere, das Injektionsbesteck und die Fotografie von Mrs. Benson. Die Bedeutung dieser Gegenstände war ihm größtenteils immer noch ein Rätsel, aber er hatte das Gefühl, der Auflösung immer näher zu kommen.

Er drehte sich wieder zu den Schränken um, zog die kleine Taschenlampe hervor, die er zu diesem Zweck mitgebracht hatte, und leuchtete damit in das leere Abteil von Schließfach Nummer 13 hinein. Die Rückwand war eine grobe Backsteinmauer; zwischen ihr und dem Stahlrahmen, der die Schließfächer umschloss, war etwa ein Zentimeter Platz. Oben und unten wurde das Abteil von glatten Stahlplatten begrenzt, wohingegen die Seiten offen waren. Lediglich eine einzige Stahlleiste trennte jedes Abteil von seinen Nachbarabteilen.

Eric griff in das Abteil Nummer 13 hinein und tastete nach den Schrauben, die die Leiste an Ort und Stelle hielten. »Wolfe hatte das Schließfach Nummer 12, nicht wahr?«, sagte er.

Der alte Getreue starrte ihn an. »Hatte er. Hat er immer noch. Woher wissen Sie das?«

»Die Schrauben zwischen Fach 13 und Fach 12 wurden gelockert, man spürt die Stelle, an der sich jemand vor Kurzem mit einem scharfen Gegenstand zu schaffen gemacht hat. Ich bin mir sicher, dass Wolfe auf diese Weise an Bensons Schließfach gelangt ist: Er hat die Schrauben gelöst, die Leiste zwischen Fach 12 und Fach 13 herausgenommen und Bensons Fach durch sein eigenes herausgezogen.« Jetzt brauchte er nur noch die Bestätigung, dass Wolfe gewusst hatte, wem das Schließfach Nummer 13 gehörte.

»Oh! Wie clever von Ihnen, Sir! Darf ich fragen, woher dieses plötzliche Interesse am Tresorraum und der Frage rührt, wie Hauptmann Wolfe hineingelangen konnte?«

»Es hat mit dem Mord zu tun, Cully. Einer von uns wurde umgebracht, und ich gedenke herauszufinden, wie es dazu kam.«

Vor Erics innerem Auge erschien wieder der Anblick, der sich ihnen am vorigen Samstag geboten hatte, nachdem der alte Getreue die Tür zum Tresorraum geöffnet hatte: Benson, zusammengesunken neben dem Tisch, mit Aldershotts Brieföffner in der Kehle und den blutverschmierten Worten *decorum est.* Die ganze Szenerie kam ihm aus heutiger Sicht wie eine Verkündigung vor oder eine Herausforderung.

»Sie meinen Mr. Benson?« Aus dem beschwingten irischen Akzent des alten Getreuen war plötzlich ein geringschätziger Unterton herauszuhören, der Eric abrupt aufblicken ließ. »Mit Verlaub: Meiner Auffassung nach war Mr. Benson nie wirklich ›einer von uns‹. Er hat nie als Soldat gekämpft.«

Noch nie hatte Eric auch nur einen Anflug von Voreingenommenheit am loyalen Portier des Britannia Clubs wahrgenommen. Bis heute. Offenbar war die Unterwürfigkeit des alten Mannes der Kaste kriegerischer Briten vorbehalten. Diese umfasste auch Eric Peterkin und die vom Pech verfolgten ehemaligen Soldaten Londons. Alle anderen konnten sich zum Teufel scheren.

»Benson hat als Blessiertenträger gedient«, wandte er ein. »Er war lange genug in Flandern, um verwundet zu werden.«

»Die Helfer vom Roten Kreuz auch, und wir öffnen unsere Tore trotzdem nicht für sie. Nein, Sir, das ist ganz und gar nicht vergleichbar.«

»Selbst wenn er nicht ›einer von uns‹ war, sind wir es ihm trotzdem schuldig, herauszufinden, was passiert ist. Und wir sind es uns selbst schuldig. Der Mann wurde buchstäblich vor unserer Nase umgebracht.«

Der alte Getreue musterte ihn nachdenklich. »Sie meinen, es wäre eine Frage der Ehre? Ja, vielleicht … Ihr Vater hätte jedenfalls dasselbe gesagt. Von ihm weiß ich, was die lateinischen Worte dort auf dem Boden bedeuten. *Decorum est* heißt ›Es ist ehrenhaft‹, nicht wahr?«

Eric hob fragend eine Augenbraue. Die funkelnden blauen Augen des Getreuen schienen ihn über eine Kluft aus Jahren und Weisheit hinweg zu betrachten. »Cully«, sagte Eric sanft. »Gibt es irgendetwas, das Sie mir über die Schließfächer erzählen könnten? Es könnte dabei helfen, unsere Namen reinzuwaschen.«

Die blauen Augen blickten abrupt in eine andere Richtung, und der alte Getreue antwortete: »Die Vorstandsoffiziere haben alle ihre eigenen Schließfächer, die nur für sie reserviert sind. Mr. Bradshaw hatte von Anfang an das Fach Nummer 11. Der Präsident nimmt normalerweise die Nummer 13, weil die sonst niemand haben will und er seine persönlichen Gegenstände auch in seinem Büro aufbewahren kann. Der Rest der Offiziere macht unter sich aus, wer welches Fach bekommt. Das Fach von Hauptmann Wolfe kennen Sie ja schon. Leutnant Saxon hat die Nummer 14 und Leutnant Norris die 15. Als Clubpräsident besitzt Hauptmann Aldershott einen Generalschlüssel für alle Schließfächer, und ich habe auch einen.«

Eric hatte nicht damit gerechnet, dass der alte Getreue ihm plötzlich derart viele Informationen anvertraute. »Benutzen die Vorstandsoffiziere ihre Schließfächer denn überhaupt?«, fragte er.

»Ja, aber …« Der alte Getreue legte den Kopf schief, um die Treppe hinaufzuspähen. »Ich sollte Ihnen eigentlich nichts von alldem erzählen, Sir. Ich tue es nur, weil … nun ja, weil Ihr Vater ein großer Mann war und ich ihn in Ihnen wiedererkenne. Und das liegt nicht nur an den Peterkin-Augenbrauen.« Er errötete ob dieses sentimentalen Geständnisses und räusperte sich. Dann sagte er: »Sie verraten mich doch nicht, oder? Ich glaube nicht, dass es etwas zu erzählen gibt, was das Britische Reich zu Fall bringen könnte, aber trotzdem.«

Eric schüttelte den Kopf. Er hatte das Gefühl, dass Oberst Berkeley Peterkin voller Interesse auf sie herabsah.

Als Erstes gingen sie zu Schließfach Nummer 11. Bradshaws

Schließfach. Der alte Getreue sagte: »Mr. Bradshaw nutzt sein Fach nur hin und wieder. Normalerweise überlässt er mir das Wegschließen, Sie können also im Register nachsehen, was er jeweils hineinlegen ließ. Ein- oder zweimal hat er selbst etwas weggeschlossen. Darüber ist demnach nichts verzeichnet.«

Der alte Getreue legte einen Finger an die Lippen, zwinkerte und zog seinen Generalschlüssel aus der Tasche. Bradshaws Schließfach war leer.

Die Nummer 12 gehörte Wolfe, wie Eric richtig erraten hatte. »Hauptmann Wolfe war im letzten Monat zweimal hier unten. Ich weiß nicht, was er in sein Schließfach gelegt hat und ob es sich noch immer darin befindet. Er war sehr geheimniskrämerisch und wollte nicht, dass ich mitbekam, was er wegzuschließen gedachte.«

Wolfes Fach enthielt eine »Rote Neun«, genau solch eine Mauser-Pistole, wie Eric sie am Abend zuvor in Aldershotts Arbeitszimmer gesehen hatte. Sie roch nach Waffenöl und schimmerte im Licht der einzigen Glühbirne.

»Viele Gentlemen bewahren hier ihre Andenken aus dem Krieg auf«, erklärte der alte Getreue.

»War Wolfe seit dem Mord noch einmal hier unten?« Eric dachte an den mysteriösen Schützen von gestern Abend. Wolfe war während des ersten Schusses zwar bei ihm gewesen, aber was, wenn es sich bei dem Knall tatsächlich nur um eine Fehlzündung gehandelt hatte? Die nachfolgenden Schüsse konnte Wolfe trotzdem abgefeuert haben.

Der alte Getreue schüttelte den Kopf, und Eric schob den Stahlkasten mit der Waffe vorsichtig wieder in sein Abteil.

Die Nummer 13 gehörte ihm nun selbst, war jedoch zuvor Aldershotts Fach gewesen. »Hauptmann Aldershott hatte seit dem Tag seiner Wahl zum Clubpräsidenten ein mit braunem Packpapier umwickeltes Paket in seinem Fach. Bestimmt hatte er es zwischenzeitlich ganz vergessen. Er benutzt ansonsten sein Büro als Aufbewahrungsort.«

Die Nummer 14 gehörte Saxon. »Leutnant Saxon kam vor vier Monaten mit einem Stapel Bücher hier unten an und nahm sie vor drei Wochen wieder heraus. Ich glaube, er hätte die Bücher schon vor Monaten in eine Leihbücherei zurückbringen müssen. Er war furchtbar schlecht gelaunt wegen der Überziehungsgebühr.«

Saxon war fast direkt nach dem Mord noch einmal im Tresorraum gewesen, und in seinem Schließfach befand sich nun ein langer, zylinderförmiger Schlüssel, den der alte Getreue als Schlüssel zur Hintertür identifizierte.

»Nach dem Krieg hat er fast drei Jahre hier gewohnt«, erklärte der alte Getreue. »Er ging zu derart seltsamen Zeiten ein und aus, dass irgendwann jemand beschloss, dass es einfacher wäre, ihm einen eigenen Schlüssel zu geben. Als er dann wieder eine externe Unterkunft hatte, waren die Vorstandsoffiziere nicht mehr dieselben, und niemand dachte daran, den Schlüssel von ihm zurückzuverlangen.«

»Offenbar benutzt er ihn noch.« Eric erinnerte sich, wie Saxon letzten Samstag von den Konstablern die Treppe heraufgeschleift worden war. »Allerdings nicht in den letzten Tagen, wie es aussieht. Ich nehme an, er bewahrt den Schlüssel normalerweise nicht hier auf.«

Der alte Getreue schüttelte den Kopf. »Erst seit dem Mord.«

Schließlich fehlte noch die Nummer 15, Norris' Schließfach. »Leutnant Norris hat sein Fach noch nie benutzt. Allerdings war er nach seiner Wahl in den Vorstand ja auch drei Monate in Italien und hat vielleicht vollkommen vergessen, dass er überhaupt ein Schließfach besitzt.«

Und in der Tat war das Schließfach mit der Nummer 15 leer.

Eric betrachtete gedankenversunken die Metallschränke. Er konnte noch nicht abschätzen, ob ihm die Informationen des alten Getreuen weiterhelfen würden oder nicht. Wie auch immer, als Nächstes musste er sich die Tür zum Tresorraum anschauen.

Cully eilte zunächst die Treppe hinauf, sah sich nach möglichen Zeugen um und schloss dann fest die Tür zwischen Gang und

Treppe. Als er zurückkehrte, sagte er: »Mit der Tresortür müssen Sie vorsichtig sein, Sir. Sie sieht schwer aus, aber ein kleiner Stoß genügt, und sie fällt zu. Mr. Bradshaw ändert die Zahlenkombination jedes Mal, wenn ein neuer Clubpräsident gewählt wird. Er teilt sie mir und dem neuen Präsidenten in einer offiziellen Notiz mit.«

»Und was passiert dann mit dieser Notiz?«

»Manche Präsidenten behalten ihre, weil sie sich die Kombination nicht merken können – ich würde Hauptmann Aldershott zu dieser Sorte zählen –, andere verbrennen das Papier sofort. Ich behalte meine Notiz immer lange genug, um die Kombination auswendig zu lernen, und verbrenne sie dann.«

Die letzte Wahl des Clubpräsidenten war kurz nach Ostern gewesen, im April. Damals war die Kombination also das letzte Mal geändert worden.

»Hinten an der Tür ist eine Platte, die entfernt wurde, damit Mr. Bradshaw die Kombination ändern und die Tür anschließend von innen öffnen kann. Ich weiß nicht, wie man das macht. Wenn Sie es sich ansehen wollen, muss ich hier draußen bleiben, um die Tür wieder für Sie zu öffnen. Aber ich warne Sie: Das Licht geht aus, sobald die Tür geschlossen ist – um eventuelle Einbrecher abzuschrecken. Sie halten also besser Ihre Taschenlampe bereit.«

Eric nickte und schaltete die Lampe ein. Wie der alte Getreue gesagt hatte, genügte ein sanfter Stoß, und die Tür fiel zu, woraufhin wie prophezeit die Glühbirne an der Decke erlosch. Eric blieb mit dem Strahl seiner Taschenlampe allein und hatte plötzlich seinen Vater vor Augen, wie dieser mit der Faszination eines kleinen Jungen den Lichtstrahl einer elektrischen Taschenlampe über ein zum Trocknen aufgehängtes Laken gleiten ließ.

»Los geht's, Vater«, murmelte er in die abgestandene Luft des Tresorraums hinein.

Nachdem er seine Taschenlampe auf die Tür gerichtet hatte, sah er, was der alte Getreue gemeint hatte: In der offenen Bedienplatte befanden sich drei Scheiben auf einer Spindel. Schloss man die Tür, drehten sich diese Scheiben und blieben an zufälliger Stelle stehen. Entriegeln ließ sich die Tür, indem man das Rad auf der Außenseite nacheinander zu den Zahlen der eingestellten Kombination drehte und die Scheiben auf diese Weise wieder richtig ausrichtete. Wenn man ein schnelles Auge besaß und die Scheiben genau beobachtete, konnte man möglicherweise die Entfernung zwischen den drei Zahlen der Kombination erraten, aber das zufällige Herumwirbeln machte es so gut wie unmöglich, auf die erste Zahl zu kommen.

Oder etwa doch nicht? Die Scheiben drehten sich zwar willkürlich, wenn die Tür geschlossen wurde, die Spindel jedoch nicht. Als sich Eric diese Spindel genauer ansah, entdeckte er einen winzigen Tintenfleck, den jemand zur Orientierung angebracht hatte.

Auch in Erics Kopf begannen nun die Rädchen zu rotieren. Allmählich lichtete sich der Nebel.

Als der alte Getreue die Tür wieder öffnete, fragte Eric: »Hat sich hier drinnen schon einmal jemand versehentlich eingeschlossen?«

»Ja, Sir. Deshalb sollte auch immer jemand draußen warten, der die Kombination kennt.«

»Ist das schon mindestens zweimal vorgekommen?« Einmal, um die Spindel zu markieren, und einmal, um sie beim Drehen zu beobachten.

»Ja, Sir.«

»Und war die Person, der das zweimal passiert ist, Hauptmann Wolfe?«

»Ja, Sir. Er hat mir jedes Mal eine Pfundnote zugesteckt, damit ich es wieder vergesse.« Der alte Mann fragte nicht, wie Eric das alles erraten hatte – offenbar wunderte ihn inzwischen gar nichts mehr.

»Hat sich noch irgendjemand eingeschlossen? Norris? Saxon?«

Der alte Getreue schüttelte den Kopf. Wolfe war der Einzige gewesen.

Eric trat aus dem Tresorraum. Das nächste Hindernis des Eindringlings war, wenn man in umgekehrter Reihenfolge vorging, die Tür zwischen dem Flur im Erdgeschoss und der Treppe, die zur

Vorkammer des Tresorraums hinunterführte. Sie wirkte robust und altmodisch. »Wer hat den Schlüssel zu dieser Tür, Cully?«

»Diese Tür lässt sich nicht abschließen, Sir«, antwortete der alte Getreue, der hinter Eric die Treppe heraufgekeucht kam. »Der Tresorraum ist durch die Stahltür mit dem Kombinationsschloss und durch die abschließbaren Fächer gesichert, nicht durch diese Tür.«

Damit hatte Eric nicht gerechnet. »Ansonsten haben Sie aber alle Schlüssel zum Club, oder?«

»Ja, Sir. Schließlich trage ich die Verantwortung.«

»Was ist mit dem Haupteingang?«

»Den Schlüssel dazu besitzen nur ich und Mr. Aldershott.«

Damit, so war sich Eric sicher, wusste er alles, was es über die Sicherheitsvorkehrungen im Club zu wissen gab. Wer von den Personen, die Avery, Penny und er letzte Nacht in Betracht gezogen hatten, konnte in den Tresorraum gelangt sein und Benson umgebracht haben? Eric blieb auf dem Flur stehen und schloss die Augen, um sie nacheinander durchzugehen.

Wolfe hatte die Möglichkeit gehabt hineinzugelangen, das lag auf der Hand. Eric stellte ihn sich vor, wie er mitten in der Nacht das Bramahschloss der Hintertür knackte, nachdem er eine Woche lang jede Nacht dafür trainiert hatte. Vielleicht war die Wette eine hochwillkommene Gelegenheit für ihn gewesen, mit dem Ergebnis seiner Mühen anzugeben. Benson hatte um sein Eigentum gefürchtet; er war auf der Hut gewesen vor Wolfe, und als er gehört hatte, wie dieser ins Haus einbrach, war er ihm hinunter in den Tresorraum gefolgt. Dort hatte er Wolfe überrascht … Eric erinnerte sich noch gut an die unzivilisierte Brutalität, die unter Wolfes Maske zum Vorschein gekommen war, als am Vorabend der Schuss durch die Nacht gepeitscht war. Er malte sich aus, wie die gleiche Brutalität wieder von dem Gentleman mit den flinken Fingern Besitz ergriff; wie Wolfe instinktiv zustach und sich seiner Tat erst bewusst wurde, als das Blut bereits in den Fugenkitt unter seinen Lacklederschuhen gesickert war.

Aber warum hätte Wolfe den Brieföffner dabeihaben sollen? Vielleicht hatte Benson ihn sich geholt, um sich verteidigen zu können. Wolfe hatte ihn Benson entrungen und, einem brutalen Instinkt folgend, in den Hals gerammt. Oder es gab womöglich noch mehr Details, von denen Eric nichts wusste.

Saxon wiederum besaß seinen eigenen Schlüssel. Bis gestern Abend hätte ihn Eric für unfähig gehalten, die Zahlenkombination des Tresorraums herauszufinden, aber für einen Mann, der vier Jahre lang deutsche Botschaften entschlüsselt hatte, war es vermutlich ein Kinderspiel, die Kombination einer Tresortür zu knacken. Wahrscheinlich hatte er sich dafür noch nicht einmal »versehentlich« einschließen müssen. Saxon war zudem der Einzige, der gewusst hatte, dass Benson die Nacht im Club verbringen würde. Wenn der Mord ein sorgfältig geplanter Anschlag gewesen war, kam eigentlich nur Saxon dafür infrage. Eric wusste noch allzu gut, wie Saxon auf eine vermeintliche Bedrohung durch Ziehen seines Messers reagiert hatte.

Traf all dies zu, wäre es ein kühl kalkuliertes, von langer Hand geplantes Verbrechen gewesen. Konnte Eric dieses Bild eines abgefeimten, berechnenden Saxon mit dem von Schuldgefühlen geplagten Häufchen Elend in Einklang bringen, das gestern neben ihm hergegangen war? Er bezweifelte es.

Und dann war da noch Aldershott. Er hätte es am einfachsten gehabt: Als Clubpräsident besaß er den Schlüssel zum Vordereingang und zur Hintertür, genau wie die Kombination des Tresorraums. Eric stellte ihn sich vor, wie er von außen das Clubgebäude beobachtete und darauf wartete, dass Wolfe herauskam. Sobald Wolfe weg war, hätte Aldershott nur noch von der Straße in den Club schleichen und Benson irgendwie wecken müssen. Benson war mit ihm hinuntergerannt, um den Schaden zu begutachten, den Wolfe angerichtet hatte, und Aldershott hatte ihn von hinten niedergestochen – ein gewagter Angriff, entschlossen und emotionslos ausgeführt von einem entschlossenen und emotionslosen Offizier. Anschließend war er in sein eigenes Büro eingebrochen, um den Verdacht von sich abzulenken, und hatte mit einem zufriedenen Nicken in aller Seelenruhe darauf gewartet, dass der Mord entdeckt wurde.

Besonders weit hergeholt erschien Eric diese Variante nicht. Falls Aldershott damals Emilys Liebhaber gewesen war, hätte sich dieser Umstand desaströs auf seine Ehe mit Martha Saxon auswirken können, selbst dann, wenn er Emily nicht umgebracht hatte. Als derjenige, der Benson gezeigt hatte, wie die Schließfächer funktionierten, hatte Aldershott vermutlich mitbekommen, was Benson wegzuschließen gedachte, woraufhin ihm klargeworden war, was dieser vorhatte. Alles in allem ein ausgezeichnetes Mordmotiv. Eric hatte bereits erlebt, was für eine Wut hinter Aldershotts steinerner Miene schlummerte. Dort befand sich, genau wie bei Wolfe, eine wilde Brutalität, doch während Wolfe darum bemüht war, die Bestie in sich zu verbergen, machte Aldershott sie sich zunutze und befeuerte mit ihr seine sonst so emotionslosen Handlungen.

Eric hörte Schritte näher kommen und öffnete die Augen. Es war Bradshaw. Der ältere Mann nickte Eric zu, schloss sein Büro auf und betrat es, wobei er die Tür hinter sich einen Spalt offen ließ. »Mr. Bradshaw kommt jeden Samstag für ein Stündchen«, erklärte der alte Getreue. »Er raucht gern in Ruhe eine Zigarre, hält vielleicht ein kleines Schläfchen. Und er liest gern die Zeitung.«

Bradshaw besaß natürlich ebenfalls die Zahlenkombination der Tresortür, schließlich war er es, der sie einstellte. Und nach all den Jahren als Schriftführer des Clubs war es unwahrscheinlich, dass er nicht längst den Schlüssel zu mindestens einem der Eingänge erhalten hatte, und sei es nur, um ihm die Arbeit zu erleichtern.

Ja, dachte Eric. Es war Zeit, dem Herrscher entgegenzutreten.

DER BESTE DIENER DES BRITISCHEN REICHS

Das letzte Mal war Eric in Bradshaws Büro gewesen, als Inspektor Parker ihn befragt hatte. Damals hatte es von Polizeibeamten gewimmelt, anders als heute. Heute waren Bradshaw und er ganz allein, und es herrschte eine wohlig-vertrauliche Atmosphäre, die dazu einlud, Geheimnisse auszuplaudern. Ein Bediensteter hatte die angeschlagene alte Teekanne, die an die Krönung Eduards VII. erinnerte, gefüllt und war wieder gegangen; nun stieg Dampf von ihrem Schnabel auf, und die dazugehörige Tasse stand mit Zucker und Milch bereit. Die alberne Kinderbuchillustration mit der Schildkröte auf dem Fahrrad, die über dem Schreibtisch hing, ließ Erics Verdacht plötzlich abwegig wirken. Dennoch: So gut vernetzt, wie Bradshaw war, musste er irgendetwas wissen.

Während er darauf gewartet hatte, dass der Bedienstete wieder ging, hatte Eric nach einem Buch auf Bradshaws Schreibtisch gegriffen, auf dessen abgegriffenen Rücken er nun blickte. »*Granatenschock, und was wir daraus lernen können*«, las er laut vor. »Grafton Elliot Smith und Tom Hatherley Pear … Smith ist der Kerl, der die ägyptischen Mumien im British Museum mit Röntgenstrahlen durchleuchtet hat, oder? Ich wusste gar nicht, dass Sie sich für so etwas interessieren.«

Bradshaw stand auf, nahm Eric das Buch aus der Hand und legte es in eine Schublade. »Du bist doch nicht hier, um mit mir über meine Lektüre zu sprechen, oder?«

Eric schüttelte den Kopf. »Sie waren während des Krieges Kompaniefeldwebel in einem Ausbildungslager in der Nähe von Chichester, nicht wahr? Hatten Sie viel mit den Kriegshospitälern der Gegend zu tun? Damit meine ich insbesondere Sotheby Manor.«

»Sotheby Manor? Ja, das Hospital kenne ich. Ich habe damals etwa alle zwei Wochen auf einen Sprung dort vorbeigeschaut.« Bradshaw saß über seine Schreibtischunterlage gebeugt da, die Hände vor sich verschränkt. Die Morgensonne ließ seinen Bart aufleuchten und betonte die Lachfalten um seine warmherzigen braunen Augen. »Ich war locker mit Sir Andrew Sotheby und den meisten Ärzten und Schwestern befreundet. Viele Patienten waren Männer, die ich ausgebildet und gut gekannt hatte, bevor ich sie in den Kriegseinsatz schicken musste. Natürlich habe ich sie besucht. Man gibt einem Soldaten, was ihm gebührt, wenn er heimkehrt, ob unversehrt, verletzt oder in einer Kiste. Warum?«

»Benson hat während des Krieges dort als Krankenwärter gearbeitet. Kannten Sie ihn damals schon?«

»Ja. Ich habe veranlasst, dass er nach Sotheby Manor versetzt wird. Das ist lange her.«

»Bensons Ermordung ist erst eine Woche her.«

»Ja, aber was hat Sotheby Manor damit zu tun?«

»Sie wissen doch, dass Benson mit der Tochter des Hauses verheiratet war. Sie sagt, sie hätte mit Ihnen gesprochen, nachdem sie die Nachricht vom Tod ihres Mannes erhielt. Wenn Sie mit ihrem Vater befreundet und so oft in Sotheby Manor zu Besuch waren, wie Sie sagen, müssen Sie sie schon vor ihrer Ehe gekannt haben.«

»Du warst also dort und hast mit Mrs. Benson gesprochen. Ja, ich kannte sie recht gut. Ist es das, womit du die ganze Woche so beschäftigt warst? Du versuchst doch nicht etwa, selbstständig in dem Mordfall zu ermitteln?« Erics Gesicht verriet offenbar die Wahrheit, denn Bradshaw lachte leise und sagte: »Du bist wirklich der Sohn deines Vaters! Aber der Oberst hätte sich davor gehütet, unnötig Zeit zu vergeuden. Scotland Yard kümmert sich um den Fall, Peterkin; die brauchen deine Hilfe nicht.«

»Was, wenn es mildernde Umstände gäbe?«

»Mildernde Umstände? Was meinst du?«

Das Gesicht hinter dem Schreibtisch strahlte Wärme und Zuversicht aus, und Eric war versucht, Bradshaw einfach alles zu erzählen, wie er es bei seinem eigenen Vater getan hätte. Ihr Aufeinandertreffen im Brolly's hatte ihm jedoch zu denken gegeben. Seither fragte er sich, was sich noch hinter Bradshaws väterlicher Fassade verbarg.

»Benson erzählte mir vor seinem Tod, er wolle eine Ungerechtigkeit aus der Vergangenheit wiedergutmachen. Wenn man so will, betrachte ich es als meine Pflicht, seine Mission für ihn weiterzuführen. Auf diskrete Weise.«

»Verstehe.« Bradshaw seufzte. Er hatte die leidgeprüfte Miene eines Vaters aufgesetzt, dessen Kinder ihm immer wieder die Manschettenknöpfe stibitzen, um sie als Schachfiguren zu verwenden. »Und jetzt bist du hier, weil du meine Hilfe brauchst. Dafür musst du mir aber zuerst mehr erzählen.«

Eric wägte seine Worte sorgfältig ab. »Es ging um das Verschwinden einer Krankenschwester im Jahr 1918.«

Bradshaws Augenbrauen schossen nach oben. Eric beobachtete seine Reaktion und war frustriert, weil Bradshaws schneeweißer Bart die Hälfte seines Gesichts verdeckte. Was er erkennen konnte, war das erwartete überraschte Aufleuchten in Bradshaws braunen Augen und … noch etwas anderes? Es war so schnell wieder verschwunden, wie es aufgetaucht war, und die Weihnachtsmannmaske war wieder an Ort und Stelle.

Bradshaw stand auf. Auch Eric wollte sich erheben, doch Bradshaw bedeutete ihm mit einem Winken, sitzen zu bleiben. Er umrundete Eric gemächlich und ging zur Bürotür, die noch immer angelehnt war. Nachdem er auf den leeren Flur hinausgeblickt hatte – der alte Getreue war längst auf seinen Posten am Empfangstisch zurückgekehrt, und sonst war heute niemand im Club –, schloss er leise die Tür.

Es wurde noch stiller im Zimmer. Eric vergaß immer wieder, wie effektiv die Wände und Türen des Britannia Clubs Geräusche ausschlossen. Das Büro verwandelte sich in einen eigenen kleinen Mikrokosmos, vollkommen abgeschnitten von der Außenwelt.

Eric drehte sich zu Bradshaw um, der ihn ein wenig ratlos ansah. »Stimmt etwas nicht?«, fragte Eric.

Bradshaw schüttelte den Kopf und kehrte auf seinen Stuhl zurück. »Ich weiß, auf welchen Fall du dich beziehst. Emily Ang … ja, ich erinnere mich an sie. Aber ihr Verschwinden ist doch ein alter Hut. Dachte ich zumindest.«

Bradshaw blickte jetzt väterlich besorgt.

»Nicht ihr Verschwinden. Ihre Ermordung. In Bruton Wood wurde ein Skelett ausgegraben. Benson war sich sicher, dass sie es war, und glaubte, er sei es ihr schuldig, die Wahrheit herauszufinden. Er hatte bestimmt seine Gründe, nicht damit zur Polizei zu gehen. Vielleicht hatte er noch nicht genug vorzuweisen, um sie von seiner Sache zu überzeugen.«

»Und das weißt du alles von Mrs. Benson?«

Eric schüttelte den Kopf. Was er letzte Nacht im Nebel erfahren hatte, hatte Saxon ihm im Vertrauen mitgeteilt, weshalb er dessen Beteiligung an Bensons Mission besser nicht verriet. »Seit meinem Gespräch mit ihr habe ich noch andere Dinge in Erfahrung gebracht«, erklärte er unbestimmt. »Ich weiß jetzt, dass das, was Emily Ang widerfahren ist, auch mit Bensons Ermordung in Verbindung stehen muss. Die Frage ist daher: Was genau ist damals passiert?«

Bradshaw antwortete nicht sofort, und das dunkle Mahagonibraun seiner Augen gab nicht preis, was er dachte. Schließlich sagte er: »Das ist lange her, Peterkin.«

»Sie erzählten vorhin, Sie seien recht häufig in Sotheby Manor gewesen. Vielleicht waren Sie ja auch an dem Tag dort, als Emily Ang zuletzt gesehen wurde – am zwanzigsten Juli, Mrs. Bensons Geburtstag. Ich weiß, das ist sechs Jahre her, aber die Schwestern veranstalteten damals eine Feier für Helen Benson. Vielleicht hilft

Ihnen das bei der Erinnerung. Waren Sie an jenem Tag in Sotheby Manor?«

Bradshaw nickte langsam. »Ich kann dir nicht versprechen, dass ich noch alles rekapitulieren kann. Was willst du denn wissen?«

Eric begann mit einer einfachen Frage: »Erinnern Sie sich, ob Saxon auch da war?«

»Ich erinnere mich nicht, ihn jemals in Sotheby Manor gesehen zu haben, und wüsste auch nicht, welchen Grund er für einen Besuch gehabt haben sollte.«

»Norris?«

»Norris war bei mir im Ausbildungslager gewesen, daher besuchte ich ihn natürlich im Hospital. Ja … ich glaube, er war auch auf der Feier.« Bradshaw schmunzelte. »Er war sehr beliebt bei den Schwestern, wie du dir sicher vorstellen kannst.«

»Was ist mit Wolfe?«

»Ihn habe ich erst in Sotheby Manor kennengelernt. Nein, ich glaube nicht, dass er bei der Feier war.« Bradshaw schüttelte den Kopf. »Wenn ich mich recht entsinne, war er zu dem Zeitpunkt noch Patient im Hospital, er hätte also eigentlich da sein müssen. Trotzdem, ich kann mich nicht an seine Anwesenheit erinnern. Dabei fällt er normalerweise auf.«

»Und Aldershott?«

»Aldershott war ein Freund von Sir Andrew, aber … tut mir leid. Ich weiß es nicht mehr.«

»Inspektor Parker?«

»Parker?« Bradshaw machte eine lange Pause, wobei er den Blick fest auf Eric richtete. Dann sagte er: »Parker war auch bei mir in Ausbildung, und ich weiß genau, dass er nicht auf der Feier war. Ein kleiner Vogel hatte mir nämlich gezwitschert, dass er das Victoria-Kreuz verliehen bekommen sollte. Bei der Geburtstagsfeier kamen wir auf dieses Thema zu sprechen, und alle bedauerten, dass er nicht da war, weil sie ihm gratulieren und einen Toast auf ihn ausbringen wollten. Ich war ungeheuer stolz auf ihn.«

»Erinnern Sie sich, ob irgendeiner der genannten Männer Emily Ang nahestand?«

»Oh, das weiß ich nicht.« Bradshaw warf Eric einen langen, nachdenklichen Blick zu. Für einen flüchtigen Moment erinnerte er Eric nicht mehr an den Weihnachtsmann, sondern an ein uraltes Reptil, das weise auf die Torheit der Menschen herabblickte. Vielleicht gab es einen Grund dafür, dass Bradshaw eine solche Affinität zu Schildkröten hatte. Dann sagte der alte Mann: »Weißt du, Peterkin, deine Entschlossenheit erinnert mich sehr an deinen Vater. Er hatte einen scharfen, kritischen Verstand, aber er besaß auch ... sagen wir, ein wenig mehr Erfahrung als du. Er wusste, wann er eine Sache fallen lassen und nach vorn blicken musste. Genau das rate ich dir: Lass diese Geschichte hinter dir und führe dein Leben weiter – nicht nur, weil man so etwas besser der Polizei überlässt, sondern weil du dich vergaloppiert hast. Deine Fragen lassen erkennen, dass du der Meinung bist, die Vorstandsoffiziere des Britannia Clubs hätten etwas mit der Sache zu tun. Haben sie nicht. Ich kann dir nicht sagen, woher oder warum ich das weiß, aber ich schwöre dir, bei meiner Ehre, dass keiner von ihnen etwas damit zu tun hatte – weder mit Emilys Tod oder Verschwinden noch, deiner eigenen Logik folgend, mit Bensons Ermordung.«

In Bradshaws Stimme lag ein stahlharter Unterton, den Eric zum ersten Mal hörte, und sein Blick war streng. Offenbar war der ehemalige Militärausbilder zum Vorschein gekommen. »Sie scheinen sich sehr sicher zu sein ...«, begann Eric.

»Hast du dich nie gefragt, woher Benson wusste, dass das Skelett von Bruton Wood Emily war? Ich verrate es dir: Er wusste es, weil er sie selbst dort verscharrt hat.«

»Was? Ach, kommen Sie, Sie erwarten doch nicht, dass ich Ihnen das glaube!« Die Vorstellung war lächerlich. Doch Bradshaw lachte nicht. Stattdessen beobachtete er mit seiner reptilienartigen Weisheit Erics Reaktion.

»Benson war derjenige, der Emily Ang in Bruton Wood vergraben hat«, wiederholte Bradshaw. »Das ist die Wahrheit. Ich schwöre es bei meiner Ehre.«

Er sagte es mit einer Ernsthaftigkeit, die schwer zu ignorieren war. Eric stellte fest, dass sein anfänglicher Unglaube nach und nach entsetztem Staunen wich. »Aber …«, stammelte er. »Woher wissen Sie das?«

»Das kann ich dir nicht sagen, Peterkin. Aber du wärst nicht zu mir gekommen, wenn du nicht glauben würdest, dass ich ein paar Dinge weiß, die ich nicht wissen sollte.«

»Benson war auf der Suche nach Emilys Mörder!«

»Hat er tatsächlich gesagt, dass sie umgebracht wurde, oder unterstellst du einfach nur, dass menschliches Zutun hinter ihrem Tod steckte?«

Bradshaw hatte recht. Bis jetzt hatte niemand gesagt, dass Emily ermordet worden war. »Wenn sie nicht ermordet wurde, was soll dann die ganze Geheimniskrämerei um ihren Tod?«

Bradshaw zuckte mit den Schultern. »Es gibt viele merkwürdige Dinge auf dieser Welt, Peterkin. Wenn man ein Buch darüber schreiben würde, würde einem niemand glauben. Ich sage ja gar nicht, dass Benson sie getötet hat, nur dass er sie vergraben hat. Ich bin davon ausgegangen, dass er wusste, was mit ihr passiert ist, aber vielleicht … nun ja, vielleicht habe ich mich geirrt. Oder du irrst dich.«

Log Bradshaw? Es musste so sein. Wenn er log, wie sollte Eric ihm diese Lüge nachweisen? Und was bedeutete es, wenn er die Wahrheit sagte? Eric musste daran denken, wie Benson mit voller Überzeugung verkündet hatte, ein großes Unrecht wiedergutmachen zu wollen. Konnte derselbe Mann aktiv an ebenjenem »großen Unrecht« beteiligt gewesen sein? War Benson, wie Saxon anzunehmen schien, von Schuldgefühlen getrieben gewesen?

»Ich habe dir mein Wort gegeben, Peterkin.« Bradshaw machte eine vage Handbewegung durch sein Büro. »Wie, glaubst du, bin ich dahin gekommen, wo ich heute bin? ›Bradshaw erledigt das,

Bradshaw kennt die richtigen Leute, Bradshaw zieht eine Strippe in Cornwall, und der halbe Landadel von Northumberland springt.‹ So heißt es doch immer über mich, oder? Das ganze System ist auf Gefälligkeiten und Versprechen aufgebaut, Peterkin, und die wiederum hängen von der Unbescholtenheit meines Ehrenworts als Gentleman ab. Wenn ich sage, dass ich mein Wort auf etwas gebe, muss dieses Wort etwas bedeuten, sonst stürzt das ganze Gebilde in sich zusammen. Mein Wort war gut genug für deinen Vater. Ich hoffe, das zählt mehr als irgendwelche Gerüchte, die ein Krankenwärter in die Welt gesetzt hat.«

»Sie haben die Presse angelogen bezüglich Joseph Davis und all der anderen Männer, die sich erschossen haben.«

»Ich habe versprochen, ihnen ihre Würde zu lassen. Das ist manchmal wichtiger als die Wahrheit, zumal, wenn einem der Krieg ohnehin schon so viel Würde genommen hat.«

Eric dachte an die ehemaligen Soldaten, die der alte Getreue im Club übernachten ließ. Angeblich geschah dies auf Aldershotts Initiative, doch es hätte Eric nicht gewundert, wenn auch Bradshaw seine Hände im Spiel gehabt hätte.

Dennoch. »Was, wenn man die Wahl hat zwischen der Würde des einen und der Gerechtigkeit eines anderen Mannes? Was dann?«

»Was glaubst du, Peterkin?« Bradshaw schenkte sich eine Tasse Tee ein und lehnte sich zurück, um genüsslich einen Schluck zu nehmen. Er machte nicht den Eindruck, als würde ihn ein moralisches Dilemma plagen. »Entscheidungen wie diese sind auf dieser Welt nicht die Ausnahme, sondern die Regel, und es überrascht mich, dass sie dir so außerordentlich erscheinen. Das ist noch etwas, was dein Vater verstanden hatte.«

»Mein Vater hat mir beigebracht, was Ehre heißt«, sagte Eric. »Er hat mir beigebracht, dass ein Gentleman tut, was richtig ist …«

»Nein, ein Gentleman tut, was er für richtig *hält*, und das muss nicht unbedingt dasselbe sein. Er tut vielleicht, was richtig ist, aber aus den falschen Gründen, oder er macht sich die Hände schmutzig und tut das Falsche, um am Ende das Richtige zu erreichen. Es ist nie so einfach, wie es einem irgendein Ehrenkodex weismachen will. Ja, ich habe gelogen, was Joseph Davis und ein Dutzend weitere Männer angeht. Aber wage es nicht, ihren Witwen und Kindern in die Augen zu sehen und ihnen zu sagen, du hieltest mein Handeln für falsch.«

Eric beobachtete Bradshaw und war erneut erstaunt über die verschiedenen Masken, die dieser Mann aufzusetzen vermochte. Allmählich kam ihm der Verdacht, dass die finstere Seite seiner Persönlichkeit nicht etwa im Gegensatz zu seiner väterlichen Weihnachtsmannrolle stand, sondern eine Erweiterung von ihr war. Bradshaw hätte alles für seine Männer getan, selbst wenn dies bedeutete, einen Mord zu verschleiern.

Benson, der Kriegsdienstverweigerer, war nie einer von Bradshaws Männern gewesen.

»Wo waren Sie eigentlich Freitagnacht letzter Woche?«, wandte sich Eric einem einfacheren Thema zu. »Ich kann mich gar nicht erinnern, Sie hier im Club gesehen zu haben.«

Hinter Bradshaws Bart regte sich etwas. Eric glaubte, ein triumphierendes Lächeln wahrzunehmen. Bradshaw schien bereit, das Spielchen weiterzuspielen, doch es lag nicht mehr viel väterliches Wohlwollen in seiner Haltung. »Wie ich bereits der Polizei mitgeteilt habe, war ich in einem Varietétheater. Dem Brolly's. Mr. Breuleux wird sich für mich verbürgen, da bin ich mir sicher.«

Natürlich würde er das. Genauso, wie sich Bradshaw für jeden seiner Männer verbürgt hätte.

Eric stand auf und sagte: »Ich weiß übrigens, dass Sie gelogen haben, als Sie meinten, Inspektor Parker sei an besagtem Tag nicht in Sotheby Manor gewesen. Benson besaß eine Fotografie, die das Gegenteil beweist. Wenn Sie gesagt hätten, Sie könnten sich nicht erinnern, wäre es etwas anderes gewesen. Aber Sie erklärten ganz entschieden, er sei nicht vor Ort gewesen. Und mir ist aufgefallen, dass Sie sich nicht darüber gewundert haben, dass ich Parker überhaupt mit Sotheby Manor in Verbindung brachte. Sie wussten, dass diese Frage kommen würde, und warteten nur darauf, mir Ihre Lüge aufzutischen. Warum? Hängt die Würde eines Ihrer Männer davon ab, dass Parker an jenem Tag abwesend war?«

Mit dieser Anschuldigung drang er zu Bradshaw durch. Die Weihnachtsmannfassade bröckelte und wich der selten zum Vorschein kommenden stahlharten Miene des Militärausbilders. »Das geht dich überhaupt nichts an, Peterkin. Horatio Parker ist ein feiner Kerl, und ich werde nicht zulassen, dass du seine Ehre wegen irgendeiner längst vergessenen Geschichte besudelst.«

»War er für Emily Angs Schicksal verantwortlich?«

»Das kann ich nicht beantworten!«

»Mir scheint, Sie schützen die Würde von weit mehr Personen, als Sie zugeben wollen. Nicht nur die von Davis und all diesen Männern, die sich ›versehentlich‹ erschossen haben. Das könnte ich ja noch verstehen. Allmählich frage ich mich, ob Ihr Beschützerinstinkt überhaupt irgendwelche Grenzen kennt.« In Gedanken ging Eric die verschiedenen mit dem Mord in Verbindung stehenden Personen durch. Gab es in der Vergangenheit dieser Personen Ungereimtheiten, bei denen Bradshaw die Hände im Spiel gehabt haben könnte? Aldershott? Saxon? Norris?

Eric machte bei Norris halt.

»Norris hat angeblich unmittelbar nach seiner Wahl in den Clubvorstand im April drei Monate in Italien verbracht«, sagte er. »Das stimmt gar nicht, oder? In Sotheby Manor steht ein Porträt von ihm, das auf Mai dieses Jahres datiert ist. Was steckt da für eine Geschichte dahinter, Bradshaw? Was haben Sie getan, und warum?«

Doch Bradshaw hatte sich inzwischen wieder entspannt zurückgelehnt, die Lachfalten um seine Augen vertieften sich. »Also, das hat nun wirklich nichts mit mir zu tun. Schau nicht so überrascht, Peterkin. Ich kann nicht an allem beteiligt sein, was im Britischen Reich vor sich geht. Soweit ich informiert bin, hat Norris das ehemalige Hausmeisterhäuschen von den Bensons gemietet. Mehr weiß ich auch nicht. Ich nehme an, er hat hinterher gelogen, was seinen Aufenthaltsort anging, weil eine Italienreise natürlich romantischer klingt.«

»Aber wenn er nur in Sussex war, warum mussten seine Pflichten im Club dann ganze drei Monate lang von anderen mit übernommen werden?«

»Das kann ich nicht beantworten. Weil ich es nicht weiß.«

Dieses Mal sagte Bradshaw die Wahrheit, das spürte Eric. Der alte Mann war zu erregt gewesen über die Sache mit Parker, um diese plötzliche Gelassenheit überzeugend mimen zu können.

»Wäre das dann alles, Peterkin?«, fragte Bradshaw und stand auf, um ihm die Tür zu öffnen.

»Vorerst schon«, antwortete Eric und erhob sich ebenfalls. »Aber die Sache ist noch nicht zu Ende.«

»Peterkin.« Bradshaw baute sich vor ihm auf, legte ihm eine Hand auf die Schulter und sah ihm eindringlich in die Augen. Es war eine vertrauliche Geste, die Eric nicht als angenehm empfand. »Ich weiß, es fällt schwer loszulassen, wenn man einmal etwas begonnen hat. Nimm bitte trotzdem meinen Rat an und lass diese Geschichte ruhen. Dein Vater hätte es sicher verstanden. Ich gebe dir mein Wort, dass niemand hier irgendetwas mit dem Mord zu tun hatte. War Benson es wirklich wert, den ganzen Club für ihn auf den Kopf zu stellen? Falls Emily damals wirklich ermordet wurde, war er mindestens Tatbeteiligter.«

»Und was waren Sie?«

Bradshaw seufzte. »Ich bin jemand, der schon viel zu viel erlebt und zu viele gute Männer kommen und gehen gesehen hat.« Er drückte freundschaftlich Erics Schulter, und hinter seinem Bart war ein wohlwollendes Lächeln zu erkennen.

Mit leisem Bedauern schloss Eric die Bürotür hinter sich. Er wusste nicht, ob der väterliche alte Bradshaw je wieder derselbe für ihn sein würde.

Erst als er den halben Flur hinter sich hatte, fiel es ihm ein: Mrs.

Benson hatte keine Geschäftsbeziehungen zu Norris erwähnt, sondern erzählt, sie habe das alte Hausmeisterhäuschen an Aldershott vermietet. Was Aldershott mit dem Hausmeisterhäuschen eines heruntergekommenen Landsitzes wollte, war ein Rätsel. Eric ahnte, dass es mit Norris zu tun hatte.

Natürlich würde er sich auch mit Patrick Norris noch darüber unterhalten, doch Altershott war ihm nicht nur für die Anmietung eines Hausmeisterhäuschens eine Erklärung schuldig.

DAS HAUS DER STÄBE

Die Schramme am Laternenpfahl, wo die Kugel am Vorabend nur knapp ihr eigentliches Ziel verfehlt hatte, war noch da. Allerdings konnte Eric kein Einschussloch in den geteerten Holzblöcken finden, mit denen die Straße gepflastert war. Falls die ganze Sache nicht nur in seiner Fantasie stattgefunden hatte, würden die Bewohner auf der gegenüberliegenden Straßenseite eines Tages erstaunt sein, wenn sie ihre Außenmauern renovieren ließen.

In Mayfair herrschte an diesem Samstagmorgen reges Treiben. Die Bewohner gingen nichtsahnend ihrem Alltagsgeschäft nach. Auf beiden Seiten der Straße erhoben sich die miteinander verbundenen Stadthäuser, einige aus Kalkstein, die meisten jedoch aus Backstein. Alle hatten in regelmäßigen Abständen und auf gleicher Höhe hohe Koppelfenster und waren durch schmale, von schmiedeeisernen Zäunen umgebene Vorhöfe von der Straße getrennt.

Die Erinnerung an die Schüsse im Nebel erschien Eric unwirklicher, je länger er darüber nachdachte. Das Gefühl der Isolation, das der Nebel in ihm ausgelöst hatte, hatte ihn an Flandern erinnert, und mit Flandern waren auch die Gewehrschüsse in seine Erinnerung zurückgekehrt. Andererseits hatte Saxon sie auch gehört, oder etwa nicht? An diesem Umstand klammerte sich Eric fest. Wenn noch jemand außer ihm die Schüsse gehört hatte, konnten sie nicht nur seiner Fantasie entsprungen sein.

Er spürte immer noch Bradshaws Hand auf der Schulter, genauso, wie Mrs. Bensons Berührung seiner Wange noch lange nachgeklungen hatte. Das damit verbundene Gefühl war diesmal jedoch ein vollkommen anderes. Eric fühlte sich … nicht direkt schmutzig, aber so ähnlich. Obwohl Bradshaw keine sofortige Gegenleistung erwartete, wenn er einem seine Unterstützung angedeihen ließ – so wie damals bei Erics Aufnahme in den Club –, fühlte man sich ihm zu Dank verpflichtet, und wenn die Zeit gekommen war, hatte Bradshaw keine Hemmungen, an diese Dankbarkeit zu appellieren. Sie war, wie Eric nun klar wurde, wesentlicher Bestandteil seines Netzwerks aus Gefälligkeiten. Auf ihr beruhte seine Effektivität.

Aldershott hingegen war Eric nicht zu Dank verpflichtet. Das Verhältnis zu ihm war einfacher: Sie standen sich feindlich gegenüber. So wusste jeder, woran er war.

Der »Vormittagsbesuch«, jene tragende Säule des gesellschaftlichen Lebens in wohlhabenden Kreisen, fand – dem irreführenden Namen zum Trotz – normalerweise zwischen fünfzehn und achtzehn Uhr statt; um elf Uhr morgens besuchte man hingegen nur intime Freunde, die sich nicht an dieser Zwanglosigkeit störten. Eric stand den Aldershotts nicht nahe genug, um einen privaten Besuch in den Morgenstunden zu rechtfertigen, aber der Butler erkannte ihn noch vom gestrigen Dinner und nahm offenbar an, Eric sei aus geschäftlichen Gründen da. Jedenfalls führte er ihn ohne jeden Kommentar in Aldershotts Arbeitszimmer.

Dort hatte sich seit dem Vorabend wenig verändert, doch nun hatte Eric Gelegenheit, seine Umgebung im hellen Morgenlicht genauer unter die Lupe zu nehmen. Das Bücherregal aus Palisanderholz war, wie er feststellte, voll mit trockener Lektüre zum Thema Finanzen. Die ausgestopften Tiere waren da schon faszinierender, auch wenn das Tageslicht ihre Leblosigkeit unterstrich. Der Kondor über der Tür war Eric schon am gestrigen Abend aufgefallen. Jetzt machte er noch mehrere andere ausgestopfte Tiere aus: einen glasäugigen Lemuren, zwei Biber sowie die Köpfe von Tieren, die zu groß waren, um in Gänze in ein kleines großstädtisches Arbeitszimmer zu passen.

Eric betrachtete immer noch das ausgestopfte Wild, als Aldershott hereinrauschte. »Sie haben hoffentlich einen guten Grund, Peterkin«, knurrte er, während er geräuschvoll die Tür hinter sich schloss. »Stellen Sie die Manguste zurück.«

»Ich konnte sie mir gestern Abend nur oberflächlich ansehen«, erwiderte Eric. »Wissen Sie, ich bin in Indien aufgewachsen. Zumindest teilweise. Wussten Sie, dass …«

»Peterkin!«

Eric stellte die Manguste an ihren Platz. »Ich würde gern mehr über Norris' Italienreise im Frühjahr erfahren.«

Aldershott sah ihn verdutzt an. »Was wollen Sie denn plötzlich mit Norris' Italienreise? Und warum fragen Sie ihn das nicht selbst?«

»Nun ja, ich bezweifle, dass ihm daran gelegen wäre, mir die Wahrheit zu sagen. Und ich glaube, dass Sie mehr darüber wissen, als Sie vorgeben. Ich glaube außerdem, dass er Italien kein Stück näher war, als ich es gerade bin. Er war in Sotheby Manor, nicht wahr?«

»Wenn Ihnen das schon bekannt ist …«

»Ich will wissen, warum.«

»Sie glauben, ich wüsste über Norris' private Angelegenheiten Bescheid?«

»Ich glaube, dass Sie für seinen Aufenthalt bezahlt haben. Mrs. Benson erzählte mir, sie hätte das Hausmeisterhäuschen an Sie vermietet, nicht an Norris. Und sie sagte außerdem, dass Sie den Anstoß für ihren Plan gegeben hätten, aus Sotheby Manor ein Erholungsheim für Suchtkranke zu machen. Ich glaube, dass Sie ein wichtiger Kapitalgeber für die Bensons waren. Das alles zusammengenommen deutet in eine gewisse Richtung … Allerdings weiß ich nichts Konkretes, und genau deshalb bin ich heute hier.«

Aldershott starrte Eric an. Dann setzte er sich langsam hinter seinen Schreibtisch.

Eric blieb stehen. Er konnte förmlich sehen, wie sich die Zahnräder in Aldershotts Kopf drehten. Nach ihrem gestrigen Gespräch mussten ihm Erics heutige Fragen wie eine unwillkommene Fortsetzung vorkommen. Vermutlich fragte er sich, wie weit Eric seine Geduld noch beanspruchen würde, und ob es sich lohnte, das Spielchen mitzuspielen, um Eric möglichst schnell wieder loszuwerden.

Eric zuckte ungeduldig mit den Schultern. »Im Grunde ist es auch egal. Ich kann genauso gut Mrs. Benson fragen. Sie wird es mir erzählen, das weiß ich. Und wenn nicht, weiß es bestimmt jemand anders. Ich muss nur lange genug herumfragen.«

»Warten Sie.«

Eric wartete.

Aldershotts Kiefer spannte sich an, während er mit sich selbst um eine Entscheidung rang.

Eric machte erneut kehrt und gab vor, das Arbeitszimmer verlassen zu wollen. Während sein Blick auf die toten Augen eines Bären fiel, hörte er die Sprungfedern in Aldershotts Stuhl knarzen. Dann drangen zwei Wörter an sein Ohr.

»Die Soldatenkrankheit.«

Eric drehte sich um und sah Aldershott an, der eher verzweifelt und traurig wirkte als wütend.

Der Clubpräsident ließ sich zurück in seinen Stuhl sinken und sagte: »Sie sind nicht die Sorte Mensch, die sich leicht abschütteln lässt, was? Also gut: Ich erzähle Ihnen von Norris' kleinem Erholungsurlaub. Aber was Sie jetzt hören, bleibt innerhalb dieser vier Wände, haben wir uns verstanden? Geben Sie mir Ihr Wort.«

»Ich gebe Ihnen mein Wort.« Eric setzte sich.

»Die Soldatenkrankheit«, wiederholte Aldershott. »Morphiumsucht. Ein Relikt des Amerikanischen Bürgerkrieges, als Morphium neu war und einfach alles damit behandelt wurde. Noch viele Jahre später waren unzählige Männer süchtig danach. Wir hier in Großbritannien haben uns trotzdem nie viel dabei gedacht, nicht wahr? Bis vor Kurzem konnte man einfach ins Kaufhaus spazieren und sich ein handelsübliches Morphiuminjektionsbesteck kaufen. Tja, der Krieg hat uns unsanft die Augen geöffnet und uns gezeigt, was Morphium alles anrichten kann. Heutzutage muss man nur die Zeitungen aufschlagen, dann weiß man es.«

»Sie wollen mir also erzählen, dass Norris morphiumabhängig war?«

Aldershott nickte. »Das kam direkt nach den Vorstandswahlen heraus. Als neuer Clubpräsident wollte ich sämtliche Räumlichkeiten inspizieren, damit ich wusste, worauf ich mich einließ. Und bei meiner Runde fand ich Norris in einem Übernachtungszimmer vor, um sich herum seine Morphiumutensilien.«

Aldershott stand auf und trat ans Fenster. Es überblickte eine öffentliche Grünanlage, auf der einige Kinder unter den wachsamen Augen ihrer Kindermädchen spielten. Die Bäume bewegten sich im Wind. Im Inneren von Aldershotts Arbeitszimmer war die Luft hingegen so reglos wie die ausgestopften Tierköpfe an der Wand.

»Er lag einfach nur da und starrte an die Decke«, fuhr Aldershott fort. »Zum Abbinden der Vene hatte er seine Krawatte benutzt – mir war immer schon ein Rätsel gewesen, wie er es schaffte, sich ständig die Krawatten zu ruinieren –, sie hing von seinem Ellbogen auf den Boden. Meine erste Reaktion war, ihn anzubrüllen, aber das war ihm vollkommen egal. Er war einfach nur … matt und atmete kaum noch. Ihm war alles gleichgültig. Als mir aufging, dass ich mir vergeblich die Seele aus dem Leib schrie, handelte ich stattdessen. Ich warf das leere Fläschchen weg, raffte alles andere zusammen und räumte es weg. Dann verfrachtete ich ihn nach Sotheby Manor. Sir Andrew war längst gestorben, doch ich kannte seine Tochter, und ich kannte Benson. Ich wusste, dass Norris bei ihnen in guten Händen sein würde. Das war alles, was der Kerl brauchte: jemanden, der ihm sagte: ›Nein, so geht das nicht.‹ Und jetzt sehen Sie ihn sich an, Peterkin. Ich weiß nicht, ob Sie vorher viel mit ihm zu tun hatten, aber er ist wie ausgewechselt.«

Eric dachte an den fröhlichen, putzmunteren Norris und nickte.

Er selbst kannte niemanden, der morphiumsüchtig war. Avery hingegen schon, und der beschrieb seinen abhängigen Freund als entweder furchtbar schlecht gelaunt und reizbar, weil der Körper nach einer frischen Dosis verlangte, oder schlaff und lethargisch nach der letzten Injektion.

»Damit haben Sie ihm vermutlich das Leben gerettet«, sagte Eric anerkennend. Aldershott nickte und wandte sich vom Fenster ab. Ihre Blicke begegneten sich, und es lag gegenseitiges Verständnis darin. Eric hatte einen Unteroffizier gehabt, der Norris sehr ähnlich gewesen war: Blake, ein lebenslustiges Schlitzohr, das die ganze Truppe zum Lachen gebracht hatte. Knapp einen Monat vor dem Waffenstillstand war er auf die Brustwehr hinausgelaufen, hatte in den grauenden Morgen geblickt und sich eine Kugel durch den Kopf gejagt. Eric fragte sich oft, ob er irgendetwas hätte tun können, um es zu verhindern.

»Norris war an der Front mein Stellvertreter, nachdem Wolfe zum Hauptmann befördert worden war«, erzählte Aldershott und kehrte zu seinem Stuhl zurück. »Er packte die Sache ganz anders an als Wolfe, wie Sie sich sicher vorstellen können. Die Stimmung wurde deutlich besser, wohingegen die Disziplin nicht mehr ganz so ernst genommen wurde.«

»Und deshalb fühlten Sie sich für ihn verantwortlich.« Genauso, wie sich Eric bis heute für seine Männer verantwortlich fühlte, auch wenn sie mittlerweile in alle Winde verstreut waren. Er konnte Aldershotts Beweggründe absolut nachempfinden.

»Ich wäre ja ein erbärmlicher Kommandeur, wenn ich nicht ein gewisses Verantwortungsgefühl für die mir unterstellten Männer empfinden würde, Peterkin. Da Sie selbst Offizier waren, hoffe ich, dass Sie wenigstens das nachvollziehen können.«

»Wissen Sie, wie es zu seiner Morphiumsucht kam?«

»Das sollte doch offensichtlich sein. Norris liebt das Leben, und er lacht gerne. Wie viel Grund zum Lachen hatten Sie selbst im Schützengraben?«

»Ich weiß jedenfalls noch, dass wir Wege gefunden haben, dem Grauen hin und wieder eine gewisse Komik abzuringen«, entgegnete Eric. »Es gab zwischen all den ernsten Dingen auch immer wieder Lichtblicke.«

»Nicht genug«, brummte Aldershott. »Vor allem nicht für jemanden wie Norris. Er brauchte etwas, in dem er sich vollkommen verlieren konnte, und irgendwann stieß er auf Morphium. Ich glaube, als er später Patient in Sotheby Manor war, hat er das Zeug sogar aus dem Arzneischrank gestohlen.«

Das Ganze hatte also schon vor Jahren angefangen. Eric versuchte, sich Norris erneut als den reizbaren Miesepeter vorzustellen, den Avery beschrieben hatte. Es fiel ihm schwer.

Er stand auf. »Ich danke Ihnen vielmals«, sagte er ernst. »Ich glaube, ich verstehe den armen Norris jetzt ein bisschen besser.« Immerhin hatte Norris nicht das gleiche Schicksal ereilt wie seinen Unteroffizier Blake.

»Gern geschehen. Ich hoffe, Sie wissen nun, was ich meine, wenn ich sage, dass der Kerl ein wenig Diskretion verdient.« Sie unterhielten sich über Norris wie zwei besorgte Freunde, eine Rolle, in die Aldershott erstaunlich mühelos geschlüpft war. Er lächelte sogar, als er aufstand, um Eric die Hand zu schütteln.

Eric hatte ein schlechtes Gewissen, weil er das Wohlwollen, das zwischen ihnen entstanden zu sein schien, gleich wieder zerstören musste. Aber er war noch nicht ganz fertig mit Aldershott, denn er bezweifelte, dass ihm noch so großes Wohlwollen die Antworten liefern würde, die er brauchte. Dazu musste er Aldershott erst ein bisschen aufrütteln.

»Ach, eins noch«, sagte er und drehte sich mit der Hand an der Türklinke noch einmal um. Aldershotts Lächeln erstarb. »Was haben Sie mit der Fotografie und dem Arztbericht getan, die Sie aus Bensons Schließfach genommen haben?«

Aldershott explodierte regelrecht. »Wie um alles in der Welt …«

»Wolfes Aussagen lassen darauf schließen, dass jemand anders vor ihm an Bensons Schließfach war, und ich denke, dieser Jemand waren Sie. Für Sie war es ein Leichtes, an die beiden Gegenstände zu gelangen, da Sie als Clubpräsident die Zahlenkombination der Tresortür kennen. Nein, sagen Sie nichts, hören Sie mir einfach zu. Sie wussten genau, welche Nummer Bensons Schließfach hatte, weil es ursprünglich Ihnen als Clubpräsident zugeteilt gewesen war. Und Sie haben den Generalschlüssel, also konnten Sie das Fach einfach aufschließen. Alles, was Sie dafür tun mussten, war abzuwarten. Ich erinnere mich an die Lippenabdrücke an den Brandygläsern in Ihrem Büro, an die vielen Zigarettenstummel im Aschenbecher, an das geöffnete kleine Fenster. Jemand hatte in diesem Büro gesessen, nachdem das Reinigungspersonal weg war, und anschließend das Fenster geöffnet, damit der Zigarettenrauch über Nacht abziehen konnte. Dabei handelte es sich nicht um dieselbe Person, die in Ihr Büro eingebrochen war, sonst hätte der Aschenbecher nicht umgekippt auf dem Boden gelegen. Ich glaube, Sie haben dort gewartet, bis es spät genug war, dass niemand Sie bemerken würde, aber nicht so spät, dass Sie riskierten, Wolfe über den Weg zu laufen. Sie schlichen die Treppe hinunter, öffneten die Tür des Tresorraums mithilfe der Zahlenkombination, die Sie im April erhalten hatten, schlossen Bensons Schließfach mit dem Generalschlüssel auf und entnahmen die Fotografie und den Arztbericht. Dann verließen Sie durch den Vordereingang den Club und zerstörten die beiden Gegenstände.«

Aldershott war inzwischen bleich vor Wut. Er war zu überrumpelt und aufgebracht gewesen, um Erics Vortrag zu unterbrechen, fand nun jedoch seine Sprache wieder. »Ich denke, Sie gehen jetzt besser, Peterkin«, stieß er zwischen zusammengebissenen Zähnen hervor. »Gehen Sie, bevor ich Sie hinauswerfen lasse.«

»Trugen Sie in jener Nacht Handschuhe?«

Aldershott antwortete nicht, streckte jedoch die Hand nach dem Klingelzug aus, mit dem sich der Butler herbeirufen ließ.

»Ich glaube, Sie trugen keine Handschuhe. Warum auch? Sie waren nicht im Tresorraum, um einen Mord zu begehen. Dass man die Tür später nach Fingerabdrücken absuchen würde, konnten Sie nicht ahnen. Ihre Fingerabdrücke landeten also auf dem Rad der Tresortür, doch selbst wenn die Polizei diese Abdrücke Ihnen zuordnete, maß sie dem vermutlich keine besondere Bedeutung bei. Sie sind der Clubpräsident, deshalb steht Ihnen die Zahlenkombination zu. Natürlich sind Ihre Fingerabdrücke auf der Tür. Andererseits: Wie viele Personen gehen hinunter in den Tresorraum, ohne dass der alte Getreue sie begleitet? Bis auf Bradshaw, der in regelmäßigen Abständen die Zahlenkombination ändert, berührt niemand außer dem alten Getreuen die Tresortür. Alle anderen warten, bis er die Tür für sie geöffnet hat.«

Aldershott riss heftig an der Schnur, und Eric glaubte, das schrille Klingeln, das im Dienstbotenzimmer ertönte, bis ins Arbeitszimmer hören zu können.

»Ich möchte nur wissen, was es mit den beiden Gegenständen auf sich hat«, sagte Eric eilig. »Der Fotografie von Helen Sothebys Geburtstagsfeier und dem Arztbericht bezüglich der Narbe in Inspektor Parkers Gesicht. Was haben sie miteinander zu tun, und warum haben Sie die anderen Gegenstände, die chirurgische Schere und das Injektionsbesteck, im Schließfach gelassen?«

»Wir sind hier fertig, Peterkin. Genauer: Sie sind fertig. Ich werde Sie mit so viel Schwung aus dem Britannia Club werfen lassen, dass Ihr erbärmlicher gelber Arsch vom Gehweg abprallt.«

Die Tür ging ein Stück auf, und der Butler schob sich herein. Eric bedauerte, dass sein Plan nicht aufgegangen war. Er war sich sicher, auf der richtigen Fährte zu sein, aber es war offenbar ein wenig mehr nötig, um Aldershott ein Geständnis abzuringen.

»Schon gut.« Eric wich dem Butler aus. »Ich finde allein den Weg hinaus.«

Er protestierte nicht, als der Butler ihn dennoch beim Ellbogen packte und mit Nachdruck aus dem Arbeitszimmer schob.

Als der Bedienstete ihm gerade die Tür weisen wollte, kam Mrs.

Aldershott die Treppe herunter und begrüßte Eric freudig. In ihrer schlichten Alltagskleidung wirkte sie auf den ersten Blick wie eine strenge Gouvernante oder Lehrerin, wäre da ihr Lächeln nicht gewesen, das teils der Begrüßung geschuldet war, teils Belustigung auszudrücken schien.

»Sie hatten offenbar ein Gespräch mit meinem Mann«, bemerkte sie. »Lassen Sie mich raten: Es war ein heilloses Desaster. Ging es um Emily?«

Eric versuchte, sich ein wenig zu sammeln. »In gewisser Weise, ja.«

Mrs. Aldershott entließ den Butler mit einem ungeduldigen Handwedeln und zog Eric gerade noch rechtzeitig in den Salon, bevor ihr Gatte den Flur entlangstürmte, das Haus verließ und die Tür hinter sich zuknallte. »Ich hatte seit gestern Abend leider noch keine Gelegenheit, ihn zu dem Thema zu befragen. Er mauert noch mehr als sonst, der Sturkopf. Fast könnte man sich fragen, ob er nicht doch irgendwie in die ganze Geschichte involviert ist.«

Sie sagte es, als wäre diese Vorstellung vollkommen absurd, wohingegen Eric keinerlei Zweifel mehr daran hatte, dass Aldershott involviert war. »Ich denke, es ist noch ein wenig zu früh, um meinen Verdacht zu äußern, Mrs. Aldershott«, erwiderte er vorsichtig.

»Das sagen Sie nur, weil ich seine Frau bin und Sie unsere Ehe nicht gefährden wollen! Ich hoffe doch, dass ich aus härterem, widerstandsfähigerem Holz geschnitzt bin. Edward veranstaltet gern um jede Kleinigkeit einen großen Wirbel, ist aber harmlos. Hinter seiner mürrischen, distanzierten Fassade steckt ein Kerl, dem die Menschen fast zu sehr am Herzen liegen.«

Norris schien ihm in der Tat am Herzen gelegen zu haben, und Eric fiel ein, was er am Morgen über die ehemaligen Soldaten erfahren hatte, die auf Aldershotts Initiative hin im Club Aufnahme fanden. Er glaubte Mrs. Aldershott. »Er versteckt sein weiches Herz sehr gut.«

»Es ist trotzdem da. Er macht sich ununterbrochen Gedanken darüber, was der Britannia Club für seine kriegsgeschädigten Mitglieder tun könnte. Zu diesem Zweck wälzt er die Werke äußerst fachkundiger Männer über Granatenschock beziehungsweise Kriegsneurosen, wie man es heutzutage meines Wissens nennt.«

Sie waren in den Eingangsflur zurückgekehrt, wo tatsächlich zwei nagelneue Bücher auf einem Tischchen neben der Tür lagen. *»Granatenschock, und was wir daraus lernen können«,* las Eric. »Bradshaw hat dieses Buch auch. Ich habe es heute Morgen in seinem Büro gesehen.«

»Das ist sicher Edwards altes Exemplar. Er versucht schon länger, Bradshaw für das Thema zu interessieren.«

Das zweite Buch hieß *Psychoanalyse und Kriegsneurosen.* Eric klappte es auf. »Karl Abraham und Sandor Ferenczi. Mit einem Vorwort von Sigmund Freud. Von dem habe ich gehört ...«

»Eine wirklich faszinierende Studie über Kriegsneurosen oder wie auch immer man das Phänomen nennen möchte. Kriegsbelastung, Kampfmüdigkeit ... Edward spricht immer von Granatenschock. Nun ja – fragt man einen Soldaten, benutzt er natürlich Kriegsvokabular ...«

»Kriegsneurosen. Wie klinisch das klingt.« Man sprach also heutzutage von Geisteskrankheit. Auch vorher schon hatten die Leute Soldaten mit Granatenschock bisweilen als ein wenig wunderlich wahrgenommen, doch jetzt war es offiziell. Eric spürte, wie sich alles in ihm gegen diese Auslegung sträubte.

»Laut Edward besteht die wichtigste Funktion des Britannia Clubs darin, betroffenen ehemaligen Soldaten einen sicheren Versammlungsort zu bieten. Er glaubt fest daran, dass der Kameradschaftsgeist ihnen hilft, besser mit ihrer Krankheit umzugehen.«

»Die Gentlemen des Britannia Clubs sind bei voller geistiger Gesundheit«, stellte Eric aufgebracht klar. »Ich weiß, dass einige von uns Feuerwerke nicht mehr so genießen können wie vor dem Krieg, aber so ist das nun mal. Deshalb sind wir noch lange nicht *verrückt.*«

»Das sagt ja auch niemand.«

Eric griff erneut nach dem Buch und zeigte auf den Titel. »Auf Geisteskrankheiten spezialisierte Ärzte wie Sigmund Freud sprechen offen von einer ›Neurose‹. Wie soll ich das sonst verstehen?«

Seine manchmal ungebeten auf ihn einstürmenden Erinnerungen waren keine Neurose.

»Sie müssen doch zugeben, dass sich in Ihnen und den anderen Männern etwas verändert hat durch den Krieg. Gleichgültig, welchen Namen man dieser Veränderung gibt, Tatsache bleibt, dass einige Männer furchtbare Albträume haben, dass sie Schwierigkeiten haben, sich wieder an den Frieden zu gewöhnen, dass sie überreizt auf plötzliche laute Geräusche reagieren … Natürlich sind diese Menschen in allen übrigen Bereichen vollkommen normal, Mr. Peterkin, aber hat sich noch nie jemand auf Sie geworfen, um Sie vor einem Knallbonbon zu beschützen?«

»Doch. Wolfe.« Der kleine Ausrutscher vom Vorabend war offenbar keine Ausnahme gewesen. »Trotzdem: Wolfe hat bestimmt keine … keine Neurose. Er hat nur während des Krieges gelernt und verinnerlicht, auf diese Weise mit vermeintlichen Gefahrensituationen umzugehen. Der Mann hat ansonsten alles unter Kontrolle, da wird ihm doch die eine oder andere Marotte erlaubt sein.«

Mrs. Aldershott schüttelte den Kopf. »Ich hatte an jemand anderen gedacht. Aber das spielt jetzt keine Rolle. Ihr Beispiel beweist, dass solcherlei Reaktionen nichts Außergewöhnliches sind. Was Sie da über Mr. Wolfe andeuten, überrascht mich nicht im Geringsten. Er gibt sich nach außen vollkommen unerschütterlich, doch diese Gleichgültigkeit ist eine mühsam aufrechterhaltene Fassade. Ich weiß aus zuverlässiger Quelle, dass er einmal, als er im Britannia Club übernachtete, die halbe Nacht unter dem Bett kauerte, weil jemand eine Mülltonne unter seinem Fenster umgestoßen hatte.«

Eric verfluchte sich insgeheim dafür, dass er nicht besonnener reagiert und den Mund gehalten hatte. Nun hatte er Wolfe verraten, und der würde es ihm wohl kaum danken.

»Er hat das Bedürfnis, ständig alles zu kontrollieren«, fuhr Mrs.

Aldershott fort. »Natürlich war er auch vor dem Krieg schon perfektionistisch, aber erst der Krieg hat ihn unerträglich gemacht, davon bin ich überzeugt. Andere Männer wiederum suchen Trost in Ausschweifungen – Alkohol, Rauschgift oder … oder sonstigen Lastern.«

Eric hatte sich von Wolfes Selbstbeherrschung blenden lassen. Vor dem gestrigen Vorfall hätte er Wolfe als den normalsten Menschen bezeichnet, den er kannte.

Er legte das Buch zurück auf das Tischchen. Es schien nicht mehr viel zu dem Thema zu sagen zu geben. »Wir sind alle verrückt hier«, zitierte er aus *Alice im Wunderland*.

»Stimmt.«

Eric blickte auf. Mrs. Aldershott sah ihn ernst an.

»Mr. Peterkin, haben Sie sich gestern beim Essen nicht gewundert, warum in unserer Menage kein Senf ist?«, fragte sie. »Das liegt daran, dass weder Edward noch ich den Geruch ertragen. Er erinnert uns an Dinge, die wir lieber vergessen wollen. Sie wissen sicher, dass Edward einen Senfgasangriff überlebt hat. Er hatte Glück. Viele andere sind damals an ihren Verätzungen gestorben, noch Tage später. Das verfolgt ihn bis heute. Auch ich sehe noch die Feldbetten vor mir, all die Männer, die tapfer und klaglos jede Schusswunde, jeden Granatsplitter und jeden gebrochenen Knochen wegsteckten, aber jetzt heulten und schrien, weil sie solche Höllenqualen litten … Und ich konnte nichts für sie tun, außer ihnen die Verätzungen und die Augen auszuwaschen und zu hoffen … Ein Hauch von gewöhnlichem Tafelsenf, und ich bin sofort wieder dort. Sind wir deswegen verrückt, Mr. Peterkin?«

Eric legte ihr tröstend die Hand auf den Arm, und sie schüttelte sich, um die bösen Erinnerungen zu vertreiben. Was sie gerade erzählt hatte, ähnelte auf unangenehme Weise seinen eigenen unschönen Bildern im Kopf, die in Stresssituationen ungewollt in ihm aufstiegen. Aber eine Neurose war es deshalb noch lange nicht, redete er sich erneut ein, wenn auch mit weniger Überzeugung als zuvor.

Wie auch immer man sie nennen wollte, die ungebetenen Erinnerungen existierten. Und wenn beide Aldershotts die gleiche Erfahrung machten – und Wolfes Reaktion auf laute Geräusche denselben Ursprung hatte, ja wenn sogar Norris Probleme hatte, mit seinen Kriegserfahrungen umzugehen –, dann hieß das, dass er nicht allein war.

Er war nicht allein.

»Ich breche jetzt besser auf«, sagte Eric leise. »Es gibt da einen Mann in Chichester, den ich noch heute sprechen muss.« Er wollte endlich Dr. Timothy Grey aufsuchen, den Gerichtsmediziner, der das Skelett von Bruton Wood untersucht hatte. Wenn er ihn nicht an einem Sonntag stören wollte, war der Nachmittag des heutigen Samstags seine einzige Chance.

»Geht es um Emily?«

Eric nickte.

»Dann brechen Sie wirklich besser auf. Erzählen Sie mir doch bitte, was Sie in Erfahrung gebracht haben, sobald Sie zurück sind.«

Eric trat auf die Straße hinaus, nicht ohne sie zuvor argwöhnisch nach versteckten Attentätern abgesucht zu haben. Während er Kurs auf die Garage nahm, in der der Vauxhall der Familie Peterkin abgestellt war, dachte er unter dem Eindruck seines Gesprächs mit Mrs. Aldershott noch einmal über seine Männer nach. Es war mehr als wahrscheinlich, dass der eine oder andere von ihnen nachhaltig durch seine Kriegserfahrungen beeinträchtigt war, auch wenn die meisten einen vollkommen normalen Eindruck auf ihn gemacht hatten. Bestimmt waren nicht alle gleichermaßen betroffen, doch genauso merkwürdig wäre es gewesen, wenn keiner von ihnen irgendwelche Schäden davongetragen hätte. Man ließ sich nichts anmerken, und diese Selbstbeherrschung erlaubte es einem weiterzumachen, während um einen herum alle hysterisch wurden, aber das hieß nicht, dass man keine Gefühle hatte.

Eric war auf halbem Weg zu seinem Ziel, als ein dunkelgrauer Austin neben ihm am Straßenrand hielt.

»Mr. Peterkin!«

»Mrs. Aldershott?«

Sie saß tatsächlich selbst am Steuer und bedeutete ihm winkend, dass er einsteigen sollte. Er folgte ihrer Aufforderung. »Wenn Sie nach Chichester wollen, sind Sie vermutlich auf dem Weg zur Victoria Station«, sagte sie. »Allerdings laufen Sie in diesem Fall in die falsche Richtung.«

Eric schüttelte den Kopf und nannte ihr die Adresse der Garage. »Ich möchte lieber mit dem Automobil hinfahren«, erklärte er und sah sich im Austin der Aldershotts um. Es handelte sich um ein Vorkriegsmodell, allerdings um ein sehr gut erhaltenes. »Braucht man für diesen Wagen nicht eine Handkurbel, um den Motor zu starten?«

»Ist er deshalb etwa ein unschickliches Fahrzeug für eine Dame?« Die altmodischen Handkurbeln waren so schwergängig, dass man sich beim Kurbeln bisweilen das Handgelenk brach. »Ich versichere Ihnen, dass ich nicht so zart und schwach bin, wie Sie offenbar vermuten. Edward besitzt diesen Wagen schon seit Vorkriegstagen, und er trennt sich ungern von alten Dingen. Der Motor funktioniert noch tadellos, Handkurbel hin oder her.«

»Dann danke ich Ihnen sehr fürs Chauffieren.«

»Mit Vergnügen.« Sie verstummte, als es um eine Kurve ging, und sagte dann: »Hören Sie, Mr. Peterkin, Sie wissen vermutlich bereits, wie sehr es mich interessiert, was damals mit Emily geschah. Ich ging immer davon aus, die örtliche Polizei hätte alles nur Erdenkliche getan, und glaubte auch nicht, dass externe Ermittlungen mehr zutage gefördert hätten. In den Zeitungen stand damals jedenfalls überhaupt nichts. Aber nachdem Sie gestern gegangen waren, kam mir der Gedanke, dass Sie mit Ihrer Untersuchung schon weiter gediehen sein müssen als jeder vor Ihnen, wenn Sie Emilys Verschwinden mit Bensons Ermordung in Verbindung bringen konnten.

Wenn es also irgendetwas gibt, was ich tun kann, um Ihnen zu helfen, dann werde ich es tun.«

»Ihr Mann scheint weniger zugänglich zu sein für meine Nachforschungen.«

»Edward kann mir gestohlen bleiben. Wir reden hier nicht von seiner Schwester, sondern von meiner.« Da war sie wieder, die forsche, pragmatische Skrupellosigkeit, mit der Mrs. Aldershott an den Bediensteten des Britannia Clubs vorbeimarschiert war und zweifellos auch an manch wütendem General während des Krieges. »Ich war im Grunde Emilys nächste Angehörige, wissen Sie, zumindest aus Sicht der englischen Behörden. Ihre persönlichen Gegenstände wurden allesamt an mich übergeben, nachdem die Polizei sie nicht mehr brauchte. Ich habe sie mir im Laufe der Jahre immer wieder angesehen, aber es war nichts dabei, was mir ungewöhnlich erschien. Vielleicht entdecken Sie etwas, das ich übersehen habe.«

Eric drehte sich überrascht zur Seite und sah sie mit einem breiten Strahlen an. »Das wäre ein Geschenk des Himmels, Mrs. Aldershott. Ich kann Ihnen nicht genug dafür danken.«

»Nicht doch, ich tue das für mich selbst, glauben Sie mir. Den heutigen Tag reservieren wir für Ihr Anliegen in Chichester, und morgen Abend komme ich zu Ihnen in den Britannia Club, und wir gehen gemeinsam Emilys Sachen durch.«

»Nein, nicht in den Britannia Club.« Aldershott würde unweigerlich davon erfahren, wenn seine Frau in den Club kam, um sich mit Eric zu treffen. Nach dem heutigen Gespräch mit ihm war Eric vorerst nicht scharf auf eine erneute Konfrontation. »Kennen Sie das Kaffeehaus Arabica in der Nähe des Soho Square? Treffen wir uns dort. Ich warte in der hintersten Sitznische.«

Damit waren sie verabredet. Mrs. Aldershott setzte Eric vor seiner Garage ab und machte sich dann auf den Rückweg nach Hause, während Eric Chichester und das Skelett von Bruton Wood ins Visier nahm.

ABGANG DER HOHEPRIESTERIN

Dr. Timothy Grey war ein stattlicher Mann, etwa einen Meter fünfachtzig groß und robuste hundertzwanzig Kilo schwer. Seine markanten Gesichtszüge wurden von einem kurzen weißen Bart akzentuiert, und ihm fielen vereinzelte weiße Haarsträhnen in die fleckige, gerötete Stirn. Er war seit Kurzem pensioniert und freute sich darüber, dass er nie wieder eine Leichenbeschau durchführen musste. Eric stöberte ihn schließlich im Wirtshaus Green Elephant direkt neben dem Bahnhof von Chichester auf, nachdem er eine Stunde mit dem Versuch vergeudet hatte, ihn unter seiner Privatanschrift anzutreffen.

Chichester war so etwas wie ein zentraler Knotenpunkt für die umliegenden Dörfer. Es besaß eine alte Kathedrale und eine direkte Zugverbindung nach London. An diesem Samstagnachmittag waren die Straßen voll mit Männern und Frauen, die auf der Suche nach allem, was sie zu Hause nicht bekamen, durch die Geschäfte schlenderten. Das Green Elephant, ein Labyrinth aus verschiedenen Gasträumen mit Fachwerkwänden und niedrigen Decken, war bereits gut gefüllt mit Gästen, die nach der langen, harten Woche ein wenig Entspannung nötig hatten. Auch die Herbergszimmer im ersten Stock waren allesamt belegt.

Dr. Grey hämmerte in die Tasten eines Klaviers, während eine Meute lärmender Einheimischer fröhlich mitsang. Seine eigene Stimme war ein derart dröhnender Bass, dass er den Raum mehr als ausfüllte.

»Was bringt es, sich immer nur zu sorgen?
Hat doch noch nie was gebracht!
Packt in den Sack eure Sorgen
und lacht, lacht, lacht!«

Eric wartete, bis die Gruppe fertig gesungen hatte, bevor er sich nach vorn zum Klavier schob, um den ehemaligen Gerichtsmediziner anzusprechen und ihn vom Klavierzimmer in eine diskretere Ecke des Gasthauses zu entführen.

Auch wenn er nicht sang, klang Dr. Greys Stimme wie ein tiefes Grollen. Er warf einen Blick auf Erics Karte. »Peterkin, sagen Sie? Von den Peterkins aus Peking?«

»Ich wüsste nicht, dass wir dort Familie hätten, aber …«

»Das war ein Witz. Ich meinte damit, dass Sie gar nicht aussehen wie jemand, der Peterkin heißt. Sie sehen eher aus wie ein … Sheringham.«

Eric blinzelte.

»Noch ein Witz.« Dr. Grey lachte in sich hinein und gab Eric die Karte zurück. »Was kann ich für Sie tun?«

Eric signalisierte der Bedienung, dass sie zwei Bier an ihren Tisch bringen sollte, und kam dann zur Sache: »Ich wollte Sie nach dem Skelett von Bruton Wood fragen. Soweit ich weiß, haben Sie es untersucht, nachdem es ausgegraben wurde.« Als Dr. Grey zweifelnd den Kopf schüttelte, fügte Eric hinzu: »Es war ein Frauenskelett, in der Zeitung wurde es als unter ein Meter fünfundsechzig beschrieben. Entdeckt wurde es von einer Mutter und ihrer Tochter aus Singleton. Die beiden hatten auf einer Wanderung angehalten, um zu picknicken.«

Endlich verschwand Dr. Greys Stirnrunzeln. »Ach das.« Auch sein Seufzen klang wie ein tiefes Grollen. »Da gibt es nichts zu erzählen. Ich hatte dem *Observer* angekündigt, dass ich Mordermittlungen für wahrscheinlich hielt, beschloss dann letzten Endes aber, dass sich eine weitere Untersuchung nicht lohnte.«

»Warum nicht?«

Dr. Grey zuckte mit den Schultern. Ihre Biergläser wurden gebracht, und der Gerichtsmediziner nahm sich einen Moment Zeit, um einen Schluck aus seinem zu nehmen, bevor er sagte: »Es gab nichts, anhand dessen man sie hätte identifizieren können. Sie lag einfach schon zu lange in der Erde. Mein Kollege und ich haben getan, was wir konnten, aber es schien uns kein Grund für eine weiterführende Untersuchung vorzuliegen. Zum Glück waren offenbar auch die Zeitungen nicht daran interessiert, das Thema weiterzuverfolgen, sonst hätte ich ziemlich dumm dagestanden.«

»Können Sie mir vielleicht trotzdem noch irgendetwas über die Tote sagen? Ich meine, konnten Sie die Todesursache feststellen? Wie lag sie in der Erde? Wurden wirklich keinerlei persönliche Gegenstände bei ihr gefunden?«

»Eins nach dem anderen, Mr. Peterkin«, bremste ihn Dr. Grey lachend. »Meine Güte, Sie sind ja wirklich interessiert an dieser Sache … Darf ich fragen, warum?«

»Oh, es … es geht um ein Buch.« Eric zog eine zweite Visitenkarte hervor, auf der anstelle seines Clubs der Verlag vermerkt war, für den er arbeitete. »Recherche, Sie wissen schon.«

Dr. Grey beäugte argwöhnisch die Karte. »Looming Press? Von denen habe ich schon das eine oder andere Buch gesehen. Wer auch immer die Manuskripte auswählt, man müsste ihn erschießen.« Er nahm noch einen Schluck von seinem Bier und schien zu überlegen, ob er Erics Fragen beantworten sollte. Schließlich zuckte er mit den Schultern und sagte: »Nun ja, warum nicht? Manchmal tut es ganz gut, über ungelöste Fälle sprechen zu können.«

»Davon haben Sie bestimmt so einige erlebt«, sagte Eric.

Dr. Grey stieß ein dröhnendes Lachen aus. »Sie würden niemals glauben, mit was für Dingen ich mich herumschlagen musste! Also, das Skelett von Bruton Wood …« Der pensionierte Gerichtsmediziner verfiel in einen sachlicheren Tonfall, während er in seinen Erinnerungen kramte. »Erstens: Es lagen keine persönlichen

Gegenstände um die Leiche herum. Wir fanden allerdings einige Stofffetzen, die noch nicht vollständig verrottet waren. Die Anordnung dieser Überreste schien auf ein sehr großes Stück Stoff hinzudeuten – ein Bettlaken beispielsweise oder ein Tischtuch. Ich denke, darin war sie eingewickelt, als sie begraben wurde. Ihre Beine waren gerade, ihre Hände über der Brust verschränkt, und sie lag auf dem Rücken – die übliche Position eines Leichnams, der in einem Sarg aufgebahrt ist.«

»Sie meinen, es hatte sich jemand die Mühe gemacht, sie halbwegs anständig zu begraben?« Eric malte sich aus, wie dieses »Begräbnis« vonstattengegangen sein musste: Ein Mann, der mitten in der Nacht die Erde mit einer Schaufel bearbeitete. Weil für die üblichen zwei Meter Tiefe eines Grabes keine Zeit war, musste eine flachere Grube genügen. Der Mann hob Emilys Leichnam hoch, um ihn vorsichtig in das Grab zu wuchten. Sein Gewicht und die mangelnde Tiefe der Grube erschwerten diesen Vorgang, weshalb er ihn schließlich am Kopfende des Grabes flach auf den Boden legte, ihn bei den Fußknöcheln nahm und hineinzog. Oder hatte ihm jemand geholfen?

»Es mutete natürlich ein wenig seltsam an bei einem oberflächlich ausgehobenen Grab mitten im Nirgendwo, aber ja, so sah es für mich aus«, antwortete Dr. Grey. »Sie war jedenfalls nicht einfach so achtlos hineingestoßen worden. Menschen, die eine Leiche einfach nur verscharren wollen, achten normalerweise nicht darauf, wie die Leiche zu liegen kommt. Sie rollt vielleicht zur Seite, wenn sie hineingeworfen wird, und die Gliedmaßen spreizen sich ab. Ich kann mich sogar an eine Leiche erinnern, die ganz eng zu einer Kugel zusammengerollt war, weil der Täter auf diese Weise ein kleineres Loch graben musste. Das Skelett von Bruton Wood hingegen weckte in mir die Vermutung, dass es sich um die Frau eines verarmten Bauern gehandelt haben könnte, der sich keine offizielle Bestattung leisten konnte.«

All dies passte zu Bradshaws Aussage, Benson habe Emily eigenhändig begraben. Benson war vermutlich untröstlich gewesen über ihren Tod und hatte ihr so viel Respekt erweisen wollen, wie er konnte. Bis auf das Laken war sie nackt gewesen, um die Identifizierung zu erschweren … Aber warum hätte sich Benson dann später an Saxon wenden und ihn bitten sollen, die Herausgabe der Leiche zu veranlassen? Hatte ihn womöglich jemand gezwungen, Emily dort zu vergraben? Eric stellte sich eine weitere Person am Grab vor, die Benson vielleicht eine Waffe an die Schläfe hielt und ihn zur Eile antrieb. Zum Beispiel Bradshaw, ganz der Zuchtmeister, ohne jede Spur seiner üblichen Gutmütigkeit. Oder Aldershott, der unbewegt wie eine Statue dastand, während seine Brille im Mondlicht funkelte. Oder sogar Saxon, der ungehalten vor sich hin schimpfte, um seine Anspannung zu verbergen. Und der trauernde Benson war nicht in der Lage gewesen, sich zu wehren.

»Konnten Sie erkennen, woran sie gestorben sein könnte?«, fragte Eric.

»Ja, sie hatte zwei Schädelfrakturen«, antwortete Dr. Grey und zeigte auf eine Stelle nahe der Schädelbasis. Er zog eine Linie von der Wirbelsäule bis hinter sein rechtes Ohr und dann eine zweite etwas weiter oben. »Beide schienen auf Schläge mit einem langen, harten Gegenstand hinzudeuten, ziemlich schmal, aber nicht scharfkantig. Irgendeine Art von Metallstange, wahrscheinlich ein Schürhaken oder ein Brecheisen.«

Eric nickte. »Also eindeutig Mord.« Er sah einen gegen Emilys Kopf geschwungenen Schürhaken vor sich. Ihr Angreifer hatte vermutlich direkt hinter ihr gestanden. Der Schlag musste mit der rechten Hand ausgeführt worden sein, denn mit der linken war es eher schwierig, ihre rechte Schädelseite zu treffen.

Konnte Benson die tödlichen Hiebe ausgeführt haben? Er war ein großer Mann gewesen, beinahe so groß wie Dr. Grey. Emily hingegen war den Berichten zufolge zwischen einem Meter achtundfünfzig und einem Meter zweiundsechzig klein gewesen. Eric versuchte, sich vorzustellen, wie Benson nach ihr ausholte. Wie hoch hätte er den Arm halten müssen? Wären die Schläge bei seiner Körpergröße waagrechter gewesen als die von Dr. Grey angezeigten Frakturen? Eric hätte gern geglaubt, dass der vom Gerichtsmediziner angezeigte Winkel auf einen kleineren Mann als Benson hindeutete, musste sich jedoch eingestehen, dass sich dies nicht eindeutig klären ließ.

»Was machen Sie da, Mr. Peterkin?«

Eric nahm hastig seine Hände herunter, als ihm aufging, dass er die tödlichen Schläge tatsächlich nachgeahmt hatte. »Entschuldigen Sie. Ich … habe nur versucht, es mir bildlich vorzustellen.«

Etwa eine Stunde später trat Eric aus dem Green Elephant, nachdem ihn Dr. Grey zu einer Reihe von Trinkliedern überredet hatte. Das Klavier, auf dem er sie begleitete, war ein Geschenk von ihm an den Wirt des Green Elephant gewesen, doch es schien, als besäße nur der pensionierte Gerichtsmediziner selbst den Mut, vor Publikum darauf zu spielen. »Mir wurde berichtet, dass gestern Morgen jemand hier war, der ausgezeichnet spielte, während er auf seinen Zug wartete. Natürlich war ich nicht zugegen, um es zu hören! Daraus lässt sich eine Lektion fürs Leben ableiten, Mr. Peterkin: Die besten Früchte der eigenen Arbeit bekommt man selbst nie zu sehen.«

Vor dem Green Elephant führte die South Street weiter ins Herz von Chichester, zu einem großen steinernen Pavillon mit einer kreisförmig verlaufenden Bank, auf der man sitzen und durch die gotischen Bögen nach draußen blicken konnte. Es handelte sich um das Marktkreuz Chichester Cross, von dem ausgehend die Hauptstraßen der kleinen Stadt in alle vier Himmelsrichtungen auseinanderstrebten. Der Vauxhall der Peterkins war auf der West Street geparkt, wo die Kathedrale die gesamte südliche Straßenseite einnahm. Als Eric gen Westen blickte, sah er, dass sich die Wolken in der Ferne golden zu färben begannen. Der Sonnenuntergang würde nicht mehr lange auf sich warten lassen. Zu dieser Jahreszeit bedeutete der Sonnenuntergang, dass es spät genug war, über das Abendessen nachzudenken, jedoch noch zu früh, um es tatsächlich einzunehmen.

Eric blieb im Schatten des Chichester Cross stehen und überlegte, was er mit dem Rest des Tages anfangen sollte. Möglicherweise lohnte es sich, noch ein wenig in Chichester zu bleiben und hier zu Abend zu essen, bevor er die Rückfahrt nach London antrat. Oder er konnte im Green Elephant übernachten und den Frühgottesdienst in der Kathedrale besuchen. Morgen war Allerheiligen, und es war Zeit, an jene zu denken, die er verloren hatte.

Oder, dachte er, während sich leise Vorfreude in ihm regte, er konnte Mrs. Benson einen Besuch abstatten und ihr mitteilen, dass er nun bereit war, sich von ihr malen zu lassen.

Drei kleine Kinder, die eine Guy-Fawkes-Puppe in einem Bollerwagen hinter sich herzogen, blieben vor dem Marktkreuz stehen, um Eric anzustarren, bis sich das älteste Mädchen an seine Erziehung erinnerte und ihn um den üblichen »Penny für unsern Guy« bat. Die Puppe der Kinder war mit Stroh und trockenen Blättern ausgestopft, und ihr Gesicht war eine Papiermaske. Eric spendete gern den verlangten Penny, und das Trio rannte davon, wobei der Jüngste sich über die Schulter umblickte, bis er beinahe über seine eigenen Füße stolperte.

Eric sah den drei Kindern hinterher und setzte sich dann wieder auf die Steinbank im Pavillon. Eine flüchtige Bewegung erregte seine Aufmerksamkeit: An der Ecke zwischen South und East Street stand ein Mann und beobachtete ihn. Er hatte kleine dunkle Augen und unreine Haut. Eric erinnerte sich, ihn schon beim Verlassen des Green Elephant gesehen zu haben. Auf der South Street waren sie in unterschiedliche Richtungen unterwegs gewesen. Dass der Mann mit den dunklen Augen nun hier war, bedeutete, dass er kehrtgemacht hatte, um Eric zu folgen. Eric zog seine Straßenkarte aus der Manteltasche und gab vor, sie zu studieren, während er in Wirklichkeit in höchster Alarmbereitschaft war. Normalerweise wäre er vielleicht einfach auf den Mann zugegangen, um ihn zu fragen, was er wollte, doch er erinnerte sich nur zu gut an das versuchte Attentat vom Vorabend. War dies dieselbe Person, die auf ihn geschossen hatte? Eric kannte den Mann nicht, aber es konnte sich um einen Auftragsmörder handeln.

Ein Auftragsmörder! So etwas passierte doch nur in Büchern, oder?

Eric rutschte auf der Bank zur Seite, bis er sich knapp außer Sichtweite des Mannes befand. Dieser veränderte prompt seine Position, um Eric im Blick zu behalten. Auch wenn er kein Auftragsmörder war, verhielt er sich verdächtig genug, um vor ihm auf der Hut zu sein.

Um Eric herum bummelten die Passanten über den Platz, betraten oder verließen Läden und plauderten miteinander, ohne zu merken, was sich vor ihrer Nase abspielte. Falls der Attentäter erneut nach Erics Leben trachtete, würde er bestimmt nicht am Chichester Cross aktiv werden. Doch Eric konnte nicht ewig hier sitzen bleiben und warten, zumal der Mann vielleicht seine bisher beste Spur in diesem rätselhaften Mordfall war. Die örtliche Polizeiwache befand sich an der South Street, neben dem Bahnhof. Hätte Eric das auffällige Verhalten des Mannes mit den dunklen Augen früher bemerkt, wäre es ein Leichtes gewesen, ihn niederzuringen und die Polizei zu rufen, damit sie ihn festnahm und verhörte. Hier hingegen konnte Eric ihn nicht einfach so zur Rede stellen und die ganze Strecke zurück zum Bahnhof zerren. Die anständigen Bürger von Chichester hätten einen völlig falschen Eindruck gewonnen. Wenn Eric versuchte, den Mann Richtung Polizeiwache zu locken, bevor er zur Tat schritt, oder wenn er versuchte, hier am Chichester Cross einen Polizisten anzusprechen, würde der unbekannte Beobachter sicher misstrauisch werden.

Eric sah sich nach allen vier Straßen um, die vom Marktkreuz abzweigten. Das Gebäude, in dem sich einst das Butterworth Arms Hotel befunden hatte, in dem Saxon damals abgestiegen war, befand sich direkt an der Straßenecke. Und es war inzwischen ein Wirtshaus, was gewisse Möglichkeiten mit sich brachte.

Eric stand auf und schlenderte unauffällig auf das Gebäude zu. Er betrat das Lokal und bahnte sich einen Weg zur Theke. Falls der Mann mit den dunklen Augen draußen blieb und den Eingang beobachtete, konnte Eric zum Hintereingang hinausschleichen und sich Hilfe suchen, bevor er dem Mann entgegentrat. Folgte dieser Eric hingegen ins Wirtshaus …

Genau das tat er.

Eric hatte damit gerechnet, dass der Schankraum gut gefüllt war. Das Green Elephant war schon am frühen Nachmittag gut besucht gewesen, und nun, zum Sonnenuntergang, versammelten sich noch mehr Leute in den Wirtshäusern und Kneipen in Erwartung eines feuchtfröhlichen, geselligen Abends. Niemand würde sich etwas dabei denken, wenn Eric ein Bier bestellte und es mit zu einem Tisch in der Nähe der Tür nahm, durch die der Mann mit den kleinen dunklen Augen gerade hereingekommen war. Im Gedränge der Gäste konnte dieser ihm nur schwer entwischen.

Eric gab vor, über eine nicht existierende Unebenheit in den Bodendielen zu stolpern, woraufhin ihm sein Bier aus der Hand rutschte und sich über Gesicht und Brust des dunkeläugigen Mannes ergoss.

»Ach herrje!«, rief Eric. »Das tut mir schrecklich leid. Hier, lassen Sie mich Ihnen helfen …« Er zog ein Taschentuch hervor – nicht sein gutes, sondern das mit den Kurkumaflecken von seinem letzten Besuch im Shafi – und fing an, es gegen die durchnässte Hemdbrust des potenziellen Attentäters zu pressen.

Eingetrocknete gelbe Flecken auf einem Taschentuch sind fast so dunkel wie echtes Blut, und der Mann konnte ja nicht wissen, dass sie bereits da gewesen waren. Er schubste Eric mit entsetztem Gesicht von sich weg.

Während Eric nach hinten taumelte, packte er die Jacke seines

Verfolgers, und sie krachten zusammen gegen einen mit Gläsern beladenen Tisch. Unter den erschrockenen und entrüsteten Aufschreien der Wirtshausgäste spritzte das Bier nur so auf den Boden, und Eric machte sich darauf gefasst, dass sein vermeintliches Missgeschick in einer allgemeinen Rauferei endete. Zum Glück stellte sich heraus, dass zwei Konstabler anwesend waren, um die Wochenendtrinker zu beaufsichtigen. Sie begannen, die Leute voneinander zu trennen, bevor mehr als zwei oder drei Schläge ausgetauscht werden konnten.

»Wer hat angefangen?«, brüllte einer der Konstabler. Ein Dutzend Finger zeigten auf Eric und seinen »Freund«, und Eric gestattete sich ein zufriedenes Lächeln. Nun würde sein Verfolger doch noch von der Polizei abgeführt werden.

Während der eine Konstabler Eric unsanft auf die Füße zerrte, half der andere dem dunkeläugigen Mann mit deutlich mehr Rücksicht vom Boden auf. Der Dunkeläugige warf Eric einen wütenden Blick zu und sagte dann zu den Konstablern: »Das ist der Chinese, von dem uns das Dienstmädchen von Sotheby Manor erzählt hat – Mr. Eeshahn heißt er, meinte sie. Verhaftet ihn.«

Eric gefror das Lächeln im Gesicht, als die beiden Konstabler zusammen mit dem vor Bier triefenden Dunkeläugigen – offenbar ein Beamter in Zivil – auf ihn zukamen.

Der kleine Raum war leer bis auf einen Tisch und zwei Stühle, die an entgegengesetzten Enden des Tisches bereitstanden. Eric war einer dieser Stühle zugewiesen worden, während er auf seine Vernehmung wartete. Er war fast sofort wieder aufgesprungen, um aufgebracht im Zimmer auf und ab zu gehen. Jede verstreichende Minute verstärkte noch seinen Ärger. Vermutlich ließen sie ihn absichtlich warten, um ihn nervös zu machen. Bedauerlicherweise funktionierte es.

Als doch endlich die Tür aufging, beeilte sich Eric, zu dem ihm zugewiesenen Stuhl zurückzukehren. Das Licht auf dem Flur war deutlich heller, weshalb er zunächst nur eine offensichtlich mit einem Regenmantel bekleidete Silhouette mit widerspenstigem Haarschopf erkannte. Die Gestalt streifte den Regenmantel ab und warf ihn über den Stuhl am anderen Tischende. Dann drehte sie sich zu Eric um.

Es war Inspektor Horatio Parker.

Was machte er hier? War er gekommen, um in Sotheby Manor Erklärungen für Bensons Ermordung zu suchen? Das musste der Grund sein. Dass auch Eric zum wiederholten Mal für seine Ermittlungen nach Sussex gereist war, hatte offenbar das Misstrauen der hiesigen Polizei erregt und ihn in seine jetzige Lage gebracht.

»Sie sind ganz schön weit weg von London, Inspektor«, sagte Eric.

»Sie auch, Mr. Peterkin.«

Parker hatte sich kaum verändert, seit sie sich zuletzt bei Bensons Beerdigung gesehen hatten. Eigentlich hatte er sich seit dem Tag, an dem sie Bensons Leiche entdeckt hatten, nicht verändert. Sein Hemdkragen war gelblich verfärbt und die Jacke ein wenig zu groß für seinen mageren Körper. Sein Gesicht war immer noch genauso hager, und er sah aus, als hätte er seit Tagen nicht mehr geschlafen. Wie schon bei ihrer ersten Begegnung wurde Erics Blick auch diesmal wieder von der Narbe angezogen, die quer über die Wange des Inspektors verlief.

Was machte er hier in diesem Vernehmungszimmer? Chichester befand sich eindeutig außerhalb seines Zuständigkeitsbereichs.

»Tätlichkeit gegen einen Polizisten«, las der Inspektor aus einer Akte vor. »Das hätte ich nicht von Ihnen erwartet, Mr. Peterkin.«

»Das Ganze war ein Unfall.«

»Natürlich.«

»Er war in Zivil. Warum hat er mich verfolgt?«

»Sie wurden uns als Beteiligter an einem Mord genannt. Konstabler Fletcher war außer Dienst, als er Sie vom Bahnhof Richtung Innenstadt gehen sah. Er ist ein … sehr engagierter Polizist.«

So kann man es auch ausdrücken, dachte Eric verbittert. Besagter

Konstabler Fletcher hatte seine diensthabenden Kollegen gewarnt, »diese Schlitzaugen« seien »schlüpfrige Mistkerle«, die »sich aus allem herauswinden, wenn man ihnen die Chance dazu gibt«.

Parker warf die Akte auf den Tisch und setzte sich seitlich auf die Tischkante, eine lockere, zwanglose Haltung, die es ihm jedoch erlaubte, auf Eric herabzublicken.

»Doch nicht etwa an Bensons Ermordung? Ich wusste gar nicht, dass Scotland Yard bei seinen Ermittlungen auf die Unterstützung der Polizei von Chichester zurückgreift.«

»Wir helfen uns gegenseitig«, erwiderte Parker schulterzuckend. »Tauschen Erkenntnisse aus. Manchmal schnappen wir sogar die Verbrecher des jeweils anderen.«

»Wenn Sie mich damit meinen, vergeuden Sie Ihre Zeit«, sagte Eric, der vor Wut rot angelaufen war. »Ich habe Benson nicht umgebracht.«

»Wie ich höre, haben Sie es sich zur Aufgabe gemacht, Bensons Mörder auf eigene Faust zur Strecke zu bringen. Ohne Hilfe und ohne Unterstützung. Wäre ich ein argwöhnischer Mensch – und ich wäre nicht in dieser Branche, wenn ich es nicht wäre –, würde mir der Gedanke kommen, dass Sie auf diese Weise von sich ablenken wollen, nachdem Sie die Tat selbst begangen haben.«

»Ist das eine Schuldzuweisung?«

»Ich stelle nur fest, dass Sie eine sehr intime Beziehung zur Witwe Benson zu pflegen scheinen. Was die Frage aufwirft, ob Sie ihren Mann womöglich aus dem Weg schaffen wollten.«

Eric hatte seit dem von Parker beobachteten Gespräch mit Helen Benson nach der Beerdigung mit etwas Derartigem gerechnet. Er straffte den Rücken und sagte mit der ganzen eisigen Würde, die er zustande brachte: »Es gibt keine intime Beziehung zwischen uns, ich habe nichts zu verbergen. Sie wissen ganz genau, dass ich nicht der Täter gewesen sein kann.«

»Ach ja, Mr. Peterkin? Und warum nicht?«

»Weil Benson im Tresorraum des Clubs umgebracht wurde. Der

Mörder ist also jemand, der die Möglichkeit hatte, in diesen hineinzugelangen. Ich hatte sie nicht.«

Ein wissendes, katzenartiges Lächeln huschte über Parkers Gesicht.

»Wolfe berichtete uns, er habe die Tresortür offen gelassen und sei daher überrascht gewesen, als er sie am nächsten Tag, als sie alle hinuntergingen und die Leiche entdeckten, geschlossen vorfand.«

»Was?«

»Oh ja, er hat sie offen gelassen.« Parker nickte weise. »Offenbar wollte er damit den Fokus auf seine beeindruckenden Einbrecherkünste richten. Umso verärgerter war er darüber, dass ihm die geschlossene Tresortür und Bensons Leiche die Tour vermasselt haben. Als er uns dies erzählte, rauchte er hintereinander zwei Zigaretten weg, ich glaube, aufgewühlter war er seit Jahren nicht mehr.«

»Aber …«

Parker schwang sich von der Tischkante und setzte sich auf den Stuhl. »Sie müssen mir also etwas Besseres liefern als die Tresortür, um mich von Ihrer Unschuld zu überzeugen, Mr. Peterkin. Ich gebe Ihnen hiermit Gelegenheit dazu. Überzeugen Sie mich, dass Sie wirklich darauf aus sind, die Tat aufzuklären, und nicht, sie zu verschleiern.«

Was Eric gerade erfahren hatte, beförderte Norris schlagartig auf die Liste der Verdächtigen zurück und machte jede Grübelei, ob Saxon die Zahlenkombination geknackt haben könnte, überflüssig. Eric war wieder da, wo er angefangen hatte. Er musste sich zusammenreißen und es irgendwie schaffen, den Spieß umzudrehen. »Ich kenne den Namen der Frau, deren Fotografie Sie aus Bensons Zimmer entwendet haben«, sagte er. »Sie hieß Emily Ang, und Benson war dabei, Nachforschungen über ihren Tod anzustellen. Lebend wurde sie zuletzt hier in Chichester gesehen. Waren Sie aus diesem Grund vor Ort, als ich verhaftet wurde?«

Ein Zucken. Besser als nichts, dachte Eric.

»Wenn das die Spur ist, die Sie verfolgt haben, wünsche ich Ihnen viel Glück«, erwiderte der Inspektor. »Die Sache hat nichts mit Bensons Tod zu tun, aber es steht Ihnen natürlich frei, sich damit von Dingen abzulenken, die wirklich relevant wären.«

»Warum glauben Sie nicht, dass da eine Verbindung besteht, Inspektor?«

»Warum glauben *Sie*, dass eine besteht?«

»Sie wissen, warum.«

Sie saßen eine Minute schweigend da und fixierten sich gegenseitig. Parkers Gesicht war wieder die übliche hölzerne, reglose Maske. Eric verschränke die Arme und sagte: »Ich weiß, was ich gesehen habe, und ich verstehe es nicht. Alle, mit denen ich gesprochen habe, loben Ihren unermüdlichen Einsatz für die Gerechtigkeit und betonen, dass Sie bei Scotland Yard für drei arbeiten.«

»Dazu kann ich nichts sagen«, erwiderte Parker mit einem süffisanten Lächeln.

»Sie sind doch angeblich ein Held. Man hat Ihnen das Victoria-Kreuz verliehen …«

Parker lachte bellend auf. »Und das soll etwas zu bedeuten haben? Das Victoria-Kreuz wird für Tapferkeit verliehen, Peterkin, und Tapferkeit könnte ich Ihnen auch bei einigen der übelsten Gestalten der Unterwelt zeigen. Machen Sie sich nichts vor. Diese Auszeichnung steht weder für Moral noch für Charakterstärke.«

»Aber …«

»Wenn Sie das verdammte Ding haben wollen, kommen Sie in mein Büro in Scotland Yard, und ich gebe es Ihnen. Das würde mir eine große Last von der Schulter nehmen.«

Eric starrte ihn sprachlos an.

Der Inspektor stand plötzlich auf und rief einen Konstabler in den Raum. Eric glaubte schon, er könne gehen, doch stattdessen wurde er nach draußen zu einem Automobil eskortiert, wo man ihm sagte, er solle einsteigen. »Wir machen einen kleinen Ausflug«, verkündete der Inspektor.

Fünf Minuten später hielten sie vor einem palastartigen Gebäude aus georgianischer Zeit mit großzügiger Rasenfläche und einem blühenden Blauregen im Vorgarten. Die Fassade war glatt verputzt und das gesamte Erdgeschoss mit Efeu zugewachsen. Über dem Eingang, der sich in der Mitte des Hauses zwischen anmutigen Wandpfeilern befand, thronte ein breiter Ziergiebel. Parker hatte auf der Fahrt kein Wort gesagt, was Eric auch nicht anders erwartet hatte. Das Schild an der Zufahrt wies das Gebäude als Royal West Sussex Hospital aus, und Eric fragte sich, ob sie hier waren, um mit einem Arzt zu sprechen oder vielleicht einer Krankenschwester – jemandem, der mit Emily Ang in Sotheby Manor gearbeitet hatte. Der Inspektor und der begleitende Konstabler nahmen Eric in die Mitte und betraten mit ihm das Krankenhaus. Obwohl er keine Handschellen trug, war er nicht wirklich frei.

Inzwischen war es weit nach der offiziellen Besuchszeit. Die Nachtschicht hatte begonnen, und die Schwestern huschten wie Gespenster durch die dunklen Gänge. Während auch sie einen dieser Gänge entlanggingen, vernahm Eric das Säuseln geheimnisvoller Apparate, das vom Schnarchen und Stöhnen der schlafenden Patienten begleitet wurde. Sie betraten keines der Krankenzimmer, was die respekteinflößende, finster dreinblickende Oberschwester wohl auch zu verhindern gewusst hätte. Auch vor den Bürotüren, die sie als Nächstes passierten, blieben sie nicht stehen. Stattdessen führte Parker Eric hinunter in die Leichenhalle.

Es war still und kalt. Der Geruch nach Desinfektionsmittel war hier unten stärker und vermischte sich mit einem widerlich süßlichen Gestank.

Eine Gestalt lag auf einem Tisch, unter einem weißen Laken. Es muss ein zweiter Mord passiert sein, dachte Eric mit Schaudern. Ihm fiel nur eine Person ein, um die es sich handeln konnte, wenn die Leiche in Chichester war.

Parker wartete einen Moment, bis er Erics volle Aufmerksamkeit hatte, und zog dann so unvermittelt das Laken beiseite, dass Eric beinahe einen erschrockenen Satz nach hinten gemacht hätte. Unter dem Laken lag … ein völlig Fremder.

Es handelte sich um einen Mann zwischen sechzig und siebzig, dünn und grau, mit eingefallenen Wangen und kleinen Dellen an der Nase, wo einmal seine Brille gesessen hatte.

Eric spürte, wie die ganze Anspannung schlagartig aus seinem Körper wich. Er entließ die Luft, die er unbewusst angehalten hatte, und blickte zu Parker auf. Der Inspektor beobachtete ihn aufmerksam, ohne dass Eric wusste, aus welchem Grund.

»Ich habe keine Ahnung, wer das ist«, sagte Eric und machte einen Schritt nach vorn, um besser sehen zu können. Nun, da die Anspannung fort war, übernahm wieder seine angeborene Neugier die Kontrolle. Er fragte sich, woran der Mann gestorben war. Es waren keine Wunden oder Narben an seinem Körper zu erkennen.

Eric blickte erneut auf. »Was haben Sie …« Er erstarrte mitten in seiner Frage.

Während Eric damit beschäftigt gewesen war, den toten Fremden zu betrachten, hatte Parker unbemerkt das Laken von der Leiche auf dem Nebentisch gezogen. Es war Helen Benson.

Die ganze Beklemmung und Anspannung, die mit der Enthüllung der ersten Leiche verschwunden war, schnellte wie ein Gummiband zurück und hätte Eric beinahe zu Boden geworfen. Er musste sich an den Tisch klammern, um das Gleichgewicht zu halten.

Helen Benson war fast völlig farblos im Tod. Die kesse Kurzhaarfrisur mit den gelegten Wellen passte noch weniger zu dem nackten Metalltisch, auf dem sie lag, als zu ihrem altmodischen Kreppkleid. Diese Art von Frisur gehörte auf die Köpfe von Frauen in voller Blüte, von jungen Mädchen, die tanzend ihre Lebensfreude zum Ausdruck brachten, von Karrierefrauen, die einer glänzenden Zukunft entgegenblickten, von modebewussten älteren Damen, die am Puls der Zeit blieben – nicht auf den Kopf einer Toten. Eric hatte schon mehr als genug Tote in seinem Leben gesehen, aber die meisten davon waren Soldaten im Krieg gewesen.

Männer, die gewusst hatten, was ihnen womöglich blühte. Keine Frauen, die dazu bestimmt waren, den Krieg heil und unbeschadet zu überstehen.

Eric musste absurderweise an Glatisant denken. Wer würde jetzt das Questentier verfolgen?

Ihm wurde bewusst, dass Inspektor Parker mit ihm sprach. »Entschuldigen Sie, was?«, fragte Eric.

»Ich habe gefragt, wo Sie gestern am frühen Morgen waren?«

»Im British Museum«, antwortete Eric mechanisch. »Im Zeitungslesesaal. Ich hatte …« War das wirklich erst gestern gewesen? Es fühlte sich an, als wäre es eine Ewigkeit her. Mrs. Benson hatte er vorgestern das letzte Mal gesehen, und *diese* Begegnung fühlte sich an, als hätte sie gerade erst stattgefunden. »Wer ist der andere Mann? Wurden die beiden zusammen gefunden?«

»Der andere Mann ist heute Nachmittag eines natürlichen Todes gestorben. Er hat nichts mit Mrs. Benson zu tun. Sie sind ein kluger Mann, Mr. Peterkin. Sie erwarteten, Mrs. Benson zu sehen, sobald Ihnen klar wurde, wo wir uns befanden. Ich musste diese Erwartungshaltung zerstören, um Ihre wahre Reaktion auf ihren Tod zu sehen.«

Eric bedachte ihn mit einem wütenden Blick. »Der Teufel soll Sie holen, Parker. Das war ein ganz übler Trick.«

Parker zuckte nur mit den Schultern. »Man tut eben, was man tun muss.«

»Sie haben mich nach gestern früh gefragt«, sagte Eric, bemüht, sich auf etwas anderes zu konzentrieren als auf Helen Bensons Leiche. »Ist es … ist das hier … gestern früh passiert?«

»Ein Feuer war ausgebrochen.« Parker ließ Eric nicht aus den Augen. »Offenbar das Ergebnis einer angezündeten Zigarette, die mit verschüttetem Terpentin in Berührung kam.«

Die ganzen Gemälde, dachte Eric. Die ganzen ölbedeckten Leinwände. Mrs. Benson schien keine sichtbaren Verbrennungen erlitten zu haben, aber Farbdämpfe konnten hochgiftig sein. »Verstehe.

Ich hatte den Eindruck, dass sie ihr Atelier auch zum Schlafen nutzte.«

»Sie glauben, das Feuer brach im Atelier aus?«

Eric hob ruckartig den Kopf. »Sie sprachen von verschüttetem Terpentin.«

»Ich sagte nicht, das Terpentin sei im Atelier verschüttet worden. Es passierte im Büro.«

»Hören Sie endlich mit Ihren Spielchen auf!«, fuhr ihn Eric aufgebracht an. »Sagen Sie mir klipp und klar, was passiert ist.«

Parker beobachtete ihn immer noch aufmerksam, mit finsterem Gesicht. Die grelle Beleuchtung der Leichenhalle ließ den Inspektor zehn Jahre älter wirken. »Der Hund machte durch sein Bellen auf den Brand aufmerksam«, erklärte er schließlich. »Die Bürotür war abgeschlossen, aber zwei Arbeiter, die für die Renovierung vor Ort waren, traten sie ein, bevor sich das Feuer weiter ausbreiten konnte.«

Er verstummte und wartete auf Erics Reaktion.

»Ich soll erraten, ob es möglicherweise Selbstmord war, nicht wahr?«, sagte dieser. »Nein, daran glaube ich keine Sekunde. Als ich zuletzt mit ihr sprach, war sie fest entschlossen, die Arbeit, die Benson und sie am Haus begonnen hatten, weiterzuführen. Die beiden planten, das Anwesen in ein Erholungsheim für Suchtkranke umzuwandeln.«

Eric musste wieder an jenen Moment unter dem Friedhofstor zurückdenken, an ihr blasses, madonnenhaftes Gesicht, daran, wie es in der Dunkelheit geleuchtet hatte, als sie ihn angesehen hatte. Er war vor ihr zurückgewichen. Warum hatte er das getan?

»Soso. Sie beide wirkten sehr vertraut miteinander, wenn ich mich recht entsinne. Sie sind sich jedoch erst kürzlich zum ersten Mal begegnet, oder?«

»Am Dienstag.« Eric hatte keine Lust, seine Antwort näher auszuführen. Er zwang sich, noch einmal die Leiche anzusehen, konnte jedoch keinerlei Anzeichen für verbranntes Fleisch ausmachen.

Allerdings war der Großteil von Helen Bensons Körper weiterhin von dem Laken bedeckt, unter dem er nur vage ihre Konturen erkennen konnte. Er musste an Emily Ang denken, die lediglich mit einem Bettlaken als Totenhemd in einem flachen Grab beerdigt worden war. »Sie sagen, die Tür war abgeschlossen. Besteht die Möglichkeit, dass jemand sie von außen zugesperrt hat? Hatte Mrs. Benson ihre Schlüssel bei sich?«

»Nein, hatte sie nicht.« Der Inspektor notierte etwas in seinem Notizbuch. »Was, glauben Sie, ist dort im Büro passiert?«

»Woher soll ich das wissen? Ich habe keinerlei Informationen über den Tatort: Wie sie gefunden wurde, was die Todesursache war …«

»Letzten Endes eine Rauchgasvergiftung. Der zuständige Gerichtsmediziner glaubt, dass sie möglicherweise betäubt wurde. Er führt gerade die entsprechenden Untersuchungen durch. Das Dienstmädchen sagt, es hätte nur eine Stunde vorher eine Kanne Tee und zwei Tassen zu Mrs. Benson ins Büro gebracht. Das deutet auf einen Besucher hin, allerdings hat das Dienstmädchen außer Helen Benson niemanden gesehen.«

»Wissen *Sie* etwas über diesen Besucher?«, fragte Eric. »Haben Sie einen Verdächtigen?«

Der Inspektor hob vielsagend eine Augenbraue und sah Eric an.

»Ich sagte Ihnen doch schon, dass ich im British Museum war. Ich habe Mrs. Benson nicht umgebracht. Das hätte jeder gewesen sein können.« Eric konzentrierte sich weiter auf die Frage nach dem Täter, um sich wieder in den Griff zu bekommen. »Wie ist diese Person an den Dienstboten vorbeigekommen? Sie kann schlecht an der Vordertür geklingelt und darauf gehofft haben, dass ihr Mrs. Benson persönlich aufmachen würde. Also muss sie irgendwie unbemerkt hineingeschlichen sein. Wenn weder Mrs. Benson noch Glatisant von ihrem Anblick alarmiert waren, muss es jemand Vertrautes gewesen sein. Jemand Vertrautes, der wusste, wo im Haus das Terpentin aufbewahrt wurde.«

Diese Person wird für ihre Tat bezahlen, dachte Eric und biss die Zähne zusammen, bis sich sein heiß glühender Zorn in ein gleichmäßiges Brodeln verwandelt hatte. Parker zog das Laken wieder über Mrs. Bensons – Helens – Gesicht und führte Eric davon.

In den dunklen Fluren des Krankenhauses war alles unverändert. Während sie denselben Weg zurückgingen, konnte Eric nur an eines denken: dass Helen in der Krankenhausarbeit ihre Erfüllung gefunden hatte – ähnlich wie ihr Vater – und dass das geplante Erholungsheim nun niemals realisiert werden würde. Er fragte sich, ob die stummen Schwestern der Nachtschicht, die leise die Flure entlanghuschten, oder die Oberschwester mit dem finsteren Blick womöglich Freundinnen von Helen gewesen waren.

Nachdem der Polizeiwagen wieder Richtung Wache losgefahren war, fragte Eric: »Wer ist Mr. Eeshahn?«

Parker drehte sich zu ihm um, und seine Augen funkelten vor Interesse. »Wo haben Sie diesen Namen gehört, Mr. Peterkin?«

»Der Polizist in Zivil, Konstabler Fletcher, erwähnte ihn, als seine Kollegen mich zur Wache brachten. Wer ist Mr. Eeshahn? Wie ist er mit alldem verbunden?«

Parker schwieg.

»Antworten Sie mir, verdammt nochmal!«

Parker warf ihm nur einen bösen Blick zu, und Eric blieb nichts anderes übrig, als vor Wut kochend neben ihm im Wagen zu sitzen.

Er schäumte während der ganzen restlichen Fahrt zur Polizeiwache, wo Parker ihn schweigend durch die Flure zu einem weiteren feuchtkalten, farblosen Zimmer führte. Der stumme Konstabler, der sie zum Hospital begleitet hatte, positionierte sich neben der Tür, während der Inspektor Eric zu einem Tisch zog.

Eine Ansammlung verrußter Gegenstände war ordentlich darauf ausgebreitet.

»Werfen Sie bitte einen Blick auf diese Gegenstände, Mr. Peterkin. Können Sie mir über irgendeinen davon etwas sagen?«

»Mr. Eeshahn …«

»Schauen Sie auf den Tisch!«, befahl der Inspektor schroff.

Eric fauchte wütend zurück, drehte sich dann jedoch um und betrachtete das rußschwarze Potpourri auf dem Tisch. »Ich nehme an, das sind die sichergestellten Überreste aus dem Büro. Dort stehen die zerbrochenen Teetassen. Und das sieht aus wie ein Teil der Deckenlampe. Und hier liegt jede Menge verkohltes Papier.«

»Die Hälfte der Schränke stand offen«, erklärte der Inspektor, »und der Täter hatte ihren Inhalt mitten im Zimmer auf einen Haufen geworfen und diesen angezündet.«

Eric beugte sich über den Tisch, um einen genaueren Blick auf die Gegenstände zu werfen.

»Das ist das Injektionsbesteck aus Bensons Schließfach«, sagte er und zeigte auf die verformten schwarzen Überreste einer rechteckigen Dose. Die Metallteile der Injektionsnadel lagen außerhalb der Dose und ließen sich identifizieren, sobald man wusste, wonach man zu suchen hatte. »Sieht aus, als hätte jemand versucht, das Besteck auseinanderzureißen, bevor er es ins Feuer warf. Man erkennt noch das Monogramm auf dem Deckel. Das gleiche stilisierte *S* wie auf dem Griff des Schnappmessers, das Saxon mit sich herumträgt.«

»Oliver Saxon? Interessant.«

Während der Inspektor in aller Seelenruhe seine Notizen machte, fuhr Eric ungeduldig zu ihm herum. »Also gut. Ich habe Ihr Spielchen mitgespielt, Inspektor. Ich bin mitgekommen, ich habe auf den Tisch geschaut, und ich habe Ihre Beweisgegenstände identifiziert. Und jetzt verraten Sie mir, wer Mr. Eeshahn ist.«

Der Inspektor klappte sein Notizbuch zu und bedachte Eric mit einem kühlen, beinahe triumphierenden Blick. »Nach Auskunft des Dienstmädchens ist Mr. Eeshahn der Betreiber einer Opiumhöhle in Limehouse, der einen alten Freund der Familie Benson bis aufs Hemd ausgezogen hat. Albert Benson ging daraufhin nach London, um den Kerl zur Rede zu stellen, und wurde von dessen Clan umgebracht.«

Eric war klar, wie die eigentliche Botschaft des Inspektors lautete: dass Bensons Ermordung nichts mit Emily Ang zu tun hatte.

»Lassen Sie mich Ihnen eine Theorie darlegen, Mr. Peterkin. Die Theorie ist folgende: Sie wissen genau, wer Mr. Eeshahn ist. Weil Sie einer seiner Erfüllungsgehilfen sind. Sie arrangierten Bensons Ermordung in Ihrem Club. Entweder, weil Sie den Auftrag dazu hatten, oder weil Sie scharf auf seine Frau waren. Dann machten Sie sich daran, sich bei Mrs. Benson einzuschmeicheln. Mr. Eeshahn nahm Anstoß daran und ließ sie ermorden, um Ihnen auf diese Weise eine Botschaft zu vermitteln. Und Sie stellen sich nun dumm, weil Sie herausfinden wollen, wie viel ich über Ihren Chef weiß.«

»Das ist doch lächerlich!« Um nicht zu sagen unverschämt. Eric hatte Mühe, seine Wut zu zügeln. »Warum sollte ich irgendetwas mit diesem Mr. Eeshahn zu tun haben?«

»Der Zusammenhang zwischen Ihnen und einer Opiumhöhle in Limehouse?« Der Inspektor zuckte mit den Schultern. »Das sollte doch klar auf der Hand liegen.«

Die Zeitungen waren voll mit Schauergeschichten über Rauschgiftsucht und siedelten diese Geschichten mit Vorliebe innerhalb der chinesischen Gemeinde Londons an. Eric verlor endgültig die Beherrschung.

Er packte den Inspektor am Kragen und schleuderte ihn gegen die Wand. »Was fällt Ihnen ein?«, fauchte er. »Was sollen diese haltlosen Unterstellungen, nur weil ich … Lassen Sie sich gesagt sein, dass ich genauso englisch bin wie Sie! Meine Mutter war eine Heilige, und ich lasse es nicht zu, dass Sie sie oder ihr Volk verunglimpfen …«

Eric hätte noch mehr zu sagen gehabt, aber in diesem Moment schlossen sich starke Hände um seine Arme und Schultern und zogen ihn von Parker weg.

Der Inspektor brachte seine Jacke und seinen Regenmantel in Ordnung. »Bringt ihn weg«, befahl er den beiden Konstablern, die

Eric auf den Boden drückten. »Eine Nacht in der Zelle sollte ihm den Kopf kühlen und ihn lehren, keine Polizisten anzugreifen.«

Während die Konstabler Eric davonschleiften, warf ihm Parker einen beinahe entschuldigenden Blick zu. »Ich hatte Sie ja gewarnt, dass Sie mir nicht in die Quere kommen sollen«, sagte er.

EIN RITTER AUF ABWEGEN

Eric trat im Morgengrauen des Sonntags aus der Polizeiwache von Chichester und blinzelte in die Sonne. Er war steif von der Nacht auf einer unbequemen Holzbank und überzeugt, ein ausgiebiges Bad zu brauchen, um den Gefängnisgeruch loszuwerden. Nach der dunklen, schmutzigen Zelle erschien ihm die Welt unerträglich hell und die Farben schreiend bunt.

Helen Benson war tot. Er hatte die ganze Nacht Zeit gehabt, darüber nachzudenken. Das machte es allerdings keinen Deut besser. Alles, worauf er sich konzentrieren konnte, waren die Eindringlichkeit ihres Blicks und die Berührung ihrer Hand. Er hatte sie in Sicherheit geglaubt. Was hatte eine Frau wie sie getan, um sich in Gefahr zu bringen? Die Ungerechtigkeit ihres Todes versetzte sein Blut in Wallung, und auch die von Inspektor Parkers absurden Unterstellungen entfachte Wut schwelte weiter in seinem Inneren.

Aus den Rauchschwaden seines Zorns stieg ein Name empor: Eeshahn. Er war das nächste Glied in der Kette.

Parker hatte den »alten Freund« der Bensons, den dieser Eeshahn angeblich ausgeplündert hatte, nicht mit Namen genannt, doch es fiel nicht schwer zu erraten, dass es sich um Norris handelte. Eric beschloss, dass er sich mit Norris unterhalten musste. Und dann würde er diesen Mr. Eeshahn ausfindig machen und von ihm hoffentlich ein paar Antworten erhalten.

Norris war nicht im Britannia Club, als Eric endlich London erreichte. »Ich weiß nicht, wo er steckt, Sir«, gestand ihm der alte Getreue. »Ich habe ihn schon seit Freitagnachmittag nicht mehr gesehen.«

Freitagnachmittag? »Sie meinen, er war *vor* Aldershotts Dinner das letzte Mal hier?«

»So ist es, Sir. Er kam nachmittags in den Club, ging sich umziehen und brach dann auf. Ich wusste, dass er die gleiche Einladung von Aldershott erhalten hatte wie Sie und Leutnant Saxon. Als er spätabends nicht klingelte, um eingelassen zu werden, dachte ich, er würde die Nacht vielleicht bei einer weiblichen Bekanntschaft verbringen. Das tut er hin und wieder. Aber zu dem Dinner ist er erschienen, oder?«

»Ja.« Eric spürte, wie sein Herz von einer schleichenden, eiskalten Angst gepackt wurde, und die hatte nichts mit der Tatsache zu tun, dass Norris möglicherweise andere »weibliche Bekanntschaften« pflegte, während er vorgeblich Penny den Hof machte. »War seither jemand in seinem Zimmer?«

»Das Reinigungspersonal, Sir.«

»Das zählt nicht. Ich muss mich dort umsehen.«

Der alte Getreue stellte keinerlei Fragen. Er stieg mit Eric zu dem Übernachtungszimmer hinauf, das Norris bewohnte, und schloss ihm die Tür auf.

Das Zimmer war ein wenig aufgeräumter als an dem Tag, als Eric es das letzte Mal gesehen hatte. Das Reinigungspersonal hatte gefegt und Staub gewischt und das Bett gemacht. Alles, was Norris achtlos auf den Boden geworfen hatte, war aufgehoben, zusammengelegt und weggeräumt worden. Der unordentliche Haufen Notenblätter auf dem Sessel war hingegen nicht angerührt worden – Norris hätte es gewiss nicht goutiert, wenn jemand seine Arbeit durcheinandergebracht hätte. Auch die Unordnung auf seiner Kommode war unangetastet.

Es musste irgendwo ein Hinweis darauf zu finden sein, was

Norris zugestoßen war. Eric dachte an die Schüsse im Nebel zurück, nachdem er das Haus der Aldershotts verlassen hatte. Was, wenn Norris ihnen zum Opfer gefallen war? Aber diese Neuigkeit wäre inzwischen sicher längst bis zum Britannia Club durchgedrungen.

»Ich werde in seiner Kommode nachsehen müssen«, verkündete Eric, dessen Sorge inzwischen größer war als jedes Gefühl für Anstand und Privatsphäre.

Der alte Getreue nickte nur.

Eric musste nicht lange suchen. In der obersten Schublade, neben wild durcheinandergeworfenen Krawatten und Halstüchern, lag ein leeres Arzneifläschchen mit deutlich lesbarem Etikett. Morphium.

Aldershotts Bemühungen zum Trotz war Norris wieder seinen alten Gewohnheiten verfallen.

Eric schloss sorgfältig die Schublade, ohne das Fläschchen zu berühren. Er war gekommen, um von Norris etwas über Mr. Eeshahn zu erfahren. Nun sah es so aus, als müsste er diesen direkt aufsuchen. Um ihn aufzuspüren, verfügte er lediglich über die vage Information, dass er eine Opiumhöhle in Limehouse betrieb, und davon gab es bestimmt Dutzende. Trotzdem, er musste es versuchen.

Die chinesische Gemeinde Londons war entlang der Straßen Limehouse Causeway und Pennyfields zu finden. Jeder, der einen der beliebten Schauerromane über chinesische Schurken gelesen hatte, wusste, was er hier zu erwarten hatte: lange Schatten und dunkle, verrauchte Gassen, rote Papierlaternen, die den Rauch mit ihrem schummrigen Licht rötlich färbten, Nebel, der einem um die Füße wogte, während man an den klaffenden Schlünden von Geschäften vorbeistakste, in denen unerklärliche Kuriositäten verkauft wurden. In der Luft lagen der beißende Geruch von exotischen Gewürzen und das Murmeln fremder Zungen, man sah fernöstliche Herren mit unergründlichen Gesichtern, die ihre Hände in die seidenen Ärmel steckten, und erhaschte hin und wieder einen Blick auf eine katzenäugige Schönheit. Und hinter alldem verbargen sich Glücksspiel, Opium und Sünde.

Eric dachte mit leiser Ironie an Averys Kommentar auf ihrer gemeinsamen Fahrt nach Sussex zurück: ob sie sich in einem Sax-Rohmer-Abenteuer befänden und in den Opiumhöhlen von Limehouse herumtreiben müssten. Averys Worte erwiesen sich nun als prophetisch, denn wenn Eric Patrick Norris und den mysteriösen Mr. Eeshahn finden wollte, musste er offenbar genau das tun.

Er war sich sicher, dass Parker und seine Männer das Viertel auf der Suche nach Mr. Eeshahn bereits umgekrempelt hatten. Allem Anschein nach hatten sie ihn nicht gefunden. Eric wusste natürlich, dass er ihnen gegenüber ausnahmsweise im Vorteil war.

Und so stand er nun an einem frühen Sonntagnachmittag auf dem Limehouse Causeway, bewusst nachlässig gekleidet und bewaffnet mit einer Fotografie von Patrick Norris und einem robusten Spazierstock, bereit, der Verderbtheit ins Auge zu blicken.

Doch seine Erwartungen wurden enttäuscht. In der hellen Mittagssonne wirkten die Farben des Viertels trostlos und matt. Die Türen waren zerkratzt und die Häusermauern schmutzig vor Ruß, was in London durchaus nichts Ungewöhnliches war. Eric versuchte, sich seine Umgebung nach Einbruch der Dunkelheit vorzustellen, und sah nur die gleichen tristen Ziegelmauern, die man auch von anderen Gegenden im Osten Londons kannte. Es gab natürlich einige Läden mit chinesischen Namen über den Türen, allerdings weniger, als er erwartet hatte; sie reihten sich an internationale Etablissements, die auf ausländische Matrosen von den Frachtschiffen der nahe gelegenen Docks ausgerichtet waren. Eric hatte befürchtet, dass ihn selbst sein schäbigster Mantel, englisch geschneidert, wie er war, als Außenseiter kenntlich machte, stellte nun jedoch fest, dass die meisten chinesischen Männer hier ähnliche Mäntel trugen. Er wusste nicht, ob er erleichtert oder enttäuscht sein sollte.

Ein wenig schuldbewusst erkannte Eric, dass er nicht das Geringste über diese Welt wusste. Alles, was er von ihr kannte, war seine Mutter gewesen. Magdalen Peterkin hatte Jade und die Farbe Rot geliebt und nichts von Gold gehalten, das weniger als vierundzwanzig Karat besaß. Davon abgesehen, hatte sie sich europäisch gekleidet und auch bei ihren Kindern englische Vorlieben ermuntert. Aber die Wiegenlieder, die sie gesungen hatte, waren chinesisch gewesen, und Eric erinnerte sich an Silben, die sich angehört hatten wie Wasser, das über Kopfsteinpflaster floss. Einmal hatte er mit eingestimmt, als Penny noch ein Baby gewesen war, das friedlich in seiner Wiege schlummerte. Sie hatten das Lied gemeinsam gesungen, Eric und seine Mutter, und es war längst nicht mehr darum gegangen, Penny in den Schlaf zu wiegen, sondern darum, Verbindung zu Generationen aufzunehmen, die bis zu den Tagen Dschingis Khans zurückreichten. Damals musste Eric den Text noch verstanden haben, jetzt nicht mehr.

Dies war eine fremde Welt, in der Eric ein Außenstehender war. Der Dreck und die Armut waren weit entfernt vom Wohlstand von Mayfair oder St. James's, und es war auch nichts von der gefährlichen Romantik zu spüren, die Sax Rohmer und seinesgleichen verhießen. Stattdessen nahm Eric eine Art spießbürgerliches Streben nach Ehrbarkeit wahr, wie es in ärmeren Vierteln oft vorkam. Die Bewohner sehnten sich nach Recht und Ordnung, weil ihr Stolz in Ermangelung von Geld und Macht alles war, was sie besaßen.

Um Mr. Eeshahn ausfindig zu machen, musste Eric zunächst einmal die Opiumhöhlen finden, die es in diesem irritierend gewöhnlichen Stadtteil angeblich zuhauf gab. Zu diesem Zweck hielt er nach allem Ausschau, was der verbreiteten Vorstellung von der »Gelben Gefahr« nahekam. In irgendeinem dieser Geschäfte musste sich doch verbergen, was er suchte.

Nachdem er einen der Läden betreten hatte, stellte er erleichtert fest, dass die – wenn auch karge – Dekoration hier schon eher seinen Erwartungen entsprach: Die vorherrschende Farbe war Rot, und es hingen vereinzelte Schriftrollen an der Wand. Er roch Ingwer, Gewürze und den süßlichen Qualm von Räucherstäbchen.

Aber das Wort *Opium* genügte, damit ihn ein rot angelaufener Inhaber hinausjagte, darauf beharrend, dass er ein ehrbares Geschäft führe – zumindest schloss Eric dies aus seinem von wilden Gesten begleiteten Gezeter.

Der nächste Ladenbesitzer verdrehte nur die Augen und schüttelte den Kopf. Als Eric gezwungen war einzuräumen, dass er kein Chinesisch sprach, endete seine Geduld, und er wies Eric kühl die Tür.

Die übrigen Geschäfte der Straße hatten geschlossen, weil Sonntag war. Eric würde es mit einer anderen Herangehensweise versuchen oder morgen noch einmal wiederkommen müssen.

»Penny für unseren Guy, Sir?«

Die Puppe in der kleinen Schubkarre war aus Papier und mit zerknüllten Zeitungen ausgestopft. Ihr Gesicht war grellbunt bemalt, mit zu roten Wangen und einem breiten Grinsen.

Eric warf spontan ein Sixpencestück in die Schubkarre. Die Kinder schnappten nach Luft, bedankten sich überschwänglich auf Chinesisch und rannten davon, bevor er es sich anders überlegen konnte. Eric sah ihnen hinterher und dachte: Es ist doch keine so andere Welt. Wir befinden uns immer noch in England, und auch die hier lebenden Kinder lieben Feuerwerke.

Er glaubte nicht, dass in dieser Gegend Aussicht darauf bestand, eine Opiumhöhle zu finden. Vielleicht hatte er mehr Glück, wenn er direkt nach den gesuchten Personen fragte. Zu diesem Zweck hatte er die Fotografie von Norris mitgebracht. Von der anderen Person kannte er hingegen nur den Namen: Eeshahn.

Inzwischen hatte er Pennyfields erreicht. Es machte genau den gleichen Anschein eines armen, aber ehrbaren Viertels wie Limehouse Causeway, nur dass man hier offenbar einen anderen Dialekt sprach. Das Chinesisch, das er hier hörte, klang abgehackter und prägnanter. Eric hoffte, dass er sein mangelndes Chinesisch hier überspielen konnte, indem er so tat, als käme er aus dem anderen Teil von Chinatown.

Der erste Laden, den er betrat, schien ein Eisenwarengeschäft zu sein, das offiziell gar nicht geöffnet hatte. Die Inhaberin war eine blauäugige Blondine mittleren Alters, die ihren jugendlichen, halbchinesischen Sohn gerade auf Englisch darüber instruierte, wie man Inventur machte.

»*Ni yao se me?*«, fragte die Frau auf Chinesisch mit Londoner Akzent, als sie Eric hereinkommen sah.

Eric hielt wortlos die Fotografie von Norris hoch. Sowohl die Frau als auch ihr Sohn betrachteten sie eingehend, schüttelten jedoch die Köpfe. Norris war offenbar nicht hier gewesen. Eric tat so, als würde er sich nach Zeugen umsehen, und fragte mit gesenkter Stimme: »Eeshahn?«

»Eeshahn?«, wiederholte die Frau und runzelte fragend die Stirn.

Auch ihr Sohn blickte ratlos, bevor sich seine Miene erhellte. Er tauchte hinter der Ladentheke ab und kam mit einem Regenschirm wieder hervor. »*Ni yao de si ba* yu san, *dui ma?*«

Eric blieb nichts anderes übrig, als den Regenschirm käuflich zu erstehen und den Laden wieder zu verlassen. Er warf den Schirm in einen Mülleimer, sobald er außer Sichtweite war, und schlenderte in den nächsten Laden … nur um fünf Minuten später mit einem weiteren Schirm wieder herauszukommen.

Würde man ihm nun jedes Mal, wenn er nach Mr. Eeshahn fragte, einen Regenschirm in die Hand drücken? Wahrscheinlich war das die Bedeutung seines Namens, es sei denn, Eric hatte ihn falsch betont. Schließlich hatte er ihn nie direkt, sondern nur aus dritter Hand von englischen Polizisten gehört.

Er wollte gerade den zweiten ungewollten Regenschirm wegwerfen und erneut sein Glück versuchen, als es ihm plötzlich dämmerte: Im Volksmund wurden Regenschirme auch *Brolly* genannt.

Das Brolly's war genauso, wie Eric es von seinem Besuch mit Penny in Erinnerung hatte. Das Varietétheater war so früh am Nachmittag noch nicht für Besucher geöffnet, aber der Hausmeister, der Eric die

Tür aufmachte, ließ ihn ein, nachdem er erklärt hatte, er wolle mit dem Geschäftsführer sprechen.

Benson war hier gewesen, um herauszufinden, ob Breuleux mit Rauschgift handelte, das war Eric nun klar. Er fragte sich, was dies im Hinblick auf Bradshaw bedeutete. War es möglich, dass Bradshaw das Etablissement in dem Glauben protegierte, es handele sich lediglich um ein Varietétheater, in dem unerlaubterweise Alkohol ausgeschenkt wurde? Das war wohl reines Wunschdenken, denn dafür war Bradshaw zu gewitzt. Aber wenn er in die Umtriebe von Breuleux eingeweiht gewesen war, musste er lange vor Aldershott von Norris' Morphiumproblem gewusst haben.

Eric durchquerte den leeren Zuschauersaal und betrat den dahinterliegenden Flur. Frye, der Kraftprotz vom letzten Mal, stand am Ende des Flurs an der Treppe und rauchte eine Zigarette. Eric bedachte ihn mit einem Nicken, das Frye nicht erwiderte, und klopfte dann an Breuleux' Tür.

Breuleux hatte sich den chinesischen Schnurrbart abrasiert, seit sie sich das letzte Mal begegnet waren, trug jedoch auch diesmal die rosa Fliege. Er war sichtlich überrascht, Eric zu sehen.

»Ich bin wegen der Stelle hier, die Sie neulich erwähnten«, sagte Eric. »Es ging um das Zimmer im Obergeschoss.«

»Oh!« Breuleux sah ihn misstrauisch an. »Wie viel hat Bradshaw Ihnen erzählt?«

»Überhaupt nichts.« Eric hielt es für klüger, sich nicht in Lügen zu verstricken. »Er weiß nicht, dass ich auf Ihr Angebot zurückkomme.«

»Ihnen ist dennoch bekannt, was die Arbeit beinhaltet?«, fragte Breuleux.

»Ich könnte mir jedenfalls vorstellen, dass ich genau der richtige Mann dafür bin.« Als Breuleux immer noch zögerte, fügte Eric hinzu: »Wie Sie sich vielleicht erinnern, kann ich es allemal mit Ihrem Muskelprotz dort draußen aufnehmen.«

»Sie sind doch eigentlich einer dieser feinen Pinkel …«

»Selbst feine Pinkel verschulden sich mal.« Eric verfiel in einen flehenden Tonfall. »Bitte. Ich brauche diese Stelle, und sei es nur für eine gewisse Zeit. Wenn ich meine Clubmitgliedschaft verliere, weil mir die finanziellen Mittel ausgegangen sind, mache ich mich zum Gespött von ganz St. James's. Ich will mir das Geld nicht einfach leihen, weil ich weiß, wohin das führen kann. Und ich … ich kenne das chinesische Wort für ›Regenschirm‹.«

»*Yu san.*« Breuleux nickte und traf eine Entscheidung. »Also gut. Ich könnte tatsächlich einen Mann gebrauchen, der mit widerspenstigen Kunden umzugehen weiß. Kommen Sie mit, dann zeige ich Ihnen alles.«

Frye trat beiseite und machte ihnen Platz, als Breuleux Eric die Treppe hinauf zu einem schmuddeligen Treppenabsatz mit einer unscheinbaren Tür führte. Jenseits dieser Tür waberte ihnen süßlicher Rauch entgegen, der an orientalische Gewürze erinnerte und den unangenehmen Schweißgeruch übertünchte. Die Beleuchtung war gedämpft und die Luft verraucht. An den rot tapezierten Wänden hingen Wandtafeln aus kunstvoll geschnitztem Gips, die überlackiert waren, damit sie wie Palisanderholz aussahen. Es war genau die sinnliche Opulenz, die man aus den Schauerromanen über die »Gelbe Gefahr« kannte, und Eric ahnte bereits, was sich hinter den scharlachroten Vorhängen verbarg.

»Wir werden Sie noch mit einem richtigen Chinesenkostüm ausstatten«, versprach Breuleux. »Oder besitzen Sie selbst eins? Nein? Nun ja, das kann warten. Schminke brauchen wir nicht in Ihrem Fall. Sie sehen auch so perfekt aus für die Rolle. Fast. Sie werden Ihren Schnurrbart ein wenig wachsen lassen müssen, damit er auf beiden Seiten Ihres Mundes herunterhängt, wie man es von Bildern kennt. Meinen Sie, das wäre machbar?«

»Ich denke schon.«

»Sie müssen nämlich wissen, dass die Leute nicht nur wegen des Opiums herkommen«, sagte Breuleux und griff nach einem der scharlachroten Vorhänge. »Wer braucht eine Opiumhöhle, wenn man das Zeug auch in der Abgeschiedenheit der eigenen vier Wände rauchen kann? Nein, die Leute kommen wegen der Atmosphäre. Sie wollen das Gefühl haben, sich tatsächlich in einen chinesischen Sündenpfuhl hineinzuwagen, und sie wollen, dass sie dort von einem Chinesen wie Ihnen bedient werden. Ich selbst habe lange genug ›Mr. Yu San‹ gespielt.« Er rieb sich die Oberlippe. »Ich will ehrlich sein: Ich bin froh, wenn ich mir nicht mehr jeden Abend meinen chinesischen Bart ankleben muss.«

Sie traten durch den Vorhang in einen Raum, der nur aus Schatten und Rauch zu bestehen schien. Lediglich durch ein verdrecktes hohes Fenster fiel ein wenig Licht herein. Dunkle Gestalten kauerten in abgetrennten Nischen, und Eric hörte vereinzelte benebelte Seufzer. In einer der Nischen saß ein glamouröses junges Paar, er im Smoking und sie im Tanzkleid, und teilte sich innig eine Opiumpfeife; in einer zweiten lag ein müder, hohläugiger Mann mit Militärjacke und verzweifeltem Gesicht. Die meisten Gäste waren besser gekleidet, als Eric erwartet hatte. Laster kosteten eben Geld.

Breuleux flüsterte: »Nicht alle konsumieren Opium. Manche kommen nur, um hinterher sagen zu können, dass sie hier waren. Andere wiederum konsumieren etwas Stärkeres.«

»Etwas Stärkeres?«, flüsterte Eric zurück. »Sie meinen Morphium? Kokain?«

»Was auch immer die Kunden möchten. Das sind die ernsthaft Süchtigen. Normalerweise nehmen sie ihren Stoff mit nach Hause, um ihn dort nach Belieben zu konsumieren. Ein paar wenige von ihnen ziehen es hingegen vor, hier zu bleiben.«

Weil Eric hoffte, Norris zu finden, betrachtete er nicht nur eingehend seine Umgebung, sondern hielt auch gezielt nach ihm Ausschau, sah sich jeden Gast genau an, das abenteuerlustige Jungvolk ebenso wie die verzweifelten alten Süchtigen. Das Paar, das sich die Pfeife teilte, nahm ihn kaum zur Kenntnis. Er hörte, wie das Mädchen murmelte, es sei schon spät geworden, und wie der junge

Mann anbot, sie nach Hause zu bringen. Der hohläugige Mann mit der Militärjacke hob nicht einmal den Kopf. Drei Studenten – dem Anschein nach Rugbyspieler – machten rüpelhafte Handbewegungen in Erics Richtung, bevor sie wieder in sich zusammensackten. Ein älterer Mann, der vermutlich längst nicht so alt war, wie er aussah, lag flach auf dem Rücken und schien kaum noch am Leben zu sein. Allmählich erkannte Eric ein Muster: Die Abenteuerlustigen kamen in Grüppchen, die wahren Süchtigen kamen allein.

Norris war allein da. Er lag ganz hinten auf einer Matratze, und von seinem Ellbogen baumelte lose der Riemen, mit dem er sich die Vene abgebunden hatte. Er trug noch dieselbe Kleidung wie bei der Abendeinladung der Aldershotts, aber sein ehemals weißes Hemd war durchgeschwitzt. Ein widerlicher Gestank umgab ihn, von dem man sich nicht vorstellen konnte, ihn durch Waschen jemals wieder entfernen zu können. Er stöhnte und setzte sich auf, als Eric ihn anstupste, schien seine Umgebung jedoch kaum wahrzunehmen.

»Mr. Norris ist ein alter Freund«, erklärte Breuleux. »Ich hatte ihn seit Monaten nicht mehr gesehen, bis er letzten Donnerstag nach der Vorführung plötzlich auftauchte und ein Fläschchen seines üblichen Gifts verlangte. Und nun ist er wieder hier.«

Nach der Vorführung am Donnerstag? Eric erinnerte sich, dass Norris einige Minuten verschwunden war, bevor er sich im Foyer wieder zu ihnen gesellt hatte, damit sie gemeinsam Penny nach Hause begleiteten. Vielleicht hatte Norris das Brolly's überhaupt nur aus diesem Grund vorgeschlagen. Breuleux schien Eric und Norris an jenem Abend nicht zusammen gesehen zu haben. Wahrscheinlich hatte er sich nicht die Mühe gemacht, einen Blick in den Zuschauerraum zu werfen.

Eric kniete sich hin, um Norris genauer zu untersuchen. Seine Atmung war flach, aber regelmäßig. Seine Lippen waren leicht bläulich, und die zusammengezogenen Pupillen seiner Augen registrierten nichts. Es lag kein Lachen mehr in ihnen.

»War er das ganze Wochenende hier?«, fragte Eric.

»Oh ja«, antwortete Breuleux gleichgültig. »Das ist auch vorher schon ein- oder zweimal vorgekommen.«

»Er muss nach Hause.«

»Er wird schon irgendwann nach Hause gehen, da bin …«

»Nein.« Eric fuhr aufgebracht zu Breuleux herum. »Er muss *jetzt* nach Hause. Und ich bringe ihn dorthin, ob es Ihnen passt oder nicht.«

»Hören Sie …«

Doch Eric hatte Norris bereits in eine sitzende Position hochgezogen. Norris rang nach Luft und gab ein Stöhnen von sich, das mehr einem gehauchten Seufzer glich. »Hau ab, Peterkin«, murmelte er. Dann ertönte tief aus seiner Brust ein Grummeln, das Eric erst nach einigen Sekunden als gemächlichen Trauermarsch erkannte.

»Ich bin ein armloses, knochenloses, hühnerloses Ei,
das mit 'ner Schüssel betteln gehen muss, auwei.
Oh Penny, du kanntest mich kaum!«

Eric zerrte Norris auf die Füße. Zum Glück war er bei Bewusstsein und musste nicht getragen werden, aber Eric brauchte trotzdem einen Arm, um ihn zu stützen. Mit der freien Hand schwang er seinen Spazierstock drohend in Breuleux' Richtung, der erschrocken zurückwich.

»Ich lasse Ihnen die Wahl, Mr. Breuleux«, sagte Eric. »Sie können mir helfen, diesen Mann in seinen Club – nein, zu einem Arzt – zu befördern, und wir verlieren kein Wort mehr über die Sache. Oder wir regeln das Ganze auf die harte Tour. Wofür entscheiden Sie sich?«

Der Schreck in Breuleux' Gesicht verwandelte sich in Misstrauen und schließlich in Zorn. »Sie waren gar nicht wegen der Stelle hier, sondern wegen ihm, nicht wahr?«

Eric war mit Norris im Schlepptau bereits auf halbem Weg zur Tür.

»Frye!«, brüllte Breuleux. »Frye! Komm sofort nach oben!«

Eric zog Norris aus dem opulent dekorierten Vorzimmer auf

den schmutzigen Treppenabsatz hinaus. Frye war bereits die halbe Treppe hinaufgerannt, und Eric bewegte sich an der Wand entlang, damit er sowohl die Treppe als auch den Eingang zur Opiumhöhle im Blick behielt. Seine Hand schloss sich fester um den Griff seines Spazierstocks. Der Schaft löste sich und fiel klappernd auf den Boden, woraufhin eine glänzende Klinge zum Vorschein kam.

Frye blieb zögernd stehen und machte dann einen weiteren Schritt die Treppe hinauf. Breuleux erschien weiß vor Zorn in der Tür.

Eric starrte die beiden Männer kampflustig an. »Ich weiß, was Sie denken. Sie denken, dass Sie mich – Stockdegen hin oder her – besiegen können, weil ich gleichzeitig Mr. Patrick Norris stützen muss. Sie denken, Sie könnten mich dazu bewegen, ihn loszulassen, und mich dann von hinten attackieren, sobald ich mich wieder nach ihm bücke. Seien Sie sich da mal nicht so sicher. Wenn ich Norris loslasse, weiß ich sehr gut, dass ich mich erst wieder um ihn kümmern kann, wenn ich Sie beide vorher umgelegt habe.«

Der Blick, mit dem er Breuleux und Frye fixierte, war nicht der eines Gentleman mit Stockdegen, sondern der eines Soldaten mit blutverkrustetem Bajonett.

Irgendwo in Erics Unterbewusstsein zerrte eine aus Nebel und schlammbespritzten Erinnerungen auferstandene Bestie brüllend an ihrer Kette.

»Frye«, sagte Breuleux mit mühsam kontrollierter Stimme. »Geh hinunter auf die Straße und rufe ein Taxi. Mr. Norris und Mr. Peterkin wollen gehen.«

ABGESETZT

Es war fast sechs Uhr abends, als Eric mit großen Schritten den Britannia Club betrat, nachdem er Norris in den fähigen Händen eines ihm bekannten Mediziners zurückgelassen hatte: Dr. Filgrave, dessen Vater und Großvater ihre Praxis beinahe direkt vor der Haustür der Familie Peterkin geführt hatten, der selbst jedoch inzwischen in Lambeth, am südlichen Ufer der Themse, praktizierte.

Das Leben kehrte allmählich in den Britannia Club zurück. Aus dem Speisesaal drang das vertraute gedämpfte Besteckgeklapper, und zwei betagte Junggesellen waren auf dem Treppenabsatz unter dem Tafelrundengemälde stehen geblieben, um sich zu unterhalten. Der Club war noch nicht wieder zur vollen Mannschaftsstärke aufgelaufen, aber er war auch nicht mehr so verödet wie nach dem Mord.

Eric bemerkte ohnehin nichts von alldem.

Er bedachte den alten Getreuen im Vorbeigehen mit einem knappen, militärischen Nicken. Parker hatte ein Feuer in ihm entfacht, und der Anblick von Norris im Brolly's hatte es zusätzlich angeheizt. Jetzt trieb es ihn voran, wie es ihn schon durch die Konfrontation mit Breuleux getrieben hatte, und schärfte seinen Blick auf die Gegenwart. Gleichzeitig warf es einen gnädigen Schatten auf die Bilder der tot in der Leichenhalle liegenden Helen Benson und des willenlosen Patrick Norris mit seinen stecknadelkopfgroßen Pupillen. Eric hatte nur noch ein Ziel vor Augen: den Puppenspieler, der die Strippen zog, der Gefälligkeiten gewährte und einforderte und alles aufs Effektivste erledigte, Jacob Bradshaw.

Bradshaw saß mit einer Ausgabe des *Sunday Express* in seinem Büro und hatte die Seite mit dem Kreuzworträtsel aufgeschlagen, dem ersten Rätsel dieser Art in einer englischen Zeitung. Bald sollte es zum festen Bestandteil dieser und anderer Publikationen werden. Bradshaw schien bereits zu Abend gegessen zu haben, denn er wirkte satt und zufrieden und hatte eine heiße, dampfende Tasse Tee neben seinem Ellbogen stehen. Als Eric hereingestürmt kam und mit dem Fuß die Tür hinter sich zuknallte, blickte er überrascht auf.

»Peterkin, was …«

»Wer sind Sie, Bradshaw?«

»Wie soll ich diese Frage verstehen?«

»Bradshaw kennt die richtigen Leute. Bradshaw erledigt das. Bradshaw zieht eine Strippe in Cornwall, und der halbe verdammte Landadel von Northumberland springt von einer verdammten Brücke. Verdammt zutreffend! Aber wer sind Sie wirklich?«

»Dein Tonfall gefällt mir nicht, Peterkin. Raus mit der Sprache: Was hat dich so in Rage versetzt?«

»Ich war vor einer Stunde im Brolly's. Raten Sie mal, wen ich dort angetroffen habe? Norris. Und ich denke, Sie wissen genau, in welchem Zustand.«

Bradshaws Augenbrauen zogen sich zusammen, und tiefe Furchen erschienen auf seiner Stirn. »Sei still, Peterkin. Du hast keine Ahnung, wovon du da redest.«

»Aber Sie!«, erwiderte Eric. »Also erklären Sie es mir, Bradshaw. Norris war halb tot, als ich ihn fand. Ich glaube, wenn ich bis morgen gewartet hätte, wäre er vollends tot gewesen. In den Zeitungen hätte dann nur wieder gestanden, er habe sich ›versehentlich erschossen‹, oder?«

»Halt den Mund, Peterkin!«

Bradshaw war aufgesprungen. Sein Gesicht war rot, und er schien kurz vor dem Explodieren zu sein. Eric biss die Zähne zusammen, bereit, den Wutausbruch durchzustehen. Doch Bradshaws Gesichtszüge entspannten sich wieder, und eine wehmütige Wärme trat in seine braunen Augen.

»Peterkin«, sagte er. »Du weißt besser als ich, wie es im Weltkrieg war. Ich selbst war nicht dabei, aber die jungen Männer, die ich in Uniformen gesteckt und an die Front geschickt habe, haben mir alles darüber erzählt. Mein Krieg war der Burenkrieg. Manche, die daraus zurückkehrten, wurden zu Trinkern, und ich verstand nur zu gut, dass sie Dinge gesehen und getan hatten, die sie vergeblich zu vergessen versuchten. Doch das war nichts im Vergleich zu den Schützengräben in Flandern, oder? Hatte das, was du dort erlebt hast, irgendeine Ähnlichkeit mit dem, was dir dein Vater vom Krieg erzählt hatte? Hatte es Ähnlichkeit mit dem, was Kipling über den Krieg schrieb?«

Bradshaw starrte Eric über den Schreibtisch hinweg an. In seiner Miene spiegelte sich eine Mischung aus Kummer und Reue.

»Ich war sein Schöpfer«, fuhr er fort. »Ich habe ihn ausgebildet und ihm beigebracht, ein Gewehr zu halten, und dann habe ich ihn hinausgeschickt in dieses Grauen. Man ist verantwortlich für seine Schöpfungen, Peterkin, und er war meine. Ich habe ihn geschaffen wie ein Spielzeughersteller, der liebevoll seine Spielzeugsoldaten bemalt und wider besseres Wissen hofft, dass sie stabil genug sind und standhalten, wenn jemand sie ruppig behandelt, dass niemand sie zertritt, dass sie nicht draußen im Regen vergessen werden und rosten. Wenn man einen seiner Soldaten wiedertrifft und feststellt, dass er am Krieg zerbrochen ist, bricht auch das eigene Herz.«

»Also haben Sie dafür gesorgt, dass er sich mit Morphium endgültig zugrunde richtet?«

»Ich habe ihn am Leben erhalten! Man kann nie den ganzen Rost von einem Spielzeugsoldaten entfernen, man kann ihn höchstens säubern und den Rost übermalen, und man kann ihn beiseitestellen, wo er in Sicherheit ist, und ihm die besondere Aufmerksamkeit zukommen lassen, die er braucht. Als kleiner Junge spielt man nur mit Spielzeugsoldaten, man weiß nicht, wie es ist, einen solchen Soldaten herzustellen, etwas mit eigenen Händen zu erschaffen und dann erleben zu müssen, wie es zerstört wird, mit einer Grausamkeit und Gründlichkeit, die man nie für möglich gehalten hätte.«

Es war eine unheimliche Vorstellung: Der Weihnachtsmann, wie er in seiner Werkstatt stand und am laufenden Band Spielzeugsoldaten für Flandern produzierte. Welches Kind spielte Ypern oder Verdun mit seinen Spielzeugsoldaten nach? Eric stellte sich vor, wie eine Granate die akkuraten Formationen seiner Kindheit auseinandersprengte, wie die farbenfroh bemalten Figuren mit den roten Uniformjacken auseinanderflogen und zerbrachen.

»Ich habe Norris mit Breuleux in Verbindung gebracht, weil ich Breuleux kenne und weil Breuleux mich kennt«, sagte Bradshaw. »Norris war noch am Leben, als du ihn gefunden hast, nicht wahr? Breuleux weiß, dass er sich um meine Männer zu kümmern hat, diesbezüglich verlasse ich mich ganz auf ihn. Wenn einer dieser Männer sich schon in einem Laster verlieren muss, dann besser an einem Ort, an dem ich ihn unter Kontrolle habe.«

Die Anstrengung, die es ihn kostete, Eric seine Beweggründe zu erklären, schien Bradshaw jede Energie geraubt zu haben. Der alte Mann ließ sich zurück auf seinen Stuhl sinken, und Eric wagte es, ein wenig näher zu treten. Das Alter hatte graue Ringe um die braunen Augen gelegt, die ihn anblickten; die Wirkung war befremdlich, als hätte Bradshaw ein zweites Augenpaar um seine eigentlichen Augen herum.

»Die Welt war ein anderer Ort, als ich in deinem Alter war, Peterkin. Senfgas! Chlorgas! So hat man früher nicht gegeneinander gekämpft. Das war nicht der Krieg, auf den ich diese Burschen vorbereitet habe.« Bradshaw starrte Eric an, und der sah zum ersten Mal weder den Weihnachtsmann in ihm noch den strengen Zuchtmeister oder das uralte, weise Reptil, sondern nur einen müden alten Mann. Der weiße Bart bebte, und die Stimme dahinter flüsterte:

»Ich wollte nicht noch einen ehemaligen Schüler an einem Seil baumeln oder auf der Straße verbluten sehen.«

Nein. Das wollte niemand. Aber Eric musste an die schmutzige Matratze denken, auf der er Norris gefunden hatte, an den Gestank von zwei Tage altem Schweiß. Er musste daran denken, dass das lähmende Gift des Morphiums nichts von Norris' strahlenden Augen und seinem Gelächter übrig gelassen hatte. Seine eigenen Männer kamen ihm in den Sinn, und es flammte erneut die Wut in ihm auf.

»So geht man doch nicht mit dem Schmerz eines Soldaten um! Man benebelt ihn nicht einfach mit tröstlichen Rauschgiftdämpfen. Sie haben Norris und die anderen Männer einfach aufgegeben!«

Bradshaws Augen blitzten gefährlich und verengten sich zu Schlitzen. Sein Zorn war zurückgekehrt. »Peterkin …«

»Sie haben sie nicht ›beiseitegestellt‹ und in Sicherheit gebracht, sie haben beschlossen, dass sie unwürdig sind, und ihnen daraufhin den Rücken gekehrt!«

»Peterkin!«

»Dass Norris nicht der Einzige ist, den Sie ruiniert haben, liegt auf der Hand …«

»Leutnant Peterkin!«

Bradshaw war wieder aufgesprungen. Nun war er es, der laut wurde, und er tat es wie ein echter Militärausbilder. Seine Stimme peitschte wie ein Gewehrschuss durchs Zimmer, und eine Porzellanschildkröte, die bei seinem Aufspringen an den Rand des Schreibtischs gerutscht war, fiel endgültig hinunter und zerbrach auf dem Boden. Eric fuhr erschrocken zusammen wie unzählige Soldaten vor ihm und starrte Bradshaw stumm an.

»Verdammte Subalternoffiziere«, knurrte Bradshaw. »Nur weil ihr ein Abzeichen an der Schulter tragt, glaubt ihr, ihr wüsstet alles. Ich war schon beim Militär, als du noch gar nicht geboren warst. Wage es nicht, meine Entscheidungen infrage zu stellen!«

»Aldershott hatte Norris doch von seiner Abhängigkeit geheilt.«

»Was du erzählst, klingt für mich nicht, als wäre er geheilt.«

»Nein, und das ist Ihnen zu verdanken! Es ging ihm gut, bis Sie ihn Leuten wie Breuleux ausgeliefert haben, und jetzt schauen Sie sich an, was passiert ist!«

Eine zweite Emotion gesellte sich zu der Wut in Bradshaws Gesicht. Entschlossenheit.

»Raus hier. Raus aus meinem Büro und aus diesem Gebäude. Ich habe dich in den Club aufgenommen, und ich kann dich auch wieder aus ihm entfernen. Wusstest du, dass Aldershott gestern hier hereinstürmte und deinen Rauswurf verlangte?« Bradshaw fegte seine Zeitung vom Tisch, und darunter kam ein Antrag auf Entzug von Erics Mitgliedschaft zum Vorschein, der von Aldershott bereits unterschrieben war. Im Britannia Club war man gewissenhaft, was die Mitgliederunterlagen anging. Sobald der gesamte Vorstand den Antrag genehmigt hatte, würde man ihn zu Erics Mitgliedsantrag heften und seine Akte für immer schließen. Alles, was noch fehlte, war eine zweite Unterschrift, die Bradshaw nun schwungvoll hinzufügte, sowie die Initialen der übrigen Vorstandsoffiziere.

Eric stand wie erstarrt da, während Bradshaw mit dem Schreiben in der Luft herumwedelte, damit die Tinte schneller trocknete. »Ich glaube, Saxon und Wolfe sind im Speisesaal«, sagte Bradshaw. »Wir können deinen Austritt noch heute Abend offiziell machen, und du kannst mit dem Wissen nach Hause gehen, dass sämtliche Verbindungen zum Club deines Vaters gekappt sind. Das wolltest du doch, oder?«

Eric hatte plötzlich einen staubtrockenen Mund. Die Wut, die ihn bis an diesen Punkt getrieben hatte, begann zu verebben. »Sie brauchen auch noch Norris' Initialen«, merkte er an.

»Sinn und Zweck der Kenntnisnahme durch die übrigen Offiziere ist, dass der Antrag hinterher nicht angefochten werden kann. Es reicht also, wenn zwei der verbleibenden drei Offiziere das Dokument abzeichnen, und selbst das ist eher eine Formalität als eine wirkliche Notwendigkeit.« Bradshaw umrundete Eric mit großen Schritten, riss die Tür auf und marschierte hinaus.

Eric folgte ihm und blieb im Foyer stehen, um zu den Rittern der Tafelrunde auf dem Treppenabsatz hinaufzublicken. König Pellinore war nach wie vor einem Peterkin-Vorfahren nachempfunden, und Sir Palomides war nach wie vor der Beweis, dass jeder Mann ein Ritter werden konnte. Erics Zorn war verraucht. Sein einziger Gedanke war, was wohl sein Vater zu alldem gesagt hätte.

Saxon und Wolfe befanden sich tatsächlich im Speisesaal. Saxon lümmelte in einer Ecke am Tisch, die Füße auf einen zweiten Stuhl gelegt, mit einem Apfel in der Hand und einem lateinischen Text auf dem Schoß. Wolfe hatte gerade sein Abendessen zurückgehen lassen, weil es angeblich völlig zerkocht gewesen war, und wartete darauf, dass es ihm ein zweites Mal serviert wurde. Auf Bradshaws Winken kam er herüber. Seine Augen leuchteten in Erwartung eines Dramas. Saxon war so in sein Buch vertieft, dass er nichts von der Aufregung mitbekam.

Wolfe warf einen flüchtigen Blick auf den Antrag und sagte zu Eric: »Meine Güte, Peterkin, charmant und diplomatisch wie immer, was? Wie hast du es geschafft, dass ausgerechnet Bradshaw einen Antrag auf Kündigung deiner Mitgliedschaft unterschreibt?«

Eric war zu stolz, um einen der anwesenden Männer um Gnade anzuflehen. Also gab er sich schroff und knurrte: »Mach, was du willst, Wolfe, mich kümmert es nicht mehr.«

»Ach nein?« Wolfe nahm das Schreiben von Bradshaw entgegen, musterte es erneut und reichte es dem Schriftführer zurück. »Nein, ich denke, auf meine Initialen müssen Sie verzichten. Damit würde ich mir doch selbst den Spaß verderben! Kommt überhaupt nicht infrage.«

»Fechten Sie den Antrag etwa an, Wolfe?«, blaffte Bradshaw.

»Seien Sie doch kein solcher Langweiler, Bradshaw. Sonntagabende sind nicht dazu da, um Clubformalitäten zu erledigen. Peterkin, warum setzt du dich nicht und isst mit mir zu Abend? Das Essen ist mal wieder zerkocht, aber du bist ja genügsam, nicht wahr?«

Wolfe grinste Eric an, legte ihm den Arm um die Schulter und zog ihn zu sich heran, um ihm durch die Haare zu wuscheln.

Vom Eingangsportal her war ein Krachen zu hören, jemand hatte schwungvoll eine der Flügeltüren aufgerissen. Kurz darauf kam Inspektor Parker ins Foyer marschiert, wo er breitbeinig und mit grimmigem Gesicht stehen blieb. Er wurde von zwei kräftigen Konstablern begleitet, die einen Schritt nach vorn machten, als Eric und die anderen aus dem Speisesaal traten.

»Mr. Mortimer Wolfe«, sagte Parker. »Ihre Anwesenheit wird in Scotland Yard verlangt. Wenn ich bitten darf?« Während er sprach, wanderte Parkers Blick zur Galerie und zur Speisesaaltür, wo sich die Clubmitglieder drängten und vergeblich versuchten, ihre Neugier zu verbergen. Der Inspektor gab ihnen deutlich zu verstehen, dass er jeden, der Widerstand gegen Wolfes Verhaftung leistete, mit Freuden in Handschellen abführen würde, eine Demütigung, auf die niemand erpicht war.

Die Konstabler positionierten sich auf beiden Seiten von Wolfe, der sich mit demonstrativer Gelassenheit eine Zigarette anzündete, Parker zunickte und dann zwei Schritte vor den Konstablern zum Ausgang stolzierte. In der Tür blieb er stehen und salutierte spöttisch in Erics und Bradshaws Richtung. Sein Blick verweilte einen Moment auf Eric. »Sieht aus, als hätte man uns beide außer Gefecht gesetzt, was, Peterkin? Vielleicht legst du bald einen ähnlichen Abgang hin wie ich.«

Dann schlossen sich die Türen hinter ihm und seinen Begleitern, und die kleine Kolonne war verschwunden.

V

Emilys persönliche Gegenstände

Ein träger Nieselregen setzte ein, als Eric die Treppe zum Arabica hinunterging. Er warf einen Blick über die Schulter und sah das feuchte Glänzen auf dem Gehweg und das Glitzern winziger Regentropfen im Lichtschein der Laternen. Über ihm war der Abendhimmel dunkelgrau, und der Mond ließ sich nicht blicken.

Er schlüpfte ins Kaffeehaus, und sofort umschloss ihn die viel zu warme, verrauchte Luft. Zum Glück war nicht viel los, die meisten Stammgäste waren nach Hause gegangen, um ihren Sonntagsbraten zu genießen. Nur Avery saß natürlich immer noch in seiner üblichen Sitznische. Eric begrüßte ihn mit einem Nicken und schlüpfte auf die Sitzbank ihm gegenüber. Seufzend drehte er sich zur Seite und legte die Füße hoch. Er vermisste die Kopfstützen seines Stammsessels.

»Du siehst aus wie etwas, das nicht mal ein streunender Kater anrühren würde«, merkte Avery an. »Anstrengendes Wochenende?«

Eric seufzte und zündete sich eine Zigarette an. Dann sprudelte alles aus ihm hervor, was sich seit seinem letzten Treffen mit Avery am späten Freitagabend ereignet hatte. Sein Freund hörte ihm staunend zu und fing an, seine Tarot-Karten um den Ritter der Schwerter herum zu arrangieren. Eric warf einen grimmigen Blick auf die Karte, die ihn darstellen sollte. Avery meinte es nur gut, aber Eric hatte gründlich die Nase voll von diesem Ritter der Schwerter.

»Von Parker weiß ich, dass Wolfe den Donnerstagabend – also den Abend nach Bensons Beerdigung – im Gasthof Green Elephant in Chichester verbracht hat. Damit ist er der einzige Verdächtige aus Bensons Mordfall, der auch für das Feuer in Sotheby Manor am Freitagmorgen infrage kommen würde. Falls Wolfe Emilys heimlicher Liebhaber und der Vater ihres Kindes war, kann ich mir gut vorstellen, dass er Benson umbringen wollte, damit nichts davon an die Öffentlichkeit dringt. Allerdings verstehe ich nicht, wie das alles mit Mrs. Bensons Tod zusammenhängen könnte. Und nun werde ich auch noch aus dem Club geworfen. Es ist nur eine Frage der Zeit und der Formalitäten, bis mir die Türen für immer verschlossen sind.«

»Wäre das wirklich so schlimm?«, fragte Avery. »Du hast diese arroganten Schnösel doch gar nicht nötig. Ach, was sage ich! Blutrünstige Verbrecher in feinem Zwirn! Ich persönlich würde mich geschmeichelt fühlen von ihrer Zurückweisung …«

Eric spuckte förmlich seine Zigarette über den Tisch. »Sag nicht solche schändlichen Dinge, Avery! Ob du den Club nun gut findest oder nicht, unser Land ist jedem Einzelnen dieser Männer zu tiefem Dank verpflichtet. Daran ändert auch mein Rauswurf nichts.« Ascheflocken regneten auf den Ritter der Schwerter hinab. Eric schnipste den erloschenen Stummel beiseite. »Außerdem geht es doch gar nicht um *sie*. Es geht um den Club an sich und wofür er steht. Es geht darum, Generationen von Menschen anzuerkennen, die dem Britischen Reich bedingungslos gedient haben. Es geht um Südafrika und Afghanistan, die Krim und Napoleon, um 1812 und ein Dutzend andere Scharmützel, von denen die Leute gar nichts mitbekommen.« Er hielt inne und fuhr dann mit leiserer Stimme fort: »Und um *meinen* Krieg. Um Ypern, die Somme, Gallipoli … In jeder dieser Schlachten kämpfte ein Peterkin, und es gab auch immer Peterkins im Britannia Club. Jetzt findet diese Tradition mit mir ein Ende, und wozu? Ich bin meinem Ziel, Benson und Emily Ang Gerechtigkeit zu verschaffen, keinen Schritt näher gekommen!«

Avery warf ihm lediglich einen ungläubigen Blick zu.

In diesem Moment fiel ein Schatten auf ihren Tisch. »Störe ich?«

Eric hob den Kopf und sah Mrs. Aldershott mit einer großen Reisetasche vor der Sitznische stehen. Er hatte ihre Verabredung für den heutigen Abend völlig vergessen. Ihr Anblick erinnerte ihn auf unangenehme Weise an sein letztes Gespräch mit Aldershott und alles, was daraus resultiert hatte. Dann fiel sein Blick auf die Tasche.

Er beeilte sich, von seiner Sitzbank zu rutschen und sie Mrs. Aldershott anzubieten. Dann stellte er ihr Avery vor und gesellte sich zu diesem auf die andere Seite des Tisches.

»Sie sind also Mrs. Aldershott«, sagte Avery und sammelte seine Karten ein, um anschließend die Königin der Stäbe aus dem Stapel herauszusuchen. »Sie sind ganz anders, als ich Sie mir vorgestellt hatte. Wollen Sie, dass ich Ihnen die Karten lege?«

»Die Karten legen? Machen Sie sich nicht lächerlich!« Sie hievte die Reisetasche auf den Tisch und stellte sie genau auf die Königin der Stäbe, die Avery gerade dort platziert hatte. »Wir haben keine Zeit für Spielereien, Mr. Ferrett.«

Avery errötete. »Vielleicht sind Sie doch genauso, wie ich Sie mir vorgestellt hatte«, murmelte er.

Erics Welt bestand plötzlich nur noch aus dieser Tasche. Die darin möglicherweise enthaltenen Hinweise waren seine einzige und letzte Hoffnung darauf, den Mörder – oder die Mörder – zu finden.

»Edward war fuchsteufelswild, als er merkte, was ich vorhatte«, erzählte Mrs. Aldershott. »Er hat mir sogar verboten, das Haus zu verlassen! Können Sie sich das vorstellen? Ich habe ihm mitgeteilt, dass wir glücklicherweise nicht mehr im Mittelalter leben und er ganz sicher nicht das Recht hat, mich im Haus einzusperren. Wahrscheinlich denkt er, dass es mein weibliches Zartgefühl verletzt, wenn wir gemeinsam Emilys Hinterlassenschaften durchsehen. Was für ein Blödsinn. Ich war Krankenschwester, und Krankenschwestern haben kein ›Zartgefühl‹, ob nun weiblich oder sonst wie geartet. Es wird uns am Tag unserer Zulassung chirurgisch entfernt.«

Sie öffnete schwungvoll die Reisetasche und fing an, ihren Inhalt hervorzuziehen. Zwei Notizbücher purzelten auf den Tisch, mit billigem Pappeinband, wie man sie bei jedem Schreibwarenhändler bekam. Das erste war vollgeschrieben bis zur letzten Seite, und das zweite, das deutlich abgenutzter wirkte, schien knapp gefasste Notizen zu Emilys täglichen Schwesternpflichten zu enthalten. Avery griff nach dem ersten Notizbuch, während Eric sich das zweite vornahm. Beide begannen sofort mit dem Lesen.

Eric schlug als Erstes die letzte beschriftete Seite seines Notizbuchs auf. Sie stammte vom neunzehnten Juli, dem Tag vor Emilys Verschwinden. Emilys Handschrift war schön geschwungen und akkurat, man sah ihr die Missionsschulstrenge noch an. Sie hatte notiert, dass sie sich am nächsten Tag mit Saxon im Hammer and Anvil zum Tee treffen wolle, dass sie einen Arzttermin für die folgende Woche in Horsham vereinbart habe und dass sie ihre verloren gegangene Injektionsspritze wiedergefunden habe und plane, sie in Zukunft immer bei sich zu tragen.

Die nächste Seite war herausgetrennt worden.

Unterdessen hatte Mrs. Aldershott einen alten tragbaren Fotoapparat und einen dicken Umschlag aus der Tasche gezogen. Eric hob die Augenbrauen. Inzwischen waren Kameras ein wenig erschwinglicher geworden, weshalb nun beinahe jedermann eine zu besitzen und die lächerlichsten Momente seines Lebens damit festzuhalten schien, doch dieses Modell stammte noch aus Vorkriegszeiten. Eric wunderte sich darüber, dass eine einfache Krankenschwester wie Emily Ang einen solchen Apparat besessen haben sollte.

»Das war früher die Kamera meines Vaters«, erklärte Mrs. Aldershott. »Er hat wunderbare Landschaftsaufnahmen in Fujian damit gemacht, wo wir lebten, bevor wir hierher zurückkehrten. Dann schenkte er sie mir, und ich gab sie an Emily weiter und sagte ihr, sie solle das Leben in England fotografieren, während ich weg sei, weil ich das alles schrecklich vermissen würde. Und genau das tat sie. Die Polizei beschlagnahmte und entwickelte den Film, der zum Zeitpunkt ihres Verschwindens in der Kamera war. Die Bilder befinden sich in diesem Umschlag.«

Eric legte das Notizbuch beiseite und wandte sich den Fotografien zu. Er nahm sie aus dem Umschlag und breitete sie auf dem Tisch aus, als wären sie schwarz-weiße Versionen von Averys Tarot-Karten. Die Bilder zeigten fast ausschließlich die Patienten und das Personal des Kriegshospitals Sotheby Manor. Auch die Arzneiausgabe, verschiedene Behandlungszimmer, das Schwesternzimmer und die Patientensäle waren darauf zu sehen. Auf einer der Fotografien strahlte Helen in die Kamera, mit ihrer nagelneuen Uniform der Freiwilligenhilfe. Erics Kehle schnürte sich zusammen. Helen Benson posierte offenbar vor der Arzneiausgabe und stellte stolz ihre Schwesternausrüstung zur Schau. Er fragte sich, ob Hintergrund und Art der Aufnahme Emilys Vorschlag gewesen war oder Helens.

Vorsichtig legte er das Bild auf den Umschlag, wo er es weiterhin sehen konnte, während er die anderen Bilder durchstöberte.

Er stieß auf eine Aufnahme von Jacob Bradshaw, wie dieser am Bett eines Soldaten saß, den Eric nicht kannte. Bradshaws Bart war deutlich kürzer als heute, aber die Gutmütigkeit, die er ausstrahlte, war unverkennbar. Oben im Bild machte Eric die Kronleuchter des Speisesaals von Sotheby Manor aus; ein Schreibtisch stand direkt darunter, und an den Wänden reihten sich weitere Krankenbetten. Bradshaw lächelte und hielt die Hand des Patienten schützend zwischen seinen Händen. Emily schien seine Besuche gutgeheißen zu haben, und auch Bradshaw schien Emily gemocht zu haben, denn sein Lächeln galt ebenso ihr wie der Kamera.

Es folgte eine Reihe belangloser Fotografien, bis Eric auf ein Bild von Patrick Norris stieß, der sich lächelnd an einen Fensterrahmen lehnte. War er bereits morphiumsüchtig gewesen, als diese Aufnahme entstanden war? Das Lächeln, das er für die Kamera aufgesetzt hatte, war strahlend und beschwingt. Efeuranken umspielten die Ränder des Fensters, an das er sich lehnte, und bildeten den Rahmen für einen herrlichen Ausblick auf Sotheby Manor mit seinen beiden angeschlossenen Gebäudeflügeln. Es war eine scheinbar heile Welt, die dort auf dem Bild zu sehen war, und man wäre nie auf die Idee gekommen, dass zur selben Zeit ein Krieg tobte und der abgebildete Mann dabei war, sich von seinen Verletzungen zu erholen.

Das verwendete Fotopapier war von der günstigsten Qualität, aber die Bilder wiesen trotz der Tatsache, dass sie lose in einem Umschlag gesteckt hatten, kaum Gebrauchsspuren auf. Eric hob den Blick zu Mrs. Aldershott. Sie beobachtete ihn und wirkte vollkommen gelassen. Ihm kam etwas in den Sinn, was Helen zu ihm gesagt hatte: *Manche Narben sind unsichtbar.*

Er senkte den Blick wieder und betrachtete die nächste Fotografie. Sie zeigte einen im Bett sitzenden Mortimer Wolfe mit hoch erhobenem Kopf und ordentlich auf dem Schoß gefalteten Händen. Sein Krankenbett stand in einer Ecke, und hinter sowie neben ihm waren jeweils breite Koppelfenster zu erkennen: ein angenehmes Plätzchen mit viel Sonnenlicht und schönem Ausblick auf die Rasenfläche hinter dem Haus. Dennoch wirkten Wolfes Augen ungewöhnlich ausdruckslos und seine Körperhaltung unnatürlich steif. Dies war eher eine gestellte Porträtaufnahme, eine reine Pflichterfüllung. Hatte es eine Verstimmung zwischen Emily und Wolfe gegeben, oder gar böses Blut? Hatte Wolfe auf einem Porträt bestanden, weil Emily auch alle anderen Patienten fotografiert hatte? Wolfes Gesichtsausdruck war grimmig; er strahlte nichts von der weltgewandten Arroganz aus, die Eric mit ihm assoziierte. Vielleicht war dies Wolfe, der Mörder.

Auf dem letzten Bild war ein weiteres bekanntes Gesicht zu sehen: Inspektor Horatio Parker, noch ohne Narbe. Er saß in einem Korbstuhl im Garten, während Edward Aldershott und Sir Andrew Sotheby hinter ihm standen, zusammen mit einem dritten Mann, der auch vorher schon auf verschiedenen Aufnahmen zu sehen gewesen war. Vermutlich handelte es sich um einen der Ärzte. Im Fokus stand eindeutig Parker, der genauso unfreundlich in die Kamera blickte, wie er heute unkooperative Verdächtige ansah. Der über ihm aufragende Aldershott lächelte selbstgefällig, stand jedoch eindeutig nicht im Mittelpunkt von Emilys Fotografie. Daraus schloss Eric, dass bei Emily ein gewisses Interesse an Parker bestanden hatte, wohingegen ihr Aldershott im Grunde gleichgültig gewesen war.

Als Nächstes zog Mrs. Aldershott ein dickes Bündel Briefe aus der Tasche. »Hier ist Emilys Korrespondenz. Ich bin heute Morgen noch einmal alles durchgegangen, habe jedoch nichts Ungewöhnliches entdeckt. Meine eigenen Briefe sind dabei, auch einige von Oliver. Die Militärzensoren haben natürlich überall ihre Spuren hinterlassen.«

Etwas an Mrs. Aldershotts Stimme ließ Eric aufschauen. Sie strich mit wehmütigem Blick über den letzten Brief, zweifellos, weil sie an glücklichere Zeiten mit ihrer Schwester zurückdachte. Eric überließ sie ihrer Träumerei, legte die Fotografien beiseite und begann, durch die Briefe zu blättern.

Avery, der die ganze Zeit in Emilys vollgeschriebenem Notizbuch gelesen hatte, lachte in sich hinein. »Hör mal, Eric, hier ist die Geschichte, von der du mir erzählt hast, die Geschichte mit Wolfe und dem deutschen Spähtrupp, die dir Norris bei den Aldershotts erzählt hat. Du hast gar nicht erwähnt, dass auch Parker mit von der Partie war.«

»Was? Davon wusste ich nichts. Lass mich mal sehen.«

Aldershott hatte ihm gegenüber erwähnt, dass Norris den Posten als sein Stellvertreter von Wolfe übernommen hatte – alle drei waren also im selben Regiment gewesen. Von Parker war in diesem Zusammenhang jedoch bisher nicht die Rede gewesen.

Das Notizbuch war mit derselben akkuraten Schrift gefüllt wie das andere. Eric blätterte durch die Seiten und entdeckte detaillierte Schilderungen aus dem Krieg, die Emily offenbar von den Patienten des Hospitals gesammelt hatte. Er fragte sich, woher ihr Interesse für deren Erfahrungen rührte und aus welchem Grund sie sie so präzise dokumentiert hatte.

Die Namen, die ihm auf der von Avery aufgeschlagenen Seite

begegneten, waren ihm nur allzu vertraut. Emily hatte sich die Geschichte mithilfe von Schilderungen zusammengestückelt, die von Norris, Parker, Aldershott und Wolfe stammten. Ihrer vorausgehenden Anmerkung zufolge hatte ihr Bradshaw von dem Gerücht erzählt, dass Parker aufgrund seiner heldenhaften Rolle in dieser Geschichte als Kandidat für das Victoria-Kreuz gelte. Emily fand, dass die übrigen Beteiligten genauso viel Anerkennung dafür verdient hätten, dass sie ihn nach seiner Heldentat aus dem Niemandsland herausgebracht hatten.

Auch Eric erinnerte sich noch gut an besagtes Niemandsland, an den Rauch und die verwüstete Landschaft, den Schlamm, den Geruch nach vom Himmel fallender Asche und Verwesung. Das Ödland zwischen den Fronten erstreckte sich in alle Richtungen, und man konnte sich leicht verirren und versehentlich direkt auf die feindlichen Linien zulaufen.

Die von Emily dokumentierte Geschichte hatte sich nach einer verheerenden Mission zugetragen, die noch verheerender hätte verlaufen können, wenn einer der Soldaten sich nicht durch seine große Tapferkeit hervorgetan hätte. Er hatte sich ohne Rücksicht auf sein eigenes Leben dem Ansturm der feindlichen Truppen entgegengestellt. Dieser Soldat war Horatio Parker, ohne den die beiden Kompanien, die sich ins Niemandsland vorgewagt hatten, womöglich niemals zurückgekehrt wären. Sie waren durch einen überlegenen Verteidigungstrupp von der Anhöhe zurückgedrängt worden, die ihr Angriffsziel dargestellt hatte, doch es war ihnen immerhin gelungen, einige Gefangene zu machen. Unter den eigenen Verletzten befand sich besagter Feldwebel Parker, der mindestens drei Kugeln abbekommen und sich überdies eine Schnittwunde von einem Bajonett sowie eine Gehirnerschütterung zugezogen hatte.

Die Überreste der beiden britischen Kompanien formierten sich in der ungenügenden Deckung einer Bodensenke neu, obwohl alle wussten, dass es den sicheren Tod bedeutete, weiter in der Nähe des Feindes auszuharren. Hauptmann Aldershott übernahm das Kommando und schickte die Überreste der beiden Kompanien mitsamt Gefangenen und Leichtverwundeten voraus. Er selbst wollte zusammen mit Leutnant Norris den schwerverletzten Feldwebel Parker stützen und nachkommen. Sie hatten keine Munition mehr, und die deutschen Patronen, die sie sichergestellt hatten, passten nicht in ihre Gewehre. Hauptmann Wolfe bewaffnete sie je mit einer Pistole, die er den deutschen Gefangenen abgenommen hatte, und begann, die kleine Gruppe von Männern zurück in britisches Gebiet zu führen.

Es dauerte nicht lange, bis sie die vorausgeschickten Kompanien aus den Augen verloren und allein durchs Niemandsland stolperten, darauf hoffend, dass sie in die richtige Richtung unterwegs waren. Eric sah die Situation genau vor sich: trostlose Leere überall, und dann tauchte aus den Rauchschwaden plötzlich irgendwo ein undeutlicher Schatten auf, der – wenn man Glück hatte – die Brustwehr der britischen Truppen war. Auch er selbst war schon auf diese Weise durchs Niemandsland geirrt und wünschte diese Erfahrung niemandem.

Norris' Darstellung, Wolfe habe sich an einem deutschen Spähtrupp vorbeigetrickst, hatte Eingang in Emilys Notizen gefunden, wenngleich es sich offenbar nur um ein kleineres Einsatzkommando gehandelt hatte, das deutsche Überlebende vom Schlachtfeld hatte bergen sollen. Norris hatte Wolfes Mogelei in den Fokus seiner Darstellung gerückt, wodurch seine Geschichte harmlos und unterhaltsam klang, wohingegen Wolfes eigene Version deutlich länger und weniger amüsant war.

Unglücklicherweise war die nächste Begegnung des Grüppchens nämlich nicht ganz so glimpflich verlaufen.

Aldershott, Norris und Parker sprachen kein Deutsch und mussten daher darauf vertrauen, dass Wolfe sie auch diesmal heil aus der Sache herauspaukte. Doch es wurde rasch deutlich, dass sein Trick beim zweiten deutschen Bergungstrupp nicht funktionierte. Die drei Deutschen umzingelten Wolfe misstrauisch, und er gab seinen Kameraden diskret zu verstehen, dass sie ihn allein zurücklassen und sich in Sicherheit bringen sollten.

In diesem Moment schoss Norris, der Einzige, der die rechte Hand frei hatte, einem der Deutschen in den Rücken. Er erwischte einen zweiten Deutschen am Kopf, noch bevor der erste ganz auf den schlammigen Boden gesackt war. Wolfe attackierte den dritten und schaffte es schließlich, ihn niederzuringen.

Eric roch förmlich das Schießpulver aus Norris' Pistole. Er fragte sich, wie dessen Gesicht ausgesehen hatte. War Norris bleich gewesen vor Schreck? Hatte er triumphierend und voller Übermut gegrinst? War er einfach nur begierig darauf gewesen, endlich aus dem Niemandsland herauszukommen?

Inzwischen hatte der verletzte Parker vollends das Bewusstsein verloren. Sie mussten sich beeilen. Just in dem Moment, als die britischen Schützengräben vor ihnen auftauchten, setzte hinter ihnen Gewehrfeuer ein. Wolfe kletterte über die Brustwehr und half, Parker hinüberzuwuchten, dann sprangen Aldershott und Norris hinterher.

»Auf diese Weise kam Parker zu seinem Victoria-Kreuz«, drang Mrs. Aldershotts Stimme an Erics Ohr. Er schüttelte seine Visionen von Stacheldraht und Sandsäcken ab. Sie hatte ihn offenbar beim Lesen beobachtet. »Diese Geschichte ist das Erste, was ich über Edward erfuhr, bevor ich ihn überhaupt kennenlernte. Er war der Einzige, der aus dieser Geschichte unversehrt hervorging, und sobald er wieder Stift und Papier zur Verfügung hatte, schlug er Parker schriftlich für die Auszeichnung vor. Norris wurde angeschossen, als er über die Brustwehr kletterte, und auch Wolfe brach getroffen zusammen. Ich weiß nicht, was die anderen beiden mit ihren deutschen Pistolen getan haben. Edward stellt sie in seinem Arbeitszimmer aus wie eine Trophäe. Sie haben sie sicher gesehen.«

»Warum haben Sie mir nicht gesagt, dass Parker im Regiment Ihres Mannes kämpfte?«

Mrs. Aldershott sah ihn überrascht an. »Ich dachte, das wüssten Sie.«

Vom Tisch blickte ihnen die Fotografie von Horatio Parker entgegen. Zum Zeitpunkt der Aufnahme war seine Empfehlung für das Victoria-Kreuz vermutlich gerade durch die Instanzen gewandert, vom kommandierenden General seines Regiments bis ganz hinauf zum König. Aldershotts zufriedener Gesichtsausdruck legte nahe, dass er genau gewusst hatte, wie der derzeitige Stand der Dinge war, wohingegen Parker selbst offenbar völlig ahnungslos gewesen war und mit versteinerter Miene in die Kamera gestarrt hatte. Rückblickend wurde Eric klar, dass Aldershott – als er Parker bei ihrem Gespräch am Freitagabend als »einen von uns« bezeichnet hatte – nicht einfach nur gemeint hatte, dass Parker ebenfalls Soldat gewesen war, sondern dass sie im selben Regiment dasselbe durchgemacht hatten, nicht zuletzt diese Episode im Niemandsland.

Warum hatte niemand, mit dem Eric geredet hatte, diese Verbindung mit Parker erwähnt? War es tatsächlich möglich, dass das Thema nie zur Sprache gekommen war? Oder wollten Aldershott, Norris und Wolfe inzwischen lieber nichts mehr mit Parker zu tun haben? War nach der gemeinsamen Zeit an der Front etwas passiert, was ihn von seinen ehemaligen Kameraden entfremdet hatte?

Vielleicht hatten die drei aber auch auf eine besonders nachsichtige Behandlung durch den Inspektor gehofft und daher versucht, jeden Verdacht von ihm abzuwenden.

Mit einem Stirnrunzeln breitete Eric erneut die Fotografien auf dem Tisch aus und starrte sie an. Dann nahm er sie einzeln zur Hand und betrachtete sie noch einmal genauer.

»Ich kenne diesen Gesichtsausdruck«, sagte Avery. »Dir ist ein Geistesblitz gekommen. Du weißt jetzt, wer der Mörder ist, stimmt's?«

»Nein. Zumindest weiß ich noch nichts Genaues, auch wenn ich einen gewissen Verdacht habe.« Eric verstummte, um ein drittes Mal die Fotografien durchzusehen. »Mrs. Aldershott, wäre es in Ordnung, wenn ich diese vier Bilder vorerst behielte? Und dieses Notizbuch auch?« Er war versucht, sie auch um die Fotografie von Helen zu bitten, ließ es jedoch bleiben.

»Natürlich. Seien Sie nur vorsichtig, damit nichts beschädigt wird.«

»Das ist alles Teil des großen Plans, den du gerade ausgeheckt hast, oder?«, fragte Avery aufgeregt. »Wie sieht dein nächster Schritt aus?«

Eric lächelte. Er freute sich schon darauf, auch den Rest von Emilys gesammelten Kriegsgeschichten zu lesen. Doch zuerst gab es Wichtigeres. »Ich muss mit Wolfe sprechen«, antwortete er. »Und mit Parker. Außerdem mit Saxon, denn er war der Letzte, der Emily lebend gesehen hat … Allerdings weiß ich nicht, ob er auch mit mir sprechen möchte.« Saxon hatte hinreichend deutlich gemacht, dass er nicht wollte, dass Eric die Sache weiterverfolgte.

»Oh, sträubt sich Oliver mal wieder?« Mrs. Aldershotts Lippen verzogen sich zu einem amüsierten Lächeln, als würde sich einer ihrer Patienten weigern, seine Medizin zu nehmen. »Überlassen Sie ihn nur mir. Heute Abend ist es zu spät für einen Besuch bei ihm, aber morgen früh fahren wir gleich als Erstes in sein Büro und stellen ihn zur Rede. Dann werde ich ihm mal beibringen, was es heißt, Dankbarkeit zu zeigen.«

Eric stand auf, um Mrs. Aldershott dabei zu helfen, Emilys Habseligkeiten zurück in die Reisetasche zu räumen. »Dankbarkeit?«, fragte er. »Was meinen Sie damit?«

»Damit meine ich, dass es Ihr Vater war, der ihm aus der Patsche half, als er beinahe vors Militärgericht gestellt wurde. Wussten Sie das nicht? Oliver hat während des Krieges für den Militärgeheimdienst feindliche Botschaften entschlüsselt und dachte sich offenbar nichts dabei, seine Arbeit nach Dienstschluss mit nach Hause zu nehmen. All diese streng geheimen Unterlagen lagen offen bei ihm herum, und dann entdeckte auch noch jemand, dass er den Schlüssel seiner Wohnung unter der Fußmatte aufbewahrte. Er behauptete, er würde ihn verlieren, wenn er ihn mit sich herumtrage.«

Mrs. Aldershott klappte die Reisetasche zu, schüttelte Eric energisch die Hand und verließ das Kaffeehaus.

DER KÖNIG DER MÜNZEN

»Wir waren die arme Verwandtschaft«, erzählte Mrs. Aldershott, als Eric und sie am nächsten Morgen im Vauxhall der Familie Peterkin in das trostlose Industrieviertel fuhren, in dem Saxon's Hard Cider seine Londoner Dependance unterhielt. »Unser Zweig der Familie rechnete im Grunde schon damit, vollkommen in Vergessenheit zu geraten. Wir hatten ja selbst beinahe vergessen, dass wir mit einem Earl verwandt waren. Damit will ich sagen, dass es für die Cousine eines Earls eigentlich vollkommen inakzeptabel ist, sich zu einer beruflichen Laufbahn als Militärkrankenschwester herabzulassen. Die Cousine eines Earls verbringt ihr Leben in vornehmer Untätigkeit und tritt im Falle eines Krieges allerhöchstens der Freiwilligenhilfe bei.« Ihre Worte trieften vor Sarkasmus.

Saxons Lagerhalle war ein rußschwarzes Backsteingebäude mit breiten, schmutzigen Fenstern, einem Wellblechdach und keinerlei architektonischen Besonderheiten. Lastwagen rollten voll beladen mit Apfelwein aus der Kelterei in Somerset in einen ummauerten Hof, während andere Lastwagen das Gelände verließen, um den Apfelwein zu Schankbetrieben im ganzen Land und sogar im Ausland zu bringen. Auf einem verblichenen Holzschild über dem Eingang stand in verschnörkelter Schrift »Saxon's Hard Cider«, und auch die Etiketten der Apfelweinflaschen waren mit diesem Schriftzug versehen.

Die Tür zu den Verwaltungsräumen war, wie Eric auffiel, statt mit einem gewöhnlichen Schloss mit einem Kombinationsschloss ausgestattet.

Von Saxons Büro blickte man in die Lagerhalle, in der sich die Apfelweinkisten stapelten. Sein Schreibtisch war riesig, mit einer gläsernen Tischplatte, die sich irgendwo unter unordentlichen Papierstapeln und einer grünen, mit Apfel- und Tintenflecken bespritzten Schreibtischauflage verbarg. In einer Vitrine in der Ecke waren Apfelweinflaschen ausgestellt, offenbar allein aus Präsentationsgründen, denn in einer zweiten Vitrine in der gegenüberliegenden Ecke reihten sich verschiedene andere Alkoholika und ein offener Krug Limonade. Saxon selbst stand mit einem halb gegessenen Apfel in der Hand am Fenster zur Lagerhalle, und seine Miene verfinsterte sich, als er sah, dass seine Cousine Eric mitgebracht hatte.

»Martha«, sagte er, ohne Eric aus den Augen zu lassen. »Was verschafft mir die Ehre?«

»Mr. Peterkin hat ein paar Fragen an dich, Oliver, und die musst du ihm beantworten.«

»Einen Teufel muss ich!«

»Keine Widerrede.«

Eric sah plötzlich Oliver Saxon und Mrs. Aldershott als Kinder vor sich und konnte sich lebhaft vorstellen, wie Letztere Ersteren am Ohr hinter sich herzog. Die heutige Szene verlief ganz ähnlich. Saxon verschanzte sich kleinlaut hinter seinem Schreibtisch und knurrte Eric zu: »Beeilen Sie sich, Peterkin. Wie Sie sehen, bin ich ein viel beschäftigter Mann. Und stellen Sie die Flasche zurück!«

Eric war dabei gewesen, eine Sonderabfüllung anlässlich der Krönung von Georg V. zu betrachten, während er darauf wartete, dass Cousin und Cousine ihr Kräftemessen zum Abschluss brachten. Nun kam er sofort zur Sache und sagte: »Saxon, an dem Tag, als Sie Emily in Chichester trafen, haben Sie sie hinterher mit dem Wagen nach Sotheby Manor zurückgebracht. Ich muss genau wissen, was sich danach zugetragen hat.«

»Ich brachte sie hin, setzte sie ab und fuhr zurück nach London. Darüber hatten wir doch schon gesprochen.«

»Und genau dieses Gespräch müssen wir nun zu Ende bringen, Saxon. Sie sagten, Sie hätten ohnehin noch einmal zurückgemusst, weil Sie in Sotheby Manor Ihre Aktentasche vergessen hatten. Darin befand sich nicht zufällig heikles Geheimdienstmaterial?«

Saxons Gesichtsausdruck wurde noch mürrischer. »Und wenn es so wäre?«

»Ich weiß bereits teilweise, warum Sie Emily besuchten, aber worüber unterhielten Emily und Sie sich noch? Sind Sie irgendjemandem begegnet, als Sie sie zurück nach Sotheby Manor brachten? Hatten Sie vielleicht sogar Grund, Ihr Schnappmesser zu zücken?«

»Sag ihm, was er wissen will, Oliver.« Mrs. Aldershott stellte sich neben den Schreibtisch und blickte streng auf Saxon hinunter.

Der erwiderte den Blick trotzig.

»Sie hatten gerade im Hammer and Anvil Tee miteinander getrunken«, soufflierte Eric. »Dort sprachen Sie über …«

»Nein!«, weigerte sich Saxon mit einem besorgten Seitenblick zu Mrs. Aldershott, der dies natürlich nicht entging.

»Was verheimlichst du vor mir, Oliver?«, fragte sie und blickte zwischen Saxon und Eric hin und her.

Saxon versank missmutig noch tiefer in seinem Stuhl und murmelte Unverständliches vor sich hin. Erst als ihn Mrs. Aldershott anstupste, platzte es aus ihm heraus: »Sie war schwanger, Martha. Darüber haben wir beim Tee gesprochen und später auch gestritten, bevor wir zurückfuhren. Sie war fest entschlossen, das Kind … das Kind wegzumachen, und ich sagte ihr, sie dürfe an so etwas nicht einmal denken.«

Mrs. Aldershott nahm nun ebenfalls auf einem Stuhl Platz, mehr aus Überraschung denn aus Erschütterung. »Deshalb wirkte sie also so verzweifelt in ihrem letzten Brief! Ach, Emily!« Sie hielt nachdenklich inne und brauchte eine ganze Minute, bis sie sich wieder ein wenig gesammelt hatte. »Warum hast du mir nichts davon gesagt, Oliver? Aus Angst um mein weibliches Zartgefühl, nehme ich an! Ich stand damals blutbespritzt inmitten von Granaten an der

Front, und du sorgst dich um mein Zartgefühl! Unglaublich …« Sie schüttelte den Kopf. Dann kehrte ihre übliche muntere, forsche Art zurück. »Wir hätten ihr natürlich alle beigestanden, das versteht sich von selbst. Allerdings überrascht es mich nicht, dass ihr gestritten habt, wenn du ihr wirklich derart unverblümt gesagt hast, sie dürfe nicht einmal daran denken, das Kind abzutreiben. Hat sie dir verraten, wer der Vater war?«

Saxon schüttelte den Kopf. »Ich hatte Benson im Verdacht, aber ich weiß es nicht.«

»Du warst es nicht, oder?«

»Martha!« Saxon wirkte gleichzeitig gequält und entrüstet.

»Ich weiß, wie gern du sie hattest. Mehr sage ich dazu nicht.«

Eric räusperte sich. »Saxon, Sie wollten mir gerade von der Rückfahrt nach Sotheby Manor erzählen.«

Saxon starrte ihn finster an. Offensichtlich gab er Eric die Schuld daran, dass er von seiner Cousine in die Mangel genommen wurde. »Ja«, knurrte er unfreundlich. »Wir sagten nicht viel auf der Fahrt. Ich war wütend und musste mich erst wieder beruhigen, und sie brauchte Zeit zum Nachdenken. Nachdem wir angekommen waren, brachte ich sie zum Seiteneingang. Wir betraten den Vorraum und sprachen noch einmal über das Thema, diesmal mit kühleren Köpfen. Emily hatte Angst, was mit ihr passieren würde, wenn sie das Kind behielt, und ich versicherte ihr, dass die Familie ihr beistehen würde. Und dass ich dafür sorgen würde, dass der Schuft, der ihr das angetan hatte, für seine Tat bezahlen müsse.«

Saxon biss bei der Erinnerung entschlossen die Zähne zusammen, und Mrs. Aldershott nickte zustimmend. Eric tat jeder leid, der das Pech hatte, sich den Unmut dieser beiden zuzuziehen.

»Dann sprang plötzlich Horatio Parker hinter einer Tür hervor«, fuhr Saxon fort. »Er hatte uns aufgelauert und hielt meine Aktentasche in der Hand. Er warf uns vor, deutsche Spione zu sein.«

»Oliver!«, rief Mrs. Aldershott. »Das höre ich ja alles zum ersten Mal!«

»Was hätte ich dir auch erzählen sollen? Der Mann litt eindeutig unter Wahnvorstellungen. Er hatte diesen irren Ausdruck in den Augen und fletschte die Zähne, als wäre er ein Hund. Emily war zu Tode erschrocken. Er nannte uns Spione, Verräter, Saboteure … und noch weitere Namen, die ich nicht einmal unter vier Augen wiederholen würde, geschweige denn in Anwesenheit einer Dame. Als Parker mit einem Schürhaken auf uns losging, schob ich Emily nach hinten und … und verteidigte sie.« Saxon nickte mit grimmiger Befriedigung. »Wir kämpften miteinander, und am Ende gewann ich die Oberhand und überwältigte ihn. Wir legten ihn in das kleine Zimmer neben dem Vorraum. Emily gab ihm ein Beruhigungsmittel und sagte, sie würde bei ihm Wache halten, bis er in sein eigenes Bett verlegt werden könne.«

»Sie haben ihn mit Ihrem Schnappmesser verletzt, nicht wahr?«, fragte Eric. »So ist seine Narbe entstanden. Die Fotografien beweisen, dass er ohne Narbe nach Sotheby Manor kam, aber in dem Arztbericht, den Benson bei sich trug, stand, dass er sie hatte, als er entlassen wurde.«

»Das wussten Sie bereits, sonst hätten Sie vorhin nicht auf mein Messer angespielt. Also gut: Ja. Es war nur ein Kratzer, und Emily glaubte nicht, dass er genäht werden müsste. Außerdem hatte mich Parker zuerst angegriffen. Dass ich ihn mit dem Messer erwischte, gab ihm den Rest. Ich nehme an, er stand unter Schock. Als ich ging, war sie gerade dabei, ihn in dem kleinen Schwesternzimmer zu verarzten.«

»Und du hast sie dort alleingelassen?« Mrs. Aldershott sah ihn ungläubig an.

»Er machte einen friedlichen Eindruck«, verteidigte sich Saxon störrisch.

»Du hast sie mit ihrem Mörder alleingelassen!«

»Sie hat mich rausgeworfen!« Saxon schrie es fast, während er sich halb aus seinem Stuhl erhob. Dann sah er Eric an. »Als ich zu Ihnen sagte, dass ich ihr hätte anbieten sollen, sie zu heiraten, war das nur die halbe Wahrheit. Ich habe es ihr angeboten. Ich habe sie dort im Vorraum gefragt, ob sie meine Frau werden will, und ihr versprochen, ihr Kind wie mein eigenes großzuziehen. Sie hat sich freundlich dafür bedankt, wollte jedoch nichts davon wissen. Sie wirkte sogar verärgert, als ich darauf bestand. Verärgert! Und dann, nach der Sache mit Parker, sagte sie mir, dass ich gehen solle. Sie schob mich regelrecht aus der Tür und machte sie mir vor der Nase zu. Ich konnte nichts anderes tun, als dagegenzuhämmern und … ich weiß nicht mehr, was ich alles zu ihr sagte. Wahrscheinlich wiederholte ich noch einmal mein Angebot, oder ich verlangte zu erfahren, wer der andere Mann sei. Vielleicht auch beides. Aber sie machte die Tür nicht auf, und mir blieb schließlich nichts anderes übrig, als die Segel zu streichen und wie ein geprügelter Hund mit eingezogenem Schwanz nach London zurückzufahren.«

Mrs. Aldershott starrte ihn an.

Saxon vergrub sein Gesicht in den Händen. »Als ich hörte, sie sei verschwunden, machte ich mir nicht die Mühe, nach ihr zu suchen, weil ich dachte, sie wäre mit … mit wem auch immer durchgebrannt. Ich nahm an, dass sie nicht gefunden werden wollte, und respektierte diesen vermeintlichen Wunsch. Erst als Benson wegen des Skeletts von Bruton Wood zu mir kam, ahnte ich, dass nach meinem Weggang an jenem Tag etwas ganz anderes passiert sein könnte.«

Obwohl Mrs. Aldershott bestimmt gerne gewusst hätte, was er mit dem Skelett von Bruton Wood meinte, umrundete sie zunächst den Schreibtisch, kniete sich neben seinen Stuhl und legte den Arm um ihn. Saxon gab sich für einen Moment ihrer Umarmung hin, befreite sich dann jedoch, stand auf und ging zum Fenster, um in die Lagerhalle hinunterzublicken. Sein Stolz verbot es ihm, Tränen zu vergießen. Mrs. Aldershott folgte ihm wortlos zum Fenster und sah ihn an.

»Hätte sie sich nicht darüber freuen müssen, dass jemand sie retten wollte?«, fragte Saxon leise.

»Sie war eine selbstständige Frau«, antwortete Mrs. Aldershott sanft. »Hilfe hätte sie sicher gebraucht, aber gerettet werden musste sie von niemandem.«

»Das ist nicht mehr die Welt, wie ich sie kenne, Martha. Nichts von alldem ergibt mehr irgendeinen Sinn.«

Unten in der Lagerhalle eilten die Arbeiter zwischen den zu rätselhaften Mustern angeordneten Stapeln aus Apfelweinkästen hin und her und verluden die Ware.

Während Eric das Treiben beobachtete, kehrte er in Gedanken in das kleine Schwesternzimmer mit dem Krankenbett und dem Schreibtisch zurück. Er malte sich aus, wie Emily Ang dort den verletzten Parker bandagierte. Hatte sich dieser bereitwillig in die Behandlung gefügt, nachdem er sie gerade der Spionage bezichtigt hatte? Eric bezweifelte es. Vielleicht stimmte es ja, was Saxon gesagt hatte, und das Beruhigungsmittel hatte bereits Wirkung gezeigt … oder Parker hatte unter Schock gestanden und nur nach außen hin friedlich gewirkt. Eric stellte sich vor, wie er plötzlich blind vor Wut aufsprang, Emily packte und sie gegen das Bettgestell schleuderte. Ihr Schädel knallte auf das Metall, und sie glitt tot zu Boden.

Was dann? War Parker so aufgebracht gewesen, dass das Beruhigungsmittel, das er gerade verabreicht bekommen hatte, nicht richtig gewirkt hatte? Es musste so gewesen sein. Bradshaw hatte behauptet, dass es Benson gewesen sei, der die Leiche in Bruton Wood vergraben hatte. Hatte Parker Benson zur Mithilfe beim Fortschaffen der Leiche gezwungen? In Erics Vorstellung wich der rasende Zorn aus Parker, sobald ihm klar wurde, was er getan hatte. Er setzte sich mit der immer noch blutenden Wunde im Gesicht aufs Bett, und sein anfängliches Entsetzen verwandelte sich nach und nach in wilde Entschlossenheit. Er sah sich am Tatort um, analysierte ihn mit dem Blick des Polizisten und registrierte die Details, die er manipulieren musste, um alle in die Irre zu führen. Dann stand er auf, presste sich einen Wundverband gegen die Schläfe und suchte die

Menschen auf, die ihm jetzt helfen konnten. Nach seiner Heldentat in Flandern gab es mindestens drei Männer im Hospital, die für ihn ihr Leben gegeben hätten.

Dieser Ablauf war nicht abwegig, aber Eric schüttelte den Kopf. »Haben Sie Parker erklärt, dass Sie für den britischen Geheimdienst arbeiteten?«, fragte er Saxon.

»Kann sein, dass ich etwas dazu gesagt habe, bevor ich ging. Ich erinnere mich nicht mehr genau.« Saxon runzelte nachdenklich die Stirn. »Auf seinen Vorwurf, ich sei ein deutscher Spion, antwortete ich wahrscheinlich, dass ich nichts dergleichen sei und er sich verziehen solle. Vielleicht erklärte ich ihm aber auch, was ich in Wirklichkeit war. Ich weiß es nicht mehr.«

»Er muss die kryptischen Papiere in Ihrer Aktentasche gesehen haben.«

»Ich glaube kaum, dass er sie verstanden hat.« Saxon drehte sich zu Eric um und zuckte mit den Schultern. »Das meiste war auf Deutsch, was für manch einen wohl schon für diesen Verdacht gereicht hätte. Aber als Kriminalbeamter hätte er das doch erst einmal nachprüfen müssen. Wie auch immer, was spielt das heute noch für eine Rolle?«

Eric glaubte, jetzt zu wissen, wie er die Löcher in seiner rekonstruierten Version der Geschichte stopfen konnte. »Saxon«, sagte er. »Ich bräuchte eine kleine Zusammenkunft aller Vorstandsoffiziere im Club …«

Saxon sah ihn ungläubig an. »Haben Sie vergessen, dass wir Sie rausgeworfen haben?«

»Oliver!«, rief Mrs. Aldershott. »Du musst den Antrag von Edward anfechten!«

»Dafür ist es zu spät, Martha.«

»Nicht, wenn ich dabei ein Wörtchen mitzureden habe!«

Doch Eric hob abwehrend die Hand. »Machen Sie sich um mich keine Sorgen, Mrs. Aldershott. Ich glaube, der Antrag wird sich sogar als Vorteil erweisen.« Er hob das Kinn und sah Saxon herausfordernd an. »Ich verlange eine Anhörung, um mich zu verteidigen, bevor der Vorstand seine Entscheidung trifft.«

»Sie meinen, Sie wollen um Gnade flehen.« Saxon schüttelte abfällig den Kopf. »Kein Peterkin hat jemals um irgendetwas gefleht, nicht einmal um sein Leben. Habe ich mir zumindest sagen lassen. Aber ich nehme an, irgendwann ist immer das erste Mal.«

»Oh«, erwiderte Eric lächelnd. »Ich habe nicht vor, derjenige zu sein, der um Gnade fleht.«

GENESUNG

Lambeth am Südufer der Themse war ein Arbeiterviertel ähnlich wie Limehouse. Dr. Filgrave, bei dem Eric Norris am Vorabend zurückgelassen hatte, besaß ein unscheinbares, jedoch gut gepflegtes Haus in einer der wohlhabenderen Ecken. Die Backsteinfassade mochte vom Fabrikruß geschwärzt sein, aber die Vorhänge in den Fenstern waren makellos sauber. In den umliegenden Straßen eilten Hausfrauen umher und erledigten ihre Besorgungen, während ihre Kinder ihnen tunlichst aus dem Weg gingen. Hier und da bewegte sich ein Vorhang im ersten Stock, weil eine ältere Dame die Straße besser im Blick behielt als ein Trupp Polizisten.

Eric stand lange vor Filgraves Tür und beobachtete das geschäftige Treiben, während sich vor seinem inneren Auge ein mögliches Szenario für Bensons Ermordung abspielte. In diesem Szenario wollte Benson mehr über Aldershotts Machenschaften herausfinden und schlich sich daher aus seinem Übernachtungszimmer, um in dessen Büro einzubrechen. Norris hörte ihn und folgte ihm nach unten. Sie stießen im Büro aufeinander, wo Norris den Brieföffner einsteckte, weil es die nächstbeste Waffe war, Benson mit seinem Charme besänftigte und ihn nach unten zum Tresorraum lockte. Dort stellten die beiden überrascht fest, dass die Tresortür offen stand, und als Benson Norris den Rücken zukehrte, um nachzusehen, wie viel Schaden Wolfe angerichtet hatte, stieß ihm dieser den Brieföffner in den Hals. Blut spritzte über den Boden auf die Worte *decorum est,* als Benson in sich zusammensackte.

Eric riss sich von dieser Tattheorie los, nur um sich in die nächste zu stürzen: Der von Sotheby Manor aufgebrochene Saxon verlangsamte seine Fahrt, als er Wexford Crossing erreichte. Seine Scham verwandelte sich in Wut. Er riss das Lenkrad seines Automobils herum und raste zurück nach Sotheby Manor. Dort marschierte er erneut zum Seiteneingang des Westflügels, wobei der Kies knirschend unter seinen Schuhen auseinanderstob, und fand die Tür immer noch verschlossen vor. Sein Zorn vertiefte sich. Er holte ein Brecheisen oder ein anderes Werkzeug aus seinem Wagen und wartete darauf, dass Emily ihre Wache bei Parker beendete und sich auf den Weg zum Hausmeisterhäuschen machte, wo sie zusammen mit den anderen Schwestern untergebracht war. Sobald sie aus der Tür trat, schlug er zu. Das Brecheisen traf eigenartig lautlos auf ihren Schädel, und sie stürzte zu Boden und rutschte ein Stück über den Kies. Ohne Zeugen hob Saxon sie eilig auf und trug sie zu seinem Automobil, um ihre Leiche in Bruton Wood zu verscharren.

Plötzlich ging die Tür hinter Eric auf und riss ihn aus seinen Tagträumen. Er drehte sich um und prallte beinahe gegen einen rundlichen kleinen katholischen Pfarrer, der verdattert zu ihm aufblickte.

»Ich bitte um Entschuldigung«, sagte Eric und trat beiseite, um den Geistlichen durchzulassen. »Was stehe ich auch in Hauseingängen herum!«

»Wir verweilen oft zu lange bei den Fehlern, die wir begangen zu haben glauben«, erwiderte der Pfarrer, bevor er sich ebenfalls entschuldigte und die Straße entlang davonschlenderte.

Eric betrat das Haus. Aus irgendeinem Grund musste er plötzlich daran denken, wie Parker während Bensons Beerdigung in der Kirche gekniet hatte, während die Gemeinde zum Abendmahl nach vorn gegangen war.

Norris saß in der Wohnstube im ersten Stock in einem bequemen Sessel am Fenster, von dem aus er die Straße überblicken konnte. Filgrave hatte ihn in eine karierte Decke gewickelt, aus der nur noch sein Kopf und seine rechte Hand herauslugten. Sein sonst so fröhlicher Elan war noch nicht wieder zurückgekehrt. Er wirkte leblos, ein zerbrochener Spielzeugsoldat. Norris hob den Kopf und rang sich ein Lächeln ab, das rasch wieder einem müden, gereizten Ausdruck wich.

»Offenbar habe ich dir meine momentane missliche Lage zuzuschreiben«, begrüßte er Eric. »Mir wurde gesagt, ich müsse dir dankbar sein, aber ich hoffe, du kannst noch ein bisschen auf meinen Dank warten.«

»Wie fühlst du dich, Norris?«, fragte Eric höflich.

»Miserabel. Das weißt du ganz genau.« Norris schnäuzte sich in ein durchweichtes Taschentuch und starrte es finster an. »Komm morgen noch einmal wieder. Oder nächste Woche. Momentan bin ich keine besonders amüsante Gesellschaft.«

Der jetzige Norris war das genaue Gegenteil des beschwingten jungen Mannes von Emilys Fotografie. Die scheinbar so heile Welt um ihn herum existierte nicht mehr, Norris war am Boden. Er ließ unter der Decke die Schultern hängen, seine gerötete Nase triefte. Von dem aufgekratzten Schlitzohr, das Eric vor einer Woche nur mit einem Handtuch bekleidet auf dem Flur des Britannia Clubs begegnet war, war nichts mehr übrig.

So wie er es schon bei Bradshaw getan hatte, versuchte Eric auch jetzt wieder, sich Norris' verschiedene Gesichter bildlich vor Augen zu führen. Da war zunächst Norris, der Soldat, der dem Feind mit einer Pistole – der »Roten Neun«, die Eric aus Aldershotts Arbeitszimmer kannte – in den Rücken schoss. Dieser Norris war ein kühner Bursche, der Gelegenheiten beim Schopf packte, sobald sie sich ihm boten. Außerdem dachte er pragmatisch, denn er schreckte nicht davor zurück, notfalls von hinten anzugreifen. Eric sah plötzlich Benson vor sich, wie dieser zu Boden sank, während hinter ihm Norris mit dem Brieföffner stand, nur dass dessen Ärmel und Gesicht diesmal nicht mit dem Schlamm Flanderns bespritzt waren, sondern mit dem Blut Bensons. Sein Gesichtsausdruck war gleichzeitig grimmig und bedauernd: Er hatte nur getan, was er hatte tun müssen.

»Was starrst du mich so an?«, fragte Norris. »Habe ich wieder etwas an der Nase? Ich habe immer etwas an der Nase.« Er wischte sie mit dem Taschentuch ab. »Kein Grund, so unhöflich zu glotzen.«

»Tut mir leid«, entschuldigte sich Eric und verscheuchte mit einem Blinzeln den blutigen Brieföffner und die rauchende Mauser-Pistole. Norris, der immer noch warm eingepackt mit einer Hand unter der Decke dasaß, sah ihn traurig an. »Ich habe mich nur gerade gefragt …«, begann Eric.

»Was deine Schwester in mir sieht? Das frage ich mich selbst.«

Eric zog einen zweiten Sessel heran und setzte sich neben Norris. Das Licht des Fensters fiel zwischen ihnen auf den Boden. »Wir müssen uns unterhalten.«

Norris verdrehte die Augen. »Muss das wirklich sein, Peterkin? Falls ja, hol mir zuerst ein Glas Hochprozentiges. Dein Freund hat doch bestimmt irgendwo eine Flasche Whiskey versteckt.«

»Ich glaube nicht, dass das klug wäre, Norris.«

»Ich bin so weit gesunken, dass ich sogar Reinigungsbenzin trinken würde«, murmelte Norris. Er sah Eric stirnrunzelnd an. Dann brach es aus ihm hervor: »Du kennst doch bestimmt ohnehin schon die ganze Geschichte – meine angebliche Italienreise und das alles. Ich hoffe nur, du weißt, dass ich eigentlich vorhatte, nie wieder rückfällig zu werden. Keine Ahnung, warum ich dir und Penny vorschlug, ins Brolly's zu gehen. Wahrscheinlich wollte ich das Schicksal herausfordern. Es endete jedenfalls damit, dass ich den ganzen nächsten Morgen und Vormittag auf einer von Breuleux' Matratzen verbrachte und … mich wieder vertraut machte mit diesem Teufelszeug. Fast hätte ich die Verabredung mit Penny am Nachmittag versäumt. Ein Wunder, dass sie mir nichts angemerkt hat.«

Eric starrte ihn an und seufzte dann. »Genau das hatte ich befürchtet«, murmelte er.

»Der ganze Vormittag war also dahin«, fuhr Norris freimütig fort.

»Ich rannte förmlich zurück in den Britannia Club, um mir ein bisschen Wasser ins Gesicht zu spritzen und etwas Anständiges anzuziehen für Penny. Der alte Getreue muss geglaubt haben, ich hätte die Nacht bei einer weiblichen Bekanntschaft verbracht …«

Eric hob die Hand. Er wollte nichts mehr hören.

»Dass ich keine gute Partie bin, ist mir bewusst.«

Eric drehte Norris' kläglichem Gesichtsausdruck den Rücken zu und lehnte sich ans Fenster, um auf die Straße hinauszustarren, wo die Schulkinder von Lambeth scharenweise nach dem Unterricht nach Hause strömten. Das eine oder andere von ihnen wurde sofort wieder vor die Tür gescheucht, damit es die letzten Stunden Tageslicht draußen verbrachte und seine Mutter nicht bei der Hausarbeit störte.

»Also, wie geht es jetzt weiter?«, fragte Eric.

»Aldershott wird schon etwas einfallen«, antwortete Norris. »Ihm fällt immer etwas ein. Ein Sanatorium in den Schweizer Alpen vielleicht. Das wäre spaßig. Oder eine Pilgerreise nach Lourdes – weniger spaßig, aber durchaus lohnend wegen des französischen Essens und der reizenden jungen Damen. Trotzdem, es wird dort nicht dasselbe sein. Überall Fremde. Benson werde ich dort genauso vermissen wie hier, das steht fest. Ich weiß nicht, ob du verstehst, wie furchtbar seine Ermordung für mich war, Peterkin.«

Eric drehte sich zu Norris um, der erneut das Gesicht in seinem Taschentuch vergrub. Am Tag, als sie Bensons Leiche entdeckt hatten, war er nicht besonders traurig gewesen über dessen Tod, erinnerte sich Eric. Andererseits hatte auch Eric selbst bei der Beerdigung seines Vaters keine einzige Träne vergossen. Auf ihre jeweils eigene Art unterdrückten sie alle ihre Gefühle so effizient wie Wolfe.

»Erzähl mir eins, Norris«, sagte Eric und trat vom Fenster weg. »Laut Saxon hast du Benson bei seinen Nachforschungen bezüglich Emily Ang geholfen. Was war der Stand der Dinge? Weißt du etwas über seine Erkenntnisse?«

Norris zog eine Grimasse. »Direkt zur Sache, wie immer. Du bist wirklich ein Langweiler. Unglaublich, dass ein Mädchen wie Penny deine Schwester ist. Einer von euch ist doch adoptiert, oder?«

»Norris. Ich habe ein paar harte Tage hinter mir. Zwing mich nicht, meinen Frust an dir auszulassen.«

»Der Whiskey deines Freundes«, wiederholte Norris mit Nachdruck. »Oder was auch immer du sonst an Hochprozentigem findest. Hol mir was. Jetzt.«

»Na schön.«

Eric spürte, wie sich Norris' Blick in seinen Rücken bohrte, als er die Wohnstube verließ. In seiner Vorstellung war die Mauser-Pistole unter der karierten Decke versteckt. Doch es fielen keine Schüsse, und Norris' Augen leuchteten verzückt auf, als Eric mit der Flasche und zwei Gläsern zurückkehrte. Eric schenkte Norris ein wenig Whiskey ein und drückte ihm das Glas in die Hand.

»Ah!«, seufzte Norris nach dem ersten Schluck. »Billiger Fusel, aber so bleibt man am Puls der Straße. Das Getränk der einfachen Leute, Peterkin. Manchmal schmeckt es süßer als Champagner.«

»Ich hatte dich gar nicht für einen Sozialisten gehalten, Norris.«

»Um Himmels willen, nein! Mir gefällt nur die Poesie dieser Vorstellung.« Norris leerte den Rest seines Glases und streckte es Eric hin.

Eric hielt die Flasche außer Reichweite und sagte: »Du wolltest mir gerade erzählen, was du über Bensons Nachforschungen wusstest.«

»Wollte ich das? Eigentlich gibt es nicht viel zu erzählen. Benson kam anfangs zu mir, weil wir drei Monate unter einem Dach gelebt hatten und weil er glaubte, mich am besten zu kennen. Er hatte vor, die Herausgabe irgendeines Skeletts zu verlangen, von dem er glaubte, dass es Emily sei. Bradshaws Hilfe wollte er nicht in Anspruch nehmen, also habe ich ihn stattdessen an Saxon verwiesen und die beiden sich selbst überlassen.«

Eric schenkte ihm noch ein wenig Whiskey ein. »Warum Saxon?«

»Warum nicht?« Ein schelmisches Grinsen erschien auf Norris'

Gesicht, und er sah wieder fast aus wie der Alte. »Saxon hat viele Vorzüge, von denen er selbst keine Ahnung hat. Außerdem war er Emilys Cousin. Ich dachte, es könnte ganz lustig werden, ihn aus seiner Lethargie zu reißen. Damit er mal über etwas anderem brütet als einem staubigen alten Schinken von Cicero oder einem halb gegessenen Apfel.«

»Dafür habe ich dem alten Filgrave diese Flasche abgeluchst?«

Norris zuckte mit den Schultern. »Sieh es positiv: Jetzt kannst du dir auch einen Whiskey genehmigen.«

Eric schenkte sich ein und trank sein Glas in einem Zug leer. Als Norris ihm erneut sein Glas hinstreckte, schüttelte er den Kopf. »Du bist mir noch was schuldig, Norris. Also gut, verrate mir etwas anderes: Warum hat niemand je erwähnt, dass Parker Feldwebel im selben Regiment war, in dem Aldershott, Wolfe und du als Offiziere dienten?«

»Woher soll ich das wissen? Es kam einfach nie zur Sprache. Reicht das nicht als Erklärung?«

»Nein.«

»Ich weiß nicht, warum Aldershott und Wolfe Stillschweigen darüber bewahrt haben. Jetzt her mit dem Zeug.«

»Vergiss Aldershott und Wolfe. Warum hast *du* es nie erwähnt? Parker war doch ein wichtiger Teil der Geschichte, die du bei den Aldershotts am Tisch zum Besten gegeben hast ...«

»War er nicht!«, unterbrach ihn Norris schroff. »Ich wollte euch allen nur zeigen, was für ein brillanter Lügner Wolfe sein kann, wenn er will, und mit der Anekdote, um die es mir ging, hatte Parker nicht das Geringste zu tun. Das Leben ist zu kurz, um sich an die unerfreulichen Aspekte der Vergangenheit zu erinnern, Peterkin. Ich ziehe es vor, mich an die unbeschwerten, lustigen Dinge zu erinnern, und dazu zählte Parker ganz sicher nicht.«

Im Moment sah es nicht danach aus, als schwelgte Norris in unbeschwerten Erinnerungen. Eric schenkte ihm noch einen Schluck Whiskey ein, und die vorübergehende Reizbarkeit verschwand. Der

Whiskey hatte wieder Farbe in Norris' Wangen gebracht, und Eric fiel ein, dass er bei den Krankenschwestern angeblich sehr beliebt gewesen war.

Er sah Norris erneut am Fenster in Sotheby Manor stehen, wie auf der Fotografie, nur dass ihm Emily Ang diesmal nicht als Fotografin, sondern als heimliche Geliebte gegenüberstand. Ein schneidiger junger Soldat und eine engelsgleiche Krankenschwester, die sich bei den Händen hielten und lächelnd in die Augen sahen. Und dann hörte Norris, als er sich gerade in die Arzneiausgabe schlich, um Morphium zu stehlen, zufällig das Gespräch zwischen Saxon und Emily mit und begriff, dass sich eine schwangere Emily, noch dazu eine, hinter der die Adelsfamilie Bufferin stand, nicht so einfach ausmustern lassen würde wie seine bisherigen Geliebten. Also handelte er, als sich ihm die Gelegenheit bot, Emily loszuwerden, genau wie er bei den deutschen Soldaten gehandelt hatte, die ihm den Weg zurück in den sicheren Schützengraben versperrt hatten.

»Eine letzte Frage, Norris: Hattest du eine Affäre mit Emily Ang?«

Norris verschluckte sich an seinem Whiskey und fing an, heftig zu husten. Eric beobachtete ihn genau, um seine Reaktion zu deuten, aber Norris' Augen waren vor Anstrengung zugekniffen. Eric fragte sich, ob der Hustenanfall wirklich so schlimm oder nur eine willkommene Ausflucht war.

»Du meine Güte, Eric! Versuchst du ihn umzubringen?«

Pennys Stimme übertönte glockenhell Norris' bellendes Husten, und Eric blickte überrascht auf. Sie war die letzte Person, die er hier erwartet hatte. Und dennoch stand sie nun in der Tür, mit einem rosa Glockenhut, einer roten Strickjacke und einem grauen Faltenrock, so ordentlich und adrett wie eine Krankenschwester. Nachdem sie mit dem Fuß die Tür hinter sich geschlossen hatte, marschierte sie mit einer Zielstrebigkeit, die Eric an Mrs. Aldershotts Auftauchen im Britannia Club erinnerte, zu Norris' Sessel, um ihm auf den Rücken zu klopfen.

»Was tust du denn hier?«, fragte Eric. »Ich dachte, du wolltest nach dem Wochenende in Cambridge direkt zurück nach Hause fahren!«

»Filgrave hat mir ein Telegramm geschickt. Es erreichte mich heute Morgen, als ich gerade zum Bahnhof aufbrechen wollte.«

Norris, der sich inzwischen weitgehend von seinem Hustenanfall erholt hatte, sagte: »Ein Glück, dass du hier bist, Penny! Es war furchtbar. Dein Bruder ist ein echtes Ungetüm. Er hat schon dreimal versucht, mir eine Kugel durch den Kopf zu jagen. Zum Glück habe ich kein nennenswertes Hirn, das dabei Schaden nehmen könnte.«

»Du alter Spaßvogel«, rügte ihn Penny liebevoll und verschränkte die Hände mit seinen, um ihn selig anzulächeln. Dann richtete sie sich wieder auf, setzte den Glockenhut ab und schüttelte ihre Locken. »Also gut«, sagte sie. »Jetzt bin ich ja hier. Was genau ist denn das Problem? In dem Telegramm stand nur, dass Patch hier sei und ich kommen solle.«

»Filgrave hat die Sache unverhältnismäßig aufgebauscht«, beeilte sich Eric zu sagen. Er sah Norris an, und sein Blick fiel auf das durchweichte Taschentuch in dessen Hand. »Norris hat sich eine schwere Grippe eingefangen, das ist alles.«

»Ach, dein Bruder will nur meinen Ruf nicht ruinieren«, widersprach Norris, bevor Penny ihre Skepsis zum Ausdruck bringen konnte. »In Wahrheit hat er mich gestern aus einer Opiumhöhle gerettet. Ein wahrhaft scheußlicher Ort. Ich fürchte, ich bin ein gebranntes Kind, Penny, ein Sklave meiner Sucht. Du machst dir keine Vorstellung.«

Norris sah Eric mit dem skrupellosen, leeren Blick des gewohnheitsmäßigen Sünders an. Während er die ganze Geschichte mit seinem Morphiumproblem hervorsprudelte, wich Pennys Skepsis allmählich Verwunderung und schließlich Mitleid. Norris wusste genau, was er tat, da war sich Eric sicher.

»Du armer Schatz«, murmelte Penny und umarmte Norris mitfühlend. Über ihre Schulter hinweg zwinkerte Norris Eric zu. Es machte ihm offenbar nichts aus, sich an unerfreuliche Dinge zu erinnern, wenn er Penny damit ein wenig weibliche Anteilnahme abringen konnte.

»Ich fand dich tatsächlich seltsam nervös bei unserem Besuch im Zoo«, sagte Penny und setzte sich auf Norris' Armlehne statt auf den Stuhl, den Eric für sie freigemacht hatte. »Jetzt weiß ich, warum. Eric, wie wunderbar, dass du ihn gerettet hast! Vater wäre stolz auf dich. Diese Morphiumgeschichte klingt ja wirklich ernst.«

»Ist sie leider auch«, bestätigte Norris. »Du hasst mich jetzt nicht deswegen, oder?«

»Was für eine lächerliche Frage! Natürlich nicht! Du sagst doch, du hättest deine Abhängigkeit schon einmal überwunden, also weiß ich, dass du es wieder schaffen kannst. Diesen einen kleinen Ausrutscher vergessen wir schnell wieder. Du brauchst nur jemanden, der dich unterstützt und dir die Hand hält.«

Während sich die beiden zärtlich anstrahlten, fand sich Eric zunehmend in der Rolle des finster dreinblickenden Anstandswauwaus wieder.

»Eric«, sagte Penny unvermittelt. »Könntest du Patch und mich bitte ein paar Minuten allein lassen? Es fällt schwer, so liebevoll zu sein, wie man möchte, wenn der eigene Bruder wie ein Menetekel hinter einem lauert.«

Eric verschränkte die Arme. »Das halte ich für keine besonders gute Idee.«

»Da siehst du, was ich alles mit diesem Burschen erdulden musste«, beschwerte sich Norris bei Penny, die verärgert schnaubte und aufstand, um Eric Richtung Tür zu schieben.

»Ich hoffe nicht, dass du damit andeuten wolltest, der arme alte Patch könne mir gefährlich werden«, flüsterte sie. »Er hat die Hölle durchgemacht und ist völlig am Ende!«

»Wir haben alle die Hölle durchgemacht. Und einige von uns sind darüber zu Monstern geworden.«

»Tja. Sollte sich Patch tatsächlich als das Monstrum erweisen, für das du ihn zu halten scheinst, wird er feststellen, dass auch ich eine monströse Seite habe. Mach dir um mich keine Gedanken, Eric. Geh nach Hause.« Hinter Penny wartete Norris, der zerbrochene Spielzeugsoldat. Die Bruchstellen waren gnädig von der karierten Decke verhüllt.

»Ich muss sowieso noch mit Filgrave sprechen«, log Eric. »Ich nehme an, du steigst wie üblich bei Dottie Moffat ab? Ich fahre dich gern nach meinem Gespräch dorthin.«

Penny verdrehte die Augen. »Na schön«, sagte sie. Dann schob sie Eric nachdrücklich aus der Tür.

»Peterkin!«, ertönte noch einmal Norris' Stimme.

Eric blieb stehen und blickte über die Schulter.

»Das war ernst gemeint, was ich über Benson gesagt habe«, ließ ihn Norris wissen. »Ich vermisse ihn wirklich.«

DER MAGIER HINTER GITTERN

Selbst in Polizeigewahrsam brachte Wolfe es fertig, tadellos gepflegt auszusehen. Mit dem Blick eines Würdenträgers, der eine Audienz gewährte, nahm er im Besuchszimmer Platz. Der Konstabler, der von der Ecke aus zusah, wirkte eher wie sein Diener als wie sein Wächter.

Wolfe zog erstaunt eine Augenbraue hoch, als Eric sich ihm gegenübersetzte. »Mit einem Besuch von dir hatte ich nun wirklich nicht gerechnet, Peterkin«, sagte er affektiert. »Falls du von mir erwartest, dass ich deinen Rauswurf anfechte, musst du ganz schön verzweifelt sein. Ich bin nämlich derzeit leider indisponiert, um es vorsichtig auszudrücken.«

Eric dachte an das karge Vernehmungszimmer auf der Polizeiwache von Chichester. Das Besuchszimmer hier war ähnlich spartanisch eingerichtet, und die Tatsache, dass er heute am anderen Ende des Tisches sitzen durfte, machte die kalte, unwirtliche Atmosphäre nicht besser. Die Wände waren farblos und die Beleuchtung zu grell. Wolfes weinrote Krawatte bildete den einzigen Farbtupfer.

»Du wirkst nicht sonderlich beunruhigt über deine Lage«, stellte Eric fest.

»Die Vorwürfe gegen mich sind absurd. Ich erwarte, in Kürze entlassen zu werden.«

»Sei dir da nicht so sicher, Wolfe. Habe ich dir je erzählt, warum ich angefangen habe, Nachforschungen bezüglich Bensons Ermordung anzustellen? Weil ich Parker dabei beobachtet habe, wie er eine

Fotografie von Emily Ang aus Bensons Zimmer im Britannia Club entfernte. Er ist kein unbeteiligter Außenstehender. Das war er natürlich von Anfang an nicht, aber ich glaube nicht, dass du dich auf eure alten Regimentsbande verlassen kannst.«

»Beleidige mich nicht, Peterkin.« Wolfe setzte ein übertrieben gelangweiltes Gesicht auf. Er machte keinerlei Anmerkung zu Erics Anspielung darauf, dass Parker im selben Regiment gedient hatte. Womöglich hatte er geglaubt, Eric habe längst davon gewusst. »Ich verlasse mich auf gar nichts, außer vielleicht auf meinen Butler. Apropos: Du hättest nicht zufällig Lust, meinem geschätzten Aufpasser dort drüben einen Kinnhaken zu verpassen?«

»Um mich anschließend in einer Zelle wiederzufinden, wegen tätlichen Angriffs auf einen Polizeibeamten? Nein, danke, das habe ich schon hinter mir.« Der Wärter, dem Wolfes Aufforderung nicht entgangen sein konnte, blieb reglos auf seinem Posten stehen.

»Ach ja?« Wolfe grinste. »Normalerweise würde ich es lieber vermeiden, einen vorbestraften Butler einzustellen, aber besondere Zeiten verlangen manchmal besondere Lösungen.«

»Ich bin nicht hier, um mich als Butler anzudienen, Wolfe.«

»Ach nein? Warum bist du dann hier?«

»Das erkläre ich dir gern. Benson wurde ermordet, weil er der Wahrheit bezüglich Emily Angs Verschwinden zu nah gekommen war, und Mrs. Benson musste sehr wahrscheinlich aus demselben Grund ihr Leben lassen. Emily Ang verschwand nicht einfach, sie wurde ermordet. Ihre Leiche wurde vor zwei Jahren in einem Grab in Bruton Wood gefunden. Parker war zum Zeitpunkt ihrer Ermordung Patient im Hospital, doch die Patientenunterlagen wurden dahingehend manipuliert, dass er bereits eine Woche zuvor entlassen worden sei. Ich weiß zufällig, dass Emily Ang kurz vor ihrem Tod noch mit ihm in einem Raum allein war. Was, glaubst du, bedeutet das alles?«

»Das bedeutet, dass du dringend mit meinem Verteidiger sprechen solltest. Es wurde noch keiner für mich berufen, du wirst also ein Weilchen warten müssen.« Er grinste erneut. »Oh, das wird unterhaltsam, Peterkin! Ich kann es kaum erwarten, bis du im Zeugenstand stehst und Parker zu Fall bringst. Tu mir bitte einen Gefallen und erwähne nichts davon gegenüber Bradshaw, ja? Er würde im Vorfeld seine Beziehungen spielen lassen und Parker irgendwo anders hin versetzen lassen, und dann entgeht uns der ganze Spaß.«

»Er weiß bereits davon und hat Partei für Parker ergriffen.«

»Was?« Wolfe wirkte aufrichtig verärgert. »Bestimmt nur, weil Parker Träger des Victoria-Kreuzes ist. Wie unerfreulich. Was ist mit Aldershott?«

»Du erinnerst dich doch sicher an seine Reaktion, als ich während des Dinners auf das Thema Emily Ang zu sprechen kam. Außerdem musst du bedenken, dass irgendjemand Emilys Leiche weggebracht haben muss. Jemand mit einem Automobil. Aldershott besaß seinen Austin schon zu Kriegszeiten.« Eric machte eine Pause und wartete, bis seine Argumentation zu Wolfe durchgedrungen war. »Du erwartest hoffentlich nicht, dass dir Saxon oder Norris zu Hilfe kommen.«

Wolfe schwieg und runzelte die Stirn.

Eric beugte sich über den Tisch zu ihm hinüber. »Das sind drei Personen, die alles zu verlieren haben. Deshalb kann es nur in ihrem Interesse sein, wenn jemand anders für den Mord verurteilt wird, bevor die Wahrheit ans Licht kommt. Ich muss dir wohl nicht erklären, welche Rolle dir in diesem Szenario zukommt.«

Wolfe verzog das Gesicht. Er saß lange schweigend da und dachte nach. Eric ließ ihn in Ruhe. Schließlich knurrte Wolfe: »Und jetzt willst du mir weismachen, du wärst meine letzte Hoffnung.«

»Ja, in der Tat.« Eric nahm sich ein Beispiel an Wolfe und reinigte und inspizierte seine Fingernägel, als beträfe ihn die gerade getroffene Aussage überhaupt nicht. Als Wolfe nur höhnisch schnaubte, hob er den Kopf und sagte: »Wer bist du schon, Wolfe? Du bist nicht *Lord* Oliver Saxon. Du bist nicht der Präsident des Britannia Clubs. Du hast nicht Parkers Victoria-Kreuz, und du kannst nicht auf ein Geflecht aus Beziehungen zurückgreifen, das das gesamte

Britische Reich umspannt. Du bist auch keiner von Bradshaws heiß geliebten Schützlingen. Du bist … entbehrlich.«

Wolfe lief rot an. »Du etwa nicht?«

»Oh doch, absolut. Wir sitzen im selben Boot, du und ich. Aber weißt du, ich sitze auf der Besucherseite des Tisches.«

»Erwartest du, dass ich dich um Hilfe anflehe, Peterkin?«

»Nein, Wolfe. Ich erwarte, dass du vernünftig wirst.«

»Mit anderen Worten, dass ich ein braver Junge bin und dir alles erzähle, was ich weiß. Tja, das könnte ich natürlich tun … oder auch nicht.« Wolfe musterte Eric aus halb zusammengekniffenen Augen und sagte dann mit gesenkter Stimme: »Du willst, dass ich dir helfe. Also gut. Aber erst musst du mir verraten, warum. Was geht dich das alles an, Peterkin? Warum liegt dir so viel an diesem Benson? Ich habe mich dagegen verwehrt, dass er in den Britannia Club aufgenommen wird, falls du das vergessen haben solltest.«

»Benson war vielleicht kein Soldat und hat nicht aktiv gekämpft. Als Blessiertenträger hat er trotzdem viele Menschenleben gerettet. Er hatte es eindeutig nicht verdient, mit einem Messer in der Kehle zu enden.«

»Und was kümmert dich Emily Ang? Ach, das muss ich eigentlich gar nicht fragen. Sie war ja auch Chinesin.«

Eric bemühte sich um einen ungerührten Gesichtsausdruck. »Man schlägt keine Frau nieder und verscharrt sie mitten im Wald in einem flachen, ungekennzeichneten Grab. Das verstößt gegen jeglichen Anstand, Wolfe. Und man kehrt Menschen nicht einfach unter den Teppich, egal, wer sie sind.«

»Wie überaus nobel von dir.«

Eric setzte sich aufrecht hin und legte die Hände vor sich auf den Tisch. »Im Gegensatz zu dir sitze ich nicht in Haft, Wolfe. Ich bin in Sicherheit und könnte es dabei belassen. Aber ich sehe leider niemanden sonst, der für die Bensons oder Emily Ang den Kopf hinhält. Oder für dich.«

Wolfe starrte ihn noch eine Weile an. Dann gab er ein leises, anerkennendes Lachen von sich. »Schon möglich, Peterkin, schon möglich. Wie auch immer, ich wäre ein Narr, wenn ich deine Unterstützung zurückweisen würde.« An die Stelle seines üblichen selbstgefälligen, arroganten Gesichtsausdrucks trat eine konzentrierte Ernsthaftigkeit. So sah Wolfe aus, wenn er eine seiner berüchtigten Wetten ausheckte. Als er das Wort ergriff, klang seine Stimme so forsch, als wäre er wieder in Flandern und würde mit Eric einen Schlachtplan besprechen. »Dann mal los, Peterkin. Was willst du wissen?«

»Ich will mehr über den Tag erfahren, an dem Emily starb. Ich glaube, du lagst in der Quarantänestation, als es passierte. Das habe ich an den Fenstern neben deinem Krankenbett erkannt, auf einer Fotografie, die Emily von dir gemacht hatte. Dort warst du vermutlich untergebracht, weil du krank warst, nicht wegen deiner Verletzungen … irgendetwas, das mit Morphium behandelt wurde?«

»Lungenentzündung. Ein ganz schönes Martyrium, das kann ich dir sagen. Aber das ist sechs Jahre her. Wie kommst du auf den Gedanken, dass ich mich noch an irgendetwas von damals erinnern könnte?«

»Ist an jenem Tag zufällig jemand mit einer Aktentasche voll kryptischer Papiere zu dir gekommen und hat dich gebeten, sie zu übersetzen?«

Wolfes Augenbrauen wanderten kaum merklich nach oben und verrieten sein maßloses Erstaunen. Ein an Bewunderung grenzendes Funkeln trat in seine Augen. »Schlaues Kerlchen! Du bist wirklich erstaunlich gut im Kombinieren, Peterkin. Ja. Parker kam mit der Aktentasche zu mir. Sagtest du nicht, man könne ihm nicht trauen?«

»Ich will einfach wissen, was damals passiert ist.«

Wolfe schloss die Augen und dachte nach. »Ich erinnere mich, dass ich mich fürchterlich langweilte in Quarantäne. Als Parker auftauchte und mich um Hilfe bat, war das eine willkommene Abwechslung. Die Unterlagen, die er dabeihatte, waren größtenteils unverständlich. Zwei Dokumente sahen aus wie Befehle des deutschen Militärs – Truppenbewegungen, Angriffspläne, solche Dinge. Parker war sich sicher, einen Spion enttarnt zu haben. Als plötzlich die Frontscheinwerfer eines Automobils durch den Saal huschten, wurde er sichtlich nervös. ›Sie sind wieder da!‹, sagte er und stopfte die Papiere zurück in die Aktentasche. Dann schnappte er sich einen Schürhaken und stapfte hinaus, als wolle er sich dem Kaiser persönlich entgegenstellen.«

»Und was passierte danach?«

Wolfe öffnete die Augen. »Ich weiß es nicht. Parker kehrte nicht zurück.«

Eric dachte an die Tür von Helens Atelier, das früher die Quarantänestation gewesen war. Sie war dick genug, um den Lärm einer Konfrontation zwischen Saxon und Parker auszuschließen.

»Ich hatte mir eine besonders rätselhafte Passage aus den Dokumenten abgeschrieben«, fuhr Wolfe fort, »und gerade herausgefunden, dass sich die darin enthaltenen Zahlen auf Bibelstellen bezogen, als die Tür aufging und die Schwester kam, um mir meine abendliche Morphiumdosis zu spritzen.« Er runzelte die Stirn. »Sagtest du nicht, dass Emily Ang an diesem Tag verschwand? Sie war nämlich die Schwester, die hereinkam. Das weiß ich noch genau. Sie trug Zivilkleidung, und ich bat sie, mir noch eine Stunde Zeit zu geben vor der Spritze, damit ich weiter an der Entschlüsselung der Passage arbeiten konnte. Ich fragte sie, ob es im Haus eine deutsche Bibel gebe.«

»Eine deutsche Bibel?«

»Natürlich eine deutsche Bibel, Peterkin. Wenn die Zahlen Teil einer deutschen Botschaft waren, leuchtet es doch ein, dass sich der Schlüssel zu ihrer Enträtselung in einer deutschen Bibel finden ließ, oder etwa nicht? Eine der Bibelstellen war Matthäus 10,39, und ich versuchte sofort, mir ihren deutschen Wortlaut zu vergegenwärtigen.«

Eric zuckte zusammen. Matthäus 10,39 war die Bibelstelle, die in den Grabstein seines Vaters gemeißelt war, und ihm fiel siedend heiß ein, dass er sie längst hatte nachschlagen wollen. Avery hätte es sicher ein Omen genannt.

»»Wer das Leben findet, wird es verlieren; wer aber das Leben um meinetwillen verliert, wird es finden««, zitierte Wolfe. »Mach kein so überraschtes Gesicht, Peterkin. Meine Mutter war eine Pfarrerstochter, mit der ganzen frommen Selbstgefälligkeit, die damit einhergeht. Sie sorgte dafür, dass ich und meine Geschwister ganze Bibelkapitel wie aus der Pistole geschossen herunterrasseln konnten.«

»Mein herzliches Beileid. Ist sie noch einmal wiedergekommen? Emily, meine ich.«

»Nein. Ich war ziemlich verärgert deswegen. Meine Morphiumspritze habe ich erst am nächsten Morgen bekommen. Um ein Haar hätte ich mich in jener Nacht zu Tode gehustet.«

Eric lehnte sich nachdenklich zurück. Die Geschichte wurde klarer, und er erkannte immer besser, wer welchen Part darin gespielt hatte. Jeder der beteiligten Männer hatte, ob bewusst oder unbewusst, zu der finalen Tragödie beigetragen.

»Kannst du dich noch erinnern, wie sich Emily an jenem Abend verhielt?«, fragte Eric.

Wolfe zuckte mit den Schultern. »Mir ist nichts Ungewöhnliches aufgefallen. Sie hatte dieses gelassene, energische Auftreten, das alle Krankenschwestern an den Tag legten – vermutlich wird es ihnen schon bei der Ausbildung eingebläut. Wir unterhielten uns über die Bibelstellen, die ich aus den deutschen Dokumenten herausgelesen hatte. Sie war offenbar von Missionaren großgezogen worden und kannte sich im christlichen Glauben besser aus als die meisten Engländerinnen, die ich kenne. Sie konnte mich sogar bei einigen Textpassagen, die ich aus dem Gedächtnis zitierte, verbessern.«

Ihre Blicke begegneten sich: zwei Männer, die sich gegenseitig Deckung gaben, während sie einen Weg aus dem Niemandsland suchten.

»Was hast du jetzt mit diesen Informationen vor, Peterkin?«

»Ich möchte sämtliche Betroffenen in einem Raum versammelt haben, wenn ich meine Theorie des Tathergangs darlege«, antwortete Eric. »Deshalb habe ich Saxon bereits mitgeteilt, dass ich eine Anhörung bezüglich der von Aldershott beantragten Beendigung meiner Mitgliedschaft verlange. Warum nicht bei dieser Gelegenheit, dachte ich mir.«

Wolfe grinste. »Das Thema lässt dir keine Ruhe, was? Ich kann es dir nicht verübeln. Aber ich sitze immer noch hier im Gefängnis fest, falls du es vergessen haben solltest.«

»Oh, darüber würde ich mir keine Gedanken machen. Bradshaw ist nicht der Einzige, der den einen oder anderen Hebel in Bewegung setzen kann.«

DÉNOUEMENT

Der fünfte November, ein Mittwoch, war Bonfire Night. Im Jahr 1605 war Guy Fawkes für seine Beteiligung an einem Sprengstoffattentat auf das Parlament und den König verhaftet worden; seither wurde sein Abbild jedes Jahr aufs Neue im Gedenken an dieses Ereignis verbrannt.

Überall war Holz und Gerümpel für die symbolischen Scheiterhaufen gestapelt. Die unförmigen Holzhaufen ragten bedrohlich in der Dunkelheit auf und hatten mit ihrer Verheißung auf feierliche Zerstörung etwas Ursprüngliches, Barbarisches an sich. Einer dieser Stapel befand sich in einem Park in der Nähe von Erics Wohnung, und die Guy-Fawkes-Puppen, die im Laufe der vergangenen Wochen in den Straßen des Viertels herumgegeistert waren, kamen nun dort in ihren Schubkarren und Bollerwagen zusammen und sahen mit leerem Blick ihrer Verbrennung entgegen.

Schießpulver, Verrat und ein Komplott. Das alles spielt auch in meinem Fall eine Rolle, dachte Eric, während er entschlossen die Eingangstreppe zum Britannia Club hinaufstieg. Wie für Fawkes gab es auch für ihn kein Zurück mehr.

Der Club war beinahe leer. Die meisten Mitglieder waren unter dem Vorwand, die Bonfire Night mit ihren Familien verbringen zu wollen, zu Hause geblieben. In Wahrheit wagten sie sich nicht auf die Straße hinaus, wo die Feuerwerkskörper über ihren Köpfen knallten wie einst die Granat- und Gewehrfeuer an der Front. Auch das Personal war stark reduziert. Alle wussten, dass es ein ruhiger Abend werden würde.

Eric nickte dem alten Getreuen zu, blickte zum Tafelrundengemälde auf dem Treppenabsatz empor, grüßte König Pellinore und Sir Palomides und ging dann weiter in den Speisesaal.

An dessen hinterem Ende befand sich ein durch eine Schiebetür abgegrenzter Raum für geschlossene Gesellschaften. Eric hatte darum gebeten, dass der Tisch zur Seite gestellt wurde, damit unter dem Kronleuchter in der Mitte des Raums Platz für einen Halbkreis aus Stühlen war. Während er wartete, ging Eric vor diesem Halbkreis auf und ab.

Der Erste, der eintraf, war Bradshaw. Er warf, ohne zu lächeln, einen Blick auf Erics leere Hände und sagte: »Du bist ja gar nicht dabei, das Besteck auf Fingerabdrücke zu kontrollieren, Peterkin. Offenbar nimmst du die Sache ernst. Ich hoffe nur, dass du dir nicht zu viel von diesem Treffen versprichst.«

»Ich bitte Sie nur um eines: Ihr Wort darauf, dass ich zu Ende vortragen darf, was ich zu sagen habe.«

Bradshaw sah ihn argwöhnisch an. »Mein Wort?«

»Meinem Vater zuliebe.«

Bradshaw zögerte, zuckte dann jedoch mit den Schultern. »Wie du willst. Ich gebe dir mein Wort. Aber es wird keine zweite Chance für dich geben, also nutze deine Redezeit gut.«

Kurz darauf erschien Aldershott, begleitet von seiner Frau. Eric hatte sie gebeten zu kommen, und sie hatte so lange insistiert, bis Aldershott sich missmutig gefügt hatte. Er setzte sich sofort auf einen Stuhl und verschränkte die Arme vor der Brust, um zu signalisieren, dass er nicht vorhatte, seine Meinung zu ändern. Mrs. Aldershott warf Eric einen wohlwollenden Blick zu, bevor sie neben ihrem Mann Platz nahm.

Saxon kam direkt im Anschluss. Er ließ ein Apfelgehäuse in eine Vase fallen, wischte sich mit dem Ärmel den Mund ab und trat zu

Eric, um ihm zuzuflüstern: »Ich hoffe, Sie wissen, was Sie tun, Peterkin. Hier geht es nicht wirklich um Ihre Mitgliedschaft, oder?«

Eric schüttelte den Kopf.

»Dachte ich mir schon. Blamieren Sie sich nicht.« Saxon nickte ihm noch einmal knapp zu und setzte sich dann neben Mrs. Aldershott.

Einige Minuten später stolperte Norris ins Zimmer. Jemand hatte ihn gewaschen und angezogen und in ein Taxi zum Britannia Club gesetzt. Dank Dr. Filgrave sah er beinahe wieder aus wie früher.

Nachdem er enttäuscht den leeren Esstisch registriert hatte, sagte er zu Eric: »Das sind ja traurige Zustände, Peterkin. Ich werde den Antrag anfechten – wenn auch nur Penny zuliebe –, aber ich hätte zumindest gedacht, dass du zum Dank ein gutes Tröpfchen springen lässt.«

»Mache ich vielleicht später noch, Norris.«

Norris' Miene hellte sich auf, und er setzte sich in die Nähe der Tür.

Ein leerer Stuhl war noch übrig. »Rechnest du etwa damit, dass Wolfe kommt?«, fragte Bradshaw. »Du weißt doch, dass er in Polizeigewahrsam ist.«

In diesem Moment ging quietschend die Schiebetür auf, und Wolfe stolzierte herein. Er zündete sich eine Zigarette an, um die volle Dramatik des Moments auszukosten, und sagte dann: »Also wirklich, Bradshaw. Wie lange war ich je irgendwo in Gewahrsam? Diesmal hat es allerdings ein bisschen länger gedauert, weil es *britische* Wärter waren, die auf mich aufgepasst haben.«

Wolfe machte es sich auf dem letzten leeren Stuhl bequem und nickte Eric hoheitsvoll zu. »Dann mal los, Peterkin«, sagte er. »Wir sind alle hier. Verrate uns, warum wir dich nicht mit einem Fußtritt auf die Straße befördern sollen.« Die Neugier, die seine Anwesenheit hervorrief, war ihm vollkommen bewusst, und er genoss sie sichtlich.

»Wenn ich ehrlich bin«, erwiderte Eric und ließ den Blick über sein Publikum schweifen, »würde ich lieber einen Mord aufklären.«

»Himmelherrgott!«, wetterte Aldershott und sprang auf, nur um von seiner Frau zurück auf den Stuhl gezogen zu werden.

»Achte bitte auf deine Ausdrucksweise, Edward«, ermahnte sie ihn streng. Sie saß kerzengerade da und ähnelte mit ihrer unnachgiebigen Miene der respekteinflößenden Oberschwester, die Eric im Royal West Sussex Hospital gesehen hatte. »Und bleib auf deinem Stuhl sitzen. Ich will das hören.«

»Mir ist völlig schleierhaft, warum du so darauf bestanden hast mitzukommen, Martha.« Er stand erneut auf und sah sich nach den anderen Vorstandsoffizieren um. »Lasst ihr das alles etwa einfach so mit euch machen?«

»Ich habe Peterkin versprochen, ihn ausreden zu lassen«, antwortete Bradshaw.

»Ich würde ihn ebenfalls gerne ausreden lassen«, sagte Saxon und spähte wie eine Eule zu Aldershott hinüber.

»Ja«, bestätigte Wolfe. »Setz dich hin, Aldershott. Ich habe doch keine teure Taxifahrt hierher bezahlt, um dich sofort wieder hinausmarschieren zu sehen.«

»Schön, wie ihr wollt.« Aldershott setzte sich und blickte noch mürrischer als zuvor. »Dann lasst uns diese Farce hinter uns bringen.«

Die Schiebetür wurde geschlossen, und Eric stellte sich in den Lichtkreis des Kronleuchters, während die anderen um dessen Rand herum gruppiert waren. Endlich ist es so weit, dachte Eric.

Er räusperte sich. »Vor knapp zwei Wochen betrat Albert Benson als neues Mitglied den Britannia Club. Im Salon ließ er sich auf eine Wette mit Wolfe ein, der ihm prophezeite, er werde den Inhalt seines Schließfachs entnehmen und am nächsten Tag auf den Tisch legen. Am darauffolgenden Morgen war Benson tot. Mag sein, dass es vermessen von mir ist, doch nachdem mir stets eingeimpft wurde, es habe immer schon Peterkins im Britannia Club gegeben, verspüre ich eine gewisse Verantwortung für die Dinge, die hier vor sich gehen. Und als ich mitbekam, wie der leitende Inspektor Horatio Parker ein wichtiges Beweisstück aus Bensons Zimmer entfernte, flößte mir das – gelinde gesagt – nicht das allergrößte Vertrauen in dessen Ermittlungsarbeit ein. Es erschien mir fraglich, ob unser Clubkamerad Benson auf diese Weise die Gerechtigkeit und den Respekt erfahren würde, der ihm als Mensch zusteht.«

Keiner sprang auf, um Eric zu fragen, warum er Parkers Verhalten nicht der Polizei gemeldet hatte. Alle waren vertraut genug mit der Geschichte, um den Grund zu kennen.

»Erschwerend kommt hinzu, dass es sich nicht nur um einen Mordfall handelt, sondern um drei«, fuhr Eric fort. »Außer Albert Benson starb auch noch seine Frau, die die meisten der hier Versammelten vermutlich als Helen Sotheby in Erinnerung haben. Sie erlag letzten Freitag einer Rauchvergiftung, nachdem sie jemand betäubt und in einem brennenden Zimmer zurückgelassen hatte. Und vor sechs Jahren wurde eine Krankenschwester namens Emily Ang in Sotheby Manor ermordet. Ihre Leiche vergrub man ein Stück entfernt in Bruton Wood. Alle drei Morde stehen miteinander in Verbindung: Benson wurde niedergestochen, weil er der Wahrheit bezüglich Emilys Tod auf der Spur war, und Mrs. Benson musste sterben, weil jemand glaubte, ihr Mann habe sie in seine Pläne eingeweiht, bevor er nach London kam. Die alles entscheidende Frage ist also: Wer hat Emily getötet?«

Saxon und Mrs. Aldershott tauschten Blicke aus. Beide hatten gewusst, was auf sie zukam. Es war schwer zu erkennen, ob sie Eric mit Beklemmung oder gespannter Erwartung lauschten. Norris wirkte ein wenig verwirrt. Alle anderen hatten die steinernen Mienen von Männern aufgesetzt, die in den Krieg zogen.

»Benson wusste, dass Emily nicht einfach nur verschwunden war; sie war tot. Und er wusste, dass sie in einem flachen Grab in Bruton Wood begraben worden war. Er wusste es, weil er es gewesen war, der das Grab ausgehoben hatte.«

»Was?«, rief Mrs. Aldershott. »Unmöglich! Wenn das stimmt,

warum kam er dann nach London und stellte alle diese Fragen? Hätte er dann nicht gewusst, was mit ihr passiert war?«

»Ich hatte gleich das Gefühl, dass er sich wegen irgendetwas schuldig fühlte«, murmelte Saxon. »Trotzdem … ich verstehe das nicht.«

Hätte Eric Aldershott nicht genau beobachtet, wäre ihm mit Sicherheit das kaum merkliche Stirnrunzeln entgangen, mit dem dieser Bradshaw ansah. Eric nickte Saxon und Mrs. Aldershott zu und sagte: »Er *glaubte*, er wüsste es, aber dann entdeckte er etwas, das seine bisherige Annahme infrage stellte. Was war also seine bisherige Annahme? Was hatte er an jenem Tag vor sechs Jahren gesehen, dem Tag, an dem Emily Ang Helen Sothebys Geburtstagsfeier versäumte und vermeintlich spurlos von der Bildfläche verschwand? Stellen Sie sich Folgendes vor: das Schwesternzimmer in Sotheby Manor, ein kleiner Raum mit einem Metallbett und einem Schreibtisch an der gegenüberliegenden Wand. Emily Ang liegt auf dem Boden, gestorben durch zwei heftige Schläge auf den Kopf, die ihr an zwei Stellen den Schädel brachen. Und halb aus dem Krankenbett hängt ein bewusstloser Horatio Parker, der aus einer Gesichtswunde blutet. Die Schlussfolgerung scheint auf der Hand zu liegen: Parker hat Emily attackiert, vielleicht in einem durch Granatenschock ausgelösten Anfall von Wahnsinn. Als sie sich zu verteidigen versucht, bringt sie ihm die Wunde im Gesicht bei. Er tötet sie und verliert anschließend das Bewusstsein. In der Nähe liegt eine chirurgische Schere, nach der Emily offenbar gegriffen hat, um sich zu verteidigen.«

»Blödsinn«, knurrte Saxon. »Ich sagte Ihnen doch, dass …«

Eric brachte ihn mit einer Handbewegung zum Schweigen. »Dazu kommen wir noch, Saxon. Keine Sorge.« Er fuhr fort: »Benson war nicht allein, als er diese grausige Entdeckung machte. Es waren noch weitere Personen bei ihm – weitere Personen, die beschlossen, dass sie Parkers Kopf aus der Schlinge ziehen mussten. Emily war zweimal auf den Kopf geschlagen worden, das ließ sich nicht als Unfall deklarieren. Also mussten sie sie verschwinden lassen.« Er hielt inne und fügte im Plauderton hinzu: »Mrs. Aldershott hat einmal etwas sehr Interessantes zu mir gesagt. Sie sagte, das Grausame daran, wenn Menschen verschwänden, sei, dass man nie Gelegenheit habe, um sie zu trauern, bis es irgendwann zu spät sei. So war es für Emilys Angehörige. Und für Emily selbst? Benson wandte sich an Saxon, weil er hoffte, dessen gesellschaftliche Position könne dabei helfen, die Herausgabe ihrer menschlichen Überreste zum Zwecke einer anständigen Beerdigung zu erwirken. Leider ist so etwas offenbar nicht so leicht zu bewerkstelligen.«

»Hunderttausende Soldaten verloren im Weltkrieg ihr Leben«, sagte Aldershott, der vollkommen reglos dasaß. »Zehntausende von ihnen erhielten nie ein angemessenes Begräbnis.«

»Das macht Emilys Schicksal nicht besser.«

Aldershott presste die Lippen zu einer verbitterten Linie zusammen. Neben ihm wischte sich Mrs. Aldershott eine Träne aus dem Augenwinkel. Saxon sah aus, als könnte er sich nur mühsam beherrschen und stünde kurz vor dem Platzen.

»Emily war tot«, fuhr Eric fort. »Niemand konnte sie wieder lebendig machen. Aber Parker lebte. Parker war ein Kriegsheld, der in Kürze das Victoria-Kreuz verliehen bekommen sollte. Ein tapferer Mann. Was er getan hatte, war keine bewusste Entscheidung gewesen, deshalb konnte er nicht dafür verantwortlich gemacht werden. Wäre es richtig gewesen, ihn dem Galgen auszuliefern? Die Männer, die zusammen mit Benson die grausame Entdeckung gemacht hatten, trafen eine Entscheidung, und ich könnte mir vorstellen, dass es keine leichte war. Sie entschieden sich für den noch Lebenden.« Eric sah Aldershott an. »*Sie* entschieden sich für den noch Lebenden.«

Aldershott wandte nicht den Blick ab. Seine Augen waren Schlitze, die nichts preisgaben, und der Rest seines Gesichts hätte aus Stein sein können.

»Sie waren an jenem Tag in Sotheby Manor. Sie waren mit Sir Andrew Sotheby befreundet und konnten sich Zugang zu Parkers

Krankenakte verschaffen. Sie besaßen ein Automobil, mit dem die Leiche nach Bruton Wood transportiert werden konnte. Und Sie verdankten Parker Ihr Leben.«

Es war keine Anklage. Es war die simple Feststellung einer Entscheidung zwischen zwei Übeln. Aldershott begegnete Erics Blick, und hinter der steinernen Fassade schien Reue aufzuflackern.

»Aldershott?«, donnerte Saxon.

»Edward?« Martha Aldershotts heiserer Aufschrei übertönte sogar Saxons wütendes Gebrüll.

»Ich verdankte Parker mein Leben«, rechtfertigte sich Aldershott steif.

»Was hättest du denn getan?«, explodierte Bradshaw an Eric gewandt. »Er konnte doch nicht zulassen, dass Parker gehängt wird – *wir* konnten nicht zulassen, dass Parker gehängt wird. Parker war nicht im Besitz seiner geistigen Kräfte und daher nicht für seine Tat verantwortlich. Und er hatte zu viele Menschenleben gerettet, um für den Verlust eines einzigen verurteilt zu werden. Ja, ich war auch dort, und ich lasse nicht zu, dass du Aldershott die Schuld gibst. Es war meine Idee.« Sein letzter Satz war eindeutig an Mrs. Aldershott gerichtet, die starr geradeaus blickte, um ihren Mann nicht ansehen zu müssen.

»Ich weiß«, sagte Eric. »Und ich weiß auch, was Benson herausfand, bevor er nach London kam: dass die Szene, die Sie im Schwesternzimmer vorfanden, gestellt war. Parker hat Emily nicht umgebracht. Dass Sie den Mord an ihr verschleierten, hatte zweierlei zur Folge: Erstens, dass Parker die letzten sechs Jahre in dem Glauben gelebt hat, er sei schuldig, und auf diese Weise den Preis für ein Verbrechen bezahlt hat, das er nicht begangen hat. Und zweitens, dass der eigentliche Mörder ungeschoren davonkam und zwei weitere Morde begehen konnte.«

»Das ist unmöglich«, sagte Bradshaw. »Ich weiß doch, was ich damals gesehen habe.«

Eric forderte Saxon mit einem Blick auf, an seiner Stelle zu antworten. »Emily hat niemanden mit der chirurgischen Schere verletzt, schon gar nicht Parker«, beteuerte Saxon. »Und Parker hat sie auch nicht angegriffen. Er ist auf mich losgegangen, mit einem Schürhaken, und ich habe mich mit dem hier verteidigt.« Er ließ die Klinge seines Schnappmessers herausspringen. »Die Narbe, die er im Gesicht hat, habe ich ihm verpasst. Emily spritzte ihm daraufhin ein Beruhigungsmittel, und das Letzte, was ich von ihr und Parker sah, war, dass sie sich daranmachte, seine Wunde zu verbinden.«

Wolfe starrte Saxon fasziniert an. »Du warst also der deutsche Spion! Parker kam zu mir und zeigte mir die …«

»Ich war kein deutscher Spion!«, rief Saxon und sprang auf, um Wolfe wütend anzufunkeln. »Ich habe für den britischen Geheimdienst gearbeitet!«

Wolfe grinste nur, und Saxon setzte sich widerstrebend wieder hin, nicht ohne leise vor sich hin zu zetern.

»Benson war Sir Andrew Sothebys alte Unterlagen durchgegangen«, fuhr Eric fort, »und dabei fiel ihm auf, dass Parkers Arztbericht nicht zu dem passte, was er über dessen Wunde zu wissen glaubte. Die lange, schmale Einzelklinge eines Messers hinterlässt eine vollkommen andere Verletzung als die kurze, dicke Doppelklinge einer Schere. Wenn auf der Schere kein Blut gewesen wäre, wären Sie alle nicht auf die Idee gekommen, dass seine Wunde von ihr stammte. Wie kam das Blut also dorthin? Es muss bewusst auf der Schere platziert worden sein, von jemandem, der vorhatte, Parker den Mord an Emily in die Schuhe zu schieben. Gibt es noch weitere Beweise für Parkers Unschuld? Hätte Benson seine Nachforschungen weitergeführt, hätte er womöglich erfahren, dass Emily nach dem Vorfall mit Saxon und Parker ihren Rundgang durch die Quarantänestation machte und sogar an Wolfes Bett stehen blieb, um mit ihm verschiedene Bibelstellen zu erörtern.« Eric wandte sich an Mrs. Aldershott. »Ich frage Sie: Hätte Emily, eine ausgebildete Krankenschwester, Parker nach dessen Angriff auf Saxon alleingelassen, wenn sie geglaubt hätte, dass er sich oder anderen gegenüber noch eine Gefahr darstellte?«

»Nur, wenn es sich unter keinen Umständen hätte vermeiden lassen«, antwortete Mrs. Aldershott. »Dann wäre sie allerdings in erhöhter Alarmbereitschaft gewesen und hätte sich bestimmt nicht zu einem Schwätzchen zu einem Patienten ans Bett gesetzt.« Ihre Antwort klang sachlich, die professionelle Krankenschwester hatte vorübergehend über die trauernde Schwester gesiegt.

Eric nickte. »Genau. Parker stellte also keine Bedrohung mehr dar. Das Beruhigungsmittel hatte seine Wirkung getan, und er schlief tief und fest. Natürlich glaubte er trotzdem, was man ihm über Emilys Tod erzählte. Er glaubte, dass er sie während eines durch Granatenschock ausgelösten Anfalls von Wahnsinn umgebracht hatte. Als Benson in den Britannia Club kam, war sein Ziel nicht, Parker als Täter zu entlarven, sondern ihn im Gegenteil zu entlasten – ihn von der Last seiner ungerechtfertigten Schuldgefühle zu befreien. Diesem Zweck sollten die Gegenstände dienen, die er mit in den Club brachte und in seinem Schließfach im Tresorraum deponierte: die Fotografie, die Parker am Tag von Emilys Verschwinden in Sotheby Manor verortete, den Arztbericht, in dem dessen Gesichtswunde detailliert beschrieben wurde, die chirurgische Schere, die völlig ungeeignet war, eine solche Wunde zu verursachen, und das Injektionsbesteck, zu dessen Bedeutung wir später noch kommen werden. Deshalb zögerte er, auf die Wette einzugehen. Deshalb beschloss er in letzter Minute, die Nacht im Club zu verbringen. Und deshalb wurde er ermordet.«

Eric blickte sich um. Seine Zuhörer saßen reglos und schweigend da. Er hatte sich Sorgen wegen Aldershott und Bradshaw gemacht, aber die Aussicht darauf, Parkers Namen endgültig reinwaschen zu können, schien sie an ihre Stühle zu fesseln.

»Bensons Mord geschah vor weniger als zwei Wochen«, setzte Eric seine Ausführungen fort. »Wir wissen alle, was an jenem Tag und am darauffolgenden passierte. Am Freitagabend wettete Wolfe, dass er es schaffen würde, in den Tresorraum einzudringen und etwas aus Bensons Schließfach zu entwenden. Am Samstagmorgen entdeckten wir Benson mit Aldershotts Brieföffner in der Kehle im Tresorraum. Aldershotts Büro war aufgebrochen und durchwühlt worden. Ich ging mit dem alten Getreuen in den zweiten Stock, um Bensons Zimmer zu sichern, und fand es folgendermaßen vor: Das Fenster stand offen, und die Bettdecke war in Richtung Zimmertür zurückgeworfen. Benson war also auf der zum Fenster hin gelegenen Seite aus dem Bett gesprungen, um nach draußen zu blicken. Er machte sich Sorgen wegen der Wette und ließ vermutlich trotz der niedrigen Temperaturen das Fenster offen, weil er ahnte, dass Wolfe versuchen würde, den Club durch die Hintertür zu betreten. Er hoffte wohl, ihn dabei zu erwischen. Aber Wolfe: Du bist vollkommen lautlos vorgegangen, nicht wahr?«

»Natürlich. Es beleidigt mich, dass du etwas anderes überhaupt in Erwägung ziehst.«

»Ich fragte mich also: Was kann Benson geweckt und dazu veranlasst haben, aus seinem Zimmer herunterzukommen? Dann fiel mir die offen stehende Fensterscheibe in Aldershotts Büro ein. Wer auch immer Aldershotts Bürotür aufbrach, machte dabei vermutlich Lärm, und der schmale Durchgang neben dem Haus verstärkt sämtliche Geräusche. Davon wachte Benson auf, und er eilte nach unten, weil er erwartete, Wolfe im Tresorraum anzutreffen. Auf dem Weg dorthin blickte er nicht in Aldershotts Büro, weil er ganz auf sein Ziel fokussiert war. Die Person im Büro hingegen sah ihn vorbeieilen, schnappte sich den Brieföffner, folgte Benson hinunter in den Tresorraum und erstach ihn dort.«

»Es war also ein Einbrecher«, sagte Aldershott selbstzufrieden. »Genau, wie wir von Anfang an vermutet haben.«

»Ein Einbrecher hätte es nicht für nötig befunden, Benson die Treppe hinunter zu folgen. Er wäre froh gewesen, dass dieser ihn nicht bemerkt hatte, und hätte die Flucht ergriffen. Es muss sich also um eine Person handeln, die einen Vorteil davon hatte, wenn

Benson tot war, und einen Grund, in Ihr Büro einzubrechen. Die Frage lautet also: Was bewahren Sie in Ihrem Büro auf, was jemanden dazu veranlassen könnte, die Tür aufzubrechen?«

»Meine Unterlagen natürlich.« Die Selbstzufriedenheit in Aldershotts Gesicht wich Verärgerung. »Sie betreffen die Geldanlagen des halben Britannia Clubs.«

»Warum hat dieser angebliche Einbrecher sich dann nicht damit aus dem Staub gemacht, nachdem Benson tot war? Letzten Endes hat er nur einen einzigen Gegenstand mitgenommen: das Injektionsbesteck aus Bensons Schließfach. Vielleicht hatte er es von Anfang an darauf abgesehen. Falls ja, suchte er in Ihrem Büro die offizielle Notiz mit der Zahlenkombination für die Tresortür. Was das Injektionsbesteck angeht: Es wurde später in Sotheby Manor wiedergefunden, wo es auseinandergerissen und in ein Feuer geworfen wurde. Es wurde schwer beschädigt, jedoch nicht zerstört. Aus welchem Grund auch immer es sich dort befand, es verbindet die beiden Morde miteinander: Wenn Bensons Mörder es aus dem Tresorraum entwendet hat, dann war dieser Mörder auch in Sotheby Manor zum Zeitpunkt des Feuers und ist höchstwahrscheinlich für den Tod von Mrs. Benson verantwortlich. Es muss sich um jemanden handeln, der nicht nur mit dem Britannia Club vertraut war, sondern auch mit Sotheby Manor – vertraut genug, um zu wissen, wie er an den Dienstboten vorbeikam und Mrs. Benson dazu überreden konnte, mit ihm ein Tässchen Tee im Büro zu trinken.«

»Das sind fast alle in diesem Raum«, sagte Wolfe, nachdem er in die Runde geblickt hatte. »Saxon hätte ich ursprünglich ausgenommen, aber inzwischen wissen wir, dass auch er schon mindestens einmal in Sotheby Manor war. Mrs. Aldershott?«

»Ich war leider nie dort«, antwortete Mrs. Aldershott. »Emily hatte immer eine gute Ausrede, wenn ich auf Heimaturlaub war und wir uns in Chichester trafen.«

»Wir müssen uns dem Injektionsbesteck und seiner Bedeutung

zuwenden«, unterbrach Eric. »Im Gegensatz zu den anderen Gegenständen in Bensons Schließfach scheint es keine Verbindungen zu Parker aufzuweisen. Stattdessen trägt es ein markantes Monogramm im Deckel: ein stilisiertes *S* wie das auf Saxons Schnappmesser.«

Mindestens zwei Stühle im Raum rutschten nach hinten, weil die Personen darauf erschraken und ihre Reaktion zu unterdrücken versuchten. Eric wandte sich an eine von ihnen: »Mrs. Aldershott, Ihr Mädchenname war Saxon. Sie haben im Laufe der Jahre viele persönliche Dinge an Emily weitergegeben, darunter auch, wie Sie mir gegenüber erwähnten, Ihr Arbeitsmaterial. Das Injektionsbesteck gehörte ursprünglich Ihnen, nicht wahr?«

»Und ich habe es Emily geschenkt, ja.« Mrs. Aldershott war blass geworden. »Ich weiß nicht, wie es in Bensons Besitz gelangt ist oder in dem Feuer in Sotheby Manor landete. Ich habe es vor meiner Versetzung nach Flandern das letzte Mal gesehen. Das ist jetzt fast zehn Jahre her.«

»Diejenigen, die mit Emily in Sotheby Manor zusammengearbeitet haben, müssen es gut gekannt haben. Benson zum Beispiel. Allen anderen war es hingegen fremd. Ihr Mann hat es sicherlich nicht wiedererkannt. Er bewahrte es die letzten sechs Monate in seinem Schließfach auf, ohne zu ahnen, worum es sich dabei handelte.«

Aldershott runzelte die Stirn. »Wovon reden Sie da, Peterkin?«

»Der alte Getreue hat mir von einem in braunes Papier eingewickelten Paket erzählt, das Sie am Tag nach Ihrer Wahl zum Clubpräsidenten in Ihr Schließfach legten und danach nie wieder herausholten. Darin war das Injektionsbesteck, nicht wahr? Sie hatten es völlig vergessen, bis Sie beschlossen, Ihr Schließfach an Benson abzutreten, woraufhin Sie ihm auch das Injektionsbesteck überließen.«

»Ja. Na und? Das Besteck war noch vollkommen in Ordnung, und Benson hatte vor, in Sotheby Manor ein Erholungsheim für Suchtkranke einzurichten. Dort hätte er es gut gebrauchen können.«

»Woher hatten Sie selbst das Injektionsbesteck?«

»Ich habe es … ich habe es Norris abgenommen.«

Norris, auf den bisher keiner geachtet hatte, setzte sich auf, weil ihn plötzlich alle ansahen.

»Sie hatten es vor sechs Monaten beschlagnahmt, nachdem Sie entdeckten, dass Norris morphiumsüchtig war«, fuhr Eric fort. »Sie erzählten mir, Sie hätten das leere Morphiumfläschchen weggeworfen und alles Übrige beiseitegeräumt – womit Sie das Injektionsbesteck meinten. Dann brachten Sie Norris zu den Bensons nach Sotheby Manor, damit er sich dort einer Entziehungskur unterzog.«

»Die angebliche Italienreise!«, rief Wolfe. »Ich wusste gleich, dass an der Geschichte etwas faul war. In Sotheby Manor brennt die neapolitanische Sonne nicht ganz so zuverlässig, was?«

»Wir machen alle mal Fehler!«, verteidigte sich Norris peinlich berührt. »Das ist Vergangenheit, Peterkin. Ehrlich. Müssen wir das jetzt wirklich noch einmal aufrollen?« Sein Tonfall war flehend, und Eric war klar, dass er nicht nur die Geschichte mit seiner Abhängigkeit meinte.

»Wenn derjenige, der Albert und Helen Benson umbrachte, auch Emily Ang ermordete, lautet die alles entscheidende Frage nach wie vor: Warum sollte jemand ein Interesse an Emily Angs Tod gehabt haben?«, fuhr Eric unbeirrt fort. »Das einzige Geheimnis, das sie gehabt zu haben schien, war eine Liebesgeschichte, ein geheimer Liebhaber, der sie in andere Umstände gebracht hatte.«

Von den Personen im Raum, mit denen Eric noch nicht über Emilys Schwangerschaft gesprochen hatte, zeigte sich lediglich Bradshaw überrascht von der Neuigkeit. Wolfe hätte sich selbstverständlich niemals dazu herabgelassen, sich durch ein überraschtes Gesicht eine Blöße zu geben.

»Wer war Emilys geheimer Liebhaber?« Eric hielt eine Fotografie hoch. »Diese Aufnahme zeigt Norris vor einem Fenster im ersten Stock, im Hintergrund ist Sotheby Manor zu sehen. Er kann sich also nicht im Anwesen selbst befunden haben, sondern an einem anderen Ort auf dem Gelände. Mit anderen Worten im Hausmeisterhäuschen, das zur damaligen Zeit für die Krankenschwestern reserviert war und zu dem nur Frauen Zutritt hatten. Wenn Norris dort war, dann muss ihn die Person, die die Fotografie aufgenommen hat, hineingelassen haben: Emily Ang. Du hattest eine enge Beziehung zu ihr, Norris.«

»Ich verstehe mich mit den meisten Frauen gut«, entgegnete Norris. »Das ist wirklich kein Geheimnis. Hör mal, tust du das, weil ich mich zu deiner Schwester hingezogen fühle? Was damals mit Emily war, ist lange her. Es ist ziemlich ungerecht, mir heute noch meine Fehler von damals vorzuhalten.«

»Wie bist du in den Besitz von Emilys Injektionsbesteck gekommen, Norris?«

»Ich … na ja … Also gut, ich habe es gestohlen. Ich war morphiumsüchtig, und es war nützlicher, als du dir vorstellen kannst, ein eigenes Besteck zur Verfügung zu haben.«

»Oh, ich habe keinerlei Zweifel, dass du es gestohlen hast. Sie hatte es einmal kurzzeitig verloren, schrieb jedoch am Tag vor ihrem Tod in ihr Notizbuch, sie habe es wiedergefunden und werde es ganz sicher nicht mehr aus den Augen lassen. Dieses Injektionsbesteck war für sie nicht nur ein Arbeitswerkzeug, es war ein Geschenk ihrer Schwester und daher von großem ideellen Wert.«

Norris stand auf. »Das ist lächerlich! Wenn Benson das Injektionsbesteck von Aldershott bekommen hat, warum verdächtigst du dann nicht ihn? Er könnte es Emily doch auch weggenommen haben.«

»Norris! Wie kannst du es wagen!« Aldershotts Brillengläser funkelten wütend im Licht des Kronleuchters. Er wandte sich wieder Eric zu: »Ich habe dieses Injektionsbesteck von Norris konfisziert. Das ist die reine Wahrheit, ich schwöre es auf die Bibel oder worauf auch immer Sie möchten.«

Norris schien nicht recht zu wissen, ob er sich wieder hinsetzen oder die Flucht ergreifen sollte. Als Saxon aufstand und sich vor die Schiebetür stellte, ließ er sich wieder auf seinen Stuhl sinken.

»Ich glaube Ihnen, Aldershott«, beteuerte Eric, »weil auch Benson Ihnen geglaubt hat. Er wusste, dass Sie keinen Grund hatten, zu lügen. Sie hätten Emily nach ihrem Tod alles Mögliche abnehmen können, deshalb wäre es völlig bedeutungslos, wenn das Injektionsbesteck in Ihrem Besitz gewesen wäre. Außerdem weiß ich, dass Sie die Fotografie und den Arztbericht aus Bensons Schließfach entfernten, bevor sich Wolfe in jener Nacht im Tresorraum zu schaffen machte. Sie taten es, um Parker vor weiteren Ermittlungen zu bewahren. Damit hatten Sie erreicht, was Sie wollten, und hätten daher keinen Grund gehabt, Benson umzubringen.«

Saxon fixierte Norris mit finsterem Blick, und auch Mrs. Aldershott war aufgestanden, um ihn ins Visier zu nehmen. Bradshaw beugte sich auf seinem Stuhl nach vorn und massierte sich mit einer Hand die Stirn, während er auf das Fischgrätparkett hinabstarrte.

An Norris gewandt fuhr Eric fort: »Das Injektionsbesteck beweist, dass du mit dem Mord an Emily Ang zu tun hattest. Wir alle wissen, dass du hier im Britannia Club warst, als Benson ermordet wurde. Und auch bei Mrs. Bensons Ermordung warst du anwesend. Während du auf deinen Zug zurück nach London gewartet hast, hast du dem Green Elephant neben dem Bahnhof von Chichester einen Besuch abgestattet und dir die Zeit vertrieben, indem du deine Komposition auf dem Klavier gespielt hast. Wolfe hat sie dort gehört und später wiedererkannt, als du sie bei Aldershotts Dinner spieltest.«

»Ich wusste doch, dass ich die Melodie schon einmal gehört hatte!«, rief Wolfe. In seinem Gesicht lag nichts von der üblichen Selbstgefälligkeit. Es war genauso todernst wie die Gesichter aller anderen Anwesenden.

»Du hast mir gegenüber betont, du hättest den betreffenden Vormittag im Morphiumrausch im Brolly's verbracht«, sagte Eric zu Norris. »Warum hättest du bezüglich deines Aufenthaltsorts lügen sollen, wenn du nicht einen schlimmen Grund gehabt hättest, in Chichester zu sein? Warum hättest du überhaupt auf das Thema zu sprechen kommen sollen?«

Norris schüttelte wortlos den Kopf.

»Nach der Varietévorstellung, die wir zusammen am Donnerstagabend besuchten, hast du ein Fläschchen Morphium erstanden und bist am nächsten Morgen mit dem ersten Zug nach Sotheby Manor gefahren. Dort hast du dich an den Bediensteten vorbeigeschlichen, indem du den Eingang im Westflügel benutzt hast, und bist zu Mrs. Benson gegangen, die völlig nichtsahnend war. Du hast sie unter einem Vorwand ins ehemalige Büro ihres Vaters gelockt, ihr dort Morphium in den Tee gemischt und dann alles, von dem du meintest, dass es dich belasten könnte, aus den Schubladen gezogen und auf einen Haufen geworfen, um es anschließend zu verbrennen. Deine Nervosität am Nachmittag, die Penny auffiel, rührte daher, dass du gerade einen Mord begangen hattest, und nicht von deinem angeblichen Drogenrausch am Vormittag.«

»Nein«, sagte Norris, der endlich seine Stimme wiedergefunden hatte. Sie klang heiser, als hätte er sie noch nie zuvor benutzt. »Ich bin kein Mörder, Peterkin. Du kennst mich. Selbst wenn Emily und ich eine Affäre hatten …«

»Ich denke, du hattest Angst vor der Verantwortung, die ein gemeinsames Kind mit sich gebracht hätte. Wenn man plötzlich für eine Familie zu sorgen hat, ist das Leben kein ungetrübter Spaß mehr, nicht wahr? Vielleicht hattest du außerdem Angst vor den gesellschaftlichen Konsequenzen. Die Leute reden immer davon, wie mutig es doch von meinen Eltern gewesen sei, die Rassenkluft zu überwinden, aber mein Vater war ein Oberst von hohem gesellschaftlichem Rang, ihm konnten Klatsch und Verleumdung nicht viel anhaben. Du hattest keinen solchen Status, der dich geschützt hätte. Namhafte Künstler und Musiker führen häufig ein unkonventionelles Leben, allerdings musstest du dir zum damaligen Zeitpunkt erst noch einen Namen machen. Also hast du Emily gedrängt, das Baby wegzumachen. Doch als sie von ihrem Ausflug an jenem Samstag zurückkehrte, war sie plötzlich entschlossen, es doch zu behalten. Es kam zum Streit zwischen euch. Als sie sich von dir abwandte, hast du dir den Schürhaken geschnappt und ihn ihr voller Wut über den Kopf gezogen. Zweimal. Ich könnte mir vorstellen, dass du es sofort danach bereut hast, aber jetzt hattest du eine tote Frau am Hals. Was solltest du tun? Auf dem Bett an der Wand lag Parker und schlief tief und fest. Du musstest ihn nur aus dem Bett zerren, seinen Verband entfernen und die letzte Seite von Emilys Notizbuch herausreißen, auf der sie die Verabreichung des Beruhigungsmittels an Parker notiert hatte. Und schon sah alles danach aus, als hätte *er* Emily in einem Anfall von geistiger Umnachtung umgebracht.«

»Ich habe nichts dergleichen getan«, sagte Norris. »Die Einzigen, die damals am Tatort waren, waren Benson, Aldershott und Bradshaw. Schau sie an, nicht mich.«

Die Blicke, die Aldershott ihm zuwarf, wurden immer feindseliger. Er forderte Eric auf: »Erzählen Sie weiter, Peterkin. Lassen Sie uns auch den Rest hören.« Mrs. Aldershott nickte zustimmend, mit ebenso grimmigem Gesicht wie ihr Mann.

»Norris wusste, dass Benson Nachforschungen bezüglich Emilys Tod anstellte, wähnte sich jedoch in Sicherheit, schließlich war Benson zunächst ganz darauf konzentriert, Parkers Namen reinzuwaschen. Doch am vorletzten Freitagabend saß Aldershott noch spät in seinem Büro, und er war nicht allein. Am nächsten Morgen standen zwei benutzte Gläser neben dem Brandy. Aldershott, Sie saßen mit Norris zusammen, nicht wahr?«

»Aldershott …«

»Wenn du unschuldig bist, hast du nichts zu verbergen!«, polterte Aldershott, bevor er sich wieder zu Eric drehte. »Ja, Peterkin. Ich war mit Norris zusammen.«

»Und Sie unterhielten sich über Benson und die Wette?«, fragte Eric.

»Ja.«

»Haben Sie Norris im Laufe dieses Gesprächs erzählt, dass Sie Benson das Injektionsbesteck gegeben hatten?«

»Ja. Ich dachte mir nichts dabei.«

Eric nickte. »Von diesem Moment an wusste Norris, dass er das Injektionsbesteck aus Bensons Schließfach holen musste. Ein Schürhaken genügte womöglich, um das Fach aufzubrechen, zumindest hoffte er das, aber er brauchte zusätzlich die Zahlenkombination für die Tür. Nachdem Aldershott nach Hause gegangen war, wartete Norris noch eine Weile, um sicher zu sein, dass niemand mehr auf den Fluren unterwegs war, und brach dann die Bürotür auf. Den Rest kennen wir bereits.«

Es herrschte Totenstille im Raum. Norris richtete sich in seinem Stuhl auf. Der Blick, den er Eric zuwarf, war gefasst und enthielt nichts von seinem üblichen Humor. Er stand auf, aufrechter, als Eric ihn je zuvor gesehen hatte, und sagte: »Das ist ja alles sehr unterhaltsam, vorausgesetzt, man ist nicht derjenige, dem hier einfach drei Morde untergeschoben werden. Was hast du denn wirklich vorzuweisen? Gar nichts! Nur Worte und wilde Spekulationen!«

»Es genügt jedenfalls, um die Polizei dazu zu bringen, an den richtigen Stellen zu suchen, sobald ich morgen früh mit ihr gesprochen habe. Und ihr das hier gezeigt habe«, erwiderte Eric und hielt einen Umschlag hoch, der sich in der Mitte leicht wölbte. »Das ist Saxons Schlüssel, den er normalerweise hinter einem losen Backstein oberhalb des Hintereingangs aufbewahrt.«

»Mein Schlüssel!« Saxon machte mit zornglühenden Augen einige Schritte nach vorn. Eric wich ihm aus, doch Saxons Zorn galt nicht ihm, sondern Norris. »Mein Schlüssel? Du hast meinen Schlüssel benutzt, um das alles anzurichten?«

Wolfe stand auf. »Immer mit der Ruhe, alter Bursche, du willst doch nicht …«

Saxon stürzte sich auf Norris, und Wolfe konnte ihn gerade noch rechtzeitig zurückhalten. Bradshaw stand nun ebenfalls auf und half Wolfe, Saxon zu dessen Stuhl zu ziehen. Während Saxon von Bradshaw und Wolfe auf den Stuhl gedrückt wurde, funkelte er Norris wütend an und spuckte aufs Parkett. »Ich werde dafür sorgen, dass er am Galgen baumelt!«, zischte er. »Am Galgen!«

Norris erwiderte seinen Blick standhaft, mit glänzenden Augen.

»Norris«, sagte Eric zu ihm, »du hast mir einmal erzählt, du wärst in deinem Übernachtungszimmer von klappernden Mülltonnen vor dem Fenster geweckt worden. Ich könnte mir vorstellen, dass du damals hinausgeblickt und gesehen hast, wie Saxon seinen Schlüssel aus dem Versteck holte oder ihn wieder hineinlegte. Wolfe tat genau dasselbe. Der Schlüssel war sicher hilfreich, als du heimlich zur Hintertür hinausmusstest, um deine blutverschmierte Kleidung zu beseitigen. Allerdings frage ich mich, ob du daran gedacht hast, den Schlüssel abzuwischen, ob dir überhaupt in den Sinn kam, dass er einmal als wichtiges Beweisstück gelten könnte.«

Norris drehte den Kopf und sah ihn an. Sein Gesicht war bleich und seine Kiefermuskeln angespannt.

»Ich glaube nicht, dass du in jener Nacht zu klarem Denken in der Lage warst, Norris. Schließlich hast du auch den Brieföffner am Tatort zurückgelassen. Wahrscheinlich fiel die Tresortür zu, bevor du daran denken konntest, ihn zu holen und deine Spuren abzuwaschen. Die Polizei hat dich nur noch nicht verhaftet, weil du als Vorstandsoffizier sicher öfter Gelegenheit hattest, ihn aus harmlosem Anlass in der Hand zu halten. Aber es gibt Dutzende andere kleine Details, die du möglicherweise übersehen hast und die die Polizei mit Sicherheit finden wird, sobald sie dich einmal ins Visier genommen hat.«

»Hättest du wohl gerne!«, sagte Norris. »Du hast gar nichts. Das Einzige, was wir heute Abend wirklich Neues erfahren haben, ist die Tatsache, dass Aldershott und Bradshaw zusammen einen Mord verschleiert haben. Martha, meine Liebe, wenn ich du wäre, würde ich mich nach einem guten Scheidungsanwalt umsehen. Mit unserem Hauptmann Aldershott verheiratet zu sein war sicher von Anfang an kein Spaß. Und jetzt? Tja, ich war nicht derjenige, der dir deine Schwester genommen hat. Ich bin nicht der Bösewicht in dieser Geschichte – so viel steht fest. Bradshaw … normalerweise würde ich dich fragen, ob du diesen Blödsinn wirklich glaubst, aber angesichts deiner eigenen Beteiligung an der Sache erübrigt sich diese Frage wohl.« Er wandte sich an Wolfe, der seinem Blick auswich, und Saxon, der ihn wütend erwiderte. Unterstützung war von beiden nicht zu erwarten, und Norris schnaubte geringschätzig. »Ihr solltet euch alle schämen. Viel Glück, Peterkin. Wenn der ermittelnde Inspektor nicht selbst der wahrscheinlichste Mörder wäre, würde er dich sicher auslachen. Ich dachte, du wärst mein Freund – da habe ich mich wohl getäuscht.«

Er schob die Tür auf und stolzierte hinaus.

DIE LETZTE TJOST

Der Fußmarsch vom Britannia Club zu der kleinen Wohnung, die Eric sein Zuhause nannte, dauerte fast eine Stunde. Normalerweise genoss er die körperliche Anstrengung und die Aussicht, doch an diesem Abend war er nervös und angespannt. Auf dem Großteil der Strecke war wenig von den Feierlichkeiten der Bonfire Night zu sehen; die brennenden Holzhaufen leuchteten nur aus der Ferne, verborgen hinter dunklen, hohen Häuserreihen. Die Funken und der Rauch, die aus ihnen in den dunklen Himmel emporstiegen, tauchten die tief hängenden Wolken in einen orangeroten Schein. Eric fühlte sich an Flandern erinnert, und es hätte ihn nicht überrascht, wenn sich die stillen Gebäude um ihn herum als bloße Kulissen erwiesen hätten und dahinter die verwüstete Trostlosigkeit des Niemandslandes zum Vorschein gekommen wäre.

Die Straßen waren menschenleer. Die meisten Bewohner Londons scharten sich um die Feuer und Feuerwerke, und Eric war allein. Er ging langsam. Ihm war nur allzu bewusst, dass er sich mit seinen Anschuldigungen gegen Norris zur Zielscheibe gemacht hatte. Falls dieser vorhatte, ihn zu stellen, war jetzt der perfekte Zeitpunkt dafür.

Als Eric das Ende von St. James's erreichte, blieb er stehen und spähte über die Schulter. Er glaubte, einen davonhuschenden Schatten zu sehen, möglicherweise eine dunkle Gestalt, die ihm folgte. Das war in der dunstigen Nacht, die alle Konturen verschwimmen ließ, nur schwer zu erkennen.

Eric wandte sich wieder nach vorn und ging weiter. Der Dunst verdichtete sich, und feuchte Nebelschwaden waberten um seine Füße, als er sein Tempo beschleunigte. Der Nebel dämpfte nicht nur seine Schritte, sondern auch die Schritte von jedem, der hinter ihm laufen mochte. Sein Unbehagen vertiefte sich noch. Er begann, sich zu fragen, ob es Freund oder Feind war, der sich an seine Fersen geheftet hatte.

Das erste Feuerwerk wurde gezündet, als Eric in Sichtweite seiner Wohnung kam. Eine Römische Kerze eröffnete, was sich bald zu einem Trommelfeuer aus Feuerwerkskörpern auswachsen würde. Sie stieg oberhalb des Battersea Parks in die Höhe und sprühte goldene Funken in die Themse. Als Antwort ertönte eine Raketensalve irgendwo in der Gegend um Notting Hill und eine weitere aus Ealing Common. Über dem Victoria Park war eine glitzernde Explosion zu sehen, die die Nacht erhellte und dann sanft zurück zur Erde schwebte.

Eric hatte nicht erwartet, es unbehelligt bis nach Hause zu schaffen, aber nun stand er tatsächlich vor seinem Wohngebäude. Von der Gestalt, von der er glaubte, dass sie ihn seit St. James's verfolgte, war nichts zu sehen. Eric wartete und lauschte, hörte jedoch nur die feiernden Menschen und die explodierenden Feuerwerkskörper in der Ferne. Er seufzte, öffnete die Tür und stieg die Treppe zu seiner Wohnung hinauf.

Etwas stimmte nicht.

Ein flackernder Lichtschein drang aus der Wohnstube in den Eingangsflur hinaus, begleitet vom Knistern eines Feuers und dem metallischen Kratzen eines Schürhakens. Eric schloss leise die Haustür hinter sich und schlich Richtung Wohnstube.

Dabei handelte es sich um ein quadratisches Zimmer, dessen Fenster auf die Straße hinausging. Vor dem offenen Kamin standen zwei Sessel, ein behagliches Eckchen, das Erics Lieblingsplatz im Salon des Britannia Clubs glich. Penny beugte sich über den Kamin und stocherte in einem frisch aufgehäuften Feuer herum.

Eric atmete erleichtert auf. »Penny«, sagte er, »ich hatte dich gar nicht …«

Die Worte erstarben auf seinen Lippen, als sie erschrocken zusammenzuckte und sich mit bleichem Gesicht und weit aufgerissenen Augen zu ihm umdrehte. Sie weinte nicht, aber eine leichte Rötung ihrer Augen deutete darauf hin, dass ihre Tränen noch nicht lange getrocknet waren.

»Du hast dir Zeit gelassen, Peterkin.«

Die Stimme klang zittrig und kam von den Sesseln. Norris saß im weiter entfernten Sessel, wo er von der Tür aus nicht zu sehen gewesen war. Man entdeckte ihn erst, wenn man das Zimmer tatsächlich betrat. Das Kaminfeuer warf einen wackligen, rötlichen Schein auf sein Gesicht, eine Insel aus flackerndem Licht, die von langen Schatten durchzogen wurde. Von der dunklen Straße her drang in regelmäßigen Abständen das ebenso flackernde Aufleuchten der Feuerwerkskörper herein. Norris hielt die »Rote Neun« auf dem Schoß, deren rechteckiger Magazinkasten vom orangeroten Licht des Feuers umspielt wurde. Der Holzgriff der Pistole mit der charakteristischen eingebrannten roten 9 war von Norris' Hand verdeckt, und ihr langer, schmaler Lauf wirkte beinahe zart. Die aufgebrachte Empörung war aus Norris' Gesicht verschwunden und hatte nur Reue und Schmerz zurückgelassen.

Norris forderte Penny mit einer Bewegung der Mauser dazu auf, sich auf den zweiten Sessel zu setzen. »Patch kam vor einer knappen halben Stunde bei Dottie vorbei«, erklärte sie mit bebender Stimme. »Er sagte, es sei dringend, wir müssten so schnell wie möglich zu dir. Daraufhin nahm ich ihn mit hierher, und dann …«

»Und dann zog ich meine Pistole und befahl ihr, Feuer zu machen und zu warten.« Norris lächelte. Zum ersten Mal, seit Eric ihn kannte, drang das Lächeln nicht bis zu seinen Augen vor. »Automobile sind doch wirklich Wunderwerke der Technik, Peterkin! Auf diese Weise konnte ich ins Brolly's fahren, um dort meine Aktentasche – und diese Pistole – zu holen, danach Penny meine Aufwartung machen und anschließend hierherkommen. Alles in der Zeit, die du für den Fußweg brauchtest. Man nennt es das moderne Zeitalter. Bald wird halb England ein eigenes Automobil besitzen. Ich frage mich, was das mit unseren geliebten englischen Landstraßen machen wird.«

»Warum bist du hier, Norris?«, fragte Eric, obwohl er es zu wissen glaubte.

Ihre Blicke begegneten sich. »Weil ich noch ein oder zwei Dinge zu erledigen habe«, antwortete Norris.

Der schmale Lauf der Pistole blieb weiterhin auf Penny gerichtet. »Penny hat nichts mit der ganzen Sache zu tun«, sagte Eric. »Lass sie gehen.«

Norris ignorierte ihn. Er blickte zum Fenster und erklärte: »Ich bin kein völliger Trottel. Mir ist bewusst, was man im Britannia Club über mich sagt: ›Norris weiß nur eins: wie man sich amüsiert; Norris kann sich nichts länger als zwei Minuten merken, es sei denn, es hat mit Wein, Weib und Gesang zu tun.‹ Mich stört dieser Ruf nicht, ich genieße ihn sogar. Es stimmt: Ich bin wahrlich kein großer Planer – nie gewesen –, aber auch ich bin in der Lage, eins und eins zusammenzuzählen, wenn es nötig ist. Ich bin mir beispielsweise ziemlich sicher, dass du bereits im Vorfeld unseres heutigen Treffens mit Parker gesprochen hast und ihm genau den gleichen Vortrag gehalten hast wie uns. Nur deshalb wurde Wolfe aus dem Gefängnis entlassen. Parker und seine Männer haben dich also überwacht, sobald du nach unserem Treffen den Britannia Club verlassen hast. Du hast nie wirklich damit gerechnet, dass meine Fingerabdrücke auf Saxons Schlüssel zu finden sein würden, oder? Das war nur ein Kniff, um mich dazu zu bringen, die Beherrschung zu verlieren und dich anzugreifen. Auf diese Weise wolltet ihr einen stichfesten Anklagepunkt gegen mich konstruieren.«

»Eric!«, rief Penny erschrocken. »Wolltest du unbedingt dein Leben riskieren?«

»Dein Bruder ist ein ungewöhnlich tapferer kleiner Soldat, Penny.

Warum, glaubst du, halte ich diese Pistole auf dich gerichtet und nicht auf ihn? Er würde sofort auf mich losgehen, wenn er glauben würde, dass nur sein eigenes Leben auf dem Spiel stünde. Weil er wusste, dass ich schon einmal versucht habe, auf ihn zu schießen, dachte er, ich würde es erneut versuchen.«

»Schon einmal? Wann denn?«

»Letzten Freitagabend«, sagte Norris so leichthin, als würden sie über einen Sommerurlaub plaudern. Pennys Fingerknöchel wurden weiß, so fest umklammerte sie die Armlehnen ihres Sessels. »Der Nebel erschwerte mir die Sicht, und dann kam auch noch Saxon dazwischen. Ich hätte dich trotzdem weiter verfolgen können, Peterkin. Hätte Mayfair umrunden und auf Höhe des Piccadilly wieder zu dir stoßen können … oder es vielleicht am nächsten Tag noch einmal versuchen. Weißt du, warum ich es nicht getan habe?«

Eric schüttelte den Kopf.

»Weil ich mich nicht gern an die unerfreulichen Dinge erinnere. Und mir ging auf, dass es eine meiner schlimmsten Erinnerungen war, die ich dort im Nebel noch einmal durchlebte. Und warum? Was war aus meinem Leben geworden, dass ich mit einer Pistole durch die Straßen schlich, während jeder normale Mensch zu Hause saß und seinen Aperitif trank oder im Wirtshaus Pfeile warf oder ein Varietétheater besuchte und die Melodien mitträllerte? So bin ich nicht, Peterkin. So wollte ich nie sein.«

Draußen rüttelte eine rasche Abfolge von Römischen Kerzen wie eine Maschinengewehrsalve am Fenster und tauchte es in rötlichen Glanz. Beide Peterkins zuckten zusammen, doch die Mauser blieb stumm.

»Nachdem ich mich gründlich im Nebel verlaufen hatte«, fuhr Norris fort, »setzte ich mich hin und hustete mir die Seele aus dem Leib. Der Londoner Nebel ist schlimmer als Giftgas, Peterkin. Keine Ahnung, warum nicht schon mehr Gentlemen des Britannia Clubs diese Parallele erkannt haben. Dann kehrte ich kurz entschlossen zu Breuleux zurück. Der Rest ist dir bekannt. Beinahe. Am Montag erwachte ich im Bett deines befreundeten Arztes und stellte fest, dass sich nichts geändert hatte. Es war alles nur noch schlimmer geworden. Ich steckte in einem jener teuflischen Gemälde von Helen Benson fest, und es gab keinen Ausweg.«

»Norris …«

»Du hast doch gesehen, wie die anderen mich vorhin angeschaut haben. Ich bin erledigt im Britannia Club. Selbst wenn die Polizei mich nicht verhaftet und verurteilt, hast du gewonnen. Verstehst du? Du hast gewonnen … du hattest schon vor sechs Jahren gewonnen.«

»Warum bist du dann jetzt …?« Er beendete seine Frage nicht.

Norris zuckte mit den Schultern. »Wie gesagt. Ich musste noch ein oder zwei Dinge erledigen.« Sein Blick glitt traurig zu Penny, die nervös das Gewicht auf ihrem Sessel verlagerte. Norris betrachtete sie eine Minute und sagte dann: »Du bist ein bisschen wie Emily, weißt du. Ich meine nicht euer chinesisches Blut. Davon scheint dein Bruder ohnehin den Löwenanteil abbekommen zu haben. Ohne ihn wäre ich überhaupt nicht auf die Idee gekommen, dass du Halbchinesin sein könntest. Ich meine deine Faszination für die Welt, die einfach unwiderstehlich ist. Wusstest du, dass Emily die Geschichten sämtlicher Soldaten sammelte, die als Patienten ins Hospital kamen? Wie ungerecht die Krankenhausleitung sie auch behandelte, solange sie sich dieses Interesse für ihre Mitmenschen bewahrte, konnte ihr nichts etwas anhaben.«

Penny starrte die Pistole an. Mehr um das Gespräch am Laufen zu halten, als aus einem anderen Grund, fragte sie: »Wie kam es zu Emilys Tod?«

»Es war ein Unfall«, antwortete Norris. »Ich hatte ihr Gespräch mit Saxon mit angehört und Angst bekommen. Versteh mich nicht falsch: Ich hatte sie wirklich gern, aber nicht so gern, dass ich mich in derart jungen Jahren für immer binden wollte. Ich dachte, wir könnten irgendwann einfach wieder getrennte Wege gehen – nach meiner Entlassung hatte ich ganz sicher nicht vor, jemals wieder nach Sotheby Manor zurückzukehren. Wir stritten uns, und ich … ich zog sie im Eifer des Gefechts zu mir heran, und sie stürzte und verletzte sich am Kopf. Ich geriet in Panik.« Er sah Penny an und beteuerte: »Es tut mir leid.«

»Sie stürzte und verletzte sich am Kopf«, wiederholte Eric. »Zweimal.«

Norris verzog das Gesicht. »Ich dachte, so hört es sich besser an. Also gut: Ich geriet zuerst in Panik, und dann habe ich … Du weißt schon. Ich will nicht mehr daran denken. Belassen wir es dabei, dass ich die Beherrschung verlor. Es war schrecklich. Und dann sah ich Parker dort liegen und dachte: Das ist der Ausweg aus diesem ganzen Schlamassel. Mir war nicht klar, dass ich mich dadurch nur noch tiefer hineinmanövrierte.«

»Und danach hast du ihr Injektionsbesteck mitgenommen.«

»Es lag einfach so da herum, auf dem kleinen Schreibtisch. Ich dachte, das kann ich gut gebrauchen. Schließlich hatte ich eine Sucht zu befriedigen, wie du dich vielleicht erinnerst. Vielleicht nahm ich es aber auch aus Sentimentalität an mich.« Norris verstummte gedankenversunken. »Ich wünschte, ich hätte es liegen gelassen. Als Benson anfing, Fragen zu stellen …« Die Mauser sank nach unten, als wäre ihr überdimensionales Kastenmagazin zu schwer für Norris geworden. Der Lauf wanderte jedoch sofort wieder nach oben, als Eric einen Schritt nach vorn machte. Norris schüttelte den Kopf und fuhr fort: »Benson war ein Risikofaktor. Ich konnte nicht zulassen, dass er Aldershott und Bradshaw von seiner Theorie bezüglich Emilys Tod erzählte. Als er mir anvertraute, dass er Parker nun doch für unschuldig hielt, machte ich mir zunächst große Sorgen, redete mir dann jedoch ein, dass seine Nachforschungen sicher im Sande verlaufen würden. Ich versuchte, ihn abzuwimmeln, verwies ihn an Saxon und zog mich aus seinen sogenannten Ermittlungen zurück. Dann hatte Saxon die grandiose Idee, ihn in den Britannia Club einzuführen. Du weißt, was danach passierte: An jenem Freitagabend bat mich Aldershott, ihm Gesellschaft zu leisten, während er wartete. Zum damaligen Zeitpunkt wusste ich noch nicht, warum. Er erzählte mir, dass er Benson das Injektionsbesteck gegeben habe, und da wusste ich, dass ich etwas unternehmen musste.«

Norris starrte finster ins Feuer, dessen Licht flackernd auf sein Gesicht fiel. Der Lauf der Mauser verschwand immer wieder in den tanzenden Schatten.

»Dieses verdammte Injektionsbesteck«, knurrte er. »Mir war klar, dass Benson es wiedererkannt haben musste. Ich schlich mich so früh wieder aus meinem Zimmer, wie ich es gefahrlos tun konnte, aber Wolfe war mir zuvorgekommen. Zum Glück hatte er sich für die Schere entschieden und nicht für das Injektionsbesteck. Er hatte die Tresortür offen gelassen. Hätte ich das gewusst, hätte ich mir nie die Mühe gemacht, in Aldershotts Büro einzubrechen … dann wäre Benson nicht aufgewacht, und ich hätte auch keinen Brieföffner in Reichweite gehabt, als er an der Tür vorbei zum Tresorraum eilte.«

Eine besonders laute Salve war von draußen zu hören, umjubelt vom Feuerwerkspublikum. Eric zuckte zusammen.

Norris blickte auf seine Pistole hinunter und lachte leise. »Jetzt hätte ich fast versehentlich abgedrückt.« Er wartete, bis das Knallen und die Schreie ein wenig nachgelassen hatten, bevor er fortfuhr: »Eigentlich mochte ich Benson ganz gern, weißt du. Trotzdem: Entweder er oder ich, nur darum ging es, genau wie vor sechs Jahren bei Parker. Vielleicht überkam mich ein Anflug von Wahnsinn, vielleicht hatte ich auch zu viel von Aldershotts Brandy getrunken, während ich ihm beim Warten Gesellschaft leistete. Ich weiß es nicht. Ich weiß nur noch, dass ich hinter Benson die Treppe zum Tresorraum hinunterschlich. Dort sah ich ihn in das leere Fach im Tresorschrank starren, als erwartete er, Wolfe darin vorzufinden. Er hörte mich erst, als ich die Tresortür erreicht hatte. Der Blick, den er mir zuwarf, Peterkin! Er wusste Bescheid. Er ging auf mich los, aber ich konnte ihm mühelos ausweichen. Diese Kriegsdienstverweigerer! Niemand bringt ihnen bei, wie man anständig kämpft. Ich packte ihn bei den Haaren, als er an mir vorbeischoss, und …«

Norris machte eine horizontale Bewegung mit dem Lauf der Mauser. »Und danach habe ich die Flucht ergriffen.«

Eric räusperte sich. Seine Kehle war staubtrocken. »Bei Mrs. Benson war es genauso, nehme ich an. Natürlich bin ich mitschuldig an ihrem Tod. Hätte ich dir nicht ausführlich erzählt, dass ich mit ihr geredet hatte und dass sie möglicherweise mehr über Bensons Vorhaben wusste, hättest du sie vielleicht nie als Bedrohung empfunden. Dann würde sie jetzt noch leben.«

Ein mürrischer Ausdruck huschte über Norris' Gesicht. »Der Entschluss, sie ebenfalls aus dem Weg zu räumen, fiel mir nicht schwer. Anfangs war sie mir durchaus sympathisch gewesen, aber als die Jahre ins Land zogen und diese … diese Pest namens Morphium mich immer mehr zum Sklaven machte, wurde mir klar, dass das Ganze ihre Schuld war. Ihre und die ihres Vaters und … und auch Emilys. Wenn Emily weitergelebt hätte, hätte ich sicher irgendwann einen Hass auf sie entwickelt für das, was sie damals getan hat. Erst dieses ganze Morphium gegen die Operationsschmerzen, und dann noch mehr Morphium gegen die Entzugsschmerzen und immer so weiter. Das Einzige, was mich in den letzten Jahren am Leben erhalten hat, war die Gesellschaft im Britannia Club – und meine regelmäßigen Besuche in Breuleux' Opiumhöhle. Als Aldershott mich nach Sotheby Manor zurückverfrachtete, war ich selbst überrascht über meine Wut. Ich redete mir ein, es liege am Morphium, das mich schon immer reizbar gemacht hat. Aber Benson heilte mich von meiner Sucht, und die Wut blieb. Ich bin nicht dazu gemacht, Menschen zu hassen, Peterkin, und ich denke, das wusste Helen. Der Krieg hat mir das angetan. Das Morphium hat mir das angetan. Sie hat mir das angetan.«

»Das ist ungerecht …«

»Sag du mir nicht, was gerecht und was ungerecht ist!«, brauste Norris auf. Die Mauser wackelte in seiner Hand, und Penny rutschte aus Angst noch tiefer in ihren Sessel. Eric biss sich auf die Zunge. Norris' Gefühle waren offenbar noch tiefer, als seine Worte glauben machten. »Engel der Barmherzigkeit? Dass ich nicht lache! Engel des Todes! Diese Leute haben mich ermordet, Peterkin. Bradshaw mag das Ganze in Gang gesetzt haben, indem er mich in eine Uniform steckte und an die Front schickte, um Menschen in den Rücken zu schießen, aber sie – Helen und Emily und all die anderen – haben mich ermordet. Ich glaube, das war mir bereits teilweise bewusst, als ich Emily umbrachte, zumindest in meinem Herzen, wenn auch nicht in meinem Verstand. Nur so war ich überhaupt dazu in der Lage. Und als später Helen Benson an der Reihe war, machte diese Erkenntnis alles so viel leichter.«

»Als du sie betäubt und dem Flammentod überlassen hast, meinst du?« Eric spürte, wie die Wut wieder in ihm aufloderte. Er unterdrückte sie mühsam, um Norris nicht noch weiter zu erregen und zu etwas zu zwingen, was sie beide zutiefst bereuen würden. Penny sah auch so schon elend genug aus.

»Diesbezüglich lagst du falsch. Ich habe sie nicht ohne ihr Wissen betäubt. Nein, ich habe ihr diese Pistole an den Kopf gehalten und sie gezwungen, das Morphium direkt aus der Flasche zu trinken. Wenn sie schon sterben musste, weil sie zu viel wusste, dann zumindest auf poetische Weise.« Er hielt inne und sagte dann: »Als ich gerade gehen wollte, spürte ich den Behälter mit dem Injektionsbesteck in meiner Tasche, und mir ging auf, dass es das immer wiederkehrende Motiv dieser Geschichte war. Verstehst du, wie ich das meine? Es fiel mir in die Hände, als ich Emily umbrachte, es war der Grund, warum ich Benson tötete, und damit die Geschichte ihr Ende fand, musste ich es zusammen mit Helen Benson beseitigen. Ich zerbrach also die Spritze und warf den Behälter ins Feuer. Ich dachte, dieser Akt würde mich befreien, doch es gab nichts mehr, was befreit werden konnte.«

Penny wandte den Blick ab.

Norris sah sie an, und ein aufrichtiges Lächeln ließ seine Züge weicher wirken. »Ach, Penny. Du hasst mich doch nicht deswegen, oder?«

»Ich …« Pennys Blick huschte zu der Pistole. »Natürlich nicht.«

Norris lachte in sich hinein. Er stand auf, trat ans Fenster und setzte sich aufs Fensterbrett. »Lügnerin. Na ja, was kümmert es mich? Ich will nicht mehr wütend sein und Angst haben. Es gibt immer noch so viel Schönes auf der Welt. Ich wünschte, ich könnte es genießen.« Er sah Penny an. »Ich hoffe, du genießt es. Sie gehört jetzt dir, die Welt, für die dein Bruder und ich gekämpft haben und gestorben sind.«

»Gestorben sind?«, wiederholte Penny und warf Eric einen panischen Blick zu. »Was meinst du damit?«

»Ich bin nicht der Norris, dem du hättest begegnen sollen«, sagte Norris. »Dieser Norris ist irgendwo zwischen Flandern und Sotheby Manor gestorben. Ich wollte nur, dass du das verstehst. Das Letzte, was ich noch zu erledigen hatte. Denk doch nur, wie schön es mit uns beiden hätte werden können! Aber das hat sich jetzt erledigt. Was bringt es, sich zu sorgen?« Norris öffnete das Fenster, und die kalte Novemberluft wehte herein und brachte den Rauch der Leuchtfeuer mit sich. Eine Horde junger Leute aus dem Viertel sang:

»Packt in den Sack eure Sorgen
und lacht, lacht, lacht …«

»Ah, da drüben auf dem Gehweg steht Parker und observiert die Wohnung«, bemerkte Norris. »Es tut mir leid, Parker! Alles tut mir leid!«

»Denkt doch nicht immer an morgen,
lacht, Brüder, so wird's gemacht!«

Norris stimmte mit schallendem Tenor ein: *»Was bringt es, sich immer nur zu sorgen? Hat doch noch nie was gebracht! Drum packt in den Sack eure Sorgen …«*

Er hob den schmalen Lauf seiner Pistole. *»Und lacht …«*

»Norris! Tu es nicht!«

»lacht …«

Ein glitzernder Wasserfall aus Funken explodierte über ihnen am

Himmel und übertönte das letzte Wort. Scharlachrot und golden rieselte es auf die Straße herunter, und Penny sprang mit einem gellenden Schrei auf, der die singenden Halbstarken zum Verstummen brachte. Eric machte einen Satz nach vorn, um sie zurückzuhalten, während Norris seitlich aus dem Fenster kippte und auf die Straße stürzte.

Penny versuchte, sich zu befreien, um zum Fenster zu gelangen, aber Eric hielt sie zurück. »Nicht«, sagte er. »Es ist bestimmt kein schöner Anblick.« Er musste an den Selbstmord jenes beliebten, lustigen Kameraden aus seinem Regiment denken, dessen Gehirn und Blut in die Sandsäcke der Brustwehr gesickert waren.

»Ich muss es sehen«, schluchzte Penny. »Lass mich los, verdammt nochmal! Ich muss es sehen!«

Widerstrebend ging Eric mit ihr zum Fenster. Farbiges Licht fiel von oben auf die dunkle, holzgepflasterte Straße, auf der zusammengekrümmt Leutnant Patrick Norris lag. Sein Aufprall hatte eine Schneise in den tief hängenden Nebel gerissen, und die aufgewühlten Dunstschwaden bildeten Wirbel um ihn herum. Der Nebel teilte sich, als Inspektor Horatio Parker herbeigeeilt kam und sich neben die Leiche kniete. Parker tastete hastig nach Norris' Puls, obwohl er genau wie Eric wusste, dass er keinen finden würde. Er hob den Kopf und begegnete Erics Blick. Sein Gesicht war so finster wie an dem Tag, als sie sich das erste Mal begegnet waren.

NACHSPIEL

Der elfte November, Tag des Waffenstillstands, begann am frühen Morgen mit Regen, der die Gehwege dunkel färbte. Im Laufe des Vormittags lichteten sich die Wolken, und ein prächtiger kornblumenblauer Himmel wölbte sich über der Stadt und spiegelte sich in den Pfützen.

Eric gesellte sich für den Gedenkgottesdienst zu den traurigen Menschenmassen, die sich um das Kenotaph von Whitehall versammelt hatten. Der Gottesdienst begann um elf – zur elften Stunde des elften Tages des elften Monats – mit zwei Schweigeminuten, einer für die Gefallenen und einer für die Überlebenden. Danach würden Kranzniederlegungen, Erinnerungsworte und Paraden folgen – Stiefel auf regennassen Gehwegen, künstliche Mohnblumen, die blutrot an schwarzen Jackenaufschlägen blühten, Tränen in den Augen von Männern, die niemals weinten. Doch zunächst waren da zwei feierliche Schweigeminuten. England hielt den Atem an.

London, das Zentrum eines Weltreichs, stand für zwei Minuten still.

Eine Minute für die Gefallenen.

Benson war streng genommen kein Soldat gewesen, er hatte den Krieg voller Überzeugung abgelehnt, aber er war nicht davongelaufen. Er hatte es sich nicht leicht gemacht, und das war, in Erics Augen, wahre Tapferkeit. Ebenso wie jeder andere Gentleman des Britannia Clubs, vielleicht sogar noch mehr als die meisten von ihnen, hatte Benson seinen Mann gestanden, indem er getan hatte, was er für richtig hielt, ungeachtet der möglichen negativen Folgen für sich selbst. Und das gleich zweimal.

Er hätte sich auch untätig zurücklehnen können, als er gemerkt hatte, dass er Beweise für Parkers Unschuld in den Händen hielt. Stattdessen war er für einen Mann eingetreten, den er kaum kannte, und hatte seinen Einsatz mit dem Leben bezahlt.

Und was war mit Emily Ang und Helen Benson? Auch sie hatten dem Land auf ihre Weise gedient. Es war nie vorgesehen gewesen, dass sie dabei ihr Leben riskierten. Niemand hatte damit gerechnet, dass ausgerechnet diese an der Heimatfront dienenden Frauen ums Leben kommen würden. In gewisser Weise zählten sie zu den zivilen Opfern des Krieges, was ihre Geschichte umso tragischer machte. Emily hätte, wie Mrs. Aldershott gesagt hatte, eigentlich in Sicherheit sein sollen, genau wie Helen Benson.

Eric ertappte sich dabei, wie seine Gedanken als Nächstes zu Patrick Norris wanderten. Norris hatte drei Menschen umgebracht und versucht, diese Morde einem vierten anzuhängen. Eigentlich widerstrebte es Eric daher, Norris in das feierliche Gedenken mit einzuschließen, aber er musste auch unwillkürlich an den fröhlichen Kerl denken, der das Leben geliebt, der gelacht hatte, der jedermanns Freund hatte sein wollen. Das war keine Maske gewesen, sondern ein Schatten. Wie Norris es selbst formuliert hatte, war dieser fröhliche Kerl während des Krieges gestorben. Manche Narben waren unsichtbar und manche Tode nicht leibhaftig.

Eric senkte den Kopf. Er trauerte nicht um den Norris, der in der Bonfire Night aus dem Fenster seiner Wohnung gestürzt war, sondern um jenen Norris, der nach Flandern ausgezogen war, ohne mehr über den Krieg zu wissen als das, was er bei Kipling gelesen hatte.

Eine Minute für die Überlebenden.

Der Boden des Kirchhofs von St. Tobias war mit Frost bestäubt, Schneeweiß auf Grün. Der Winter war im Anmarsch. Die helle Morgensonne fiel auf die steinernen Mauern und Buntglasfenster der Kirche, die grau und unveränderlich dastand. Ihre Turmspitze blitzte auf wie ein Signalfeuer. Eric bahnte sich seinen Weg durch die Kolonnen aus Denkmälern und Grabsteinen, bis er die beiden Gräber erreicht hatte, die ihm am meisten bedeuteten: das Grab mit dem Phönix und die schlichte rechteckige Grabplatte. Er setzte sich daneben auf den Boden. Seine Körperwärme brachte den Frost zum Schmelzen, und seine Hosenbeine sogen sich mit Feuchtigkeit voll, aber das kümmerte ihn nicht.

»Hallo, Mutter. Hallo, Vater. Ich habe euch vermisst.«

Er zog zwei Mohnblumen der Haig-Stiftung aus der Tasche und legte je eine auf die Gräber seiner Eltern.

»An Allerseelen war ich nicht hier«, sagte er. »Entschuldigt, bitte. Es ist viel passiert, seit wir uns das letzte Mal gesprochen haben.« Und dann sprudelte die ganze Geschichte aus ihm hervor.

Der Oberst lauschte wie immer schweigend. Eric stellte ihn sich in einem sonnigen Zimmer vor, die Füße auf einen Polsterhocker gelegt, die buschigen Augenbrauen bei jeder neuen Enthüllung in Aufruhr.

»Penny wird darüber hinwegkommen, denke ich«, schloss Eric. »Zum Glück hat sie ihre Pferde. Sie reitet fast jeden Tag durch die Landschaft und besucht die umliegenden Höfe. Penny ist ziemlich beliebt bei der Landbevölkerung. Ich würde mich nicht wundern, wenn sie zur Parlamentsabgeordneten gewählt würde, wie Lady Astor.«

Eine Windböe brachte die Blütenblätter der Mohnblumen zum Rascheln. Eric fuhr die Inschriften der Grabsteine mit dem Finger nach. *Wer zu mir kommt, den werde ich nicht abweisen.* Und *Matthäus 10,39.* Inzwischen kannte er auch diese Bibelstelle auswendig: *Wer das Leben findet, wird es verlieren; wer aber das Leben um meinetwillen verliert, wird es finden.* Ihm erschienen beide Zitate eigenartig zutreffend.

»Tja, ich bin immer noch im Britannia Club. Saxon hat den Antrag auf Beendigung meiner Mitgliedschaft zerrissen und verkündet, dass man mich nur über seine Leiche aus dem Club werfen dürfe.

Der Britannia Club ist … nun ja, er ist nicht ganz so, wie ich ihn mir als kleiner Junge immer vorgestellt habe. Man befindet sich dort weniger in Gesellschaft von Helden als in Gesellschaft von Überlebenden. Manchmal bin auch ich immer noch im Krieg, Vater. Ich frage mich, ob deine Erfahrung damals ähnlich war.«

Eric blickte von den Grabsteinen auf und nahm sich einen Moment Zeit, den blauen Himmel mit seinen winterlichen grauen Rändern in sich aufzunehmen, die grünen Eiben, die sich über die Denkmäler wölbten.

»Zumindest mit einer Sache hatte Norris recht: Die Welt ist immer noch ein wunderschöner Ort.«

Eines der Buntglasfenster leuchtete auf, als die Sonne darauf fiel. Es war dazu gedacht, von innen betrachtet zu werden; von außen sah man nur die mit Blei unterlegten Umrisse von Tobias und Raphael auf ihrem Weg nach Medien.

»Ich habe darüber nachgedacht, ob ich alldem eine Weile den Rücken kehren soll. Offenbar suchte der von Wolfe erwähnte Antiquitätensammler aus Churston tatsächlich jemanden, der für ihn nach China reist. Leider hat er inzwischen seinen Bruder damit beauftragt. Vielleicht ist es besser so. Es wäre wahrscheinlich ziemlich frustrierend gewesen, mich durch ein Land zu bewegen, in dem alle aufgrund meines Äußeren erwarten, dass ich Chinesisch spreche, während ich in Wirklichkeit nur das chinesische Wort für ›Regenschirm‹ kenne. Meinst du nicht auch, Mutter? Es war qualvoll genug, mich vom Limehouse Causeway nach Pennyfields durchzufragen; eine Reise durch China wäre noch viel demütigender. Also mache ich so weiter wie bisher.«

Eric lehnte sich gegen den kalten Marmor des Grabsteins seiner Mutter. Die Sonne stand jetzt so hoch, dass sie ihm direkt ins Gesicht schien, ein warmer Lichtstrahl in der winterlichen Kälte. Nur noch ein paar Minuten, dachte er. Dann würde er nach Hause fahren und zum Alltag zurückkehren. Der Verlag, für den er arbeitete, war ein wenig verärgert darüber gewesen, dass er für das letzte

Manuskript so lange gebraucht hatte – der Autor hatte längst ein Angebot von einem anderen Verlag angenommen. Aber Eric hatte bereits den nächsten Auftrag in der Tasche und war fest entschlossen, sich diesmal mehr Mühe zu geben. Das Manuskript lag auf dem Beifahrersitz des Vauxhall. Bisher hatte Eric nur den Titel gelesen: *Der bedrohliche Mandarin.*

Er hoffte inständig, dass es darin um Zitrusfrüchte ging.

Der dreißigste November war der erste Adventssonntag. Eric registrierte mit Begeisterung einige Schneeflocken, als er am Morgen seine Wohnung verließ, doch bis zu seiner Ankunft im Britannia Club war der Schnee in einen trostlosen Eisregen übergegangen. Der Himmel war trüb und bewölkt; von den fröhlichen Lichtern der modernen Leuchtreklamen abgesehen war die Welt in triste Grautöne getaucht.

Die Plakate vor dem St. James's Theatre waren abgehängt worden. Eric vermisste das anzüglich grinsende Gesicht des fernöstlichen Schurken gewiss nicht, trauerte jedoch den Farben hinterher, die die grellbunten Plakate der Straße verliehen hatten. Bald würde das weihnachtliche Märchenspiel angekündigt werden. Eric freute sich schon darauf.

Ihm schlug ein Schwall warmer Luft entgegen, als er durch die Türen des Britannia Clubs trat. Avery, der ihn begleitete, blieb im Vorraum stehen und sah sich staunend um.

»Das ist also der Britannia Club«, sagte er und beäugte die Liste der gefallenen Soldaten. »Für mich ist das alles hier natürlich eine vollkommen neue Welt. Ich wette, die Damen hier haben noch nie von Patschuli gehört.«

»Zum Britannia Club haben nur Gentlemen Zutritt, Avery. Die Räumlichkeiten sind übrigens nicht immer so festlich geschmückt. Das Personal hat offenbar schon mit den Weihnachtsvorbereitungen begonnen.« Eric suchte wie immer seine Verwandten aus der Liste der Gefallenen heraus und verharrte unwillkürlich beim Buchstaben *N*. Er stellte sich vor, Patrick Norris' Name würde auch aufgenommen werden, und fragte sich, wie viel länger die Liste wohl gewesen wäre, wenn die lebenden Toten ebenfalls ihren Platz darin gefunden hätten.

Das Grau in Grau der winterlichen Stadt blieb vor der Tür zurück. Das Foyer war in einladendes, warmes Licht getaucht, der Marmorboden glänzte, und die Wandtäfelung schimmerte frisch poliert. Wenn man nach oben blickte, sah man, wie der Eisregen harmlos auf die Glasscheibe des Oberlichts prasselte. Die Galerie im ersten Stock war ebenso wie das Treppengeländer bereits mit Stechpalmenzweigen geschmückt worden.

»Guten Morgen, Leutnant Peterkin«, grüßte der alte Getreue hinter seinem Empfangstisch. »Sie haben heute wohl einen Gast dabei?«

»Ja«, bestätigte Eric, während er sich ins Buch eintrug. »Avery Ferrett ist ein alter Freund von mir.«

Avery war unterdessen zum Fuß der Treppe geschlendert und spähte neugierig zum Gemälde auf dem Treppenabsatz empor. Eric hatte ihm oft genug erzählt, dass König Pellinore einem Peterkin-Vorfahren nachempfunden sei und dass er sich stets mit Sir Palomides verbunden fühle, dem einzigen dunklen Gesicht unter den bleichen britischen Gesichtern der Tafelrunde.

Der alte Getreue rief Avery zu: »Der erste Stock ist nur Mitgliedern vorbehalten, Sir!«

»Ach, kümmern Sie sich nicht um Avery, Cully«, beschwichtigte Eric rasch. »Tun Sie einfach so, als wäre er ein zukünftiges Mitglied, dem ich die Räumlichkeiten zeige.«

Der alte Getreue blickte skeptisch, während Avery ihm sein einnehmendstes Lächeln schenkte. »Also gut«, erklärte er schließlich. »Aber nur, weil Sie es sind, Leutnant Peterkin. Sie haben übrigens Post. Eine Menge Post.« Er legte einen Stapel Briefe auf den Tisch, und Eric erkannte voller Freude die Handschriften und Absender seiner ehemaligen Untergebenen. Es war richtig von ihm gewesen,

Kontakt zu seinen Männern aufzunehmen. Er konnte es kaum erwarten, zu erfahren, wie es ihnen im Zivilleben erging.

»Außerdem möchte Mr. Bradshaw mit Ihnen sprechen«, fügte der alte Getreue hinzu. »Sobald es Ihnen möglich ist.«

»Oh.« Eric wusste nicht, warum Bradshaw das Gespräch mit ihm suchte, wollte es jedoch so schnell wie möglich hinter sich bringen. Allerdings musste er sich vorher um Avery kümmern.

In diesem Moment ging die Tür zwischen Vorraum und Foyer auf, und die vertraute hagere Gestalt von Horatio Parker kam mit großen Schritten herein. Er schüttelte sich den Regen von Hut und Mantel, und Eric winkte ihn herüber.

»Avery, darf ich dir Inspektor Parker vorstellen? Er ist unser neuestes Clubmitglied. Parker, das ist mein Freund Avery Ferrett.«

Parker schüttelte Avery die Hand. »Freunde von Peterkin sind auch meine Freunde«, beteuerte er. Er lächelte und wirkte längst nicht mehr so abgehärmt und sorgenvoll wie früher. Als ihn Eric vor Kurzem in seinem Büro in Scotland Yard besucht hatte, hatte sein Victoria-Kreuz auf Hochglanz poliert in einem Schaukasten über seinem Schreibtisch gehangen.

»Wirklich?«, erkundigte sich Avery. »Mir jagen ein paar von Erics Freunden eine Heidenangst ein.«

»Ich muss kurz zu einem Gespräch zu Bradshaw«, verkündete Eric. »Wenn du nichts anderes vorhast, Parker, könntest du dann vielleicht Avery den Salon zeigen und dafür sorgen, dass er keinen Ärger macht, bis ich zurück bin?«

»Mit Vergnügen. Kommen Sie, Mr. Ferrett. Die Bar im Salon ist hervorragend ausgestattet, und Peterkin behauptet, die Delle im Tresen stamme von seinem Großvater, der den damaligen Clubpräsidenten im Streit dagegenwarf.«

Eric blickte den beiden hinterher, als sie nebeneinander die Treppe hinaufgingen. Der alte Getreue tat so, als wäre er zu beschäftigt, um den Regelverstoß zu bemerken. Eric machte sich auf den Weg zu Bradshaws Büro.

Die Porzellanschildkröten waren allesamt verschwunden. Nur die Kinderbuchillustration mit der Schildkröte auf dem Fahrrad hing noch an der Wand. Bradshaw war gerade beim Aufräumen, als Eric ins Zimmer trat.

Sie hatten sich seit der »Anhörung«, die Eric einberufen hatte, nicht mehr gesprochen.

»Ich werde es kurz machen«, kündigte Bradshaw an, sobald sich Eric gesetzt hatte. »Es gab eine Art Staatsstreich gegen den Vorstand. Aldershott wurde freundlich aufgefordert, seinen Posten als Clubpräsident zu räumen. Du kannst dir sicher denken, warum. Wolfe wird ihn ersetzen. Und ich lege ebenfalls mein Amt nieder.«

»Es tut mir leid, das zu hören«, sagte Eric.

»Muss es nicht.« Bradshaw warf die Papiere, die er in der Hand gehalten hatte, auf den Schreibtisch und starrte aus dem Fenster. Es war nichts zu sehen bis auf den Regen, der in die dunkle Passage neben dem Gebäude fiel. »Die Welt dreht sich heutzutage viel zu schnell für einen alten Soldaten wie mich, Peterkin. Es wird Zeit, dass ich den Abgang mache, bevor ich vollends ins Hintertreffen gerate.«

»Den Abgang machen? Verlassen Sie uns?«

»Ich glaube nicht, dass ich es ertragen würde, im Club zu bleiben, ohne dessen Schriftführer zu sein. Dieses Amt war derart fester Bestandteil meiner Mitgliedschaft, dass ich beides nicht mehr auseinanderhalten könnte.« Hinter seinem Bart zuckte es, als er fortfuhr: »›Bradshaw hat Freunde im gesamten Britischen Reich‹, heißt es nicht immer so? Es wird Zeit, dass ich nachprüfe, ob das überhaupt noch stimmt. Ich werde auf Reisen gehen … mich nach einem Ort umschauen, der noch ein bisschen so ist wie früher, einem Ort, an dem sich ein alter Soldat wie ich noch auskennt. Südafrika, vielleicht. Es wird guttun, zu sehen, wie das Gras über die alten Schlachtfelder meiner Jugend wächst.« Er sah Eric an. »Vielleicht kannst du Flandern irgendwann auf die gleiche Weise betrachten.«

Eric dachte an den blutroten Morast im Niemandsland. Er bezweifelte es.

»Ich habe darum gebeten, dass du mein Amt als Schriftführer übernimmst«, sagte Bradshaw. »Falls du dazu bereit bist. Ich werde noch bis Neujahr hier sein, um dich mit allem vertraut zu machen.«

»Ich?«

»Ja, du«, bestätigte Bradshaw mit einem energischen Nicken. Er schien sein Gleichgewicht als weiser alter Mann des Britannia Clubs wiedererlangt zu haben: Seine dunklen Augen blickten gelassen, wenn auch trauriger als zuvor, und an seinem Bart saß jedes einzelne Härchen genau da, wo es hingehörte. Er setzte sich an den Schreibtisch, wo er sich trotz der fehlenden Schildkröten äußerst wohl zu fühlen schien, und griff nach seiner Zeitung. Dann fiel sein Blick auf das Bündel Briefe in Erics Hand, und er fragte: »Was hast du denn da, Peterkin?«

»Das sind Briefe von meinen ehemaligen Männern. Ich dachte, ich erkundige mich mal nach ihnen, vergewissere mich, dass es ihnen gut geht.«

»Berkeley wäre stolz auf dich. Und jetzt raus mit dir. Das ist immer noch mein Büro, und ich habe die Zeitung zu lesen.«

Bisher war man noch sparsam gewesen, was die Weihnachtsdekoration im Salon anging. Mit fortschreitendem Advent würde das Personal weitere Stechpalmenzweige auf den Kaminsimsen und Fensterbänken drapieren, und ihre roten Beeren würden noch mehr als jetzt einen weihnachtlichen Kontrast zum tristen grauen Einerlei vor den Fenstern bilden. Saxon lümmelte am Ende der Bar, der einzige Schandfleck im festlichen Ambiente. Er hatte einen staubigen alten Schinken auf dem Schoß liegen, und sein letztes Apfelgehäuse schwamm in einem fremden Bierglas. Als Eric eintrat, blickte er flüchtig auf, um ihm grüßend zuzunicken, bevor er sich wieder seiner Lektüre widmete. Manche Dinge ändern sich nie, dachte Eric. Er hätte auch gar nicht gewollt, dass sie sich änderten.

In jedem Kamin knisterte ein munteres Feuer, auch in dem vor Erics Lieblingssessel. Parker und Avery hatten es sich dort in zwei weiteren Sesseln gemütlich gemacht, genau wie Eric erwartet hatte. Auch Wolfe hatte sich zu ihnen gesellt und blickte skeptisch auf die Tarot-Karten, die Avery zwischen ihnen auf einem Tischchen ausgebreitet hatte. Eric winkte dem Grüppchen zu und wollte sich in seinen Sessel setzen, fand ihn jedoch besetzt vor.

»Hallo, Eric.« Penny lächelte verschmitzt zu ihm nach oben. Ihr karierter Faltenrock und das dazu passende Jäckchen bildeten einen ebenso starken Kontrast zum gediegenen Grau und Schwarz der Gentlemen um sie herum wie die Beeren der Stechpalmenzweige zu den regennassen Fensterscheiben.

»Penny! Du darfst hier nicht rein!«

»Wenn euer neuer Clubpräsident keine Einwände gegen meine Anwesenheit hat, wüsste ich nicht, was du dagegen haben solltest.«

Eric warf Wolfe einen fragenden Blick zu, der mit scherzhaftem Grinsen sagte: »Schließlich muss ja jemand die Tradition der Peterkins im Britannia Club fortführen.«

»Wenn keine Dame anwesend wäre, gäbe es da eine weitere Familientradition im Zusammenhang mit der Theke und dem regierenden Clubpräsidenten, die ich liebend gern aufrechterhalten würde«, entgegnete Eric ebenso gut gelaunt. »Glückwunsch, übrigens. Bradshaw hat mir erzählt, was passiert ist.«

»Danke. Ich gehe davon aus, dass du sein Angebot annimmst. Halpern und Merridew haben für diesen Fall bereits ihren Rücktritt angekündigt.«

Eric hätte diese beiden Clubmitglieder nicht einmal in einer Menschenmenge erkannt, wenn sein Leben davon abgehangen hätte. Sie waren ihm offenbar die ganze Zeit erfolgreich aus dem Weg gegangen.

»Welches Angebot?«, fragte Avery und blickte von seinen Karten auf.

»Bradshaw möchte, dass ich sein Amt als Schriftführer übernehme«, erzählte Eric.

»Ach was!«, rief Penny und sprang aus dem Sessel, um ihn zu umarmen. »Jetzt werden sie dich nie wieder los!«

Avery und Parker gratulierten ihm ebenfalls. Parker sagte: »Wenn ich ein misstrauischer Mensch wäre – und du weißt, dass ich das bin –, würde ich mich jetzt natürlich fragen, ob du diese ganze Sache inszeniert hast, um Bradshaw loszuwerden und sein Amt zu übernehmen.«

Eric machte den Mund auf und wollte protestieren, doch Parker entwaffnete ihn mit einem breiten Lächeln. Dem von seiner Schuld befreiten Inspektor schien es nach wie vor Freude zu bereiten, andere aus der Fassung zu bringen.

Wolfe grinste. »Wunderbar! Dann erledigst du ab sofort meinen Papierkram. Ich wünsche mir schon länger einen neuen Offiziersburschen.«

»Pah!«, lachte Penny. »Es weiß doch jeder, dass der eigentliche Chef des Britannia Clubs der Schriftführer ist.«

Wolfes Grinsen erstarb. »Miss Peterkin, soweit ich mich erinnere, sind im Salon keine Damen zugelassen.«

»Schon gut, ich mache mich aus dem Staub«, sagte Penny. »Ich war sowieso nur wegen Horsie hier. Der alte Getreue wollte einen Bediensteten hochschicken, um ihn zu holen, aber ich habe ihm versichert, dass ich das selbst erledigen kann.«

Eric sah sie verwirrt an. »Horsie? Wer ist denn …«

Horatio Parker stand auf und hakte Penny unter. »Solltet ihr diesen Namen jemals im Umkreis von hundert Metern zu einem Polizeikollegen erwähnen, bringe ich euch um«, warnte er die Gruppe. Während er mit Penny den Salon verließ, warf er einen Blick über die Schulter und zwinkerte Eric zu.

Mit offenem Mund ließ sich Eric in seinen Sessel sinken und warf die Briefe auf das Tischchen, wobei er Averys sorgsam gelegte Karten durcheinanderbrachte.

Wolfes Lippen verzogen sich zu einem amüsierten Grinsen, als

Eric auf der Suche nach einer Beschäftigung fahrig nach dem ersten Umschlag griff und ihn aufriss.

»Kannst du nicht ein bisschen aufpassen?«, beschwerte sich Avery und zupfte seine Karten unter dem eingestürzten Briefstapel hervor. »Jetzt hast du unsere Tarot-Sitzung ruiniert! Die Geister antworten nie zweimal auf dieselbe Weise.«

Wolfe drehte sich ungläubig zu ihm um. »Redest du etwa immer noch über diesen Mist? Deine sogenannten Geister haben sicher Besseres zu tun, als mit einem Haufen sentimentaler Spiritisten zu verkehren. Ich jedenfalls würde lieber sterben, als mich mit diesen Leuten abzugeben.«

»Einige äußerst achtbare Persönlichkeiten sind Spiritisten! Erst heute hat mir jemand einen Zeitungsartikel über Sir Arthur Conan Doyle gezeigt, der eine Entschuldigung von Lord Northcliffe erhielt, obwohl dieser bereits seit zwei Jahren tot ist.«

Avery redete schon den ganzen Vormittag über den besagten Artikel in der Zeitung *The People,* und Eric begann, sein Geplapper auszublenden, um sich auf seine Korrespondenz konzentrieren zu können. Aha, offenbar führte der Gefreite Clark inzwischen ein Lokal im östlichen London. Das war gut zu wissen, auch wenn Eric nicht davon ausging, dass Parker mit Penny irgendwelche Lokale im Osten der Stadt besuchen würde.

»Es wird sich garantiert herausstellen, dass diese ominöse Séance nur ein ganz gewöhnlicher Hinterzimmertrick war«, sagte Wolfe zu Avery. »Mir ist noch kein Geistermedium begegnet, das kein Scharlatan gewesen wäre.«

»Du erwartest doch nicht ernsthaft, dass ein Mann von Doyles Kaliber festgenommen wird!«

»Das wäre aber dringend notwendig. Der Bursche war eindeutig zu lange an der Sonne.«

Unteroffizier Butler war Teilhaber einer Automobilwerkstatt in Mittelengland. Eric nahm sich vor, eines Tages eine Spritztour mit dem Vauxhall dorthin zu machen.

»Ich kenne mehrere Geistermedien, für die ich mich jederzeit verbürgen würde«, erklärte Avery.

»Dich verbürgen!«, wiederholte Wolfe abfällig. »Also gut, ich schlage dir Folgendes vor: zehn Shilling, dass ich ein Geistermedium deiner Wahl …«

»Tu es nicht, Avery«, warnte Eric, ohne vom nächsten Brief aufzublicken. Der Gefreite Collins war zur Armee zurückgekehrt und inzwischen zum Feldwebel aufgestiegen.

Doch Avery hatte bereits leichtsinnig zehn Shilling verwettet, und Wolfes Augen funkelten boshaft.

»Wir brauchen einen Schiedsrichter«, sagte er. »Normalerweise hätte ich den guten alten Peterkin gefragt, der nie etwas Besseres zu tun zu haben scheint, aber er wirkt gerade etwas geistesabwesend.«

Der einzige andere, der infrage kam, war Saxon, der immer noch an einem Apfel kauend an der Bar saß. Eric musste nicht einmal den Kopf heben, um zu erraten, dass er feindselig herüberstarrte, damit Wolfe gar nicht erst auf dumme Gedanken kam. Der Brief, den Eric gerade in den Händen hielt, stammte von jenem Feldwebel Forrester, der den Kontakt zu ihm vor einigen Jahren so abrupt abgebrochen hatte.

Eric las den Brief einmal und dann ein zweites Mal durch. Sein Stirnrunzeln wurde immer tiefer.

»Das ist nicht Forresters Schrift«, unterbrach er die anhaltende Diskussion zwischen Wolfe und Avery. Beide drehten sich zu ihm um und sahen ihn fragend an. »Hier steht, es gehe ihm sehr gut, er habe Arbeit auf einem Schiff gefunden und sei daher schwer zu erreichen«, erklärte Eric. »Das kann nicht sein. Forrester ist völlig untauglich als Seemann. Ich habe noch nie jemanden kennengelernt, der so schlimm seekrank wird. Irgendetwas stimmt da nicht, Avery. Wir müssen herausfinden, was.«

»Nicht schon wieder! Und was ist mit meiner Wette?«

»Vergiss die Wette. Forrester war einer meiner Männer, und ich bin für ihn verantwortlich.«

»Es ist doch nichts so beständig wie die Veränderung«, murmelte Wolfe und beobachtete grinsend, wie Eric seine Briefe zusammenraffte und in die Tasche stopfte. »Gute Reise, Peterkin. Vielleicht können wir endlich mal eine anständige Wette miteinander abschließen, wenn du zurückkommst.«

Aber Eric war bereits entschlossenen Schrittes aus dem Salon marschiert, und Avery musste sich beeilen, um hinterherzukommen.

ANMERKUNG DES VERFASSERS

Meine persönliche Beziehung zur Kriminalliteratur begann, als ich eine Ausgabe von *The Mystery of the Flying Express* aus der Hardy-Boys-Reihe auf einem Bücherflohmarkt meiner Schule erstand. Da war ich acht Jahre alt. Weiter ging es mit der Encyclopedia-Brown- und der McGurk-Reihe sowie anderen Detektivgeschichten für Jungen. Mit vierzehn stellte ich Brother Cadfael in der örtlichen Bibliothek nach und tauschte Agatha-Christie-Bücher mit Klassenkameraden. Mein Interesse war groß genug, dass ich das Genre im Rahmen eines Schulprojekts näher unter die Lupe nahm und meinen Horizont um Raymond Chandler, Dashiell Hammett und Ellery Queen erweiterte. Bei Ellery Queen hörte ich zum ersten Mal vom Grundprinzip der literarischen Gattung Krimi: dass es ein Spiel mit dem Leser sei und dieser Leser genügend Hinweise und Gelegenheiten erhalten müsse, das Rätsel selbst zu lösen, bevor der Detektiv ihm die Lösung liefere. Plötzlich ergab alles einen Sinn.

Edgar Allan Poes »Der Doppelmord in der Rue Morgue« von 1841 gilt als erste moderne Detektivgeschichte. Die Idee von der Detektivgeschichte als Spiel mit dem Leser scheint jedoch erst im Zeitraum zwischen den beiden Weltkriegen – dem goldenen Zeitalter des Kriminalromans – vollständig zum Tragen gekommen zu sein. Ronald Knox stellte seinen Regelkatalog zusammen, und die Mitglieder des Detection Club leisteten ihren Gründungseid. Alles war darauf ausgerichtet, wie die Regeln dieses Spiels auszusehen hatten. Detektivgeschichten waren nicht nur Literatur, sie waren interaktive Unterhaltung. In keinem anderen Genre gibt es etwas Vergleichbares.

Im gleichen Maße, wie ich die Kriminalliteratur des goldenen Zeitalters für mich entdeckte, wuchs mein Unbehagen mit der Effizienz moderner forensischer Methoden. Es war natürlich faszinierend zu beobachten, dass ein Mörder durch die DNA-Analyse eines einzigen Tröpfchens Spucke überführt werden konnte, aber in mir entstand der Eindruck, dass die der modernen Polizei zur Verfügung stehenden Mittel für einen Amateurdetektiv in unerreichbare Ferne rückten. Dieser mag ein noch so scharfes Auge für die menschliche Natur besitzen, aber wie groß ist die Wahrscheinlichkeit, dass er genug weiß, um dem leitenden Ermittler und seinem Team eine Nasenlänge voraus zu sein? Wie groß ist die Wahrscheinlichkeit, dass dieser seine Erkenntnisse mit einem Hobbyschnüffler teilt?

Dass ich über einen Amateurdetektiv schreiben wollte, stand für mich von Anfang an fest. Ich wollte jemanden, der als Double für den Leser fungierte. Der gesamte Prozess des Aufspürens von Tatumständen und Hinweisen auf den Täter sollte für jedermann möglich und erreichbar erscheinen. Die Welt der 1920er- und 1930er-Jahre bot dafür in meinen Augen einen größeren Spielraum, denn es war eine Zeit, in der das Regelkorsett der Polizei vielleicht noch nicht ganz so starr und die investigativen Abläufe vielleicht noch nicht ganz so abhängig von Spezialausbildung und Spezialgerät waren.

Natürlich gibt es dennoch Dutzende Schriftstellerkollegen, deren Amateurdetektive in der heutigen Zeit ermitteln. Sie haben das Kunstwerk hinbekommen und verdienen meinen vollsten Respekt. Ich bezweifle, dass ich selbst dazu überzeugend in der Lage wäre.

Von diesem Aspekt einmal abgesehen, erschienen mir die Zwanzigerjahre des zwanzigsten Jahrhunderts auch sonst als hochinteressante Zeit. Damals lag Wandel in der Luft, und so etwas ist immer spannend. In England waren immer noch viele Umgangsformen und Gepflogenheiten des viktorianischen Zeitalters zu spüren, während gleichzeitig die heutige moderne Welt ihren Anfang nahm. Telefon, Radio, Automobil, Elektrizität … einige dieser Technologien waren neu, andere gab es schon länger, wurden aber jetzt erst frei zugängig für die breite Masse. Jemandem aus der Zeit von Königin Victoria oder gar König Eduard VII. muss dieses Feuerwerk moderner Innovationen die Sprache verschlagen haben.

Vieles von dem, was wir heute als selbstverständlich betrachten, war in jener Zeit die Ausnahme oder existierte schlicht und ergreifend nicht. Beispielsweise die Möglichkeit, ein Zeitungsarchiv zu durchforsten. Heutzutage hätte Eric und Avery vermutlich eine knappe Stunde Internetrecherche gereicht, um die gesuchten Zeitungsartikel zutage zu fördern. Auch Automobile waren damals noch selten genug, dass allein ihr Besitz eine heiße Spur in einem Kriminalroman darstellen konnte.

Betrachtet man das Verhalten der damaligen Menschen, scheint sich seither nicht allzu viel verändert zu haben; aber dann tauchen doch Kleinigkeiten auf, zum Beispiel, wie wichtig es zu jener Zeit war, ob man jemanden beim Vor- oder Nachnamen nannte. Eins meiner wertvollsten Besitztümer ist ein Verhaltensregelwerk von 1915 – nur neun Jahre zu früh –, das mir Preziosen lieferte wie die Tatsache, dass man damals grundsätzlich die Herren den Damen vorstellte, nie umgekehrt. Betrachtet man die Literatur jener Zeit, entdeckt man gewisse Wörter und Redewendungen, die inzwischen aus der Mode, jedoch immer noch problemlos verständlich sind. Nehmen wir beispielsweise das Wort *scheußlich:* Wir wissen, was es bedeutet, doch wer verwendet es heutzutage noch, ohne eine gewisse Wirkung damit erzielen zu wollen? Und dann gibt es wiederum andere Wörter und Redewendungen, die eine Bedeutungsänderung erfahren haben, deren frühere Bedeutung jedoch immer noch erkannt wird. Die damalige Welt war unserer modernen Zeit ähnlich genug, um vage vertraut zu sein, und unähnlich genug, um bemerkenswert zu sein. Sonderbar. *Exotisch.*

So hinreißend die Zwanzigerjahre wirken, sie waren auch ein Zeitalter, über dem der Schatten des verheerenden Ersten Weltkrieges lag. Ein großer Teil der Lebensfreude, die mit dieser Ära verbunden wird, entsprang einer Ablehnung der Gräuel des Krieges. Umso erstaunlicher fand ich, dass dieses Thema in den Werken jener Zeit keine größere Rolle spielte. Natürlich wurde nicht geleugnet, dass sich diese Gräuel ereignet hatten, aber die langfristigen Auswirkungen wurden höchstens oberflächlich behandelt. Vielleicht habe ich nicht die richtigen zeitgenössischen Bücher gelesen … oder diese Auswirkungen waren so sehr Teil des täglichen Lebens, dass man sich nicht die Mühe machte, sie extra zu erwähnen. Mir erschien es für ein Verständnis jener Zeit dennoch unerlässlich, zunächst den Krieg zu verstehen, der sie hervorgebracht hatte – all jene Urprinzipien, die sich zu diesem exotischen Wesen summierten, das sich »Die wilden Zwanziger« nennt.

Natürlich wurde auch an meiner Schule der Erste Weltkrieg durchgenommen. Im Geschichtsunterricht wurde uns ein Wirrwarr aus Ententen und Bündnissen präsentiert, das zu einem schwer erklärbaren Flächenbrand führte. Mir war das alles viel zu verkopft. Emotionaler ließ sich das Ganze im Literaturunterricht erfahren, wo wir Rupert Brookes »The Soldier« mit Wilfred Owens »Anthem for Doomed Youth« verglichen. Allerdings fand dieser Unterricht in Singapur statt, einem Land, das weniger direkt involviert war. In Kanada, wo ich heute lebe, habe ich festgestellt, dass fast jeder John McCraes »In Flanders Fields« auswendig kann. Es scheint Teil der nationalen Mythologie zu sein, dass Kanada in der Schlacht von Vimy zu wahrer Eigenständigkeit fand und fortan kein Anhängsel des Vereinigten Königreichs mehr war. Ich glaube, Australien und Neuseeland haben eine ähnliche Beziehung zu Gallipoli. Ob man das Zustandekommen dieses Krieges nun nachvollziehen kann oder nicht, es war ein Krieg mit enormen Auswirkungen, das steht fest.

Die Zerstörung, die er anrichtete, war größer als je zuvor, was vor allem auch auf die neuen Kriegstechnologien zurückzuführen war.

Sie waren so neu, dass sich niemand im Vorfeld auf sie vorbereiten konnte. Giftgas – Chlorgas, Senfgas und Phosgen – wurde in diesem Krieg zum ersten Mal eingesetzt. Die militärische Nutzung der Luftfahrt hatte 1911 gerade erst begonnen, und die Waffen wurden mit jedem Jahr, das verstrich, leistungsstärker und tödlicher. Der Krieg wurde natürlich an mehr Fronten als nur der flandrischen geführt, aber Flandern blieb wegen des vier Jahre dauernden, frustrierenden Stellungskrieges im Bewusstsein der Menschen.

Was den Tribut an Menschenleben angeht, variieren die Zahlen. Die Opferzahl auf britischer Seite wird auf siebenhundert- bis achthunderttausend geschätzt: ungefähr fünfhundert Tote pro Tag über einen Zeitraum von vier Jahren. Bei Kriegsausbruch, also vor Freiwilligenrekrutierung und Zwangseinberufung, umfasste die britische Armee 733.514 Mann. Dieses Verhältnis muss man einen Moment auf sich wirken lassen und sich dann bewusst machen, dass andere Weltmächte noch schlimmer getroffen wurden. Insgesamt verloren rund zehn Millionen Soldaten ihr Leben in diesem Krieg.

Statistiken sind trocken. Wie konnte ich einen menschlicheren, persönlicheren Zugang zu alldem finden? Meine eigene Erfahrung mit dem Militär beschränkt sich auf meinen zweijährigen Militärdienst in Singapur, der in Friedenszeiten stattfand und mich glücklicherweise nie in bewaffnete Konflikte führte.

2012 gelang es mir, eine abgenutzte alte Ausgabe von J.C. Dunns *The War the Infantry Knew, 1914–1919* zu erwerben. Dieses Werk setzt sich aus den Tagebucheinträgen mehrerer Soldaten zusammen, darunter auch Dunn selbst, und machte mir zum ersten Mal bewusst, dass das Leben im Schützengraben kein unablässiges Elend war. Es gab auch Lichtblicke. Eine fantastische Passage stammt aus einem Eintrag vom 20. Juni 1916. Darin beginnen die Offiziere, nach einem Begrüßungsessen zu Ehren einiger Neuankömmlinge, eine muntere Balgerei durch die zerstörte Landschaft und spielen Blindekuh wie eine Horde Sechsjähriger. Ich könnte mir vorstellen, dass sie dabei betrunken waren. Falls nicht – umso schöner.

Im nächsten Eintrag sieht einer der erwähnten Neuankömmlinge zum ersten Mal den Schützengraben, woraufhin die Zeilen folgen: »Er war begeistert … Armer Junge! Drei Stunden später war er tot.« Und der darauffolgende, haarsträubende Eintrag beschreibt die Erfahrungen eines Offiziers, der mit einem toten Gefreiten und einem weiteren Gefreiten mit zwei gebrochenen Beinen im Niemandsland festsitzt.

Ich schreibe diese Zeilen sieben Monate vor dem Tag, an dem sich der Waffenstillstand zum hundertsten Mal jährt. Dieses Jubiläum lag vor sieben Jahren, als ich am ersten Entwurf dieses Buches arbeitete, noch in weiter Ferne. Es ist längst niemand mehr übrig, der sich noch aus eigener Erfahrung an den Ersten Weltkrieg erinnern könnte. Uns bleiben lediglich Dokumente und Gegenstände, die Zeitzeugen zurückließen. Man kann nur hoffen, dass sie wie ein großer »MIT VORSICHT ZU GENIESSEN«-Stempel auf die Kriegsmaschinerie wirken und kein Konflikt je wieder zum gleichen Ausmaß an Zerstörung führt. Wie Siegfried Sassoon einst schrieb: »Senkt den Blick und schwört bei den Gefallenen des Krieges, dass ihr niemals vergessen werdet.«

Inmitten all der düsteren Erinnerungen möchte ich gern an jenem Bild von den Offizieren festhalten – erwachsenen Männern und erfahrenen Kriegern –, die unbeschwert durch ein Kriegsgebiet tollten. Ich denke, diese Fähigkeit, dem Schrecken ein Fünkchen Humor und gute Laune abzuringen und sich so seine geistige Gesundheit zu erhalten, ist ein Beleg für den menschlichen Überlebenswillen. Und vielleicht ist sie auch Wegbereiter für jenen Nachkriegsimpuls in der Kriminalliteratur, aus dem Thema Mord ein Spiel zu machen.

Zum Nachlass des Ersten Weltkrieges zählt der Begriff *Granatenschock*, und es war nicht schwer, ihn als ältere Bezeichnung für das zu erkennen, was wir heute Posttraumatische Belastungsstörung nennen. Viele der Männer, die mir im Zuge meiner vorbereitenden Lektüre begegneten, müssen mit dem Phänomen auf irgendeine Weise in Berührung gekommen sein. Vielleicht litten sie sogar selbst an einer Form von PTBS. *Granatenschock* war nicht nur eine viel enger gefasste Definition des Syndroms, sondern es gab auch noch kaum ein Verständnis für die vielfältigen Schäden, die Traumata auslösen können. So glaubte man damals beispielsweise noch, ein Soldat müsse tatsächlich feindlichem Artilleriebeschuss ausgesetzt gewesen sein, um an Granatenschock zu leiden. Das Auftreten von Symptomen bei Soldaten ohne Beschuss bewies rasch das Gegenteil.

Ich bin mir sicher, dass die Menschen schon seit der ersten Auseinandersetzung zwischen Kain und Abel, durch unzählige Kriege und Jahrhunderte hindurch, an posttraumatischen Belastungsstörungen gelitten haben, auch wenn die Symptome womöglich nie als etwas Außergewöhnliches, Bemerkenswertes betrachtet wurden. Wegen des nie da gewesenen Ausmaßes an Zerstörung, das der Erste Weltkrieg mit sich brachte, gingen mehr betroffene Soldaten als je zuvor daraus hervor, und ihre Symptome waren schwerwiegender. Das Phänomen ließ sich nicht länger ignorieren.

Der Erste, der den Begriff *Granatenschock* in einem medizinischen Fachjournal verwendete, war Charles Myers im Jahr 1915, auch wenn er behauptete, ihn nicht erfunden zu haben. Ihn frustrierte die mangelnde Bereitschaft des Militärs, die Dimension des Problems anzuerkennen, und es scheint, als wäre er auch unzufrieden gewesen mit dem viel zu eng gefassten Begriff. Andere medizinische Fachkräfte schlossen sich ihm an. Nach dem Krieg übernahmen Krankenhäuser wie Craiglockhart und Seale Hayne die Rehabilitation von unter Granatenschock leidenden Überlebenden, teilweise mit beachtlichem Erfolg. Die beiden in diesem Buch erwähnten Texte zu dem Thema existieren tatsächlich, und in einem Fall zeugt die Wahl von *Kriegsneurose* als treffenderem Begriff sicher von dem Anliegen, die Definition des Phänomens auf sämtliche Verhaltensanomalien auszuweiten, die infolge traumatischer Erfahrungen auftreten können.

Ich denke, man braucht nicht allzu viel Fantasie, um sich die Einstellung der damaligen Menschen zu psychischen Erkrankungen auszumalen. Ein Soldat, der unter Beschuss einknickte, wurde Feigling genannt, und unter Granatenschock Leidende bezeichnete man hinter vorgehaltener Hand gerne als »verrückt«. Die Psychoanalyse steckte noch in den Kinderschuhen, und es war noch nicht lange her, dass psychische Erkrankungen Zwangsjacken, schmutzige Zellen und den völligen Verlust der Menschenwürde bedeuteten. Da ist es nur logisch, dass sich niemand freiwillig zu schwachen Momenten oder gar zu Feigheit bekannte. Viele Soldaten verbargen ihre Erkrankung und distanzierten sich entschieden von jedem Verdacht, sie könnten von ihren Erfahrungen nachteilig beeinflusst worden sein. Sie verschlossen hartnäckig die Augen vor der Tatsache, dass mit ihnen etwas nicht stimmte. So beschränkte sich die öffentliche Wahrnehmung auf jene Fälle, die in der Zeitung landeten, die Extremfälle also.

Es ist verlockend, zu behaupten, wir wüssten es heute besser, aber ich glaube, der menschliche Verstand wird niemals ganz hinter die Wahrheit dieses und anderer Phänomene kommen. Wir haben noch unendlich viel zu lernen, und so wird es immer bleiben.

Da die posttraumatische Belastungsstörung in den Jahren nach dem Krieg derart viele ehemalige Soldaten betraf, war ich überrascht, als ich erfuhr, dass sich der Begriff »Soldatenkrankheit« nicht auf dieses Syndrom, sondern auf Morphiumabhängigkeit bezieht. Wie Aldershott in diesem Buch darlegt, wurde der Begriff im Amerikanischen Bürgerkrieg geprägt, als der ungezügelte Gebrauch des Medikaments für weitverbreitete Abhängigkeit sorgte. Nordamerika hatte offenbar ernstere Probleme mit Drogensucht als das Vereinigte Königreich, wo das Thema derart inexistent war, dass Morphium dort noch bis 1916 frei verkäuflich war. Als Morphiumsucht endlich auch in Großbritannien als problematisch erkannt wurde, wurde sie zunächst noch als kanadisches Problem betrachtet, da anfangs hauptsächlich kanadische Soldaten davon betroffen waren.

Ein Gesetz wurde verabschiedet, das eine Bußgeldstrafe an jeden verhängte, der Morphium (und andere betäubende Substanzen) an Soldaten verkaufte. Zivilpersonen durften hingegen weiterhin tun, was ihnen beliebte. Erst nach dem Krieg, im Jahr 1920, wurde das Verbot auch auf Zivilbürger ausgeweitet. Auch wenn die Presse nun ausführlich auf die Gefahren abhängig machender Substanzen aufmerksam machte, betrachtete die ältere Generation Medikamentenmissbrauch vermutlich weiterhin als Kavaliersdelikt, ähnlich wie Trunksucht. Als Conan Doyle seinem Sherlock Holmes eine Kokainabhängigkeit verpasste, tat er es mit dem Ziel, ihn mit einer interessanten Marotte auszustatten, die seine Persönlichkeit unterstrich. Die Sucht seiner Hauptfigur sollte keineswegs Ausdruck von Sittenlosigkeit und Verderbtheit sein.

Ebenso, wie sich damals die Gewohnheiten der Menschen und die Technologie im Wandel befanden, veränderte sich also auch allmählich die Einstellung der Bevölkerung zum Thema Drogen. Als eine ganze Generation von Soldaten traumatisiert in die Heimat zurückkehrte, traf sie auf eine Mischung aus laxen Vorkriegsgesetzen und erhöhter Nachkriegsfurcht vor Suchterkrankungen. Gut möglich, dass die medizinischen Fachkräfte nach den Lektionen des Amerikanischen Bürgerkrieges ein wenig vorsichtiger agierten, aber Morphium wurde immer noch verabreicht, beispielsweise zur Behandlung von Lungenentzündungen. Und die Leute verordneten sich ihre Medikamente immer noch selbst. Berücksichtigt man die Traumata, die diese Soldaten erlitten, überrascht es wohl kaum, dass sie anfälliger als die meisten anderen für Abhängigkeiten von schmerzstillenden Substanzen waren. Norris war nur einer von vielen.

Eine bedauerliche Begleiterscheinung des zunehmenden Bewusstseins für Drogenkonsum als Straftatbestand scheint die Verunglimpfung der chinesischen Gemeinde gewesen zu sein. Chinesen wurden seit Langem mit Opium in Verbindung gebracht, und als das

Opium aus dem Angebot der regulären englischen Apotheken verschwand, nahm man an, dass jeder, der Opium – oder ein verwandtes opiumhaltiges Medikament – konsumierte, es von den Chinesen erhalten haben musste. Es entstanden Mythen über weitverzweigte, von mächtigen chinesischen Drahtziehern geleitete Verbrecherimperien. Sax Rohmers Fu Man Chu trat zwar schon sieben Jahre vor dem Verbot harter Drogen zum ersten Mal in Erscheinung, bildete jedoch den Inbegriff des chinesischen Schurken: kultiviert, gebildet, intelligent und gänzlich unmoralisch.

Vielleicht hatte das Ganze auch mit dem Wunsch zu tun, die eigene Schuld auf andere abzuwälzen, einen Sündenbock zu finden, der »keiner von uns« war. Was sicher mit hineinspielte, war die Romantisierung des Exotischen. Meine Entscheidung, aus der Opiumhöhle in meinem Buch eine fernöstliche Persiflage zu machen, ist keineswegs nur humoristisch zu verstehen. Es ging mir um die leere, ausbeuterische Verheißung dieses allein auf sein schmückendes Beiwerk reduzierten Exotischen.

Dies bringt uns zurück zu den Regeln des Spiels, im Besonderen zu Ronald Knox' zehn Geboten und seiner berüchtigten fünften Regel, dass »kein Chinese in der Geschichte vorkommen« darf. Ich glaube, diese Regel wird viel zu häufig falsch verstanden. Jedes Mal, wenn ich darauf zu sprechen komme, vermuten die Leute, Knox habe sich generell gegen das Auftauchen von Asiaten in guten Büchern ausgesprochen. Dabei hat er sich in Wahrheit nur gegen das damals vorherrschende Bild des bösartigen chinesischen Erzverbrechers ausgesprochen und auf die Ungerechtigkeit dieses Stereotyps hingewiesen. Die Menschen der Jetztzeit gehen vom Gegenteil aus, weil sie den Kontext, in dem Knox' Regeln entstanden, nicht kennen. Heute werden wir nicht mehr mit Geschichten über die »Gelbe Gefahr« bombardiert, Geschichten von der Sorte, die Knox so widerlich fand – dem Himmel sei Dank!

Ich selbst hatte großes Glück. Sogar als Einwanderer der ersten Generation hatte ich nie das Gefühl, dass mir meine chinesische

Abstammung in irgendeiner Weise angelastet wurde. Auch wenn es mich amüsiert, dass das beleidigende rassistische Klischee, das meinesgleichen zur damaligen Zeit angehängt wurde, ausgerechnet das eines intellektuellen Erzschurken war – passt auf, morgen reiße ich die Weltherrschaft an mich –, erschreckt mich die Vorstellung, dass man mich noch vor gar nicht langer Zeit automatisch als verkommenen, andersartigen »Fremden« betrachtet hätte.

Bei meinen Recherchen zum Thema Rassismus stieß ich auf Berichte über Rassenunruhen in Großbritannien, die ausbrachen, weil im Zuge der Demobilisierung nach dem Ersten Weltkrieg Arbeitsplätze in der Seefahrt wegfielen und die englischen Matrosen das Gefühl hatten, die in Großbritannien lebenden Chinesen und Südostasiaten nähmen ihnen die wenige verbleibende Arbeit weg. Zumindest in Liverpool scheint es nach diesen Unruhen von 1919 eine Ausgangssperre für »ausländische Matrosen« gegeben zu haben – und Behörden, die die neuen Regeln auch auf Nichtmatrosen ausweiteten. Viele chinesische Arbeiter hatten britische Frauen geheiratet, und diese Frauen galten nun automatisch auch als Ausländerinnen. Die Geschichten von der »Gelben Gefahr« wirken aus heutiger Sicht bizarr, und ich bezweifle nicht, dass viele von ihnen nur geschrieben wurden, weil sich der fernöstliche Schurke noch besser verkaufte als ein sexy Vampir – harmlos waren sie deshalb noch lange nicht.

Alle diese Dinge – Drogen, Exotik und fernöstliche Niederträchtigkeit – trafen in der Opiumhöhle von Limehouse aufeinander. Fu Man Chus geheime Schlupfwinkel befanden sich unweigerlich hier. In Wirklichkeit waren sämtliche Opiumhöhlen, die es einmal gegeben haben mochte, um die Jahrhundertwende ausgestorben. Rauschgifthändler mag es auch danach noch gegeben haben, aber vermutlich nicht mehr als in anderen Vierteln Londons. Die Opiumhöhle von Limehouse war in den 1920er-Jahren nur noch ein Mythos, aufrechterhalten durch die bereits erwähnten Geschichten von der »Gelben Gefahr« und eine Presse, die sich begierig auf alles stürzte, was die nicht tot zu kriegende Geschichte vom diabolischen Asiaten nährte, der die Moral unschuldiger weißer Frauen korrumpierte.

Ich wusste nichts von alldem, als ich beschloss, Eric Peterkin zum Halbchinesen zu machen.

Ich tat es nicht als Reaktion auf die Legende von der »Gelben Gefahr«. Dieser Zug war in meinen Augen nicht nur abgefahren, er war längst ausrangiert und aufs Abstellgleis gestellt worden. Rohmers Fu Man Chu hatte bereits seine Antwort in Form von Earl Derr Biggers' Charlie Chan gefunden. Heute ist der alte Erzschurke von damals wenig mehr als ein amüsantes Relikt.

Vielleicht tat ich es mit dem Ziel, meiner Figur ein wenig mehr von mir selbst mitzugeben, ohne sie deshalb von den vielen unterschiedlichen Geschichten auszuschließen, die ich mit ihrer Hilfe erzählen möchte. Ich selbst bin nicht Halbchinese; ich bin Vollchinese. Doch als ich mich in die Detektivgeschichten aus der Glanzzeit des Kriminalromans verliebte, verliebte ich mich gleichzeitig in ihre Schauplätze und ihr Milieu. Ich möchte Eric Peterkin auch zu Mordfällen auf englischen Landsitzen schicken können, was für einen gewöhnlichen chinesischen Einwanderer angesichts des rassistischen Klimas der damaligen Zeit schwierig werden könnte.

Singapur ist in vielerlei Hinsicht äußerst britisch. Das moderne Singapur wurde als britischer Hafen im Jahr 1819 gegründet und blieb bis 1963 unter britischer Herrschaft. Das Leben findet vorrangig auf Englisch statt, und ein Großteil der politischen und geschäftlichen Infrastruktur stammt noch aus Kolonialzeiten. Gleichzeitig ist Singapur entschieden asiatisch geprägt, und die chinesische Bevölkerung bildet eine einflussreiche Mehrheit. Die Beziehung zu England ist ein wenig kompliziert. Einerseits kann niemand leugnen, dass Singapur ohne die Briten schlichtweg nicht als politische Einheit existieren würde; andererseits waren die Briten stets erkennbar die »Fremden«, die ausländischen Kolonialherren. Beim Blick in den Spiegel befürchteten wir, uns selbst zu verlieren, und das Ergebnis war eine Gegenreaktion, um nicht zu sehr zu verwestlichen. Unterdessen löffelten wir Bovril auf unseren Reisbrei und tranken Schwalbennestersuppe, in der Hoffnung, dass wir so den britischen Schulabschluss besser schafften. Wir tauschten Orangen am chinesischen Neujahrsfest über unseren Tellern mit indischem Curry und malaiischem Dessert, während uns Duncan Watt im Fernsehen die englischen Nachrichten vorlas.

(Als ich 2017 für eine Woche im Vereinigten Königreich war, marschierte ich als Erstes in einen Laden und kaufte mir ein Glas Bovril – das echte Bovril, dick und schwarz und klebrig –, das ich jeden Abend in Wasser rührte und als Fleischbrühe trank. Liebe Leute in Kanada, Bovril ist *kein* Rinderfond, es ist Rindfleischextrakt, die flüssig gewordene Essenz eines Rindes; das im Glas herumschwappende Zeug in euren Supermarktregalen ist etwas vollkommen anderes.)

Durch mein Aufwachsen in diesem Umfeld fühlte ich mich ein wenig gefangen zwischen den beiden kulturellen Identitäten meines Landes. Ich entwickelte eine gewisse Anglophilie, wurde jedoch auch dazu ermutigt, mein chinesisches Erbe anzunehmen und auszuleben. Vielleicht ist Eric Peterkins gemischte Herkunft einerseits Ausdruck dieses Aufeinanderprallens von Kulturen und andererseits ein pragmatischer Versuch, mich selbst in eine ländliche englische Gesellschaft des Goldenen Zeitalters hineinzuprojizieren. Wie auch immer, ich habe ihn damit zum ewigen »Fremden« gemacht, zu einem Außenseiter, ob nun in London oder in Hongkong. Seine Welt ist um einiges weniger gastfreundlich als die, mit der ich gesegnet bin, und ich kann nur hoffen, dass es ihm – wie Poirot – mit der Zeit gelingt, seine Andersartigkeit in einen Vorteil umzumünzen.

Mir gefällt der Gedanke, dass Eric Peterkin in die Fußstapfen all jener fiktionalen Detektive tritt, die ich von Kindheit an bewundert habe. Wie ich bereits hinreichend deutlich gemacht habe, gefielen mir die wie ein Rätsel aufgebauten Kriminalromane des Goldenen Zeitalters schon immer, mit ihren verschrobenen Detektiven, die auf ihren Intellekt setzten und nicht auf ihre Muskeln. Es versteht sich daher von selbst, dass Eric Peterkins wichtigstes Ass im Ärmel sein Verstand ist. Einerseits. Andererseits wollte ich – das gebe ich gern zu – auch ein wenig Distanz schaffen zur intellektuellen Unfehlbarkeit der Detektive jener Zeit. Also habe ich Eric jung, frech und impulsiv gemacht – Eigenschaften, die man normalerweise eher mit den Watsons als mit den Holmes der Detektivliteratur assoziiert.

Obwohl er alles andere als unfehlbar ist, wird er immer genau wissen, wer der Mörder ist, wenn er sein Schlussplädoyer beginnt. Das verspreche ich hiermit feierlich.

Hier ist er also, mein Detektiv, und hier ist die Welt, in die ich ihn hineinwerfe. Es ist eine Welt, die vom tiefen Einschnitt des Krieges gezeichnet war, die fest entschlossen war, die Dunkelheit abzuschütteln und zu leben. Sie besteht aus mehr als nur Art-déco-Architektur und kurzen Flapper-Kleidchen. Geprägt wurde sie vom Niedergang einer Epoche und dem Leben mit den Folgen des Krieges, von einem wachsenden Bewusstsein für die Probleme der Moderne und der Notwendigkeit, sich mit ihnen auseinanderzusetzen. Ich glaube nicht, dass Exotismus und Romantisierung des Fremden neue Themen jener Zeit waren. Sie existierten auch vorher schon, existieren heute noch … und so wird es wohl immer bleiben.

Ich habe nie selbst zu jener Zeit gelebt, und sie wirkt auf mich so faszinierend wie der erste fremde Hafen auf einen Matrosen. Besonders die unerwarteten Details haben mich überrascht und entzückt. Ich glaube nicht, dass es mir ohne Zeitmaschine je gelingen wird, alles zur Gänze zu verstehen, aber ich bilde mir ein, mich wenigstens ein bisschen angenähert zu haben – an den Kern des Zeitalters, nicht an seine äußere Aufmachung –, mehr daraus gemacht zu haben als eine Anhäufung von Klischees.

Ich denke, jedem Kriminalroman liegt der Wunsch zugrunde, die Dinge besser zu verstehen … ihren Kern aufzuspüren, ihre Quelle, aus der das ganze Drumherum sprudelt. Und das ist mehr als nur ein Spiel.

HISTORISCHE ANMERKUNGEN

Der Britannia Club ist natürlich rein fiktiv, genau wie das Kaffeehaus Arabica. Sotheby Manor, das Hotel Butterworth Arms, die Wirtshäuser Hammer and Anvil und Green Elephant, die Kirchen St. Tobias und St. Julian's, das Varietétheater Brolly's und das Dorf Wexford Crossing sind ebenfalls frei erfunden. Das Städtchen Barchester und die Grafschaft Barsetshire sind eine Hommage an Anthony Trollope.

Ich weiß nicht, ob von der Kleinstadt Chichester aus während des Ersten Weltkrieges und in den Jahren danach wirklich Omnibusse in die umliegenden Dörfer fuhren. Diese Erfindung war aus handlungstechnischen Gründen notwendig. Die erwähnten Hospitäler – Graylingwell und das Royal West Sussex – existierten, sind jedoch inzwischen Geschichte. Die letzten psychiatrischen Patienten von Graylingwell wurden 2001 in andere Einrichtungen verlegt und die Anlage im Jahr 2010 an ein Bauunternehmen verkauft. Das Royal West Sussex wurde 1972, nach der Inbetriebnahme des St. Richard's Hospital, geschlossen, und sein Gebäude wurde in eine neu errichtete Wohnsiedlung integriert. Ich gebe zu, dass die Existenz einer Leichenhalle im Royal West Sussex nur auf einer Vermutung meinerseits basiert, aber ich denke, es handelt sich um eine durchaus begründete Annahme.

Die Architektur des Chichester Cross hat mich nachhaltig beeindruckt und fasziniert mich noch immer.

Das Netley Hospital, auch bekannt als Royal Victoria Hospital, fiel nach dem Zweiten Weltkrieg dem allmählichen Zerfall zum Opfer. Es wurde 1963 bei einem Brand beschädigt und 1966 abgerissen.

Der Golden Lion Pub an der King Street ist immer noch in Betrieb, doch das St. James's Theatre wurde 1957, trotz organisierter Proteste und einer von Laurence Olivier und Vivien Leigh angeführten Kampagne, abgerissen. Ein modernes Bürogebäude – ohne neoklassizistische Fassade – steht jetzt an seiner Stelle.

1932 wurde ein neues Gebäude für das Zeitungsarchiv in Colindale fertiggestellt, woraufhin die Zeitungen direkt vor Ort eingesehen werden konnten und nicht mehr vom British Museum aus geordert werden mussten. Bis zu diesem Zeitpunkt erfolgte die Zeitungslieferung lediglich einmal pro Woche. Ich habe mir die Freiheit herausgenommen, selbst den Tag festzulegen, damit Eric Peterkin die Sussexer Zeitungen innerhalb weniger Tage vorliegen hatte. Heutzutage ist das gesamte Archiv natürlich digitalisiert, und was früher womöglich wochenlanges Suchen erforderte, lässt sich heute in wenigen Minuten im Internet finden.

Ich kann nur aufgrund eines Plans des British Museum aus den 1930ern vermuten, dass sich der öffentliche Zugang zum Zeitungslesesaal auf der Montague Street befand.

Das Shafi war ein real existierendes indisches Restaurant, das 1920 seine Tore öffnete. Es war nicht das erste Restaurant seiner Art, aber in den Dreißiger- und Vierzigerjahren entwickelte es sich zu einem gesellschaftlichen Mittelpunkt der indischen Gemeinde Londons.

Von Limehouse ist überliefert, dass es dort in den Siebzigerjahren des neunzehnten Jahrhunderts durchaus noch Opiumhöhlen gab. Zur Jahrhundertwende waren diese jedoch längst ausgerottet. 1924, zum Zeitpunkt meiner Handlung, war die Bekanntheit Chinatowns für Rauschgift und Glücksspiel vermutlich größtenteils unbegründet und wurde nur noch von der überbordenden Fantasie der Presse und einem generellen Misstrauen gegen Chinesen aufrechterhalten. Infolge der Bombardierungen des Zweiten Weltkrieges zog Londons Chinatown von Limehouse Richtung Westen um und siedelte sich in der Gegend um die Gerrard Street an. Die Legende, dass es dort Opiumhöhlen gebe, scheint ihm nicht gefolgt zu sein.

Die British Broadcasting Company war ein rein kommerzielles Unternehmen, anders als die British Broadcasting Corporation, die wir heute kennen. Die Company wurde 1926 aufgelöst und ihre Vermögenswerte in die Corporation überführt.

Die Geheimdienstabteilung MI1b wurde 1919 mit der Abteilung Room 40 zusammengelegt und bildete mit ihr die Government Code and Cypher School. Die GCCS wurde während des Zweiten Weltkrieges in Bletchley Park untergebracht, wo sich ihre kryptoanalytische Arbeit einmal mehr als unbezahlbar erwies. Die komfortablere Unterbringung tat dazu vermutlich ihr Übriges.

Im Buch wird die Art-déco-Ästhetik erwähnt, obwohl der Name erst seit der Exposition Internationale des Arts Décoratifs et Industriels Modernes, die 1925 in Paris stattfand, geläufig wurde, also erst ein Jahr nach den Ereignissen in diesem Roman.

Sowohl *Shell Shock and Its Lessons* als auch *Psycho-Analysis and the War Neuroses* sind real existierende Texte und stellen die Geburtsstunde aller Studien zu dem Phänomen dar, das wir heute posttraumatische Belastungsstörung nennen. Damals hatten gewöhnliche Zivilpersonen vermutlich keine Ahnung, dass so etwas überhaupt existierte. Viele Soldaten mögen an sich selbst oder ihren Kameraden Veränderungen festgestellt haben – eine Neigung zu gewissen Verhaltensweisen beispielsweise –, aber ich bezweifle, dass selbst sie wirklich durchschauten, womit sie es zu tun hatten.

Es versteht sich vermutlich von selbst, dass sämtliche Witterungseinflüsse voll und ganz meine Erfindung sind, ohne Rücksicht darauf, wie Witterungsverläufe in Wirklichkeit funktionieren, oder darauf, wie das Wetter an den verschiedenen Handlungsorten zum Zeitpunkt der Handlung tatsächlich war.

Ebenso selbstverständlich sollte sein, dass sämtliche Charaktere der Geschichte fiktiv sind. Es fanden jedoch auch einige real existierende Persönlichkeiten Erwähnung: John Archer, Philip Bowden-Smith, Sax Rohmer, Wilfred Owen, Field Marshall Douglas Haig, Rudyard Kipling, Alfred Hobbs, Sigmund Freud, Lady Astor, Sir Arthur Conan Doyle und, natürlich, König Georg V.

König Georg V. war entschieden der Ansicht, dass das Victoria-Kreuz, einmal verliehen, nie wieder aberkannt werden sollte. Grundsätzlich ist eine Aberkennung zwar bis heute möglich, doch es wurde seit 1908 kein Victora-Kreuz mehr entzogen.

GROSSE FÖRDERER

Allen Taylor Garvin
Barnaby Conrad III
Calvin L. Fobrogo
Charles Roburn
Claire Turbide
Clara Ow Sui-Foon Brady
D. Caplin
Daphne Brunelle
Dave und Lindas Mom
David C. Liu
Elizabeth E. L. Lim
Ezandra Chang
Faith Allington
Jiak Cheng Nah und
Steven Chua
John C Wiens
Julie Sng
Leslie K. Hendrickson
Lily Kaye Fox
Margaret Ow
Mary Kurian
Mary Ryan
Mike Donald
Phillip Lee
Pierre Phaneuf
Roger Richmond-Smith
Seng Chong Wong
Shin Koon Ting
Sin-Eng Siow
Sock Gek Goh
Stirling Westrup
T. K. Goh
Ten Eng Lee
Terence Lim
Thomas Nguy
Victor Huang
Wojciech Sawicki
Yin Han Siow
The Knights of Columbus,
Council 284
The Knights of Columbus,
Council 15491